第一律法
THE FIRST LAW

卷一
无鞘之剑

[英] 乔·阿克罗比 ◎ 著

屈畅 赵琳 赵志强 ◎ 译

重庆出版集团 重庆出版社

The First Law
Copyright © Joe Abercrombie 2005
First published in Great Britain in 2006 by Gollancz
First published by Victor Gollancz Ltd, London

版贸核渝字（2012）第031号

图书在版编目(CIP)数据

第一律法（卷一）：无鞘之剑 /(英)乔·阿克罗比著；屈畅，赵琳，赵志强译.
—重庆：重庆出版社，2014.9
（第一律法；1）

书名原文：The blade itself

ISBN 978-7-229-08626-8

Ⅰ.①第… Ⅱ.①乔… ②屈…③赵　①长篇小说－英国－现代 Ⅳ.①I561.45

中国版本图书馆CIP数据核字(2014)第200578号

第一律法（卷一）：无鞘之剑
DIYI LÜFA (JUANYI) : WUQIAO ZHI JIAN

[英]乔·阿克罗比 著　屈 畅　赵 琳　赵志强 译

出版人：罗小卫
出版策划：重庆天健卡通动画有限责任公司
联合统筹：重庆日报报业集团图书出版有限责任公司
重庆史诗图书信息咨询有限责任公司
责任编辑：邹 禾　肖 飒　唐 凌
特约编辑：李佳熙
装帧设计：谢颖设计工作室
封面图案设计：郑晓君
责任校对：廖应碧

重庆出版集团
重庆出版社　出版

重庆长江二路205号 邮政编码：400016 http://www.cqph.com
重庆出版集团艺术设计有限公司 制版
重庆市鹏程印务有限公司印刷
重庆出版集团图书发行有限责任公司 发行
E-mail:fxchu@cqph.com　邮购电话：023－68809452
重庆出版社天猫旗舰店
cqcbs.tmall.com
全国新华书店经销

开本：880mm×1230mm　1/32　印张：16.75　字数：320千
2014年10月第1版　2014年10月第1次印刷
ISBN：978-7-229-08626-8
定价：54.80元

如有印装问题，请向本集团图书发行有限公司调换：023-68706683

版权所有　侵权必究

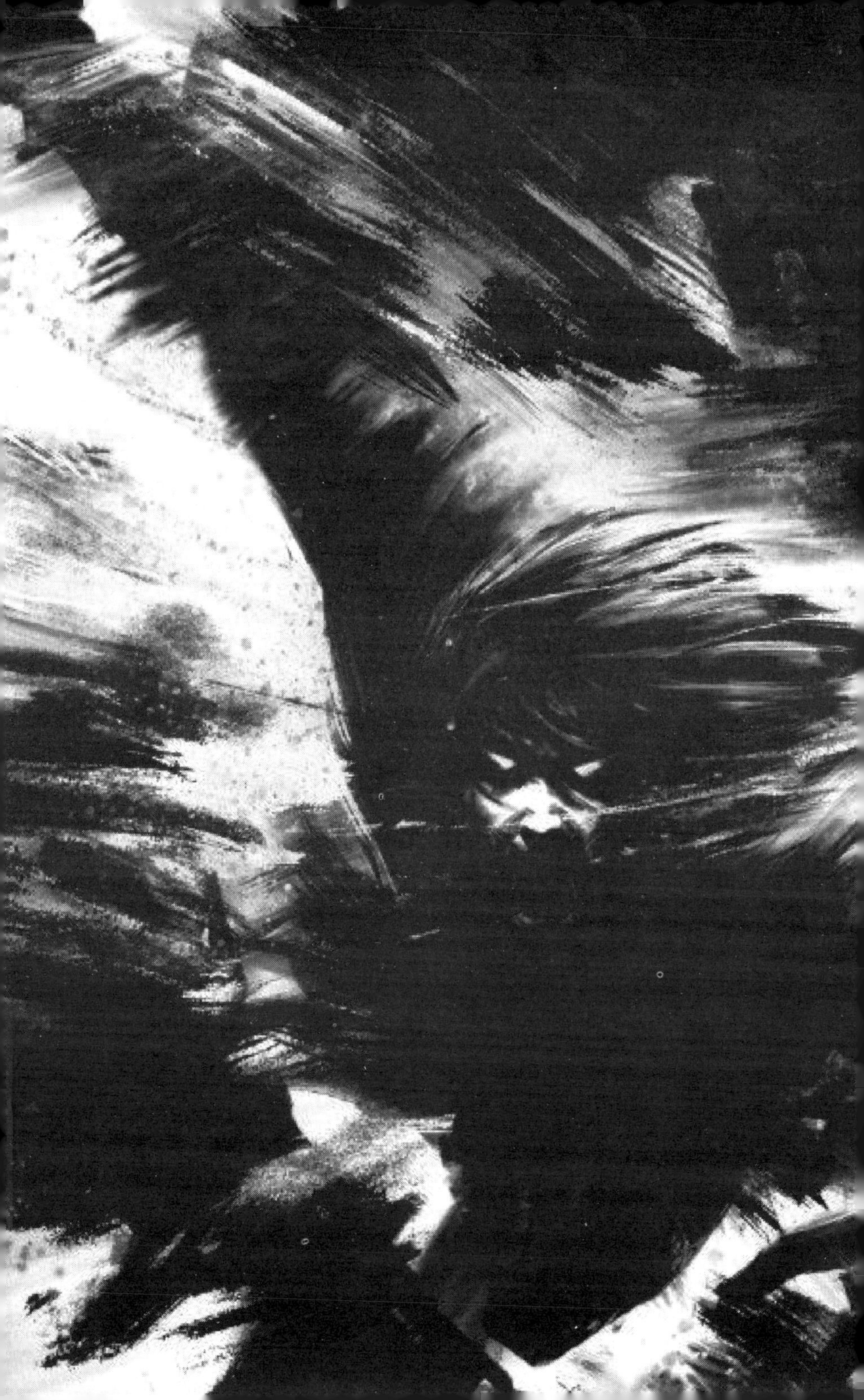

完

The End

罗根来不及穿鞋。

他跌跌撞撞穿行于林间,踏过黏滑的湿地、污泥和潮湿的松针,胸脯因急促的呼吸而剧烈起伏,血液在脑中嗵嗵乱撞。他打了个趔趄,四仰八叉摔倒在地,手中战斧差点劈开自己的胸膛。他躺在那儿喘粗气,望着影影绰绰的森林。

他很确定狗子片刻前还跟他一起,现在却全无踪影。其他人也不知下落,他和他的手下被冲得七零八落。他本应回去和他们会合,无奈到处都是山卡[①]。他感觉到它们在林间穿梭,鼻子里充满它们的气息。左边隐约传来打斗的呐喊,罗根慢慢地从地上起身,努力不发声。只听"噼啪"一声响,树枝清脆断裂,他迅速回头。

一支长矛向他刺来,恶狠狠地来势汹汹。执矛的正是个山卡。

"见鬼。"罗根咒道。他扑向一旁,脚下一滑,摔了个嘴啃泥。他在

---

① 山卡:"第一律法"系列里的类人种族,生性邪恶,因脑袋扁平,被北方人称为"扁头"。

污泥中扑打翻滚,心想自己的背随时可能被一矛刺穿。他慌乱爬起,惊魂未定、气喘吁吁。当他看到矛尖再次刺来,赶紧一个急闪,连跌带滑躲到大树干后。等他探头,扁头一声低吼,又是一刺,他立刻闪向树干另一边——之前只是虚晃,扁头果然中计。罗根用尽全身力气大吼,绕过树干跳出去挥斧砍下。随着"咔吱"的骨骼碎裂声,斧刃深嵌入山卡的脑壳。罗根向来幸运,他觉得自己的幸运也该到头了。

扁头站在那,眨眼瞪他,然后开始左右摇晃,鲜血沿脸颊滴落,最终岩石般砰然倒地,在罗根脚下不停抽搐。它倒地之势几乎将罗根手中战斧带飞,罗根竭力握住斧柄,而山卡死握着长矛,矛尖就像打麦的连枷一样在空中挥舞。

"啊呀!"矛尖划过胳膊,罗根大叫一声。同时他感到一片阴影笼罩在脸上。另一个扁头。该死,另一个大家伙。敌人已欺身向前,双臂抓向他,而他的战斧尚未拔出,闪躲也来不及。罗根张大了嘴,却说不出一个字。命在旦夕,你能说什么呢?

他们撞在一起,倒在湿地上,在淤泥、荆棘和断枝间翻滚,咆哮着挥拳撕打。罗根的头重重地撞到树根,耳朵嗡嗡作响。他随身带了把刀,却想不起放在哪里了。他们就这样翻滚着,翻滚着,一路滚下山坡,周围天旋地转。罗根一边使劲摇头,驱除脑中的眩晕,一边死命勒住扁头的脖子。他们一路滚落,似乎永无止境。

在悬崖边安营扎寨本是个好点子,因为谁都没法摸上绝壁;但当罗根的肚子触到悬崖边,这个好点子失去了所有说服力。他双手胡乱抓向湿地,却只抓到松软泥土和褐色松针,不论手指怎样用力,却什么都抓不牢。他开始坠落,不禁呜咽起来。

双手终于抓住了什么。是一条从峡谷边缘探出的树根。现在他在空中晃来晃去,大口喘气,但死死抓着树根。

"哈哈!"他放声大笑,"哈哈!"他还活着。两个扁头就想结果九指罗根?他试图拽自己上去,但没成功。脚太沉。他朝下望。

河谷很深,两边都是陡峭石壁。树木从岩石缝中生出,枝叶朝四面八方扩展,伸向空空的天际。河水在下潺潺流过,水势激猛,与参差的黑色岩岸激起白色水沫。这些足够险恶了,但真正的麻烦近在咫尺——他没有摆脱那个体型巨大的山卡,对方肮脏的双手死死箍住他的左脚踝,身体在空中来回微荡。

"见鬼!"罗根咒道。麻烦大了。他曾多次遇险,但总能活到为胜利高歌的一刻,可当下处境是最糟糕的,令他不由得反省人生。现在看来,那是多么痛苦、无趣的一生啊,他这一生没让任何人过得更好,他这一生充斥着暴力与伤痛,还夹杂着一些失望和困苦。他双手发麻,前臂犹如火烧,而大块头扁头非但看起来一时半会不会自行掉入河谷,反倒拽着他的腿往上挪。

它停下来,抬头盯着罗根。

换做是罗根抓着山卡的脚踝,他极可能想:"我的命全靠手里这条腿了,最好不要贸然行动。"人类会选择自保,但罗根很清楚山卡不会这么想。果不其然,只见它张开大口,深深咬入他小腿。

"啊呀呀呀!"罗根闷哼一声,随即放声号叫,赤裸的脚跟使劲砸山卡的头,很快砸出一道血淋淋的伤口,却止不住它撕咬。他蹬得越厉害,抓在滑腻树根上的双手就越往下滑。手里树根所剩不多,看样子随时可能折断。他努力不去想双手和前臂的疼痛,不去想小腿里扁头的牙齿。他就要掉下去了,能选择的是掉在岩岸边的石堆里,还是掉入奔腾的水流中。

他顶多只有这两个选择。

与其担惊受怕,不如放手一搏,罗根的父亲常这样说。于是他用能活动的右脚紧抵岩壁,深吸一口气,用尽仅存的力量荡出去。他感到小腿里的牙齿松开了,接着是紧握脚踝的双手,一瞬间,他如释重负。

然后他开始下坠,势如流星,河谷两旁的岩壁飞掠而过——褐岩、青苔和小堆积雪都在翻滚。

罗根缓慢地在空中翻身,四肢乱舞,吓得喊不出声。疾风抽打着双眼,撕扯着衣服,堵住了呼吸。他看到大个山卡撞上旁边岩壁,弹开滚落,粉身碎骨,必死无疑。真是喜闻乐见,但他的满足感一闪即逝。

流水迎面扑来,像狂奔的公牛冲向他,挤出肺里空气,驱赶脑海中的意识,将他吞入冰冷的黑暗……

第一部分

Part · 1

THE FIRST LAW

剑,凶器也。

——荷马

大难不死

The Survivors

耳边流水的冲刷,是他最初的知觉。流水冲刷,树叶摩挲,鸟儿啁啾,还有奇怪的咔哒声。

罗根睁开一条眼缝,树叶间透出模糊明亮的光线。我死了?怎么还痛?左边身子剧烈抽痛。他试图呼吸,结果立刻被呛到,咳出大滩水和泥浆。他呻吟着,靠双手和膝盖翻身,把身体从河里拖出。他咬紧牙关,猛吸一口气,仰面躺倒在水边的青苔、烂泥和枯枝上。

他就这样躺了一会儿,看着黑色枝桠外灰蒙蒙的天,涩哑的喉咙急促不停地喘息。

"我还活着。"他嘶哑地自语。他还活着,纵然悬崖急流、山卡、人类还有野兽都想置他于死地。他湿淋淋地躺在地上,禁不住咯咯笑。笑声尖厉,好似笛鸣。要说九指罗根有啥本事,那就是他总能大难不死。

冷风吹过流水蚀刻的河岸,罗根的笑声渐渐消逝。大难不死是不假,但能否活下去却是另一回事。他强忍疼痛坐起来,踉跄起身,倚在最近的树干上,刮掉鼻子、眼睛和耳朵里的泥污,掀开湿漉漉的衬衣,检查伤势。

身体一侧遍布滚下山坡造成的瘀伤，肋骨上的皮肤青一块紫一块，不过摸着虽软，但感觉没断。腿上血肉模糊，被山卡咬得皮开肉绽，疼得死去活来，但重要的是能动——这才是他关心的。要想逃难，首先腿要没问题。

刀还在腰带上的刀鞘里，令他大喜过望。按罗根的观点，刀子永远不嫌多。不过刀是好刀，他的前景却不容乐观。现在他孤身一人，森林里不知有多少扁头。他也不知置身何处，好在可以沿河走。河全向北流，从南方群山流到北方冷海。溯流而上，沿这条河往南，爬上山卡上不去的群山，是唯一生路。

这时节，那边一定很冷，冷得要命。他低头看着赤裸的双脚。山卡攻进营地时，他正好脱了鞋，真幸运，现在他脚上满是水泡。外套也落在营地——当时他坐在篝火边。这样子在群山挨不过一天，甚至没走到山口，就会在寒夜里冻得手脚发黑，半死不活了——假如他没饿死的话。

"见鬼。"他骂了一声。他只能回营地，期盼扁头已离开，期盼它们还给他留下些活命的东西。他期盼得有点多，但他别无选择。向来如此。

✡

罗根找到营地时天空已在飘雨，他的头发被雨水浸湿，紧贴在头皮上，衣服也湿透了。他紧贴住一棵长满苔藓的树干，向外窥视营地，心怦怦直跳，右手死死握住湿滑的刀柄，握得隐隐发痛。

他看到篝火烧出的一圈黑，周围是未燃尽的柴禾和灰烬；他看到扁头们攻来时"三树"和"黑旋风"坐的大圆木，各种随身物品散落在中央空地；他看到地上躺了三个山卡，其中一个被一箭穿心。三个死货，没有活人。他的确幸运，总能大难不死，一向如此。不过，山卡随时可能回来,他必须赶快行动。

于是罗根从树干后冲出,在地上搜索。靴子还在脱下的地方,他一把抄起,一边往冻僵的脚上套,一边蹦跳着扫视四周,差点因着急而滑倒。外套也在,就压在那根圆木下,由于十年来风吹雨打和战斗洗礼已破烂不堪、缝缝补补,半只袖子早不知去向。他的包在一旁的灌木丛里,被雨水冲得不成模样,里面的东西散了一斜坡。他蹲下,屏住呼吸,把东西全塞回包:一根长绳子、一个老烟斗、几条干肉、针、麻线和一只坑坑洼洼的酒瓶,酒还在里头"咣当咣当"晃。都是实用的好东西。

还有条破毛毯挂在树枝上,雨水搞得半条毯子上都是泥点。罗根扯开它,看到自己破旧的煮锅被盖在下面,不禁咧嘴笑了。它翻倒在旁,可能是战斗中被踢出了火堆。他用双手紧紧抓住它,熟悉的感觉让他心安。由于经年累月使用,它已通体漆黑,他可以感觉到锅沿上的凹痕。很久之前他就有了这口锅,它随他走遍整个北方,经历了大小战斗无数。他们这伙人用这口锅一起煮菜,一起吃饭,一起行动。福利、寡言、狗子,他们这伙人。

罗根又检查了一遍营地。还是只有三具山卡尸体,没有同伴。说不定他们还活着,或许他该冒险去找他们——

"不。"他用比呼吸还轻的声音说。他心知肚明,到处都是扁头,数不清的扁头。他不清楚自己在河边躺了多久,即便他的小子们有一两个逃脱,山卡也肯定会在森林里锲而不舍地追杀。他们肯定成了一具具死尸,散落在山谷中。他只能向南方群山进发,以挽救自己可悲的生命。你必须现实一点,必须这样,无论现实有多伤人。

"只剩你和我了。"罗根不无悲苦地对锅说。他把锅塞进包,把包扔到肩上,尽可能快地跛着走开,跟随河流,向南方群山前进。

他和他的锅。

大难不死。

问
Questions

为什么要干这个？格洛塔审问官跛着脚下台阶时第一千遍自问。两侧墙壁粉刷过，虽然不是新近粉刷，但仍有草籽的触感，仍能闻到潮气。这里没窗户，走廊深入地下，灯笼在每个拐角处投下摇曳的低暗灯影。

什么人会干这个？格洛塔以稳定的节奏走在肮脏的地砖上，先是右脚跟"哒"一声踩下，然后是"噔"一声手杖点地，再是左脚缓慢拖行——每当此时，熟悉的针扎般的疼痛就会从左脚脚踝一路上升到膝盖、臀部、背部。哒，噔，痛。这是他走路的节奏。

这条肮脏走廊的单调有时会被布满铁钉的厚重门扉打破。格洛塔觉得自己听到了紧闭的铁门后传来的沉闷的痛苦喊叫。不知正被审问的是哪个可怜虫？他们犯了罪，抑或清白无辜？他们隐藏了什么秘密，被揭穿了什么谎言，招供了何种叛国罪行？他并没思考太久，又一段台阶阻断了思绪。

如果格洛塔有机会随意拷问，不加限制，他肯定会选择台阶的发明者。在他风华正茂、春风得意之时，在他遭遇不幸之前，他几乎从没注意过台阶的存在。他可以一步跨下两级台阶，一路蹦蹦跳跳、畅行无阻。覆水难收啊。现在它们无处不在。不走台阶，就没法上下——向下更糟，普通人体会不到。因为上台阶时，你不会摔得那么惨。

他很清楚摔出去的感觉。十六级光滑石头刻成的台阶，中间部位有些磨损，和地下所有的东西一样，微微散发着潮气。这台阶没有栏杆、没有扶手，就像十六个敌人，对他发出严峻挑战。格洛塔花了好长时间研究痛苦最小的下台阶方法，最后的成果是交替侧身而下，一如螃蟹。先探出手杖，再是左脚，最后右脚——这时左腿必须承受全身体重，疼痛尤胜往常，连带脖子也痛楚难忍。为什么下台阶脖子会疼？难道脖子也能承受体重？为什么呢？但思考丝毫不能减轻痛楚。

格洛塔下到倒数第四级台阶时停下来。他几乎击败敌人了，只是握手杖的手正在颤抖，左腿剧痛不已。他用舌头舔了舔原本门牙所在的牙龈空洞，深吸一口气，继续前进——然而他的脚踝突然骇人地一扭，身体痉挛扭曲着向前扑，恐惧和绝望顿时涌上心头。他东倒西歪地下到下一级台阶，指甲在光滑墙壁上乱抓，嘴里发出一声恐怖的尖叫。你这愚不可及的混蛋！手杖掉落在地，稚拙的双脚一阵磕绊之后，他下到了台阶底部，奇迹般地没有倒下。

不过，那个骇人而美妙的时刻即将来临。还有多久呢？这次会痛成怎样？格洛塔喘息着望向台阶底部。我来了……

难以名状、灼热般的痉挛从左半边身子的脚掌瞬间蔓延到下颌。他紧闭噙满泪水的双眼，右手用力捂嘴，指节压得咯咯响。他收紧下颌，仅存的牙齿咬在一起，但终于还是发出了一声尖锐凄厉的呻吟。惨叫还是惨笑？分得清吗？鼻孔呼出沉重的气息，鼻涕泡从指间溢出，滴到手掌上。他竭力想站稳，但身子抖个不停，直至扭曲。

痉挛终于过去。

格洛塔小心翼翼地依次活动四肢，查看伤势。一条腿像火烧过一样,麻木得没有知觉,而脖子每动一下,就"咯吱"一声响,连带脊骨自上而下一阵刺痛。还好,尚无大碍。他费力地弯下腰,用两根手指夹起手杖,然后直起身,擦去手背上的鼻涕和泪水。真刺激。我是在享受吗?对普通人而言,台阶再平凡不过。但对于我,却是一场不折不扣的冒险!他一瘸一拐走下走廊,不禁轻笑。到达属于自己的房间时,他脸上仍依稀挂着微笑。

他拖着脚走进房间。

这房间就像一个两边对开了门的肮脏白匣子,天花板低得压抑,炽烈燃烧的灯将屋内照得通亮。潮气自角落散发,墙上黑霉斑斑,墙皮爆起,片片剥落,还有一道长长的血迹,似乎有人擦过,但擦不干净。

弗罗斯特刑讯官站在房间另一头,粗硕的手臂抱在胸前。他向格洛塔点头致意,却如石头般毫无感情,格洛塔也点头回敬。他们中间隔了一张凹痕累累、污迹斑斑的木桌,桌子固定在地,两边各放一把椅子。一个双手紧缚身后的胖男人赤身裸体坐在其中一把椅子上,头上罩着棕色帆布袋,屋里只听他急促、沉闷的呼吸。屋里很冷,他却大汗淋漓。正该如此。

格洛塔跛行到另一把椅子旁,将手杖小心倚在桌边,然后缓慢、谨慎、痛苦地坐下。他左右伸了伸脖子,才让身体降下来,找到舒服的姿势。如果格洛塔有机会随意施恩,不加限制,他肯定会选择椅子的发明者,好歹那人稍稍改善了格洛塔的生活。

弗罗斯特悄无声息走出角落,用肉乎乎的苍白食指和粗壮白皙的拇指抓住帆布袋顶端。格洛塔点头同意,刑讯官便一下子揭去布袋。萨勒姆·鲁斯暴露在强光下,一个劲眨眼。

好一张粗鄙、贪婪、丑陋的小脸蛋,好一头丑陋、卑劣的猪猡。鲁斯,你该招了吧。我敢打赌,你会迫不及待、毫无停顿地招供,直到我们想吐为止。他脸颊上有一大片黑青瘀伤,另一片在双下巴上头。但等他泪汪汪的双眼适应了光线,发现对面坐的是格洛塔时,脸上立刻充满希望。真可悲,可悲而不合时宜的希望。

"格洛塔,你要救我啊!"他尖叫着,扭动被缚的双手,身体尽可能前倾,像溺水之人嘴边冒泡一样绝望而含混地倾诉:"你知道我是遭人诬陷,我是清白的!你来救我,对不对?你可是我的朋友!你在这里说得上话。我们是朋友,朋友啊!你得为我说点话啊!我是清白的,是遭人诬陷!我是……"

格洛塔举手示意安静。他盯着鲁斯那熟悉的面孔看了一会儿,好似从没见过对方,然后转向弗罗斯特:"我认识他吗?"

白化人[①]一言不发,下半边脸隐藏在刑讯官面具后,上半像石头,眼睛一眨不眨地盯着椅子里的犯人,红色的双眼如死人一样无神。自格洛塔进屋,他没眨过一次眼。怎么做到的?

"是我,鲁斯啊!"胖子嘶喊,音调渐趋凄厉,已近歇斯底里,"萨勒姆·鲁斯,你认识我,格洛塔!我曾与你并肩作战,在……那事之前,你知道的,我们可是朋友!我们……"

格洛塔再次举手示意安静。他向后靠在椅背上,用指甲轻敲着嘴里残存的某颗牙,仿佛陷入沉思:"鲁斯,有点耳熟。我想起来了,鲁斯是个商人,还是布商公会的会员呐。大家都说,他是个有钱的主……"格洛塔身子前倾,有意停顿了一下,"他还是个叛徒!正因如此,他才被审问部带走调查,财产全部充公。你瞧,他竟敢逃避国王的税收!"鲁斯张大了嘴。"国王的税收!"格洛塔尖叫着,重重拍桌。胖子瞪大了眼,反复舔着一颗牙。右上方,从后数过来第二颗。

"我们还没尽地主之谊呢!"格洛塔更像是自问自答,"我见过你也罢,不认识也罢,我想你跟我助手都没来得及好好认识。弗罗斯特刑讯官,跟肥佬打声招呼吧。"

虽有预警,这一拳还是把鲁斯从椅子上震了出去。椅子"咯吱咯吱"一阵响后,留在原地。他怎么做到的?把人打到地上,椅子却没

---

① 弗罗斯特有白化病。

倒?鲁斯双脚摊开趴下,脸紧压地面,嘴里咕噜有声。

"他让我想起搁浅的鲸鱼。"格洛塔漠然道。白化人一把抓住鲁斯的手臂,把他重新拉回椅子。鲜血从脸颊的伤口渗出,但他贪婪的眼睛变得刚硬。拷打能使绝大多数人迅速软化,少数人却会刚硬起来。没想到这家伙是个硬骨头,生活总是充满惊喜。

鲁斯一口血唾到桌上:"你越界了,格洛塔!布商公会广受尊敬,我们有头有脸!不容你们胡作非为!记住,我在朝中有人!也许我妻子正向国王陛下递交诉状,让他过问此案!"

"噢,您妻子啊。"格洛塔故作悲惨地笑道,"您妻子真是个美人,漂亮又年轻。我担心,您配她有些显老,搞不好她正想抓住机会摆脱您呢。嗨,只怕她已主动上缴您的账本。全部上缴。"鲁斯的脸霎时惨白。

"我们一本一本地查账,"格洛塔指向左手边一堆想象出来的文件,"这是国库账本,"又指向右边,"想象一下,当两边数字对不上号,我们是何等惊讶。此外,您的伙计们已供认在夜色掩护下造访旧货栈和未登记的小船,向官员行贿及伪造文件。我还要继续吗?"格洛塔一边问,一边否定地摇摇头。胖子咽了口口水,舔舔嘴唇。

犯人面前放着笔、墨和供状,供状上满是弗罗斯特漂亮而收敛的字迹,只等画押。我马上就能搞定他。

"快招吧,鲁斯,"格洛塔轻声说,"无痛地结束这不幸的案子。坦白罪行,招出同伙。虽然你的同伙我们都知道,但招出来对大家有好处。我不想伤害你,相信我,这没什么快感。"任何事对我都没有快感。"快招,快招,招了就能活命。你会被流放到安格兰,安格兰没有传说中那么差,只要能活命,在那还能享受一些生命的乐趣,在为陛下辛勤劳动中得到诚实的满足。快招!"鲁斯仍凝视着地板,舔着牙齿。格洛塔向后坐回去,叹了口气。

"不招也行,"他说,"等我亮器具就没这么客气了。"弗罗斯特走上前，在胖子脸上投下巨大阴影。"有人会发现你的尸体漂在码头边，"格洛塔吸口气，"全身被海水泡肿，面目全非，难以……可谓彻底无法辨认。"他动摇了，这头肥猪，就要和盘拱出了。"尸体上有伤口不是很正常吗？"他朝天花板吹口气，"城里少个人很稀奇吗？"格洛塔耸耸肩，"谁管来由？"

一阵急促的敲门声传来，鲁斯猛地抬头，脸上重又充满希望。该死，千万别是现在！弗罗斯特走到门前，拉开一条缝，有人对他说了什么。门又关上了。弗罗斯特俯身凑着格洛塔耳语。

"系特弗拉。①"刑讯官含糊不清地咕噜，格洛塔知道门外是塞弗拉。

主审官知道了？格洛塔微笑着点头，就像听到了好消息。鲁斯的脸微微一沉。一个专司走后门钻营的人怎会突然控制不住情绪？然而格洛塔知道原因。若陷入无助绝望的境地，听凭绝不会发慈悲的对手随意摆布，的确很难保持镇静。谁比我更了解这种滋味？他又叹口气，用仿佛厌倦一切的语气问："招不招？"

"不！"犯人那双小眼睛里重新闪现出刚硬神色。他回瞪格洛塔，面如止水，吞了吞唾沫。惊喜，真是个惊喜。我们才刚开始呢。

"讨厌那颗牙吗，鲁斯？"格洛塔对牙齿的了解太全面了，他自己的牙给他上了最好的一课。或是最差的，端乎怎么看。"我必须失陪一会儿，我要好好考虑下你那颗牙，仔细想想怎么利用。"他抓住手杖，"希望你也考虑考虑，想想那颗牙，衡量清楚，画不画押？"

格洛塔缓慢起身，抖了抖麻木的左腿："也许直截了当揍你一顿，你会考虑得快一点，我让你跟弗罗斯特刑讯官待上半小时。"鲁斯的嘴一下子张得老大，却说不出话。白化人毫不费力地将胖子连人带椅一道搬起，慢慢翻转过去："他最擅长这个。"弗罗斯特取出一副破旧的皮

---

① 弗罗斯特口吃，常发鼻音"系"，在这里"系特弗拉"应为"是塞弗拉"，后文不再专门解释。

手套,仔细套进宽大的白皙双掌,一根手指一根手指地套。"你什么都想要最好的,不是吗,鲁斯?"格洛塔朝门口走去。

"等等!格洛塔!"鲁斯拼命扭头,哭号着,"等等我——"

弗罗斯特刑讯官用戴上手套的手紧捂住胖子的嘴,另一只手推了推面具。"系系系……"他说。门"咔"一声关上。

塞弗拉倚在走廊墙上,一只脚向后蹬着墙。他一边透过面具吹出不成调的曲子,一边用手拨弄长发。格洛塔出门时,他立刻挺直身,微微鞠躬,眼睛显出他正在笑。他总在笑。

"卡莱尼主审官想见你。"他用稀松平常的语气说,"我觉得他没这样生气过。"

"塞弗拉,你这贱人,你肯定吓到了。拿到箱子没?"

"拿到了。"

"从里面取了些给弗罗斯特?"

"取了。"

"也为自己老婆留了一份?"

"哦,当然。"塞弗拉说着,眼里笑意更甚,"我当然会特别关照自己的老婆——如果我有老婆的话。"

"很好。我得赶紧回应主审官的召唤。要是五分钟后我没出来,你就带着那个箱子进来。"

"擅闯主审官办公室?"

"闯进来给他一刀,我也不在乎。"

"好吧,审问官。"

格洛塔点点头,转过身去,旋即又转回来:"你不会当真给他一刀,对吧,塞弗拉?"

刑讯官眯眼笑笑,把闪着寒光的刀收入刀鞘。格洛塔朝天花板翻个白眼,一瘸一拐地走开。手杖敲在地砖上,左腿刺痛汹涌。哒,噔,痛。正是他走路的节奏。

主审官办公室位于地上的审问部本部，房间宽大，陈设豪华——一切都显得太夸张、太奢侈了。一面精雕细琢的大窗占据了大半个木墙，将下方庭院精心修葺的花园尽收眼底。一张几乎同样大的华丽桌子摆在出自温暖异国、色彩斑斓的地毯中央。宏伟的石壁炉上，挂着一颗来自冰冷北方的猛兽头颅，壁炉的火虚弱地跳动着，奄奄一息。

然而卡莱尼主审官能让这个办公室显得狭小无趣。他是个魁梧的老人，年近六十但气色红润，头发稀疏，两鬓的白色络腮胡却异常茂盛。即便在审问部内部，他也算颇有权威。

然而格洛塔不是他的人，两人对此心知肚明。

桌子后方摆着一把华丽大椅，主审官却在一旁踱来踱去，挥手大叫。格洛塔坐的椅子无疑也很名贵，但显然是为了尽量使主人不舒服而设计的。无所谓。我什么时候舒服过呢？

把猛兽的头换成主审官的头挂在壁炉上，会是怎样光景？主审官责骂他时，他以此自娱。这个大蠢蛋跟他的壁炉没两样，金玉其外，败絮其中。若有一天能审问他，他会是什么反应？我要从他可笑的络腮胡入手。然而审问官脸上挂着认真谦恭的表情。

"你这次越界得过分了，格洛塔，你这疯痫子！布商公会要是知道你干的好事，绝对会剥了你的皮！"

"我试过剥皮，有点痒痒。"该死，闭上嘴，保持微笑。爱吹口哨的混蛋塞弗拉怎么还不来？我出去就剥了他的皮。

"哦，没错，很好，好极了，格洛塔，敢当面嘲笑我了！看看你列的罪名，逃避国王的税收？"主审官向下怒视他，络腮胡根根竖立。"逃税？"他尖叫着，唾沫溅了格洛塔一脸。"有谁干净？布商公会、香料公会，个个脱不了干系！每个他妈有船的都撇不清干系！"

"但他们太明目张胆了,主审官。这是对我们的侮辱。我觉得我们应该——"

"你觉得?"卡莱尼涨红了脸,身体在暴怒中颤抖,"我早就明确要求你远离布商公会和香料公会,远离所有的大公会!"他加快了踱步步伐。这样下去,你会把地毯磨穿,那些大公会还得为你买新的。

"你觉得?你觉得?你必须立刻放人!立刻!至于怎么向人家低声下气道歉,你自己去想!真他妈丢脸!你让我看起来像个蠢货!他人呢?"

"我把他留给弗罗斯特刑讯官。"

"那个连人话都不会说的畜牲吗?"主审官绝望地撕扯头发,"是这样的,是吗?他现在肯定成了废人!我们不可能就这样送他回去!你完了,格洛塔!完了!我要面见审问长!面见审问长!"

大门被一脚踢开,塞弗拉提着箱子,晃晃悠悠走进来。真是一秒也不愿提前啊。塞弗拉将箱子"咚"一声摔上桌,发出"叮叮当当"的声响。主审官瞪大了眼,摆出愤怒的唇型,却说不出话。

"该死的,到底什么意思,这……"塞弗拉拉起箱盖,现出满满一箱金币。可爱的金子。责骂戛然而止,主审官的嘴仿佛卡住了,说不出下一个字。他看上去惊愕异常,然后是迷惑不解,最后小心谨慎地抿抿嘴,坐下来。

"谢谢,塞弗拉刑讯官,"格洛塔发话,"你出去吧。"塞弗拉缓步退下,主审官若有所思地摩挲着络腮胡,脸上逐渐恢复了平时的红润。"这是从鲁斯那里没收的,已是王室财产。作为我的上级,这些东西上缴给您再合适不过,由您将它们收归国库。"或者买张更大的桌子,你这吸血鬼。

格洛塔身体前倾,手放在膝上:"或许您可以这么搪塞:就说鲁斯做得太过分,审问势在必行,必须杀一儆百,否则无法维持纲纪。您这样说,可以让那些大公会紧张紧张,在我们面前规矩一点。"让他们紧张紧张,以便你榨取更多油水。"或许您也可以告诉他们,说一切都是我这疯瘸子的责任。"

主审官开始回心转意了,格洛塔看得出,虽然对方竭力掩饰,但目光一接触到那箱金币,络腮胡就禁不住颤抖。"好了,格洛塔,好了。你有你的道理。"他伸出手,小心翼翼合上箱盖,"下次如果你想做同样的事……先向我请示,行吗?我不喜欢惊喜。"

格洛塔勉力站起,一瘸一拐地向门口走。"噢,还有件事!"他僵硬地转身,卡莱尼从时髦的浓眉下严肃地盯着他,"我去见布商时,需要带上鲁斯的供状。"

格洛塔咧嘴笑了,露出黑洞洞的门牙豁口:"没问题,主审官。"

✡

至少有一点卡莱尼说得对,鲁斯是绝不可能就这样送回去的。犯人的嘴唇全裂了,淌出鲜血,全身遍布黑青瘀伤,头无力地歪向一侧,脸肿得难以辨认。换言之,他就像个马上要招的人。

"没想到你如此享受这半小时,鲁斯,没想到啊。这是不是你生命中最糟糕的半小时呢?我说不准。不过别担心,我们准备的节目还很多,事实上……那些节目更精彩,绝对高品质!"格洛塔倾身向前,鞋带几乎碰上鲁斯血肉模糊的鼻子。"跟我相比,弗罗斯特刑讯官只能算是个小丫头,"他低语,"小猫咪。等我上场,鲁斯,你就会怀念现在的待遇,你就会求我让你跟刑讯官待上半小时。明白吗?"鲁斯沉默不语,只是断鼻里"呼哧呼哧"。

"亮器具。"格洛塔低声下令。

弗罗斯特踏步上前,演戏般打开一个抛光匣子。那个匣子工艺精湛,匣盖拉开后,诸多托盘立刻升起,呈扇形弹开,尽情展示格洛塔那些可怖的刑具:各种大小不一、形状各异的刀片,弯针和直针,装油或硫酸的瓶子,钉子和螺丝,夹子与钳子,锯片、锤子跟凿子。它们都被抛光得像镜子一样,磨得锋利无比,在明亮灯光下闪着金属、木头和玻璃的光泽。鲁斯的左眼肿起一大块青紫,完全遮挡了视线,但其右眼向上扫视这些器具,眼神中充满失魂落魄的恐惧。一些刑具的功能不用多讲,另一些却要人发挥最极端的想象力。不知哪个更能吓倒他?

"我们讨论过你的牙,"格洛塔低语,鲁斯的眼睛一下子转过来向上盯着他,"现在招不招?"我搞定他了,他就要招了。快招,快招,快招,快招……

急促的敲门声再次响起。该死!弗罗斯特打开一条门缝,有人一阵低语。鲁斯舔舔肿胀的嘴唇。门关上后,白化人俯身对格洛塔耳语。

"系沈问长。"格洛塔整个僵在原地。钱使得不够。我刚拖着前脚从卡莱尼的办公室走人,那老混蛋后脚就把我卖给了审问长。我就这样完蛋了?想到这里,他不禁心虚恐慌起来。也罢,让我先料理了这头肥猪再说。

"跟塞弗拉说我马上去。"格洛塔正欲转身继续料理犯人,弗罗斯特却把白皙的大手放在他肩上。

"凹,沈问长,"弗罗斯特指着门口,"他系那里,凹呀。"

亲自赶来?格洛塔眼皮直跳,为什么?他用桌沿撑住身子。明天运河水道里漂浮的该是我的尸体了吧?我的尸体,被水泡得浮肿,面目全非,无法辨认?想到这,一阵轻微的解脱感攫住了他。不用再走台阶了。

国王陛下的审问部的主官——审问长阁下就站在门外走廊。他穿着白色大衣,戴着白色手套,顶着银白色头发,全身一尘不染,洁净无瑕,身后肮脏的墙壁在他的映衬下几乎显得发黄。他年过六十,但看不到一丝衰老迹象,身材高大,骨骼匀称,胡子刮得干干净净,整个人容光焕发,神采奕奕。仿佛世间俗事都没法惊扰他。

他们只见过一面,那还是六年前格洛塔加入审问部时,但从那至今,看不出审问长有丝毫改变。苏尔特审问长是联合王国最有权势的人之一。也就意味着他是全世界最有权势的人之一。在他身后,站着两个身形壮硕、戴黑面具的刑讯官,无声无息,宛如幽灵,在地上投下巨大阴影。

看到格洛塔笨拙地从门里走出,审问长微微一笑。这一笑能说明很多问题。一点蔑视,一份怜悯,一丝威慑,可能是任何感情,但绝不是开心。"格洛塔审问官。"他开口时,伸出一只戴白手套的手,掌心向下。一枚带有巨大紫钻的戒指在他手指上闪耀。

"卑职全心全意遵从您,审问长阁下。"格洛塔缓缓弯腰去亲吻戒指,表情不自主地扭曲。这种困难而痛苦的缛节,仿佛会延续到永远。等他终于站直,只见苏尔特用冷酷的蓝色双眼平静地看着他。这是一种全然看透了对方,却又全然无动于衷的表情。

"跟我来。"审问长转身,快步沿走廊走去,格洛塔一瘸一拐地跟上,两个沉默的刑讯官在后压阵。苏尔特走起来步伐坚定,脚步轻盈,衣服下摆在身后优雅地摆动。老混蛋。不一会儿他们来到一扇门前,这扇门跟他自己的审问室何其相似。审问长打开门锁进去,两个刑讯官分立门左右,双臂抱胸。一次私人谈话。一次我有去无回的谈话。格洛塔跨过门槛。

这是一个同样肮脏的白匣子。墙体被照得通明,有极低的、让人极不舒服的天花板,除了墙上潮湿的黑霉被一条大裂缝取代,它与自己那间一般无二。凹痕累累的桌子,廉价粗糙的椅子,甚至也有一道未擦净的血迹。是不是为制造效果,有意刷的?"砰"地一声巨响,一个刑讯官突然把门关上,惊得格洛塔差点跳起来,但他不能显露情绪。

苏尔特审问长优雅地坐进一把椅子,从桌上取过厚厚一叠泛黄的文件。他朝对面那把犯人坐的椅子摆摆手,格洛塔顿时明白了其中含义。

"我还是站着吧,审问长阁下。"

苏尔特朝他笑笑。他的牙齿整洁锋利,闪着白色光泽:"不用,你可以坐下说话。"

那些文件是我的底细。格洛塔笨拙地坐到犯人椅上时,审问长翻过了第一页,他眉毛紧蹙,轻轻摇头,仿佛看到了极失望的事。是我风光的军旅生涯吗?

"卡莱尼主审官刚才来找过我。他很失望。"苏尔特从文件上抬起严厉的蓝色双眼,"对你很失望,格洛塔。他不满意你的做事方式。他说你不听指挥,不计后果,是个彻头彻尾的疯癫子。他请求把你从他的部门中清除出去。"审问长冷酷而诡秘地笑笑,就像格洛塔平常对待犯人。但他牙齿比我多。"我认为他已下决心……彻底清除你。"他们隔着桌子对视一眼。

所以我必须请求宽恕?我必须匍匐在地,亲吻你的脚?算了吧,我没心情乞求,我也趴不下去。就这样坐着被你的刑讯官干掉吧。一刀封喉还是敲烂脑袋,随你。动手吧。

苏尔特却不慌不忙,戴白手套的手灵活利落地翻动,纸页沙沙作响:"整个审问部找不出你这样的人,格洛塔。你既是身世显赫的贵族,又是剑斗大赛冠军和英勇的骑兵军官,本来能够平步青云。"苏尔特饶有兴趣地上下打量他。

"那是战前的事,审问长。"

"没错。你不幸成为俘虏,生还希望极其渺茫。随着战事延续,时间流逝,人们不再关心你。然而当条约签订,你却被遣返回国。"他眯眼瞅着格洛塔,"你都招了吗?"

格洛塔再也忍不住,不禁爆发出尖利的笑声,笑声在冰冷的房间里突兀地回荡,这种地方可不常有。"我招了吗?我一直到嗓子发哑,招出了能想到的所有东西,尖叫着喊出每个秘密。我像个傻子一样喋喋不休。再没什么可说时,我就瞎编。我排泄在自己身上,哭得像个娘们儿。每个人都这样。"

"但不是每个人都能活下来。你在皇帝的监狱里待了两年,没人能撑过这一半长的时间。医生们肯定你下半辈子下不了床,但仅仅一年后,你却将入职申请递交到审问部。"这些事你我都知道。你我都在场。你到底想从我这得到什么?何不直说?也许有些人就是喜欢自说自话。

"他们告诉我你瘸了,是个废人,康复不了更不值得信任。但我倒愿意给你一次机会。每年剑斗大赛都会有新的傻瓜胜出,每场战争也催生出更多貌似前途无量的士兵,但你能撑过那两年的经历是独一无二的。于是我派你去北方,管理我们的一座矿藏。你觉得安格兰怎样?"

一个充斥着暴力和腐败的阴沟。一个以自由的名义奴役罪犯和无辜者的人间地狱。一个用来流放我们厌恶或不敢面对的人,让他们在饥饿、病疫和劳役折磨下惨死的深坑。"很冷。"格洛塔回答。

"跟你一样。你在安格兰没交什么朋友,审问部中有一两个,在流放犯中一个都没有。"他从文件中抽出一封破旧的信,锐利地瞟了一眼,"高尔主审官报告说你是一条冷血的鱼,浑身找不出一滴热血。他认为你毫无用处,于他的工作毫无裨益。"高尔。那个蠢货。那个屠夫。我宁愿血被抽干,也不想和他为伍。

"但三年后,矿产量却显著上升,事实上翻了倍。所以我把你调回阿杜瓦①,在卡莱尼主审官手下工作。我以为你跟着他能学会遵守纪律,但似乎我错了。你仍一意孤行。"审问长皱眉看了他一眼,"说实话,我觉得卡莱尼有点怕你,审问部的人都怕你。他们讨厌你的自负,讨厌你的手段,讨厌你……对工作的独特理解。"

"您怎么想,审问长阁下?"

"要我说实话吗?我同样不怎么喜欢你的手段,而且我觉得你的

---

① 阿杜瓦是联合王国首都。

自负不是那么理直气壮。但我喜欢结果。我非常喜欢你的结果。"他"哗啦啦"合上文件，一只手压在上面，隔着桌子朝格洛塔探身。正如我要犯人招供时。"我有项任务给你。一项能充分展现你的才能，而非跟在走私贩屁股后小打小闹的任务。一项也许能让审问部的人对你刮目相看的任务。"审问长停顿良久，"我要你抓捕塞普·唐·托伊费尔。"

格洛塔皱皱眉。托伊费尔？"您说的可是王家铸币厂总管，审问长阁下？"

"正是。"

王家铸币厂总管。来自世家门第的显赫人物。一条我的小鱼缸盛不下的大鱼，这条鱼有无数位高权重的朋友。逮捕这样的人有危险，可能是生命危险。"我可以问理由吗？"

"不问为好。我来操心理由，你只需集中精力拿到供状。"

"是何供状，审问长阁下？"

"哎，腐败和叛国的供状啊！看来我们的总管朋友交友不慎，沦入了受贿的误区，与布商公会合谋欺骗陛下。如此说来，若有哪位布商公会高级会员站出来指证他，将会非常管用。"

果然不是巧合。就在说话当口，我的审问室里正好有一位布商公会高级会员。格洛塔耸耸肩："人一旦松口，蹦出的名字就停不住。"

"很好。"审问长挥手，"下去吧，审问官。明日此时我来拿托伊费尔的供状，在此之前准备好。"

格洛塔费力地走回走廊，缓缓呼出一口气。

吸气，吐气，镇静。他本没打算活着走出那间屋。现在却进入了权力圈，为审问长执行私人任务，要从联合王国最得力的官员之一那里拷问出叛国供状。我进入了最高层，但能待多久呢？为什么选我？是因为我能带来结果？还是因为没人在乎我？

✡

"我为今天所有的干扰抱歉,真的很抱歉,来来去去,弄得像个妓院。"鲁斯扭动肿胀的破嘴唇,惨兮兮一笑。亏你还笑得出,当真是个惊喜。不过事情该了结了。"开门见山吧,鲁斯,不会有人来帮你。今天不会,明天不会,永远都不会。你会招的,唯一选择是什么时候招,再受多少苦。拖延毫无意义,只能增加痛苦,我们会让你吃不消。"

鲁斯血肉模糊的脸看不出表情,但肩膀垮了下去。他用颤抖的手,把笔蘸进墨水,在供状底部有点歪斜地签名。我又赢了。腿上的痛苦因此减轻了吗?牙齿长回来了吗?我毁掉眼前这个曾唤作朋友的人,有啥好处?为什么要干这个?鹅毛笔尖在纸上的刮擦是唯一的回答。

"很好,"格洛塔道,弗罗斯特刑讯官又递来一份文件,"这是你的同伙名单。"他懒洋洋扫过那些名字:几名布商公会低级会员、三名船长、一名城市守卫队军官、两名海关下等官吏。乏味的菜谱。看看怎么加点料。格洛塔把名单转过来,隔着桌子推回去。"添上塞普·唐·托伊费尔。鲁斯。"

胖子很迷惑。"铸币厂总管?"他高高肿起的嘴唇发出含混的声音。

"是的。"

"可我从没见过此人。"

"那又怎样?"格洛塔声色俱厉,"照我说的做。"鲁斯愣住了,嘴唇微张。"快写,你这头肥猪。"弗罗斯特刑讯官把指关节压得嘎吱响。

鲁斯舔舔嘴唇。"塞普……唐……托伊费尔。"他一边写,一边自言自语。

"很好。"格洛塔小心翼翼地合上他可怖又漂亮的器具匣,"很高兴,由于我们合作愉快,这些器具今天派不上用场了。"

弗罗斯特"啪"一声打开犯人的手铐,拖犯人起来,押向后面那扇门。"要把我怎样?"鲁斯扭头大叫。

"送你去安格兰,鲁斯,去安格兰。多带几件暖和衣服。"门在他身后砰然关闭。格洛塔看着手中名单,塞普·唐·托伊费尔位于末端。简简单单一个名字,看来与其他名字一般无二。托伊费尔。只添了一个名字,风险却不一样了。

塞弗拉在外面走廊等待,一如既往笑眯眯的:"我可以把肥佬扔进水道了吗?"

"不行,塞弗拉,让他搭下一艘去安格兰的船。"

"您今天真是大发慈悲,审问官。"

格洛塔哼了一声:"大发慈悲才是扔进水道,那猪猡在北方坚持不过六星期。忘掉他吧,今晚我们要逮捕塞普·唐·托伊费尔。"

塞弗拉眉毛一挑:"铸币厂主管?"

"正是。审问长阁下亲自下令,看来他收受布商贿赂。"

"噢,可耻啊。"

"天一黑我们就出发。告诉弗罗斯特准备好。"

瘦长的刑讯官点点头,长发摆动。格洛塔转身,沿走廊蹒跚而去,手杖"哒哒"敲在污迹斑斑的地砖上,左腿火烧般痛。

为什么要干这个?他又一次扪心自问。

为什么?

别无选择

No Choice at All

罗根惊醒了。

他僵硬地躺卧在地,头抵在硬东西上,膝盖蜷于胸前。他睁开一条小眼缝。漆黑一片,但有微弱的光线隐隐照进来,透过雪。

恐慌攫住了他,他顿时想起自己置身何处。他在小山洞的洞口堆了些雪,以保持洞里温度,现在洞口却被雪完全堵上了。无疑他睡着时雪下大了,将他封在了里面。可能洞外已积满雪,深得足以将人淹没,教他永远别想出去。他真该一路向上爬,走出高山间的谷地,那就不会死在这连脚都伸不开的岩洞里了。

罗根在这狭小空间里使劲扭身,一边用冻僵的双手掏积雪,挣扎着,扑腾着,一边上气不接下气地咒骂自己。光线突然射进来,灼热而明亮。他把最后几堆雪推开,忙不迭地拖着身子钻出去。

天青如洗,阳光照耀。他面向太阳,紧闭刺痛的双眼,沐浴在光芒中。空气入喉,带来疼痛的寒意,冰冷刺骨。他的嘴干得像沙漠,舌头冻得像雕坏的木头。他抓起一把雪塞进嘴里。雪入嘴融化,他咽下去,然而雪水冰冷,冷得他头疼。

有腐臭味——并非他身上潮湿的臭汗,虽然这味道已令人作呕——是毯子开始腐烂了。之前他从毯子上撕下两块,像手套般裹在双手上,用麻线扎紧,又撕了一块裹在头上,做成臭气熏天的风帽。他还用毯子的碎片塞满靴子,剩下的毯子一层一层裹在外衣下。毯子很难闻,但昨晚救了他一命,罗根觉得很划算。

在他能扔掉它之前,臭味会更甚。

他挣扎起身,环视周围。这是一条两边陡峭、积满了雪的狭窄山谷,三座高耸山峰环绕着它,灰黑峰峦与白雪映衬着湛蓝的天。他认得这些山,它们都是他的老朋友,他唯一剩下的朋友。他终于踏上了群山——世界屋顶。他安全了。

"安全了。"他沙哑地低语,却一点也高兴不起来。毫无疑问,这里安全是安全,但没有食物,也基本谈不上温暖,两者在此想都不用想。他或许逃过了山卡的追击,但这是个死亡之地,留下来他迟早变成死人。

他很饿。肚子像一个巨大的空洞,向他痛苦地尖叫。他从包里摸出最后一条干肉。一条油腻的棕色老肉,活像一截干枯的小树枝。不可能靠它来填满空洞,但他只有这个。于是他用牙齿撕咬着皮靴一样硬的肉,就着雪咽下。

罗根手搭凉棚,顺着山谷北望,望向昨天的来路。只见地势渐低,积雪和岩石让位于松树覆盖的丘陵,树木又让位于连绵起伏的草场,最后绿丘让位于大海,在远方地平线留下一道闪光的痕迹。家,这念头让罗根郁郁寡欢。

家。那里曾有他的家,家里有有勇有谋的父亲——既是个好人,又是个好族长——还有他的妻子和孩子们。他们是和睦的一家,他理应扮演好好儿子、好丈夫和好父亲的角色。他的朋友们也在那边,新老朋友都在。能与他们重逢就太棒了。和父亲在长厅闲谈,陪孩子们嬉戏,跟妻子并肩坐在河边,与三树激论战术,同狗子一起在山谷间打猎,举着长矛,像傻蛋般纵怀大笑着驰骋过森林。

罗根突然升起一股痛苦的憧憬,令他几近哽咽。现实是,他们都死了。长厅成了一圈焦黑残骸,那条河成了臭水沟。他永远也忘不了爬上山顶,看到焚毁的山谷时的情景。他在灰烬间爬行,寻找任何生命迹象。狗子抓住他肩膀,叫他放弃。除了尸体,什么都没有,除了腐烂已久、无法辨认的尸体。他找得精疲力竭。他们全死了,山卡一个都没放过,全死了。他朝雪地吐了口唾沫,唾沫被干肉染成黄褐色。死亡,冰冷腐朽的死亡,或者被烧成灰。

入土为安。

罗根咬紧下巴,朽烂的毯条下双拳紧握。他可以再回去一次,回到海边的废村;他可以再发出战吼,从山上冲下,一如他在卡莱恩之战中那样——那一战,他失去了一根手指,但"九指罗根"从此声名远扬;他可以再干掉几个山卡,像对付"没心肺"沙玛那样,从肩膀直劈到小腹,肠肚流一地;他可为父亲、妻儿和朋友们复仇。在杀戮中死去,是血九指的归宿,是值得歌唱的结局。

但卡莱恩之战时的他年轻力壮,又有朋友作坚强后盾,而现在他食不果腹,孤身一人。他用一柄无比锋利的剑杀了"没心肺"沙玛,而现在他腰间这把刀呢?刀或许是好刀,但用来复仇太可怜。况且谁会歌唱?即便山卡乱箭射穿这个浑身恶臭、毯子包裹的叫花子之后认出他是谁,它们的嗓子也太粗哑,想象力更是缺乏。

复仇之事可以再等,至少等手里有把大刀。你必须现实一点。

只能继续向南流浪。他有手艺,能找活干。也许是见不得光的苦活,但活毕竟是活。不得不承认,这念头很有吸引力。从此没人会依赖他,他的决定不再性命攸关,左右他人生死。确实,他在南方也有敌人,但血九指就是要跟敌人打交道的。

他又啐了一口。唾沫也不能随意浪费。他只剩下唾沫、旧锅和散发恶臭的毯条了。死在北方还是去南方活命,必须作出选择。

别无选择。

做人就得放下包袱向前走,这是他的座右铭。要活下去必须这么做,不管你值不值得活。尽力缅怀死人,说几句感怀的话,然后向前走,希望一切好转。

罗根长吸一口冷气,然后呼出。"再见,朋友们,"他咕哝,"再见。"然后他把包裹扔上肩膀,转身在厚厚的积雪中挣扎前行。向下走,向南,走出群山。

✡

雨仍在下,细雨凝成寒露,结在树枝、树叶和松针上,积成大大的水珠后,穿过罗根湿透的衣服,滴进他湿冷的皮肤。

他安静平稳地蹲在潮湿的灌木丛里,任凭雨水顺着脸流淌,他的刀被水汽涤得闪亮。他能感觉到森林的磅礴动荡,听着它发出千种声息:昆虫窸窸窣窣地爬行,鼹鼠盲目奔逃,小鹿胆怯踟蹰,还有树液在古老树干里缓缓涌动。森林里每一种生命都在寻找自己的食物,和他一样。他锁定了附近一只动物,小心翼翼地穿过树木绕到右边。一顿美餐。森林间仿佛一下子安静下来,只有水珠不停从树枝上滴落。整个世界只剩罗根和他的下一顿美餐。

他确定够近后,向前一跃,将猎物扑倒在雨地里。这是一只小鹿,四脚乱踢,却挣不过他强壮的身体和迅捷的动作。他一刀刺入它脖子,切开喉咙。热血从切口喷涌而出,流过罗根的双手,淌到湿漉漉的地上。

他抬起鹿尸,扛到肩上。炖汤很不错,或许可以放点蘑菇。很不错。饭后,他要唤出鬼灵,征求指引。鬼灵的指引一向没用,但他只想说说话。

返回营地已近黄昏。这是一处适合大英雄罗根的居所——两根大粗木支在淤泥里，撑起一片潮湿枝桠，下面挖了个坑。好在里头有一半是干的，雨也停了，看来今晚可以生火。他很久没有这样的享受了。一堆火，一个人享受。

待饱餐一顿、充分休息后，罗根将一块查加压进烟斗。几天前他在某棵树下找到了它，它是淡黄色的，形如大盘子。他剥下很大一堆，但直到今天才干燥到可以拿来抽。他从火堆里拣出燃烧的小枝，扎入烟斗，用力地吸，直到里面那块真菌燃起来，散发出熟悉的、带泥土气息的甜香。

罗根咳嗽起来，吐出褐色烟雾。他凝视着忽明忽暗的烟火，思绪重回到以前的岁月，想起了曾经的营火。狗子坐在旁边咧嘴笑，尖尖的牙齿在火光下闪烁；巴图鲁坐在对面，壮得像座山，笑起来响雷一般。"最弱的"福利也在，紧张不安的眼睛四下张望，眼神总带着一丝恐惧。此外还有"三树"鲁德和"寡言"哈丁。哈丁向来没话说，所以大伙儿管他叫"寡言"。

他们都在，又都不在。他们全死了，入土为安。罗根把烟斗里的真菌敲入火堆，扔开烟斗。他没了兴致，父亲说得对，永远不该一个人抽烟。

他拔掉破酒瓶的塞子，满饮一口，喷出一道酒雾。火苗蹿向冷空，罗根抹抹嘴唇，品着辛辣热烈的酒味。然后他向后坐靠在多结的松树干上，等待。

它们过了好一会儿才来。来了三个。它们悄无声息地现身于幢幢树影间，缓缓走向火堆，在火光中显形。

"九指。"第一个说。

"九指。"第二个应和。

"九指。"第三个的声音好似林间千种声息的混合。

"我的火堆恭候多时。"罗根说。鬼灵们蹲坐在地，面无表情地盯着他。"今晚只来了你们三个?"

右边的首先说话:"年复一年,从寒冬里苏醒的我们越来越少。只剩我们三个了。再过几个冬天,我们也将沉眠。届时再没有我们接受你的召唤。"

罗根悲伤地点点头:"世上可有新闻?"

"我们听说一个人掉下悬崖,却被河流冲刷上岸,幸免于难。然后他在初春时节裹着一条发臭的烂毯子穿越了群山,但我们不太相信这样的传闻。"

"你们非常明智。"

"贝斯奥德又要打仗。"中间的鬼灵说。

罗根皱皱眉:"贝斯奥德总在打仗,一向如此。"

"是的,蒙你相助,他所向无敌。现在他戴上了一顶金帽子。"

"该死的混蛋,"罗根往火堆里啐了一口,"还有呢?"

"群山以北,山卡四处出没,纵火烧掠。"

"他们喜欢火。"中间的鬼灵说。

"的确,"左边的说道,"比你的族群还迷恋,九指。它们对它爱恨交加。"鬼灵身体前倾:"我们听说有个住在南部荒野的人在找你。"

"一个法力强大的人——"中间的道。

"一个旧时代的法师——"左边的说。

罗根蹙紧了眉。他对法师有所耳闻,也曾碰过一个所谓的"术士",但对方被他轻易结果了,没看出什么法力。也许法师另当别论罢。

"我们听说这位法师博学而强大,"中间的鬼灵道,"能带人去远方旅行,展示诸多奇景异象。但他也很狡诈,法师个个心怀鬼胎。"

"他想要什么?"

"你自己去问他。"鬼灵对人类的事鲜少关心,对细节一向不求甚解。不过,这次总比以前只谈树好多了。

"你准备怎么做,九指?"

罗根沉思半晌:"我要南下,找到那个法师,问他想从我这儿得到什么。"

鬼灵点点头,对这主意不置可否,因为它们毫不关心。

"那么再见,九指,"右边的鬼灵道,"也许是最后一次见面。"

"没有你们我前路艰险。"

没有你们我能节约许多时间。它们起身离开火堆,渐渐隐入夜幕中,一会便消失不见。罗根承认,他们这次比以往有用,至少给了他一个目标。

明日一早便南下去找那个法师。谁知道呢?也许对方不过空有虚名,但总好过回北方在乱箭下白白送命。罗根凝视火堆,缓缓点头。

他想起另一段岁月,另一堆篝火,那时他并不孤独。

大赛选手
Playing With Knives

　　阿杜瓦的美好春日,和煦阳光透过芳香雪杉的枝叶,在牌友们身上投下斑驳阴影。每当怡人微风吹过院子,大家便得把牌抓紧,或用酒杯、钱币压住。鸟儿在枝桠间啁啾,园丁的大剪刀"咔嚓咔嚓"从草坪彼端一路剪来,声音轻轻回荡在方院四周高高的白色楼宇间,悦然入耳。当然了,在这美好的春日,想让桌子中央那堆钱看来也赏心悦目,就得握手好牌。

　　杰赛尔·唐·路瑟上尉就有这一手好牌。自打当上王军①军官,他练出超凡卓绝的牌技,从同僚那赢回大笔钱财。当然,他家境宽裕,并非真缺钱,但这么做可在花天酒地的同时给家人留下节俭的好印象。杰赛尔每次回家,父亲都会不厌其烦地大肆夸奖他良好的理财意识,六个月前还买来上尉一职奖励他。他的兄弟们对此颇有微词。没错,钱很管用,而且生活中没什么比让最亲近的朋友们出丑更有趣了。

　　杰赛尔半躺在长椅上,伸直一条腿,环视牌友。威斯特少校在摇

---

① "王军"指联合王国中由国王居中调度的常备军。

晃椅子,此刻椅子仅靠后脚站立,看起来有即刻倾覆的危险。少校拿起酒杯迎着太阳,陶醉于琥珀色酒液滤过的日光,脸上那一抹神秘微笑仿佛在说:"我虽不是贵族,地位不如你们,但我在剑斗大赛拿过冠军,又在战场上赢得陛下的嘉奖——这些足以证明我比你们优秀,你们这帮小屁孩最好乖乖听我的。"不过他这一局业已弃牌,杰赛尔觉得他总是对钱太吝啬。

卡斯帕中尉身体前倾,紧蹙双眉,一边摸着淡黄色胡子,一边紧盯手中牌,仿佛牌上写着数不清的大数字。他是个有趣的年轻人,但牌技差得可以,还总是对杰赛尔用赢他的钱给他买酒喝感激不已。说来他输得起,毕竟他老爸是联合王国最大的领主之一。

据杰赛尔观察,蠢材在聪明人的队伍中只会显得更加愚蠢。失去了优势,他们会争抢讨人喜欢的白痴的位子,以便脱离只输不赢的争论,借此博得所有人欢心。卡斯帕脸上那带着困惑的专注神情仿佛在说:"我的确不聪明,但我诚实得可爱,这更要紧。不要太在乎聪明。噢,而且我有钱、非常有钱,所以大家无论如何都会喜欢我。"

"我跟。"卡斯帕边说边将一小摞银币掷进桌。银币四散蹦开,发出悦耳的叮当声,反射着阳光。杰赛尔漫不经心地数着桌上的钱。或许能买套新制服?卡斯帕只要拿到好牌,就禁不住微微颤抖,但此刻他根本不抖。说他此举是虚张声势,那真是抬举他了,很可能他只是厌倦了做局外人。杰赛尔确信,到下一轮下注时,他会像廉价帐篷一样垮掉。

加兰霍中尉满脸愁容,将牌掷向桌面。"今天倒霉透了!"他低沉地抱怨,然后靠回椅背,耸起结实的双肩,紧皱的眉头仿佛在说:"我身材最高大,最有男子气概,又是个急脾气,你们所有人都该尊敬我才是。"然而尊敬是杰赛尔在牌桌上从不给他的东西。急脾气上战场或许管用,但在牌桌上只会误事。今天最大的遗憾是加兰霍的手气委实差劲,否则杰赛尔可以借他的急脾气赢下他一半薪水。加兰霍将杯中酒一饮而尽，伸手去拿酒瓶。

现在只剩下布林特，这群伙伴中最年轻也最穷的一个。他舔舔嘴唇，表情一下子凝重起来，带着一丝孤注一掷的悲壮，仿佛在说："我既不年轻也不穷。我输得起。我跟你们每个人一样重要。"他今天带了不少钱，也许是刚发的津贴——他接下来两三个月的生活费。杰赛尔打算把这笔钱赢光，然后挥霍在女人和酒上面。想到这，他努力忍住不让自己笑出声。笑到最后才笑得最好。布林特向后靠上椅子，陷入思索。他作决定得花一段时间，于是杰赛尔从桌上拿起自己的烟斗。

他在专供的烟灯上点燃烟斗，将参差不齐的烟圈吐向雪杉枝条间。可惜他抽烟的技艺难以与牌技相提并论，大多数烟圈看上去就是一团黄褐色蒸汽。说实话，他并不真喜欢抽烟，抽烟让他犯恶心，但这是时髦又奢侈的事，如果仅仅因为自己不喜欢而错过时髦，那才是蠢货。此外，最近一次来都城探亲时，父亲给他买了柄漂亮的象牙烟斗，叼在嘴里很酷。不消说，他的兄弟们对此肯定也颇有微词。

"我跟。"布林特道。

杰赛尔将腿从长椅上挪下："我再跟，这里至少有一百马克。"他把自己的钱币全部推倒在桌子中央。威斯特从齿缝间倒吸一口气。一枚钱币从钱堆顶上掉下，落到钱堆边，在木桌上滚动，而后随着独一无二的钱币落地声，掉下桌面。草坪那边，园丁的头随着这声音本能地一抬，然后又继续低头修剪草皮。

卡斯帕像手中的牌烧手指似的，将牌胡乱插入牌堆，摇摇头："妈的可惜了这手，我真是个白痴。"他一脸遗憾，向后倚在粗糙的褐色雪杉树上。

杰赛尔直盯着布林特中尉，面露微笑，不动声色。"他虚张声势，"加兰霍声音粗气地说，"别上当，布林特。"

"别跟，中尉。"威斯特劝道，但杰赛尔知道他会跟，因为他要摆出输得起的架势。果然，布林特没有犹豫，用漫不经心的浮夸手势将钱币全推了出来。

"一百马克,左右不离。"布林特竭力使自己的声音在前辈军官们面前显得老练,实际却透出一股神经质。

"足够了,"杰赛尔道,"朋友玩玩呗。你有什么牌呐,中尉?"

"我有一把大地。"他向大伙展示手中牌,眼里带着一丝兴奋。

杰赛尔有意令气氛更紧张。他皱皱脸,耸耸肩,扬扬眉,若有所思地挠头。他看到布林特的表情不断跟着变换:希望,绝望,希望,绝望。最后杰赛尔终于把牌在桌上摊开。"哈,看,又一把太阳。"

布林特的表情丰富得像幅画。威斯特叹气摇头。加兰霍蹙紧了眉。"我的确以为他在虚张声势。"他说。

"他怎么做到的?"卡斯帕边问,边在桌上弹一枚散落的钱币。

杰赛尔耸耸肩:"玩这个在人,不在牌。"他开始将银币舀进袋,发出叮叮当当的悦耳声音——不过只是杰赛尔听来悦耳,布林特在一旁看着,咬紧牙关,脸色苍白。一枚银币掉下桌,落在布林特靴旁。"不帮我捡吗,中尉?"杰赛尔挂着蜜糖似的笑容问。

布林特腾地站起,撞上了桌子,钱币和酒杯都为之一震,哗啦啦直响。"我还有事。"他哑着嗓子说,用肩挤过杰赛尔时把后者撞到了树干上,然后大踏步朝院子边上走,消失在军官营舍间,自始至终没抬头。

"瞧见没有?"杰赛尔看着布林特,怒火一点点升起,"竟然那样撞我,真他妈没教养!我是他的上级呢!我非把他写进报告不可!"提到报告,立刻引来一片反对声。"算了,他就是输不起!"

加兰霍皱眉严肃地说:"你不该咬他咬这么狠。他没钱。"

"输不起就别玩!"杰赛尔不快地断言,"还有,是哪个家伙告诉他我在虚张声势来着?最好闭上大嘴巴!"

"他刚来,"威斯特道,"只想融入这里罢了。你不也新手过吗?"

"你是谁,我老爹吗?"杰赛尔清晰地记起刚来时的痛苦经历,不禁有点恼羞成怒。

卡斯帕挥挥手:"我借他点钱,别担心。"

"他不会收。"加兰霍道。

"哎呀,收不收是他的事。"卡斯帕闭上眼,仰首面对太阳,"真热啊。冬天真的过去了。现在一定过中午啦。"

"该死!"杰赛尔喊了一声,飞快地收拾起东西。园丁暂停修剪,朝这边张望。"你就不能提醒我一下吗,威斯特?"

"我是谁,你老爹吗?"少校问。卡斯帕吃吃笑了。

"又迟到喽,"加兰霍鼓着腮帮子说,"元帅阁下要不高兴喽!"

杰赛尔抓起比剑用的武器就向草坪对面跑,威斯特少校不紧不慢地跟在后边。"快啊!"杰赛尔喊道。

"我跟着你呢,上尉。"他说,"跟着你呢。"

✡

"刺,刺,杰赛尔,刺,刺!"瓦卢斯元帅咆哮着,结结实实一棍打在他手上。

"嗷!"杰赛尔大叫一声,又举起手中铁棒。

"右手动起来,上尉,你的右手必须像条蛇!要让我眼花缭乱!"

杰赛尔挥舞沉重的铁棒又笨拙地刺了几下。完全是折磨,他指间、手腕、前额、肩膀,每次用力都火辣辣地疼,全身被汗水湿透,汗珠大颗大颗地顺脸颊流下。瓦卢斯元帅轻易挡开他无力的进攻。"现在,砍!用左手砍!"

杰赛尔的左臂使尽全力,抡起铁匠的大锻锤朝老人的头挥去——说实话,他只能勉强举起这该死的家什。瓦卢斯元帅只轻松一侧步,木棍重重打在他脸上。

"哎哟!"杰赛尔悲号一声,踉跄后退。手忙脚乱中,锻锤砸在脚上。"啊啊啊！"他尖叫着扔掉铁棒，弯腰去摸脚趾，结果瓦卢斯照他屁股重重来了一下，清脆的击打声在院子里回荡。他在刺痛中一头栽倒。

"真可怜哟！"老人叫道，"你可真让我在威斯特少校面前难为情呀！"少校前后晃着椅子，憋住声音，笑得浑身发抖。杰赛尔盯住元帅擦得一尘不染的靴子，没有一点起来的意思。

"起来，路瑟上尉！"瓦卢斯喝道，"我的时间很宝贵！"

"好的！好的！"杰赛尔疲累地爬起来，站在烈日下摇晃，大口大口喘气，汗流浃背。

瓦卢斯走近来嗅嗅。"今天喝过酒？"他质问，小灰胡子竖了起来，"昨晚也喝了！"杰赛尔无言以对。"好吧，真他妈有你的！我们有任务，路瑟上尉，这任务靠我一人可完不成！离剑斗大赛只有四个月，要用四个月时间把你训练成剑术大师！"

瓦卢斯期待他回答，杰赛尔却不知该怎么答。说真的，他参加剑斗大赛只为讨好父亲，但真话这个老兵肯定不想听，他可不想再挨几棍。"呸！"瓦卢斯冲杰赛尔的脸大叫一声，转身离去，双手在背后紧握木棍。

"瓦卢斯元——"杰赛尔开口。没等他说完，老兵已转过身来，木棍不偏不倚戳在他肚子上。

"哎哟。"杰赛尔叫了一声，瘫软下去。瓦卢斯站在他身前。

"你得给我跑上一跑，上尉。"

"哎哟哟。"

"给我从这里一直跑到锁链塔，再爬上塔顶护墙。我们会看到你的表现，少校和我要好好放松一下，在屋顶上杀一盘四方棋，"他指指身后一栋六层楼房，"屋顶看塔顶可是一清二楚。我的单片眼镜不会放过你，休想再作弊！"说完他重重地给了杰赛尔的脑袋一下。

"哎哟！"杰赛尔揉着脑袋叫唤。

"到达塔顶让我们看到后立即返回,用最快速度往回跑。没错,如果我们下完棋你还没回来,就重跑一次。"杰赛尔听得一缩,"威斯特少校的四方棋下得很好,要打败他大概要花我半小时。你最好立刻出发。"

杰赛尔摇摇晃晃站起来,咒骂着慢跑向院子远端的拱门。

"跑快点,上尉!"瓦卢斯在他身后喊。杰赛尔的双腿仿佛灌了铅,只能勉力向前。

"抬腿!"威斯特少校快活地高喊。

杰赛尔跑过拱廊,经过一个坐在门口傻笑的守门人,跑上外面的宽阔大道。他慢跑过爬满常春藤的大学外墙,一路咒骂瓦卢斯元帅和威斯特少校,又路过审问部——几无窗户的砖石主楼紧闭着沉重的大门——路上只有几个行色匆匆、了无生趣的办事员,下午此时的阿金堡一向宁静,跑入公园之前,杰赛尔都没看到能提起他兴趣的人。

三个时髦少女坐在湖边柳荫下,由一个中年女伴作陪。杰赛尔见状立刻加快步子,一脸饱受折磨的表情迅速换成漫不经心的微笑。

"女士们。"他边说边疾奔而过,听到她们在身后咯咯笑成一团,他心中暗暗得意。不过一待跑出她们的视野,他的速度立马减半。

"该死的瓦卢斯。"他低语道,拐入国王大道时,他差不多在走了,但即刻又加速跑起来——兰迪萨王太子正在不满二十跨①外对他庞大、光鲜的随从队伍训话。

"路瑟上尉!"太子殿下高喊,阳光在他衣服大颗大颗的金纽扣上闪耀,"全力冲刺!我可是下了一千马克在你身上!"

尽管据可靠消息,太子下了两千赌注支持布雷默·唐·葛斯特,杰赛尔还是在奔跑途中向殿下深深一鞠躬。太子身边的花花公子们欢呼雀跃,虚情假意地朝他远去的背影喊出鼓励。"酒囊饭袋。"杰赛尔暗暗咒骂,不过他倒不介意加入他们的行列。

---

① 长度单位,等于人类平均一大步的距离。

他经过巨大的石雕群,右边是六百年来的列位先王,左边是他们的忠实臣子,大臣的雕像比国王的稍小。转入元帅广场前,他朝巴亚兹大法师的雕像点头致意,那巫师仍像往常一样厌恶地皱眉回应——他无动于衷、超凡脱俗的仪容因脸颊上的一道白鸽粪便而稍有减色。

时值议会开会议事,广场几乎空无一人,杰赛尔得以缓步跑到军事大厅门前。一个矮壮的中士向他点头致意,杰赛尔寻思对方是否来自自己的连队——普通士兵看起来都一个样。他没理会这个中士,在林立的白色楼宇间继续跑。

"真是太棒了。"眼见加兰霍和卡斯帕坐在锁链塔门前抽烟,杰赛尔咕哝。这两个混蛋纵声大笑,肯定是猜到了他的路线。

"为了荣誉,为了胜利!"卡斯帕在他跑过时大喊,把鞘里的剑搅得嘎嘎响,"别让元帅阁下等待!"他在杰赛尔身后喊着,加兰霍乐不可支。

"该死的白痴。"杰赛尔喘着气说,用肩膀顶开厚重的门,爬上陡峭的螺旋梯,气喘如牛。这是阿金堡中最高的塔之一,共计二百九十一级台阶。"该死的台阶。"他暗自咒骂。爬到一百级时,他两条腿火烧般痛,呼吸杂乱;到达二百级,他早已步履维艰。他挪着脚走完余下的台阶,每一步都是折磨,最终他扑进一个角楼的门,踏入塔顶,倚在护墙上,被突如其来的阳光晃得不断眨眼。

城市在他脚下向南绵延,宛如一块由无数白房子组成的无边无际的地毯,围绕着闪闪发光的海湾。塔楼以北的阿金堡更为壮观:宏伟华丽的楼宇鳞次栉比,之间点缀着草坪、大树与上百座塔,最后为宽阔的护城河和高耸的城墙环绕。国王大道笔直地穿过城堡中央,通向圆桌厅,圆桌厅的青铜圆顶在阳光下闪耀,其后矗立的是大学的高高尖顶,冰冷高大的锻造者大厦又于其后隐现,凌驾于众楼之上,宛若一座黑山,向四面八方投下长长的阴影。

杰赛尔确信自己看到了远处瓦卢斯元帅的夹鼻眼镜的反光。他又咒骂一声，朝楼梯跑去。

✡

杰赛尔终于爬上屋顶，眼见棋盘上仍有几颗白棋，如释重负。

瓦卢斯元帅抬头朝他皱眉。"你很走运，少校今天只守不攻。"威斯特脸上绽出笑意，"看来你小子不知什么时候赢得了他的敬意，不过，你还没赢得我的。"

杰赛尔弯下腰，双手放在膝上，大口大口地喘气，汗水不断滴落在地。瓦卢斯从桌上拿过一个长匣，走到杰赛尔面前打开："让我们看看你的招式。"

杰赛尔左手拿短剑，右手拿长剑。挥舞过沉重的钢铁，它们简直轻若鸿毛。瓦卢斯元帅退后一步："开始吧。"

杰赛尔振作精神，使出第一式：右臂前伸，左臂护体。双剑自如转换，剑刃破风而舞，在午后阳光下闪烁。一连串招式结束后，他垂手而立。

瓦卢斯点点头："上尉有双快手，对吧？"

"的确，"威斯特少校咧开大嘴笑着，"他这次的表现比我以往任何时候都好。"

元帅阁下不为所动："他的第三式膝盖压得太低，第四式左臂必须尽量前伸。不过，"他顿了一下，"表现尚可。"杰赛尔长舒一口气。这已是至高评价。

"哈！"老人喊了一声，用长匣底端撞向他肋骨。杰赛尔一下子坐倒在地，几乎无法呼吸。"还需加强反应训练，上尉，你得随时保持戒备。随时。持剑在手，就他妈不该丢掉。"

"是，长官。"杰赛尔嘶哑地答应。

"还有你他妈的耐力也太逊了，喘得跟鲤鱼一样。据说布雷默·

唐·葛斯特一天跑十里，汗都不流一滴。"元帅俯身向下，"从现在起，你也得这么跑。噢，没错，你每天早上六点绕阿金堡城墙跑一圈，然后与威斯特少校对练一小时，他已好心同意当你的陪练。我确信，他会挑出你剑术中所有小瑕疵。"

杰赛尔听了又一缩，揉着隐隐作痛的肋骨。"至于醉酒狂欢，我要你跟它一刀两断。我支持在恰当的时候狂欢，如果你下够工夫，赢得了剑斗大赛，再庆祝也不迟。但在大赛之前，你必须洁身自好。听明白了吗，路瑟上尉？"他俯身更低，一字一句地说。"洁身，自好，上尉。"

"明白，瓦卢斯元帅。"杰赛尔咕哝。

✡

六小时后，他喝得烂醉如泥，笑得像个疯子，从酒馆晃悠出来到街上，脑袋天旋地转。凉风飕飕抽在脸上，简陋低矮的房子悠悠转，昏暗的街道如一条剧烈颠簸的下沉的船。杰赛尔竭力忍住呕吐的冲动，摇晃着朝街上走了一步，转身面对酒馆门。烟雾缭绕的亮光、笑声和喊叫一起涌来，一个衣衫不整的身影突然从里头飞也似的冲出，重重撞上他胸口。杰赛尔死命抓住来人，结果倒了下去，撞在地上发出让骨头颤动的巨响。

世界陷入黑暗，接着他发现自己被压在污泥里，上面是卡斯帕。"该死！"他咯咯笑着，僵硬的舌头笨拙得要命。他用胳膊肘顶开傻笑的中尉，翻身跟跟跄跄站起来，好似踩着跷跷板。卡斯帕仍旧仰面躺在污泥里，笑得上气不接下气，浑身散发出廉价酒的酒气和烟的酸臭味。杰赛尔懒洋洋地想擦掉制服上的污泥，却发现胸口湿了一大片，闻起来是啤酒。"该死！"他咕哝道，"什么时候搞的？"

街对面传来喊叫。两个人在某扇门口扭打。杰赛尔眯眼细看，阴暗光线下只能看个大概：一个彪形大汉抓住一个衣着考究的家伙，似乎要将对方反绑,又强行往对方头上套袋子。杰赛尔不敢相信自己的眼睛,于是使劲眨了眨。这街区虽说一向声誉不好,但眼前所见还是令他难以置信。

酒馆门"砰"一声打开,威斯特和加兰霍走了出来,醉醺醺地你言我语个没完,无非是讨论某人的姐妹。明亮的灯光将扭打在一起的两人映得分明。那彪形大汉全身黑衣,面具遮住下半张脸,眉发皆白,皮肤也苍白如牛奶。杰赛尔站在街对面注视着那个白魔鬼,对方也眯起粉色眼睛回望。

"救命!"头被蒙上袋子的家伙叫道,声音因恐惧而尖利,"救命,我是……"白大汉立刻给他肚子来了狠狠一击,这句话以悲号告终。

"停手!"威斯特喊道。

加兰霍早已冲过街道。

"怎么回事?"卡斯帕用双肘撑起身体问。

杰赛尔昏头涨脑,但双脚想要跟随加兰霍,于是他摇摇晃晃地跟着,泛起阵阵恶心。威斯特紧随在后。白幽灵见状一下子挡在他们跟犯人中间。另有一人从阴影里快步走出,此人身材颀长,也是全身黑衣,脸戴面具,但头发长而油亮。他举起一只戴手套的手。

"先生们,"平民的口音,被面具阻隔,"行个方便,我们有公务在身!"

"没有见不得人的公务。"加兰霍低吼。

新来的黑衣人微笑了一下,脸上面具微微抖动:"陛下把见不得人的都交给我们喇,你说对吗,朋友?"

"那个人究竟是谁?"威斯特指着被袋子蒙头的家伙。

犯人立刻重新挣扎起来:"我是塞普·唐……噢!"白怪物冲他脸上一记重拳,令他跌跌撞撞冲向马路。

加兰霍伸手握住剑柄,咬紧牙关,但白幽灵以慑人的速度前冲了几步。近看他更为巨大,样子也更怪异可怕。加兰霍不由得后退一步,被马路上的车辙绊了一跤,背部重重着地。杰赛尔的头嗡嗡作响。

"退后!"威斯特喊道,一声轻啸,他拔剑在手。

"系系系!"怪物低吼,拳头捏成两大块白石。

"哎哟。"被袋子蒙头的男人咕噜道。

杰赛尔的心提到了嗓子眼。他看了瘦长男人一眼,对方冲他一笑。这时候怎么有人笑得出来?他还惊讶地发现,对方手上不知何时多了把丑陋的长刀。哪来的刀?他醉醺醺地摸剑。

"威斯特少校!"街道彼端的阴影里传来话音。杰赛尔愣了一下,不知如何是好,剑才拔出一半。加兰霍挣扎着起来,制服后背沾满泥巴,他"哐当"一声拔剑,但白怪物只是一眨不眨盯着他,毫不退让。

"威斯特少校。"话音再次传来,这次伴着"哒"的一声和脚步刮擦。威斯特脸色大变——一个身影自阴影中显形,手杖点在污泥里,腿瘸得厉害。此人的上半边脸在宽檐帽下看不真切,却可看出嘴上硬挤的一丝怪笑。杰赛尔注意到此人四颗门牙全已掉光,蓦地一阵反胃。怪人就这样拖着脚走向他们,无视周遭寒光闪闪的刀剑,朝威斯特伸出手。

少校缓缓插剑回鞘,握住这只手,轻轻摇了摇。"格洛塔上校?"他沙哑地问。

"正是在下,您卑微的仆人。不过我退役了,如今效命审问部。"他缓缓抬手,摘下帽子。他的脸如死人般苍白,布满深深的皱纹,剪短的头发不少已变灰,但深暗眼窝里的眼睛却散发出兴奋神色。他左眼明显比右眼小,眼角粉红,润湿发光。"此二位是我的助手,塞弗拉刑讯官,"瘦子嘲弄般鞠了个躬,"弗罗斯特刑讯官。"

白怪物一把提起犯人。"等等。"加兰霍上前一步,但审问官的一只手轻轻搭上他胳膊。

"此人可是审问部的犯人,加兰霍中尉。"被叫出名字,大个子惊得一愣。"我知道你出于好意,但他乃是重犯,乃是叛国奸贼。我有苏尔特审问长亲笔签发的拘捕令,相信我,他根本不值得你出手相助。"

加兰霍皱起眉,恶狠狠地瞪着弗罗斯特刑讯官——白魔鬼跟块白石头一样,全然无动于衷,他毫不费力地拽着犯人肩膀,沿街道走开。叫塞弗拉的眯眼笑笑,收刀入鞘,又鞠了一躬,悠闲自得地随同伴离去,嘴里还吹起不成调的曲子。

审问官的左眼皮开始颤动,眼泪顺着苍白面颊流下,他用手背仔细擦净。"请原谅,哎,一个大男人竟连自己的眼睛也控制不了,你们肯定想不到吧?活像团该死的浆糊,有时我真想把东西挖出来,用眼罩替代。"杰赛尔肚里翻江倒海。

"多少年了,威斯特?七年?八年?"

少校脸侧的肌肉抽了一下。"九年。"

"没想到啊,九年了。你信吗?一切仿佛就发生在昨天。我们是在山脊上分开的,对吧?"

"是的,山脊上。"

"别担心,威斯特,我一点不怪你。"格洛塔热情地拍拍少校的手,"不怪你,真的。你极力劝阻我,我记得很清楚。要知道,被古尔库人关押时我有充足的时间去回忆。充足的时间。你一直像好朋友那样待我,现在年轻的柯利姆·威斯特当上王军少校啦,不简单啊。"杰赛尔不知他俩在说什么。他只想大吐特吐,倒床就睡。

格洛塔审问官微笑着转向他,再次露出奇丑无比的牙齿豁口:"这位一定是路瑟上尉,大家可都对你在即将来临的剑斗大赛上的表现寄予厚望呐。瓦卢斯元帅是个严厉的师傅,对吧?"他有气无力地挥动手杖,"刺,刺,对吧,上尉?刺,刺。"

杰赛尔只觉胆汁上涌,他咳嗽几声,低头盯着脚,期盼周遭世界停止旋转。审问官若有所思地轮流看向每个人。威斯特脸色惨然。加兰霍沾满泥浆,怒气未消。卡斯帕仍坐在路上。谁都没开口说话。

格洛塔清清嗓子。"好吧,公务在身,"他僵硬地一鞠躬,"希望能跟大家再见面。希望此言不虚。"杰赛尔却再也不想见这个怪人。

"或许哪天我们可以再比剑?"威斯特少校小声说。

格洛塔和蔼一笑:"噢,我很乐意,威斯特,不过如今我腿脚不太灵便。你盛情相约,弗罗斯特刑讯官可以应战。"他看看加兰霍,"但我必须提醒你,他打起来一点都不绅士。祝大家度过美好的夜晚。"他戴回帽子,缓缓转身,拖着脚沿阴暗的街道离开。

尴尬的沉默中,四个军官呆看他一瘸一拐慢慢走远。最终卡斯帕开口:"到底怎么回事?"

"没什么,"威斯特从牙缝里挤出一句,"我们最好都忘记,就当什么也没发生。"

牙齿和手指

Teeth and Fingers

时间宝贵,速战速决。格洛塔冲塞弗拉点头,后者微笑着一把揭去蒙在塞普·唐·托伊费尔头上的袋子。

铸币厂总管体格健壮,仪表堂堂,但已是鼻青脸肿。"这到底什么意思?"他虚张声势地咆哮,"你们可知我是谁?"

格洛塔哼了一声:"我们当然知道,莫非会随便从街上抓个闲人回来?"

"我可是王家铸币厂总管!"犯人大叫,被绑的双手胡乱挣扎。弗罗斯特刑讯官双臂抱胸,无动于衷地旁观。火盆里烙铁烧得炽热,泛出橘黄光芒。"你们竟敢——"

"让他闭嘴!"格洛塔大喝。弗罗斯特冲托伊费尔的小腿凶狠地一踹,犯人立刻惨叫。"看看,把客人双手都捆住了,还怎么签字画押啊?快给他松绑。"

白化人给他手腕松绑时,托伊费尔狐疑地环顾四周,目光落在那把切肉刀上——刀刃磨得镜子般光亮,反射着刺眼灯光。好宝贝。你就想拿它,对吗,托伊费尔?我敢打赌你想拿它砍我的头。格洛塔有点希望他这么尝试——他的右手似乎伸出去了,但最后只是将眼前的供状推开。

"啊哈,"格洛塔道,"铸币厂总管是个右撇子绅士。"

"右撇子绅士。"塞弗拉在犯人耳边喃喃地说。

托伊费尔眯眼盯着桌子对面:"我认得你!格洛塔,对不对?那个在古尔库做了阶下囚,被折磨过的人。沙德·唐·格洛塔,对吗?哈,我正告你,你这次越界了!完完全全越界了!等莫拉维大法官知道——"

格洛塔霍地站起,椅子刮着地砖,尖厉刺耳。左腿很疼,但他不予理会,"看好!"他厉声说着张大嘴,让惊恐的犯人看清自己的牙齿。或者说剩余的牙齿。"看好了?看仔细了?他们砸碎上牙会留下相对的下牙,砸碎下牙会保留相对的上牙,自始至终反着来。看明白了?"格洛塔用手指撑开脸颊,让托伊费尔瞧得更清楚。"用小凿子,每天砸一点,几个月才干完。"格洛塔缓缓坐下,咧嘴轻笑。"真是杰作,对吧?莫大的讽刺啊!给你留下一半牙齿,却一颗都用不上!大部分日子只能喝汤!"铸币厂总管使劲咽了口口水,格洛塔看到一滴汗珠顺着他脖子滚下。"牙齿仅仅是开始。现在我撒尿得像女人一样蹲着,你知道,我才三十五岁,但没人扶几乎起不了床。"他重重靠上椅背,伸直腿时脸抽搐了一下。"我每天都像是去地狱走了一遭。每天如此。所以请告诉我,你真以为你那些屁话能吓到我吗?"

格洛塔端详着犯人,不动声色。他的自信丧失了一大半。"招吧,"他低语,"招了就送你去安格兰,今晚还能补个觉。"

托伊费尔的脸几乎变得跟弗罗斯特刑讯官的脸一样苍白,但他一言不发。审问长马上会到,很可能已在路上。一旦他来了没供状……去安格兰的就轮到我们几个。这还是最乐观的估计。格洛塔抓住手杖,又站起来。"我喜欢按照艺术家的标准办事,可惜艺术需要时间,而为了找你我们翻遍了城里每家妓院,耗掉半个晚上。幸亏弗罗斯特刑讯官鼻子灵,方向感敏锐。他可是能嗅出茅房里的老鼠。"

"茅房里的老鼠。"塞弗拉附和,他的眼睛在橘黄色火盆光的映照下亮闪闪的。

"时间有限,我就直截了当:十分钟内你不招也得招。"

托伊费尔哼了一声,抱起双臂:"休想。"

"按住他。"弗罗斯特从身后按住犯人,像老虎钳一样抓着犯人的右臂拧到身侧;塞弗拉抓住犯人的左手腕,把手指摊到凹痕累累的桌面上。格洛塔用整个手掌包住切肉刀光滑的刀柄,缓缓拉向犯人,刀刃刺耳地刮擦木桌。他低头盯着托伊费尔的手。多漂亮的指甲,修长又光滑。这样的指甲下不了矿。格洛塔高高举起切肉刀。

"等等!"犯人尖叫。

砰!厚重的刀刃深陷入桌面,利落地砍掉了托伊费尔的中指指甲。犯人的呼吸急促起来,前额汗涔涔一片。我们马上就知道你有几斤几两。

"你很明白这样下去的后果。"格洛塔道,"告诉你,他们就是这样对待跟我一起被俘的下士的,每天一刀。他很顽强,非常顽强,一直到切到手肘才死。"格洛塔又举起切肉刀,"快招。"

"你不能……"

砰!切肉刀剁掉了托伊费尔的中指尖。鲜血汩汩冒出,流向桌面。灯光下塞弗拉的眼睛仍是笑眯眯,托伊费尔则惊得合不拢嘴。疼痛稍候才会来。"快招!"格洛塔怒吼。

砰!切肉刀剁掉了托伊费尔的无名指尖和中指的一截指甲盖,指甲盖在桌上滚了一下,掉到地上。弗罗斯特的脸像大理石一样没有丝毫表情。"快招!"

砰!托伊费尔的食指指尖腾入空中,中指第一个指节全没了。格洛塔顿了顿,用手背抹去前额汗水,腿因刚才的用力而一阵抽搐。鲜血"嗒嗒嗒"不停滴到地上。托伊费尔睁大双眼,盯着被削短的手指。

塞弗拉摇摇头。"真了不起,审问官。"他把一小团血肉轻弹向桌子对面。"这准头……让人拜服。"

"啊啊啊呀!"铸币厂总管大叫。终于开始疼了。格洛塔又举起切肉刀。

"我招!"托伊费尔尖叫,"我招!"

"很好。"格洛塔欢快地说。

"妙极。"塞弗拉说。

"系好。"弗罗斯特刑讯官说。

广袤荒凉的北方
The Wide and Barren North

法师是古老神秘的阶层,研究世界奥秘,修习魔法途径,博学而强大,远超常人想象——至少传言如此。这样的家伙想必有很多法子找人,即便要找的人身处广袤荒凉的北方。

法师很可能早已上路。

罗根抓抓蓬乱的胡子,不知什么事耽搁了这位大人物。或许迷路了。他再次想到应该留在森林里,至少不用为食物发愁。但鬼灵说向南,他便南行走出群山,来到这片荒野,在荆棘与污泥间等待,忍受恶劣天气,大多时候饥肠辘辘。

靴子磨坏了,他只好把可怜的营地扎在道旁,以免错过巫师。由于频繁的战争,北方充斥着形形色色的危险分子——落草为寇的逃兵、逃离被毁家园的农民、一无所有的散兵游勇,不一而足。好在罗根暂时不用担心这个。除了他和找他的法师,根本不会有人来这种杳无人烟的地方。

他就这样坐等,间或起来找找吃的,一无所获后又坐下来等。每年这时节，荒野常被暴雨浸透，但只要能点着火，他都会在夜里生起烟雾刺眼的小火堆。一则为振作渐渐萎靡的精神，二则可吸引路过的法师。今天自傍晚起就在落雨，好在现下停了一阵，干燥得足够生火。他的锅架在火堆上，用来煮汤的肉是从森林里带的，已是最后一块。明早他必须重新上路，边走边找食物。如果法师还在寻他，恐怕要多走几里路了。

就在他一边搅拌锅里寒碜的晚餐，一边思索明日是向北折回还是继续向南时，路上传来马蹄声。只是一匹马，走得很慢。他坐回自己的外套上，等待。随着一声马嘶和马具叮当声，一个骑手出现在丘上。雨后的夕阳已快落下，因此罗根瞧不真切，只看出骑手的姿势僵硬笨拙，显然不常出门。骑手策马朝火堆方向小跑，在离火堆几码处勒马停下。

"晚上好。"骑手说。

他根本不是罗根想象的样子。不过是个病弱的年轻人，形容憔悴，脸色苍白，眼圈深黑，长发被风吹得紧贴头皮，露出的笑容难掩紧张。他淋成了落汤鸡，看起来一点也不博学，当然也并非传言说的那样强大到超乎常人想象。他只是又冷又饿，病恹恹的——实际上，他看起来就像罗根自己。

"你连法杖都没有吗？"

年轻人看上去很惊讶。"我还没……我是说……呃……我还不是法师。"他声音越来越小，说完还紧张地舔嘴唇。

"鬼灵说我会遇到法师，不过他们总说错。"

"噢……这个，我是门徒，我师父是伟大的巴亚兹。"他虔诚地点头致意，"他是第一法师，精通高等技艺，拥有无比智慧，正是他派我来找你，"门徒突现疑虑，"带你回去……你真是九指罗根吗？"

罗根举起左手，透过中指豁口看向脸色苍白的年轻人。"哦，太好了。"门徒如释重负地长舒一口气，忽又停住。"噢，我是说……呃……

对你失去手指很抱歉。"

罗根笑了,自河里捡回命来这属头次。其实门徒的话并不太好笑,但罗根放声大笑。年轻人也笑笑,痛苦地从马鞍上滑下。"我是马拉克斯·魁。"

"马拉克斯啥?"

"魁。"他边答边朝火堆走。

"有这样的名字?"

"我来自旧帝国。"

罗根从未听说这样一个地方:"帝国,呃?"

"嗯,它曾经存在,还是环世界中最强大的国家。"年轻人在火堆旁僵硬地盘腿而坐,"不过古时的荣耀已逝,那里成了一片巨大的战场。"罗根点点头。他很清楚战场是什么样。"它离这很远,远在世界西方。"门徒边说边轻轻挥手。

罗根又笑了:"那是东方。"

魁苦笑一下:"我是个预言家,虽然,呃,只是个半吊子。巴亚兹师父派我来找你,可星辰不作美,赶上糟糕天气,于是我迷了路。"他拂去遮眼长发,摊开双手,"我本来带了匹驮马,装食物和补给,还有一匹马给你骑,但在风暴中全丢了。恐怕我真不适合户外活动。"

"看来是这样。"

魁从口袋里拿出酒瓶,罗根接过打开,痛饮一口。热辣酒液顺喉咙流下,暖意直涌到发根。"好吧,马拉克斯·魁,虽然你丢了食物,好歹把最紧要的东西留下了。要知道这些日子我可一点都笑不出来。欢迎你来我的火堆。"

"谢谢,"门徒顿了一下,伸出双手到微弱的火堆上烤火,"我两天没吃东西了。"他摇摇头,长发随之左右摆动。"真……煎熬。"他舔舔嘴唇,直勾勾地看着锅。

罗根递来勺子,魁的眼睛睁得又圆又大:"你吃过了吗?"

罗根点点头。他并没有，但眼前这可怜的门徒委实饿极了，而锅里食物勉强只够一个人吃。他又喝了口酒，算了，有这个就够。魁津津有味地把汤一扫而光，喝完还去刮锅底、舔勺子，连锅沿都舔个干净，然后背靠一块大岩石而坐。"我欠你的情，九指罗根，你救了我的命。我不敢想象你会如此慷慨热情。"

"说实话，你跟我想象中的也完全不一样，"罗根又猛灌一口酒，舔舔嘴唇，"巴亚兹是谁？"

"第一法师，精通高等技艺，拥有无比智慧。恐怕我这次的表现会令他很不满。"

"这么说，他很让人畏惧了？"

"嗯，"门徒小声答道，"他的确有点脾气。"

罗根又喝了一口。暖意已蔓延至全身，几周来他头一次这么暖和，他享受了一阵："他想从我这得到什么，魁？"

没人回答。火堆边传来轻微的鼾声。罗根笑笑，裹紧外套，也躺下睡觉。

✡

门徒剧烈咳嗽着醒来。时间尚早，天色昏暗，晨雾厚重。这也许是好事，反正方圆数里除了污泥、岩石和冷暗的褐色金雀花别无他物。一切都包覆在寒露中，好在罗根成功地点起一串小火苗。魁的头发紧贴苍白的脸，他翻了个身，在地上咳下大滩痰液。

"啊啊啊。"他嘶哑呻吟，一阵咳嗽后再次吐出痰液。

罗根将马具的最后一个搭扣系在闷闷不乐的马上。"早上好，"他望着苍白的天空说，"虽然天不怎么好。"

"我要死了。我要是死了，就不用再走了。"

"我们没有食物了，待着不走，你就真只有死路一条。届时我吃了你,然后翻山原路返回。"

门徒虚弱地笑笑:"我们该怎么办?"

是啊,我们该怎么办?"哪能找到这个巴亚兹?"

"北方大图书馆。"

罗根从未听过这个地方,也从未对书籍产生兴趣:"在哪?"

"从这儿往南,约四天骑程,位于一个大湖边。"

"你认得路?"

门徒挣扎着起来,身体微微摇晃,呼吸又急又浅,惨白的脸上布满细密汗珠。"应该认得。"他喃喃道,看上去并无一点把握。

无论魁本人还是他的马都不可能不吃东西连走四天,这还是不迷路的前提下。食物问题亟待解决,所以尽管要冒极大风险,沿路穿越树林往南仍是最佳选择。他们可能会被土匪杀死,但找到食物的机会也比较大,不然只有饿死的份。

"你骑马。"罗根说。

"我弄丢了马,我该走路才是。"

罗根将手放上魁的前额,又烫又黏。"你发烧了,你骑马。"

门徒没再争论,他低头看着罗根破烂不堪的靴子:"你能穿我的靴子吗?"

罗根摇摇头:"太小。"他蹲在冒烟的火堆余烬上,噘起嘴唇。

"你在干什么?"

"火是有灵的。我把这个含在舌下,一会儿用来生另一堆火。"魁太过虚弱,已做不出任何惊讶表情。罗根将火灵含入口,被烟呛得咳,苦味让他瑟缩了一下。"收拾好了?"

门徒举起双臂做个无可奈何的姿势:"收拾好了。"

✡

马拉克斯·魁十分健谈。他们朝南穿越荒野，从早晨太阳爬上灰色天际直到向晚时分他们进入树林，他一路喋喋不休说个不停，生病对他的唠叨毫无影响。罗根倒没觉得烦，因为很久没人跟他说话了，注意力也正好借此从脚上转移。他又饿又乏，但最难受的是脚——靴子破成条条旧皮革，脚趾被不断扎着磨着，山卡咬过的小腿还在火辣辣地疼。每一步都是煎熬。人们说他是北方最让人惧怕的人，现在他却惧怕路上最细小的树枝和石子。真可笑啊。他的脚撞上一颗卵石，令他畏缩了一下。

"……于是我花了七年时间跟着扎卡鲁斯师父学习。他是个伟大的法师，在尤文斯十二弟子中排行第五，是个真正的伟人。"在魁眼中，似乎任何事一跟法师沾边便称得上伟大，"他认为我学有所成，该前往北方大图书馆接受巴亚兹师父的教导，以赢得法杖了。但到这里我却发现事情没那么简单。巴亚兹师父极为苛刻并且……"

马忽然停步，喷着鼻息，甚至迟疑着后退了一大步。罗根嗅嗅空气，皱起眉头。附近有人，被淋得很惨的人。他本该早点发现，但他的心思都集中在脚上。魁向下看他："怎么回事？"

像在回答他一般，一个男人从前方十跨开外的树后走出，另一个男人从稍远点的地方沿路赶来。毫无疑问，都是些人渣，沾满污秽，胡子拉碴，身上的毛皮和皮革破成一条一条，胡乱系着——跟罗根一样落魄。左边那个身材干瘦，握了把矛，矛尖有倒刺；右边是大块头，拿一把锈迹斑斑的重剑，头戴凹痕累累的头盔，盔顶有颗尖钉。他们慢慢走近，咧嘴笑着。身后又传来声音，罗根扭头去看，心顿时沉了下去：第三个人正小心翼翼沿路逼近，此人脸上长了个大疖子，手拿一把沉重的木斧。

魁从马鞍倾下身,惊慌的两眼睁得大大的:"他们是土匪?"

"你可是他妈的预言家。"罗根咬牙厉声道。

他们在离他俩一两跨的地方停下。戴头盔的好像是头儿。"好马啊,"他低吼道,"朋友借一借?"持矛的抓住马缰,只顾咧嘴笑。

形势急转直下。片刻前,一切还风平浪静,但命运就是这么变幻无常。罗根怀疑一旦打起来,魁可能一点忙都帮不上。如此一来,他要孤身面对三个或更多敌人,且只凭身上的一把刀。但如果他不采取行动,马拉克斯就会被抢,乃至被杀。你必须现实一点。

他重新打量了一下三个土匪,对方根本没设想两个手无寸铁的人会反抗——拿矛的将矛持于身侧,拿剑的剑尖指地。他不知拿斧的是什么动作,只能寄望于幸运。一个令人遗憾的事实是,出头鸟通常最倒霉,所以罗根转过去,一口将火灵啐到戴头盔的土匪脸上。

火灵在空中即刻燃烧,猛袭向土匪。土匪的头瞬间被火焰包围,火星四溅,他手中的剑"当啷"落地。他用双手拼命抓脸,结果手也一同起了火,令他尖叫着摇晃跑开。

魁的马受火焰惊吓后后腿人立,狂喷鼻息。干瘦男子吓得倒抽一口气,向后退去,就在他惊魂未定时,罗根人已赶到。他一手抓矛杆,又用头撞土匪的脸。土匪的鼻子一下子断了,向后趔趄了好几步,鲜血顺着下巴流下。罗根借长矛将他拉回来,抡圆右臂给他脖子一记老拳。土匪"咕咚"一声倒下,罗根顺势夺过长矛。

他感到身后有人袭来,立刻趴倒在地,往左一滚。斧头呼啸着从头上挥过,砍伤了马肚皮,鲜血飞溅,鞍带搭扣被生生劈断。疖子脸踉跄了几步,身体被这一砍带得转了半圈。罗根正欲反击,却为一块石头绊住脚踝,醉汉般踩了好几步,疼得直叫唤。身后树林不知何处射来一支箭,擦着他脸皮飞过,没入道路对面的灌木丛。马儿喷着鼻息,四脚乱踢,双眼乱转,然后沿路疯狂疾奔而去。马鞍从它背上滑下,马拉克斯·魁哀号着被甩进灌木丛。

没时间管他了。罗根大吼一声，冲向斧头男，长矛对准心脏刺去。对手及时举斧荡开矛尖，但荡得不够远，长矛刺穿了肩膀，刺得他转了个圈。随着一声清脆的喀嚓声，矛杆硬生生折断，罗根一下子失去了平衡，向前栽倒，疖子脸也同时摔到路上，压在罗根身上，刺穿他的矛尖在罗根头皮留下一道伤痕。罗根双手抓住斧头男乱蓬蓬的头发，向后一拖，将脸撞向岩石。

随后罗根摇晃着站起来，脑袋天旋地转，他用手擦去眼角的鲜血，刚好看到一支箭从树林里飞出，"砰"一声钉在离自己一两跨远的树干上。罗根冲向弓箭手，发现对方是个顶多十四岁的男孩，还在摸箭。罗根拔出刀。男孩搭箭入弦，惊慌的眼睛睁得老大，他满脸惊讶、笨拙地拉开弓弦。

罗根欺到他身旁。男孩松弦放箭，罗根沉身避开，同时向前一跳，双手握刀向上划。刀刃刺入男孩的下颚，一下子将其举到空中，然后就断了。男孩倒在罗根身上，刀刃碎片在罗根手上划出了一道长口子，男孩的血和罗根的血混在一起，溅得到处都是。

他推开尸体，摇晃着靠在树上大口喘息，心咚咚直响，耳边回响着嗜血的轰鸣，胃里翻江倒海。"我还活着，"他轻声说，"还活着。"头上和手臂上的伤抽痛起来。不过是又添两道伤疤，重要的是还活着。他擦掉眼角的血，一瘸一拐回到路上。

马拉克斯·魁站在那里，面如土色地盯着三具尸体。罗根抓住他双肩，上下打量一番："受伤没？"

魁只盯着尸体："他们死了吗？"戴头盔的大块头仍在冒烟，散发出令人作呕的味道。罗根注意到他穿着一双完好的靴子，比自己的不知强多少倍。长疖子的脖子被扭得完全错位，根本不可能活命，况且折断的长矛已将他贯穿。罗根将干瘦的那个踢翻过来，此人血淋淋的脸上残留着讶异，眼睛直勾勾望向天空，嘴巴大张。

"那一拳多半击碎了气管。"罗根咕哝。他把满是鲜血的双手抓在一起,努力止住颤抖。

"树林里那个也……"

罗根点点头:"马呢?"

"跑了,"魁绝望地低声道,"我们该怎么办?"

"先看下他们带没带食物,"罗根指指冒烟的尸体,"我要他的靴子。"

练剑
Fencing Practice

"上,杰赛尔,上!别扭扭捏捏!"

杰赛尔满心乐意照办。他跳步上前,右手的剑跟着刺出。威斯特已失去平衡,向后趔趄了好几步,方寸大乱,只能用手中短剑左支右绌。为给练习增加一点刺激,他们今天用了单刃剑,单刃剑虽无法真正刺伤敌人,但足够用力的话,可以狠刮对手两下。杰赛尔憋足了劲要给少校点颜色,以报昨天受辱之仇。

"对对,给他点颜色!刺,刺,上尉!刺,刺!"

威斯特笨拙地砍来,杰赛尔看准时机,挡开来剑,然后继续上前紧逼,用尽全力刺出。他左手的剑同时也劈过去,紧接着又一劈。威斯特只有招架之功,跌跌撞撞一直退到墙边,杰赛尔只需最后一击就可将其拿下。长剑再次刺出时,杰赛尔不禁得意得咯咯笑起来,但他的对手不可思议地突然起死回生——威斯特脚下一溜,力道十足地将这一刺挡向一旁,让杰赛尔惊得合不拢嘴。他向前一个趔趄,失去了平衡,剑尖插入墙上石缝,震得虎口发麻。

脱手的剑插在墙上兀自颤动不停。

威斯特抢步上前，矮身避开杰赛尔剩下的短剑，用肩膀撞他。"哎哟。"杰赛尔喊叫着跟跄后退，重重摔在地上，脱手的短剑掠过石板，被瓦卢斯元帅轻巧地踩在脚下。威斯特的钝剑尖此时顶住了他的喉咙。

"该死！"威斯特大笑着向他伸手时，他咒骂道。

"没错，"瓦卢斯长叹一声，喃喃道，"真该死。比昨天的表现还差劲，如果你这也叫表现的话！你又被威斯特少校耍了！"杰赛尔怒冲冲地一把推开威斯特的手，自己站起来。"他每次都那么镇定！你却自愿跳坑，自己缴械！自己缴械！我八岁的孙子都不会犯这种错！"瓦卢斯用棍子重重敲地，"请你我解释一下，路瑟上尉，你这样四仰八叉、手无寸铁，如何赢得剑斗大赛？"

杰赛尔闷闷不语，使劲挠了挠后脑勺。

"赢不了？以后拿着剑就算摔下悬崖，摔得粉身碎骨，你也必须抓紧剑不放，听到没有？"

"听到了，瓦卢斯元帅。"杰赛尔怏怏不乐地低声回答，直盼望老混蛋摔下悬崖，摔下锁链塔也行。或许加上威斯特少校。

"自负是剑客的大忌！你必须把每一个对手都当作最后一个来对待。至于你的步法，"瓦卢斯嫌恶地撇撇嘴，"上前还可以，但要是防守，很快就乱了。少校不过点了你一下，你却像个犯晕的女学生一样倒下。"

威斯特还在对面咧嘴笑。他很享受。绝对是！去他的！

"他们说布雷默·唐·葛斯特的腿就像铁柱。铁柱！要击倒他比推翻锻造者大厦还难。"元帅指向那座巨塔，其轮廓高凌于院内众楼之上。"锻造者大厦！"他嫌恶地喊。

杰赛尔抽抽鼻子，朝地面踢了一脚。他第一百次产生了弃赛弃剑的念头。可人们会怎么说呢？父亲近乎荒唐地以他为傲，只要有人听，就会将杰赛尔的剑术夸耀一番。他切盼儿子在元帅广场上、在尖叫的人群面前为他争光。如果杰赛尔半途而废,父亲一定深感耻辱,届时他就只能跟晋升、跟津贴、跟所有的前途说再见了。他的兄弟们无疑乐于见到这一幕。

"关键是平衡,"瓦卢斯还在滔滔不绝,"根基要扎稳!从现在起,每天训练加上一小时平衡木。每天都练。"杰赛尔听得一缩。"你的训练日程是:跑步、重杠、剑式、一小时对打、剑式、最后还有一小时平衡木。"元帅满意地点点头。"目前来说,这样的量够了。我希望明早六点见到精神抖擞的你。"瓦卢斯皱皱眉,"精!神!抖!擞!"

✡

"你知道,我撑不下去了,"杰赛尔迈着僵硬的步子回营房时说,"这样下去得受多少气啊?"

威斯特咧嘴笑道:"得了吧,我还从未见过老混蛋对谁如此温和咧。他肯定是真喜欢你。他对我赶不上对你的一半好。"

杰赛尔不确定这是真话:"比对我还差?"

"我不像你进来就有基础,于是他让我整下午举重杠,直到它落下来砸头上。"威斯特的脸微微抽搐了一下,好像单提及这份记忆就让人痛苦不堪,"他让我全副盔甲,跑上跑下锁链塔。他让我一天对打四小时,天天不落。"

"你怎么熬得过来?"

"我没有选择。我不是贵族,只能通过比剑出人头地。好在付出终有回报,你知道有几个王军军官是平民出身吗?"

杰赛尔耸耸肩:"细细一想,还真没几个。"身为贵族,他觉得一个都没有才最合情理。

"你来自贵族家庭,又有上尉军衔,一旦赢得剑斗大赛,前途不可限量。霍夫宫务大臣、莫拉维大法官,包括瓦卢斯自己,个个都是从比剑冠军发迹的。血统高贵的冠军总能成就一番事业。"

杰赛尔哼了一声:"就像你的朋友沙德·唐·格洛塔?"

这名字仿佛一块石头落在他们中间。

"哦……几乎总能。"

"威斯特少校!"粗犷的声音从身后传来,是脸上有道伤疤的矮胖中士,他急匆匆奔来。"福里斯特中士,近来可好?"威斯特边问边热情地拍拍士兵的背。他对农民总是很友善——杰赛尔经常提醒自己威斯特其实跟农民没什么两样。他或许受过教育,是个军官,但说到底与杰赛尔比,他跟这个中士的共同点更多。

中士脸上绽出笑容:"我很好,谢谢您,长官。"他又向杰赛尔恭敬地点头致意:"早上好,上尉。"

杰赛尔简单地点头回礼,转身去看林荫道。他想不通一个军官为何要搭理一个普通军士。况且此人脸上还有疤,长相那么丑,杰赛尔对丑八怪可是素无好感。

"有事找我吗?"威斯特问。

"伯尔元帅召见您,长官,是一次紧急会议,所有高级军官必须出席。"

威斯特的脸阴沉下来:"我会尽快赶去。"中士敬个礼,急匆匆走开。

"关于什么啊?"杰赛尔漫不经心地问,一边看一个办事员追逐一份飞落的文件。

"关于安格兰,关于北方人之王贝斯奥德。"说到这名字威斯特不禁皱了下眉,似乎有些苦涩,"据说他打败了北方的所有对手,即将对王国开战。"

"好啊,如果他自不量力的话。"杰赛尔欢快地说。在他看来,战争是好东西,是赢得荣誉和晋升的绝佳机会。飞落的文件被微风吹拂着从他靴旁掠过,气喘吁吁的办事员紧跟在后,杰赛尔乐呵呵地看着他从身旁掠过,笨拙地弯下腰,努力想抓住文件。

少校一把抓住泥迹斑斑的文件,递过去。"谢谢您,长官,"办事员汗涔涔的脸可怜兮兮,但满是感激之情,"非常感谢!"

"不客气。"威斯特喃喃道,办事员谄媚地微一鞠躬,快步走开。杰赛尔有点失望,他正看追纸片看得入迷呢。"可能要打仗,不过这远非我当下最紧要的麻烦。"威斯特长出一口气,"我妹妹来阿杜瓦了。"

"我不知道你有妹妹。"

"我有,而且就在这里。"

"那又怎样?"杰赛尔对威斯特的妹妹没有任何兴趣。虽说威斯特通过自身努力已然出人头地,但他们家其他成员在杰赛尔眼中不值一提。他只对贫穷的平民女孩和富裕的贵族千金感兴趣,前者可以逢场作戏,后者可以考虑联姻,居于两者之间的她在他眼中无足轻重。

"唉,我妹妹挺惹人喜爱,就是有一点……离经叛道,执拗起来没法管。说实话,我宁愿面对一群北方人,也不愿面对她。"

"得了吧,威斯特,"杰赛尔心不在焉地随口说,"我敢说她没那么棘手。"

少校面露喜色:"嗯,听你这么说我就放心了。她一直想参观阿金堡,几年来我也一直保证只要她来,就带她游遍全城。事实上,我们安排的是今天。"杰赛尔油然升起一股不祥的预感。"可我必须出席会议,所以——"

"我这些天没时间!"杰赛尔怨声怨气地说。

"我保证会好好补偿你。一小时后在我的营房见。"

"等……"可威斯特已大步走开。

✡

她千万不要太丑,杰赛尔一边慢腾腾地朝威斯特少校的营房挪,一边想。走到之后,他不情愿地举拳敲门。千万别长得太丑。也不要太傻。浪费一下午陪个傻妞真作孽。手举到一半,里面传来高声嚷嚷。他不自在地站在走廊里,耳朵慢慢朝木门贴去,希望能听到什么夸他的话。

"……你的女仆呢?"是威斯特,听起来怒气冲冲。

"我得把她留下看家,家里事很多,要是带她来,这几月就没人管了。"这就是威斯特的妹妹了。杰赛尔的心沉了下去。声音很深沉,应该是个胖子。杰赛尔无法承受被人看到跟一个胖妞挽着手绕阿金堡转悠,那会毁了他的名声。

"你不能一个人在城里逛!"

"我一个人不也来了,对不对?你忘了我们是什么人,柯利姆,没有仆人我照样能生活。反正对这里的大多数人来说,我跟仆人没两样。再说,你朋友路瑟上尉会照顾我。"

"那更糟糕,你清楚得很!"

"哎呀!我又不知道你会这么忙,我还以为你会抽时间陪自己的亲妹妹呢。"这话听起来倒不傻,不过她还是个胖妞,还得加上暴躁,"我跟你朋友在一起不安全吗?"

"他心肠倒不坏,可跟他在一起?"杰赛尔一时没明白这句话什么意思,"不带女伴,跟一个自己几乎完全不了解的男人一起逛阿金堡?别傻了,我知道你没这么傻!想想人们会怎么想!"

"去你妈的。"杰赛尔吓得从门上缩了回来。他还真不习惯女士爆粗口。肥胖、暴躁、粗鲁,该死的全让她摊上了。真是怕什么来什么,比想象中的还糟糕。他眺望走廊,盘算是否该趁早开溜,同时编起爽约理由。倒霉的是,正好有人上楼,他要走难保不被看见。只有敲门再见机行事了。他咬咬牙,愤愤地拍响门。

里面的声音戛然而止。杰赛尔摆出一副友好的微笑,却是那么不自然。让折磨开始吧。

门开了。

出于某种原因,他以为会看到一个穿裙子的威斯特少校的矮胖翻版。大错特错。与当下流行的苗条标准相比,她体态微微丰满一点,但你不能说她胖,一点都不胖。她有乌黑的头发,黝黑的皮肤,只比大家公认的好皮肤黑那么一点。他知道,一位好女士无论任何时候都该远离阳光的照射,但看着她,他竟想不出女士为何要这么做。她暗色的眸子几近乌黑,现在时髦的本是蓝眼睛,但她的眸子却在门口黯淡的光影下闪出格外迷人的光芒。

她对他笑。那是一种奇特的微笑,嘴唇一边高一边低,让他有点心神不宁,就像她知道什么他不知道的趣事。她的牙齿也很美,又白又亮。杰赛尔的怒气瞬间消失得无影无踪。他越是长久地看她,就越是觉得她好看,脑袋也就越是迷茫。

"你好。"她说。

他微微张嘴,感觉用了很大力气,却什么都说不出。他成了白纸一张。

"你一定就是路瑟上尉?"

"呃……"

"我是柯利姆的妹妹,阿黛丽。"她说完使劲拍脑门,"真傻得可以,柯利姆一定早把我的一切都告诉你了。我知道你们是很要好的朋友。"

杰赛尔尴尬地瞥了少校一眼,对方皱眉回应,看起来有点慌乱。今早之前,杰赛尔还根本不知少校妹妹的存在。他努力想说出一个哪怕说得出口的回答,但还是什么都说不出。

阿黛丽抓住他手臂,拉他进屋,一边滔滔不绝:"我听说你是个非常棒的剑士,而你的头脑比你的剑还利,所以你只用剑对付朋友,因为你的头脑太致命啦。"她一脸期待地看着他。双方都陷入沉默。

"哦,"他咕哝道,"我确实在练剑。"惨兮兮的。糟糕透顶。

"他是那个人吗,还是来了个园丁啊?"她上下打量他一番,带着一种难以捉摸的古怪表情——很像是杰赛尔买马时的表情:谨慎、仔细、专注地检查,外加一点轻蔑。"看起来,这里的园丁也会穿漂亮制服啦。"

杰赛尔几乎能肯定这是对他的侮辱,但他忙于想出某些机智幽默的话,所以并未在意。他清楚自己必须说点什么,否则这一天就得在无比尴尬的沉默中度过。于是他开了口,寄望交好运:"很抱歉我看呆了,不过威斯特少校长得并不好看,我怎能想到他有如此漂亮的妹妹?"

威斯特扑哧一笑。他妹妹则挑起一条眉毛,数起了指头尖:"有分寸地贬低我哥,不错。有点幽默,也不错。诚实坦率,跟别人不一样。还敢大胆地夸我,当然了,这非常好。只是你迟到了一点,不过总体而言,我没白等。"她直视杰赛尔的眼睛,"这个下午看来不会完全无聊了。"

杰赛尔不怎么喜欢她的最后一句话,也不怎么喜欢她看他的方式,但他很喜欢看她,所以决定不把她的冒犯放心上。他结识的女人通常是蠢话连篇,长得越好看越是如此。他认为她们肯定受过专门训练,在男人说话时要保持微笑,不住点头,一心倾听。大体上他很同意这种方式,但机灵和威斯特妹妹的结合却是如此恰当,除了让他感到新鲜,还展现出魅力。肥胖和暴躁的印象早已消失,这毋庸置疑。至于粗俗,俊模俏样的人从不粗俗,不是吗?所以只剩……离经叛道。他开始觉得这个下午——正如她所说——不会完全无聊了。

威斯特朝门口走去:"我得走了,你俩正好互相作弄吧。伯尔元帅在等我。千万别做出让我为难的事,好吗?"这句话听起来像是对杰赛尔说,但威斯特看的是他妹妹。

"也就等于什么都可以做喽。"她的目光与杰赛尔交汇,他惊讶地察觉自己的脸像小女生一样刷一下通红,只得咳嗽几声,低头看脚。

威斯特翻个白眼:"行行好吧。"他关门时说。

"来点喝的?"阿黛丽问,话音还未落就倒起了葡萄酒。跟年轻漂亮的女士独处一室是常事,杰赛尔告诉自己,但他似乎失掉了往日的自信。

"好的,谢谢,太感谢你了。"不错,喝一杯,就一杯,可以稳定情绪。她把玻璃杯递给他,自己拿起另一杯喝了一口。他不知一位女士在一天的这个时候该不该喝酒,但现在似乎说什么都毫无意义。她毕竟不是他妹妹。

"跟我说说,上尉,你对我哥了解多少?"

"嗯,他是我的上级,我们经常一起练剑。"他的脑子终于开始运转,"不过……这些你都知道了吧?"

她对他露齿一笑:"当然。不过我的家庭女教师经常教我,不能光顾自己说话,要让男士也参与进来。"

杰赛尔猛地呛了口酒,慌乱地咳嗽,一些酒洒到外套上。"哎呀。"他道。

"给,你先拿着。"她把自己的酒杯递给他,他想都没想便接过来,而后才发现已没有多余的手来清理酒渍。当她开始用一条白手帕擦他胸口时,他没拒绝,还胸口往前配合她。说实话,要不是她该死的如此美貌,他本会拒绝。他不知她是否意识到自己弯腰时裙服前方向他展示了何等美景,不,不会的,她怎能意识到?她只是刚来这里,根本不懂宫中礼仪,一切都是乡下女孩的粗俗做派,仅此而已……但不可否认,真是美景。

"你看,好多了吧。"她说,虽然擦不擦并无多大区别——起码对他的制服是这样——她伸手从他手里把两只酒杯都拿过去,熟练地仰脖将自己的酒一饮而尽,然后将杯子推回桌面。"可以出发了吗?"

"可以……当然了。呃——"他伸出一只手臂。

她挽他出门,过走廊,下楼梯,天南地北地交谈。她连珠炮似的说这说那，而他正如瓦卢斯元帅指出的，防守实在太差。穿越元帅广场时，他已陷入绝望的无可招架的境地，想说点什么，但根本插不上嘴。似乎阿黛丽在首都生活多年，杰赛尔反倒成了地方上来的乡巴佬。

"军事大厅在那后面吗？"她朝远处赫然隐现的那道墙努努嘴，那墙将王军的指挥部和阿金堡其他部分分开。

"确实在那后面。元帅阁下们在厅内办公，差不多就是这样。那里还有军营、军械库，还有，呃……"他的话音渐渐低下去。他想不起还有什么可说，不过阿黛丽适时接上了话。

"那我哥肯定就在里面了。我猜他在军人当中有点名气，第一个冲进乌利齐城的缺口之类的。"

"嗯，没错，威斯特少校很受尊敬……"

"也很没趣，对吗？老是神经兮兮。"她恍然微笑，若有所思地揉下巴，跟她哥简直一模一样。一个娘胎出来的，杰赛尔看了直想笑。他现在开始担心她该不该挨这么近，还如此亲密地挽他的手。当然了，他一点不反感，反而非常喜欢，可人们都在看啊。

"阿黛丽——"他开口。

"那这个就是国王大道了。"

"呃，是的，阿黛丽——"

她抬头凝视哈罗德大王的宏伟雕像，雕像严厉地盯着前方："他是哈罗德大王吗？"她问。

"呃，没错。在黑暗时代，在联合王国建立前，他以武力统一三个王国，成为第一位至高王。"你这白痴，杰赛尔咒骂自己，她当然知道这些，每个人都知道。"阿黛丽，我在想你哥会不会——"

"这个是巴亚兹，第一法师？"

"对，他是哈罗德最信任的顾问。阿黛丽——"

"他们真的一直在内阁里给他保留了一个空席位？"

杰赛尔一愣："我是听说内阁有把空交椅，不过我不知这样的

——"

"他们看起来都很严峻啊,对吗?"

"呃……我想是因为他们的时代很严峻吧。"他不自在地笑笑。

这时一名传令骑士骑着满身汗沫的高头大马顺林荫道呼啸而来,阳光照在他头盔的黄金羽翼上,闪闪发光。秘书们四散避让,杰赛尔轻拽阿黛丽,试图让她避开。令他惊愕的是,她竟一动未动。马在她数寸之外掠过,带起的风将她的头发吹到杰赛尔脸上。她转身面对他,兴奋得双颊飞霞,全不把严重受伤的可能放在心上。

"那是传令骑士?"她边问边再次挽起杰赛尔的手,拉他继续沿国王大道往下走。

"是的,"杰赛尔轻声说,拼命控制自己,"传令骑士通常被委以重任,送信去联合王国各地,"他怦怦直跳的心终于平息下来,"甚至穿越环海去安格兰、达戈斯卡和西港这些地方。他们负责传达国王的旨意,除了公事,一律不准讲话。"

"可我来时跟菲多尔·唐·哈登坐一条船,他就是个传令骑士,我们聊了几小时呢。"杰赛尔没能按捺住惊讶。"我们聊过阿杜瓦、聊过联合王国,还聊过他的家庭。事实上,我们聊到了你。"杰赛尔又没能装出满不在乎。"主要关于即将来临的剑斗大赛,"阿黛丽凑得很近,"菲多尔认为布雷默·唐·葛斯特会将你砍成碎片。"

杰赛尔猛地干咳一声,幸好很快恢复了仪态:"很不幸,似乎大家都持相同观点。"

"但我相信,你自己应该不至于吧?"

"呃……"

她停下来,拉住他的手,认真地凝望他的眼睛:"我确信不管他们怎么说,你一定能打赢他。我哥对你赞誉有加,要知道他在这方面向来吝啬。"

"呃……"杰赛尔低吟,手指间传来一阵愉悦的刺痛。她的双眸又大又黑,他完全不知如何回应。她咬下嘴唇的动作让他心慌意乱——优美而饱满的嘴唇,他恨不得能在上面轻咬一口。"噢,谢谢。"他傻头傻脑地笑笑。

"这是公园了,"阿黛丽说,转身离开他去欣赏青葱的草木,"比想象中还漂亮啊。"

"嗯……是的。"

"在王国的中心,感觉可真好啊。我的大部分时光都在边境度过,而在这里,大人物们作出了很多重大决定。"阿黛丽任自己的手穿梭在路边一棵柳树的树叶间。"柯利姆担心北方开战,担心我的安全,我想这是他让我来这的原因。我觉得他有点过分操心了。你觉得呢,路瑟上尉?"

直到几小时前,他对当下政治形势还一无所知,不过这可不能拿来回答。"是啊,"他绞尽脑汁回忆那个名字,最终松了口气,"对付这个贝斯奥德不费吹灰之力。"

"据说他旗下有两万北方人。"她靠过来,"野蛮人。"她喃喃道,"蛮子。"她的话成了耳语,"我听说他活剥俘虏的皮。"

杰赛尔觉得这实在不该是年轻女士谈论的话题。"阿黛丽……"他想提醒他。

"但我确信有你和我哥这样的人保护,我们女流之辈没什么可担心的。"说完她转身继续向前走,杰赛尔只好紧追几步。

"那个就是锻造者大厦吗?"阿黛丽朝阴森森的巨塔轮廓努嘴。

"噢,没错。"

"没人进去过吗?"

"没有,自我出生就是这样,桥一直锁着。"他抬头看塔,皱了皱眉。奇了,他真没好好瞧过它。在阿金堡生活的人理所当然认为它就该在那,对它的存在习以为常。"我觉得那里被封上了。"

"封上了?"阿黛丽慢慢靠向他。杰赛尔紧张地四下看看,幸好没人注意他们。"没人进去过难道不奇怪吗？这难道不是个谜吗？"他几乎感觉到她的吐息吹在颈边，"我是说，何不把门砸开呢？"

杰赛尔发现让她离这么近而不分神简直比登天还难。有那么一会儿，他既害怕又兴奋地想，她是在跟自己调情吗？不，不，绝不可能！她只不过没适应城里的礼仪，还是乡下姑娘的粗俗做派……可她离得更近了。她要是不那么迷人和自信有多好。她要不是……威斯特的妹妹有多好……

他咳了几声，沿路望去，徒劳地希望能获得解救。然而路上行人很少，他也都不认识，等等……阿黛丽的魔力突然消失，杰赛尔觉得当头泼下冷水：一个弯腰驼背的身影正一瘸一拐朝他们的方向走来，此人在这样的艳阳天裹得严严实实，费力地拄着手杖，弯下腰，每一步都极其艰难，附近游人都匆匆加快脚步，远远避开。杰赛尔想在他看见他们之前拽阿黛丽换个方向，她却优雅地推开他，径直走向步履蹒跚的审问官。

他们走近时，他猛然抬头，双眼放光。杰赛尔的心顿时沉下去，现在想躲也躲不了了。

"哎呀，这不是路瑟上尉吗？"格洛塔热情地说，拖着脚靠近一点，握了握他的手，"见到你真高兴！瓦卢斯这么早就放你走，倒让我有点奇怪。看来人一旦上了岁数，脾气就没啦。"

"元帅阁下的要求仍然很严格。"杰赛尔断然道。

"希望那晚我的刑讯官没给你带来不便。"审问官遗憾地摇头。"他们太不礼貌了。无礼至极。不过本职工作十分出色！我敢发誓，陛下再也找不到两个那样有价值的仆人了。"

"我们都在以自己的方式为陛下效力。"杰赛尔的声音比预想中多了些敌意。

即便格洛塔觉得遭了冒犯，也没表现出来："正是如此。我想我还不认识你的朋友。"

"是的。这位是——"

"事实上,我们见过。"阿黛丽说着向审问官伸出手,令杰赛尔大为惊讶,"阿黛丽·威斯特。"

格洛塔双眉上翘:"不可思议!"他僵硬地弯腰亲吻她的手背。杰赛尔看见他直起腰时嘴唇扭曲,不过很快又恢复了无牙的丑陋笑容。"柯利姆的妹妹!变化好大!"

"希望是变好看了。"她笑起来。杰赛尔感到浑身不自在。

"哎呀——确实如此。"格洛塔说。

"你也变了,沙德,"阿黛丽突然很悲伤,"我们一家非常担心你,一直盼你平安归来。"杰赛尔看到格洛塔的脸抽搐了一下。"后来我们听说了你的遭遇……你还好吗?"

审问官瞥了杰赛尔一眼,双眼如濒死之人般冰冷。杰赛尔低头看着靴子,感觉自己被恐惧扼住了咽喉。完全没必要怕这瘸子,不是吗?但不知何故,他宁愿自己仍在练剑。格洛塔注视着阿黛丽,左眼微微抽动,而她毫无惧色地回望他,眼里满是平静的关切。

"我很好。能多好就有多好。"他表情极其怪异,令杰赛尔感到前所未有的不安。"谢谢你的问候,真的,没人过问过。"

一阵尴尬的沉默。审问官抻了抻脖子,发出很大声响。"哈!"他说,"好了,很高兴再见到你们,原谅我公务在身。"他又对他俩露出令人作呕的微笑,蹒跚走开,左脚"沙沙"刮过鹅卵石。

阿黛丽看着他一瘸一拐的扭曲背影,蹙紧眉头。"真令人难过。"她低低地说。

"什么?"杰赛尔咕哝道。他回想起那天街上身形巨大的白怪物,那怪物有狭长的粉红眼睛。还有那个头蒙袋子的犯人。我们都在以自己的方式为陛下效力。正是如此。他不由得颤抖了一下。

"他和我哥曾很亲密,有年夏天还来我家住过,当时我家人的高兴劲儿,简直让人害臊。他过去每天都跟我哥击剑,而且总赢,他当年的剑技真是出神入化啊。沙德·唐·格洛塔，曾是天空中最亮眼的明星……"她脸上闪过似笑非笑的狡黠笑容，"现在我听说你也是。"

"呃……"杰赛尔说，不确定她是夸他还是损他。他难以抑制地感到今天被击败了两次：一次被哥哥，一次被妹妹。

妹妹的一击比哥哥的更狠。

晨间仪式
The Morning Ritual

明媚夏日，形形色色的醉酒狂欢者将公园挤得水泄不通。格洛塔上校穿过人群，气宇轩昂地赴约，途中众人无不鞠躬致意，恭敬地挪开步子。他对大多数人置之不理，只朝几个重要人物报以灿烂微笑，而这少数几个幸运儿立刻笑得合不拢嘴，为能被他关注而感到无比荣幸。

"我想我们都在以自己的方式为陛下效力。"路瑟上尉挑衅道，伸手去摸剑，但格洛塔的动作快得太多。格洛塔闪电般出手，一剑便刺穿了那个浮华白痴的脖子。

鲜血溅了阿黛丽·威斯特一脸，但她高兴地拍手，崇拜地看着格洛塔。

路瑟难以相信决斗只持续了一回合。"哈，正是如此。"格洛塔微笑着宣布。上尉一头栽倒在地，刺破的喉咙鲜血喷涌。人群爆发出山呼海啸的欢呼，格洛塔回以优雅的深鞠躬。欢呼声更热烈了。

"哎呀，上校，你不该……"格洛塔舔她脸上的鲜血时，阿黛丽呐呐道。

"不该怎样？"他咆哮着，一把搂她入怀，激烈亲吻。人群沸腾了。在他亲吻的间隙，她一边喘息，一边用那双黑色大眼睛仰慕地看他，双唇微张。

"沈问长照你呢。"她脸上挂着可爱的微笑。

"什么？"

人群一下子安静下来。都去死吧。他感觉左半边身子正变得麻木。

阿黛丽轻抚他的脸。"沈问长！"她叫道。

✡

重重的敲门声传来，格洛塔一下子睁开眼。我在哪里？我是谁？

噢不。

噢是。他马上意识到自己昨晚一直没睡安稳，毯子下身子扭成一团，脸深深扎进了枕头，整个左半边没有半点知觉。

敲门声更重。"系沈问长！"门外传来弗罗斯特含混的喊叫。

他试着从枕头里抬头，痛苦顿时传遍脖子。啊，没什么比一天中头一次疼挛更能让人进入工作状态了。"知道了！"他嘶哑地喊，"给我点时间，该死！"

白化人顺着走廊沉重地走开，格洛塔一动不动躺了一会儿，然后小心谨慎、异常缓慢地移动右臂，每动一下都倒吸一口气。他扭身企图坐起，左腿针扎般的疼痛却令他攥紧了拳头。这该死的东西要是一直麻木也就罢了。疼痛逐渐席卷全身，与此同时他闻到臭味。该死，我又泻了。

"巴纳姆！"格洛塔吼了一声，然后喘息等待，左边身子似乎故意跟他作对，不住抽搐。老白痴去哪了？"巴纳姆！"他声嘶力竭地喊。

"您还好吗,大人?"门外传来仆人的声音。

还好吗?你这老白痴,还好吗?你觉得我什么时候好过?"不好,妈的!我又弄脏了床单!"

"我给您烧好洗澡水了,大人。您自个儿能起床吗?"

有回弗罗斯特不得不破门而入。或许我该整晚留门,但那样睡得着吗?"我能应付。"格洛塔嘶声道。他拖着身子下床,费力地挪到旁边椅子上,舌头贴紧空荡荡的牙龈,双手颤抖。

一根脚趾也不剩的丑怪左腿不听使唤,他恶狠狠地低头盯着它。该死的丑东西。令人作呕的没用的肉。他们干吗不直接砍掉?我干吗不直接砍掉?他很清楚为什么:只要这条腿还长在身上,他至少算是半个人。他敲敲萎缩的大腿,立刻便后悔了。蠢,真蠢。更强烈的痛苦瞬间爬上背部,每一秒都在加剧。好,好,我们罢手吧。他开始按摩那团无用的血肉。我们谁也离不开谁,所以为什么要互相折磨呢?

"能走到门口吗,大人?"格洛塔又闻到臭味,不禁皱鼻子。他抓住手杖,缓慢痛苦地起身,蹒跚着朝门走,走到一半脚一滑,亏得顶住灼热的刺痛稳住了身子。他倚在墙上,转动锁里的钥匙,把门打开。

巴纳姆站在门外,双臂前伸,准备扶他。真是莫大的耻辱。想我沙德·唐·格洛塔,乃联合王国有史以来最伟大的剑士,如今竟要一个老人搀去浴室,好洗掉弄在自己身上的屎。所有那些被我打败的蠢货如果还记得我,肯定会捧腹大笑。如果不是疼得这么厉害,我也会跟他们一起大笑。他提起左腿,毫无怨言地将手臂搭在巴纳姆肩上。抱怨又有何用?不如让自己轻松一点。能多轻松就多轻松。

于是格洛塔深吸一口气:"慢点,这条腿还没活动开。"他俩一跳一拐沿走廊前进,两人前行让走廊稍显狭窄,而浴室似乎在一里开外。或许更远。从前我可以全副武装走上一百里,现在却连浴室都走不到。这就是命,对吗?回不去了。永远回不去了。

水汽黏在湿冷皮肤上,沁人心脾地温暖。在巴纳姆的搀扶下,他慢慢抬起右腿伸入水中。该死,好烫。老仆人帮他把另一条腿也放入水中,然后伸手到他腋下,像扶小孩子一样扶他慢慢坐下,直到水浸上脖子。

"啊啊啊,"格洛塔露出无牙的笑容,"烫得像铁匠的火炉,巴纳姆,我就喜欢这温度。"热度渐渐渗入左腿,疼痛一点点消退。但没消失。永远也不会消失。只是好了一点。一点点。足以让格洛塔的生活几乎又有了希望。你必须学着欣赏小小的改善,比方说洗个这样的热水澡。当你一无所有,你必须学着欣赏。

✡

弗罗斯特刑讯官在楼下小餐厅等他,巨大的身躯嵌在一把靠墙的矮椅内。格洛塔栽进另一把椅子,嗅了嗅桌上热气腾腾的粥碗,碗里木勺直直翘起,甚至没碰到碗侧。他的肚子咕咕作响,嘴里口水横流。但事实上,这些只是身体极度不适的症状。

"好哇!"格洛塔喊道,"又吃粥喽!"他抬头看看一动不动的刑讯官。"粥和蜜,赛金币,只要粥和蜜,一切都有趣!"

那双粉红色的眼睛一眨不眨。

"这是一首童谣,小时候我娘常唱给我听,不过唱了我也没吃下这玩意儿。现在嘛,"他边说边搅木勺,"我简直吃不够。"

弗罗斯特看了他一眼。

"这玩意儿健康,"格洛塔边说边强咽下一口甜粥,又舀起一勺,"美味,"他又咽几口,"最打紧的是,"咽这一口时他微微呛了下,"无须咀嚼。"他推开还剩大半的粥碗,掷飞木勺。"唔唔唔唔,"他哼哼道,"丰盛的早餐是一天的好开始,你觉得呢?"

刑讯官犹如一道波澜不惊的石灰墙。

"审问长又想见我,是这样吗?"

白化人点点头。

"你觉得我们的卓越领袖如此垂青我们,有何目的呢?"

对方耸耸肩。

"嗯嗯嗯嗯,"格洛塔舔舔牙齿豁口里的残粥,"依你所见,他心情如何?"

对方又耸肩。

"得了,得了,弗罗斯特刑讯官,别一下全告诉我,这样我受不了。"

双方都陷入沉默。巴纳姆进来收碗:"您还想吃点什么吗,大人?"

"当然了,我要一大块五分熟的烤肉,外加一颗咬得嘎吱响的好苹果。"他朝弗罗斯特刑讯官看过去,"我小时候很喜欢吃苹果。"

这玩笑我开过多少次了?弗罗斯特漠然回望,不露一丝笑容。格洛塔转向巴纳姆,老人只疲惫地笑笑。

"哎,算了,"格洛塔叹息一声,"人总得心存希望,对吧?"

"当然,大人。"仆人咕哝道,朝门口走去。

对吧?

✡

审问长办公室位于审问部大楼顶楼,要爬很久。更糟的是,走廊里全是人。刑讯官、办事员、审问官,来来往往,活像密密麻麻的蚂蚁穿梭于摇摇欲坠的粪堆。每当感觉到他们的目光,他就会毫不犹豫地一瘸一拐走下去,面带微笑,高昂头颅;而当旁无一人时,他便会停下,边出汗边咒骂,揉捏左腿,让它重新恢复一点活力。

为何建这么高?他蹒跚走过迷宫般复杂的门厅和蜿蜒无尽的台阶时,如此追问。待到候见厅,他早已筋疲力尽,喘气连连,拄手杖的左手酸痛无比。

审问长的私人秘书从一张占去候见厅一半空间的大黑桌后狐疑

地审视他。桌子对面放了几把供紧张的等候者休息的椅子,两个人高马大的刑讯官一动不动守在办公室的双开门旁,表情严酷,似已跟家具融为一体。

"你有预约吗?"秘书厉声盘问。你明知我是谁,自以为是的小混蛋!

"当然,"格洛塔吼回去,"你以为我一瘸一拐爬上来是为了考察你这张桌子?"

秘书一脸轻蔑地看他。他是个面色苍白、长相英俊的年轻人,顶着一头蓬乱黄发。哪家小贵族的五儿子,不知天高地厚,竟以为能吓唬我?"敢问尊姓大名?"秘书嘲讽地问。

格洛塔的耐心早被刚才的攀登消磨殆尽,他举起手杖狠敲桌子,惊得秘书差点从椅子上跳起来。"你是干什么吃的? 他妈的弱智吗? 你告诉我部里跛脚的审问官有几个?"

"呃——"秘书的嘴慌乱地颤动。

"'呃','呃',这是数字吗?"

"嗯,我——"

"我是格洛塔,白痴! 格洛塔审问官!"

"是,先生,我——"

"肥屁股挪起来,蠢货! 别让我再等!"秘书跳起来,跑向门,打开一扇,恭敬地站到旁边。"这还差不多。"格洛塔咆哮着,一瘸一拐跟上。当他从刑讯官们身边蹒跚而过时,抬头看了看,他十分肯定他们中的一个脸上露出了一丝微笑。

他上次来这里还是六年前,但房间几乎没变。这个圆形房间犹如洞穴,穹顶天花板上雕刻着石像鬼的脸,房里有扇巨大的窗户,正好眺望大学的诸多尖顶、阿金堡的一大段外墙和赫然隐现的锻造者大厦。

房内大部分空间摆放着一排排书架和文件柜,其上整齐地堆满文档文件,偶尔露出的白墙上挂了几幅阴暗画像,其一是联合王国现任国王的巨幅画像,画中的年轻人英明威严。毫无疑问,那是在他变成老糊涂之前画的,如今他令人印象最深的是嘴边流不完的口水。房间中央摆放着一张厚重圆桌,桌上绘有详尽的联合王国全图,凡设审问部分部的城市都用一颗宝石标记,银制阿杜瓦小模型是中心处的突起。

审问长坐在桌后古老的高背椅上,正跟一男子专注交谈,后者是个穿黑色长袍、枯瘦、秃顶、满脸愁容的老家伙。苏尔特看到格洛塔蹒跚走来眉开眼笑,黑衣人的表情则几乎没变。

"哎呀,是格洛塔审问官,非常高兴你能加入我们。你认识哈莱克测量总监吗?"

"我还未有此荣幸。"格洛塔说。一点都不荣幸。老官僚起身冷冷地握了格洛塔的手。

"这是我手下的审问官,沙德·唐·格洛塔。"

"是的,确实如此。"哈莱克喃喃道,"记得你过去是个军人,我看过你击剑。"

格洛塔用手杖轻敲左腿:"那应该不是最近的事吧。"

"不是。"双方谁也没再说话。

"测量总监面临一次极为重大的晋升,"苏尔特开口,"进入内阁。"进入内阁。真的?确实极为重大。

哈莱克似乎并不兴奋。"陛下发出邀请之前,"他断然道,"都不作数。"

苏尔特的脚在光滑的岩石地面上优雅摩挲。"我确信当塞普·唐·托伊费尔不再值得考虑后,内阁会认定您是唯一的候选。"我们的老朋友托伊费尔? 不再值得考虑?

哈莱尔蹙起眉,摇摇头:"托伊费尔,我跟他共事十年。虽然我从不喜欢他,"看你的样子,你多半谁都不喜欢,"但我认为他不可能叛国。"

苏尔特也悲伤地摇摇头："我们都很痛心,可他白纸黑字招供了,句句属实。"他拿起卷好的供状,眉头紧蹙。"恐怕腐败的根烂得太深,对此谁又比我更清楚?谁让我那得罪人的工作就是除去花园里的杂草呢?"

"确实,确实,"哈莱尔咕哝,边说边严酷地点了几下头。"我们所有人都应当感谢您做的一切。也感谢你,审问官先生。"

"哦不,我没做什么。"格洛塔谦逊地说。三个人装出彼此尊敬的样子,你看我,我看你。

哈莱克向后一推椅子："好了,税不会自动上缴,我得回去工作了。"

"好好享受离任前最后几天的工作,"苏尔特保证,"国王很快会向您发出邀请。"

哈莱尔容许自己淡淡微笑,然后朝他们生硬地一点头,大步离去。秘书送他离开,关上厚重的门。剩下的两人都没再说话。我绝不会首先打破沉默。

"你肯定在思考这一切到底是怎么回事,呃,格洛塔?"

"我有这样的疑惑,审问长阁下。"

"我想也是。"苏尔特噌地从椅子上站起来,踱步到窗前,戴白手套的双手反背在后。"世道变了,格洛塔,世道变了。旧秩序崩溃瓦解,什么忠诚、责任、骄傲、荣誉,统统过时了。什么取代了它们呢?"他越过肩膀向后看了一会,撇撇嘴。"是贪婪。商人成了主宰。银行家、店主、贩子,这帮心胸狭隘、胸无大志的卑鄙小人,他们的忠诚只为自己,他们的责任只对钱袋,他们的骄傲是欺骗上等人,他们的荣誉可用银币称量。"你找我来听你抨击商人阶层?

苏尔特看着窗外,紧锁眉头,然后转身回房："如今不管哪路货色,都能让自己的后代受教育、做生意、发大财。布商公会、香料公会这类商人行会积聚了大笔财富,影响力日增。平民暴发户们装作听命于天然的上等人，实际却将肉乎乎的手指贪婪地伸向权力中枢。这是我们绝不容许的。"他来回踱步，说到这不禁打了个寒战。

"跟你说实话，审问官。"审问长优雅地摆手，似乎实话乃是无上馈赠。"联合王国从未这么强大，从未控制过如此辽阔的领土，但我们外强中干。陛下完全丧失决策力已不是秘密。兰迪萨王太子是个花花公子，身边尽是溜须拍马的无能之辈，他除了赌博和漂亮衣服再没想法。雷诺特王子更适合继承王位，但毕竟是次子。本当让这艘漏水的船驶离危险海域的内阁却充斥着骗子和阴谋家，其中有些人可能还算忠诚，另一些则毫无气节可言，而所有人都只想让陛下按他们的意愿行事。"真令人失望，是不是所有人都该让陛下按你的意愿行事呢？

"与此同时，联合王国危机四伏，内外均有劲敌。古尔库有了一个精力充沛的新皇帝，他秣马厉兵，积极备战。北方人也同样披甲持锐，在安格兰边境虎视眈眈。贵族们在议会里伸张古老的权利，村镇上的农民却吵着要新的权利，"他深深叹口气。"没错，旧秩序崩溃瓦解，却没人有意愿和能耐挽狂澜于既倒。"

苏尔特顿了顿，抬头凝视墙上一幅画像：一个体格健壮、全身白衣的秃顶男子。格洛塔一下便认了出来。左勒，最伟大的审问长——不知疲倦的审问部化身，拷问英雄，叛徒的噩梦。这伟人正恶狠狠地朝下看，似乎就算作古，也只需一瞥就可将叛国者烧成灰。

"左勒，"苏尔特咆哮，"我告诉你，他的时代跟现在完全不一样。当时没有牢骚满腹的农民，没有诡计钻营的商人，没有蠢蠢欲动的贵族。谁忘记身份，自有烙铁来提醒，而且绝没哪个吹毛求疵的法官胆敢提出异议。当时的审问部地位崇高，聚集了全世界最聪明耀眼的人才。他们以为陛下效劳，以肃清不忠者为己任，并不求回报。"哦，好一个黄金时代。

审问长坐回椅子，在桌上探身："现在呢，审问部成了什么样？没落贵族不入流的儿子在这里中饱私囊，穷凶极恶的人渣在这里尽情发泄变态欲望。我们在陛下驾前的影响力日渐消退,预算也一减再减。我们曾令人畏惧、受人尊敬,格洛塔,而现在……"我们成了明日黄花。苏尔特皱皱眉。"哎,不提也罢,部内充斥着阴谋诡计,我担心它已不再胜任当前的复杂形势。太多主审官不值得信任,他们不关心陛下的利益,不关心国家利益,除了给自己谋利,他们不关心任何人。"太多主审官?不值得信任?呵呵,我真要吓晕了。苏尔特眉头皱得更紧,"而现在费尔特死了。"

格洛塔抬起头。重磅消息来了。"可是总理大臣?"

"明天一早消息就会传出去。他是前几天晚上暴毙的,就在你料理你朋友鲁斯那会儿。死得可疑,也许不是巧合。但无论如何,他将近九十,本已行将就木,能活这么久都是异数。他被称为'黄金总理',可谓这个时代最伟大的政治家。现在人们正给他塑像,一尊将放在国王大道上的塑像,"苏尔特一哂,"这是我们每个人最想得到的待遇。"

苏尔特的眼睛眯成一条蓝色细缝:"如果你觉得联合王国处于国王或议会里那些只会空谈的蠢货贵族掌控下,如果你有这样的天真想法,现在可以从脑子里清出去了。内阁才是权力中心,自陛下身体有恙后更是如此。十二个人,十二张不那么舒服的大椅子——我自己身列其中——二十年来,无论战争和平,是费尔特制衡着我们十二个人。他用审问部来制衡法官,用银行家来约束军人。他是王国运转的轮轴和基石,他的死将留下巨大空洞,而那些家伙将争着涌来填补。我有种感觉,那个满腹牢骚的杂种莫拉维,那个软绵绵的大法官,自封的平民捍卫者,会头一个兴风作浪。形势可说瞬息万变,十万火急。"审问长攥紧的拳头重重砸在桌上。"我们不能让坏人得逞。"

格洛塔点点头。我懂您的意思了,审问长阁下。不就是确保除了我们,谁也不能得逞吗?

"不用多说，谁都知道总理大臣是这个国家最有实权的职位之一。征税、国库、王家铸币厂，皆由其主持。这些都是钱呐，格洛塔，钱呐，而金钱意味着权力，这个我也不用多说。明天我们要任命新任总理大臣，本来顺位最前的是前铸币厂总管，塞普·唐·托伊费尔。"我懂了。他不再值得考虑了。

苏尔特撇撇嘴："托伊费尔与商人行会关系密切，尤其和布商公会。"他脸上的嘲讽转为怒容。"他跟莫拉维还穿一条裤子。所以，你瞧，他根本不适合担任总理大臣。"确实不适合。谁适合呢？"我看，哈莱克测量总监是更好的人选。"

格洛塔往门口看了一眼："他？担任总理大臣？"

苏尔特微笑着起身，踱步到靠墙的橱柜前："没有比他更好的人选。每个人都讨厌他，而除了我，他也讨厌每个人。他还是个顽固的保守派，瞧不起商人阶层及其主张的一切。"他打开橱柜取出两只酒杯和一个精美的细颈酒瓶，"纵然他在内阁里不会向我们示好，至少会同情我们，并把该死的矛头针对其他每个人。我想不到比他更合适的人选。"

格洛塔又点点头："他看起来是挺可靠。"但可靠不到让他扶我入浴的地步。你会让他扶吗，审问长阁下？

"没错，"苏尔特说，"他对我们很有用。"他将深红色酒液倒入两只酒杯，"作为回报，新任铸币厂总管将由我提名。我听说布商公会那帮人气得牙痒痒，老混蛋莫拉维也很不满。"苏尔特轻笑。"都是好消息啊，我们得为这个感谢你。"他递来一只酒杯。

毒药？在审问长阁下可爱的马赛克拼花地板上抽搐着慢慢死去？抑或一头栽倒在桌上？但他除了接过来痛饮一口外别无选择。酒味的确不熟，但香甜醇美。可能来自某个遥远而美丽的地方。我要是死在这儿，至少不用面对那些台阶了。审问长自己也在喝，还满脸笑容，姿势优雅。似乎我能活过这个下午，至少目前看来。

"不错,我们顺利迈出了第一步。时局固然叵测,但机遇往往与危险并存。"格洛塔感到一种奇怪的滋味从后背升起。是恐惧,是雄心,亦或两者兼而有之?"我需要有个人帮我打理。一个不惧怕主审官、商人,甚至内阁的人;一个办事机敏、沉着审慎、下手无情、值得信赖的人;一个对联合王国的忠心毋庸置疑,但在政府里没有朋友的人。"一个被所有人憎恨的人?一个事情败露后可当替死鬼的人?一个没人怀念的人?

"我需要一名特别审问官,格洛塔,一名不受主审官控制、直接对我负责的审问官。他只听命于我。"审问长扬起一条眉毛,好似这想法是灵光乍现。"我突然想到你是该职务的不二人选。你觉得呢?"

我觉得这个职务会树敌无数,却只有一个朋友,格洛塔抬眼看看审问长,这个朋友还不那么可靠。我觉得这个职位上的人可能活不长。"能给我些时间考虑吗?"

"不行。"

机遇往往与危险并存……"那我接受。"

"很好,我真心相信这是一段长久而富有成效的关系的开始。"苏尔特从杯沿上冲他笑笑,"你知道,格洛塔,在所有这些商人蛆虫中间,我发现布商最讨厌。西港很大程度上是受他们影响才加入联合王国,而正是靠西港的钱我们才赢得古尔库战争。作为奖赏,陛下理所当然地赐予他们无价的贸易特权,可打那以后,他们的傲慢越来越难容忍。看看他们盛气凌人的姿态和恣意妄为的行为,别人还以为上战场的是他们。可敬的布商公会。"他语带嘲讽,"我突然想到,既然你朋友鲁斯给了我们将其一网打尽的借口,我们就没理由放任这帮蛆虫继续蠕动了。"

格洛塔这回的确吃了一惊,但他自认隐藏得很好。更进一步?为什么呢?让布商继续蠕动,只要肯交税,便是皆大欢喜。目前的手段已足以让他们畏惧和软化了——思考会被鲁斯供出的名字,揣测谁会下一个上刑椅。如果更进一步，就真可能损害他们的根基，甚至导致他们垮台。届时也就没人交税，许多人会不高兴——其中一些就在这栋大楼里。"继续调查很容易，审问长阁下，如果您需要的话。"格洛塔又喝了口酒。确是好酒。

"我们必须小心谨慎。小心谨慎，方能万无一失。布商的钱就像无孔不入的奶，他们有很多朋友，甚至最高层贵族——布洛克、亨根、伊斯尔等也支持他们，这些可都是头面人物。这些婴儿吸过布商的奶，一旦断了供给，不哭才怪。"一丝冷酷的笑容在苏尔特脸上闪过。"话说回来，要小孩遵守纪律，有时就得让他们哭一哭……那个蛆虫鲁斯在供状里供出了谁？"

格洛塔痛苦地探身向前，将鲁斯的供状从桌上拉回来摊开，从上往下扫视名单。

"塞普·唐·托伊费尔，这个我们都知道。"

"噢，不仅知道还很喜欢，审问官。"苏尔特笑眯眯地说，"我觉得可以放心地把他从名单上划掉了。还有谁？"

"好，让我们看看。"格洛塔从容地低头看了一眼，"有个叫哈罗德·波斯特的，是个布商。"一个无名小卒。

苏尔特不耐烦地摆摆手："他是个无名小卒。"

"苏莱莫·斯坎迪，一个西港布商。"也是个无名小卒。

"不，不，格洛塔，我们能不能做得更好些，而不是纠缠苏莱莫什么的无名小辈？我对这些布商一点都提不起兴趣。拔起树根，树叶自会枯萎。"

"正是，审问长阁下。这儿有一个维勒姆·唐·罗伯，是个二流贵族，海关下等官吏。"苏尔特若有所思地摇头。"还有——"

"等等！维勒姆·唐·罗……"苏尔特打个响指，"他兄弟吉拉尔是王后的内侍之一，在某次聚会上奚落过我。"苏尔特笑了，"好，就这个维勒姆·唐·罗伯吧，把他抓起来。"

并借此更进一步。"卑职全心全意遵从您,审问长阁下。需要犯人特别提到哪个名字吗?"格洛塔放下空酒杯。

"不用刻意。"审问长转身,再次摆摆手,"要他供出每个人……所有人。"

第一法师

First of the Magi

　　湖光潋滟，险峰攒聚，草木扶疏。放眼望去，波平如镜的湖面灰蒙蒙的，雨滴入水，激开阵阵涟漪。毫无疑问，这样的天气罗根看不出多远，对面湖岸也许就在百跨开外，但平静的水看来不是一般的深。
　　深不可测。
　　罗根早就放弃了遮雨的努力，任雨水浸透头发，顺脸流下，从鼻尖、下巴和指头滴落。他又湿又累又乏，饥饿如影随形。仔细想想，饥饿总与他形影不离。他闭上眼，任雨打在皮肤上，听雨拍打鹅卵石的滴答声。他跪在湖边，拔去酒瓶塞子，将酒瓶按入湖面，灌满水时瓶口荡起一股气泡。
　　马拉克斯·魁跌跌撞撞走出灌木丛，呼吸又急又浅。他一下子瘫跪倒地，在树根间匍匐前行，于鹅卵石上咳出浓痰。他咳得实在厉害，似乎要把肠子咳出来，肋骨都在咯吱响。他脸色比初遇时更苍白了，人足足瘦了一圈。罗根也瘦了不少，毕竟这是非常时期。他走向憔悴的门徒，盘腿坐下。

"让我歇会儿，"魁闭上凹陷的眼睛，头倒向后面，"就一会儿。"他张着嘴，瘦若干柴的脖子上青筋毕露，活像具干尸。

"别歇太久，要不你永远都站不起来。"

罗根递去酒瓶，魁甚至没抬手接，罗根只得把它放到他嘴边，并抬起瓶身。魁皱眉咽下一口，立刻咳嗽起来，头又耷拉在树上，仿佛石头般沉。

"清楚现在的位置吗？"罗根问。

门徒朝湖水眨了下眼睛，好似此刻才注意到湖："一定是湖北端……应该有条小道。"声音低沉下去，成了喃喃自语。"南端有条用两块石头标记的路。"咳嗽突然加剧，费了很大劲才平复。"沿那条路过桥，就到了。"他嘶声说。

罗根顺着湖岸，望向那些淌着雨水的树："多远？"没有回答。他抓住病人瘦骨嶙峋的肩膀摇。魁睁开眼，恍惚地朝上看，像是在努力集中精神。"多远？"

"四十里。"

罗根倒吸口气。魁不可能再走四十里——再走四十跨已是谢天谢地，只需看看他无神的眼睛就知道。罗根估计他快死了，至多能撑几天，比他强壮得多的人也常常发烧而死。

四十里。罗根用一根拇指摸着下巴，认真思索。四十里。

"见鬼。"他低声骂了句。

他拖过背包打开。食物所剩无多：几条硬干肉、一块发霉的黑面包。他望向湖面，如此平静，看来至少最近几天不会缺水。他从包里拉出那口沉重的锅，放到鹅卵石上。他们相依为命很多年，但现在没东西煮了。在荒野里，你不能对任何东西产生感情。他又把绳子远远掷入灌木丛，将轻了不少的背包扔到肩上。

魁再次闭上眼睛，呼吸十分微弱。罗根仍记得自己第一次被迫丢下人的情景，历历在目，恍若昨日。奇怪的是，他虽记不清那男孩的名字,但男孩的脸却深深印在脑海里。

山卡砍了男孩的大腿,砍下一大块肉。男孩一路呻吟,直到再也无法行动。由于伤口慢慢恶化,他已逃不过死神的魔掌,他们不得不丢下他。没人责备罗根。男孩太小,本不该就此丧生,但霉运随时可能降临到每个人头上。他们默默无言地垂首下山,任男孩在山上痛哭。直到走出很远,罗根还能听到他的哭喊。现在仍能听得到。

战争就是这样。在寒冷的时节,长长的行军队伍中不时有人掉队。一开始掉到末尾,接着开始落后,最终完全失踪。冻伤,生病,还有伤员。想到这里,罗根开始颤抖,不由得紧了紧肩膀。一开始他尽力去帮他们,后来却开始庆幸自己没成为其中一员,到最后他直接跨过尸体,看都不看一眼。他看向马拉克斯·魁。荒野中又一具尸体,没什么可说的。你必须现实一点。

门徒从断断续续的沉眠中醒来,挣扎着想起身。他的手颤得厉害。他抬头望向罗根,眼带泪光。"我起不来。"他嘶哑着说。

"我知道。你能走这么远,已经让我很惊讶了。"无所谓了。罗根有办法,只要找到那条小道,他一天能走上二十里。

"如果你能留一些食物……或许……到图书馆以后……叫人……"

"不行,"罗根斩钉截铁地说,"我需要这些食物。"

魁发出介于咳嗽和呜咽之间的奇怪声音。

罗根弯下腰,将右肩搁在魁肚子上,手臂环抱魁的背。"没有这些食物,我可扛不了你四十里。"说罢他直起腰,把门徒扛上肩。他用夹克固定魁的身体,沿湖岸开走,靴子踏过潮湿的鹅卵石发出嘎吱嘎吱声。门徒动都没动一下,像条湿抹布般挂着,软弱无力的手随罗根的步伐一下一下打着罗根的腿。

走出约三十跨,罗根转身回望,只见那口锅孤零零坐在湖边,快要盛满雨水了。他们相依为命多年,他和这口锅。

"再见,老朋友。"

锅无言。

✡

罗根颤抖着将重担轻放路边,活动酸疼的背,抓抓胳膊上肮脏不堪的绷带,从酒瓶里喝了口水。这一天来,他酸胀的嘴唇只喝过水,饥饿正不断噬咬他的胃。至少雨终于停了。你必须学着欣赏小小的改善,比如一双干靴子。当你一无所有,你必须学着欣赏。

罗根朝污泥里啐了一口,揉捏着毫无血色的手指。毫无疑问,到这再也不会迷路了——两块凹痕累累的巨石高高矗立在路两边,看起来年代久远,底部布满青苔,往上是灰色地衣。石头上用罗根看不懂的语言刻着几行褪色的字,他甚至不知那是什么文字,但给人一种敬畏感,一种并非欢迎、更似警告的感觉。

"第一律法……"

"你说什么?"罗根惊讶地问。自两天前他们扔下锅后,魁的状况一直不好,总是半醒半睡。背着锅总会出点声,他却毫无声息。今早罗根醒来,发现门徒几乎断了气。一开始他断定门徒已死,后来却发现门徒还在微弱地挣扎着要活命。不得不承认,魁很坚强。

罗根跪下,拂开粘在魁脸上的湿发,门徒立刻抓住他手腕,向前探身。

"那是禁忌,"他耳语般说,"接触异界!"

"啥?"

"与魔鬼对话。"他沙哑地说,紧抓罗根褴褛的外套。"下界生物以谎言为血肉!您不能这么做!"

"我不会的,"罗根咕哝道,根本搞不懂门徒在说什么。"我不会的。这对我有什么好处呢?"

的确没好处。魁抽搐着恢复到昏迷中。罗根咬咬嘴唇，希望门徒能再次醒来，但看来不大可能。或许巴亚兹能帮忙，他可是第一法师，拥有无上智慧什么的。于是罗根将魁再次扛上肩，步履蹒跚地穿过两颗古老的巨石。

道路陡直地爬上湖岸上方的石地，转为石头中凿刻的石路。因年深日久，石路多有磨损，满布杂草，千回百转，不久罗根便气喘吁吁，汗流浃背，步履迟缓，每迈一步双腿都火辣辣地疼。

累，他真累了。不单为这顿攀爬，不单为这一整天筋疲力尽的长途跋涉、肩上还要扛个半死不活的门徒，不单为昨天的跋涉，更不是为树林里那场战斗。而是他厌倦了一切。厌倦了山卡，厌倦了无休止的战争，厌倦了人生。

"我不能就这么永远走下去啊，马拉克斯，我不能就这么永远战斗下去。这他妈见鬼的生活啥时候是个头啊？我要坐下来歇会儿，坐在一张他妈的还算像样的椅子上！这要求很高吗？高吗？"怀着这样的心情，他一步一步向前走，嘴里不停诅咒抱怨，魁的脑袋随着步子在他屁股上撞来撞去。

他就这样来到桥边。

桥和路一样古老，桥身朴素细长，爬满藤蔓，横越在约二十跨宽的峡谷上。峡谷极深，谷底河流拍打着嶙峋的山崖，激起闪闪发光的水沫，声响震天。峡谷对面，一堵墙从高耸的、青苔覆盖的人面石雕间拔地而起，巧夺天工，难辨刀斧痕迹。墙上只有一道铜皮包裹的古老大门，被湿气和无穷的光阴磨得绿锈斑驳。

罗根小心翼翼地踏上湿滑的石桥时，习惯性地盘算起如何才能攻取这里。做不到。即便有一千精兵也做不到。门前只有一方狭窄石台，根本没有放云梯和撞槌的空间。墙至少十跨高，大门看起来也坚固异常，而且只要将桥毁掉……罗根从悬崖边瞥了一眼，不禁吞了口口水。

深不可测。

他深吸一口气,用拳头在潮湿的铜门上用力敲了四下,传出四声巨响。战斗之后,他正是这样敲卡莱恩的城门,结果里面的人蜂拥出来向他投降。

现在却没人出来。

他等了一会,又敲了一遍,接着继续等。河流激荡的水雾打湿了身躯,他咬牙切齿地举手打算再敲。此时门突然打开一条缝,一双水汪汪的眼睛从粗重的门闩间盯着他。

"又是谁?"传来一个恶声恶气的粗哑声音。

"我是九指罗根,我来——"

"没听说过你。"

罗根没想到会吃闭门羹:"我来见巴亚兹。"那人没反应。"就是第一——"

"没错,他是在这,"门并没打开,"不过不见客。我告诉过上一个信使了。"

"我不是信使,我跟马拉克斯·魁一起来。"

"马拉克什么?"

"魁,那个门徒。"

"门徒?"

"他病得很厉害,"罗根缓缓地说,"可能要死了。"

"病了,你是说? 要死了,是吗?"

"对。"

"你再说一遍你叫什——"

"快打开这该死的门!"罗根朝门缝挥拳头,"拜托。"

"我们不会放任何人进……举起手来,让我看看你的手。"

"什么?"

"你的手。"罗根举起双手,那双水汪汪的眼睛缓缓地查看他指间。"九根指头,少了一根,看见没?"他将残指猛地举到门缝前。

"九根,是吗?你早说嘛。"

随着门闩铿锵声,门嘎吱嘎吱地缓缓打开。一个穿老式盔甲的老头佝偻着身子,狐疑地待在门后瞧他。老头握了一把长剑,但剑对他来说太重了,他努力想把剑抓稳,剑尖仍猛烈地晃来晃去。

罗根举起双手:"我投降。"

上年纪的看门人并不觉得有趣,罗根走过时他一脸不高兴地咕哝,用力拉上门,摸索着插门闩,最后转身一言不发地领路。罗根随他爬上一道狭窄的山谷,山谷两旁是一排排奇特的房屋,这些房屋历经风吹日晒,褪色不少,布满青苔。它们都是在陡直的山崖中挖出来的,与山坡浑然天成。

一个脸色阴沉的女人正就着门阶上一架纺车纺线,罗根扛着不省人事的门徒经过时,她朝他皱眉,罗根则报以微笑——她长得并不漂亮,这毋庸置疑,但他很久没见过女人了——那女人立刻逃回屋,一脚踢上门,留下还在转动的纺车。

他的魅力真是半分不减。

接下去是面包房,低矮的烟囱冒着烟,飘来的烤面包味让罗根饥肠辘辘的肚子一阵翻腾。稍远处,两个黑发小孩绕着一棵枝蔓丛生的老树嬉闹玩耍。他们让罗根想起了自己的孩子,虽然彼此长得一点都不像,但他还是立刻伤感起来。

不得不承认,他有点失望。原以为这里的人看起来会很聪明,会留着长长的胡子,但他们并没显出多有智慧,跟普通农民没啥区别。这里也跟山卡到来前自己的村庄并无二致。他正想自己是不是来错了地方,他们拐过一道弯——

前方山坡矗立着三座锥形巨塔,它们共建在一个基座上,只在上方分开。塔身爬满深色藤蔓,它们看起来比古桥和古道还古老,仿佛同所在的山一样久远。塔底乱哄哄簇拥着一大堆建筑,中间有个宽阔庭院,庭院里的人们忙于日常杂务:一个瘦小女人弯腰搅拌牛奶,一个矮壮铁匠试图给一匹焦躁不安的母马上蹄铁,一个秃顶的年长屠夫围着满是污迹的围裙,刚宰完几头牲畜,现在水槽里清洗沾满鲜血的前臂。

三座塔中最高那座塔下,一位气宇非凡的老人坐在宽阔台阶上。他一身白衣,长长的胡须,鹰钩鼻,白色长发从白色便帽下倾泻而出。罗根终于信服,第一法师就该是这副打扮。罗根拖着脚步向他走去时,他从台阶上起身,急匆匆跑过来,白色外套在身后翻动。

"把他放那里。"他轻声吩咐,指指井旁一块草地。罗根跪下,尽可能轻地将魁挪到地上,他的背疼得实在厉害。老人俯身,将一只多瘤的手搁在魁的额上。

"我把您的门徒带回来了。"罗根语无伦次地说。

"我的?"

"您不是巴亚兹吗?"

老人大笑:"哦不,我是威尔斯,是这个图书馆的管家。"

"我是巴亚兹。"身后有人说。只见先前那个屠夫一边用布擦拭双手,一边朝他们缓缓走来。他看上去六十上下,但仍身强力壮,面容坚毅,脸上布满深深的皱纹,嘴边一圈短短的灰胡须。他已完全谢顶,黝黑的脑袋在午后阳光的照耀下闪闪发亮。他既不风度翩翩,也谈不上气质非凡,但他走近时,的确让人感觉不一般:自信,不怒自威。

他是一个习惯发号施令、习惯别人乖乖从命的人。

第一法师伸出双手,热情地紧握罗根的左手。然后他把它翻过来,检查残指。

"九指罗根,没错,人称血九指。即便在我闭塞的图书馆,也流传着你的故事。"

罗根一缩,他能猜到老人听过什么样的故事。"都是很久以前的事了。"

"当然。我们都有往事,对吗?我对传闻不予置评。"巴亚兹笑笑,灿烂、纯粹、开朗的微笑。他脸上洋溢着友好,但一丝冷酷游荡在他深凹的绿眼睛里。岩石般冷酷。罗根也冲他笑——他明白不可与此人为敌。

"你还把我们的迷途羔羊带回圈了。"巴亚兹看着躺在草地上一动不动的魁,紧锁眉头。"他情况怎样?"

"我想他会活下来,大人,"威尔斯道,"不过我们得帮他除去风寒。"

第一法师打个响指,尖厉的回音顿时回荡在楼宇间。"去帮他。"铁匠立刻跑上去抓住魁的脚,和威尔斯一起将门徒经那扇高大的门抬入图书馆。

"好了,九指师傅,我派人去请你,你也如期而至,这是极好的礼节。礼节在北方可能过了时,但你要知道,我仍非常看重它。以礼还礼,这是我的信条。又怎么了?"只见年老的看门人上气不接下气急匆匆跑过庭院。"一天两个访客?是谁?"

"巴亚兹大师!"看门人喘息着说,"门外来了好多骑马的人,都是好马,全副武装!他们说带来北方之王的急信!"

贝斯奥德。绝对是。鬼灵们说他给自己戴上了一顶金帽子,除了他还有谁会自称北方之王?罗根咽了口口水。他们最后一次会面,他只捡回了一条命。这总好过许多人的下场,好得多。

"呃,大师?"看门人问,"要让他们走吗?"

"带头的是谁?"

"一个苦着脸的阔气小伙,自称是国王之子什么的。"

"卡尔达还是斯奎尔?他俩都带点苦相。"

"我想是弟弟。"

那就是卡尔达,这是好事。两个都不是好货色,但斯奎尔更难缠,两个在一起更得远远避开。巴亚兹思索片刻:"卡尔达王子可以进来,但他的人必须在桥边等。"

"是,大人,在桥边等。"看门人喘着粗气答应。卡尔达?他会喜欢这种待遇的,一想到那个所谓的王子朝那道窄窄的门缝徒劳无益地大喊,罗根顿觉无比欢乐。

"成了北方之王,你能想象吗?"巴亚兹心不在焉地注视着下方的山谷。"我在贝斯奥德远未辉煌时结识了他。你不也是吗,嗯,九指师傅?"

罗根皱皱眉。罗根在贝斯奥德屁都不是时结识了他,当时贝斯奥德只是北方数不胜数的小酋长中的一个。罗根为对抗山卡向他求助,贝斯奥德给了帮助,却索要代价。当初他觉得那代价一点不大,很划得来。无非是去战斗,去杀人。罗根从不觉得杀人是难事,而贝斯奥德看来是个值得为之而战的人,他无畏、骄傲、冷酷,有一股不达目的不罢休的狠劲。当时,这些均是罗根钦佩的品质,他认为自己拥有这样的品质。但时间改变了他俩,代价也随之提高。

"他过去可不是这样,"巴亚兹沉吟道,"王冠不适合某些人。你了解他的儿子们吗?"

"比我希望的更了解。"

巴亚兹点点头:"两废物,对吗?永远没长进。想象一下让斯奎尔那蠢货当国王。呸!"法师颤了一下,"这几乎让我希望他老爹长命百岁了。我是说'几乎'。"

罗根先前看到在玩耍的小女孩这时跑过来,双手举起一个黄色花圈,递到老法师面前。"这个是我扎的。"她说。罗根听到疾驰的"嘚嘚"马蹄声沿路传来。

"给我的?真漂亮。"巴亚兹从她手中接过鲜花,"扎得真好,亲爱的,锻造者本人也做不了这么好。"

来人"嘚嘚"地骑马入院,猛地勒住,一跃而下。确是卡尔达。显而易见,岁月对他要比对罗根友善得多。他身穿以深色皮毛缀边的精美黑衣，一颗大红宝石在手指上闪光，剑柄镶嵌黄金。他长成了大人，体型丰满起来，虽比哥哥斯奎尔足足小一圈，仍可称得上是大块头。然而他苍白、骄傲的脸和罗根记忆中一模一样，扭曲的薄嘴唇永远带着一丝嘲讽。

他把缰绳扔向搅拌牛奶的女人，怒气冲冲地穿越院子快步朝他们走来，长发在微风中轻摆。走到离他们约莫十跨时，他发现了罗根，不由惊得张大嘴，立刻后退半步，作势拔剑。然后他冷笑道：

"喜欢上养狗了，对吗，巴亚兹？我见过这条狗，大家都知道他咬了主人的手。"他的嘴唇撇得更厉害，"愿意的话，我可以帮你除掉他。"

罗根耸耸肩。傻瓜和懦夫才放狠话，卡尔达两者都算得上，而罗根不傻也不懦弱。想杀人就直接动手，绝不要夸夸其谈，给对手准备机会，从而自掘坟墓。于是罗根一言不发。卡尔达可能视之为懦弱，随他。战斗总会找上罗根，但罗根早已不那么好战了。

贝斯奥德的次子将轻蔑转移到第一法师身上。"我父亲不会高兴，巴亚兹！你不让我的人进门，这是对我们的大不敬！"

"我本不敬你们，卡尔达王子。"法师平静地说，"不过别灰心，上一个信使连桥都没让过，所以你还是取得了些进展。"

卡尔达满脸怒容："你为何对我父亲的传唤置之不理？"

"我有很多事要处理。"巴亚兹举起手中那束花，"你知道，花圈是不会自动扎好的。"

王子并不买账。"我父亲，"他响亮地说，"贝斯奥德，北方之王，命你前往卡莱恩觐见！"他清清嗓子，"他不会……"他剧烈咳嗽起来。

"他不会什么？"巴亚兹问，"说啊，孩子！"

"他命……"王子再次咳嗽，唾沫四溅，仿佛被噎住一般。他把手放到喉头。一时间空气仿佛凝固了。

"命令我，对吗？"巴亚兹皱皱眉，"有本事把伟大的尤文斯从死者的国度带回来。只有他有资格命令我，只有他，没有别人。"法师的眉头皱得更深,罗根禁不住产生了一股想后退的奇怪冲动。"你没有。你父亲也没有,不管他自称什么。"

卡尔达慢慢跪倒在地,扭曲的脸涌上泪水。巴亚兹上下打量他一番。"看你一身丧服,死人了吗?给,"他把花圈扔到王子脖子上挂住,"增添点颜色也许有助你振作精神。告诉你爹,他必须亲自来,我不会浪费时间应酬那帮蠢货和他乳臭未干的儿子。老规矩,我只跟马脑袋谈,不同马屁股说话。听明白了吗,孩子?"卡尔达歪斜着身子,通红的双眼向外突出。第一法师摆摆手。"你可以走了。"

王子急促地呼出一口气,咳嗽着起身,跟跟跄跄走回坐骑,费力地爬上鞍,再没了下马时的优雅。朝大门奔去时,他扭头朝他们恶狠狠一瞥,但由于他的脸红得像挨打的屁股,这一瞥颇为滑稽。罗根意识到自己咧嘴笑着,他很久没这么高兴了。

"听说你可以跟鬼灵对话。"

罗根猝不及防:"啊?"

"跟鬼灵对话,"巴亚兹摇摇头,"在当代可是罕有的天赋。它们怎么样?"

"什么,鬼灵吗?"

"对。"

"它们越来越少了。"

"很快就会全部沉眠,对吗?魔法正从世界上流失,这是注定的。这么多年来,我的知识在增加,法力却在一点点变弱。"

"但你仍好好教训了卡尔达一番。"

"呸,"巴亚兹摆摆手,"这算什么。只不过玩了点空气和肉体的小把戏,轻松加愉快。相信我,魔法正在流失,这是千真万确的事实。可话说回来,敲碎一颗鸡蛋多的是办法,对吗,我的朋友?一个工具不管用,就试另一个。"罗根不确定自己听明白了法师的话,但他疲惫得不想问。

"是的,的确如此。"第一法师低声道,"敲碎一颗鸡蛋多的是办法。说到这个,你似乎饿了。"

提及食物,罗根垂涎欲滴。"是,"他含糊地说,"是的……我想吃东西。"

"没问题。"巴亚兹热情洋溢地拍拍他肩膀,"再洗个澡?我真心诚意地认为,长途跋涉之后没什么比热水澡更让人放松了。我肯定你走了很长的路。跟我来,九指师傅,你安全了。"

食物,洗澡,安全。跟老人进图书馆时,罗根忍不住想哭。

良善之人
The Good Man

门外热气蒸腾,耀眼阳光穿过一扇扇格窗,在觐见室的木地板上投下十字形影。时值下午,室内却如厨房般热浪袭人、闷热黏湿。

宫务大臣佛提斯·唐·霍夫满脸通红,毛皮镶边的朝服已被汗水浸湿,整个下午他越来越烦躁,越来越不耐烦。负责觐见事务的下级秘书哈伦·莫洛看来更不自在,他不仅要忍受炎热天气,还得随时应付霍夫的火气。两人各有各的愁苦,但好歹有椅子坐。

威斯特少校反背双手,在原地已站了近两小时,紧咬着牙,汗水不停浸入刺绣制服。在此期间,霍夫阁下一直处于愠怒之中,怨气连天,每个请愿者、连带他目光所及的每个人都会被他吼上一通。威斯特不止一次地渴望躺在公园的树荫下,喝上一杯浓酒。算了,就算躺在冰川下、被埋在雪堆里也行。除了这儿哪都成。

在令人烦不胜烦的接见请愿者的场合来站岗,可说是威斯特不太乐意履行的军官职责之一,但他本该庆幸。看看环墙而立的八名士兵,统统披着全身盔甲,威斯特一直在期待他们中哪个突然昏厥,撞上地板,发出碗柜倾倒时锅碗瓢盆撞在一起的"丁零哐当"声,让宫务大臣暴跳如雷。不幸的是,到目前为止,他们站得尚算笔直。

"为何这个该死的屋子温度总是不对?"霍夫质问,好似炎热的天气是对他的直接侮辱。"半年里热得要死,另外半年又冷得要命!不通风,根本不通风!何不打开窗户?何不弄个大点的房间?"

"呃……"疲于应付的下级秘书嘟哝道,推了推汗涔涔鼻子上的眼镜。"王国政府一直是在这里听取请愿,阁下,"在宫务大臣令人生畏的目光逼视下,他不禁顿了一下,"呃……这个是……传统?"

"我知道,呆子!"霍夫怒喝,热气和怒气将他的脸变成了深红色。"谁问你这个他妈的呆子的意见了?"

"是的,我是说,没有,"莫洛结结巴巴地回答,"我是说,正是这样,阁下。"

霍夫眉头紧锁,摇摇脑袋,环顾屋子,想找别的东西来发泄怒气:"我们今天还要忍受几个?"

"呃……还有四个,阁下。"

"妈的!"宫务大臣隆隆地喊,在那把巨大的椅子里挪了挪身,拍拍毛皮领边透气,"简直要命!"威斯特发觉自己无声地赞同。霍夫一把抓过桌上的高脚杯,"咕噜咕噜"喝了一大口。他酒量极大,整个下午一直在喝,但这并未缓和他的脾气。

"下一个蠢货是谁?"他问。

"呃……"莫洛从眼镜后斜视一份长长的文件,沾满墨迹的手指在杂乱的书写间快速搜寻。"下一个是古德曼·希斯,一个农民,来自——"

"农民?一个农民?你是说我们必须坐在热死人的房间里,听该死的农民抱怨天气如何影响了他的羊?"

"呃,大臣阁下,"莫洛咕哝道,"似乎是这样,呃,古德曼·希斯有……呃……权利抱怨他的……呃……地主,还有——"

"都见鬼去！我受够了！"宫务大臣又喝了一口酒，"让这白痴进来！"

门开了，古德曼·希斯得以觐见。为突显室内地位尊卑，宫务大臣的桌子被置于高台上，前来觐见的可怜虫即便站着，也要昂头才看得到台上人。这是一张诚实的脸，但憔悴不堪，颤抖的双手托着顶破帽子。一滴汗珠沿威斯特的后背淌下，他不禁耸耸肩。

"你是古德曼·希斯，对吗？"

"是的，大人，"农民嘟哝道，带着浓重的地方口音，"我来自——"

霍夫粗暴地打断他："你来这儿可是为觐见尊贵的国王陛下，联合王国当今的至高王？"

古德曼舔舔嘴唇。威斯特估摸他走了多远来到这里，却被当成傻瓜。应该很远很远。"我们全家被赶出了自己的土地。地主说我们没交租，可——"

宫务大臣摆摆手。"这明显是土地与农业委员会的管辖范围，我们尊贵的国王陛下虽然胸怀天下，爱民如子——"威斯特不禁为这托辞皱眉，"但也不可能每件小事都亲自过问。他的时间很宝贵，我的也一样。再见。"接见到此结束。两个兵士拉开门，静待古德曼·希斯离开。

农民的脸一下子变得惨白，指节紧绞帽檐。"好大人，"他结结巴巴地说，"我已去过委员会……"

霍夫猛地抬头，直惊得结结巴巴的农民一下子住口："再见，我说了！"

农民的肩膀顿时垮下去。他最后环视了一下房间。莫洛饶有兴趣地检视对面墙壁，拒绝与之目光交汇。宫务大臣怒冲冲地多瞪了农民一眼，显然受够了被不可饶恕地白白浪费时间。威斯特有点厌倦，不想卷入。希斯转身拖着脚走开，一路头都没抬一下。大门摇晃着关闭。

霍夫一拳砸在桌上。"你们瞧见了吗？"他恶狠狠地环顾汗流浃背的众人,"他还一脸苦相!你瞧见了吗,威斯特少校?"

"是的,阁下,我全瞧见了。"威斯特生硬地回答,"真丢脸。"

走运的是,霍夫并未听出他言外之意。"真丢脸,威斯特少校,你说得太对了!我就纳闷是不是有前途的年轻人都跑去参军了?谁放这帮叫花子进来的!"他瞪了下级秘书一眼,秘书咽了口口水,重又在文件上忙乎。"下一个是谁?"

"呃,"莫洛嘟哝,"考斯特·唐·库尔特,布商公会会长。"

"我知道他是谁,妈的!"霍夫恶声恶气地说,擦了一把脸上新渗出的汗珠。"不是该死的农民,就是该死的商人!"他朝门口的士兵大声咆哮,外面走廊上的人也足以听清。"带这个四处敛财的老骗子进来!"

库尔特会长的形象跟上一个请愿者判若云泥。他身材高大,体型圆胖,软乎乎的脸上有双锐利的眼睛。他以无数金线装饰的紫色会长袍是那么鲜艳耀眼,连古尔库的皇帝也会羞于穿上。两个布商公会的高级会员随他而来,装束也不逊色多少。威斯特心想,就算古德曼·希斯辛辛苦苦干十年活,也不定买得起这样的袍服——不,肯定买不起,即便他没被赶出自己的土地。

"大臣阁下——"库尔特拖长声音,装模作样地鞠了一躬。对这布商公会的头子,霍夫不过微微点头回礼,扬起一条眉,嘴唇不易觉察地动了动。库尔特等着符合他身份的问候,却什么也没等到。他用力清嗓子:"鄙人前来求见尊贵的国王陛下……"

宫务大臣哼了一声:"我们接见请愿者的目的正是为陛下分忧,决定谁适合垂询。如果这并非你此行目的,你便是走错房间了。"不难预料,此次接见会和刚才那次一样毫无成果。这是种扭曲的公平,威斯特心想,无论有钱没钱,一律漠视之。

库尔特会长稍稍眯起眼睛,继续说下去:"鄙人有幸代表的可敬的布商公会……"霍夫把酒喝得咕噜咕噜直响,库尔特不得不停顿了一会,"……正遭受蓄意的恶毒攻击——"

"把这个满上,好吗?"宫务大臣大叫,朝莫洛挥舞手中高脚杯。下级秘书急忙从椅子上滑下,抓起细颈酒瓶。酒汩汩入杯,库尔特不得不再度停下,牙咬得咯咯响。

"继续讲!"霍夫大叫,挥了挥手,"我们没有一天工夫可耗!"

"蓄意的恶毒攻击——"

宫务大臣眯眼朝下一看:"攻击?攻击应找城市卫队处理!"

库尔特总管皱起脸,他和两个同伴头上已开始冒汗:"不是人身攻击,大臣阁下,是阴险的暗箭伤人,蓄谋败坏我会的辉煌声誉,破坏我会在自由城邦斯提亚和联合王国的商业利益。攻击来自王家审问部中一些坏分子,我们——"

"我听够了!"宫务大臣猛地举起巨手,示意安静。"如果这是贸易问题,应由贸易与商业王家委员会处理。"霍夫说得缓慢清晰,像是一个校长在教训他最不听话的学生。"如果这是律法问题,应交给莫拉维大法官的部门。如果事关审问部内部运作,你应与苏尔特审问长会面。总之无论从哪方面讲,这都不是一个值得尊贵的国王陛下亲自过问的问题。"

布商公会的头头张开嘴,但宫务大臣不由他分说,用比以往更洪亮的声音盖住他:"你的国王组建委员会,选拔大法官,任命审问长,就是为不用事必躬亲!顺便一提,他给商人公会颁发特许证,也不是单让他们……"霍夫撇撇嘴,露出辛辣的嘲讽,"为钱包服务的!再见。"大门再次打开。

库尔特被最后一句评论气得脸色苍白。"您放心,大臣阁下,"他冷冷地声明,"此事若不得补救,我们绝不罢休。"

霍夫长时间盯着他。"随你怎么补救,"他咆哮,"随你怎么不罢休,请不要再来这里。再!见!"如果"再见"二字能在某人脸上捅一刀,那么布商公会的头头该倒下了。

库尔特干瞪了会儿眼,然后愤怒地转身,大步出去,竭力保持尊严。两个同伴紧跟其后,华丽的长袍在身后翻卷。门关上了。

霍夫再次重拳捶桌。"真可耻!"他唾沫四溅,"这帮傲慢的猪猡!他们真以为可以藐视王法,等把事情搞臭再来求助陛下?"

"嗯,他们不能,"莫洛说,"当然不能。"

宫务大臣并不理会自己的秘书,他转向威斯特,脸上挂着嘲笑:"不过,确实有秃鹰围着他们转,对不对,威斯特少校?"

"确实如此,大臣阁下。"威斯特含糊地回答。他现在极为不安,一心盼望这场折磨能赶快结束,好赶回去见妹妹。他的心沉甸甸的,她比记忆中更难管了。她的确很聪明,但他担心她聪明反被聪明误。若她肯嫁给一个对她好的老实人,快快乐乐生活就好了。

他现在的地位不稳固,不容得她出什么乱子。

"秃鹰,秃鹰,"霍夫自念自叨,"恶心的鸟,不过有用处。下一个是谁?"

大汗淋漓的秘书手忙脚乱地找名字,脸色忽然更加不安。"一队……使节。"

宫务大臣顿了一下,高脚杯刚送到嘴边:"使节?谁的?"

"呃……那个什么北方之王,贝斯奥德。"

霍夫忍俊不禁。"使节?"他咯咯笑着,用衣袖擦了下脸,"明明是蛮子!"

下级秘书也咯咯笑了,虽然笑得牵强:"啊是的,阁下,哈,哈!蛮子,当然!"

"不过他们很危险,对吗,莫洛?"宫务大臣很快又道,先前的幽默感消失得无影无踪。秘书的咯咯笑声戛然而止。"非常危险。我们得小心。带他们进来!"

来客共四人,最矮小的两位也称得上大块头,模样凶狠,疤面虬髯,身披凹痕累累的重铠。当然,他们进入阿金堡时已被解除武装,但浑身依然散发出危险气息。威斯特凭直觉就知道他们缴出的武器不小,还历经使用。就是这些好战分子聚集在安格兰边境上,威胁着威斯特的家乡。

另有一人较为年长,长发外加雄伟的白须,也身穿凹痕累累的盔甲,一道青灰色伤疤贯穿脸庞和一只白色盲眼。他笑得灿烂,友善风度与前两位阴郁沉闷的同伴截然不同,与跟在他后面进来的第四人更形成了巨大反差。

第四人必须弯腰才能通过七尺高的门梁。他从头到脚裹一件粗糙的棕色斗篷,看不清身形,但他直起腰,便如小塔般笼罩着所有人,令房间显得促狭。他块头够吓人了,但还不止于此,他身上的异样感朝众人源源不断汹涌而来。环墙站立的士兵肯定都感受到了,他们不安地晃动身体。下级秘书感受到了,他大汗淋漓地摆弄着文件堆。威斯特少校也感受到了,尽管热浪袭人,他却觉得皮肤瞬间冷却,黏湿的制服下寒毛倒竖。

只有霍夫不为所动。他双眉紧锁,将四个北方人打量一番,似乎在他眼中蒙面巨人与古德曼·希斯一般无二。"你们是那个贝斯奥德派来的喽。"他把话在嘴里滚了好几圈,才吐出来,"那个北方之王。"

"是的,"笑吟吟的老人恭恭敬敬一鞠躬,"我是白眼汉韩苏。"他字正腔圆,声音悦耳,不带一点口音,完全出乎威斯特预料。

"你就是贝斯奥德的大使喽?"霍夫漫不经心地问,从高脚杯中啜了口酒。威斯特头一次觉得与宫务大臣共处一室是好事,不过他抬头望向蒙面人,不安感立刻又攫住了他。

"哦不,"白眼汉道,"我是翻译。这位才是北方之王的大使,"他完好的那只眼睛紧张地向上瞟了眼斗篷里的黑色身影,似乎他也对巨人惧怕三分。"芬利斯——"他拖长最后的"斯"字,余音在空中回荡。"恐刹芬利斯。"

名副其实。威斯特少校想起了小时候听的那些歌谣,讲述遥远北方的群山里嗜血如命的巨人。房间沉寂了一会儿。

"呵，"宫务大臣面不改色，"你们来这可是为觐见尊贵的国王陛下，联合王国当今的至高王？"

"确实如此，大臣阁下。"老战士说，"我们的主人，贝斯奥德，对两国间的敌意深表遗憾。他切盼能与南方邻国和平相处，为此我们给贵国国王带来了我王的和平提议，以及一份薄礼，以表诚意，谨此呈上。"

"好，好哇，"霍夫向椅背一靠，露出灿烂笑容，"盛情之请，却之不恭。准你们于明日议会觐见国王，在王国诸位代表见证下陈情，并呈上礼物。"

白眼汉恭敬地鞠了一躬："大人明鉴。"他转身朝门走，那两个阴郁的武士随即跟上。裹斗篷的身影多逗留了片刻，才缓缓转身，弓腰出门。直到门关上，威斯特才感到呼吸顺畅起来。他摇摇头，耸耸汗津津的肩膀。巨人的歌谣，不过是一个裹斗篷的大汉罢了。他再次看向门口，门梁看起来是那么高……

"瞧，你瞧瞧，莫洛？"霍夫似乎异常快活。"蛮子没那么傻！我感觉离解决北方问题不远了，你说呢？"

下级秘书看起来一点都不信："呃……是，阁下，当然。"

"确实如此！那些神经质的北地市民总那么悲观、消极，对吗？庸人自扰啊。开战？呸！"霍夫再次重重砸木桌，震出高脚杯中的酒，溅得满桌都是。"蛮子没这个胆！等着瞧吧，下面就该看到他们央求加入联合王国了！你觉得我说的不对吗，嗯，威斯特少校？"

"呃……"

"好！非常好！我们今天还是有收获！还有最后一个，我们就能离开这该死的火炉喽！最后一个是谁，莫洛？"

秘书官皱皱眉，推了推鼻子上的眼镜。"呃……尤鲁·苏法。"他费力地念出这个不常见的名。

"叫什么？"

"呃……苏菲，也可能是苏福，或者是别的。"

"闻所未闻。"宫务大臣咕哝,"是个什么人?南方人?可别又是农民,拜托!"

秘书官查看文件,咽了口口水:"又一个使节……"

"是,是,快说是谁的使节?"

莫洛畏畏缩缩,好似一个要挨板子的小孩。"来自伟大的法师组织!"他快速说完。

霎时房间鸦雀无声。威斯特扬起眉毛,张大嘴巴——虽然看不到,但他估计那几个戴头盔的兵士也是这副表情。他本能地缩了缩身,等待宫务大臣爆发,但霍夫却让所有人大吃一惊,哈哈大笑道:"非常好!最后能来点娱乐!我们这儿有法师是多少年前的事了?带法师进来!怎能让他在外面等!"

尤鲁·苏法的形象令众人大失所望。他衣着简单,风尘仆仆,不比古德曼·希斯好上多少。他的法杖未以黄金包底,法杖顶端也未装饰闪闪发光的水晶,他的眼睛更没闪耀出神秘的火光。他看起来就是个三十五六岁的普通人,有点疲惫,像是走了很长的路,但来到宫务大臣面前时,他神色自若,无拘无束。

"日安,先生们。"他挂着法杖说。威斯特搞不清他来自什么地方。不是联合王国,因为他肤色太深,也不是古尔库或更远的南方,那样皮肤又太白了。也不是北方或斯提亚。还会是哪里呢?威斯特更仔细地打量他,发现他两只眼睛颜色不同:一只蓝,一只绿。

"你也日安,先生,"霍夫摆出最真诚的笑容,"我的大门永远为伟大的法师组织敞开。告诉我,我可有幸与伟大的巴亚兹交谈?"

苏法迷惑不解:"不,我的名字被通报错了吗?我是尤鲁·苏法,巴亚兹大师乃是一位秃顶绅士。"他用手抓抓卷曲的棕发,"外面林荫大道上就有他的雕像。我有幸拜在他门下学习多年,他是最有法力也最博学的大师。"

"当然!他当然是!我们能为你做点什么呢?"

尤鲁·苏法清清喉咙,像要开讲故事一般:"哈罗德大王驾崩后,第一法师巴亚兹便离开了联合王国,不过他起誓会回来。"

"是,是,没错,"霍夫轻笑,"这千真万确,每个学龄儿童都知道。"

"他还声明,他回来的消息,将由另一位法师来宣布。"

"也没错。"

"嗯,"苏法满面笑容,"于是我来了。"

宫务大臣捧腹狂笑。"于是你来了!"他边笑边喊,把桌子敲得咚咚响。哈伦·莫洛也跟着咯咯浅笑,但看到霍夫的笑容渐渐消退,立刻打住。

"在我出任宫务大臣期间,共有三个法师请求觐见国王。其中两个一看就是精神错乱,剩下一个是勇气可嘉的骗子。"他向前探身,手肘支在桌上,在面前竖起手指。"告诉我,苏法师傅,你是前者还是后者啊?"

"两者都不是。"

"我明白了。那你就是有文书喽。"

"当然。"苏法把手伸进外套,拿出一封很小的信,信有个白色封印,印有一个奇怪的符号。他随便地把信放到宫务大臣面前的桌上。

霍夫皱了皱眉。他从桌上捡起文书,翻过来,仔细检查封印,然后用袖子轻轻擦了擦脸,打开封蜡,展开厚信纸阅读。

尤鲁·苏法毫不紧张。屋内热浪袭人,他却不以为意。他在房间里踱来踱去,朝兵士点头致意,他们没有回应,他也不以为忤。突然他转向威斯特:"这里可真热,不是吗?这几个可怜的家伙没有突然昏厥,撞上地板,发出碗柜倾倒时锅碗瓢盆撞在一起的'叮铃哐当'声可真是个奇迹。"威斯特眨眨眼,法师说出了他心中所想。

宫务大臣缓缓地把信放到桌上,一扫先前的嬉笑:"我突然想到,明日议会并不适合讨论此事。"

"我同意。我希望跟费尔特总理大臣私下谈。"

"恐怕不可能。"霍夫舔舔嘴唇,"费尔特阁下已殁。"

苏法蹙了蹙眉:"真让人痛惜。"

"的确,的确,我们都深感痛惜。或许我和几位别的阁员能帮你。"

苏法点头鞠躬:"我遵照您指引,大臣阁下。"

"今晚晚些时候我去安排,此前,先请你住进阿金堡……符合你地位的地方。"他向卫兵示意,门开了。

"非常感谢,霍夫阁下,莫洛师傅,威斯特少校。"苏法优雅地逐个点头致意,然后转身出去。门再次关上,威斯特纳闷对方怎么知道自己名字的。

霍夫转向负责觐见事务的下级秘书:"速去审问长苏尔特处,告知有要事得立刻谈。然后把莫拉维大法官和瓦卢斯元帅一并请来,告诉他们事关重大。除以上三人,一个字都不准外泄。"他在莫洛汗涔涔的脸庞前摇晃手指,"一个字都不准!"

秘书战战兢兢地回看一眼,鼻子上方的眼镜歪歪斜斜。"赶紧去!"霍夫咆哮。莫洛急忙跳起身,脚踩着长袍下摆,打了个趔趄。他穿过侧门匆忙跑走。威斯特咽了口口水,他觉得口干极了。

霍夫冷酷地对房里每个人凝视良久:"你们也要守口如瓶,否则后果自负!现在都出去,都出去!"兵士们立刻出门,身上盔甲叮当作响。威斯特无需催促,小跑着跟在他们后面,只留下宫务大臣一人坐在高椅上出神。

威斯特关上身后大门时,心情沉重,思维混乱:有关法师的老故事的片段,对北方爆发战争的担忧,身高几乎够到天花板的蒙面巨人。今天,好些奇怪或阴险的来客接踵而至造访了阿金堡,令他心情愈发阴郁。他试图自宽那不过都是愚蠢的幻想,然后思绪回到了妹妹身上,那个像傻子一样在阿金堡上蹿下跳的妹妹。

他长叹一声。她现在应该还跟路瑟在一起。他是哪根神经出了错要介绍他俩认识?不知怎地,他巴不得她还是几年前那个行事笨拙、病恹恹、只是说话尖酸刻薄的女孩。当这个女人出现在他营房时,他着实吓了一跳。他几乎认不出她。她现在充满女人味,出落得如此美貌。而路瑟恰是一个傲慢、英俊的富家公子,自制力同六岁小孩一般无二。他知道他们在初遇之后私下约会过,而且不止一次。当然,只是作为朋友。毕竟阿黛丽在这里没有别的朋友。只是朋友。

"该死!"他咒骂道。这就像是将奶油放在猫跟前,还寄望于猫不去舔。他为什么不能考虑周全一点?这是一场该死的灾难!但他能做什么补救呢?他痛苦地顺着走廊望出去。

没什么比欣赏别人的痛苦更能让人忘却自己的痛苦了,古德曼·希斯惨兮兮的模样吸引了他的全部注意力。农民孤零零地坐在长椅上,脸色灰败,茫然前顾。布商、北方人和法师来了又去,而他一定一直坐在这儿,不知等待什么,也无处可去。威斯特朝走廊两边迅速瞥了一眼。没有人。希斯并未关注他,只是双唇微张,目光呆滞,那顶破帽子随意地放在膝上。

威斯特不能就这么丢下这个人不管,他硬不起心肠。

"古德曼·希斯。"他边走边说,农民抬头看他,满脸惊讶,接着胡乱摸索帽子,嘴里喃喃道歉,正欲起身。

"不,别,不用起来。"威斯特坐到长椅上,盯着靴子,不敢直视希斯的眼睛。一阵令人尴尬的沉默。"我有个朋友在土地与农业委员会任职,他或许能帮点忙……"他声音越来越低,不由得局促不安地朝走廊方向又瞥了一眼。

农民苦笑一下:"您做什么,我都感激不尽。"

"是,是,当然,我会尽我所能。"他们都明白,这徒劳无益。威斯特苦着脸,咬住嘴唇。"你最好收下这个。"他把自己的钱包迅速塞到农民长满老茧的瘫软手指间。希斯看向他,嘴唇微张。威斯特尴尬地飞快笑了一下,起身就走。他迫不及待想离开此地。

"先生!"古德曼·希斯在身后叫道,但威斯特沿走廊匆匆离去,没有回头。

名单之列
On the List

为什么要干这个？

维勒姆·唐·罗伯私宅的黑色轮廓在晴朗夜空的映衬下清晰可见。这是一座不起眼的二层楼房，由低矮的女儿墙环绕，正前方有道门，跟这条街上其他数以百计的楼房无甚区别。我们的老朋友鲁斯过去住在市场附近一座富丽堂皇的大别墅里。罗伯索贿的胃口该再大点——当然，对我们而言，现在的情形倒是好事。灯火通明的上流街区满是醉醺醺的狂欢者，直到天亮才散去。但这僻静的小巷既没有耀眼的灯光，还可以避开窥探的眼睛。

我们的行动不受干扰。

灯光从二楼一侧的窄窗里映出。很好。我们的朋友在家。尚未休息？——不要打草惊蛇。他转向弗罗斯特刑讯官，朝房子侧面一指，白化人点点头，悄无声息溜过街道。

格洛塔等他到达围墙，消失在楼房阴影里，才转向塞弗拉，指指前门。瘦长的刑讯官微笑着看看他，然后迅速蹲身跑开，翻过低矮围墙，悄悄地落在另一边。

一切顺利,现在轮到我了。格洛塔纳闷自己为何要来。弗罗斯特和塞弗拉完全足够对付罗伯,他来了只是拖累。我甚至可能一屁股摔在地上,正好提醒那白痴。我到底为何要来?格洛塔清楚得很,兴奋滋味涌在喉头,仿若活物。

他手杖底端已用布蒙上,因此他小心翼翼一瘸一拐走向围墙时,并未发出很大响动。塞弗拉已打开大门,用一只戴手套的手握住铰链,悄然无声。干得漂亮,那堵低墙对我来说可谓高逾百跨。

塞弗拉跪在紧挨前门的台阶上,撬动门锁。他耳朵紧贴木门,眯着眼,神情专注,戴手套的双手灵巧运作。格洛塔的心怦怦直跳,皮肤起了层鸡皮疙瘩。啊,捕猎的刺激。

门锁里传来轻微的咔哒声,接着又一声。塞弗拉将闪闪发光的工具滑回口袋,伸手缓慢小心地拧把手,门无声地开了。多有用的同伴。要是没他和弗罗斯特,我就是个名副其实的残废。他们是我的左膀右臂,是我的腿,但我是他们的大脑。塞弗拉溜进去,格洛塔跟在后,每次体重压上左腿,都不禁痛苦地皱眉头。

门厅黑漆漆的,只有一束光从上面顺着楼梯洒下,楼梯扶手在光线映照下在木地板上投出奇特的歪斜阴影。格洛塔指向楼梯,塞弗拉点点头,顺墙根蹑手蹑脚地过去,花了好长时间才摸到楼梯下。

爬到第三级,楼梯在他身体的重压下"嘎吱"了一声。格洛塔皱皱眉,塞弗拉僵在原地。他们等待着,如两尊雕像。楼上并未传出响动,格洛塔长舒一口气。塞弗拉更加小心地向上爬,一步一步,脚步轻微。快到楼梯顶时,他紧靠住墙,谨慎地自角落向外张望了一番,才跨上最后一级,悄然消失在格洛塔的视线外。

弗罗斯特刑讯官出现在门厅远端的阴影里。格洛塔向他探寻地挑挑眉,他报以摇头。楼下没人。他去关前门,一如既往地轻手轻脚,直到确定门关住了,才缓缓松开把手,让弹簧锁无声归位。

"你们来看这个。"

突如其来的话音吓了格洛塔一跳,他迅速扭身,疼痛立刻涌上后背。塞弗拉双手叉腰,站在楼梯顶,然后转身朝亮光的地方走去,弗罗斯特"咚咚"几步蹿上楼梯,不再隐匿行踪。

为何就没人肯待在楼下,非要住楼上呢?至少现在他挣扎上楼时无需注意不出声了,右脚踩在楼梯上咯吱咯吱响,左脚沙沙地刮过楼梯板。明亮灯光从楼上走廊尽头一扇敞开的门里倾泻而出,格洛塔一瘸一拐地朝灯光走去。他跨过门槛后停下来,累得气喘吁吁。

噢,天啊,一团糟。巨大的书架从墙壁上硬生生扯下,或开或合的书籍散了一地。桌上打翻了只高脚杯,红色液体泡软了文件。床上一片狼藉,床罩被拉掉一半,扯开的枕头和床垫洒出羽毛。衣柜的两扇门都敞开着,其中一扇快掉了,里头还有几件烂衣服挂着,但大多数衣服已被撕成碎片,堆在下面。

一个英俊的年轻人仰躺窗下,脸色惨白,张开嘴直勾勾地盯着天花板。说他被割了喉实在有些轻描淡写,事实上伤口非常恐怖,差点令他身首异处。鲜血溅得到处都是——撕碎的衣服上,划烂的床垫上,也溅满了尸体全身。墙上有几个血淋淋的手印,一大摊血占据了大半个地板,尚未凝结。他是今晚被杀的。可能就几小时前。甚至几分钟前。

"我觉得他回答不了问题了。"塞弗拉说。

"没错,"格洛塔的目光在尸体上游移,"我觉得他多半死了。不过怎么死的呢?"

弗罗斯特用粉红色眼睛看他,扬起一条白眉毛:"瞎毒?"

塞弗拉在面具后面尖声长笑,连格洛塔都忍俊不禁:"显而易见。但毒是怎么来的?"

"创户。"弗罗斯特指着地板嘟哝。

格洛塔蹒跚进房间,小心不让脚或手杖碰到地上血和羽毛的黏块。"就是说,这毒物跟我们一样,看灯亮着,便从楼下窗户翻入,悄无声息地上楼。"格洛塔用手杖尖把尸体的手翻过来。从脖子上流下一些血点,但关节和手指毫无损伤。他并未反抗,肯定吓呆了。审问官向前探身,仔细检查脖子上的大豁口。

"一招致命,力道很大。可能是用刀。"

"所以维勒姆·唐·罗伯喷了一屋子血。"塞弗拉指出。

"所以我们少了一条线索,"格洛塔沉思。走廊里并无血迹。杀手搜屋子很下了番工夫,虽然一片狼藉,但没让一点血沾到自己脚上。这说明他不愤怒也不害怕,只是例行公事。

"是个职业杀手,"格洛塔喃喃道,"来这儿是为谋杀。然后或许花了点工夫伪造入室抢劫的假象,谁说得清?不管怎样,审问长不会对一具尸体满意。"他抬头看看两个刑讯官。"名单上下一个是谁?"

✡

这次无疑搏斗过。如果单方面反抗也算的话。苏莱莫·斯坎迪四肢伸开卧在地,但脸朝着墙,好似被扎得破烂不堪的睡衣令他难堪不已。他前额有几道深深的伤口。他曾徒劳地抵挡刀刃。他曾在地上爬行,抛光的木地板留下一道血迹。他曾徒劳地试图逃走。他没成功,背上那四道刀伤最终要了他的命。

格洛塔低头看着血淋淋的尸体,脸一阵抽搐。一具尸体只算巧合,两具就是阴谋了。他眼皮直跳。下手者不仅知道我们会来,还知道我们什么时候来,所为何人而来。他们比我们抢先一步。极有可能,我们的抓捕名单业已成为死亡清单。嘎吱声从身后传来,格洛塔猛然回头,刺痛立刻从僵硬的脖子向下蔓延。只是一扇窗在微风中轻摆,并无动静。冷静,现在要冷静。冷静下来,理清头绪。

"看来可敬的布商公会小小清理了下门户。"

"他们怎么会知道?"塞弗拉轻声道。

怎么会呢?"他们一定看过鲁斯的名单,要不就有人通风报信。"这意味着……格洛塔舔舔嘴里空荡荡的豁口。"审问部有内鬼。"

塞弗拉的眼睛终于不再笑眯眯了:"如果他们知道谁在名单之列,肯定也知道是谁拟定的名单。他们知道我们。"

所以他们会在名单里添上三个名字?添在最后面?格洛塔咧嘴笑了。真刺激。"你怕了?"

"我高兴不起来,这点千真万确。"他朝死尸努努嘴。"被人背后捅刀可不在我计划之内。"

"也不在我计划之内,塞弗拉,相信我。"确实不在。如果我死了,就永远不知道背叛自己的人是谁。

这可不行。

✡

春日阳光明媚,万里无云,公园里到处是各色各样的花花公子和纨绔子弟。格洛塔心怀感激地静坐在一株繁茂大树浓荫下的长椅上,看着微光闪烁的青葱草木,波纹粼粼的湖水,还有那些衣着亮丽、喝得醉醺醺、快活无比的狂欢者。湖边长椅挤满了人,另有些人三三五五散在草地上,沐浴日光,喝酒聊天。这里看来人满为患。

但没人过来占据格洛塔旁边的空位。时而有人急步跑来,几乎不敢相信自己的好运,接着他们看见了他,立刻变了脸色,要么转身就走,要么装作若无其事地经过。我就像是恐怖的瘟疫。倒也无妨。我无需他们陪伴。

一群年轻士兵在湖上泛舟。其中一个突然站起来,握住酒瓶,身体摇晃不止,船立刻四下颠簸。他的同伴们叫嚷着让他坐下,爽朗的嬉笑随风隐约传来,因距离而稍有延迟。一群孩子。看来多么年轻、多么纯真。不久前,我也跟他们一样,但感觉像是一千年前的往事。不,更遥远,恍若另一个世界。

"格洛塔。"

他手搭凉棚抬头。是姗姗来迟的苏尔特审问长,湛蓝天空映衬下的高大黑影。审问长冷冷地向下瞪视,格洛塔觉得他比往常要疲惫,皱纹也更深、更醒目了。

"你约我来最好是什么趣事。"苏尔特一拂白色长外套的后摆,优雅地坐进长椅。"基伦附近的平民又在闹事。一个白痴地主吊死了几个农民,留下烂摊子让我们收拾!管理一片烂泥地和一堆农民有什么难?你怎么对待他们都行,但不能吊死他们啊!"他怒视草坪,嘴唇紧抿。"你约我来最好是有什么该死的趣事。"

我尽量不让您失望。"维勒姆·唐·罗伯死了。"仿佛为强调格洛塔的话,那个醉醺醺的士兵脚底打滑,从船边栽下去,"扑通"一声落水,片刻后他朋友们的大笑传过来。"他被谋杀了。"

"嗯哼。大惊小怪。接着查名单上下一个。"苏尔特站起身,紧锁双眉。"你不要每件小事都来找我批准。我挑你担当此任,该怎么干放手去干!"他一边转身,一边怒气冲冲地说。

别这么匆忙,审问长阁下。这就是双腿健全的坏处,干什么都心急火燎;相对的,如果你行动困难,那不到完全弄清状况是不会动的。"名单上下一个人也已遭不测。"

苏尔特回身,一边眉毛微微抬起。"他死了?"

"他们都死了。"

审问长撅起嘴,坐回长椅:"所有的?"

"所有的。"

"嗯,"苏尔特沉思,"真有趣。布商在清理门户,对吗?没想到他们如此无情。不过时代在变,没错,时代当然在……"他声音渐渐小下去,慢慢皱起眉。"你觉得有人泄露了鲁斯的名单,对吗?你觉得我们中有人泄密。这是你约我来这里的原因,对吗?"

"你以为我只是不想爬台阶?""都被杀了? 名单上每个名字? 就在我们去抓捕的同一晚? 我不怎么相信巧合。"你信吗,审问长?

他明显不信。他的脸色变得异常严峻:"谁看过供状?"

"我,当然,还有我的两个刑讯官。"

"你认为他们绝对可靠?"

"绝对。"两人沉默了一阵。那艘船现在漫无目标地漂在湖上,船上兵士争来抢去,木浆一时直立在空中,落水的那位嬉笑着向朋友们泼水。

"供状在我办公室放了段时间,"审问长喃喃道,"我手下一些人有机会看到它。有机会。"

"您认为他们绝对可靠吗,审问长阁下?"

苏尔特冷着脸看了他良久:"他们不敢。我是什么人他们最清楚不过。"

"那只剩卡莱尼主审官一人有嫌疑。"格洛塔平静地说。

审问长说话时嘴唇几乎没动:"你必须小心行事,审问官,非常小心,每一步都充满危险。傻瓜当不上审问部的主审官,不要被表象迷惑。卡莱尼在审问部内外都有很多朋友,有权有势的朋友,对他的任何指控都必须有最强有力的证据作支撑。"苏尔特突然停下,等待一小群女士走出他们的话音范围。"最强有力的证据,"她们一走远,他便嘶声道,"你必须给我找出这个刺客。"

说得轻巧做起来难。"当然,审问长阁下,但我的调查进了死胡同。"

"未必。我们还有一张牌。鲁斯。"

鲁斯?"可是,审问长阁下,他应该已在安格兰了。"在某座矿井或类似的地方挥汗如雨。如果他撑得了这么久的话。

"不,他还被关押在阿金堡。我想最好先留下他。"格洛塔尽最大努力抑制自己的惊讶。高。实在是高。看来傻瓜也当不上审问长。"鲁斯将是你的诱饵。我会吩咐秘书给卡莱尼捎条口信,让他知道我已软化,同意让布商继续经营,只是要处于更严密的监控下。为表友好,我会释放鲁斯。如果卡莱尼是我们的泄密源,我敢说他会将鲁斯获得自由的消息透露给布商,我敢说他们将派这个刺客来惩罚鲁斯的多嘴,我敢说在这个刺客行动时,你可将其一举拿下。如果杀手没现身,嗯,我们还能通过别的方式来找出叛徒,总之没有任何损失。"

"绝妙的计划,审问长阁下。"

苏尔特冷冷地盯着他:"这当然是。你需要一个远离审问部大楼的地方来操作这件事。我会将资金安排到位,把鲁斯移交给你的刑讯官,并通知你卡莱尼得到口信的确切时间。给我找出这个刺客,格洛塔,然后拷问他,直到将他榨干。"那几个士兵试图将落水的同伴拉上船,船剧烈颠簸,突然一下子倾翻,将他们全倒入水中。

"我要名字,"苏尔特瞪着拼命拍水的士兵们,嘶声道,"名字、证据、文件,还有能带到议会提出指控的证人。"他优雅地从长椅上起来,"保持联络。"他大步朝审问部大楼走去,脚踩在沙砾铺就的小径上嘎吱作响。格洛塔一直目送他走远。绝妙的计划。我很高兴你还站在我这边,审问长。你还站在我这边,是吗?

士兵们将船拖上岸,浑身湿淋淋地站在那里,互相叫嚷,一扫刚才的嬉笑。一只被遗弃的木浆仍漂在湖上,缓缓漂向人工湖的缺口,很快将从桥下漂过,穿过阿金堡的高墙,冲入护城河。格洛塔看着它在水中慢慢打转。这是个错误,人应当注重细节。忘记细节很容易,但一旦没了船桨,船也就没用了。

他任目光掠过公园里的面孔,最终落在湖边长椅一对俊俏情侣身上。男青年一脸悲伤严肃,对女孩轻声倾诉,但她迅速起身,捂脸跑开。噢,被抛弃的情人的痛苦。那种失落、愤怒和屈辱,终生无法恢复如初。是哪个诗人说世上最大的痛苦莫过于为爱心碎?无病呻吟的谎言。他应当去皇帝的监狱待上半天。他咧嘴笑笑,舔着原本门牙所在的牙齿豁口。时间可以治愈破碎的心,但永远治愈不了破碎的牙。

格洛塔看着男青年。此人目送哭泣的女孩一路走远,露出一丝愉快神情。年少无知的混蛋。他是不是伤过许多女孩的心,就像年轻时的我?不过我再也做不到了,我现在连站起来都得花上半小时为自己打气。新近被我弄哭的女人,只有那些被我流放到安格兰的犯人的老婆吧?

"沙德。"

格洛塔转身:"瓦卢斯元帅阁下,真是幸会。"

"哦,没事,没事。"老兵边说边在长椅上坐下,动作迅速利落,完全是击剑高手的风采。"你看上去不错。"他说,连看都没看一眼。你是指我看上去残废了?"近来可好,老朋友?"我是个残废,你这虚情假意的老混蛋。老朋友?我回来这些年,你从未找过我,一次都没有。这也算友谊?

"很好,谢谢您,元帅阁下。"

瓦卢斯不自在地在长椅上挪来挪去:"我最新的学生,路瑟上尉……或许你认识他?"

"认识。"

"你应该看看他的剑术。"瓦卢斯伤心地摇头,"他有天分,哎,虽然永远达不到你的水准,沙德。"是吗?希望某天他成为我这样的残废。"他的天分足以赢得剑斗大赛,但他一再浪费,任其荒废。"哦,真可悲,真令人失望。如果我今早上吃得下东西的话,现在就要吐了。

"他太懒惰,沙德,还固执。他缺乏勇气,缺乏献身精神。他的心思完全没放在训练上,而时间正一点点流逝。我想——如果你有时间的话,"瓦卢斯终于直视格洛塔的眼睛,不过只停留了一秒,"是不是可以帮我跟他谈谈。"

我几乎等不及了!教导这个娘娘腔的混账是我毕生的梦想!你

这自以为是的老混蛋，有脸说得出这话？你依靠我的成功建立了自己的名声，而当我最需要帮助时，却和我断绝了联系。现在你倒来向我求助，还好意思叫我朋友？

"当然，元帅阁下，我很乐意跟他谈。为老朋友做任何事我都乐意。"

"太好了，太好了！我确信有你出面，事情会大不一样！我每天早上都在锻造者大厦附近那个院子里训练他，就是以前训练你的地方……"老元帅的声音尴尬地小下去。

"只要职责允许，我便赶去。"

"当然，你有职责在身……"瓦卢斯已经起身，显然急着离开。格洛塔主动伸出手，老兵不由得一顿。您无需担心，元帅阁下，我的残废不传染。瓦卢斯软绵绵地捏捏他伸出的手，好似这只手会突然"啪"一声折断，接着咕哝了几句敷衍的话，昂首阔步而去。他走过那几个湿淋淋的士兵时，他们齐刷刷向他鞠躬问候，神情尴尬。

格洛塔伸伸腿，盘算该不该起身。起来又能去哪里？世界不会因我多坐一刻而停转。不着急。不急。

提议与礼物

An Offer and a Gift

"向前！"瓦卢斯元帅大喊。杰赛尔歪歪斜斜地向前一步，脚趾头紧抠梁木沿，拼命保持身体平衡，一边笨拙地刺两下。完全是应付。这不怪他，一天四小时训练让他身心俱疲，自觉接近虚脱。

瓦卢斯皱皱眉，轻松挡开杰赛尔的钝剑。元帅在平衡木上行动自如，宛如走在花园小径。"向后！"

杰赛尔踮起前脚掌踉跄后退，左臂在周围一阵乱舞，竭力维持平衡。他膝盖以上的身体因这通乱舞疼得厉害，膝盖以下更别提了。瓦卢斯虽年逾六十，却毫不露疲态。他沿梁木进退自如，手中双剑舞得呼呼生风，甚至连汗都没出。杰赛尔用左剑奋力一挡，趁机喘口气，身体却失去平衡，右脚悬在空中无论如何踩不中身后的梁木。

"向前！"杰赛尔蹒跚着改变方向，小腿阵阵酸痛。他朝恼怒的老人胡乱一砍，瓦卢斯却不退后，而是矮身躲开，用手臂后侧扫向杰赛尔的双脚。

杰赛尔哀号一声，院子在他眼中天旋地转。他的腿狠狠撞上梁木沿,接着他自己以脸朝下四肢张开的姿势摔进草地,下巴重重撞上草皮,震得牙齿咯咯直响。他翻滚了几圈,仰面躺倒,喘得像条刚离水的鱼,撞上梁木的腿不断抽搐——今天早上,他又添了一道丑陋的瘀伤。

"真糟糕,杰赛尔,糟糕透顶!"老兵从梁木上敏捷地跃下。"你摇摇欲坠的样子像在走钢丝!"杰赛尔翻过身,咒骂着僵硬地爬起来。"那是一根坚硬的橡木,宽敞得够你站上一天一夜!"为表明观点,元帅阁下用短剑重重地砍在梁木上,一时木屑纷飞。

"我记得你说'向前'。"杰赛尔抱怨。

瓦卢斯双眉猛挑:"路瑟上尉,你难道认为,布雷默·唐·葛斯特会把自己的意图事先告诉对手?"

布雷默·唐·葛斯特想击败我,你这老混蛋!而你要帮我击败他!杰赛尔这么想,却不会蠢到这么说。他只默默摇头。

"不!他根本不会!他会想尽法子来欺骗和迷惑对手,就像所有杰出剑客必须做的那样!"元帅踱来踱去,一个劲摇头。杰赛尔再次产生了弃赛的念头。他厌倦了每晚精疲力竭倒头就睡——放以前他才刚开始痛饮——厌倦了每早醒来浑身瘀伤、酸痛不已,还要面对四小时跑步、平衡木、重杠和剑式训练。他厌倦了被威斯特少校拿剑敲屁股,最最厌倦的是被这老混蛋欺负。

"……令人失望,上尉,太令人失望了。我甚至觉得你越练越差……"

杰赛尔永远拿不了冠军。没人指望他赢,他自己更没有一点信心。为何不放弃,回去玩牌,夜夜醉酒寻欢呢?那不是他想过的生活吗?但那样他又怎能从上千位贵族公子中脱颖而出?很久以前他就决心要与众不同,当上元帅阁下,要不就是宫务大臣。总之得是大人物,重要人物。他想坐进内阁的大交椅,做出重大决策。他想让人们挂着谄媚的微笑恭维他,仔细琢磨他的每句话。他想让人们在他大步经过时窃窃私语:"路瑟大人来了!"仅仅满足于比布林特中尉更富有、更聪明、更好看,可以吗?想都不用想。

"……我们离目标还远得很,时间却远远不够,除非你能端正态度。你的对战还是那么拙劣,体能还是那么孱弱,至于平衡性,不提也罢……"

况且弃赛的话别人会怎么看?父亲会有怎样反应?兄弟们会说什么?其他军官呢?他们会认为他是个懦夫。还有阿黛丽·威斯特。过去这几天,他脑子里全是她。如果他不击剑了,她还会靠他那么近吗?她还会用轻柔的语调跟他说话吗?她还会为他讲的笑话发笑吗?她还会用乌黑的大眼睛看他,让他几乎感觉到她在耳畔的呼吸——

"你在听吗,小子?"瓦卢斯怒吼。杰赛尔感觉到元帅在他耳旁呼出的口气,还有大堆唾沫星子。

"是的,阁下!对打拙劣,体能孱弱!"杰赛尔紧张地咽了口口水,"平衡性不提也罢。"

"没错!尽管你给我带来了这么多麻烦,我还是禁不住想,你小子是不是根本没把心思放这上面。"他直直地盯住杰赛尔的眼睛,"你说呢,少校?"

没人回答。威斯特失神地坐在椅子里,双臂交叉抱胸,紧锁双眉,怔怔地望着前方。

"威斯特少校?"元帅阁下厉声喝道。

少校猛地抬头,好似刚意识到他们的存在:"对不起,阁下,我走神了。"

"我看出来了,"瓦卢斯咂咂嘴,"今早所有人都走神。"老人怒气的转移令杰赛尔松了口气,但他没高兴多久。

"很好,"老帅很快下令,"既然如此,从明日起,训练前先在护城河里游上几圈。一里或两里。"杰赛尔用力咬牙,不让自己叫出声。"冷水对刺激感官有良效。还有,为了让你以最清醒的状态投入训练,我们需要提早时间。就从五点开始。路瑟上尉,我建议你好好想想,你来这是为赢得剑斗大赛,还是为享受我的陪伴。"说完他转身大步离去。

杰赛尔没发脾气,直等瓦卢斯离开院子,一旦确定老人走得远到听不见他说话,他立马怒冲冲把双手的剑扔到墙上。

"他妈的!"他叫道,剑"咣当"落地,"见鬼去吧!"他四下张望,想找样不会带来严重伤害的东西踢几脚,最终目光落在梁木支柱上。可惜他对这一踢的判断严重失误,踢完立马像白痴一样跳来跳去,拼命忍住才没蹲下去揉脚。"妈的,妈的!"他连连怒号。

失望的是,威斯特没有任何表示。少校起身皱皱眉,准备跟上瓦卢斯元帅。

"你去哪?"杰赛尔问。

"走人,"威斯特扭头说,"我看够了。"

"你这话什么意思?"

威斯特停步转身:"尽管听起来有点难以置信,但世界上比这重大的问题多的是。"

威斯特大步走出院子,留下杰赛尔张大嘴巴,呆呆地站在原地。"你以为自己是谁?"一旦确定威斯特离开,他立刻在后面叫喊。"妈的,妈的!"他想再给梁木来一脚,但忍住了。

✡

回营房的路上他心情极差,有意避开阿金堡人多的部分,专拣国王大道一侧的僻静小道和花园走。为回避熟人,他一路低头盯着脚。但他今天的确不走运。

"杰赛尔!"是卡斯帕,他正跟一名衣着华丽的黄发女孩散步,另有一名神情严肃的中年女人作陪,无疑是家庭教师之类。他们正停下欣赏几尊放置在鲜有人问津的小院子里的小雕塑。

"杰赛尔。"卡斯帕又喊,边喊还边挥帽子。避不开了。他只能挤出牵强的笑容,大步走去。当他走近时,脸色苍白的女孩朝他微笑——如果是想给他留下好印象,她失败了。

"又在练剑,路瑟?"卡斯帕多此一举地问。杰赛尔此刻大汗淋漓,两手都拿着剑,而众人皆知他每早都得练。将这些线索联系起来无需多有头脑,不幸的是,卡斯帕是个呆瓜。

"是啊。你怎么猜到的?"杰赛尔不想一上来就将谈话弄僵,所以假惺惺地呵呵一笑,遮掩过去。旁边两位女士脸上又露出笑容。

"哈哈。"卡斯帕大笑,他很愿意被人拿来找乐子。

"杰赛尔,能允许我介绍我的表妹,阿瑞丝·唐·卡斯帕吗?这是我的长官路瑟上尉。"这么说她就是那个有名的表妹,王国最富有的女性继承人之一,出身豪门世家。卡斯帕总吹嘘她长得多漂亮,不过在杰赛尔眼里,她只是一个脸色苍白、身材瘦弱、病恹恹的普通女孩。她虚弱地笑笑,柔软无力地伸出一只白皙的手。他以最敷衍的态度在上面轻轻吻过。"迷人的小姐,"他毫无兴致地轻声赞叹,"我必须为我的外表致歉,我刚刚一直在练剑。"

"是呀。"一旦确定他说完,她便用高亢、尖利的话音附和,"我听说你是个伟大的剑手。"她停顿了一会,思索接下来该说什么,然后眼睛一亮。"跟我说说,上尉,击剑真的很危险吗?"

无聊的问题。"噢,一点也不,亲爱的女士,决斗圈内只准用钝剑。"他本当多说一些,但他才不想搜肠刮肚去满足这个女人。于是他只淡淡一笑。她也是。谈话就此陷入僵局。

杰赛尔正待说出练剑极累人的托辞,阿瑞丝却打断他,转到另一话题。"请告诉我,上尉,北方真的可能打仗吗?"她的声音到最后几乎听不见,但她的女伴却赞许地盯着她,无疑对自己教导出的女孩的交际能力感到满意。

饶了我吧。"嗯,依我看……"阿瑞丝女士那双浅蓝眼睛满怀期待地盯着他。简直不忍直视。不知在哪个话题上她更无知:击剑还是政治?"你觉得呢?"

家庭教师微微皱眉,阿瑞丝小姐则有点吃惊,脸色微红,不知该说什么。"呃……就是……我相信什么都会……好起来?"

谢天谢地!杰赛尔心想,我们都解脱了!我可以离开了!"当然,一切都会好起来。"他又挤出几丝笑容,"认识你非常荣幸,不过我马上还得值班,只好先走一步。"他礼节性地鞠了一躬,"卡斯帕中尉,阿瑞丝小姐。"

卡斯帕像往常一样友好地拍拍杰赛尔的手臂,他那骨瘦如柴的无知表妹则迟疑地笑笑。

家庭教师在他经过时朝他皱眉,他不予理会。

✡

他到达圆桌厅时正赶上议员们午餐休息结束。他朝站在门廊的卫兵们略略点头致意,大步穿过巨大的门廊,沿中央走道向下。联合王国的代表们跟在后面,拖拖沓沓的脚步、嘟嘟囔囔的耳语回荡在大厅里。杰赛尔沿弧形墙朝高桌后自己的位置一路摸去。

"杰赛尔,练剑顺利吗?"是加兰霍,破天荒比他早到一步,正抓紧时机在宫务大臣到来前聊几句。

"不太走运。你呢?"

"噢,我还好。跟你说,我见着了卡斯帕的表妹……"他努力回忆名字。

杰赛尔叹口气:"阿瑞丝小姐。"

"对,正是!你也看见她了?"

"我碰巧撞见。"

"唷!"加兰霍噘起嘴唇,惊呼一声,"你说她是不是美呆了?"

"嗯。"杰赛尔兴味索然地望向别处,眼看穿长袍锦裘的众人缓缓入厅——如今真正的王公贵族已很少出席议会,多半派自己最不喜欢的儿子或拿钱办事的代理人来当代表,除非有什么要事不得不亲自赶来抱怨。许多权贵甚至连代表都懒得指派。

"我发誓,她是我见过的极品。卡斯帕老吹嘘她怎么漂亮,但真人要漂亮多了。"

"嗯。"议员们四散开,朝自己的座位走去。圆桌厅设计得像个剧院:阶梯状长椅呈半圆形分布,中央有条走道,王国的贵族头头们就坐在观众席上。

就像在剧院里,一些座位比别的座位好。小人物坐在后面较高的地方,越往前越是要人,前排是为那些最显赫家族的族长——或他们的代表——保留的。整个观众席的左边,也即靠近杰赛尔这边,坐的是来自南方、则达戈斯卡和西港的代表。右边坐着来自北方和西方、也即安格兰和斯塔兰的代表。中间最主要的座位为王国核心的米德兰贵族准备。杰赛尔觉得联合王国确是名副其实,从此就可看出。

"多么娴静,多么优雅,"加兰霍仍在痴迷地大发感慨,"美极了的金黄头发,乳白色皮肤,还有那双迷人的蓝眼睛。"

"还有她的钱。"

"噢对,这也算,"大个子微笑。"卡斯帕说他叔叔比他父亲更富有,啧啧!而且只有这么一个女儿。她会继承她爹的每个子儿。每个子儿!"加兰霍掩不住兴奋,"哪个男人能娶她真是上辈子修的福分!她叫什么来着?"

"阿瑞丝。"杰赛尔有些愠怒地应道。王公们或者说他们的代理人拖着脚步,嘟哝着入座。出席状况很糟,不到一半,通常就是如此。若将圆桌厅看做剧院,剧场老板该要发了疯地寻找能提高上座率的剧目了。

"阿瑞丝,阿瑞丝。"加兰霍吧嗒了几下,好似这个名字在嘴里留下无尽甘甜。"哪个男人能娶她真是上辈子修的福分。"

"没错,上辈子修的。"上辈子穷怕了,这辈子只要钱。杰赛尔宁可选那个女家庭教师,好歹她看上去有点儿精气神。

宫务大臣此刻入厅,一路走向高桌所在的高台。若将圆桌厅看做剧院,那就是舞台。他后面跟着一群穿黑色长袍的秘书和办事员,个个抱着厚重典籍和成捆的官方文件。深红色朝服在霍夫阁下身后摇摆,他看起来活像一只扑打翅膀的堂皇大鸟,后面追逐着一大群令人烦不胜烦的乌鸦。

"老醋坛子来了。"加兰霍低语,一边侧行到桌子另一头自己的岗位上。杰赛尔手背身后,摆出惯常的姿势,脚微张开,扬起下巴。他朝兵士们扫了一眼,他们环弧形墙以一定间隔挺立,全副盔甲,纹丝不动,一如往常。他深吸一口气,为接下来极端乏味的几小时做好准备。

宫务大臣一屁股坐到高椅上,开口要酒。秘书们在他周围坐下,中间区域留给国王,国王当然是照常缺席。文件沙沙摆放,厚重账册翻开,笔尖在墨缸里磨得吱吱响。司仪走到高桌下,持权杖敲击地面,示意众人肃静。贵族或他们的代理人,还有头顶旁听席内极少的旁听者的低语声渐渐平息,空旷的大厅一时阒寂无声。

司仪挺胸宣布:"我宣布联合王国⋯⋯"他语调缓慢铿锵,好似在葬礼上致悼词,"议会常会⋯⋯"他突兀地停顿了好一会,宫务大臣恼火地扫了他一眼,可司仪并不打算放过荣耀的时刻。他直等众人有些不耐才宣告完。"⋯⋯继续议事!"

"非常感谢",霍夫愠怒地说,"若非午宴打断,我想我们该听达戈斯卡总督大人发言了。"鹅毛笔尖的刮擦声伴随话音,两个办事员记下宫务大臣说的每个字。刮擦声与话音的微弱回声在大厅上方的宏伟空间里交融。

一个老人吃力地从前排靠近杰赛尔的座位上站起来,颤巍巍的双手紧抓几页文件。

"议会——"司仪瓮声瓮气、尽可能拖长声音地说,"认可拉斯·唐·图埃尔为达戈斯卡总督沙德·唐·乌尔莫斯的合法代表!"

"谢谢,先生。"图埃尔又轻又哑的嗓音在空旷的大厅里渺小得出奇。杰赛尔也只能勉强听见,而他俩的距离还不到十跨。"大人们——"他开始陈述。

"大点声!"后面有人喊。厅内立刻响起轻快的笑声。老人清清嗓子,重新开始。

"大人们,我此行来到你们面前,带来了达戈斯卡总督的急信。"他声音又慢慢小下去,变得跟先前一样,几乎听不到,每个词说出口鹅毛笔都得踌躇一阵。顶上旁听席开始交头接耳,使老人的话更难听清。"古尔库皇帝对达戈斯卡这座伟大城市的威胁正与日俱增。"

各种模糊的反对声从大厅另一侧安格兰代表们的区域响起,但大多数议员仍兴味索然。"他们攻击我们的船只,骚扰我们的商人,在我们的城墙外列队演习,总督大人不得不派我来——"

"我们好幸运!"有人喊,立刻又响起一片笑声,比刚才更响亮。

"这座城市建在一个狭长半岛上,"老人坚持不懈,努力使嗓音不被越来越高的喧闹淹没,"紧邻宿敌古尔库,与米德兰的联系却被茫茫大海隔断!我们的防御措施远远不够!总督大人亟须拨款加强……"

提到拨款,议会立刻炸了锅。图埃尔的嘴仍在动,但再没有任何人能听见他的话。宫务大臣皱起眉头,拿起酒杯喝了一口。离杰赛尔最远的办事员放下鹅毛笔,用沾满墨水的拇指和食指揉眼睛。离他最近的办事员刚记述完一行,杰赛尔伸长脖子去看,只见上面简单写道:

有人大喊大叫。

司仪持杖使劲在地砖上敲,脸上带着莫大的满足。喧闹终于平息,但图埃尔咳嗽发作,虽然竭力想说下去,却什么也说不出来,最后只能挥挥手,坐下。他的脸憋得通红,邻座使劲敲打他的背。

"恕我冒昧,宫务大臣阁下?"一个坐在大厅另一端前排、衣着时髦的年轻人边喊边起身。鹅毛笔划纸声重又响起。"在我看来——"

"议会——"司仪适时插话,"认可安格兰总督大人亨泽尔·唐·米德的第三子菲德尔·唐·米德为安格兰总督的合法代表!"

"在我看来,"被打断虽有些气恼,俊美的年轻人还是说了下去,"我们的南方朋友总在幻想那个皇帝对他们发动全面进攻!"大厅另一端立刻响起反对声。"这根本是空穴来风,未必无因,危言耸听!难道我们没在短短几年前大败古尔库人吗,我记错了吗?"嘘声越来越高。"这种危言耸听的要求只会浪费王国的资源,这是不可接受的!"他大声疾呼,好让众人听清。"我们安格兰有漫长的边境线,士兵却极其短缺,我们受到贝斯奥德和他的北方人的威胁才是实实在在!如果有地方需要拨款……"

喊叫骤然翻倍。一片喧闹中,依稀能辨出"听,听!""鬼扯!""实话!""谎话!"有些代表甚至站起来喊。有的一个劲点头同意,有的使劲摇头反对,还有的四下张望。杰赛尔看到中间后排有个家伙几乎睡着了,很可能要倒在邻座的膝盖上。

杰赛尔任自己的目光在厅内游移,扫到旁听席的栏杆上时,胸中不禁一振:阿黛丽·威斯特正在那里,大胆地望着他。他们目光相对,她笑着向他挥手。他暗自笑笑,手抬到一半才记起所处场合。他赶紧把手放回后背,紧张地四下看,发现没什么重要人物注意自己才如释重负。但他脸上仍留着笑容。

"大人们!"宫务大臣一声大吼,将空酒杯重重砸在高桌上。杰赛尔觉得霍夫拥有他听过最洪亮的声音,论及大喊大叫,瓦卢斯元帅也该向他讨教。靠近后排那个睡觉的家伙一个激灵猛然惊醒,咻咻吸气,使劲眨眼睛。喧哗几乎立刻平息,那些站着的代表心虚地环顾周围,活像是被大人责骂的淘气小孩,他们缓缓坐下。旁听席内的低语也归于平静。秩序重新恢复。

"大人们!我向你们保证,国王陛下最关心他臣民的安危,而且一视同仁！联合王国决不允许她子民的人身安全和神圣不可侵犯的财产遭受任何外来威胁！"为表强调，霍夫每说一句，都用拳头重重地砸面前的桌子。"不管是古尔库皇帝！北方野蛮人！任何人！都不能威胁王国！"说出最后一句时，他砸得太狠，震得墨缸墨水四溅，染黑了办事员精心准备的文件。但宫务大臣阁下的爱国演说赢得了普遍赞同和支持。

"关于达戈斯卡的形势！"图埃尔满怀期待地抬头，胸口仍因强压下的咳嗽而颤抖。"那座城市的防御措施难道不是世上最强大最完善的吗？不到十年前，难道不是它抵御了古尔库人的围困一年有余吗？那些城墙现状如何，先生，那些城墙？"大厅阒寂无声，每个人都紧张地等待答复。

"宫务大臣阁下，"图埃尔喘着气说。有个办事员把厚重的记录册"咯吱咯吱"翻页，沙沙地在新一页上书写——这几乎盖过了老人的声音，"防御设施年久失修，也缺乏足够的士兵来守卫，而古尔库皇帝对此一清二楚，"他的低语大家几乎听不到，"所以我恳求您……"咳嗽又发作了，他不得不在安格兰代表们的轻声嘲讽中坐回座位。

霍夫眉头皱得更紧："据我所知，那座城市的防务费来源于地方集资和向可敬的香料公会征收贸易税。香料公会过去七年一直享有在达戈斯卡经营的特许证，并因之获得了丰厚利润。如果他们连维护城墙都做不到，"他深黑的眼睛扫过与会代表，"或许该重新招标。"旁听席上传来一阵愤怒的抱怨。

"总而言之，王室当下拨不了款！"达戈斯卡代表的坐席处响起不满的嘘声，安格兰代表那边则尖叫着赞同。

"关于安格兰的形势！"宫务大臣大人转向米德，大声说道，"我想我们很快就能听到一些好消息，正好让你带回给你父亲、总督大人。"兴奋的低语立刻传遍大厅，直抵镀金穹顶。俊美的年轻人看上去惊喜万分——这在情理之中，鲜少有人能在议会上得知什么消息，更不用说好消息。

图埃尔终于再次止住咳嗽,刚要张口说话,却被高桌后那扇巨门上传来的重重敲门声打断。议员们齐刷刷抬头,满心惊讶又满怀期待。宫务大臣露出笑容,好似魔术师刚完成了极高难度的戏法。他朝卫兵示意,粗重的铁门闩被拉出,巨大的镶嵌门"吱呀"缓缓打开。

八名近卫骑士身着明晃晃的全身铠,外罩紫色华丽披风,披风后绣有一轮金色太阳。他们的脸隐藏在打磨得铮亮的高头盔后,他们踩着整齐划一的脚步走下台阶,在高桌两侧站定。四名号手紧随其后,潇洒地上前,举起闪闪发亮的军号,奏出惊天动地的短曲。杰赛尔眯眼咬牙忍受,直等嗡嗡的回音消失。宫务大臣愠怒地转向司仪,后者张大嘴巴盯着这些新来者。

"嗯?"霍夫嘶声提示。

司仪回过神。"噢……是的当然!大人们,女士们,我有幸向您们宣告……"他顿了一下,猛吸一口气,"安格兰、斯塔兰和米德兰之王,西港与达戈斯卡的保护者,联合王国当今尊贵的至高王,古斯拉夫五世陛下驾到!"每个人都立即从座位上起身,单膝跪地,厅内一阵婆娑。

六个同样不见面目的骑士抬着王舆缓缓穿过大门。国王坐在舆顶的镀金椅上,斜倚着华美靠垫,微微左右摇晃。他惊愕地环视众人,好似刚醒来的醉鬼,恍然不知身居何处。

陛下的仪容糟糕透顶:他极端肥胖的身体懒洋洋靠在垫子里,宛如一座锦裘红绸包裹的大山,脑袋在闪亮的巨大王冠重压下仿佛陷入了双肩之间。他目光呆滞,眼球突出,眼睛下有厚厚的黑眼袋,粉红舌尖紧张地在苍白嘴唇上舔来舔去。他有极肥的双下巴,脖子上有一大圈赘肉,事实上,他整张脸看上去就像是一团即将从脑壳上滑下来的肥肉。这便是联合王国当今至高王,不过当王舆来到近前时,杰赛尔和往常一样深深低下了头。

"哦,"尊贵的国王陛下好似刚想起什么似的嘀咕道,"诸位爱卿平身。"大厅内又一阵婆娑,大家起身归位。国王转向霍夫,眉头深锁,杰赛尔听到他说:"让我来这儿所为何事?"

"接见北方大使,陛下。"

"哦,对!"国王眼睛一亮,接着顿了一下,"他们所为何事?"

"呃……"此时大厅对面杰赛尔当初进来的大门打开,正解了宫务大臣之围。两个奇模怪样的男子大步进门,沿中央走道而下。

其一是头发灰白的老兵,瞎了只眼,脸上有道长长的伤疤,手拿一只扁木匣;另一个披斗篷、罩着面,看不清身形,唯其巨大的体格让大厅都显渺小。相形之下,厅内长椅、桌子,乃至卫兵骤然间像是为小孩而设。他经过时,几个坐在中央走道旁的代表局促不安,畏畏缩缩。杰赛尔皱眉心想:无论霍夫阁下怎么说,这个蒙面巨人看上去绝不可能带来好消息。两个北方使者在高桌前站定,厅内响起一阵怀疑和愤怒的私语。

"陛下,"司仪深鞠一躬,这一躬低得离谱,他不得不用手中权杖支撑身体,"议会认可恐利芬利斯为北方之王贝斯奥德的大使,白眼汉韩苏为其翻译!"

国王饶有兴致地欣赏着弧形墙上一扇巨窗,像在品味光线穿过彩绘玻璃的样子,完全没听司仪的话。不过那个半瞎老兵开口叫他时,他却即刻回过神来四下察看,双下巴随之颤动。

"陛下,谨代表我主北方之王贝斯奥德,向您致以亲切问候。"厅内一时鸦雀无言,办事员的笔的划纸声清晰得离谱。老兵挂着不自然的笑容,朝身旁的蒙面巨影一点头。"恐利芬利斯给您带来贝斯奥德的提议。以国王对国王的身份,北方之国对联合王国的名义。一个提议和一份礼物。"说完他举起手中木匣。

宫务大臣阁下露出自鸣得意的微笑:"先说提议。"

"这是一份和平提议,意在我们两个伟大国家之间实现永久的和平。"白眼汉再鞠一躬。

杰赛尔必须承认,他的礼仪无可挑剔。在人们印象中,来自寒冷遥远的北方的蛮子根本不是这样。事实上,若没有身旁小山般的蒙面人,韩苏优雅的言谈足以让大厅气氛融洽。

听到和平,国王挤出一丝微笑。"好哇。"他咕哝,"好哇。和平。重要。以和为贵。"

"他只要一件小东西作回报。"白眼汉说。

宫务大臣脸一黑,但为时已晚。"那就请讲吧。"国王大度地微笑着。

蒙面人趋前。"安格兰。"他嘶声道。

大厅沉寂片刻,然后立马沸腾。旁听席响起嘲讽的大笑。米德起身,满脸通红不住尖叫。图埃尔摇晃着从长椅上起来,但立刻又剧烈咳嗽着坐了回去。怒吼中夹杂着阵阵倒彩。国王像只企图表现得庄重体面的受惊兔子一般望着大使。

杰赛尔紧盯蒙面人,只见一只大手从蒙面人袖子里无声无息滑出,摸向斗篷扣。杰赛尔惊愕地用力眨眼。那只手是蓝色的?还是光线穿过彩绘玻璃的缘故?斗篷滑落在地。

杰赛尔用力咽了口口水,心提到嗓子眼,这就像是在目睹一道血淋淋的可怕伤口:越是不想看,眼睛就越离不开。笑声和呼号统统平复,空旷的大厅陷入死寂。

恐刹芬利斯去掉斗篷后似乎更为巨大,像塔一样耸立在翻译身旁。毋庸置疑,他是杰赛尔见过最高大的人——如果他还算得上是人的话。他一脸扭曲的轻蔑神情,凸出的双眼疯狂地扫视众人,眼球不断抽搐眨动,薄薄的嘴唇或笑或呲或撅起,一刻不停息。然而以上这些与他怪异之至的身体相比,又根本不值一提。

他的整个左半边身体从头到脚覆满文字。

那是奇形怪状的符文,从他剃光的左半边脑袋,爬到左耳、左眼皮和左半边嘴唇,他粗硕的左臂上全是微小的蓝色字体,从肌肉发达的肩部一直到长长的指头尖，甚至赤裸的左脚上也都覆满奇怪的字母。一个非人的彩绘巨怪站在王国政府的心脏。杰赛尔惊得合不拢嘴。

环绕高桌有十四名近卫骑士，个个经过严格训练，有着高贵血统。厅内还有来自杰赛尔连队的四十名卫兵，他们环墙而立，均是身经百战的老手。他们对北方人占有二十七比一的人数优势，且持有王家军械库里最精良的兵器——而恐刹芬利斯手无寸铁。尽管他体型巨大，模样奇异，但应该不是威胁。

可杰赛尔没有一丝安全感，反而被孤独无助和极度恐慌的感觉攫住。他浑身发毛，口干舌燥，突然很想逃跑，逃出去藏起来，再也不回头。

这股奇怪的恐慌不单感染了他或高桌旁的人。当这个文身怪物在圆形地板中央缓缓转身，扫视大厅时，先前那些愤怒的嘲笑全被生生咽了回去。米德缩回长椅，完全泄了气。前排的几个重要人物甚至翻过椅背，跳入后面一排。其他人要么看向别处，要么用双手捂脸。一名卫兵手中的长矛"当啷"一声掉落在地，回音如此响亮。

恐刹芬利斯缓缓朝高桌转回身，高举布满文身的粗硕左拳，张开血盆大口，脸上一阵狰狞的抽动。"安格兰！"他厉声尖叫，那声音不知比宫务大臣阁下洪亮和可怖几万倍，那声音在高高的穹顶和弧形墙间回荡，刺耳余波久久不绝。

一名近卫骑士向后一个趔趄，脚下一滑，盔甲包裹的大腿"哐当"一声撞在高桌边沿。

国王向后缩去，用一手捂脸，一只眼睛从指缝间惊恐地朝外看，王冠在他头上摇摇欲坠。

鹅毛笔从一个办事员无力的指间滑落。另一个办事员嘴张得老大，手习惯性地在纸上滑动，工整的字句下方留下了一个极端潦草的词：

安格兰。

宫务大臣的脸已变得蜡白。他慢慢伸手拿酒杯，举到唇边才发现是空的。他小心翼翼地将其放回桌，手却抖个不休，酒杯也在桌面轻晃。他顿了一阵，鼻孔里重重地喘粗气："显然，这提议不可接受。"

"太遗憾了，"白眼汉韩苏道，"不过我们还有礼物奉上。"所有人都望向他。"在我们北方有个传统：若两个氏族结怨，随时可能开战时，双方会各选一名斗士，代表自己的人民。这样问题可以迅速解决……只需死一个人。"

他缓缓打开木匣盖。里面放了一把长刀，刀刃打磨如镜。"贝斯奥德陛下不仅派恐刹来当大使，也是令他作为斗士，为安格兰的归属发出挑战。只要这里有人应战，你们就能避免一场永远赢不了的战争。"他把匣子举到文身怪物面前。"这就是我主给你们的礼物，最慷慨的礼物——你们的命。"

芬利斯的右手嗖地伸出，从匣子里抓起武器。他高举长刀，刀刃在巨窗投下的五彩光线中闪烁。此情此景，骑士们本当跃步上前，杰赛尔本当拔剑相向，众人本当挺身而出保护国王，但没有一个人动，每个人都目瞪口呆地盯着寒光闪烁的刀刃。

长刀向下一闪，刀尖毫无阻碍地刺入皮肉，直没至柄，最后从芬利斯的文身左臂深处露出，淋漓鲜血不停滴落。他的脸抽搐着，但不像刚才么厉害。他捏合手指，狰狞的刀刃也在血肉中搅动，然后他高举左臂，让每个人都看到。

血"滴滴答答"有节律地溅在圆桌厅地板上。

"谁敢与我一战？"他尖叫，脖子上大股青筋暴起，嗓音几能震破耳膜。

没人回答。离恐刹最近的司仪此时已双膝跪地，脸上神情接近崩溃。

芬利斯瞪得鼓鼓的眼睛转向高桌前那个身形最高大、但还是比他矮了整整一头的骑士。"你来？"他嘶声问。那个不幸的家伙拖着脚直往后退，肯定在后悔自己没生成个侏儒。

一摊黑血在芬利斯手肘下的地板上扩散。"你来？"他朝菲德尔·唐·米德吼道。俊美的年轻人脸色发灰，牙齿咯咯乱响，肯定在后悔自己有个总督老爹。

芬利斯眨眼扫过高桌周围一张张面如土色的脸孔，与杰赛尔眼睛相遇时，杰赛尔喉头一紧。"你来？"

"乐意之至。不过今天下午我实在忙不开，要不明天？"这声音简直不像他自己。这当然并非他本意，但谁能站出来呢？他自信的话语就这样漂浮在空中，轻轻飘向镀金穹顶。

后排传来稀稀落落的笑声，还有"好极了！"的吼叫，但恐刹的眼睛未从杰赛尔身上移开片刻。他等声音平息下去，嘴唇扭曲成可怕的嘲笑。

"那就明天。"他低语。杰赛尔的肚子一波接一波地抽痛。事态如此严重，好似万斤巨石压到他身上。就他？决斗？

"不行。"是宫务大臣。他脸色依旧苍白，声音却镇定了许多。杰赛尔也跟着振作起来，竭力不让肚内翻江倒海。"不行！"霍夫再次咆哮，"没有决斗！也没有什么需要进行决斗！依照古法，安格兰是联合王国不可分割的一部分！"

白眼汉微微一笑："古法？安格兰位于北方，两百年前就有北方人在那里自由生活。你们需要铁，所以漂洋过海，将本地居民赶尽杀绝，将他们的土地窃为己有！恃强凌弱——这就是你们的古法？"他眼睛眯成一条线，"我们也有这样的法！"

恐刹芬利斯一把将刀从手臂上拔掉。几滴血溅落在地，但那文身的皮肉看不出任何伤口，半点痕迹都没有。刀"哐当"一声掉在地砖上的血泊中。芬利斯用那双疯狂的、不停眨动的鼓胀眼睛最后一次扫视与会众人，然后转身大步踏过地板，沿中央走道上去。他走近时，王公和代理人们纷纷缩下身子。

白眼汉韩苏深鞠一躬。"总有一天你们会后悔当初既没接受我们的提议,也没接受我们的礼物。等着消息。"他平静地边说边朝宫务大臣阁下竖起三根手指。"等时机成熟,我们会发出三个信号。"

"发出三千个也无所谓!"霍夫咆哮,"今天的闹剧到此为止!"

白眼汉又友好地鞠了一躬:"等着消息。"他转身随恐刹芬利斯出了圆桌厅,大门"砰"地关上。离杰赛尔较近的办事员有气无力地在纸上潦草写道:

等着消息。

菲德尔·唐·米德咬牙切齿地转向宫务大臣,俊美的脸孔气炸了,他尖叫:"这就是您要我带给父亲大人的好消息?"议会再次炸了锅。众人互相怒吼、指责、谩骂,一片混乱。

霍夫怒不可遏地咒骂着跳起来,踢翻了椅子,但场面已完全失控。米德转身愤然冲出大厅,其他安格兰代表也都沉脸起身,随总督大人的儿子离去。霍夫干瞪着眼,脸色铁青,颤抖的嘴唇说不出话。

杰赛尔看到国王慢慢从脸上移开手,朝宫务大臣俯身。"北方大使何时到啊?"他低声问。

北方之王
The King of the Northmen

罗根深吸一口气，凉爽微风吹在刚剃过的下巴上，他一边尽情享受这久违的舒适，一边极目远眺。这是晴日之始，晨雾几近散去。罗根的房间位于图书馆其中一座塔上，高高的阳台可看出数里之遥。大峡谷在脚下延伸，层次分明，顶上是灰白的多云天空，接着是环绕湖水的黑色嶙峋峭壁，之后有浅棕泥土，再然后是长满树木的暗绿斜坡，最终是布满灰色鹅卵石的曲折沙滩。而这一切又都倒映在如镜的湖面上，成为他脚下颠倒的幽冥世界。

罗根低头看着双手，手指在风化的石护墙上摊开。破裂的指甲下既无污垢也无干结血块，双手苍白、柔软，带着一点红润，如此陌生，甚至指节上的血痂和擦痕也大都痊愈了。上次这么干净是很久很久以前，久得他忘了干净的感觉。他先前披的那一身肮脏油腻、散发汗臭的毯子早已除去，新换的衣服刺得他痒痒。

他酒足饭饱、干爽洁净，望着湖面如获新生。他思考了一阵这个新罗根是如何诞生的，但残缺的指头在护墙上留下一段空白，像一只眼睛回瞪着他，让他回过神。这永远无法痊愈。他仍是九指，血九指，永远如此——除非失掉更多手指。

不过是体味好了一些。

"九指师傅，睡得可好？"威尔斯站在门口，朝阳台这边张望。

"跟婴儿一样香甜咧。"罗根不好意思告诉老总管他睡了阳台。来这儿的第一晚他努力尝试睡床，却翻来覆去睡不着，舒适的床垫和温暖的毯子带来奇怪的感觉，让他无法平静。接下来他试图睡地板，情况虽有改观，仍觉空气闭塞混浊，高悬头顶的天花板仿佛越压越低，随时可能将他挤碎。直到躺在硬邦邦的阳台上，用旧外套裹住身子，头顶有云彩繁星，他才安然入眠。

江山易改，本性难移？

"有人来看你。"威尔斯说。

"看我？"

马拉克斯·魁的头出现在门口。他眼睛稍微不那么凹陷，眼圈也稍微不那么黑，皮肤有了些许光泽，稍微不那么骨瘦如柴。总而言之，他看上去不再憔悴病态到行尸的程度。罗根猜想这就是魁平日的状态。

"哈！"罗根大笑，"你没死！"

门徒一边摇晃着穿过房间，一边疲惫地不断点头。他裹着条厚毯，毯子拖在地板上，拖住了步伐。他就这样来到阳台，站在那里，眨眼嗅着清晨冷冽的空气。

罗根发现重逢令自己喜出望外，他就像见到老朋友一样拍了魁的肩膀——或许有点太过热情——毯子缠住门徒的脚，魁一个趔趄，差点摔倒，幸好罗根一把抓住手臂稳住他。

"我还没法上阵打仗呢。"魁勉强咧嘴笑笑，轻声道。

"比我们上次相见好多了。"

"你也是啊。你刮了胡子，身上味道也没了，伤疤只剩几处，你看起来几乎是个文明人。"

罗根摊开双手:"我不是。"

威尔斯弯腰进门,踏入阳台明亮的晨光中,拿着一卷布和一把刀:"九指师傅,能让我看看你的手臂吗?"

罗根几乎忘了手臂的伤。绷带上并没有新血迹,解开可看到一道长长的红褐色的痂,从手腕直到手肘,周围是新长出的粉红皮肤。伤口有点痒,但一点不疼。它与另外两道较早的伤疤交错,其中一道灰色的在手腕附近,呈锯齿形,是好多年前与三树决斗时留下的。回想那场对决,他不禁脸一皱。另一道伤疤位置偏上,要浅些,他想不起是哪次受伤留下的了。

威尔斯弯腰检查伤口周围,魁越过他肩膀仔细查看。"愈合得很好。你恢复得真快。"

"我只是习惯了受伤。"

威尔斯抬头看着罗根的脸,他前额的伤口褪到只剩一条粉色的线。"我看出来了。如果我建议你以后避开利器,会不会很蠢?"

罗根笑道:"不管你信不信,我一直在尽力避开它们,但无论我如何努力,它们总是会找上门。"

"是吗?"老总管边说边割下一条新布,小心缠住罗根的前臂,"希望这是你需要的最后一条绷带。"

"我也希望,"罗根边说边伸了伸手指,"真心希望。"但他不认为这会实现。

"早餐马上好。"威尔斯说罢离开,留下他俩在阳台上。

他俩静静站了一会儿,沉默不语,冷风从峡谷中卷上来。魁打着冷颤,裹紧了毯子。"在……湖边,你可以丢下我。是我就会。"

罗根皱皱眉。放以前,他不假思索就会这么干,但他变了。"我年轻时丢下太多人,可能厌倦了。"

门徒抿抿嘴唇,看向峡谷、树林和远山:"我从未见过人杀人。"

"那你很幸运。"

"你见过很多?"

罗根畏缩了一下。年轻时,他乐于回答这样的问题。他会自吹自擂一番,炫耀参加的各种战事,以及死在他手下那些"有外号的"。但这种自豪感已然消失殆尽,现在的他无言以对。自豪感消失的过程很慢,随着战争越来越血腥,从有恰当理由变为无理寻衅,随着朋友们一个接一个入土。罗根揉揉耳朵,感受着很早以前巴图鲁那一剑留下的大豁口。他本应保持沉默,但出于某种原因,他决定如实相告。

"我参加过三场大战,"他开始叙述,"七次小战,以及数不清的掠袭、拉锯、死守和其他各种血腥干仗。我在大雪中、狂风中和午夜里作战。我时刻不停地战斗,面对这样或那样的敌人,与这样或那样的朋友并肩。除了打仗,我几乎一无所知。我目睹旁人因一句话、一个表情,甚至毫无缘由地被杀。有个女人为夫报仇想捅我,结果我一把将她扔进井里。这还远非最糟的。人命在我眼中曾如尘土般廉价。不,比尘土更廉价。

"我参加过十次决斗,全部获胜,但自始至终站错了边,选错了战斗的理由。我是个无情的野蛮人,也是个懦夫。我从背后捅刀子杀人,用火烧,用水淹,用石头砸,还在人熟睡、手无寸铁或逃跑时杀他们。我不止一次当逃兵。我曾被吓得尿裤子。我曾跪下来求饶。我经常因身负重伤而号哭,活像妈妈不给奶吃的孩子。我毫不怀疑,如果多年前被杀的是我,这个世界会太平一点。但不知为何,我一直没死。"

他低头看着放在石墙上那双干净的、粉红色的手:"没几人手上沾的血能与我相比——就我所知,一个也没有。我的敌人管我叫'血九指',而我的敌人如此之多。总是敌人多朋友少。一层又一层血债,如影随形,如蛆附骨,让我难以脱身。活该如此,我自作自受,自取其咎,罪有应得。"

罗根说完后,深深浊浊地叹口气,盯着湖面,不敢看身旁的人,不想看对方的表情。谁想与血九指为伍?一个比瘟疫杀的人更多,一个毫无怜悯的人。只要那些尸体横亘在中间,他们就不能做朋友。

他感到魁在他肩上拍拍。"嗨,都过去了。"魁咧开大大的笑脸,"你救了我一命,我对此感激不尽!"

"我今年只杀了四个人,还救了一个。我重生了。"他俩同时大笑,这感觉真不错。

"这么说,马拉克斯,你确实回到我们中间了。"

他俩一齐转身,魁被毯子绊了下,脸看上去更苍白了一点。第一法师站在门口,穿一件白色长衫,袖子卷到肘部。尽管换了身衣服,罗根觉得他仍像个屠夫而非巫师。

"巴亚兹师父……呃……我正要去看您。"魁结结巴巴地说。

"是吗?真巧啊,我来找你,你却正要去看我。"法师步入阳台。"我突然想到,一个能说会笑,还能擅自离开房间的人毫无疑问也能阅读、学习和扩充他那弱小的心智了。你觉得呢?"

"毫无疑问……"

"毫无疑问,好!告诉我,你的学习进展如何?"

可怜的门徒看上去完全摸不着头脑:"它们被……打断了啊?"

"由于坏天气在山间迷路,你在尤文斯《高等技艺的原理》的学习上毫无长进?"

"呃……毫无长进……呃……"

"还有你的历史知识。九指师傅把你背回图书馆的路上,它们可有长进?"

"呃……必须承认……没有。"

"那你在昏迷的上一周,肯定思考和冥想过了?"

"哦,呃……没有,昏迷……就意味着,呃……"

"如此说来,告诉我,你是跟上了计划呢?还是已经落后?"

魁低头盯着地板:"我出发前就落后了。"

"那或许你可以告诉我接下来将在哪里度过?"

门徒满怀希望地抬头:"在我的书桌旁?"

"非常正确!"巴亚兹咧嘴笑道,"英雄所见略同,你的回答让我充满期待!学习热情值得表扬!"魁使劲点了几下头,拖着毛毯就朝门口走。

"贝斯奥德正在赶来,"巴亚兹喃喃道,"今天就到。"罗根脸上的笑容顿时消失,喉咙骤然一紧。他清楚地记得彼此最后一次会面。他被锁链锁住四肢伸开,面朝下躺在卡莱恩的大厅地板上,浑身打得皮开肉绽,鲜血一滴滴渗入身下的稻草。他一心求死,后来却被无缘无故地释放。他们把他连同狗子、三树、最弱的福利等一道推出门,叫他永远别回来。永远。那是贝斯奥德头一次表现出一丝怜悯,也会是最后一次,罗根对他知根知底。

"今天?"他尽力保持平静。

"是的,很快就到。北方之王,哈!他可一点不谦虚!"巴亚兹瞟了罗根一眼,"他此行是要我帮助他。我希望你跟我一道出席。"

"他不会喜欢。"

"我正要他不喜欢。"

风更冷了。罗根并不想这么快就重遇贝斯奥德,但与其担惊受怕,不如放手一搏,罗根的父亲常这么说。于是他深吸一口气,挺直肩膀。"我会出席。"

"很好。我们还差一项准备。"

"什么准备?"

巴亚兹露出一丝得意的笑:"你需要一件兵器。"

✡

图书馆地下室很干燥。不仅干燥,还黑漆漆的,极度混乱。他们沿台阶上上下下,绕过拐角,穿过一道道门,不时左弯右拐。这地方就像个大杂院。罗根心想千万不能跟丢了巫师的火把,否则很可能永远被困在地下。

"下面很干燥,干燥好啊,"巴亚兹自言自语,声音在过道里回荡,与"啪啪"的脚步声交杂。"书籍最怕潮。"他突然在一道厚门前站定,"武器也是。"他轻轻一推,门无声无息地开了。

"瞧瞧!此门多年未开,但铰链动起来跟上过奶油一样!好手艺!为何人们不再关心手艺了呢?"不等罗根答话,巴亚兹已跨过门槛,罗根只能跟上。

巫师手中火把照亮了一间低矮长厅,厅壁以粗石砌成,远端隐没在黑暗中。厅内摆放着一排排货架和书架,地上散放了若干盒子和架子——所有这些里面都装满武器盔甲。巴亚兹举着火把慢慢蹚过石地,刀刃、矛尖、抛光木头和金属在摇曳火光映照下投出幢幢阴影。

"收藏蛮丰富。"罗根随法师穿过这片混乱,嘀咕道。

"大都成了老旧的破烂,但有些东西值得找一找。"巴亚兹从一套镀金的古旧盔甲上取下头盔,皱眉查看。"你穿这个怎样?"

"我不怎么穿盔甲。"

"没错,我觉得也是。我敢说,穿盔甲骑马是挺好看,可走路绝对是折磨。"他把头盔扔回去,若有所思地打量那套盔甲,"穿它怎么小便呢?"

罗根皱皱眉。"呃……"他道,但巴亚兹已走开了,火光随之前移。

"九指师傅,你对武器一定很熟络。你惯用什么?"

"我真没啥偏好,"罗根边说边从一支架上探出的锈迹斑斑的长戟下钻过,"斗士永远不晓得下次决斗将面对哪种武器。"

"当然,那是当然。"巴亚兹拿起一支带有凶险钩刺的长矛,轻轻挥舞了一圈。罗根谨慎地后退。"够凶残的,还能防止近身。可惜使长兵器的人需要很多使长兵器的同伴支援。"巴亚兹把它塞回架上,继续向前。

"这个挺吓人。"法师握住一把双刃巨斧的粗糙手柄。"见鬼!"他边举边骂,脖子上青筋暴起,"够沉的!"他"砰"一声放下斧子,整个架子都在晃。"好一把杀人越货之利器!若敌人原地不动,准能一劈两半。"

"这个比较好。"罗根指出,那是一把朴素耐用的长剑,插在皱巴巴的棕色皮革剑鞘里。

"噢,是的,这个的确好多了。此剑乃锻造者坎迪斯亲手所铸。"巴亚兹将火把递给罗根,从架上拿起长剑。

"九指师傅,你可曾想过,剑有异于别种兵器?斧头与钉锤虽然致命,但挂在腰带上,充其量是沉默的野兽。"他目光在剑柄上游移——平滑铁柄刻着防滑浅槽,在火光映照下闪闪发光。"剑不一样……剑会说话。"

"呃?"

"装在剑鞘里它的确不怎么言语,但你只需把手按上去,它就会立刻在敌人耳边低语。"他紧握剑柄,"轻声警告。呢喃威胁。你听到没?"

罗根缓缓点头。"现在,"巴亚兹喃喃道,"我将它抽出一半。"剑芒一闪,一尺长的剑身轻声抽出,上面有一个闪耀的银色字母。剑身呆滞暗淡,锋芒处却闪着冷光。"话音响亮了,是不?它在嘶声发出可怕威胁,要置对方于死地。你听到没?"

罗根再次点头,目光被牢牢吸引在剑刃上。"现在,我把剑整个抽出。"一声清啸,巴亚兹长剑出鞘,举在面前,剑尖离罗根的脸只有几寸。"它开始呼喊,是不?它尖叫着蔑视!低吼出挑战!你听到没?"

"嗯。"罗根身体后仰,眼睛略微斜视闪闪发光的剑尖。

巴亚兹放下剑,轻柔地入鞘,才令罗根松口气。"没错,剑会说话。斧头与钉锤虽然致命,但剑才谈得上精妙,才配精妙的人使用。罗根师傅,我认为你的内在比你的外表看来更精妙。"巴亚兹将剑递给他,罗根不禁皱眉。他一生中受过各种评价,但从未被人说精妙。"就当是一份礼物,以表我对你良好礼节的感谢。"

罗根思忖片刻。穿越群山南下前,他从未有过特定武器,况且他对重操旧业并不热衷。但贝斯奥德正在路上,就要到了。得到却不想要总比想要但得不到强。好得多。你必须现实一点。

"多谢。"罗根从巴亚兹手中接过长剑,递回火把。

✡

一小堆火在壁炉里噼啪作响,屋内应该说温暖舒适。

但罗根未感舒适。他站在窗边,一直盯着下方庭院,紧张、焦虑、恐惧,跟决斗前一样。贝斯奥德正在路上,就在外面,或正穿越树林,或正涉过乱石,或许过了桥,或已进了门。

第一法师看起来毫不紧张。他舒舒服服坐在椅子上,脚搁上桌子,挨着一个长长的木烟斗,翻看一本小白皮书,脸上隐隐微笑,似乎没人比他更沉着,这却让罗根感觉更糟。

"好看吗?"罗根问。

"什么?"

"你的书。"

"哦,是的,它最伟大。尤文斯《高等技艺的原理》乃我组织的基石。"巴亚兹用另一只手朝占满整整两面墙的书架挥了挥,书架上整齐摆放着数以百计跟他手中一模一样的书。"这些都是一套书。"

"一套书?"罗根快速扫过书架上一排排厚厚的白色书脊,"真他妈长。你读完了?"

巴亚兹轻笑:"噢,那当然,我读过好几遍,它可是我组织每个成员的必读书,每个人都要复写出自己的副本。"他转过书,好让罗根看见。书页上密密麻麻排满各种符号,虽然工整,却晦涩难解。"这是我很久以前写上去的,你也该读读。"

"我不怎么读书。"

"是吗?"巴亚兹问,"令人遗憾。"他翻过一页,继续读。

"那本如何?"一个书架顶上单独放着一本宽大的黑皮书,看上去磨损不堪。"也是尤文斯写的?"

巴亚兹朝那本书皱眉。"不,是他弟弟写的。"他从椅子起身,伸手取下书。"是另一个知识领域,"他拽出桌子抽屉,将黑皮书塞进去,又猛地关上,"不谈为好。"他咕哝着坐回椅子,再次翻开《高等技艺原理》。

罗根深吸一口气,将左手放在剑柄上,感觉到冰冷的金属压进手掌,但这并未令他稍有安心。他松开手,转身继续看下面的院子,心突然提到嗓子眼。

"贝斯奥德。他来了。"

"是的,是的。"巴亚兹心不在焉地咕哝,"随行有谁?"

罗根觑眼瞅看院子里的三个身影。"斯奎尔。"他愁容满面地答道,"一个我不认识的女人。他们正在下马。"他舔舔发干的嘴唇,"进来了。"

"是的,是的,没什么大不了,"巴亚兹轻声说,"见个面而已。放轻松,朋友,深呼吸。"

罗根靠在石灰粉刷的墙上,双臂交叠胸前,深呼吸。没什么效果,胸里揪得更紧了。沉重的脚步声从外面走廊慢慢逼近,接着门把被拧开。

斯奎尔当先进屋。贝斯奥德的长子从小就颇为高大,但与罗根上次见到时相比,他现在像是个怪物。发达的身躯肌肉上,他岩石般的头颅犹如突发奇想添加的产物,脑壳比脖子窄好几圈,下巴就像巨大的石块,鼻子是扁平的残株,小眼睛向外突出,透出傲慢。他的薄嘴唇折出一丝嘲讽,这像极了弟弟卡尔达,但少了一分狡诈,多出好几分暴戾。他腰挂一把宽阔大剑,怒视罗根时,肥硕的手掌从未离开剑柄,全身上下散发出浓浓的敌意。

接着是那个女人。她个子很高,身材颀长,皮肤苍白几近病态。斯奎尔的眼睛突出、怒气冲冲,她却眼睛狭长、冰冷可怖,她的双眼还被黑色眼影围绕,这令它们更为狭长冰冷了。她的长手指戴着金戒指,瘦胳膊戴着金手镯,白脖子戴着金项链,她用冷若冰霜的蓝眼睛扫视全场,似乎每样东西都让她更加厌恶和不屑:先是家具,再是书籍,尤其是罗根,最后看到巴亚兹时达到顶点。

自封的北方之王最后步入,一身华袍由名贵艳丽的布料和稀有的白毛皮制成,令他看起来比以往任何时候都尊贵。他双肩挂一条金链,额上戴着金冠,金冠中央嵌有一颗鸟蛋大小的钻石。他微笑的脸上的皱纹比罗根记忆中深了,头发和胡子中也有了灰丝,但他还是那样高大、强壮、潇洒,甚至有了威严和智慧——所谓王者之风。真的,他看上去活脱脱是个伟人、智者和领袖,一派帝王风范,然而罗根对他知根知底。

"贝斯奥德!"巴亚兹"啪"一声合上书,热情地招呼。"我的老朋友!你想象不出再见到你我有多高兴。"他把双腿从桌上放下,朝那条金链和那颗闪光的大钻石做个手势。"看你如此风光!记得你以前喜欢只身来访,不过大人物嘛,自然会有随从,你带来了⋯⋯别人。这位是您魅力四射的儿子,我当然知道。是不是有点营养过剩啊,呃,斯奎尔?"

"斯奎尔王子。"贝斯奥德怪物般的儿子隆声说,眼珠几乎跳出。

"哈,"巴亚兹挑起一条眉,"不过您这位同伴,我就无幸相识了。"

"我叫柯瑞碧。"罗根眨眨眼。这女人有他听过最悦耳的声音——有种令人平静、宽慰和沉醉的魔力。"我是个女巫,"她带着轻蔑的微笑摇摇头,用歌唱般的声音说,"来自极北的女巫。"罗根僵在原地,嘴半张开,刚才的敌意烟消云散。这里都是朋友。不,是密友。他无法从她身上移开目光——片刻也不行。屋内其他人已然隐去,她仿佛只对他一人说话。他满心渴望她永远别停下——

巴亚兹只笑笑:"看来是个真女巫,金嗓子!天籁之音啊!好久没听过这么优美的嗓子了。不过我这儿用不上这个。"罗根摇摇头,清醒过来,回涌的强烈敌意令他安心。"告诉我,要成为女巫,非得刻苦修习呢,还是只需戴上合适的珠宝,脸上画点浓妆?"柯瑞碧的眼睛恶狠狠地眯成一条蓝色细缝,但第一法师不给她说话机会。"来自极北,想想看!"他微微打个寒战,"这时节,那边一定很冷,恐怕连乳头都冻得生痛,呢?你来我们这儿是为取暖,还是别有目的?"

"我的国王命我去哪,我就去哪。"她怒斥,尖下巴向上抬了抬。

"你的国王?"巴亚兹边问边环视房间,好似还有人藏在角落。

"我父亲现为北方之王!"斯奎尔咆哮着,然后朝罗根冷笑,"你要向他下跪行礼,血九指!"他又转回巴亚兹,"你也是,老家伙!"

第一法师满怀歉意地摊开双手:"唉,可惜我不对任何人下跪。我太老,跪不下来。你看,关节太僵。"

斯奎尔在地上重重跺了一脚,脏话已到嘴边,正欲冲上前,他父亲却将一只手轻轻搭在他手臂上:"别这样,儿子,在这里无需下跪。"他的声音冰冷平静,犹如山上新雪。"都是自己人,有什么好吵的?大伙儿难道不是一条心吗?不都是为了和平、北方的和平吗?我此行只想寻求你的智慧,巴亚兹,一如既往。难道向老朋友求助也错了?"没人能说得比这更诚恳、更合情合理、更让人放心,然而罗根对他知根知底。

"北方不是已经和平了吗?"巴亚兹靠回椅背,双手紧握身前,"争端不是统统化解了吗?你不是胜利了吗?你不是得到了想要的一切,甚至比那更多了吗?北方之王,嗯?我还能提供什么帮助?"

"我只与朋友分享计划,巴亚兹,最近你却不想作我朋友。你让我的信使吃闭门羹,甚至回绝我儿子,却将我誓不两立的敌人奉为上宾。"他朝罗根皱眉撇嘴,"你清楚他是哪路货色?血九指!野兽!懦夫!背弃誓言之辈!你宁可招待他?"

贝斯奥德转向巴亚兹,露出友善的笑容,言语间却充满威胁:"恐怕你必须选择,支持还是反对我。你若不愿加入我的未来,就只能成为过去的尘埃,没有中间地带。何去何从你自己选,我的朋友。"罗根见过贝斯奥德给出此类选择。一些人屈服了,不屈服的则早已入土。

但巴亚兹看上去不慌不忙。"二选一?"他缓缓伸手,从桌上拿起烟斗。"未来还是过去?"他踱步到壁炉前,背对三位客人蹲下身,从里面拣起一根小木棍塞进烟斗,缓缓地吸烟嘴,似乎花了很长时间才把那该死的东西点着。"支持还是反对?"他走回椅子,一路沉思。

"嗯?"贝斯奥德追问。

巴亚兹凝视天花板,吐出黄色烟圈。柯瑞碧带着冰冷的蔑视上下打量老法师,斯奎尔不耐烦地扭动身体,贝斯奥德等待着,眼睛越眯越细。巴亚兹终于长叹一声:"好吧,我支持你。"

贝斯奥德露出宽阔的笑脸,罗根失望至极。他本希望第一法师能扭转形势。蠢到家了,老是学不会不要心存幻想。

"很好,"北方之王沉吟,"我就知道你终究会明白我的心思。"他缓缓舔嘴唇,像一个饿汉看着刚端上桌的美味。"我打算入侵安格兰。"

巴亚兹挑起一条眉毛,接着轻笑起来,继而一拳砸在桌上。"噢,好样的,非常好!和平不适合你的王国,对吗,贝斯奥德?氏族间不适合作朋友,对吗?他们彼此仇恨,而且憎恨你,对吗?"

"对,"贝斯奥德微笑,"有点难驾驭。"

"我打赌是这样!但派去对付联合王国,就能捏合他们,对吗?团结起来一致对外,真漂亮。如果赢了呢?如果赢了你会成为完成不可能壮举的人!成为将可恶的南方佬赶出北方的人!你会受人爱戴,至少也比以前更令人畏惧。即便你输了,也可让各氏族忙上一阵,彼此削弱。我现在想起我过去为何那么喜欢你了!一个绝妙的计划!"

贝斯奥德看上去很得意:"当然是,而且我们绝不会输。联合王国防御空虚,自高自大,又全无准备。有你的帮助——"

"我的帮助?"巴亚兹打断他,"你太自以为是了。"

"可你——"

"噢,你是指刚才。"法师耸耸肩,"我骗了你。"

巴亚兹将烟斗举到嘴边,屋里顿时陷入死一般的寂静。贝斯奥德眯起眼。柯瑞碧则瞪大了眼。斯奎尔眉头紧锁,显得难以置信。罗根脸上又缓缓露出笑容。

"骗了我们?"女巫嘶声道,"你?!"她歌唱般的声音仍那么悦耳,却换了一种音调——急剧升高,尖厉凶残。"你这只老蠕虫!藏在高墙之后,靠你的仆人和破书装点门面!你的时代早已过去,蠢货!你现在不过是空话和尘埃!"第一法师平静地撒撒嘴,向外吐烟圈。"空话和尘埃,老蠕虫!很好,我们走着瞧,我们一定会回你的图书馆!"法师小心翼翼地将烟管放在桌上,一小缕余烟仍在烟斗处袅袅上升。"我们会回你的图书馆,用锤子敲烂你的墙,用剑刺死你的仆人,用火烧光你的书!用——"

"闭嘴。"巴亚兹紧皱眉头,比几天前在院子里面对卡尔达时更深。罗根再度产生了后退的冲动,而且这次更强烈。他不由自主地环视房间想找个藏身地。柯瑞碧嘴唇仍在动,但只徒劳地发出嘶哑的啊啊声。

"敲碎我的墙,对吗?"巴亚兹沉声道,灰眉毛向内收缩,鼻梁上现出一道道极深的沟。

"刺死我的仆人,是吧?"巴亚兹发问。房间突然变得非常寒冷,尽管壁炉里木头仍在噼啪燃烧。

"烧光我的书,你是这么说的?"巴亚兹喝道,"你的话太多了,巫婆!"柯瑞碧双膝发软,白皙的手紧抓门框,身体瘫靠在墙上,金链和手镯叮叮当当撞在一起。

"你说我是空话和尘埃?"巴亚兹伸出四根手指,"你从我这里得到过四件礼物,贝斯奥德——冬日的暖阳,夏日的风暴,还有两件你从不知道,但也出于我的技艺。而你怎么报答我的,嗯?给我这个湖还有这山谷吗?它们本属于我。从头至尾,你只给过我一件东西。"贝斯奥德瞟了罗根一眼,又收回目光。"你欠我,但你却派信使而非亲自来见我,你命令我,你以为自己可以命令我?这可不是我看重的礼节。"

斯奎尔终于回过神,双眼眼珠几乎迸出:"礼节?国王要礼节干什么?国王予取予夺!"他迈着沉重的步子朝桌子走来。

毋庸置疑,斯奎尔够高大,也够凶残——在别人倒下时踩一脚,很可能找不出比他更好的人选。但罗根尚未倒下,没有,而他受够了这个自命不凡的蠢货。他上前挡住斯奎尔的去路,一只手按住剑柄:"站住。"

王子用鼓胀的眼睛打量罗根,举起肥硕的拳头,捏着粗大的手指,直到关节发白。"别以为我不敢动你,九指,你这废物!你今非昔比了!现在捏死你像捏鸡蛋一样轻而易举!"

"你可以试试,不过我绝不会放你过去。你知道我的厉害。再走一步我就不客气了,你这头该死的肥猪。"

"斯奎尔!"贝斯奥德一声断喝,"事情很明白,留下已无意义。走吧。"笨重的王子咬紧牙关,巨大的双拳在身侧开开合合。他怒视罗根,露出最赤裸裸的敌意。最终他冷笑一声,慢慢后退。

巴亚兹俯身向前:"你说会给北方带来和平,贝斯奥德,可看看你究竟干了什么?无休止地发动战争!这片土地被你的自大和暴虐耗得民穷财尽!北方之王?哈!你根本不值得我帮助!真可笑,我竟曾对你寄予厚望!"

贝斯奥德只是皱眉,目光仍如前额上的钻石般冰冷无比:"你公然与我为敌,巴亚兹,我可是个棘手的敌人。最最棘手的敌人。你会后悔今天的行为。"他又轻蔑地看向罗根,"至于你,九指,你休想从我这儿再得到任何怜悯！从今天起，每个北方人都会对付你！无论你去哪里，迎接你的都将是憎恨、追杀和诅咒！我对天发誓！"

罗根耸耸肩。这不是什么新鲜说辞。巴亚兹从椅子上起身："该说的你都说了，带上你的巫婆滚吧！"

柯瑞碧仍在急促喘气，她跟跟跄跄第一个冲出房间。斯奎尔瞪了罗根最后一眼，方才转身步履沉重地行动。自封的北方之王最后一个离开，他缓缓点头，用慑人目光扫视房间，似乎要把一切印在脑海。当他们的脚步声消失在走廊尽头，罗根长出一口气，终于松开握剑柄的手。

"看来，"巴亚兹轻快地说，"一切顺利。"

两位牙医间的路

A Road Between Two Dentists

午夜过后,中央大道一片漆黑。臭气自黑暗中扑鼻而来,码头附近向来恶臭难闻:不流动的海水、烂鱼、沥青、臭汗、马粪,各种臭气混杂一起。

再过数小时,这条路会变得人声鼎沸、车水马龙。小贩高声吆喝,背货的苦力低声咒骂,商人行色匆匆,数以百计的手推车和货车隆隆驶过鹅卵石铺就的肮脏街道。这里会有无尽人潮,一波波从船上挤上挤下,他们来自世界各地,操着不同语言。但在晚上,这里安静异常。死一般寂静,犹如墓园,只是更臭。

"就在这下边。"塞弗拉漫步朝夹在两座高耸仓库间影影绰绰的窄巷口走去。

"他棘手吗?"痛苦地拖着脚跟在后面的格洛塔问。

"还好。"刑讯官调整了一下面具,透透气。面具下肯定又湿又冷,看他的呼吸和汗水就知道。怪不得刑讯官们脾气暴躁。"鲁斯的床垫遭了殃,被他的刀刺得七零八落,接着弗罗斯特敲了他脑袋。有意思,那家伙要是打头，说明被惹毛了。"

"鲁斯呢？"

"还活着。"塞弗拉的提灯照过一堆腐烂垃圾。快步走过时，格洛塔听到黑暗中传来老鼠的吱吱声。

"选地点向来是你的强项，对不对，塞弗拉？"

"所以您才雇我呀，审问官。"刑讯官稍一走神，脏兮兮的黑靴子便"咯吱"一声陷入恶臭的淤泥中。格洛塔一瘸一拐地小心绕开，一只手提着外套下摆。"我在这附近长大，"刑讯官续道，"这里的人不问问题。"

"除了我们。"我们的问题永远问不完。

"当然，"塞弗拉闷笑一声，"谁让我们是审问部呢。"他的灯照亮了一扇凹痕累累的铁门，门上的高墙顶端装有锈迹斑斑的尖刺。"就是这。"呵，好地方呀。铁门看上去没怎么用过，塞弗拉开门时，黑褐色铰链吱呀作响着抗议。格洛塔笨拙地跨过车辙形成的水坑，外套下摆拖进了臭水里，不禁连声咒骂。

塞弗拉皱眉用力，沉重的铁门又刺耳地关上了。他拿掉灯罩，装饰华美的宽敞庭院顿时显眼，但已然野草丛生，断木碎石随处可见。

"就这儿。"塞弗拉说。

可想而知这地方从前多么豪华。这些窗户要花多少钱？还有这些装饰石雕？访客就算不为主人的品位，也会为他的财富震撼不已。唯独好景不在。窗口如今用朽烂的木板钉住，砖石上的涡纹间爬满青苔和鸟粪，柱子镶的绿色大理石薄层爆裂剥落，露出腐烂石膏。举目所见均如此破败，散发出腐朽气息。房子正面大片倾塌，石块散落一地，在院子的高墙上投下长影。一尊破裂的娃娃雕像只剩半个头，用哀伤的眼神注视着格洛塔一瘸一拐走过。

他本以为是间昏暗仓库，或岸边的潮湿地窖。"这是什么地方？"他一边问，一边继续打量腐朽的宅邸。

"多年前一个商人盖的。"塞弗拉一脚踢开挡路的雕像碎块,石块哗啦啦滚入黑暗中,"非常有钱的阔佬,想住在自己的仓库和码头附近,好盯紧生意。"他跛上长满青苔的破裂台阶,朝剥落得厉害的巨大前门走。"他觉得这点子挺前卫,很蠢吧?若非必要谁会住这种地方?后来他赔光了钱,债主们连房子都卖不出去。"

格洛塔注视着一眼坏掉的喷泉,喷泉倾斜到一定角度,残存着大量死水。"不足为怪。"

塞弗拉的灯勉强照亮了幽暗庞大如洞穴的前厅。两道尺寸惊人的曲折楼梯从两旁黑暗中伸出——二楼墙边原有个宽阔阳台,但大部分倒塌下来撞碎了潮湿地板,也令一道楼梯像是截肢般悬在半空。潮湿地板上到处是破碎石膏、掉落瓦片、碎木块和灰色鸟粪。屋顶几个黑漆漆的大洞直面夜空,鸽子咕咕声从阴暗的屋梁间隐约传来,某处还有缓缓滴水声。

真是好地方。格洛塔无声地发笑。这地方让我想起了自己。我们都曾荣耀一时,但光辉岁月又早已远去。

"怎样,够大吧?"塞弗拉一边问,一边小心翼翼地穿行于碎石间,朝坏掉的楼梯下的门道走,移动时手中提灯投下怪异的斜影。

"噢,我同意,这里足够关押千把个犯人。"格洛塔蹒跚在后,由于担心湿滑的地面站不稳,他重重地倚在手杖上。滑一跤,一屁股坐在鸟粪上,那就完美了。

拱门通向颓圮的大厅,腐烂的石膏厅墙大片剥落,露出潮湿的砖石。大厅两侧排列着阴暗的房门。气氛不错,特别容易紧张,犯人会自行想象灯光照不到的房间潜藏有什么怪物,黑暗中又在进行什么可怕勾当。他抬头看向走在前方的塞弗拉,不禁皱眉——刑讯官从容轻快地款款而行,面具后隐约传出不成调的曲子。不过我们不会紧张,对吧?或许我们正是那些怪物,或许那些可怕勾当正是我们所为。

"这地方多大?"格洛塔边蹒跚边问。

"三十五间房,还不算仆人的住处。"

"简直是座宫殿,你小子怎么找到的?"

"我以前睡在这,睡过一些晚上。我妈刚死那会儿,我找到法子进来。当时屋顶大都还在,地方干燥,适合睡觉。干燥又安全,差不多就是这样。"啊,好凄惨啊,所以你才落得当个暴徒拷问者,对吗?人人都有理由,越是卑鄙邪恶,故事就越感人。如此说来,我能讲出什么样的故事呢?

"就地取材也是你的强项呐,对不对,塞弗拉?"

"所以您才雇我呀,审问官。"

面前豁然开朗,也许是会客室,也许是书房,甚至可能是舞厅,真够大的。曾经华丽的墙板在墙上摇摇欲坠,金漆片片剥落。塞弗拉走近一片仍贴在墙上的墙板,朝一侧用力推。墙板随着轻响转开,露出阴暗拱廊。暗门?多阴险。多诡秘。多有气氛。

"这地方就跟你一样,总能带来惊喜。"格洛塔一瘸一拐痛苦地朝开口走去。

"您绝对想不到我出的价。"

"我们买下了这地方?"

"噢不,是我买的,用的是鲁斯的钱。现在我租给您。"塞弗拉的眼睛在灯光下闪烁,"这是座金矿哦!"

"哈哈!"格洛塔一边大笑,一边小心沿台阶蹒跚走下。事办得漂亮,还有生意人的头脑,或许某天我会为塞弗拉审问长效命,世事难料嘛。格洛塔费力地下台阶,姿势一如螃蟹,影子投进前面的黑暗。他右手摸索粗糙石岩间的缝隙,借以支撑。"地窖有数里长,"塞弗拉在后面低语,"我们可通过秘密入口前往各条运河——您有心的话,各个下水道也能去。"他们向左拐入一个黑暗洞口,又向右拐出,一路缓慢拾阶而下。"弗罗斯特跟我说这能一直连通阿金堡,无须到上面透风。"

"这大有用处。"

"我也这么觉得,如果您能忍受气味的话。"

塞弗拉的灯照亮了一扇厚重大门,门上有小小的栅栏开口。"到家喽。"他急促地在门上敲了四下。不一会儿,弗罗斯特戴面具的脸突兀地从小窗的黑暗里隐现,"只有我们。"白化人眼里毫无热情,好似不认识他俩。啥时候不是这样呢?沉重的门闩被拉开,门平滑地打开。

屋内有一桌一椅,墙上挂着新火把,但未点燃。这盏小灯到来前,里头伸手不见五指。格洛塔望向白化人。"你一直摸黑坐?"身形庞大的刑讯官耸耸肩,格洛塔摇摇头。"有时我很担心你,弗罗斯特刑讯官,我真的很担心你。"

"他在下面。"塞弗拉从容地继续前进,脚跟在石板地上发出"哒哒"回声。这里以前是个酒窖,桶形拱顶房间分布两侧,被厚栅栏封住。

"格洛塔!"萨勒姆·鲁斯紧握栏杆,脸贴在栅栏间。

格洛塔在他的囚室前停步,休息抽痛的腿:"鲁斯,近来可好?没想到这么快又见面了。"鲁斯瘦了很大一圈,松弛苍白的皮肤上仍有褪色的瘀伤。他看上去可不怎么好,糟透了。

"发生了什么?格洛塔?请你告诉我,我为什么在这里?"

也罢,告诉他有何妨?"看来你对审问长阁下还有些用处。他想让你在议会上——"格洛塔朝栏杆倾身,"作证。"他轻声低语。

鲁斯的脸色更苍白:"然后?"

"看你的表现喽。"安格兰,鲁斯,安格兰。

"如果我拒绝呢?"

"拒绝审问长?"格洛塔咯咯发笑。"不,不,不,鲁斯,你不会的。"他转身跛着腿跟上塞弗拉。

"发发慈悲!这里好黑!"

"你会习惯的!"格洛塔回头喊。适应能力绝对是人类的特长。

最末一间屋关着他们的新犯人。他被铁链拴在墙壁的支架上,全身赤裸——当然，还罩着头罩。他身材敦实，微微发胖，膝上有新近的擦伤，想必是被拖入粗石囚室所致。

"这位就是我们的杀手先生喽，嗯？"听到格洛塔的声音，男人跪爬起来，向前挣锁链。一摊还未干涸的血迹浸透了头罩前端，在帆布上留下褐色污迹。

"的确是块硬骨头，"塞弗拉道，"不过现在老实多了，是吧？"

"落我们手里谁会不老实？对了，我们的办公地点在哪？"

塞弗拉眼里笑意更浓："噢，审问官，你会喜欢的。"

✡

"过于戏剧化，"格洛塔评价，"倒也堪用。"

宽敞的圆形房间上有穹顶，弧形墙面绘有一整幅壁画：一具男尸躺在草地上，多处伤口流血，背后是森林。另有十一人正在走远，一侧五人，另一侧六人，壁画只绘出他们怪异的侧影。他们均着白衣，但看不清长相。他们面对另一人，此人双臂伸出，一身黑衣，身后是五颜六色涂抹而成的火海。在六盏明灯强烈光线的照耀下，这幅画看上去并没多少出彩之处。失于上乘，装饰作用大于艺术价值，但画面仍令人震撼。

"不知画的什么。"塞弗拉道。

"系短造者。"弗罗斯特咕哝。

"没错，"格洛塔抬头凝视墙上那个黑影及其身后那片火海。"读点历史，塞弗拉刑讯官，这是锻造者坎迪斯。"他转身去指对面墙上那个垂死的人。"这是伟大的尤文斯，他被坎迪斯所杀。"他朝那些白衣身影挥手。"这些都是尤文斯的徒弟，也就是法师们，他们结伴前去为师父报仇。"吓唬小孩的鬼故事罢了。

"花钱将这种烂东西画在地下室墙上是什么品位？"塞弗拉边问边

摇头。

"噢,这种东西一度相当流行,宫里就有间屋绘有类似的壁画。这只是个廉价复制品。"格洛塔抬头望向坎迪斯阴影覆盖的脸庞,其人冷酷地盯着下方的房间和对面墙上那具流血的尸体。"不过看了还是令人不安,对吗?"应该说确实如此,如果这鬼东西有意义的话。"鲜血、火焰、死亡、复仇。我也不明白为什么会有人将这个画在地下室墙上,或许我们这位商人朋友有阴暗的一面。"

"有钱人总有阴暗面,"塞弗拉道,"那两位又是谁?"

格洛塔皱起眉头,紧盯锻造者的胳膊下方两个模糊的小身影,一边一个。"谁知道?"格洛塔道,"或许是他的刑讯官吧。"

塞弗拉大笑,连弗罗斯特的面具后都隐约有气息呼出,虽然他的目光毫无欢愉。了不得呀了不得,居然触到他的笑点。

格洛塔一瘸一拐走到房间中央的桌旁。两把椅子相对摆在光滑锃亮的桌面两侧,其中一把简陋坚硬,正是审问部地下室里常见的那种,另一把令人印象深刻多了:弧形扶手,高椅背铺着棕色革垫,几乎像个王座。

格洛塔把手杖靠在桌子边,缓缓坐下,后背一阵疼痛。"噢,是把好椅子。"他喘着气说,慢慢向后陷入柔软的皮革,舒展因长时间走路而悸痛的腿。腿似乎碰到了小阻碍。他朝桌下看,原来有把匹配的脚凳。

格洛塔仰头大笑:"噢,这个好!你想得太周到啦!"他把腿搁在脚凳上,舒服地叹了口气。

"这点小事不足挂齿。"塞弗拉抱起双臂,倚在紧邻尤文斯流血尸体的墙上。"我们从您朋友鲁斯那捞了许多好处,进账颇丰,而您一向待我们不薄,我们当然谨记在心。"

"呜系系。"弗罗斯特点头说。

"你们让我受宠若惊哪。"格洛塔摩挲着椅子的抛光木扶手。我的孩子们，没有你们，我会在哪里？多半在家卧床休养，让母亲烦恼上哪找个完好的女孩与我成亲。他目光掠过桌上器具——没错，他的匣子就摆在那里，还有别的一些经久耐用的家什。一把长柄钳尤其吸引了他，他抬头看向塞弗拉："牙齿？"

"是个好切入点。"

"有道理。"格洛塔舔舔空荡荡的牙龈，一个接一个扳动指关节，"就牙齿吧。"

✡

拔出塞口物，杀手立刻操着斯提亚语叫嚷起来，唾沫四溅，咒骂连连，还徒劳无益地挣扎。格洛塔一个字都听不懂。但我可以意会。都是粗话，你多半在骂我老娘，诸如此类。可你别想激怒我。此人长相粗悍，脸上尽是疤，断过不止一次的鼻子失去了形状。真令人失望。我原以为布商至少在这种事上会不惜血本，但商人就是商人，总想占便宜。

弗罗斯特刑讯官一记重拳砸在男人肚子上，结束了他滔滔不绝的辱骂。这会让他喘上一阵，够我发表开场白了。

"好啦，"格洛塔道，"不要胡言乱语了。我们知道你是专业人士，负责潜入暗杀。如果你连本地语言都说不好，也就无法潜入。你还装吗？"

犯人此时缓过气："咒你们全得瘟疫，狗日的！"他喘息着。

"非常好！通用语对我们这次小小的谈话大有裨益——我有预感，我们恐怕得多谈几次。开始之前，你想多了解一下情况呢，还是直入主题？"

犯人疑惑地看着格洛塔头顶若隐若现的锻造者绘像："这是什么地方？"

"我们在中央大道旁,靠近海滨。"格洛塔腿上肌肉突然抽搐,疼得他脸也一皱。他小心地伸开腿,直等膝关节发出"喀"的一声。"你知道,中央大道是本市主干道之一,贯穿市中心,从阿金堡直通海滨。它穿越了许多街区,沿途有各式各样的名建筑,包括一些最时尚的地点。然而对我来说,它不过是两位牙医间的路。"

犯人的眼睛眯成一条缝,飞快地扫过桌上的器具。不再咒骂了。提及牙医引起了他的注意。

"在大道一头,"格洛塔粗略地往北一指,"在城里最豪华的街区之一,有一栋漂亮的白房子建在阿金堡的城墙阴影下,面对着公共花园。那是法拉德大师的住所,你可能听说过他?"

"日!"

格洛塔扬起眉。这事儿我还真干不了了。"据说法拉德大师是世上最棒的牙医。他本是古尔库人,但为逃避皇帝的暴政,加入了我们联合王国。从此他不仅过上幸福生活,还使我国的富翁公民们免遭牙病的折磨。我结束对南方的小小访问后,家人便送我去他那里,看他有没法子补救。"格洛塔咧嘴大笑,向杀手展示自己的牙。"当然了,大师没有任何法子,因为皇帝的拷问者们早预见到他的存在啦。但无论如何,每个人都说他真他妈是个好牙医。"

"那又怎样?"

格洛塔的笑容慢慢褪去。"而在中央大道另一头,在海滨的污秽、浮渣和码头的烂泥间,敝人也开了家店。这一带租金可能很低,但我向你保证,试过我的手艺后,你会发觉我绝不比广受尊敬的法拉德大师差。我跟他的区别只在路数上,那位好大师能减轻疼痛,而我……"格洛塔缓缓倾身向前,"正相反。"

杀手一脸嘲弄。"你真以为拿个罩子套住我的头,再给我看一幅丑陋壁画就能吓住我?"他环视弗罗斯特和塞弗拉,"外加这帮怪胎?"

"你觉得我们在吓唬你?我们仨?"格洛塔让自己咯咯笑了几声,

"你孤身一人，既无兵器，又被牢牢锁住。况且除了我们，谁还知你下落？甚至谁还关心你下落？没人会来救你，你插翅难飞。你是职业人士，我们也是，我想你多少能猜到接下来会怎样。"格洛塔病态地咧嘴一笑。"我们当然不止是吓唬你，别傻了。我承认，你很能装，但你不可能一直装下去。用不了多久，你就会哀求我们让你套回头罩。"

"你休想套我的话，"杀手与他对视，咆哮道，"门都没有！"硬骨头，好硬。开工之前逞强容易，对此没人比我更清楚。

格洛塔轻轻揉腿，血液流通顺畅，几乎不疼了。"先从简单的说起吧。名字，眼下我只要名字。何不先从你的名字开始？至少这个你不会说不知道。"

他们等着。塞弗拉和弗罗斯特低头瞪视犯人——蓝眼睛充满笑意，粉眼睛则一如平常。

杀手什么也没说。

格洛塔叹口气："太遗憾了。"弗罗斯特双拳卡住杀手的双颊，用力挤压牙齿，令其被迫张嘴。塞弗拉插入钳子，把嘴撑到极不舒服的程度。杀手的眼睛鼓了起来。疼，对不？这是小意思，相信我。

"注意舌头，"格洛塔道，"我们还要他说话。"

"不必担心，"塞弗拉咕哝道，朝杀手嘴里窥视，接着骤然后缩。"啊呸！屎一样的口气！"

真丢脸，不过不奇怪，杀手恐怕不会优先考虑个人卫生。格洛塔缓缓起身，跛行绕过桌子。"那么，"他低声细语，一只手悬在器具上，"从哪开始呢？"他挑出一枚长针，伸长脖子，在杀手的牙床间仔细戳来戳去，另一只手紧握手杖。说实话，这副牙不怎么稳固。与这副牙相比，我宁愿要自己的。

"天啊，不注意洁牙，整个蛀掉了。我想这是你口气糟糕的根源。你都这么大了，懒得刷牙简直不可原谅。"

"啊噢！"格洛塔触到一根神经，犯人顿时尖叫起来。他想说什么，但嘴里有钳子在,说出来的比弗罗斯特刑讯官的话更难懂。

"安静,我们给过你说话机会。或许过会儿还会再给你一次机会,谁知道呢?"格洛塔将针放回桌,悲哀地摇头。"你的牙齿状况真他妈丢人,令人作呕。我敢说,就算我不给你治,它们迟早也会掉个精光。所以喽,"他边说,边从桌上拿起小锤和凿子,"不如我提前免除你的烦恼。"

扁头
Flatheads

灰色清晨,潮湿林地,寒冷异常。狗子呆坐原地,回忆往昔的好日子。他就那样呆坐着,抿着口水,不时用舌头搅来搅去,努力使自己不因紧张的等待而太过不安。但巴图鲁让他难以平静。巴图鲁在草地上大步来回,绕碎石堆乱转,磨坏了大靴子,焦躁得像发情的狼。狗子看他踱步——噔,噔,噔。他早知道,伟大的战士只擅长战斗,而在此外的所有事上,特别在耐心等待上,真他妈一无是处。

"你能不能坐会儿,大巴?"狗子嘀咕,"这么多石头,坐哪儿都成,火堆旁还暖和。歇歇脚呗,走得我发毛。"

"坐会儿?"巨汉隆隆地说,他走过来,像栋该死的大房子般矗立在狗子面前。"我怎么坐得住,你坐得住吗?"他的目光越过废墟,望进树林,浓稠的眉毛皱成一团。"你确定是这里?"

"就是这里。"狗子环视碎石堆,心想千万别出什么见鬼的差错。无法否认的是,他们根本没现身。"他们会来的,别担心。"只要没全军覆没,他心想,但没说出口。他与霹雳头巴图鲁共事已久,知道对方激不得——除非你想脑袋上多个窟窿。

"他们最好快点到。"大巴把该死的巨掌攥成足以碎石的巨拳。"我可没兴趣干坐在这,屁股吹风!"

"我也一样,"狗子摊开双手,尽力安抚,"但别急啊,大个子,他们很快会到,跟计划的一样。就是这里。"烤猪在噼啪声中爆开,诱人的油汁滴进火堆。他口水横流,鼻孔全是肉香……还有什么味。很细微。他抬起头,抽抽鼻子。

"你闻到什么了?"大巴边问边望向林间。

"似乎确实有什么。"狗子弯腰去抓弓。

"什么味?山卡?"

"不确定,有可能。"他再次向空中嗅。像是人,浓烈酸臭的人。

"我劈死你两个狗日的。"

狗子迅速转身,差点摔倒,弓也差点松脱。黑旋风在他们身后不到十跨远,气味正是顺风传来,他匍匐着爬向火堆,一脸坏笑。寡言伏在他肩上,脸上一如白墙般没有任何表情。

"两个孬种!"大巴大吼,"鬼鬼祟祟,屎都给我吓出来了。"

"那敢情好,"黑旋风揶揄,"正好减减你那身该死的肥膘。"

狗子长舒一口气,将弓扔回地上。就是这里,他总算能松口气。黑旋风不该来吓他,自看到罗根跳崖,他一直神经兮兮。罗根就那么在崖上翻滚,任何人都无能为力。死亡随时可能降临到任何人头上,世事如此。

寡言爬过碎石堆,挨着狗子在石上坐下,极轻微地朝他点头。"有肉?"黑旋风高叫,一路挤过大巴,"咚"一声在火堆边坐下,从烤猪身上撕下一条腿,大快朵颐。

就是这样。这就是分开一个来月后的问候。"有朋友的人才算得上真正富有。"狗子嘀咕。

"说啥咧?"黑旋风口水四溅,冰冷的眼睛四下瞄,嘴里塞满了肉,脏兮兮、胡子拉碴的下巴油脂闪亮。

狗子再次摊手："没啥。"他与黑旋风共事已久,知道若招惹这个黑心肠的混蛋,还不如抹脖子。"分开后有麻烦?"他想换个话题。

寡言点头："嗯。"

"狗日的扁头!"黑旋风咆哮,几点肉屑直接喷到狗子脸上,"妈的无处不在!"他用猪腿当剑指点火堆。"真他奶奶的受够了!我要回南方,这里冷得要死,还有无处不在的狗日扁头!王八蛋!我要去南方喽!"

"你怕了?"大巴问。

黑旋风扭身抬头看他,哈哈大笑,露出一口黄板牙,令狗子不禁缩了缩。蠢问题,真蠢。黑旋风啥时候怕过?他根本不知怕为何物。"怕几个山卡?说我?"他不怀好意地笑笑,"你两个还打呼噜时,我们给它们动了手脚。扔给它们温暖的铺盖卷儿,真他奶奶的暖透了。"

"烧。"寡言咕哝。

"烧他奶奶个熊,"黑旋风大吼,开心得好像他从未讲过大烧活物这等笑话,"它们吓不到我,大个子,你也是。还有我不打算坐在这,干等三树撅着他又老又软的屁股起床。我要回南方喽!"他又咬下一大口肉。

"软屁股是谁?"

眼见三树大步朝火堆走来,狗子"扑哧"一笑,一跃而起,一把抓住老汉的手。最弱的福利也回来了,小个子经过时,狗子拍了他的背,几乎把他拍倒。见到一月后大家都平安无恙回来,他真喜出望外,而火堆旁又有了主心骨,这总是好事。至少此刻大家都很高兴,有说有笑,握手致意,热情十足——当然,黑旋风除外,他就那么坐着盯住火堆,吮吸骨头,酸溜溜的脸色像变质的牛奶。

"伙计们,再见到你们真好,大家没事就好。"三树从肩上卸下大圆盾,靠在一截古老的残墙上。"近来有啥动向?"

"冷死了，"黑旋风头也不抬，"我们去南方。"

狗子叹气。重聚不足片刻，争吵就已开始。罗根不在，没人镇得住这帮狠角色，他们都是刺头，现在更是肆无忌惮。但三树如往常一样不慌不忙，想了一会儿——他喜欢花时间思考，这是他的危险之处。"去南方，呃？"思虑良久后，三树开口，"何时决定的？"

"什么都没定。"狗子说着又摊手。他意识到从现在起，得不断重复这动作。

大巴朝黑旋风的后背瞪了一眼。"根本没定。"他闷声说，别人替他作决定让他火大。

"没有就好，"三树的语调像青草一样平缓，"我不记得我们投过票。"

可黑旋风从不思考，从不多想——这是他的危险之处。他跳将起来，甩开骨头，就要与三树干架。"我……说了……去南方！"他眼睛鼓得像煮开的水泡。

三树寸步不让。被动防御并非他风格，经过思考后，他前跨一步，几乎与黑旋风鼻子贴鼻子。"你想自己说了算，当初就该打败罗根，"他咆哮，"别跟我们一道认栽。"

黑旋风的脸色变得沥青一般黑。他不喜欢被人戳痛处。"血九指入土了！"他怒吼，"狗子亲眼所见，不是吗？"

狗子不得不点头。"是。"他低声道。

"那就别再拿他来压我！我们没道理在群山以北耗下去，让扁头追着屁股！我说去南方！"

"九指可能是死了，"三树直面黑旋风，"但你欠他的账并未结清。我搞不懂他为啥留下你这废柴，但既然他让我当副手，"他敲着自己宽阔的胸膛，"现在就是我说了算！我说了算！"

狗子谨慎地后退一步。两人随时可能挥拳开打，他可不想被误伤打破鼻子——这事不是一两回了。福利插进来劝架。"好了伙计们，"

他尽力用轻柔友善的语调说,"别这样。"福利不会杀人,但在制止别人互相残杀方面绝对是把好手。狗子希望他走运。"好了好了,何不——"

"闭上鸟嘴,奶奶的!"黑旋风咆哮道,一根脏手指粗野地戳在福利脸上。"你这没骨气的玩意儿讲的屁话值几个钱?"

"放开他!"大巴闷声喝道,硕大的拳头抵住黑旋风的下巴,"否则我让你吃不了兜着走!"

狗子几乎不敢看。三树和黑旋风平素就不对眼,但双方火气来得快去得也快。霹雳头不一样,大个子一旦动怒,就很难平息——没有十条壮汉外加许多绳索绝对办不到。狗子试着去想罗根会怎么做。如果罗根没死,绝对有办法制止。

"见鬼!"狗子突然从火堆边跳起大喊。"周围全是狗日的山卡!即便冲出去,还有贝斯奥德!麻烦太他妈多了,用不着先窝里斗!罗根不在,三树是副手,我只听他的!"他在空中划拉手指,并未针对谁,说完后他等待着,拼命期待这番鬼话会起作用。

"对。"寡言嘀咕。

福利像啄木鸟一样使劲点头:"狗子说得对!我们需要一个领袖,也需要团结起来。三树从前是副手,现在是头儿。"

大家沉默了一会。黑旋风用冰冷、空洞、杀气腾腾的眼神盯住三树,好像猫在打量爪中老鼠。狗子咽了口口水。很多人,甚至可以说绝大多数人,不敢面对黑旋风的目光——他的外号正来源于他在北方的黑名声:在伸手不见五指的夜色中骤然卷过,留下一个个烧成焦黑的村庄。这既是传言,又是事实。

狗子鼓起所有勇气才没低头看脚。当黑旋风移开目光,逐一与他们对视时,他差点就放弃了。大多数人不敢面对黑旋风的目光,但这里的人不在大多数人之列。在阳光照耀下的土地,恐怕再找不出比这群人更血腥的团队。他们没一个退缩,甚至想都没想——最弱的福利自然除外,轮到他之前,他已低头去看草丛。

眼见遭到所有人反对,黑旋风立刻眉开眼笑,好像争执从未发生。"好哇,"他对三树说,怒火似乎瞬间无影无踪,"下面咋整,头儿?"

三树望向林间,抽抽鼻子,吮着牙齿,抚摸胡须。他认真想了想,把众人逐个看了一遍,仔细衡量。

"我们去南方。"他最后说。

✡

看见它们之前,他已嗅到气味。这不稀奇,他一向如此,正因鼻子灵,他才有狗子的外号。不过说实话,谁都能闻到,它们太他妈臭了。

一共十二个,在下面空地坐着吃东西,伸出肮脏恶心的舌头咕哝交谈,露出满嘴歪七扭八的大黄牙。它们穿着臭烘烘的毛皮和兽皮,外加一些生锈的盔甲零件。山卡。

"狗日的扁头。"狗子暗自低语,身后传来轻微嘘声,他转头看见寡言正从一株灌木后向外窥探。他伸出张开的手,示意停下,又用手敲敲头,示意发现了山卡,然后他攥手成拳,加上两根手指,表示有十二个,最后他向下指指其他几个人的方向。寡言会意地点头,消失在树林中。

为确认没引起山卡的警觉,狗子最后看了一眼。眼见它们确实毫无防备,他才顺树干滑下。

"沿路扎营,我看到十二个,可能更多。"

"在找我们?"三树问。

"有可能,找也不是很紧。"

"能绕过去吗?"福利总想避免打架。

黑旋风一口唾在地上,他总想立马开打:"十二个算鸟!不够塞牙缝!"

狗子望向三树,后者正专注思考。十二个的确不算什么,这他们都明白,不过花力气解决它们值不值却难说。

"怎么说,头儿?"大巴问。

三树咬紧牙关:"战。"

一位战士若不懂得保养武器随时备战,那就是蠢货一个。狗子一小时前就将武器检查完毕。检查武器不能保证不死,但你很可能因为没检查而送命。

他听到刀剑滑出皮鞘、"吱呀"拉弓和金属碰撞的叮当声。他看到寡言试拉弓弦,检查箭杆上的羽毛;巴图鲁用拇指由上而下划过足有福利那么高的沉重巨剑的刀刃,碰到个锈点发出鸡叫般的声音;黑旋风用一块破布擦拭斧刃,目光如爱人般柔情;三树用力拉紧盾牌皮带的扣环,又在空中挥了几下剑,明亮的金属光芒闪闪。

狗子舒出一口气,将左手护腕拉得更紧,又"砰砰"试了弓。他确信刀子都在。刀子永远不嫌多,有回罗根这么跟他说,他把这记在心上。福利笨手笨脚地检查短剑,嘴不停咀嚼,眼含恐惧的泪水。这番景象让他也一下子紧张起来,不由得又望回另外几人。他们脏兮兮的、疤痕累累、不修边幅、双眉紧锁,唯独看不到恐惧,可谓全无惧色。然而恐惧并非不可耻,罗根告诉他,每个人表现方式不同,但说到底,恐惧是勇气之源。他把这也牢记在心。

他走向福利,在对方肩上轻拍一下。"唯有恐惧方能勇敢。"他说。

"真的吗?"

"都这么说,所以应该是真的。"狗子凑过去,用其他人听不见的声音道,"我现在吓得有点想拉屎。"他知道罗根在就会这么说,罗根既已入土,职责便落到他头上。福利露出一丝转瞬即逝的笑容,看上去更害怕了。你能做的也只有这些。

"听着,伙计们,"大家检查完毕,做好准备后,三树宣布,"下面说说行动安排。寡言、狗子,你俩埋伏到营地两边的树林里,接到信号后射翻所有拿弓的扁头；如若不行，拣最近的射。"

"好的，头儿。"狗子回答，寡言点了下头。

"大巴，你跟我正面出击，但必须等待信号，明白？"

"明白。"巨汉隆隆地说。

"黑旋风，你和福利殿后，看我俩上再上。必须等我俩上了再冲！"三树吼道，粗大的手指指指点点。

"当然了，头儿。"黑旋风耸耸肩，好似一向就他最守纪律。

"谁还不明白？"三树环视众人，"谁没弄清楚？谁被火烤晕了？"狗子嘀咕一声，摇摇头。大家都如此。"很好，再强调一遍。"老汉身体前倾，朝众人逐个看去。"等待……该死的……信号！"

狗子端着弓藏在矮树丛后，正要搭箭上弦，突然意识到自己根本不清楚信号是什么。他向下朝山卡们望去，它们仍然毫无察觉，还在大呼小叫，弄得砰砰作响。死者在上，他好想撒尿，开打之前，他总想撒尿。有人说明信号是什么了吗？他该死的想不起来。

"见鬼。"他低声咒骂，话音未落，只见黑旋风一手持斧，一手拿剑，急冲出树林。

"狗日的扁头！"他大叫着，给最近的一个迎头一击，鲜血顿时飞溅一地。你可以想见山卡们的反应，它们全怔住了。狗子觉得，这就算信号了吧。

他瞄着离自己最近的山卡放箭，那山卡正伸手去取一根大木棍，箭"嘭"的一声正中腋窝。"哈哈！"他满足地大叫。黑旋风的剑贯穿了另一个山卡的胸膛，但有个高大山卡准备向他掷出长矛。此时另一支箭从树林里飞出，没入山卡的脖子，令它尖叫着向后倒地。寡言的箭真他妈准。

三树终于呼喊着冲出空地另一头的矮树丛。他用盾撞飞一个措手不及的山卡，把它的脸撞入火堆，又用剑砍翻另一个。狗子的第二箭射中一个山卡的肚子，那家伙一下子跪倒在地，片刻后被赶上来的大巴用巨剑砍了头。

双方陷入目不暇接的混战——削砍声、咕哝声、刮擦声、哐当声不绝于耳。鲜血飞溅,武器破空,尸体倒地,快得令狗子无法瞄准。冲上去近战的三个北方人将剩下的几个山卡围起来,山卡用非人的语言不住尖叫。巴图鲁挥动巨剑,驱赶敌人,接着三树猛扑上去,砍断了一个山卡的双腿,黑旋风在另一个山卡四下环顾时放翻了它。

最后一个山卡尖叫着朝树林跑。狗子射出一箭,匆忙中并未射中——倒差点伤到黑旋风的腿,幸好对方没注意。山卡就快蹿进树林了,却忽然尖叫着倒地,身体抖如筛糠。隐蔽在灌木丛中的福利背刺了它。"我杀了一个!"他兴奋地大喊。

大家沉默了一会儿。狗子从坡上滑下,他们在空地里四下察看是否还有敌人。黑旋风突然大吼大叫,在头顶炫耀血淋淋的武器。"他奶奶的都解决了!"

"你差点要了我们的命,蠢货!"三树冲他大喊。

"什么?"

"你听到该死的信号了吗?"

"我觉得你喊了!"

"我根本就没喊!"

"你没喊?"黑旋风看上去很疑惑。"那信号究竟是什么呢?"

三树叹口气,双手掩面。

福利仍低头盯着剑。"我杀了一个!"他重复。战斗结束了,狗子感觉尿快涨破了,于是转身冲一棵树撒起来。

"宰光了它们!"大巴大叫着拍他的背。

"别闹!"狗子叫道,尿液顺腿流下。他们为这取笑他,连寡言也咯咯轻笑了一声。

大巴摇摇三树的肩膀。"宰光了它们,头儿!"

"我们是宰光了它们,对,没错,"老汉愁容满面,"但会有更多。成千上万。它们肯定不甘于待在群山之外,迟早会南下。也许就在这个夏天,等道路畅通。或许晚些时候,但不会太久。"

狗子朝其他人看去,听完这番话,大家的目光都躲躲闪闪,满含忧虑。胜利的光芒并未持续,从来不会。他环视地上血肉模糊、四脚朝天的扁头们,看来刚取得的只是一场微不足道的胜利。"我们是不是想办法通知一声,三树?"他问,"送个警告?"

"你说得对。"三树露出一丝惨兮兮的笑,"但警告谁呢?"

真爱的力量

The Course of True Love

天色一片灰蒙,杰赛尔痛苦地拖着脚在阿金堡中行走,手握双剑。他走得东倒西歪、哈欠连天、牢骚不断,由于天天跑步,他全身酸痛。他勉力拖着身体,奔赴瓦卢斯元帅每日的折磨。路上几乎没一个人,除了城墙间传来几只早起鸟儿的啁啾和靴子擦过地面的疲累声响,天地间一片寂静。没人会在这时候起床,也没人该在这时候起床——他最不该。

他拖着隐隐作痛的双腿穿过拱门,走上隧道。太阳刚露出地平线,远处院子仍罩在森森阴影中。他觑眼望进阴影,发觉瓦卢斯已坐在桌旁等他。该死,他本以为终于早到了一回。老混蛋难道一晚没睡?

"元帅阁下!"杰赛尔喊道,一边勉强开始小跑。

"不。今天不是。"杰赛尔感觉一阵战栗从脊柱爬上脖子。这不是他的击剑师傅,但这个声音带有令人不安的熟悉感。"瓦卢斯元帅今早有更重要的事要忙。"格洛塔审问官坐在桌旁暗影里,抬头微笑,露出令人作呕的满嘴豁口。杰赛尔恶心得浑身起鸡皮疙瘩,一大早迎接他的竟是这丑八怪。

他放缓步子,在桌旁停下。"我给你带来了好消息:今天不用跑步,不用游泳,也不用练平衡木和重杠,"瘸子说,"甚至不需要这个。"他用手杖朝杰赛尔手中的双剑挥了挥。"我们简单聊一聊就够。"

瓦卢斯的五小时折磨突然变得魅力十足,但杰赛尔并未露骨地表现出不快。他把武器"哐啷"一声扔上桌,漫不经心地坐进另一把椅子。自始至终,格洛塔都在阴影里注视他。杰赛尔以为对视能让瘸子知趣地移开目光,事实证明是徒劳,只消看几秒那张破脸、那布满豁口的嘴和病态的凹陷眼睛,他觉得还是桌面比较有趣。

"请告诉我,上尉,你为什么击剑?"

原来是场牌局。毫无疑问,这里说的每句话都会传到瓦卢斯那里。杰赛尔必须谨慎出牌,仔细斟酌,不能有丝毫大意。"为了荣誉,为了家族,为了国王陛下。"他冷冷地说。瘸子有本事就来挑刺吧。

"噢,原来你全心全意为国奉献,真是个好臣民哟,为我们树立了无私的榜样。"格洛塔嗤之以鼻,"拜托!必须说谎的话,至少挑个让自己信服的谎。这样的回答对你我都是侮辱。"

没牙的混蛋怎敢用这种语气跟他说话?杰赛尔的腿抽了一下,差点就要拂袖离开,让瓦卢斯及其丑八怪密探见鬼去。但他把手放在椅子扶手上准备起身时,迎上了瘸子的目光。格洛塔微笑着看他,那是种嘲笑,现在离开就意味着认输。他究竟为什么击剑呢?"为了让我父亲高兴。"

"原来如此,原来如此,我打心底同情。一个忠诚的儿子,出于强烈的责任感,被迫去完成父亲的心愿。这是个老故事,老得像人见人爱的舒适旧椅子。你专拣好听的跟我说,对不?这个回答好多了,但与事实仍相去甚远。"

"你怎么不来告诉我?"杰赛尔愤怒地回敬,"看起来你比我清楚多了!"

"好吧,我来告诉你。剑手击剑不是为国王,不是为家族,更不是为锻炼身体——我提前帮你把这狗屎理由说了——他们击剑是为获得认可和荣耀,他们击剑是为了有朝一日飞黄腾达。他们为自己击剑,我就是这样。"

"你就是这样?"杰赛尔哂然,"你吗?"话一出口他立刻后悔。这张臭嘴,总给自己惹出各种麻烦。

但格洛塔只是再次露出令人作呕的微笑:"我确实如此,直到被扔进古尔库皇帝的监狱。而你又会出于什么原因放弃呢,骗子?"

杰赛尔不喜欢这种谈话方式,他习惯了牌桌上唾手可得的胜利以及面对蹩脚玩家。他的牌技此刻失了灵,最好先作空一轮,直到找出应对新对手的良策。于是他紧闭嘴巴,一言不发。

"想赢得剑斗大赛,当然需要艰苦努力。你应该看看我们的朋友柯利姆·威斯特是怎么做的。他为此流了几个月汗,他四处奔跑时,我们都嘲笑他:这个暴发户平民真白痴,竟想与上等人一争高下,我们全这么想。他剑姿笨拙,在平衡木上站不稳,饱受嘲弄,一次又一次,一日复一日。但看看现在的他,"格洛塔用一根手指轻敲手杖,"再看看我。看来是他笑到了最后,对不,上尉?事实证明不经努力,人不可能发掘出潜力。我认为你的天分要比他好上两倍,并且你血统尊贵,因而无须付出他十分之一的努力。可惜你根本不用功。"

杰赛尔没放过对方最后一句话:"根本不用功?我一天天忍受折磨——"

"折磨?"格洛塔尖刻地反问。

杰赛尔意识到自己用词不当,但为时已晚。"嗯,"他咕哝,"我是说……"

"击剑和折磨我都略知一二,请相信我——"格洛塔畸形的微笑咧得更大,"它们完全是两码事。"

"呃……"杰赛尔不知如何应付。

"你有抱负,也有条件,只需稍加努力。努力几个月,或许这一生就无须再辛苦了——短短几月便能一劳永逸,"格洛塔舔舔空荡荡的牙龈,"除非发生意外。这是上天赐予的绝佳机会,换我决不会放弃,但我不清楚你是怎么回事。或许你不仅是骗子,还是个蠢货。"

"我不是蠢货。"杰赛尔冷冷地说。他只能如此应付。

格洛塔扬起一条眉,皱了皱,随后重重倚住手杖,缓慢起身。"想放弃就放弃,随你。你可以无所事事地度过下半生,跟那帮低级军官胡吃海塞,聊天打屁。想过这种人生的人多的是,而他们根本没机会实现。你会让瓦卢斯元帅阁下失望,还有威斯特少校、你父亲等等,但请相信——"他把那恐怖的微笑凑近,"我半点也不关心。日安,路瑟上尉。"说完格洛塔一瘸一拐朝隧道走去。

✡

结束了极不愉快的谈话,杰赛尔发现自己意外地有了数小时空闲,却没有半点兴致。他在阿金堡空荡荡的道路、广场和公园逛来逛去,阴郁地想着瘸子的话。他诅咒格洛塔,却无法将那番话从脑海抹去。他翻来覆去想着每个字每个词,不时冒出当时该这么说的新想法。要是当时能想到这些就好了。

"啊,路瑟上尉!"杰赛尔一激灵,抬头看见一个陌生人坐在树下尚带露水的草地冲他微笑,手拿一个啃掉一半的苹果。"我发现,清晨最适合散步。安静、清洁、灰蒙蒙的,不像晚上的粉红那么俗艳,那么嘈杂,人来人往。那样乱七八糟的环境怎么思考呢?我发现你也是同道中人,真让人高兴。"他"嘎吱"一声咬下一大口苹果。

"我认识你吗?"

"哦,不,不,"陌生人说着站起来,拍拍屁股,扫清灰尘,"还不认识。我叫苏法,尤鲁·苏法。"

"是吗?你来阿金堡干什么?"

"你可以说我是个外交使节。"

杰赛尔打量了他一番,想确定他来自何地:"谁的使节?"

"当然是主人的。"苏法滴水不漏地说。杰赛尔注意到,对方两只眼睛颜色不一样,真是个倒胃口的丑陋特征。

"你主人是?"

"一个博学的强者。"怪人将苹果核细细啃过,才扔进树丛,在衬衫上襟抹抹手,"我看你在练剑。"

杰赛尔低头看向手中的剑。"是的,"他说,同时意识到自己做出了最终决定,"但这是最后一次。我要弃赛。"

"噢,天哪,不!"陌生人一把抓住杰赛尔的肩膀,"噢,天哪,不,你千万不能!"

"你说什么?"

"不,不!教主人知道,他会震惊的,震惊!放弃练剑你就放弃了一切!这是引起公众注意的最好方式,你可明白?最终主宰是他们,没有平民何来贵族,何来贵族!他们才是主宰!"

"你说什么?"杰赛尔环视公园,希望能看到守卫,好报告阿金堡里正有个危险的疯子逍遥法外。

"不,你千万不能放弃!别再跟我提放弃!千万不能!你要相信自己能坚持下去!你必须坚持!"

杰赛尔将苏法的手从肩上甩开:"你到底是谁?"

"苏法,尤鲁·苏法,随时听候差遣。上尉,我们剑斗大赛上再见,或许更早。"他信步离开,回头朝杰赛尔挥手。

杰赛尔目送他远去,嘴巴微张。"妈的!"他大喊一声,将剑扔到草地上。今天好像每个人都想干涉他,连公园里陌生的疯子都不例外。

✡

估摸时间差不多了,杰赛尔动身去找威斯特少校。少校总是会同情地聆听他的倾诉,杰赛尔希望能说服威斯特代他去将弃赛的坏消息转达给瓦卢斯元帅阁下,尽一切可能避免与元帅直接摊牌。他敲敲门,等了一会儿,又敲了几下。门开了。

"路瑟上尉!真是受不起的大荣幸啊!"

"阿黛丽,"杰赛尔沉闷地应道,看到她在有些惊讶,"很高兴再见到你。"这是真心话。她人有趣儿,又率真。对一个女人说的话产生兴趣,这在他还是前所未有的新体验。无可否认,她长得真漂亮,每见她一次,她似乎都比上一次更漂亮。当然,既然威斯特是他的好友,他们之间什么也不会发生,但看看总可以,对吧?"呃……你哥呢?"

她漫不经心地一屁股坐进靠墙摆放的高背长椅,伸出一条腿,表情酸溜溜的。"他出去了。早出去了。总那么忙,一陪我他就特忙。"她脸上有道明显的红晕。杰赛尔发现桌上有个拔去瓶塞的酒瓶,瓶中酒喝了一半。

"你喝多了?"

"有点,"她斜睨着手边半满的酒杯,"主要是太无聊。"

"现在还不到十点。"

"十点前我就不能无聊了吗?"

"你懂我的意思。"

"说教留给我哥吧,他更适合这个。来喝一杯。"她朝酒杯挥挥手,"你看上去需要喝一杯。"

没错,很有道理。他给自己倒了一杯,在阿黛丽对面的椅子上坐下,其间她一直用慵懒的眼神看他。然后她从桌上拿起酒杯,他发现酒杯旁面朝下放着本厚书。

"这书好看吗?"

"三卷本《锻造者的陨落》其中一卷,说是最伟大最经典的历史著作之一,依我看却有太多无聊废话,"她轻蔑地哼了一声。"什么智慧法师、手持宝剑的坚定骑士、大胸女人,诸如此类。三分之一的魔法、三分之一的暴力、三分之一的浪漫。狗屁不通。"她突然一巴掌将书从桌上扫了出去,书落在地毯上,书页哗哗乱翻。

"你一定能找到什么事让自己不无聊。"

"真的吗?你有何建议?"

"我表妹经常刺绣。"

"去你妈的。"

"呃,"杰赛尔笑笑。与初见时相比,爆粗口已不那么让他不适了,"你在安格兰的家里都做些什么呢?"

"哦,家,"她向后甩头靠上椅背,"我原以为在家够无聊了,这才迫不及待想来世界的中心。现在我迫不及待地想回去,找个农民嫁掉,生他十来个崽儿。至少那样有人陪我说话。"她闭上双眼,叹口气。"但柯利姆不让我回去。父亲死后,他感到要负起责任,觉得那边太危险。他不想北方人杀我,但他的责任感仅止于此,连陪我待上十分钟都不乐意。现在,我是困在这里了,与你们这帮自大的势利眼困在一起。"

杰赛尔不自然地在椅子里动来动去:"他平时很努力。"

"哦,没错,"阿黛丽嗤之以鼻,"柯利姆·威斯特,真他妈是个好伙计!大家都知道他赢过剑斗大赛冠军吧?第一个冲过乌利齐城缺口的不也是他吗?爹娘均为无名之辈,他决计不是我们的一员,但作为平民来说,真他妈是个好伙计!可叹他有个不知好歹的妹妹,尽耍小聪明,还酗酒。"她低语道,"她摆不正位置,举止粗鲁,正常人都别理她。"她又叹气。"没错,我越早离开,所有人就会越早开心。"

"我不会开心。"该死,他真的大声说了出来?

阿黛丽哈哈大笑,但没有一点欢乐神采:"嗯,你高尚得可以。你今天怎么没练剑?"

"瓦卢斯元帅今天有事。"他顿了一会儿,"事实上,今早是你朋友沙德·唐·格洛塔训练我的。"

"真的? 他有没有说什么?"

"说了不少。他说我是个蠢货。"

"真想在场旁听。"

杰赛尔皱眉:"听着,我对练剑的厌烦程度就跟你对那本书一样。我想同你哥商量一下——我考虑弃赛。"

她突然捧腹狂笑,笑得前仰后合,浑身颤抖。酒液在她酒杯里翻滚,酒滴飞溅到地上。"有什么好笑?"他问。

"没什么。只是,"她抹去眼里泪花,"我跟柯利姆打了个赌,他确信你能坚持。看来我赢下十个子儿啦。"

"我觉得我不喜欢你们拿我当赌注。"杰赛尔厉声道。

"我觉得我不在乎。"

"这是严肃的事情。"

"不,这不是!"她怒冲冲地说,"对我哥来说是很严肃,因为他身不由己! 名字里要是没'唐',屁才理你,对此谁比老娘我体会更深? 自打来这,你是唯一一个肯花时间陪陪老娘的,而这也只是出于柯利姆的请求。老娘没钱,跟什么血统更是半点不沾,于是乎在你们眼里,老娘就是块木头。男男女女都不搭理,老娘在这一无所有,一无是处,而你竟觉得辛苦? 拜托! 换老娘去练剑,"她苦涩地说,"问问元帅还收不收徒,如何? 至少有个说话的!"

杰赛尔使劲眨眼睛。她说的一点都不有趣,实在太无礼:"等等,你不明白练剑——"

"噢,少抱怨! 你多大? 五岁吗? 怎不回家找妈妈吃奶呢,小崽儿?"

他简直无法相信自己的耳朵。她怎敢这么说?"我母亲过世了。"

他道。哈,这会让她愧疚,让她不得不道歉。但他错了。

"过世了?她真幸运,至少不用再听你该死的抱怨!你们这帮被宠坏的富家少爷都一个样。你们得到了想要的一切,还非要别人把东西喂进嘴。真可悲!真他妈让老娘我恶心!"

杰赛尔惊得目瞪口呆。他觉得脸上热辣辣的,带着刺痛,活像被狠扇了一巴掌。他倒宁愿被扇巴掌,因为活这么大,从来没有人这么对他说话。从来没有!这比格洛塔的话严重,严重得多,而且完全出乎意料。他发现自己半张着嘴,赶紧闭上,牙齿咬得咯咯响。他将自己的酒杯扔到地上,起身欲走,但就在他转身时,门却开了。他跟威斯特面面相觑。

"杰赛尔,"威斯特道,起初只是有点惊讶,瞥到伸开手脚躺坐在高背长椅中的妹妹,转生出一丝怀疑,"你们在干什么?"

"呃……其实我是来找你。"

"哦,是吗?"

"是的。不过再说吧。我还有事。"杰赛尔从朋友身旁挤出门。

"到底怎么回事?"他出门时,听见威斯特叫道,"你喝醉了?"

每走一步,杰赛尔都感觉怒气在聚集,到最后几乎窒息。他成了牺牲品!野蛮攻击的牺牲品,而他完全是无辜的!他在走廊里停下,身体因愤怒而不住颤抖,鼻子呼呼喘息,活像刚跑过十里地。他把拳头攥得生疼。一个女人的攻击!一个女人!还是个该死的平民!她怎敢这样?他竟在她身上浪费过时间,为她的笑话发笑,还觉得她好看!她根本不值得他关注!

"贱人!"他自怨自艾地咆哮。他有点想回去当面对她说,但时机已然错过。他四下张望想找个东西踢几脚。该怎样报复她?该怎样?他突然有了主意。

证明她错了。

对,证明她和那混蛋瘸子格洛塔错了。向他们展示实力,向他们证明自己不是蠢货、不是骗子、不是被宠坏的小孩。他越这么想,就越觉得一切有了意义。他要赢下这该死的比赛,他要赢!这必将抹去他们脸上的嘲笑!他轻快地下走廊,胸中涌起一股奇特而陌生的感觉。

有了目标的感觉。正是这样。或许现在跑步不算晚。

好狗是怎样练成的
How Dogs are Trained

弗罗斯特刑讯官站在墙边，一动不动，悄无声息，被阴影淹没，与周遭建筑融为一体。一个多小时里，白化人没移动一寸，没变换重心，没眨过眼睛，格洛塔觉得他似乎连呼吸都没有，就那样一直死盯着面前的街道。

格洛塔自己一直不安地动来动去，咒骂着，又是皱眉又是摸脸，不停地舔空荡荡的牙龈。还不来？再等下去我要睡着了，然后掉到下面恶臭的河道里淹死。再合适不过。他看着臭气熏天的油腻河水拍打身下的河岸，泛起阵阵涟漪。尸体漂浮在码头附近，全身浸得浮肿，面目全非，难以辨认……

黑暗中，弗罗斯特碰碰他胳膊，苍白的大指头指向前方街道。只见有三个人缓缓朝这边走来，他们稍带罗圈腿，那是常年待船上为在摇晃的甲板上保持平衡养成的习惯。这场小小的聚会来了一半的客人。迟到总比不到好。三个海员走到桥中央停下等待，离他们仅二十跨。格洛塔能听到他们的说话声：傲慢、从容，说的通用语。他朝墙边暗影挪了挪。

从反方向传来匆忙的脚步声。另两个人迅速沿街道走来，其中一个身材高瘦，穿一件看起来很名贵的毛皮外套，四下警觉地张望。这一定就是哥弗瑞德·霍尔拉赫，布商公会的高级会员。我们的目标。他的同伴腰悬利剑，肩扛巨大木箱，艰难地走着。仆人或保镖，亦或兼有两职。我们对他没兴趣。他们接近桥时，格洛塔感觉后脑勺的头发根根竖立起来。霍尔拉赫与一个蓄着棕色大胡子海员快速交谈了几句。

"准备好了?"他对弗罗斯特低语。白化人点点头。

"不准动!"格洛塔用尽全力大喊，"以国王之名!"霍尔拉赫的仆人猛地转身，手向剑摸去，肩上木箱"砰"的一声砸在桥上。只听道路另一边的阴影里"嗖"的一声，满脸讶异的仆人发出闷哼，脸朝下仆倒在地。弗罗斯特从阴影里大步走出，脚踏得路咚咚直响。

霍尔拉赫瞠目结舌，低头看看保镖的尸体，又看看庞然的白化人。他转向那几个海员。"救我!"他哭喊，"拦住他!"

海员的头儿回以微笑："我可不这么想。"他的两名同伴不慌不忙堵住了桥。布商退开两步，蹒跚着朝另一头河岸的阴影里跑。塞弗拉钻出门洞，挡住去路，肩挎一把弩。将弩换成鲜花，他看上去就像是在赶赴婚礼。你永远想不到他刚杀了人。

眼见遭到包围，两个刑讯官步步靠近，后面还跟着一瘸一拐的格洛塔，霍尔拉赫只能无言四望，惊恐的双眼睁得老大。"我给了钱!"他绝望地冲海员们大喊。

"给了铺位钱，"船长道，"忠诚另付费。"

弗罗斯特刑讯官冲商人的肩膀抡起苍白大手，打得对方跪倒在地。塞弗拉踱到商人的保镖前，将长靴肮脏的尖端插入尸体下面，翻过来。保镖向上盯着夜空，目光呆滞，箭没入脖子，只剩翎羽在外。他嘴角的鲜血在月光下泛着黑黝黝的光。

"死了。"塞弗拉多此一举地哼着宣布。

"一箭封喉,不死也难,"格洛塔评价。"清理掉,好吗?"

"好的。"塞弗拉抓住保镖的双脚,拖上桥护墙,然后手托尸体腋下,用力向外一甩。如此麻利,如此干净,如此熟练。看得出他以前干过。尸体落入黏糊糊的水中,传来泼溅声。弗罗斯特已将霍尔拉赫双手紧紧反绑,罩上头罩。犯人挣扎着想起身,透过帆布袋传来尖厉的喊叫。格洛塔一瘸一拐地来到三个海员面前,刚才在小巷里站得太久,此刻他双腿十分麻木。

"告诉我,"他边说,边从外套内口袋中掏出一个鼓鼓的钱袋,在船长伸出的手掌上晃来晃去,"今晚发生了什么?"

老船长笑笑,饱经风霜的脸皱得像长靴的皮革:"我的货快变质了,必须趁第一次涨潮时离开。我跟他解释过,但我们等了又等,在臭河道旁等了大半个晚上,你能信吗?那混蛋就是不来。"

"很好。如果在西港有人问,你便这么说。"

船长看上去有点受伤:"实情如此啊,审问官,我怎能编造?"

格洛塔松开手,钱袋落下,钱币叮当作响:"陛下的奖赏。"

船长掂掂钱袋:"一向乐于为陛下效劳!"他和两个同伴都咧嘴笑着,露出满嘴黄牙,然后转身走回码头。

"那么,"格洛塔道,"我们开工吧。"

✡

"我的衣服呢?"霍尔拉赫大叫着在椅子里扭动。

"非常抱歉,我知道这样不舒服,但衣服能掩藏事情。让一个人穿着衣服,等于留给他骄傲和尊严,所有这些在这里都不需要。我从不审问穿衣服的犯人。你还记得萨勒姆·鲁斯吗?"

"谁?"

"萨勒姆·鲁斯,你的同僚。我们逮到他逃税,他供出一些人,但就在我想找这些人谈谈时,他们却都死了。"

商人的眼睛咕噜噜直转。他正在权衡,揣测我们知道多少。"死人没什么稀奇。"

格洛塔注视着犯人背后墙上彩绘的尤文斯尸体,大红颜料的血遍布墙壁。死人没什么稀奇。"当然不稀奇,但这次手段过于凶残。我认为,是有人想要他们死,下了格杀令——我认为,下令的就是你。"

"你根本没有证据!没有证据!你不能胡说!"

"我根本不需要证据,霍尔拉赫。不过,就让我迁就你一下,告诉你,鲁斯没死,他此刻就在大厅下面,孤苦伶仃,又哭又闹,向我们供出每个他能想到的布商——或者每个我们能想到的布商。"对方眯起眼睛,但未开口。"我们利用他抓住了卡皮。"

"卡皮?"商人竭力装出漠不关心的样子问。

"你肯定没忘记你的杀手吧?微微发福的斯提亚人?脸上有痤疮疤?爱骂人?他落在我们手里,供出了所有情况,包括你怎么雇他,付他多少钱,派给他的任务,所有情况。"格洛塔脸上绽出笑容,"对一个杀手而言,记得这么详细,好难得哦。"

恐惧出现了,但只是一闪而过,霍尔拉赫很快恢复常态。"这是对布商公会的侮辱!"他大喊,尽管赤身裸体被绑在椅子上,还是尽力装出威严,"我的主人,考斯特·唐·库尔特,绝不会允许你们这么做,卡莱尼主审官是他的密友!"

"去他妈的卡莱尼,他完蛋了。库尔特则相信你已上船前往西港,逃离了我们的控制,摆脱了危险。我认为至少好几个星期,他们不会再想起你。"商人的脸色变得呆滞。"这段时间,可能发生很多事……很多很多事。"

霍尔拉赫飞速地舔舔嘴唇,偷偷瞥了一眼弗罗斯特和塞弗拉,然后稍稍向前倾身。果不其然,要提出谈判。"审问官,"他用恭维的语气说,"如果我这一生学到过一件事,那就是每个人各有所求,因而各有其价,对吧?我们财力雄厚,您只需开口,尽管开口!您想要什么?"

"我想要什么?"格洛塔也向前倾身,摆出密谈姿势。

"是的,这么做到底有何目的?您想要什么?"霍尔拉赫脸上浮现出笑容,一种忸怩的、暗藏心机的笑。巧妙的运作,可惜此事你用钱摆平不了。

"我想要回我的牙齿。"

商人的笑容开始消退。

"我想要回我的腿。"

霍尔拉赫咽了口口水。

"我想要回我的生活。"

犯人的脸变得苍白无比。

"不行?那或许将你的头挂在杆子上能满足我。因为无论你财力有多雄厚,都无法实现我的要求。"霍尔拉赫的身体微微颤抖。没有威胁,没有交易了?那我们正式开工吧。格洛塔拿起面前的纸,读出第一个问题。"你的名字?"

"你看,审问官。我……"弗罗斯特重重一拳砸在桌上,霍尔拉赫立刻缩进了椅子。

"他妈的回答问题!"塞弗拉冲他的脸大叫。

"哥弗瑞德·霍尔拉赫。"商人挤出一句。

格洛塔点点头:"很好。你是布商公会的高级会员吗?"

"是,是的!"

"实际上是库尔特会长的副手之一?"

"你知道我是谁!"

"你是否与其他布商合谋欺瞒国王陛下?你是否雇了一名刺客蓄意谋杀陛下的十位臣民?你做这些是否受布商公会会长考斯特·唐·库尔特的指使?"

"没有!"霍尔拉赫的声音因惊慌而尖厉。这不是我们想要的答案。格洛塔抬头看了弗罗斯特刑讯官一眼,苍白的大拳头立刻陷入了商人的肚子。霍尔拉赫轻哼一声,倒向一边。

"你知道吗,我老妈喜欢养狗。"格洛塔说。

"狗。"塞弗拉一边将喘息不止的商人揪回椅子,一边在对方耳边吼道。

"她很爱它们,训练它们变各种各样的戏法。"格洛塔嘁嘁嘴,"你知道好狗是怎样练成的吗?"

霍尔拉赫喘息未定,他无力地倚靠在椅背上,泪汪汪的,说不出话。就像突然从水中捞上来的鱼,嘴开开合合,却发不出声。

"重复。"格洛塔道,"重复,重复,再重复。让狗把同样的戏法变上一百遍,再重新来过。秘诀就是重复。想让狗按提示吠叫,一定不能羞于使用手中鞭子。你得为我叫,霍尔拉赫,在议会上。"

"你疯了,"布商哭喊着,四下看看,"你们全疯了!"

格洛塔无牙的笑容一闪而过。"你觉得怎样就怎样吧。"他瞥回手上的纸,"你的名字?"

犯人咽口口水:"哥弗瑞德·霍尔拉赫。"

"你是布商公会的高级会员吗?"

"是。"

"实际上是库尔特会长的副手之一?"

"是!"

"你是否与其他布商合谋欺瞒国王陛下?你是否雇了一名刺客蓄意谋杀陛下的十位臣民?你做这些是否受布商公会会长考斯特·唐·库尔特的指使?"

霍尔拉赫绝望地环视周围。弗罗斯特回瞪他,塞弗拉亦如此。

"嗯?"格洛塔厉声喝道。

商人闭上双眼。"是。"他呜咽道。

"说什么?"

"是!"

格洛塔露出笑容:"非常好。现在告诉我:你的名字?"

茶与复仇
Tea and Vengeance

"山区真漂亮,是吗?"巴亚兹边问,边抬头看着道路两旁崎岖的山崖。

他们沿山路趋马缓行,马蹄"嗒嗒"的沉稳节奏与罗根的不安形成鲜明对比。

"是吗?"

"嗯,当然,对不了解它的人而言,这是个艰险、严酷的地方。但它自有其卓越处。"第一法师冲景色一挥手,贪婪地吸进一口冷空气。"保持着本色和完整。最好的钢通常不是最闪亮的,"他四下张望,身体在马鞍上微微摇晃,"你应该最清楚。"

"要我说,我真看不出这里有什么漂亮。"

"没有?那你看出什么了?"

罗根任视线掠过长满青草的斜坡,山坡上零星点缀有莎草和褐色金雀花,夹杂着裸露的灰岩和树丛。"我看出这地方适合打仗,只要占得先机。"

"真的？此话怎讲？"

罗根指向一个嶙峋的山头："弓箭手埋伏断崖上，从路上看不到，再让大队步兵伏在岩石间。只留一些最轻装的人在坡上，吸引敌人到最陡峭的地段。"

他又指向山底的多刺灌木："让他们前进一段，等他们吃力地穿越金雀花丛时放箭。箭矢从头顶纷纷落下，绝不是闹着玩的。他们会加快速度，拼命向前，而这会打乱阵形。等他们到达岩石区，已是筋疲力尽，队伍涣散，这时发动冲锋。以逸待劳的亲锐①跃出石堆，魔鬼般尖叫着冲下山，准能一举破敌。"

罗根眯眼望着山腰。这等攻守，他作为攻守两方都经历过，都留下过惨痛回忆。"如果他们妄图坚守，只需在那片树林布置少量骑兵。让几个有外号的、顽强的战士去领导，神兵天降般冲垮对手。敌人会逃，但由于之前的折腾，跑不了多快。这意味着能抓获大批俘虏，俘虏意味着赎金——至少可以轻易屠杀。总而言之，我看出一场灾难，抑或是一场值得歌颂的大捷，端乎你站哪一边。就是这样。"

巴亚兹脸上绽出笑容，他随马儿的移动缓缓点头："这不就是斯多里克斯说的'地形既是将军最好的朋友，也是他最坏的敌人'吗？"

"我没听说过他，但他的话很对。占得先机，这里就是个好战场。关键是先发制人。"

"的确。不过我们没有军队。"

"那片树林只埋伏得下少量骑兵，多了反而不好。"罗根斜眼瞅了下巫师，对方懒洋洋地窝在马鞍上，享受着愉快的山间骑行，"我觉得贝斯奥德不会领你的情，而我跟他结的梁子太深。他的自尊受了伤，自尊又是他最看重的。他现在想必复仇心切。"

"啊，是的，复仇，在北方是家常便饭，受欢迎程度似乎从未减弱。"

罗根严峻地扫过树林、岩壁、崎岖山谷和诸多埋伏点："他会派人

---

① 在"第一律法"中，北方各氏族头人会将最强的战士留在身边，称为"亲锐"。

在山间出没，搜寻我们。那将是凶悍的小队人马，个个身经百战，坐骑精良，武器趁手，熟知地形。贝斯奥德除掉了所有对手，整个北方都在他掌控之下，他的人可能就等在那，"他朝路旁一些岩石指去，"或树林里，或……"马拉克斯·魁原本带驮马骑在前头，听到他的话紧张得四下张望。"到处都有可能。"

"你害怕？"巴亚兹问。

"我什么都怕，这也是好事。对被追捕的人来说，恐惧是好友，是它让我活到现在。死人无所畏惧，但我无意加入他们。贝斯奥德会派人去图书馆。"

"噢，是的，去烧我的书和其他东西。"

"你怕吗？"

"未必。路旁巨石刻有尤文斯的咒文，至今仍未失效，任何存心破坏的人都无法靠近。我想贝斯奥德的部下会在雨中不断绕湖兜圈，直到断了口粮，还一直奇怪这么大的图书馆为何始终找不着。好了，"法师欢快地说，一边摸摸胡子，"让我们关注眼下。你说，倘若被他们抓住，会怎样？"

"贝斯奥德会杀了我们，用他能想到的最残忍的方式。除非他存心怜悯，警告一番后放了我们。"

"似乎不太可能。"

"我也这么认为。我们最好的机会是朝白河前进，想办法渡河进入安格兰，寄望交好运。"罗根不喜欢听天由命的感觉，这让他生出一丝酸涩。他抬头看着阴沉的天空。"我们得利用坏天气。一场倾盆大雨能很好地掩藏行踪。"老天淅淅沥沥朝他撒了几星期尿，现在他急需雨了，却一滴都舍不得。

马拉克斯·魁回头看着他俩，惊恐的眼睛瞪得老大。"我们是不是该加紧赶路？"

"或许吧，"罗根轻拍马脖子，"但那会累到马，以后想逃却逃不掉。我们可以昼伏夜行,但又得冒迷路的风险。最好还是正常速度缓缓前进,希望不被发现。"他朝山顶皱眉。"希望还没被发现。"

"呃,"巴亚兹说,"有件事或许该告诉你。那个巫婆柯瑞碧并不像我声称的那么傻,她一点都不傻。"

罗根心一沉:"不傻?"

"不傻,尽管化了怪妆,戴了首饰,还说了些关于极北的蠢话,但她的能力确实挺强。那被称作'千里眼',是一种非凡的古魔法。事实上,她一直监视着我们。"

"她知道我们在哪?"

"她很可能只知道我们何时动身,以及朝哪个方向去。"

"糟透了!"

"我也这么认为。"

"该死!"罗根觉察到左侧树林有动静,立刻抓紧剑柄。几只鸟从林间飞上天空。他等待着,心提到嗓子眼,结果什么都没有。他松开手。"有机会时我们就该下手,把他们三个干掉。"

"但我们没下手,木已成舟。"巴亚兹看向罗根,"若真被逮住,你有何打算?"

"逃。希望马够快。"

✡

"那这个呢?"巴亚兹问。

尽管有树林遮挡,风还是呼呼吹进岩洞,营火随之摇曳闪烁。马拉克斯·魁缩起肩膀,裹紧毯子,眯眼看着巴亚兹伸到他面前的短茎,额头因专注起了皱。

"呃……"这已是第五种植物,但可怜的门徒愣是一个没答对。"这个是……呃……艾力斯?"

"艾力斯?"巫师重复,从他脸上看不出任何提示。对待门徒时,他像贝斯奥德一样冷酷无情。

"对吗?"

"才怪。"

门徒紧闭双眼,发出今晚第五次叹息。罗根有点同情他,却无能为力。"这在古语中叫'厄斯泸姆',属于圆叶类。"

"是,是,当然,厄斯泸姆,我差点就说出来了。"

"既然你差点就说出来了,那它的功效自然不在话下,呃?"

门徒眼睛眯成一条缝,满怀希望地抬头望向夜空,好似答案写在星星上。"是……治关节痛吗?"

"不是,绝对不是。恐怕疼痛的关节会始终困扰你。"巴亚兹将短茎在指间转来转去,"厄斯泸姆没有任何功效,据我所知,它只是一种植物。"他把它掷进灌木丛。

"只是一种植物。"魁重复,摇了摇头。罗根叹口气,揉揉发酸的眼睛。

"抱歉,九指师傅,我们打扰到你了?"

"知不知道有什么关系啊?"罗根摊手问,"谁关心没有功效的植物的名字?"

巴亚兹笑笑:"是个好论点。你来说说,马拉克斯,这有什么关系呢?"

"识为力之先。"门徒背道,师父好容易问到他知道答案的问题,他显然松了口气,"匠人施为需先识金,木工铸造需先识木,工欲善其事,必先识其材,后能毕其功。魔能既生异界,辄狂悖祸乱,下界之力可危也。故法师须以识调之,成高等技艺,一如匠人木工,先识而后动。识增一分,力长一成,穷尽万物,世事可为。所谓根乃树之本,识为力之先。"

"别跟我说这又是尤文斯《高等技艺的原理》?"

"正是开篇导语。"巴亚兹道。

"请原谅,虽然我在世上活了三十多年,但对发生的事却连一件都没参透。穷尽万物?世事可为?真是个艰巨任务。"

法师轻笑出声:"是个不可能完成的任务。想真正理解一棵草都得穷毕生之力,而世界又在不断发展变化,所以我们各有专攻。"

"你专攻什么?"

"火,"巴亚兹兴致高昂地凝视火苗,火光在他的秃顶上跳动不止,"火,力量,意念。虽然钻研了无穷岁月,即便在自己的专攻领域,我仍是个初学者。学得越多,就会发现自己知道得越少。然而钻研本身就很值得,识为力之先。"

"也就是说你们法师只要积累足够的知识,就无所不能?"

巴亚兹皱皱眉:"这里还有限制和规则。"

"比如第一律法?"师父和门徒不约而同看向罗根,"禁止与魔鬼对话,我说的对吧?"魁显然忘了高烧时的胡话,此刻惊得嘴巴大张。巴亚兹只稍微眯了下眼睛,带着一丝不易觉察的怀疑。

"对,是的,你说得没错。"第一法师道,"禁止与异界直接接触,第一律法必须得到彻底执行,无一例外。第二律法同样如此。"

"啥?"

"禁止食人肉。"

罗根扬起一条眉:"你们巫师总搞些奇怪东西。"

巴亚兹笑道:"噢,你知道的还只是冰山一角。"他转向门徒,拿起一个褐色块根。"现在,马拉克斯·魁,能告诉我这个的名字吗?"

罗根哑然失笑。他知道这个。

"快点,快点,魁师傅,我们没有一晚上来耗。"

罗根觉得门徒太可怜,于是假装用木棍拨火,朝门徒靠,为了掩饰动作还咳嗽几声,趁机低语道:"乌鸦脚。"巴亚兹离他们较远,山风又在林间呼啸,法师无论如何听不到。

魁配合得很好。他继续盯着褐根，皱眉沉思。"是乌鸦脚？"他试探道。

巴亚兹扬起一边眉毛："对啊，是的，就是。回答得好，马拉克斯，你能告诉我它的用途吗？"

罗根再次咳嗽。"伤口。"他一边低语一边漫不经心地望向树丛，用一只手掩嘴。他或许对植物知之甚少，但说到伤口，绝对经验丰富。

"我认为它有助于治疗伤口。"魁缓缓回答。

"很好，魁师傅。这的确是乌鸦脚，它也的确有助于疗伤。我很高兴看到我们终于有了点进展。"他清清嗓子，"不过，你竟会说出这个名字，着实让我惊奇。只有群山以北的人才管它叫乌鸦脚，我确信我从未教过你这个名字。我不禁猜想你是不是认识那地方的人呢？"他瞥了罗根一眼，"可否考虑学魔法，九指师傅？"他再次眯眼看向魁，"我正好空缺一个门徒。"

马拉克斯耷拉下头："对不起，巴亚兹师父。"

"你的确应该道歉。或许你可为我们刷碗，那个更能发挥你的才能。"

魁不情愿地抖掉毯子，收起几个脏碗，慢吞吞地穿越灌木丛向小溪走去。巴亚兹朝架在火堆上的锅弯下腰，把一些干叶加入冒泡的水里。跃动的火光点亮了他的脸后侧，水雾氤氲在秃顶周围。他看起来驾轻就熟。

"这是什么东西？"罗根边问边去够自己的烟斗。"咒语？药剂？高等技艺的杰作？"

"这是茶。"

"呃？"

"某些植物的叶子，用沸水煮开后喝。在古尔库，它被看作是高级奢侈品。"他把热茶倒入杯中，"尝尝？"

罗根半信半疑地嗅嗅："一股脚臭味儿。"

"随你便,"巴亚兹摇摇头,重新在火堆边坐下,双手捧着热气腾腾的茶杯。"你错过了大自然给人类最好的馈赠之一。"他抿了一小口,满足地咂嘴。"一杯好茶能平和心情,振作精神,弥补所有坏事。"

罗根将一块查加压进烟锅:"头上被人砍一斧呢?"

"算是例外之一,"巴亚兹笑着承认,"告诉我,九指师傅,你跟贝斯奥德到底有什么恩怨?你不是曾为他多次出战吗?为何生出这么大嫌隙?"

罗根正吸烟斗,他顿了一下,吐出一口烟。"原因很多。"罗根生硬地说。伤疤没有愈合,他不喜欢任何人去揭。

"噢,原因很多。"巴亚兹低头看着手中茶杯,"在你的方面是什么原因?你们彼此的争执难道没让双方两败俱伤吗?"

"或许吧。"

"但你情愿等待机会。"

"我必须如此。"

"呃,对一个北方人来说,你很有耐心。"

罗根想到贝斯奥德,想到他令人作呕的儿子们,想到他们为满足野心杀的那些好人,也想到自己为他们杀的人。他想到山卡,想到自己的家,想到海边村庄的废墟,想到所有死去的朋友。他吮吸牙齿,凝视火堆。

"我曾经有仇必报,结果却是无限循环。复仇令人快意,却也很奢侈。它填不饱肚子,挡不了雨。与敌人斗,我需要朋友做后盾,但我失掉了所有朋友。你必须现实一点,很长时间以来,我的愿望只剩下每天还活着。"

巴亚兹大笑,眼睛在火光映照下闪烁。"为何发笑?"罗根边问边把烟斗递过去。

"无意冒犯,但你真是给了我一个接一个惊喜,每每出乎我意料。你是个谜。"

"我?"

"哦,是的!血九指。"他轻声低语,睁大双眼,"你一直背负着这样一个恶名,我的朋友,他们都在讲述你的故事!你的名号!为什么?因为母亲要拿来吓唬小孩!"罗根没接口,对方说的都是事实。巴亚兹缓缓吸烟,吐出长长的烟圈。"我在想卡尔达王子登门那天的事。"

罗根轻蔑地哼了一声:"我尽量不去想他。"

"我也一样。我感兴趣的不是他,而是你。"

"我?我不记得我做过什么。"

巴亚兹从火堆对面用烟杆指着罗根:"啊,这完全是我的个人观点。我认识无数勇者、士兵、将军,斗士,诸如此类。我发现,无论单打独斗还是指挥大军,一个好战士首先行动要快,出手要果断,所谓先下手为强后下手遭殃。战士通常依赖于自己的原始本能,以暴制暴,结果往往是变得自负残忍。"巴亚兹将烟斗递还给罗根。"但不管故事里如何说,你却不是这样的人。"

"我认识的很多人都不是这样。"

"或许吧,但我的判断并没有错。卡尔达侮辱你,你却无动于衷。你不仅知道该何时迅速出手,还知道什么时候不该出手。这表现出你的自制力和心计。"

"或许我只是怕了。"

"怕他?省省吧,你连斯奎尔都不怕,他可比卡尔达凶狠多了。你还愿意背负我的门徒走上四十里路,这表现出你的勇气和怜悯心。一种怎样的罕见组合!勇气与克制,心计与怜悯……此外,你还能与鬼灵交谈。"

罗根扬起一条眉:"这个不常有,而且只在周围没人时才可以。他们说的话枯燥无味,远不及你能拍马屁。"

"哈哈,没错,恐怕鬼灵对人类真是没啥话说,虽然我从未与它们交谈。我没这个天分,当今有这个天分的人寥寥无几。"他举杯又喝了口茶,从杯沿上瞅着罗根。"我简直想不出除了你谁还有这个天分。"

马拉克斯蹒跚着走出林子,一个劲地颤抖。他将洗好的碗放置妥当,一把抓起毯子,紧紧裹在身上,满怀希望地瞅着火堆上冒热气的锅:"是茶吗?"

巴亚兹没理他。"告诉我,九指师傅,从你抵达图书馆到现在这么长时间里,你从未问过我为何派人去找你,或者我们为何要冒着生命危险在北方游荡。这让我很奇怪。"

"也不是不想问。只是我不想知道。"

"不想知道?"

"我一生都在寻求各种答案:山那边有什么?敌人在想什么?他们会用什么武器来对付我?哪个朋友值得信任?"罗根耸耸肩,"'识为力之先'或许没错,但对我来说,我了解到的每样新东西最终都未能带来好结果。"他又吸了口烟管,但烟已熄灭。他把烟灰磕向地面。"无论你想从我这得到什么,我都会尽力而为,但在时机成熟以前,我不想探究你的目的。我厌倦了自己做决定,我的决定从没对过。无知是良药,我父亲常这么说,所以我不想知道。"

巴亚兹注视着他,罗根第一次看到第一法师露出真正的惊讶表情。马拉克斯·魁清清嗓子。"我想知道。"他用很小的声音说,满怀期待地看着主人。

"嗯,"巴亚兹咕哝道,"但你没问。"

✡

将近中午,一切都乱了套。罗根正以为他们可以平安抵达白河,活过这星期了。他走神只是一瞬间,不幸的是,这一瞬关重大。

必须承认,对方做得很好。他们谨慎地踩好点,还用布条将马蹄蒙上消音。如果三树在,也许能预先察觉到危险,因为他对地形的敏锐旁人难及；如果狗子在，也许能预先闻到味道，因为他的鼻子灵敏无比。可悲的事实是，他们都入了土，死人帮不上忙。

他们转过一个盲角，三个骑手在此等待，全副武装，盔甲精良，脸上虽然脏，武器却擦得铮亮，个个是身经百战的老手。右边是个健壮的胖子，几乎看不到脖子；左边是个细长的瘦子，有一双冷酷的小眼睛。两人都头戴圆盔，身穿褪色锁甲，放低长矛，做好了战斗准备。他们的首领懒洋洋地窝在马鞍上，活像一袋芜菁，举手投足却有顶尖骑手的风采。他朝罗根点头致意："九指！你这蛮子！血九指！很高兴再见到你。"

"黑趾，"罗根低声道，勉强摆出友善的笑脸，"换个场合，见到你我也会很高兴。"

"没法子，公事公办咯。"老战士边说边缓缓扫视巴亚兹、魁和罗根，察看他们的武器——或者空手——打着盘算。若碰上蠢对手，罗根他们兴许能挽回劣势，但黑趾是有外号的，一点都不傻。罗根慢慢摸向剑柄时，他盯住罗根的手，缓缓摇头。"别耍花招，血九指。看，你们被包围了。"他朝他们后面的树林点头示意。

罗根的心更沉了。另两个骑手从树林里现身，催马小跑上前，完成包围，布蒙的马蹄在道旁的松软地面上几乎没发出一点声响。罗根咬咬嘴唇，黑趾说得没错，真他妈该死。四个骑手将他们围在中间，端平长矛，矛尖轻轻晃动，表情冷酷，全神贯注。马拉克斯·魁惊恐地看着他们，他的马也不停向后缩。巴亚兹面带微笑，好像见到老朋友一般。罗根有些钦佩巫师这份沉着，他自己心跳加速，嘴里泛酸。

黑趾催马上前，一手握斧柄，一手放在膝上。他以骑术精湛闻名，连缰绳都不用——当一个人所有脚趾都被冻掉后，练出这般能耐也不奇怪。虽然说骑马远比步行快，但真打起来，罗根宁愿脚踏实地。"乖乖跟我们走吧，"老战士道，"这样对大家都好。"

罗根当然不想束手就擒，但形势极为不利。或许如巴亚兹所说，剑会说话，但在刺人下马方面，长矛的表现绝对更出色，而这里有四杆长矛。他陷入了困境——不仅人数处于劣势，还被打个措手不及，连武器都不对。他再次面临选择。最好还是拖延时间，希望能出现什么机会。于是罗根清清嗓子，尽力不让声音沾上恐惧："没想到你会跟贝斯奥德讲和，黑趾，这不是你的作风。"

老战士摸摸纠结的长须："说实话，我是最后一个，但跟其他人一样，最终还是屈膝了。很难说我喜欢这样，但事已至此，最好别让我动家伙，九指。"

"你抛弃了老快艇？你的意思是他也向贝斯奥德俯首称臣？还是你找了个更适合自己的新主子？"

黑趾并未因他的嘲笑而不快，丝毫没有。他只是看上去有些哀伤，带着一丝疲倦："你似乎还不知道，快艇死了，很多人都死了。作为主子，贝斯奥德也根本不适合我，尤其是他的儿子们，没人喜欢舔斯奎尔的肥屁股，或卡尔达的瘦屁股。这些你应该清楚。快快弃剑，日头不早了，我们还得赶路，放下武器再聊也不迟。"

"快艇死了？"

"没错，"黑趾迟疑地说，"他提出与贝斯奥德决斗。你没听说吗？恐刹结果了他。"

"恐刹？"

"你去哪了，压山下了？"

"就算是吧。恐刹是谁？"

"我也不知他是谁。"黑趾在马鞍上探身，往草地里啐了一口，"听说他根本不是人，听说是那婊子柯瑞碧从某座山下挖出来的，谁知道？反正他是贝斯奥德的新科斗士，本事甚至比前任斗士还大——请勿见怪。"

"没事。"罗根道。那个没脖子紧逼上来，或许有点太近了，他的矛尖就在一两尺之外晃动，罗根伸手就能抓住。好的。"老快艇是个硬手。"

"没错,那是我们追随他的原因。但那些在恐刹面前根本没用,他一败涂地,输得像条狗。恐刹留下他的命——如果你可以把那叫做命的话——为的是让我们引以为戒,之后他并没活多久。我们大多是当场屈膝的,大伙儿都要考虑老婆孩子,没必要做无谓抗争。山上还有些人坚持独立,包括拜月的疯子克鲁默克-埃-费尔和他的山民,以及另一些人,但并不多。即便他们在山里,贝斯奥德也计划讨伐。"黑趾伸出一只布满老茧的大手,"最好别让我动家伙,血九指。拜托,我只要你慢慢抬起左手。别耍那些花招,这样对大家都好。"

事已至此,只能摊牌。罗根左手的三根手指盘住剑柄,冰冷的金属顶着手掌。胖子的矛尖随之向前抖进了一些,瘦子则已放松警惕,自信罗根已成瓮中之鳖,将矛指向空中,并无戒备。罗根不知身后的两个处于何种状态,禁不住想回头看,但他按捺住这种冲动,目视前方。

"我向来敬你,九指,即便我们不是一伙。我与你毫无恩怨,但贝斯奥德一心想复仇,而我宣誓为他效命。"黑趾悲伤地直视他的眼睛,"不管怎么说,很遗憾是我。"

"是的,"罗根低声道,"很遗憾是你,"他从剑鞘中缓缓抽出剑,"不管怎么说。"他断然出手,将剑柄圆头朝黑趾的嘴狠狠撞去。沉暗金属撞碎了牙,老战士惨叫一声,向后跌翻马鞍,斧子飞出,"哐当"一声掉在路上。罗根在矛尖后几寸处抓住胖子的矛杆。

"快跑!"他朝魁大喊,但门徒只看着他,一个劲眨眼。没脖子使劲扯矛,差点将罗根挑落马下,但他紧紧抓牢不放。他在马镫上挺身而起,将剑高举过头。没脖子见状抽回一只手,眼睛圆睁,本能地向上格挡。说时迟那时快,罗根用尽全力挥剑斩下。

剑的锋利令他震惊。它将胖子的手自手肘齐齐斩断,陷进肩膀,切穿下面的毛皮和锁甲,直贯肚皮,几乎将人砍成两半。血雨喷洒道路,溅了罗根的马一脸。它只是普通坐骑,并非战马,受惊之下不由得团团打转,四处乱踢。罗根只能乖乖待在这该死的畜生上面。他用眼角余光看到巴亚兹在魁的坐骑屁股上狠拍一掌,马立刻飞也似跑了出去,门徒在马鞍上颠簸,他们的驮马一路奔驰在后。

一切都乱了套。畜生喘息着互相冲撞,金属叮当哐啷刮擦,还有咒骂呼喊。战场是他最熟悉、也最恐惧的地方。罗根的马四蹄离地狂跳,剧烈扭身,他用右手抓牢缰绳,左手在头顶疯狂舞剑——与其说御敌,不如说是恐吓。每一秒他都期待着长矛贯体的剧痛陡然袭来,然后脑袋猛然着地。

他看到魁和巴亚兹沿路飞奔,瘦子紧跟在后,腋下夹着长矛;他看到脸上淌血的黑趾摇晃起身,摸索斧子;他看到原在他身后的两个骑手竭力控制发狂的马,手中长矛一阵乱挥;他看到被自己劈开的尸体无力地从马鞍上缓缓滑下,血水冲刷着泥泞的路。

矛尖扎入后肩,罗根尖叫着被推挤向前,几乎越过马头。接着他意识到自己脸朝地面,人还活着,他使劲一夹马肚,马立刻跑起来,蹄子扬起泥土飞到后面的人脸上。他手忙脚乱地换剑到右手,差点没握住缰绳摔地上。他耸耸肩,肩上伤口似无大碍,手臂仍然活动自如。

"我还活着,还活着。"道路在下方呼啸而过,风刺痛眼睛。他逐渐赶上瘦子——蒙布马蹄在泥地容易打滑,拖慢了速度。罗根用尽全力握紧剑柄,在敌人背后高举长剑。瘦子猛然回头,但为时已晚。剑重重砍在头盔上,金属相撞发出一声空洞的巨响,留下一道极深的凹痕。瘦子四仰八叉摔出去,头在路上弹了下,一只脚仍卡在马镫上,接着他完全掉了下去,在草地上不断翻滚,手脚甩来甩去。失去主人的马继续疾驰,瞟了瞟经过的罗根。

"我还活着。"罗根回头一看。黑趾已回到马上,战斧高举过头,飞速追来,乱发逆风飘扬。另两个骑手跟他一道,也正促马飞奔,但离他尚有距离。罗根笑起来,或许他已脱离险境。快要冲进山谷底部的树林时,他回首朝黑趾挥剑。

"我没死!"他用最大音量叫喊,但他的马突然扬蹄,差点掀他下去。他用一只手死命抱住马脖子,这才没跌落。等他坐回马鞍,立刻发现了问题所在。

一个严重问题。

若干树干横在路中央,较细的枝条尽数砍去,留下的粗枝被恶毒地锉成一个个尖刺,朝四面八方伸出。两个穿锁甲的亲锐在路障前端着长矛,做好了战斗准备。即便最娴熟的骑手也难以跨越这道路障,而罗根根本算不上是最娴熟的。巴亚兹和他的门徒似乎也得出了同样结论,他们双双立马在前,老人看上去有些茫然,年轻人除了怕还是怕。

罗根手摸剑柄,绝望地四望,他窥探树林,看是否另有道路,却发现了更多敌人。弓箭手。一个,两个,三个,缓缓从道路两旁走出,弯弓搭箭,拉紧了弦。

罗根想调转马头,但黑趾和他两个同伴一路小跑赶了上来。进退维谷。他们在离他几跨远的地方拉缰勒马,刚好停在罗根攻击范围外。他一耷肩膀,他们无路可逃了。黑趾侧身往地上啐了几口血:"好了,血九指,你没地儿逃了。"

"真有趣,"罗根嘀咕,低头看着沾满飞溅血点的灰色长剑,"过去我为贝斯奥德作战,与你作对;今日你为他作战,与我作对。看来咱俩永远不是一伙,而无论怎样,他都是赢家。真有趣。"

"是的,"黑趾血肉模糊的嘴含糊地说,"真有趣。"但没有一个人笑。黑趾及其手下亲锐面如死水,不带一丝表情。魁似乎快哭了。只有巴亚兹出于某种费解的原因,仍保持着一贯的好心态。"好了,九指,下马吧。贝斯奥德要抓活的,但若形势所迫,死的也行。下马!立刻!"

罗根盘算如果弃剑投降,下一步该如何逃脱。黑趾肯定不会再犯刚才的错误,鉴于他的行为,即便不被他们废掉膝盖,至少也会被踢个半死,然后像待宰小鸡一样全身上绑。罗根想象自己被推倒在乱石之上,周身缠了半里长的锁链,贝斯奥德微笑着从王座上看他,卡尔达和斯奎尔纵声大笑,或许还会尖酸地嘲讽。

罗根四下查看,只看到冰冷的箭头和矛尖,还有瞄准他的冰冷视线。在这个局促的地方,逃脱已无可能。

"好吧,你赢了。"罗根剑尖朝下扔掉剑。本以为它会扎进泥土,前后摇晃着立住,谁知它却直接倒下,"哐当"一声撞在地上。这一天就是这样,诸事不顺。他一条腿缓缓跨过马鞍,滑身而下。

"这样就好。还有你们俩。"魁立刻滑下马,站在那紧张地抬头看巴亚兹。法师一动未动。黑趾皱了皱眉,举起斧头:"还有你,老家伙。"

"我更喜欢骑马。"罗根听了一缩。这可不明智,黑趾随时可以下令,届时弓弦齐鸣,第一法师将一头栽落马下,全身被射成刺猬,或许僵死的脸上还挂着令人恼火的笑容。

不过黑趾永远不会下令了。没有口令,没有奇特的咒语,也没有神秘手势,只见巴亚兹肩膀周围的空气突然发出微光,一如热天地表的空气,罗根顿觉肚内翻腾。

树木瞬间爆炸成一片灼热炫目的白色火海。树干和树枝"噼噼啪啪"爆裂,声音震耳欲聋,喷出熊熊火舌和滚烫热浪。弓箭手们全被卷进火海,一支燃烧的箭高高飞过罗根头顶。

呛住的罗根不停喘息,又惊又怕地后退,边抬手抵挡逼人的热潮。路中间的路障此刻喷吐着团团火焰和炫目火花,站在他前方的两个人已被大火包裹,翻滚拍打身上火苗,尖叫声湮没在震耳欲聋的嘈杂中。

受惊的马儿们喷着鼻息,发狂般扬蹄,摇摇晃晃地四处奔窜。黑趾第二次摔落马下,着火的斧子再次脱手,他的马也失足摔倒,重重地压在他身上。他的一个同伴更不幸——直接被马扔进路旁火海,绝望的尖叫骤起骤止。剩下的一个仍骑在马上,由于幸运地戴了副手套,得以奇迹般握住着火的矛杆。

置身燃烧地狱,此人如何还有心思冲锋,罗根无论如何想不通。打起来,什么怪事都可能发生。他选定魁作目标,咆哮着直冲过去,燃烧的长矛瞄准门徒的胸口。门徒完全傻了,无助地站在原地不动,仿佛脚下生了根。罗根抄起剑,猛冲过去撞开门徒——魁双手抱头滚到旁边——就在马飞驰而过的瞬间,不加思索地举剑朝马腿挥。

剑被扯脱出手,飞入半空,接着一只马蹄撞上他受伤的肩膀,将他踏翻在地。他只觉呼吸困难,熊熊燃烧的世界在周围疯狂旋转。这一击颇见成效,几跨之外,失掉前蹄的马儿趔趄了几步后,一头栽倒进火海,马和骑手一道消失不见。

罗根满地摸剑。哔哔燃烧的树叶在路上飞舞,灼痛了他的脸和手,沉沉热浪拍在他身上,汗珠不断渗出。他终于找到血淋淋的剑柄,用剧痛的手指抓起来,摇晃起身,跌跌撞撞,毫无意义地怒吼,但已无人应战。火焰跟来时一样,突然消失得无影无踪,只剩罗根在翻滚的黑烟中一个劲咳嗽眨眼。

嘈杂过后,天地间宁静异常,冰冷的微风拂过。以他们为圆心,周遭一大圈树林烧得只剩支离破碎的焦黑树桩,就像烧了好几个小时。路障烧成一堆松软灰烬和黑色碎片,旁边横躺着两具难辨人形的骨骸。烧黑的矛尖仍在,但矛杆已没。弓箭手全无踪迹,大概成了随风飘散的骨灰。魁反手抱头一动不动地趴着,在他身后,黑趾的马横卧在地,一条腿无声抽动。

"好了。"巴亚兹沉闷的话音着实吓了罗根一跳。不知为何,他有点期望这里永远沉寂下去。"就这样吧。"第一法师翻身下马。他的马静立原地,平静而顺从,自始至终甚至未挪动一步。"瞧,魁师傅,你现在明白凭着对植物的正确了解能做到什么了吧?"

巴亚兹语调平静,手却在抖,抖得厉害。他看上去憔悴、虚弱、苍老,像个拉车走了十里路的人。罗根看着他,自己也在前后晃动,长剑耷拉在手。

"高等技艺,对吗?"他声音很小,听上去十分遥远。

巴亚兹擦去脸上的汗。"其中一种,但远不够精妙。"他用靴子拨了拨一具烧焦的尸体,"精妙对北方人是浪费。"他皱皱眉,揉揉凹陷的双眼,朝道路看去。"那些该死的马上哪儿去了?"

罗根听到黑趾坐骑倒下的方向传来沙哑的呻吟。他跌跌撞撞循声走去,不小心绊了一跤,双膝跪地,起来又继续踉跄前行。他的肩膀成了一团剧痛的肉球,左臂失去知觉,撕裂的手指滴出鲜血,但黑趾的状况比他还糟。糟得多。黑趾用手肘支撑身体,腰以下都被马压碎,手上水泡密布。他鲜血淋漓的脸满是迷惑,似乎搞不懂为何不能把自己从马身下拖出来。

"你算是毁了我,"他喃喃道,一边张大嘴盯着毁掉的手。"我完了,我回不去了,再说回去又能怎样?"他绝望地笑道。"贝斯奥德不及以前一半仁慈。你快杀我吧,趁疼痛还没发作。这对大家都好。"他瘫倒在路上。

罗根抬头看向巴亚兹,但无济于事。"我不擅长治疗,"法师肯定地说,一边环视烧焦的树桩,"我告诉过你我们各有专攻。"他闭上眼,俯身双手按膝,急促地喘息。

罗根想起贝斯奥德厅中的地板,还有两个放声大笑嘲弄他的王子。"好,"他咕哝道,起身举剑,"好。"

黑趾露出笑容:"你说得对,九指,我不该向贝斯奥德屈膝。绝对不该。让他和他的恐剎见鬼去,我该死在群山里,战斗到最后一刻。那样或许会好一点,只是我有点受够了,你明白的,对吧?"

"我明白,"罗根低声道,"我也受够了。"

"那样会好一点,"黑趾盯着灰蒙蒙的天,"只是我有点受够了。我想是自作自受，结局很公平。"他抬起下巴。"好了，动手吧，小伙子。"

罗根举起剑。

"很高兴是你，九指，"黑趾从咬紧的牙缝间挤出声音，"不管怎么说。"

"不，我不高兴。"罗根挥剑斩下。

烧焦的树桩冒着余烟，袅袅飘向空中，但一切都已冷却。罗根嘴里有股咸味，像是血。或许他咬破了舌头，也可能是别人的血。他扔掉剑，剑弹在地上，"哐当"一声落在旁，血滴飞溅沙土中。魁目瞪口呆地四下看了一会儿，弯腰在路上边咳边吐。罗根低头看着黑趾的无头尸："他是个好人，比我好。"

"历史是好人的尸体铺就的。"巴亚兹僵硬地跪下拾剑，在黑趾的外套上擦去血迹，透过烟雾，觑眼看路，"我们该上路了。可能还有人追来。"

罗根端详自己沾满鲜血的双手，缓缓翻来翻去。没错，是他的手，失掉了一根指头，"什么都没变。"他喃喃自语。

巴亚兹直起腰，拍掉膝上泥土。"什么时候变过呢？"他剑柄朝外，递还给罗根，"我觉得你还用得着这个。"

罗根盯着剑看了片刻。它那么干净，深灰色泽，一如往常。不像他，经历了一整天战斗，它甚至没擦出一丝划痕。他不想再握它。永远也不想。

他还是接过了剑。

第二部分
Part·2

THE FIRST LAW

生活——真正的生活——并非善与恶的斗争,而是大恶小恶的取舍。

——约瑟夫·布罗茨基

自由的样子
What Freedom Looks Like

铁锹一下一下敲地,尖锐单调的刮擦声在空中回响。她拼尽全力,也只在被炙烤得坚硬如石的土地上留下浅痕。

但她不会因土地坚硬而放弃。

她挖过太多坑,那些土地不比这里松软。

每当战斗结束,活下来的就得挖坑,为死去的同伴准备墓穴。这是最后的尊重,尽管没什么意义。你要尽可能把坑挖深,再把他们扔进去,埋起来,让他们在里面安静地腐烂,直到被遗忘。世事如此。

她一甩胳膊,铲起一大股沙尘。泥土和碎石在空中抛洒,落在一名士兵脸上。士兵用一只眼睛责难地盯着她,另一只眼则被她一箭贯穿,大群苍蝇慵懒地在他脸上嗡嗡叫。没人埋葬他们,墓穴只为自己人挖,这帮婊子养的兵要继续躺在毫无慈悲的酷日之下。

毕竟,秃鹫也需要食物。

铁锹头划破空气,再次敲地,扬起又一股沙尘。她站直身,抹去脸上汗珠,抬头瞥向天空。太阳在头顶耀武扬威地冒火,贪婪地吸吮这片干燥土地上所有侥幸残存的水汽,啜饮岩石上的鲜血。她看看身边两个挖好的坑。再挖一个就够。挖完这一个,用泥土盖住三个人渣,休息片刻就得离开。

抓她的人马上就到。

她将铁锹插地,拿起水袋,拔掉塞子。温热的水流过喉咙,她甚至奢侈地将它倒在脸上,并洗了洗肮脏的双手。同伴的死至少结束了他们对水无止境地争吵。

现在,有水可供挥霍。

"水……"倚在石头上的兵喘息道。她有点惊讶他还活着——她没能一箭穿心,但足够致命,只不过比预料中慢一些,然而他却拖着将死之躯爬到岩石旁。他现在完全爬不动了,周围石头上覆满黑色血块,尽管他如此顽强,但箭伤和炎热很快就会夺走他的性命。

她其实不渴,而水还剩下好多,不可能全带走。她又痛饮几口,任凭水溢出双唇,顺脖子流下,闪亮的水花溅落在干涸土地上,留下深色水迹。这在恶土是罕见的奢侈。她又倒了一些在脸上,舔着嘴唇,看向地上的兵。

"慈悲……"他嘶哑地呻吟,一手按住胸前被羽箭贯穿的地方,另一只手虚弱地伸向她。

"慈悲?哈哈!"她塞住水袋,扔到墓穴旁,"你知道我是谁?"她抓住铁锹把手,继续用力挖。

"菲洛·马尔基尼!"有人在她身后答道,"我知道你是谁!"

来得好快。

她抄起铁锹,飞速思考,汗津津的肩膀因不速之客的来临而汗毛直竖。弓放在第一个墓穴旁,正巧够不着,于是她掀起尘土,瞥了眼将死的兵——他盯着她身后某处,正好透露来客的准确位置。

她猛地把铁锹插回地上,飞身跃出墓穴和土堆,一把抓起弓,流畅地搭箭挽弦。只见一个老头站在十跨开外,手无寸铁,一动不动。他就在那里,和蔼地微笑。

她射出第一箭。

菲洛现在几乎箭不虚发。死去的十个兵——若说得出话——可以作证,他们中有六个被她亲手击毙。距离这么近,再仓促她也不可能失手,何况比这傻笑的老贼远十倍的人她也能杀。

但这次她射偏了。

羽箭在空中划了道弧线。可能是羽毛不正,不太正常。老头面不改色,纹丝不动,只是微笑。箭从他身旁几寸处擦过,消失在远方山坡。

她得重新审视局面。

怪老头皮肤黝黑如炭,说明他来自极南方,穿越了广阔无垠、万里无荫的大沙漠。那是一趟磨难重重的旅程,菲洛鲜少见到走完全程的人。眼前这老人高高瘦瘦,长长的胳膊肌肉发达,全身裹一件朴素长袍,手戴一堆奇怪的手镯,层层叠叠,几乎盖住前臂,在酷日下反射着漆黑的光。

他的头发像一团灰绳索挂在面前,有些长及腰部。他消瘦的尖下巴布满灰色胡茬,一个大水袋系在胸前,腰带还挂着一串皮袋子。此外再没什么了,没有武器——对来恶土的人,这是最奇怪的一点。除了亡命徒和追捕者,没人会踏上这片真神诅咒之地,而这两者毫无疑问都会全副武装。

他不是古尔库士兵,也不是想提她脑袋去换赏金的猎人。他不是强盗,不是逃亡奴隶。那他是什么?为何来这?

为了抓她,他是他们的一员。

他是个食尸徒。

除此之外谁还敢手无寸铁地在恶土上游荡?没想到他们竟出动食尸徒来抓她。

老头一动不动站在原地,微笑着看她。她缓缓抽出另一支箭,他却毫不担心。

"没必要。"他沉缓地说。

她再次弯弓搭箭,老头依然一动不动。她耸耸肩,抓紧这宝贵时间仔细瞄准。老头依然挂着微笑,似乎世上一切对他都没有影响。她射出第二箭,箭再次从老头身旁几寸处擦过,只是这次飞向另一侧,并且直接插在山坡上。

不得不承认,一次可能是偶然,两次绝对有古怪。菲洛这辈子精通的莫过于杀人,刚才那箭绝对该把老傻瓜射个对穿,让他血洒这片沙石荒地。然而他毫发无伤,面带微笑,似乎在说:"你以为自己知道很多,错了,你远不如我。"

他妈的混蛋。

"你到底是谁?老贼!"

"他们叫我余威。"

"老贼!"她摔了弓,手臂顺势垂下,巧妙地将右手避过他视线,然后翻转手腕,从袖里滑出一把曲刃匕首。杀人有很多方法,一种不行就换一种。

菲洛从不言弃。

余威缓缓走来,赤脚踩在石上,手镯微弱碰撞。菲洛觉得实在太怪了——如果他每迈一步都叮当作响,她如何没发觉呢?

"你想干吗?"

"我想帮你。"他继续向前,最终在一臂远处停住,站在那微笑着看她。

迅如蛇,菲洛的匕首如毒蛇窜出,比毒蛇更致命——刚死去的几个兵可以作证。匕首带着她的全部力量和怒火,在空中划出一条炫目的曲线。如果他还站在她预想中的位置,早已人头落地。但他不在那儿,他站在左边一跨远处。

她发出一声战吼,团身扑去,阳光照耀的匕首尖刺向他心脏。她只刺中空气。他又回到了之前站的地方——仿佛始终没动过,依然挂着微笑。太怪了。她小心翼翼地绕圈,凉鞋在沙地留下浅浅脚印,左手于身前胡乱比画,右手握紧匕首。她必须万分小心——这人会魔法。

"你完全没必要生气。我想帮你。"

"去你妈的。"她吼回去。

"你需要帮助,非常需要。他们正赶来抓你,菲洛,士兵来了,很多士兵。"

"我能甩掉他们。"

"人数太多,你不可能全甩掉。"

她瞥瞥周围的士兵尸体:"那我就送他们去喂秃鹰。"

"这次不行。这次不止是他们,他们有帮手。"说到"帮手",他原本低沉的声音压得更低。

菲洛皱皱眉:"祭司?"

"是的,而且——"他眼睛突然睁大,"还有个食尸徒。"他轻声说,"他们想抓活的。皇帝要杀鸡儆猴,把你游街示众。"

她吐了口痰:"干他妈的皇帝。"

"我听说你干过。"

她低吼一声,再次举起匕首。匕首却不见了,代以一条嘶嘶作响的致命毒蛇,满口利牙,吐着红芯。"啊!"她扔下蛇,抬脚踩去,但脚下的蛇又变回匕首——刀刃被她自己踩成两段。

"他们会抓住你。"老头道,"他们会抓住你,在城市广场上用锤子敲折你的腿,让你永远无法再逃。然后他们会剥光你的衣服,剃光你的毛,让你赤身裸体倒坐在驴屁股上于沙弗法的大街小巷中游行。那里的人会排起长龙,用各种下流话尽情羞辱你。"

她对他怒目而视,但余威续道:"他们会把你关进宫殿前的笼子,活活饿死。你将受尽酷日煎熬,而古尔库的善男信女们会嘲讽、唾弃你,隔着栏杆朝你浇大粪。幸运的话,有人会用小便为你解渴。等你终于死去,他们会任你腐烂,让苍蝇一点点蚕食,让其他奴隶看到自由的样子,从而相信还是逆来顺受比较保险。"

这些话菲洛听了无数遍。让他们来啊,让食尸徒一起来。她不会死在笼子里,若有必要,她会自行了断。她皱眉转身,捡起铁锹,怒冲冲地继续挖最后一个墓穴。很快就够深了。

足够那人渣在里面腐烂。

她回身看见余威跪在将死的士兵身旁,用胸前水袋喂他水喝。

"妈的!"她紧握铁锹,几步冲过去。

老头见她靠近站了起来。"慈悲……"士兵嘶哑地说,向上伸出手。

"慈悲!"铁锹利刃深深插进士兵的头骨。士兵微微抽搐一下,便不动了。菲洛转身挑衅地看着老头,对方回以一副悲天悯人的神情。他眼里有种感情,像是……怜悯?

"你想要什么呢,菲洛·马尔基尼。"

"啥?"

"你为何这么做?"余威指指死去的兵,"你想要什么?"

"复仇。"她咬牙切齿地说。

"向他们所有人?向整个古尔库?向那里的男女老少?"

"向他们所有人!"

老头环顾四周的尸体:"那你今天一定很开心。"

她勉强挤出笑容:"没错。"可她一点也不开心,她记不起开心是什么感觉,就连微笑也显得奇怪、陌生,乃至扭曲。

"你想要的就是复仇?这是你每时每刻、每日每夜梦寐以求的目标?"

"没错。"

"就是不停地杀!杀!杀!直到杀光他们所有人?"

"对!"

"你不曾想过自己想要什么吗?"

她愣了一下:"什么?"

"你自己。想要什么?"

她狐疑地望着老头,不知如何回答。余威悲悯地摇头:"看来,菲洛·马尔基尼,你仍是个奴隶,甚至比以前更甚。"他盘腿坐在岩石上。

她看了他一会儿,有些困惑,随后新鲜而狂暴的怒火涌回心头。"你要真是来帮我,就帮我埋了他们!"她指指墓穴旁三具鲜血淋漓的尸体。

"噢,不,那是你的活儿。"

她咬牙切齿地转身,低声咒骂着走向那些临时同伴。她抓住沙派得的腋下,拽向第一个墓穴,男人的脚跟在沙地上留下两道浅印。她直接把尸体滚到墓穴底部。随后轮到艾路盖,他的尸体滚下去带起一大股黄沙。

她走向那沙——他的脸被一剑劈开,菲洛觉得这对他相当于整容了。

"像是个好人。"余威说。

"那沙。"她冷笑两声,"强奸犯,窃贼,还他妈没种。"她吐了口痰在尸体脸上,黏液黏在那沙前额。"三个人渣里最坏的。"她看了看亲手挖的墓穴。"都是人渣。"

"不错的同伴。"

"做猎物的没得挑,"她盯着那沙血肉模糊的脸,"只能有什么拿什么。"

"既然你不喜欢他们,何不把他们留给秃鹰?就像对那些士兵?"余威朝地上横七竖八的尸体挥手。

"自己人埋自己人。"她把那沙踢进坑。他向前翻滚,手臂乱拍,最后面朝下落在坑底。"世事如此。"

她抓起铁锹填坑,沙子混合碎石滚落到尸体背上。她一声不吭地铲土，汗水滚下脸颊，落进干涸的土地。余威静静地看她工作，很快，不毛之地中立起三座小沙包。完工后她使劲扔开铲子，铲子飞到一具尸体上弹开，最后"哗"一声落进石堆。尸体上乌云般的苍蝇愤怒地散开，又嗡嗡叫着再次把尸体围住。

菲洛捡弓挂上肩，拿起水袋仔细掂量，也顺手挂上肩。她开始翻检一个兵——像是头目，腰挂一把锋利的曲刃剑，只可惜没来得及抽出，就被菲洛一箭封喉。菲洛抽出剑，在空中挥了几下。是把好剑，平衡很好，长长的剑刃寒气森森，闪亮的金属把手反射着阳光。她把长剑挂上腰带。

她翻了翻其他尸体，一无所获。她把能拔下的箭都拔了下来，还找到一些硬币，但随手就扔掉了——钱只会徒增负重，恶土中有什么好买呢？沙尘吗？

沙尘到处都是，免费无限量。

还有些残余的干粮，但加起来还不够吃一天。这意味着他们并非孤军深入，可能有很强的后援。余威没撒谎，但这对她没什么意义。

她转身向南，走下山丘，朝大沙漠前进，把老头甩在身后。

"你走错了方向。"他说。

她停下来，顶着耀眼的酷日眯眼看他："不是说士兵要来？"

余威眼中精光一闪："就算在恶土，想不被发现也有很多办法。"

她望向北方。一望无际的平原向古尔库延伸，那里没有一座山、一棵树，甚至连灌木丛都没有——根本无处可藏。"食尸徒也发现不了？"

老头哈哈大笑："尤其是那帮自负的蠢货，不知天高地厚。你以为我怎么来的？我从他们中间穿过，甚至绕着他们转圈。我想去哪儿就去哪儿，想带谁走就带谁走。"

她手搭凉棚，望向南方，一眼望不到头的沙漠。菲洛勉强可在恶土生存，但出了这儿呢？到那个流沙和酷热的坩埚中去？

老头似乎洞悉她的想法:"无尽的黄沙。我能穿越,不代表你行。"

他没撒谎,该死。菲洛像弓弦一样消瘦强韧,但这只不过能让她在沙漠中多兜几圈。沙漠或许比宫殿前的笼子好一点,但也仅是一点。她想活下去。

她还有恩怨未了。

老头盘腿而坐,一直挂着微笑。他到底是谁?菲洛不相信任何人,但如果他想把她献给皇帝,完全可以趁她挖坑时敲晕她,不必大摇大摆跟她聊天。他会魔法,这是她亲眼所见,那么一线生机总好过毫无希望。

可他想要什么回报?这个世界没给过菲洛任何免费的东西,她也不指望此时破例。她眯眼瞪向余威:"你要我做什么,余威?"

老头再次哈哈大笑,笑声搅得她心烦意乱:"只当欠我个人情,或许以后你可以还我个人情。"

这种回答太笼统,但当你命悬一线,对方提出什么都得照单全收。她讨厌命运被人掌控,可现在别无选择。

除非她想命丧于此。

"我们怎么做?"

"先等天黑。"余威瞥了眼地上散落的狰狞尸体,皱皱鼻子,"或许可以不在这儿等。"

菲洛耸耸肩,坐上中间的坟头。"这儿挺好,"她说,"我想看秃鹰吃东西。"

✡

夜空澄澈无云,散落着几颗明亮的星,空气渗出阵阵凉意。一连串篝火似乎环绕了黑幕下整片尘土平原,把她、余威、十具尸体和三个坟墓困在山腰上。明天,当第一缕晨光射出地平线,士兵们便会离开

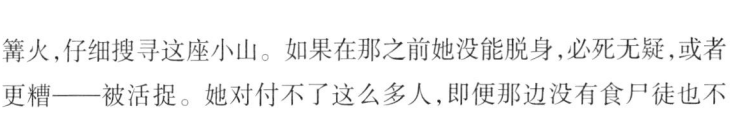

篝火,仔细搜寻这座小山。如果在那之前她没能脱身,必死无疑,或者更糟——被活捉。她对付不了这么多人,即便那边没有食尸徒也不行。

她不得不承认,自己的生死操于余威之手。

他抬头看向星罗棋布的天空。"该走了。"他说。

他们摸黑爬下陡峭的山坡,小心地在嶙峋怪石和半死不活的灌木丛中寻找落脚点,向北,向着古尔库。余威速度惊人,菲洛要半跑才能勉强跟上,她始终盯着脚下,寻找便于落脚的干涸石岩。到达山脚时她终于得空抬头观察周围,发现余威正领她往包围圈左翼走——那里的篝火最密集。

"等等!"她低呼道,抓住他肩膀。她指向右手边,那里的火光微弱得多,看起来更容易突破。"走那边怎样?"

微弱的星光下,她只见他微笑时露出白花花的牙。"噢不,菲洛·马尔基尼,那边士兵最多……我们的特殊朋友也在那。"他毫无压低声音的意思,吓得菲洛差点跳起来。"如果你决定向北,那就是他们为你准备的陷阱。不过他们认为你更可能向南,进入沙漠,自取灭亡,不会冒被抓的风险向北突围。实际上如果我不来,你确实会向南。"

余威转身前行,菲洛轻手轻脚跟在后面,还小心翼翼地放低身子。走到篝火附近,菲洛发现余威说得没错,那儿只零零星星坐了几个兵。余威沉着地向左边远处四堆篝火走去——其中只有一堆有人把守——根本没打算保持低调,手镯叮当乱响,赤脚在沙地上发出沙沙响声。他们离篝火很近了,足以看到士兵们清晰的轮廓,余威随时会被发现。菲洛嘶声召唤他,她确定士兵们能听到。

余威回身,篝火微光掩映下的脸挂着些许疑惑。"干吗?"他说。菲洛缩了下身,等着远处的士兵一跃而起,他们却若无其事地继续神侃。余威看看他们。"他们看不到我们,也听不到我们,除非你冲他们耳朵狂喊。我们很安全。"他转回去,继续前行,只是没靠近那些兵。

菲洛紧随其后,出于经年的习惯仍然蹑手蹑脚。

走近后,士兵们的交谈开始传入菲洛耳中。她放慢脚步,仔细倾听,突然转弯走向篝火。余威叫住她。"你干吗?"他问。

菲洛盯着这三个兵:一个外表强悍的大块头老兵,一个瘦小精明的兵,还有个长相诚实的年轻人——看起来实在不像个兵。他们刀未出鞘,箭未上弦,武器随便扔在四周。菲洛小心翼翼绕他们走了一圈,听他们交谈。

"据说她是个疯婆子,"瘦子故意压低声音,神神秘秘地吓唬年轻人,"据说她杀了一百多个男人。遇上你这样的帅小伙,她动手前会先割蛋,"他抓抓胯下,"然后当你面吃掉!"

"啊哈,闭上臭嘴,"大块头说,"她不会来我们这边。"他指指篝火稀少的远处,也压低声音。"就算她向北,也会撞到他。"

"呃,我倒是希望她走她的阳关道,"年轻人说,"我守我的独木桥。"

瘦子听了皱眉:"那被她杀害的人怎么算?那些女人和孩子?他们就该死?"菲洛咬紧牙关。孩子?她从未杀过孩子!她想都没想过!

"呃,当然,她犯下滔天罪行,我不是说她应该逍遥法外。"年轻人紧张兮兮地环顾周围。"只是抓她的事别轮到我们。"

大块头听了哈哈大笑,瘦子却似乎很不满意:"你是个懦夫?"

"我不是!"年轻人恼怒地嚷道,"但一家老小还指着我养呢,而这种任务我们完全无须拼命,仅此而已!"他停了一下,随后咧嘴笑了。"我们马上又有孩子,真希望这次是男孩。"

大块头点点头:"我儿子快成年了。他们长得真快。"

关于孩子、家庭和希望的谈话燃起了菲洛胸中熊熊怒火。她现在一无所有,凭什么他们能拥有生活?这些夺走她一切的人有什么资格?曲刃匕首滑入她手掌。

"干什么,菲洛?"余威嘶声道。

年轻人茫然四望:"你们听见没?"

大块头又笑:"我听见你尿裤子了。"瘦子在旁起哄,年轻人很不好意思。菲洛潜到他身后,离他只有一两步,皮肤反射着耀眼火光,但没人看得见她。她举起匕首。

"菲洛!"余威大喊。年轻人跳了起来,瞪着远处黑暗的平原,眉头紧锁。他面对着菲洛,但视线焦点落在她身后远处,菲洛甚至能感觉到他的呼吸。锋利的匕首在离他粗短的喉咙不到一寸处闪着寒光。

现在,就是现在。她可以迅速结果他,并赶在另外两人示警前干掉他们。她做得到。他们毫无防备,而她伺机待发。就是现在。

但她没动。

"站起来干吗?"大块头问,"什么都没有。"

"对天发誓,我听到有声音。"年轻人仍旧茫然地面对菲洛。

"等等!"瘦子一跃而起,指着年轻人喊,"她在那儿! 就在你面前!"

菲洛全身血液瞬间凝固,她盯着瘦子,却发现他和大块头捧腹狂笑。年轻人怏怏地回身坐下。

"我只是以为自己听见了什么。"

"不会有人从那边来。"大块头说。菲洛缓缓后退。她想吐,嘴里发苦,太阳穴突突直跳。她把匕首插回鞘,踉踉跄跄地远去,余威安静地跟在后面。

火光和谈话声很快消失,菲洛停下来,跌坐在坚硬的土地上。凉风刮过贫瘠之地,沙子抽打着她的脸庞,她却毫无感觉。憎恨和怒火暂时消散,在她心中留下一个空洞,一个她不知如何填满的空洞。空虚、寒冷、恶心与孤独如潮水涌来,她紧抱住自己,闭上眼睛,在沙地上来回摇晃。但黑暗并没让她好过一些。

老头按住她肩膀。

按理她应该一个过肩摔按倒他,杀了他。但她浑身没有一丝力气。她抬起头,眨眨眼。"我一无所有。我算什么?"她抬手按胸,感觉不到心跳。"这里,什么都没有。"

"哦,你这话不对。"余威依然面带微笑,看着满天星辰,"我正在想,你那里到底还有些东西。"

王法

The King's Justice

杰赛尔刚到元帅广场,就发现兆头不对——平日议会常会尚不及今天一半热闹。由于训练,他稍有迟到,气息也有些不匀。他匆匆走过,一边打量那些华服贵族,人们正压低声音窃窃私语,表情兴奋又紧张。

他一路挤向圆桌厅,边走边怀疑地打量门廊两旁站立的卫兵。卫兵倒是原封不动,脸被厚重的头盔遮住。他走过候见厅,带起的微风稍稍搅动了鲜艳的织锦,然后他穿过内门,来到凉爽宽阔的大厅,下走道直向中央高桌,脚步声在镀金拱顶间回荡。加兰霍已在一扇高窗下站岗了,彩绘玻璃映出的彩光洒在他脸上。杰赛尔皱眉打量地上放置的一张长凳,长凳底部安装了一根金属杆。

"怎么回事?"

"你没听说?"加兰霍压抑不住兴奋,"霍夫有大事要宣布。"

"什么大事?安格兰?北方人?"

大个子摇摇头:"不知道,很快就清楚了。"

杰赛尔皱紧眉头。"我不喜欢惊喜。"他望向那张神秘的长凳,"那是做什么?"

几扇大门忽然同时打开,一大帮议员步下走道。没什么两样嘛,杰赛尔心想,也许有的人别有目的?还是那些没继承权的儿子、收钱当差的代理人……且慢,走在最前面的高个,装扮之华丽在贵族中也算鹤立鸡群,他双肩挂着沉重的黄金饰链,眉头深锁。

"布洛克公爵大人。"杰赛尔喘不过气。

"外加伊斯尔公爵,"加兰霍朝跟在布洛克身后、表情凝重的老人点点头,"以及亨根、巴雷辛。大事件,一定是大事件。"

联合王国最有权势的四名贵族在前排落座,杰赛尔不禁深吸一口气。他从未见过议会有超过今天一半的出席者:供议员们落座的呈半圆形排列的长椅几乎座无虚席,上方旁听席也堆满了紧张的脸孔。

霍夫终于现身,走下步道,他并非孤身前来——一位瘦高个跟在他右边,身着洁白无瑕的白袍,顶着一头白发,神情倨傲。苏尔特审问长。他左边的人着黑金袍服,沉重地拄着手杖,留长长的灰胡子。莫拉维大法官。杰赛尔无法相信自己的眼睛。三名阁员一齐驾临议会!

秘书和办事员把记录册和文件放上抛光木桌,加兰霍赶紧过去站岗。宫务大臣本人坐在秘书们中间,一落屁股就喊要酒。国王陛下的审问部的首长坐到一旁的高椅上,微微对自己发笑。莫拉维大法官缓缓坐进另一张高椅,一直愁眉不展。此情此景令厅内兴奋的低语上升了一个音调,而前排大贵族们的表情更严肃疑惑了。司仪在高桌前就位——并非平日那个俗不可耐的白痴,而是胸膛大如水桶、留一把黑胡子的壮汉——高举权杖,重重地跺在地板上,足可吵醒死人。

"肃静!联合王国议会开始议事!"司仪大吼,喧哗逐渐平息。

"今天只有一件事。"宫务大臣浓眉下严肃的眼神扫过大厅,"关于王法。"零星私语。"关于西港的王家贸易特许状。"私语声提高,有人语气愤怒,也有很多贵族在长凳上不安地磨屁股,大本子边传来鹅毛笔的熟悉声音。杰赛尔见布洛克公爵眉头紧皱,亨根公爵嘴角下塌,他们似乎不喜欢这件事。宫务大臣抽抽鼻子,喝了口酒,等待低语消失:"针对此事,本人的了解并非——"

"你确实不了解!"伊斯尔公爵尖锐地叫道,沉着脸在前排挪了挪。

霍夫盯着老人:"因此本人特意带来了解内情的人!有请本人在内阁的同僚——苏尔特审问长。"

"议会欢迎苏尔特审问长!"司仪雷鸣般叫道。审问部的头子优雅地走下高台,走到瓷砖地上,冲着面前诸多愤怒面孔,胜利地微笑。

"大人们。"他用音乐般的嗓音缓缓开口,又比出流畅的手势以加强语气。"过去七年,自我们获得对古尔库人的光辉胜利以来,一份在西港独占贸易的王家特许状就交到了可敬的布商公会手中。"

"他们干得很出色!"亨根公爵叫道。

"他们为我们赢下了那场战争!"巴雷辛咆哮着,用肉乎乎的拳头捶打身边的长椅。

"很出色!"

"没错!"许多贵族附和着。

审问长一边点头,一边等待呐喊消退。"的确,"他舞蹈般踏过瓷砖地,话语化为纸页上沙沙的记载,"他们的确出色。对此本人最清楚不过。"他忽然转身,白袍袍尾"啪"一声抽打在地,脸色变得狰狞。"他们出色地逃避国王的税收!"审问长尖叫,厅内众人都倒抽一口气。

"他们出色地破坏国王的律法!"更响亮的抽气声。

"他们出色地犯下叛国的大罪!"这回迎接他的是风暴般的抗议,拳头乱舞,纸片纷飞,旁听席上有人暴跳如雷,高桌前方修养较好的贵族也都在厉声咆哮。杰赛尔不禁眨眨眼,怀疑自己没睡醒。

"你哪儿来的胆子,苏尔特!"眼见审问长旋身走回高台,嘴角挂着微笑,布洛克公爵忍不住暴喝一声。

"我们要证据,"亨根公爵提出,"我们要王法!"

"王法何在!"后面的贵族跟着呼吁。

"你必须出示证据!"喧嚣告一段落时,伊斯尔又高声补充。

审问长理理白袍,优雅地坐回座位,精致的袍子落在身旁:"噢,我们正要出示证据,伊斯尔大人。"

一扇小边门的沉重门闩轰然抽开,老爷们和他们的代理人纷纷扭身起立,挤去看发生了什么,厅内阵阵婆娑声。旁听席的观众也在栏杆边伸长脖子,姿势颇为危险。大厅里没人再说话,杰赛尔吞了口口水。门后走廊传来鞋子擦地、手杖柱地和叮叮当当响,随后一个奇特又凄惨的队伍进入议会。

这支队伍由沙德·唐·格洛塔带领,他像往常一样瘸腿跛行,沉重地倚靠手杖,但高昂着头,凹陷的脸上挂着扭曲的无牙笑容。他身后跟了三个赤脚男人,手脚被镣铐拴在一起,一路作响走向高桌。这三个人都剃光了头,穿褐色粗布衣——忏悔者的衣服,表明他们已经认罪。

第一位犯人舔舔嘴唇,苍白的眼神四下游移,其中充满恐惧;第二位犯人比第一位矮一些,却更壮实,他磕磕绊绊地拖着左腿走,还驼了背,嘴巴大张。杰赛尔看见一串细细的粉红唾沫从他唇间流出,滴落地板。第三位犯人极瘦,眼旁有大大的黑眼圈,他眨着眼睛缓缓扭头,眼睛虽大却空无一物。杰赛尔倒认得走在三个犯人后面的人:正是那晚在街上撞见的大个白化人。杰赛尔换了换双脚重心,突感寒气上涌,泛起恶心。

神秘长凳的用途清楚了。三个犯人被押到那,白化人跪下将他们的镣铐接上长凳底部的杆子。议会静得怕人,每只眼睛都盯着瘸子审问官和他带来的三个犯人。

"我们的调查历时数月之久。"苏尔特审问长介绍,非常满意全场都在他掌控之下。"起初尽是枯燥乏味的账目比对,本人不会用那些无聊细节来打扰诸位。"他微笑着看向布洛克、伊斯尔和巴雷辛。"本人深知诸位为国操劳,谁能想到单调的计算竟能引出背后的惊天隐情?谁能想到叛国的根埋藏得如此之深?"

"是的。"宫务大臣从杯盏间不耐烦地抬头,"格洛塔审问官,请说吧。"

司仪又用权杖捶地:"联合王国议会有请沙德·唐·格洛塔审问官发言!"

瘸子礼貌地等待办事员停笔,才拄着手杖来到瓷砖地中央,不带一丝一毫慌乱。"起来面对议会。"他吩咐头一个犯人。

吓傻了的犯人跳起来,锁链乱响。他舔舔苍白嘴唇,瞪向前排大贵族。"你的名字?"格洛塔发问。

"萨勒姆·鲁斯。"

杰赛尔哽住了。萨勒姆·鲁斯?他认识这人!父亲跟这人做过交易,这人甚至曾是他们家常客!杰赛尔看着这个被剃成光头、畏畏缩缩的叛徒,油然升起一阵恐慌。他想起从前那位衣着得体的胖商人,总有讲不完的笑话。是他,没错,是他。他们的眼神短暂交汇,杰赛尔赶紧躲开。父亲在自家门厅跟他做交易!跟他握手!叛国罪就像传染病——哪怕仅在一个房间待过也脱不了干系!他的眼睛不由自主又转回那张他并不熟悉、却又熟悉得可怕的面孔上。怎敢犯上作乱,这混蛋!

"你是可敬的布商公会的会员吗?"格洛塔追问,在"可敬"这个词上加了一点讽刺腔调。

"是。"鲁斯嚅嚅道。

"你在公会中的职务是?"

被剃光脑袋的布商绝望地看着他。

"你的职务?"格洛塔不依不饶,声音里有一丝危险的暗示。

"我合谋欺瞒国王陛下!"商人绞着双手高叫。大厅一片惊呼,杰赛尔大吞苦水。他发现苏尔特冲莫拉维大法官微笑,后者的表情如一块空白石板，却在桌底下握紧拳头。"我承认叛国！为了钱！我走私，我行贿，我诈骗……我们是一伙的！"

"他们是一伙的！"格洛塔扫视一众贵族议员，"谁还怀疑，只消看看我们手中关于此案的账本、文件和统计，审问部有整整一间屋堆放这些东西，一间被秘密、罪行和谎言占满的屋子。"他缓缓摇头。"本人可以正告诸位，那里的记录可谓罄竹难书。"

"我不得不做！"鲁斯尖叫，"他们逼我！我别无选择！"

瘸子审问官皱眉看向观众们："他们当然会逼你。我们很清楚，在这桩罄竹难书的罪行中，你不过是个马前卒。最近有人想杀你灭口，是不是？"

"他们要杀我！"

"谁要杀你？"

"他！"鲁斯扯着嗓门嚎，一边伸出一根颤抖的手指指着身边的犯人，一边躲到锁链能允许的最远距离。"他！他！"他挥舞胳膊，锁链乱响，唾沫横飞。厅内又响起一阵愤怒呼声，比之前的声调更高。杰赛尔见中间那犯人头一软，向侧面倒去，但被大个白化人抢先抓住、扶正。

"醒醒，卡皮师傅！"格洛塔叫道。垂下的头缓缓抬起。这张脸杰赛尔不熟，它肿得厉害，布满疤痕，更恶心的是四颗门牙全不见了。跟格洛塔一样。

"你来自塔林，是不是，斯提亚的塔林？"犯人缓缓点头，痴痴呆呆，仿佛没睡醒。"你受雇杀人，是不是？"犯人又点头。"你受雇谋杀国王陛下的十位臣民，包括这个已招供的犯人，萨勒姆·鲁斯？"一连串血珠从犯人鼻孔缓缓流下，他眼睛又开始翻白，白化人摇晃着他的肩膀，直到他软弱无力地点头承认。"另外九人呢？"沉默。"你杀了他们，是不是？"

犯人又点头，嗓子里传出一声奇怪的哽咽。

格洛塔眉头深锁，缓缓巡视全神贯注的议员们。"维勒姆·唐·罗伯,海关官员,喉咙被开了道大口子。"他一根指头从耳根划到耳根,旁听席有个女人尖叫起来。"苏莱莫·斯坎迪,布商,背上被捅了四刀。"他伸出四根指头,压住肚子。"一份血淋淋的杀人清单,为最大程度攫取金钱,你成功谋杀了九人。谁雇你的?"

"他。"杀手嘶声道,肿胀的脸转向长凳旁的瘦子。瘦子目光呆滞,魂不守舍。格洛塔跛行过去,用手杖敲敲地板。

"你的名字?"

犯人猛然抬头,眼神在面前审问官扭曲的脸孔上聚焦:"哥弗瑞德·霍尔拉赫!"他刺耳地回答。

"你是布商公会的高级会员吗?"

"是!"他不假思索地回答,闪烁的眼珠盯住格洛塔。

"实际上是库尔特会长的副手之一?"

"是!"

"你是否与其他布商合谋欺瞒国王陛下?你是否雇了一名刺客蓄意谋杀陛下的十位臣民?"

"是!是!"

"原因?"

"我们担心他们会泄露……泄露……泄……"霍尔拉赫空洞的双眼向上抬,看向一扇彩窗,嘴巴缓缓停止了蠕动。

"泄露机密?"审问官提示。

"泄露公会的叛国举动!"布商脱口而出,"泄露叛国举动!泄露公会的……叛国……举动……"

格洛塔尖锐地打断犯人:"这些都是你的意思吗?"

"不是!不是!"

审问官重重地敲了一下手杖,倾身向前。"那是谁下的令?"他嘶叫道。

"是库尔特会长!"霍尔拉赫立时大叫,"他下的令!"大厅又沉默了,苏尔特审问长笑得更灿烂。"会长下的令!"鹅毛笔在无情地记录。"是库尔特!他下的令!所有的命令!都是库尔特会长!"

"谢谢你,霍尔拉赫师傅。"

"是会长!他下的令!是库尔特会长!是库尔特!库尔特!"

"够了!"格洛塔喝道。犯人顿时住口。大厅仍然笼罩在沉默中。

苏尔特抬手指向那三个犯人:"这就是您们要的证据,大人们!"

"胡闹!"布洛克公爵站起来,声若洪钟地吼道,"太可耻了!"但只有少数几个贵族半心半意地支持他。亨根公爵向来懂得保持谨慎的沉默,此刻兴味盎然地研究着自己的上等皮靴;巴雷辛公爵沉回椅子里,好像比一分钟前缩小了一半;伊斯尔公爵望着圆桌厅的弧形墙发呆,手指抚摸着沉重的黄金饰带,神情极度无聊,似乎对布商公会的命运已不感兴趣。

布洛克转向大法官呼吁,大法官阁下纹丝不动地坐在高桌旁的高背椅里:"莫拉维阁下,我请求您!您是有理性的人!您必须制止这场……闹剧!"

大厅又安静下来,等待老人回复。老人皱紧眉,捻捻长胡子,看看桌子对面微笑的审问长,最后清清喉咙说:"本人理解您的顾虑,布洛克大人,十分理解,但今天不属于理性。内阁已仔细研究过此案,并作出决定,本人无能为力。"

布洛克抿紧嘴唇,品尝着失败的滋味。"这不公平!"他转身对同僚们说,"这些人明显遭到了刑讯!"

苏尔特审问长轻蔑地撇嘴。"对付叛徒和罪人有别的办法吗?"他尖锐地呼唤,"您想庇护这些包藏祸心的叛逆吗,布洛克大人?"他重重捶打桌面,似乎叛国罪孽之深,已令他无法承受。"至于我,我绝不容忍我们伟大的国家被交到敌人手中!无论是国土之外的敌人,还是国土之内的叛徒!"

"消灭布商!"旁听席上有人高呼。

"处决叛徒！"

"执行王法！"后方有个胖子吼道，接着是一阵义愤填膺的赞同，纷纷要求严厉制裁和无情惩罚。

布洛克扭身在前排寻找盟友，却没找到一个。他握手成拳。"这不是王法！"他边吼边指着三个犯人，"这不算证据！"

"国王陛下不同意您的结论！"霍夫喝道，"也不需要您的允许！"他取出一张大纸。"布商公会就此解散！王家特许状就此收回！贸易与商业王家委员会将在接下来几个月里详细考察针对西港提出的贸易申请，找到合适的候选人之前，相关贸易事务暂由陛下最为忠诚得力的机构——即王家审问部——掌管。"

苏尔特审问长谦卑地低下头，无视代表们和旁听席观众的阵阵嘘声。

"格洛塔审问官！"宫务大臣续道，"议会感谢你的辛勤工作，并要求你就此事再履行一次职务。"霍夫取出一份小一号的文件。"这是库尔特会长的逮捕状，由国王陛下亲笔签署，我们要求你立刻予以执行。"格洛塔僵硬地鞠躬，从宫务大臣伸出的手中接过那张纸。"你。"霍夫盯住加兰霍。

"加兰霍中尉听候您差遣，阁下！"大个子叫道，迅速踏步上前。

"管你是谁。"霍夫不耐烦地打断，"带上二十名王军士兵，护送格洛塔审问官前往布商公会大厅执行任务。未经审问官允许，不得放走一草一木。"

"立刻去办，阁下！"加兰霍大步穿过瓷砖地，踏上中央走道，一手扶佩剑以免其拍打大腿。格洛塔蹒跚跟上，手杖敲在石阶上，握紧的拳头捏皱了库尔特会长的逮捕状。大个白化人扯起犯人们，叮当作响地牵向来时的侧门。

"宫务大臣阁下！"布洛克企图做最后的呼吁。真不晓得公爵大人从布商那里捞了多少？还想捞多少？显然，数目极大。

霍夫不为所动:"今日议会闭幕,大人们!"宫务大臣尚未说完,莫拉维已然起身,迫不及待要离开。记录册轰然合上,可敬的布商公会就此勾销。厅内再度被兴奋的低语占满,声音逐渐升高,随后代表们起身离席,又是一片哗哗响。只有苏尔特审问长没动,他静坐着欣赏被打败的对手们缓缓离开前排。萨勒姆·鲁斯被推过小门时,他绝望的眼神与杰赛尔最后一次交汇,但弗罗斯特刑讯官猛地一扯锁链,他便消失在门外的黑暗中。

✡

厅外广场比之前更沸腾,解散布商公会的消息不胫而走,激起狂澜。有人难以置信地站在原地,有人匆匆奔来跑去,表情慌张、惊讶或迷惑。杰赛尔撞见有个人瞪着他——又像是瞪着空气——面色苍白,双手发抖。看来是个布商,至少跟布商有勾结,势必一起完蛋。这样的人为数不少。

杰赛尔突然一激灵。阿黛丽·威斯特漫不经心地靠在不远处的石头上。自她醉酒爆发以来,他们就没再见面,而今重逢,他不禁惊讶于自己有多想见她。或许,他告诉自己,对她的惩罚够长了,每个人都有道歉的权利。于是他绽开微笑加速朝她走去,直到陡然发觉她跟谁在一起。

"瘪三!"他压低声音咒骂。

一身廉价制服的布林特中尉跟阿黛丽言谈正欢,杰赛尔觉得他前倾的幅度实在不成体统,还用俗不可耐的手势强调无聊论点。然而她又是点头又是微笑,脑袋前后摆动,浅笑盈盈,还用手玩闹似的拍打中尉的胸口。布林特笑得合不拢嘴。瘪三。丑八怪。听见他们笑语晏然,杰赛尔不知为何被怒火刺痛。

"杰赛尔,你好吗?"布林特咯咯笑着招呼他。

他踏步走近。"是路瑟上尉!"他啐了一口,"而且我好不好不关你事!你今天无所事事吗?"

布林特的嘴愚蠢地张了一会儿,接着皱眉拉下脸。"是,长官。"他嘀咕道,转身走开。杰赛尔以前所未有的轻蔑盯着他的背影。

"多有风度啊,"阿黛丽评价,"在女士面前,你就是这样说话的喽?"

"我不知道。怎么,这里有位女士吗?"

他转身面对她,忽地愣住了。只见她脸上挂着得意扬扬的狡诈浅笑,似乎满意于他刚才的爆发。他昏头涨脑地猜想刚才那一幕是她精心设计,故意跟那白痴谈话,好让杰赛尔看见,以刺激他的嫉妒心⋯⋯她朝他笑,笑着看他,杰赛尔所有的怒气随之而去。他觉得她真好看,阳光下晒黑的皮肤充满活力,她笑得很大声,不在乎被谁听见。她真好看,真的,比以前更好看了。这就是一场美妙的偶遇,不是吗?她用那双黑眼睛盯着他,他所有的怀疑随之而去。"你有必要对他如此严厉?"她问。

杰赛尔咬住下巴:"不知天高地厚、傲慢无礼的混蛋,跟暴发户的杂种没两样。他没血统、没钱、没礼貌——"

"这三条我同样适用。"

杰赛尔诅咒自己的大嘴巴。现在倒好,不仅没能让她道歉,倒让自己陷入该道歉的田地。他只能拼命想法逃出自设的陷阱。"噢,可他是个彻头彻尾的呆子!"他抱怨。

"好吧,"杰赛尔欣慰地看见阿黛丽的嘴角折出一丝坏笑,"这倒没说错。我们走走吧?"她不由分说挽住他胳膊,领他向国王大道去。杰赛尔任自己被领着穿过恐惧、愤懑或兴奋的人群。

"所以说是真的喽?"她问。

"什么是真的?"

"布商公会完蛋了?"

"似乎确实如此。你的老朋友沙德·唐·格洛塔出了大力。就一个瘸子而言,他的表演真不赖。"

阿黛丽低头看着地面:"无论是不是瘸子,你都别惹他。"

"是的,"杰赛尔想起萨勒姆·鲁斯惊恐的双眼,那位前布商消失在黑暗门道前曾绝望地凝视他,"是的,别惹他。"

他俩无言地继续前行,这是一种舒适的沉默,他喜欢与她同行。谁跟谁道歉已不再重要,或许她对他练剑的评论多少有些道理。阿黛丽似乎读出了他的心思。"你的剑练得怎样?"她问他。

"还行。你的酒喝得怎样?"

她跳起一条黑眉毛:"还行。若年年举办拼酒大赛,我保证名扬天下。"杰赛尔哈哈大笑,低头欣赏她:如此聪明、如此尖锐、如此奔放、还——如此美丽。不晓得世上还有没有她这样的女人。她要是有血统就好了,他心想,还要有钱。

很多很多钱。

逃跑方法

Means of Escape

"以国王之名,开门!"加兰霍中尉第三次咆哮,一边用肥厚的拳头捶门。那可是坚固的橡木。为啥大个子总是四肢发达、头脑简单?或许蛮力使多了,脑袋就像太阳下的李子一样萎缩了。

布商公会大厅的规模叹为观止。它建在离阿金堡不远处一个繁忙的广场,格洛塔带着士兵们赶到时,这里已聚了一大群看客,他们脸上同时浮现出好奇、恐惧和着迷的神态。看客总能嗅到血味儿。格洛塔赶到这里腿已是阵阵抽痛,但他怀疑并没打布商一个措手不及。他不耐烦地环视全副武装的士兵和戴面具的众位刑讯官,他看看弗罗斯特冷硬的眼睛,又看看捶门的年轻军官。

"开——"

献宝也献够了。"我想他们听见了,中尉,"格洛塔干脆地说,"只是不想回应。劳驾您把门放倒?"

"啥?"加兰霍呆头呆脑地看他,又看向紧闭的厚重双开门,"我如何——"

弗罗斯特刑讯官冲上前,魁梧的肩膀撞门,发出一声闷响,木头撕裂,铰链断开,"哗啦"掉在门后的地板上。

"就是这样。"格洛塔咕哝着钻进门廊,踏过撒了一地的木片。加兰霍紧跟在后,依然有些震惊,十几个士兵"哐当当"跟随。

一个办事员怒冲冲地挡住前方走廊:"你们不能——哎哟!"弗罗斯特直接将他摔了出去,脸砸在墙上。

"逮捕他!"格洛塔叫道,用手杖指指摔晕了的办事员。一个士兵用铁甲拳头粗鲁地提起办事员,把晕头转向的他推进门外的天光下。刑讯官们从破碎的大门鱼贯而入,个个手执粗棍,面具后眼神冷峻。

"别放跑一个!"格洛塔一边回头大叫,一边蹒跚着尽力跟上弗罗斯特宽阔的脚步,沿走廊深入这栋建筑。

某扇打开的门后有个彩袍商人,正奋力把文件往火炉里扔,顾不得满脸大汗。"逮捕他!"格洛塔尖叫,两名刑讯官应声跳进门,用棍子殴打商人。商人哭叫着倒下,撞翻了桌子,带倒一堆账本。棍子起起落落,空中满是纸片和烧焦的灰烬。

格洛塔继续前进,沿路散播捶打和哭号。屋里满是烟、汗和恐惧的味道。我们堵住了所有出口,但库尔特可能有别的逃跑方法。这老滑头。希望还不晚。我这条该死的腿!希望还不晚……

格洛塔忽然痛得一缩,原来有人死死抓住他的外套。"救救我!"那人号叫,"我是清白的!"那人的胖脸上全是血,手指攥得很紧,眼看就要把格洛塔拽倒在地。

"让他松手!"格洛塔叫道,一边用手杖虚弱地敲打,一边抓墙竭力稳定身子。一个刑讯官跳上前,棍子敲在那人背上。

"我认罪!"眼看棍子再度举起,商人呜咽道,接着被当头敲晕。刑讯官挟起他软绵绵的身体,拖出门外。格洛塔继续前进,加兰霍中尉的眼睛瞪得像鸡蛋。他们来到一条宽阔的楼梯前,格洛塔怀恨地盯着它。老对手总领先我一步。他奋力向上爬,挥手示意弗罗斯特先上。

途中又有个胖商人被拖走,还尖声念叨自己的权利,鞋跟无力地磕碰台阶。

格洛塔一滑,差点摔个狗吃屎,幸好有人抓住胳膊,把他扶正。是加兰霍,那张诚实的宽脸仍旧迷惑不解。大个子好歹有这点用。年轻军官扶他走完剩下的楼梯,格洛塔无力拒绝。何苦呢?人贵有自知之明,摔个狗吃屎就一点也不光彩了。至少我明白这个。

楼梯顶端是个特大的候见厅,地上铺了厚实华毯,墙上挂着多彩织锦。两名身着布商公会制服的守卫守在大门前,长剑出鞘。弗罗斯特捏起两个煞白的拳头,正与他们对峙。加兰霍上楼后也抽出剑,站到白化人身旁。格洛塔窃笑。大舌头刑讯官与闪亮的骑士之花。绝妙组合。

"我有国王陛下亲笔签署的逮捕库尔特的状纸。"格洛塔取出那张纸,让两名守卫看见,"布商公会完了,你们在这碍手碍脚捞不到半点好处。收起武器!我保证不伤害你们!"

两名守卫不确定地对视。"收起武器!"加兰霍叫道,走近一步。

"好吧!"一名守卫弯下腰,把剑沿地板滑过去。弗罗斯特用一只脚踩住。

"还有你!"格洛塔朝另一名守卫咆哮,"立刻缴械!"守卫乖乖听命,把剑扔到地上,举起双手。紧接着弗罗斯特的拳头结结实实打在他下巴,送他的头去撞冰冷的墙壁。

"可——"第一名守卫还没说完,弗罗斯特已抓住他衬衫,把他丢下楼梯。他在台阶上一路往下滚,摔得鼻青脸肿,最后瘫倒在底部。我最清楚这种滋味。

加兰霍愣在原地看傻了,剑仍在手:"我记得你说——"

"别管我说什么。弗罗斯特,找法子进去。"

"系系系。"白化人来回踱步——格洛塔给他一点时间想办法——然后走到门前猛力一推。出乎众人意料,门直接开了。

门内房间大得出奇，几乎像个谷仓。高高的天花板上有金叶搭配的雕刻，几架子书的书脊上装饰着昂贵的宝石，巨大的家具擦得镜子般闪亮。这里的一切都大得出奇，华美得出奇，也昂贵得出奇。有钱就是大爷，品位有什么干系？这里还有许多设计新颖的大窗户，大块大块的玻璃窗格可将城市、海湾和湾内船只尽览无遗。库尔特会长坐在正中那扇窗下巨大的镀金桌子后，一身富丽堂皇的会长袍，面露微笑。巨型橱柜洒下的阴影遮住了一半的他，柜门上刻有可敬的布商公会的纹章。

他没跑。我逮住他了，我……橱柜的一只粗腿上拴了根绳子，格洛塔顺着地上蜿蜒的绳子看去，发现绳子另一头缠在会长脖子上。噢，他还有逃跑方法。

"格洛塔审问官！"库尔特紧张刺耳地笑了一声，"很高兴终于与您见面！我听过您所有的调查业绩！"他紧了紧绳子，确保套牢。

"项圈是不是太紧，会长？先取下来行不行？"

又一声刺耳的笑。"噢，不用！我不想回答您的问题，无可奉告，谢谢！"格洛塔眼角余光瞥见一扇侧门缓缓打开，接着出现了一只巨大的白手，手指慢慢爬过门边。弗罗斯特。还有机会逮住犯人。我得分散他的注意力。

"我没有任何问题，我们什么都知道了。"

"什么都知道了？"会长咯咯笑道。白化人悄悄潜入，保持在墙边阴影中，橱柜挡住了库尔特的视线。

"我们知道卡莱尼，知道你们的小协议。"

"那呆瓜！我们没有协议！他荣誉感太强，没法收买！他一个子儿也不要我的！"那是如何……库尔特露出邪恶的浅笑，"是苏尔特的秘书，"他咯咯笑着，"他在你眼皮底下捣的鬼，瘸子！"笨蛋，笨蛋——是秘书通风报信，他见过供状，什么都知道！我不该相信那坨口蜜腹剑的屎，原来卡莱尼是忠诚的。

格洛塔耸耸肩:"人都会犯错。"

会长凄然冷笑:"犯错?你从头错到尾,呆瓜!这个世界不是你想象的样子!你甚至连自己站哪边都不清楚!或者说,你连哪边跟哪边都分不清!"

"我站在国王陛下这边,而你不是。我知道这个就够了。"弗罗斯特已潜到橱柜边,靠在柜子上,一对粉眼睛精光闪烁,时刻准备偷绕过角落。再一会儿,再拖一会儿……

"你什么都不懂,瘸子!我们不过在税收上动了点小手脚,花了点小钱贿赂,这算什么!"

"你们涉嫌九桩谋杀。"

"我们别无选择!"库尔特尖叫,"身不由己!我们欠银行钱!钱都是他们的,必须还!多年来一直如此!凡特和伯克,两个吸血鬼!我们砸锅卖铁,他们还不满足!"

凡特和伯克?两个银行家吗?格洛塔扫视浮华的房间:"你们似乎过得挺滋润啊。"

"似乎!似乎!全是假的!全是谎言!全是银行家的!我们被他们控制了!欠他们很多钱!几百万!"库尔特自顾自地咯咯笑,"现在我想他们一个子儿也捞不回来了,对吧?"

"嗯,我想也是。"

库尔特在桌上倾身,绳子垂下,扫过皮革桌面:"你想找真凶,格洛塔?抓叛徒?你要挖出国王和联合王国的敌人?去内阁找,去审问部找,去大学找,去银行找,格洛塔!"这时他发现了弗罗斯特,后者已绕过橱柜,离他不满四跨。库尔特瞪大眼睛,从椅子上站了起来。

"抓住他!"格洛塔尖叫。弗罗斯特一个箭步,扑过桌子,抓住了库尔特会长袍的边沿——会长转身跳向窗户。抓住他了!

弗罗斯特煞白的拳头里传来一阵令人心悸的撕裂声。库尔特似乎冻结了一瞬,昂贵的玻璃被他撞碎,碎片与残渣闪闪发亮。接着他掉了下去,绳子"啪"一声响。

"系系系系!"弗罗斯特嘶叫道,怒视着破窗。

"他跳下去了!"加兰霍喘着粗气,合不拢嘴。

"显然如此。"格洛塔跛行绕过桌子,接过弗罗斯特手里的破布条。近看它一点也不华丽,颜色鲜亮但纺织差劲。

"谁能想到呢?"格洛塔低声自言自语,"金玉其外败絮其中。"他跛到窗前,就着破洞朝外看。可敬的布商公会会长在二十尺下的空中缓缓晃荡,微风牵起被撕烂的金线长袍。便宜衣服与昂贵的窗,衣服结实点,他肯定逃不掉;又或窗户不是玻璃,我们也能成功。生死就在一线之间。下面街道人潮汹涌,人们指点叫嚣,抬头看着悬挂的尸体。有个女人厉声尖叫。恐惧还是兴奋?反正都一样。

"中尉,劳驾您下楼去散散观众如何?这样才好把我们的朋友解下来,带回去交差咧。"加兰霍茫然看着他,"不论死活,国王的逮捕状总要执行的嘛。"

"是,当然。"魁梧的军官抹了把额上的汗,有些步伐凌乱地走向门口。

格洛塔回头看向窗外,看着下面缓缓摇晃的尸体。库尔特的临终遗言在他脑海回响:

去内阁找,去审问部找,去大学找,去银行找,格洛塔!

三个信号
Three Signs

威斯特屁股着地,一只剑被打脱出手,在鹅卵石地上滑动。"一比零!"瓦卢斯元帅大喊,"一比零!干得漂亮,杰赛尔,漂亮!"

威斯特有些厌倦落下风了。他比杰赛尔强壮高大,攻击范围也占优,但那傲慢的小混蛋速度真快。真他妈快,并且还在越来越快。他已熟知威斯特的诸番伎俩,这样下去不多久,威斯特就会每次都输了。对此杰赛尔也心知肚明,此刻他挂着装模作样的假笑伸出手,拉威斯特起来。

"总算见点儿成果了!"瓦卢斯兴奋得直用木棍敲腿。"说不定我们能培养出个冠军,是吧,少校?"

"很有可能,长官。"威斯特边说边揉瘀青疼痛的胳膊肘,瞟了眼沉浸在元帅赞扬中的杰赛尔。

"但我们不能骄傲自满。"

"不会的,长官!"杰赛尔肯定地说。

"绝对不能。"瓦卢斯道,"威斯特少校固然是位优秀剑手,你很荣幸有他做陪练,但是呢,"他冲威斯特一笑,"击剑毕竟是年轻人的游戏,对吧,少校?"

"是的,长官,"威斯特低声说,"年轻人的游戏。"

"布雷默·唐·葛斯特截然不同,剑斗大赛上的其他对手也一样。他们可能没老手狡猾,却不缺冲劲,对吧,威斯特?"威斯特才三十岁,丝毫没觉精力不济,但他不想争论,他知道自己远非以天赋见长。"过去一个月成效显著,成效显著!只要能保持,你就有机会,大有机会!干得好!明天见。"说完,老元帅大摇大摆地穿过洒满阳光的院子离开。

威斯特去拾落到墙边鹅卵石上的剑。摔伤的身侧仍然很疼,因此他弯腰的动作笨拙。"先走一步。"他起身时尽量掩藏不适。

"有事吗?"

"伯尔元帅找我。"

"要打仗?"

"或许吧,我不清楚。"威斯特上下打量杰赛尔,后者不知为何目光游移,"你呢?今天打算怎么过?"

杰赛尔摆弄着兵器:"呃,没什么打算……没什么。"他边说边偷偷向上瞟。他是个好牌手,撒谎却太蹩脚。

威斯特有些不安:"阿黛丽不在你的'没什么打算'里吧?"

"呃……"

些许不安变成深深的担忧。"嗯?"

"可能,"杰赛尔咬牙道,"呃……是的。"

威斯特径直走向这位年轻贵族。"杰赛尔,"他听见自己一字一顿从牙缝中挤出话来,"我希望你没打算和我妹妹上床。"

"你听我说——"

他的火气终于爆发,他双手握紧杰赛尔的肩膀。"不,是你听我说!"他厉声咆哮,"我不准谁玩弄她,明白?她受过伤,我不准谁再伤害她！无论是你,还是任何人！我决不允许！你不能拿她找乐子,听见没？"

"好了,"杰赛尔脸色惨白。"好了！我没想对她怎样！我们只是朋友。我喜欢她！她在这举目无亲,而且……你相信我……我不会伤害她！哎哟！放开我！"

威斯特这才意识到自己用尽全力攥着杰赛尔的胳膊。怎么会这样？他本来想平心静气地说,却做出出格事。她受过的伤……该死！他应该绝口不提！他突然松手,后退几步,以平息怒火。"我不希望你再见她,懂吗？"

"等等,威斯特,你凭什么——"

威斯特的怒火再次燃起。"杰赛尔,"他咆哮,"我是你朋友,因此我请求你。"他向前几步,比之前更逼近。"但我也是她兄长,因此我警告你。离她远点！你们之间不会有好结果！"

杰赛尔背抵在墙上："好吧……好吧！她是你妹妹！"

威斯特转身走向拱门,手揉后颈,头痛欲裂。

✡

走进办公室时,伯尔元帅阁下正坐在椅子里,盯着窗外。这是位坚毅健壮的大个子,蓄着厚厚的棕色胡须,身着朴素的制服。威斯特思忖消息有多糟糕——根据元帅的脸色,应是非常糟。

"威斯特少校。"元帅浓眉下的双眼炯炯有神,"感谢你能来。"

"荣幸之至,长官。"墙边桌上摆了三个粗木匣,伯尔注意到威斯特的目光。

"礼物。"元帅酸溜溜地说,"来自我们的北方朋友,贝斯奥德。"

"礼物？"

"送给国王陛下的。"元帅阁下愁眉不展地舔牙齿,"干吗不看看他们送来了什么呢,少校?"

威斯特走到桌前,伸手谨慎地打开一个匣盖。臭气涌出,像烂透的肉,但匣内只有些棕色泥土。他打开下一个,气味也很糟糕,装的仍是棕色泥土,在木匣内的壁板上结成块,带了几缕黄毛。威斯特强忍恶心,皱眉抬头看向元帅:"就这,长官?"

伯尔嗤之以鼻。"要是就好了。东西都埋了。"

"埋了?"

元帅阁下从桌上拿起一张纸。"西比尔上尉、赫斯上尉、阿林霍上校。你知道这些人吗?"

威斯特快吐了。那味道,不知为何让他想起古尔库战场。"我知道阿林霍上校,"他含混地说,盯着那三个匣子,"有所耳闻。他是杜别克要塞司令官。"

"曾是。"伯尔纠正,"另两位曾负责要塞周围的两个前哨站,都在边境上。"

"边境上?"威斯特喃喃自语,他意识到发生了什么。

"他们的头,少校,北方人送来他们的头。"威斯特看着黏在匣里的黄发,咽了口口水。"他们说等时机成熟,会发出三个信号。"伯尔起身望向窗外。"前哨站不值一提:几栋木建筑,一道木栅栏,再加几条壕沟了事,守军寥寥无几,战略上也无关紧要。但杜别克要塞不一样。"

"它保卫着白河的渡口,"威斯特下意识地说,"那是安格兰对外的交通要道。"

"也是入侵安格兰的最佳途径。作为军事要地,国家动用大量人力物力加以巩固。我们采用了最新设计,派出最优秀的工程师和三百士兵,要塞内的武器和补给能支撑一年。我们曾以为那里难攻不破,是边境防御的支柱。"伯尔眉头紧锁,鼻梁爬满深深的皱纹,"如今却告沦陷。"

威斯特的头又开始疼:"什么时候的事,长官?"

"确切时间不清楚,但从这些'礼物'计算,至少是两周前。大家觉得我是个失败主义者,"伯尔酸酸地说,"但我猜,北方人早已越境,可能踏平了半个北安格兰。我们丢了一两个矿井,好几处流放地,截至目前还没什么要紧,没失去较大的市镇,但他们正加紧侵略,威斯特,速度很快——你知道他们的方式。他们决不会把人头送给敌人,再礼貌地等待回应。"

"我们有何应对?"

"几乎毫无作为!安格兰人当然掀起轩然大波,米德总督征募了能募到的每个人,打算主动出击,和贝斯奥德决战。白痴。到处都有目击北方人的报告,数量从一千到十万不等,安格兰诸港挤满惊慌失措想逃跑的市民,谣言蜂起,罪犯肆虐,暴民到处搜寻有北方血统的人,施以殴打、抢劫乃至杀戮。总之那边一团糟,而我们爱莫能助。"

"可……不是收到过警告吗?他们都不知道吗?"

"收是收到了!"伯尔大手一挥,"但没人在意。你看!那个浑身涂得花里胡哨的死蛮子跑到圆桌厅当着国王的面刺臂挑战,却不认真对待!这就是政府!人人为己!宁愿临时修修补补,不肯防患于未然!"元帅阁下激动得呛到了,朝地上打嗝吐痰。"哈!该死!该死的胃胀!"他坐回椅子,郁郁地揉肚子。

威斯特不知说什么好。"接下来怎么办?"他低声问。

"最新命令是立即北伐,意思是只要哪位大人物闲下来为我备好人手装备,我得马上走人。国王——就是醉鬼霍夫——命我严厉弹压北方。此次行动将出动王军的十二个团——七个步兵团和五个骑兵团——外加诸贵族领地征发的新兵,到安格兰后还可接收所有能剩下的安格兰人。"

威斯特不安地在椅子上扭了扭:"我军精锐尽出,必能压倒北方人。"

"哈!"元帅阁下嘀咕,"最好如此。这差不多是我们的全部兵力,对此我非常担忧。"威斯特皱眉。"达戈斯卡,少校,我们无法与古尔库人和北方人同时开战。"

"但说真的,长官,古尔库会冒险这么快重开战端?那不是无中生有的谣言吗?"

"希望如此,希望如此啊。"伯尔下意识地摆弄桌上文件,"那个新皇帝,奥斯曼,跟前任大不一样。他本是老幺,却在得知父亲死讯后……扼死了所有兄长,传闻甚至是他亲手所为。他被称为奥斯曼-乌-多沙,意为'残酷的奥斯曼'。他公开宣布要夺回达戈斯卡。这或许是虚张声势,或许不是。"伯尔抿着双唇,"据说他眼线遍天下,很可能已得知我们在安格兰的麻烦,正准备乘虚而入。我们必须迅速解决北方问题。迅速解决。十二个团和贵族领地征发的新兵,后者我没法指望。"

"为什么?"

"都要归结到布商公会。这事办得极糟,得罪了大贵族,布洛克、伊斯尔、巴雷辛这帮人现在不肯征兵。谁知道他们什么时候送人来,或者送什么人来?指不定是些饥肠辘辘、手无寸铁的乞丐,正好收罗清理掉领地里的垃圾。那种人除了耗费衣食武器之外毫无用处,而我们还紧缺优秀军官。"

"我的营里有些可靠的人。"

伯尔不耐烦地挪了挪身:"可靠的人,没错!诚实的人,热情的人,但都是些菜鸟!在南方打过仗的大都厌倦了战争,退役后不打算回来。你没发现军中都是些年轻军官吗?我们他妈的成了个进修学校!偏偏王子殿下又在这当口提出要担任指挥官!他甚至不知剑该握哪边,却一心想出风头,我拒绝不了!"

"雷诺特王子?"

"是他就好了!"伯尔不禁吼出来,"雷诺特至少有点出息!我说的是兰迪萨!他来指挥一个师!一个每月光衣服就要花掉上千马克的家伙！一个目无纲纪的家伙！据说他在宫中强暴过好些仆人，但审问长让那些女孩都闭了嘴。"

"不过是谣传。"威斯特道，尽管他自己也听过。

"王位继承人在国王健康堪忧的情况下自涉险境？太可笑了！"伯尔起身，一边打嗝一边颤抖。"该死的胃！"他僵硬地走到窗前，皱眉看向阿金堡。

"他们以为一切轻而易举，"他小声说，"我是指内阁。他们以为这不过是一趟去安格兰的远程示威，下雪之前就能班师，根本无视杜别克要塞陷落的含义。他们永远不会汲取教训。古尔库战争时他们作了同样判断，结果差点害死我们。北方人根本不像他们想的那么原始，我曾在斯塔兰和北方佣兵并肩作战。那是艰苦生活锤炼出的坚韧人种，他们从小战斗，无所畏惧，坚忍不拔，山地、森林和酷寒条件都难不倒他们。他们不遵循我们的作战方式，甚至根本不理解那些，在战场上，他们的野蛮暴虐会让古尔库人脸红。"伯尔的视线离开窗户，转向威斯特。"你出生在安格兰，对吧，少校？"

"是的长官，我出生在安格兰南部、奥斯腾霍姆附近。我家农场在那里，当然是我父亲死前……"他声音渐渐变弱。

"你在那里长大？"

"是的。"

"你了解那里？"

威斯特皱眉："算是了解附近区域，但我很久没回——"

"你了解北方人？"

"了解一些。有很多北方人住在安格兰。"

"你会讲他们的语言？"

"是，但只会一点，他们有各种方——"

"很好。我正组建参谋团，出征后我要用信得过的好手来传达指令，这样我军才不至于在迎敌前就分崩离析。"

"这十分必要,长官。"威斯特的大脑飞速运转起来,"路瑟上尉是一位能力卓越才华横溢的军官,加兰霍中尉——"

"呸!"伯尔边吼边失望地挥手,"我知道路瑟,那个低能儿!我最厌恶那种外表光鲜内里一无是处的崽子!我要你,威斯特。"

"我?"

"对,你!瓦卢斯元帅——联合王国最著名的战士——对你极尽溢美之辞,说你是最忠诚、最坚韧、最勤奋的军官,而这些是我最需要的品质!古尔库战争时,你是格洛塔上校的副官,对吧?"

威斯特咽口口水:"呃,是的。"

"众所周知,你第一个冲进乌利齐城的缺口。"

"呃,我在第一波人当中,我——"

"你曾带领队伍上战场,个人勇气也毋庸置疑!无须过谦,少校,你就是我要的人!"伯尔微笑着坐回椅子,自认这番演说效果不错。随即他又开始打嗝,一只手按住腹部。"抱歉……该死的消化不良。"

"长官,恕我直言?"

"我不是拐弯抹角的朝臣,威斯特,我需要你直言进谏。我要求你说实话!"

"委任我进入元帅参谋团,长官,您必须权衡利害。我并非贵族之子,身为平民担任营长,已很难获得出身更高的低级军官们的尊敬。如果进入您的参谋团,我要命令的那些人,长官,他们的出身……"他恼火地顿了顿,元帅阁下面无表情地盯着他,"他们不会认同!"

伯尔眯起眼睛:"认同?"

"他们的骄傲不允许这个,长官,他们——"

"去他妈的骄傲!"伯尔倾身向前,黑眼睛死盯住威斯特的脸,"现在听我说,听仔细了。时代在变。我不需要血统高贵的白痴。我需要能计划、能组织、能下达正确命令、并能贯彻执行的人。我的部队里没有不听指挥的人的位置,我才不管他们有多高贵。作为参谋,你是我的代表,不许任何人轻侮。"他突然打了个嗝,一拳捶在桌上。"我会确保这点!"他咆哮,"时代在变!他们可能没察觉,但他们很快就会知道了!"

威斯特无言地看着伯尔。"总之,"元帅坚定地一挥手,"我不是在征求你的意见,而是通知你有了新职位。你的国王需要你,你的国家需要你,就是这样。你有五天时间来交接你的营。"说完,元帅阁下继续处理文件去了。

"遵命,长官。"威斯特轻声答道。

他麻木的手指摸索着关上门,低头盯着地板,沿走廊缓缓前行。战争。北方战争。杜别克陷落,北方人入侵安格兰。军官们在他周围匆匆走过,有的与他擦肩而过,但他毫无知觉。那里的人民陷于危难,正处于水深火热中!其中甚至包括他的熟人,他的邻居。就是现在,就在王国境内,正在打仗!他摩挲着下巴。这将是一场残酷的战争,甚至比古尔库战争更可怕,而他将卷入战争的核心,任职于元帅参谋团。他?柯利姆·威斯特?一介平民?他仍旧难以置信。

他有种混杂着羞愧、见不得光的喜悦。他像狗一样勤恳工作好多年,终于有机会平步青云。只要在战争中建功立业,他就有机会向上爬。这将是一场残酷的战争,可怕的战争,却是他的机会。

是命运的微笑。

戏服

The Theatrical Outfitter's

甲板在脚下吱嘎，船帆轻拍，海鸟在头顶腥咸的空气中哇哇怪叫。

"没想到这么大。"罗根低声惊叹。

城市犹如一弯巨大的白色新月，伸展霸占整个蓝色海湾，无数远看十分纤细的桥梁连接了海中若干石头小岛。鳞次栉比的建筑中不时有绿地脱颖而出，阳光在代表河道和运河的细灰线上闪烁。这里还有点缀着诸多塔楼的雄伟城墙，它们伫立在城市远端，从建筑群中突兀升起。罗根大开眼界，傻傻地张大嘴巴，目不暇接。

"阿杜瓦，"巴亚兹轻声说，"世界的中心。诗人们称她为白塔之城。远看很美，是不是？"法师倾身靠近，"相信我，靠近就会闻到她的臭气了。"

城中升起一座巨型要塞，纯白墙壁将周遭地毯般的建筑尽数笼罩，耀眼阳光照在墙内光辉灿烂的圆顶上。罗根做梦也像不到人力能造出如此辉煌壮丽、骄傲牢靠的建筑。有座高塔尤其巍峨，它俯瞰一切，犹如一丛光滑的黑色梁柱支撑着天穹。

"贝斯奥德想攻打这个国家?"他呢喃道,"他肯定是疯了。"

"未必。贝斯奥德尽管骄傲虚荣,但他看透了联合王国。"巴亚兹冲城市点头,"这里的人彼此猜忌,向来如此。名义上是联合王国,暗地拆台却拆得不亦乐乎。下位者为鸡毛蒜皮的事钩心斗角,上位者为权力和财富机关算尽——还把那称为政府。这里的战争以言语、诡计和欺骗为武器,流的血却一滴不少。一滴不少啊。"法师叹口气,"在这高墙背后,他们大喊大叫,疯狂争辩,无休止地互相撕咬。旧伤口永不会结疤,只会愈演愈烈,生根发芽,并随着日久年深而根深蒂固。人与人斗永远是最受欢迎的戏码。他们不像你,罗根。他们会笑脸相迎,阿谀奉承,与你称兄道弟,还奉上礼物,但到最后他们会暗箭伤人。你会发觉这是个奇怪的地方。"

罗根已发觉这是最奇怪的地方,惊奇源源不绝。船入海湾后,城市似乎继续膨胀,点缀着黑窗户的白房子林立四周,从四面八方压来。山丘被屋檐和塔楼遮蔽,建筑与建筑、墙与墙之间挤挤挨挨,一直挤到水滨。

各式各样的大船小船在海湾里争抢地盘,船帆翻卷如浪,水手们在甲板和绳索间忙活,吆喝声盖过了涛声。有些船比他们的双桅小帆船还小,有些则大得多。一艘巨大的帆船破浪而来,船首溅起层层闪光飞沫,罗根看得目瞪口呆——那简直是靠魔法浮在海上的木头山。大船渐渐驶远,留他们在余波中颠簸,但还有更多的、难以计数的船舶正驶向岸边数不尽的码头。

罗根单手搭凉棚,遮挡夺目阳光,依稀辨出码头上熙熙攘攘的人群,声音也依稀传来:一阵阵由吵嚷、叫卖和货车磕碰地面的声响组成的喧哗。岸边有数以百计的微小人形,像黑蚂蚁簇拥在建筑和船只间。"这里住了多少人啊?"他轻声问。

"成千上万,"巴亚兹耸耸肩,"总有好几十万吧。这里聚集了环世界各地的人。有北方人,有来自古尔库和更远的南方的黑皮肤坎忒人,有来自极西方的旧帝国人,有斯提亚诸自由城邦的商人,甚至有人不远万里,从千岛群岛、遥远的苏极克或拜日的索森德来。这里的人口无法统计——活着的、快死的、工作的、出生的,踩着别人往上爬的。欢迎——"巴亚兹摊开双臂,迎向这座荒诞华美的巨城,"来到文明世界!"

几十万。罗根很难理解这概念。几……十万。世上有这么多人吗?他瞪着这座包围他的城市,不可思议地揉着酸痛的眼睛。几十万人在一起是啥样?

一小时后,他有了答案。

只有在战场上,罗根体会过这种人挤人、快被压扁的滋味,但码头的的确确就像战场——叫嚷、怒气、冲撞、恐惧和混乱。这场战争毫无慈悲、没有终点也没有赢家。罗根习惯于苍茫的天空、自由的空气和忠诚的伙伴,一路上巴亚兹和魁靠太近他都嫌局促,现在四面八方全是陌生人,推推搡搡,吵吵嚷嚷。成百上千!成千上万!数不胜数!他们真的是人吗?跟他一样有感情有思想会做梦?无数脸孔闪现又消失——阴沉的、紧张的、愁眉不展的,汇成一团恶心的颜料。罗根咽了口吐沫,眨眨眼,喉咙干得难受,只觉天旋地转。这毫无疑问就是地狱。他命该来此,只不记得几时死的。

"马拉克斯!"他绝望地呻吟。门徒四处张望。"停一下!"罗根拉扯衣领,想让空气流进去,"我快憋死了!"

魁咧嘴笑道:"大概是因为臭味儿。"

很可能是。码头闻起来是不折不扣的地狱。臭鱼、烂水果、过期香料、新鲜粪便与人畜的汗水混合,被火红的太阳炙烤加工后变成空前的恶臭。

"让开!"一个肩膀粗鲁地撞开罗根,旋即消失。罗根靠在一堵脏兮兮的墙上,拼命擦汗。

巴亚兹面带微笑:"一点也不像广袤荒凉的北方,嗯,九指?"

"一点不像。"罗根瞪着面前的汹汹人流——马、车、无尽的面孔。一个男人狐疑地盯着他看。一个男孩朝他指指点点,大声嚷嚷。一个提篮子的女人远远躲开他,最后满怀恐惧地逃离。他现在有了片刻余暇,发觉周围人都在看他、指点他、议论他,似乎戒心满满。

罗根靠向马拉克斯:"北方人恨我怕我,我不喜欢,但至少知道原因。"一群阴郁的海员冷眼打量他,用比呼吸还轻的声音交头接耳。罗根困惑地回望,直到他们消失在一辆隆隆驶过的马车后。"这里的人为何讨厌我?"

"贝斯奥德下手很快,"巴亚兹小声说,皱眉看向人群,"他已侵入联合王国。恐怕北方人在阿杜瓦不受欢迎。"

"他们怎么知道我打哪儿来?"

马拉克斯一挑眉毛:"还不明显?"

一对嬉笑的少年快速跑过,罗根向后一让:"有那么明显?在这么多人中间?"

"就像一根伤痕累累、肮脏不堪的大门柱那么明显。"

"啊,"他低头自审,"明白了。"

✡

离开码头后,人流渐渐稀疏,空气清新了些,噪声也消退了不少。虽然还是又挤又臭又吵,好歹罗根可以喘口气。

他们走过修葺整洁的宽阔广场,场内装饰着植物和雕像,周围房屋门上挂着鲜亮的木招牌——蓝色的鱼、粉色的猪、成串的紫色葡萄、大块的棕色面包。不少桌椅摆在户外,人们坐在那里晒太阳,用浅底盘子吃东西,啜饮绿色玻璃杯中的饮料。随后他们穿过狭窄小巷,木头和石膏制的建筑摇摇欲坠,几乎碰到脑袋,只在头顶留下一道狭窄蓝天。他们走过几条宽阔的鹅卵石路,周围是行色匆匆的人群,道旁有成排的巨大白色建筑,看得罗根目瞪口呆。

这里并非沼泽,但雾气朦胧,这里不是森林,却密不透光,罗根从未感觉如此迷茫。他全然不知来时坐的船在哪个方向,尽管才下船不到半小时。高耸的建筑遮蔽了太阳,周围一切都似曾相识。他害怕自己会在人潮中与巴亚兹和魁失散,永远迷失方向,于是他紧跟巫师的光头,直至来到开阔地——一条宏伟的大道,远比他见过的任何一条路宽阔,两旁皆是高墙和藩篱后的白色宫殿,周围环着无数古树。

这里的人也与之前的截然不同,他们衣着光鲜亮丽,剪裁成毫无用途的奇特样子。这里的女子几乎不像人类——苍白瘦弱,裹着闪光布料,撑布的棍子在阳光下支棱八翘,无风自动。

"这是哪儿?"他冲巴亚兹叫道。就算巫师说他们在月亮上,罗根都不会惊讶。

"这是中央大道,城市的主干大道之一!它穿过市中心,直达阿金堡!"

"阿金堡?"

"要塞、宫殿和兵营,政府所在,城中之城。阿金堡是联合王国的心脏,我们正要去那儿。"

"我们去那儿?"一群带着敌意的青年男子狐疑地打量着罗根经过,"他们会让我们进去?"

"哦,当然,虽然不会心甘情愿。"

罗根艰难挤过人群,四面都是闪耀的玻璃窗格。卡莱恩最恢弘的一些建筑上也有玻璃窗,至少在他们洗劫前是有的——必须承认,后来很少见到了,好东西几乎都没了。狗子很喜欢听玻璃碎裂声,他会用长矛戳,玻璃"哗哗啦啦"让他笑得兴高采烈。

然而狗子的行为远称不上是最糟的。贝斯奥德给了麾下亲锐三天时间来洗劫城市——那是他的习惯,他们也因此拥戴他。罗根在一天前的战斗中失去了一根手指,他们用烙铁为他止血,但伤口一直抽痛、抽痛，令他发狂。这么说似乎是在为暴行找借口。他还记得当时的血腥气，汗水和烟雾的恶臭，还有尖叫声、破碎声、狂笑声。

"行行好……"罗根身子一倾，差点摔倒。什么东西死死抱住了他的腿。是个坐在墙边的女人，衣服又脏又破，脸庞饿得发白。她怀抱一团破布似的东西——一个孩子。"行行好……"没人理会，人们有说有笑地从女人和孩子身边涌过，当脚边只有空气。"行行好……"

"我没东西给你。"他小声嘟囔。不到五跨外，一个戴高帽子的男人坐在桌旁，一边吃着热腾腾的肉菜，一边和朋友轻声谈笑。罗根看看肉菜，又看看饥肠辘辘的女人。

"罗根！跟上！"巴亚兹抓住他胳膊肘，拖他离开。

"可我们——"

"你还没发现吗？到处都有乞丐！国王需要钱，因此压榨贵族。贵族压榨地主，地主压榨农民。一些农民，年老的、病弱的，多余的儿女之流，就这样被压在最底层。太多嘴要吃饭了。他们中幸运的成了窃贼和妓女，剩下的只能乞讨为生。"

"可——"

"让路！"罗根踉踉跄跄退到墙边，靠紧墙，马拉克斯和巴亚兹也站到他身边。人群分开，一长队人被全副武装的卫兵押送走过。其中有的很年轻，几乎还是孩子，有的则十分老迈。他们统统脏兮兮的，衣衫褴褛，看起来没几个健康的。有两个明显是跛子，互相扶持着，一瘸一拐尽力不掉队。靠前有个人只剩一条胳膊。这些乞丐经过时，一个身着华丽红马甲的路人拿方巾捂紧鼻子。

"他们是什么人？"罗根轻声问巴亚兹，"罪犯吗？"

法师轻笑："是士兵。"

罗根盯着他们——又脏又瘸、咳嗽不止，甚至没靴子穿。"士兵？就他们？"

"哦，没错，他们要去对付贝斯奥德。"

罗根揉揉太阳穴:"曾有个氏族派最弱的战士——叫最弱的福利——和我决斗,以此来体面投降。联合王国为何要派最弱的人上前线?"罗根严峻地摇头,"靠他们可打不过贝斯奥德。"

"他们也会派其他人去。"巴亚兹指向另一堆较小的人群,"那些也是士兵。"

"那些?"那些都是高个青年,个个身穿红色或亮绿色华美制服,其中两人头戴过大的帽子。他们好歹佩了剑——虽然不太像能打的剑——可与其说是战士,不如说是一队要上战场的女人。罗根看得直皱眉,目光在前后两队人之间游移。肮脏污秽的乞丐,华而不实的小孩,他说不出哪个更奇怪。

✡

开门时一只小铃铛轻响,罗根随巴亚兹穿过低矮门廊,马拉克斯紧跟在后。与明亮的大街相比,店里显得很昏暗,罗根的眼睛一时难以适应。一面墙上靠着许多木板,木板上似乎是孩子们的涂鸦,有建筑、森林或山脉的图画。木板旁的架子上搭着奇怪的服饰——宽松的袍子、俗丽的外衣、成套盔甲、巨型帽子和头盔、还有戒指珠宝,甚至有一顶沉重的王冠。武器立在一个小架子上,长剑和长矛上都布满装饰。罗根皱眉走近,发觉这些尽是赝品,没一个真的。武器是涂漆的木头,王冠用薄锡打造,珠宝不过是染色玻璃。

"这是什么地方?"

巴亚兹扫了一眼墙边袍子:"戏服店。"

"什么?"

"这座城市的人喜欢看戏。滑稽剧、正剧、各种表演,而这家店为表演提供道具装备。"

"你是指听故事?"罗根戳戳一把木剑,"闲人真多咧。"

一个圆胖矮男人走出店后部的门,狐疑地打量巴亚兹、马拉克斯和罗根。"有什么能效劳吗,先生们?"

"是的。"巴亚兹上前一步,流利地说起通用语。"我们正筹拍一部大作,需要些道具。我们知道您是全阿杜瓦最优秀的戏服师傅。"

店主紧张地笑笑,打量着他们脏兮兮的脸孔和风尘仆仆的服装:"是的,是的,但……呃……一分钱一分货,先生们。"

"钱不成问题。"巴亚兹掏出个鼓鼓囊囊的钱包,随手丢上柜台。钱袋口松开,沉甸甸的金币洒在木头上。

店主顿时双眼放光:"当然!您们需要什么?"

"我要一件华袍,符合大法师、大巫师此类身份,嗯,带点神秘感。我们还要一件类似但不那么堂皇的衣服,给门徒穿。最后呢,我们需要一套配得上勇士的服装,穿在来自遥远北方的王子身上。我估计,加些皮草不会错。"

"好说好说,我去看看存货。"店主消失在柜台后的小门内。

"这他妈什么意思?"罗根质问。

法师咧嘴一笑:"这里的人生而有身份地位。平民负责打仗、耕种和做工,绅士从事贸易、建筑和研究,贵族拥有土地、驱使他人,而王族……"巴亚兹看了一眼锡制王冠,"……我也不知他们能做什么。在北方,你可以建功立业、步步高升,只消看看我们的朋友贝斯奥德。但在这里不行,这里人人生来各得其所,职责一目了然。想得到重视,就必须显出地位,我们现在的装扮,恐怕进不了阿金堡大门。"

店主抱着一堆光鲜衣服出门,打断了他的话:"最神秘的袍子,适合最有法力的巫师!这是去年春节上演的《帝国末日》中尤文斯的服装,它——恕我直言——是我最杰出的作品之一。"巴亚兹提起猩红布袍上闪亮的带子,就着昏暗光线,满意地欣赏。神秘纹饰,隐晦符文,太阳、月亮和星辰,皆用银线绣成,闪闪发光。

马拉克斯摸着给自己的那件闪闪发光的可笑服饰:"如果我穿这

个去找你,呃,罗根,我想你当初就不会轻看我了。"

罗根一缩:"说不定我会笑得喘不过气。"

"请看这件上等的蛮子装束。"店主举起一件黑皮革外衣放在柜台上,外衣饰有亮闪闪的黄铜螺旋纹,衣袂点缀着毫无意义的轻薄链甲。店主又指指配套的毛皮斗篷:"真正的貂皮!"这斗篷更可笑,既无防护功能,也不能保暖。

罗根双手抱胸,护住自己的外套:"你觉得我会穿这个?"

店主紧张地咽口唾沫。"实在抱歉,朋友,"巴亚兹说,"他是位新潮演员,自信要完全融入角色。"

"是吗?"店主舒了口气,上下打量罗根,"北方人……现在……比较敏感。"

"话虽如此,但我告诉你,九指师傅安分守己。"老巫师用手肘推推罗根肋下,"特别安分守己,我保证。"

"既然你这么说。"店主似乎根本不信,"敢问你们要演什么呢?"

"噢,是出新剧。"巴亚兹用一根手指摩挲光头,"我还在完善细节。"

"真的?"

"当然。应该说我正思考其中一幕。"他看着袍子,欣赏神秘符号的闪闪银光,"关于第一法师巴亚兹如何夺回他的内阁席位。"

"哦。"店主了然地点头,"一出政治剧,或是讽刺剧,对吗?走搞笑路线还是严肃路线呢?"

巴亚兹瞥了罗根一眼:"这得走着瞧。"

蛮子进城

Barbarians at the Gate

杰赛尔奔跑在护城河边的走道上,沉重地踏着磨旧的鹅卵石,高大的白墙在右边无止境延伸,一塔又一塔——这是他沿阿金堡的日常跑步路线。戒酒之后,他的耐力得到了很大提高,很少跑得喘不过气。时候尚早,城市街道几乎是空的,只有几个家伙目睹他跑过,也许还吼出一两句鼓励话。杰赛尔不在乎他们,他死盯着摇曳闪烁的护城河水,心在别处。

阿黛丽。还能是谁?他原以为,收到威斯特的警告、不再见她之后,他能结束心猿意马的状态,把心思放到其他姑娘身上。他强迫自己专心练剑,并试图燃起对军官职责的兴趣,但他实在办不到,其他所有姑娘似乎都成了苍白、无聊、可悲的生物。每天早晨的长跑,以及接下来冗长的梁木和重扛训练,让他没法不想她。和平时期的军官职责更是雪上加霜:阅读枯燥的文件,守卫不需要守卫的东西……他没法不走神,一走神她就在那里。

阿黛丽穿着清爽的农妇衣裳,经过一天辛勤劳动,红着脸汗津津地走回来；阿黛丽穿着公主的鲜艳服饰，珠光宝气；阿黛丽在森林里的泉水池中洗澡，他藏身灌木丛下偷窥；阿黛丽端庄优雅，羞涩地对他目送秋波；阿黛丽是码头边的妓女，站在阴暗的门廊下招呼他。幻想有无穷多种，主角都是她。

不知不觉间，他完成了沿阿金堡的跑步，过桥进南门。

杰赛尔对门口站岗的卫兵毫不在意，他直接穿过隧道，沿长长的斜坡进到要塞内部，转向瓦卢斯元帅等待的庭院。途中，阿黛丽仍在他脑海中盘旋。

其实他有很多事要操心。剑斗大赛即将开始，他即将面对欢呼的群众和亲朋好友。大赛可以让他出人头地……也可以彻底毁了他。他本该夜不能寐，浑身冷汗，反复琢磨招式、训练和武器才对。可惜他在床上想的全是她。

此外还有战争。站在阿金堡的阳光大道上很容易忘记，流口水的北方蛮子正入侵安格兰。他也许很快会被派往北方，指挥自己的连队参战——这种事男人总该上点心。难道战争不危险吗？难道在战争中他不会受伤、残废乃至被杀吗？杰赛尔努力回忆恐刹芬利斯那张扭曲可怖、涂满图画的脸，努力想象无数尖叫的蛮子兵临阿金堡下。这真的很可怕，可怕又危险。

啊啊啊。

阿黛丽来自安格兰。假如——假如，她落入北方人手中？自然，杰赛尔会立刻前去营救，决不能让她受伤害。呃，至少不受太多伤害。也许扯破点衣服，没什么打紧？她无疑会很害怕，也满怀感激，而他有义务安慰她，这是自然的事。她甚至会晕倒？那他可以抱着她，让她的头枕在他肩上。他放她下来，松开她的衣服，触碰嘴唇，轻轻一下。她的唇或许会就此张开一点点，那么……

杰赛尔在路上绊了一下。裤裆里逐渐升起愉悦的鼓胀，愉悦，但对奔跑无益。快到庭院了，这样没法练剑。他慌乱张望，找东西让自己分心,却差点咬到舌头——威斯特少校就站在墙边,穿好了击剑服,格外严肃地看着他逼近。那一瞬间,杰赛尔以为朋友读出了自己心中所想。他咽下满心罪恶感,血色上涌。威斯特不知道,不可能知道,他是为别的事不高兴。

"路瑟。"少校沉声道。

"威斯特。"杰赛尔对靴子说。威斯特被提拔进伯尔元帅的参谋团后,两人的关系就不怎么融洽。杰赛尔想为朋友高兴,却免不了觉得自己才更有资格。不管怎么说,不管有没有作战经验,他血统优先。现在阿黛丽又横亘在两人中间,还有威斯特那条多余的、讨厌的警告。每个人都知道威斯特第一个冲进乌利齐城,每个人都知道威斯特脾气火爆——杰赛尔素来觉得挺刺激,直到自己成了这脾气针对的目标。

"瓦卢斯在等你,"威斯特放下抱着的胳膊,大步走向拱门,"他不是一个人。"

"不是一个人?"

"元帅阁下认为需要有人为你打气。"

杰赛尔皱起眉头:"要出征了,谁会对我练剑感兴趣?"

"战争或者比剑,都跟'打'有关,都有相似的情调。这些日子人人佩剑,即便有的人一辈子也没拔出来过。相信我,他们会为剑斗大赛而疯狂。"

来到明亮的庭院,杰赛尔不住眨巴眼睛——一面墙边匆匆搭起临时看台,上面坐满观众,少说也有六十人。

"主角来了!"瓦卢斯元帅大叫,观众们礼貌地赞叹。杰赛尔发现自己在微笑——来了好些个头面人物:莫拉维大法官捻着长须;伊斯尔公爵离法官不远,神情颇为无聊;兰迪萨王太子悠闲地坐在前排,穿一件薄如蛛丝、闪闪发光的链甲衫,热烈鼓掌。他那顶羽帽太大,坐他后面的人不得不努力倾身才看得清前方。

从瓦卢斯手中接过武器时，杰赛尔发现老元帅今天着实开心。"不准让我失望！"元帅嘶声道。杰赛尔紧张地咳了两下，望向看台上满怀期待的人群，心忽然一沉：格洛塔审问官露出无牙的奸笑，而审问官后面坐的是阿黛丽·威斯特。她脸上的表情是他在白日梦中从未见过的：三分之一的嗔怪，三分之一的责难，还有三分之一的无聊。他移开视线，望向对面墙，暗骂自己的懦弱。最近这些日子，他似乎没法跟任何人对视。

"本次训练使用单面开刃的武器！"元帅声若洪钟，"三战两胜！"威斯特已抽出武器，踏入决斗圈——细心修剪的草坪上用白粉笔画出的圆圈。抽出自己的武器时，杰赛尔察觉到众人的视线，心里犹如有巨锤在敲。他走到威斯特对面，小心翼翼踩上草坪。威斯特举械致敬，杰赛尔也跟着举起，两人就这样一动不动面对着矗立片刻。

"开始！"瓦卢斯喝令。

一出手他就明白，威斯特决不会为他放水。威斯特的招式比平日更凶悍，他用一连串重切笼罩了杰赛尔，两人的武器飞速碰撞刮擦。杰赛尔开始后退，他尚未习惯成为瞩目的焦点，尤其这其中有许多见鬼的头面人物。随着威斯特将他逼向决斗圈外，紧张感逐渐淡去，取而代之的是天长日久训练出的本能。他向旁闪躲，为自己留出空间，双手武器轮番出动，格挡下对手招式。他闪避、雀跃，难以捕捉。

观众消失了，甚至阿黛丽也不见了，手中双剑却似乎有了意识，前前后后，上上下下……他无须盯住武器，只消看着威斯特的眼睛，看着威斯特的目光在地面、手上的剑和杰赛尔旋舞的双腿之间来回游移。

他看破了威斯特的所有意图。

他在对手冲锋前就预感到冲锋之势，于是佯攻一记，向旁躲开，刚好在威斯特冲来时敏捷地闪到其身后。剩下的只是出脚绊脚踝，将对手摔出圈外。

"一比零！"瓦卢斯元帅高叫。

少校摔了个狗吃屎,观众一片笑声。"屁股吃土喽!"王太子哄笑,帽子上的羽毛欢快地摇来摇去,"路瑟上尉胜利!"满脸是泥的威斯特似乎不那么可怕了。杰赛尔朝看台微一鞠躬,抬头时冒险向阿黛丽的方向微笑,但他失望地发现她甚至没看他——她目不转睛地看着哥哥挂着狰狞的苦笑从泥土中爬起来。

威斯特缓缓起身。"打得好。"走回决斗圈时,他咬牙切齿地低语。杰赛尔也站好位置,却几乎忍不住微笑。

"开始!"瓦卢斯再度喝令。

威斯特的凶悍未减分毫,可杰赛尔已很好地热了身。这回他用各种花哨闪躲,引导观众们情绪起起伏伏。他动作越华丽,越是能在千钧一发之际躲开威斯特的攻击,观众们就越是报以"哦!"或"喔!"的惊呼。他的表现从未这么出彩,他从未移动得如此迅捷。身材更壮的威斯特开始累了,双剑不再虎虎生风。他们的长剑撞在一起,刮擦,杰赛尔抓住机会扭动右腕,卸下威斯特的武器,旋即上前一步,用左手的短剑平砍。

"啊!"威斯特痛得一缩,立时丢开短剑,抓住上臂跳开,草地洒下连串血珠。

"二比零!"瓦卢斯宣布。

王太子见血兴奋得跳起来,帽子掉了下去。"完美!"他尖叫,"无敌!"其他人随他起立,热烈鼓掌。杰赛尔沐浴在观众们的赞扬中,笑得合不拢嘴,全身每块肌肉都舒坦。他终于明白吃这么多苦是为什么了。

"打得好,杰赛尔,"威斯特咕哝,鲜血沿前臂流下,"我打不过你了。"

"很抱歉砍伤你。"杰赛尔咧嘴笑道,心里半点也不抱歉。

"没事,一点擦伤。"威斯特皱眉大步离去,始终压着手腕。没人关心他的离开,杰赛尔尤其不关心。比赛就是胜者为王。

莫拉维阁下率先走下看台，向他道贺。"好个前途无量的小伙子，"他朝杰赛尔露出温暖的笑容，"但您认为他能打败布雷默·唐·葛斯特？"

瓦卢斯慈父般拍拍杰赛尔肩膀："在合适的时刻，我相信他能打败任何人。"

"呵呵，您见过葛斯特比剑么？"

"没见过，听说他很强。"

"喔，他确实很强——简直是个魔鬼。"大法官抬起一对浓眉，"我很期待他们交手。你考虑过在法律界谋求发展吗，路瑟上尉？"

他的提议令杰赛尔措手不及："呃，没有，阁下，这个……我是个军人啊。"

"你当然是，但刀光剑影难免伤身。若想多个选择，或许我能为你谋职位。对于前途无量的小伙子，我总是乐意支持。"

"呃，谢谢您。"

"那么剑斗大赛见，祝你马到成功，上尉。"他垂下肩，缓步走开。他扔给杰赛尔的暗示令人难以接受，好在兰迪萨王太子殿下十分乐观。

"你是我的英雄，路瑟！"太子叫道，一边用手指在空中比画，模仿比剑，"我决定把压你身上的注翻倍！"

杰赛尔鞠躬奉承："殿下太慷慨了。"

"你是我的英雄！一个完美的军人！一个完美的剑客总该为国作点贡献，对吧，瓦卢斯？那个葛斯特怎么就不是军人呢？"

"我相信他也是个军人，太子殿下。"元帅轻声说，"作为布洛克公爵的亲属，他在公爵的私人卫队中服役。"

"哦，"太子迷惑半响，接着又来了精神，"可你是我的英雄！"他冲杰赛尔大叫，又用手指比画了几圈，帽子上羽毛晃得厉害。"你是我的英雄！"他蹦蹦跳跳地朝门廊而去，精致的链甲衫闪闪发亮。

"不错。"杰赛尔猛然回头,笨拙地退开一步。格洛塔正歪着脖子瞅他——对一个瘸子而言,他还真有冷不防吓人一跳的才能。"你竟没退出,甘愿让大家找找乐子。"

"我从未想过退出。"杰赛尔冷冷回敬。

格洛塔舔舔牙龈空洞:"如你所说,上尉。"

"我没乱讲。"杰赛尔粗鲁地转身,唯愿永不再跟这讨厌鬼对话……结果直接望进了阿黛丽的眼睛,两人相距还不到一尺。

"嗄——"他张口结舌地后退半步。

"杰赛尔,"她说,"最近我都没见着你。"

"呃……"他紧张地环视周围。格洛塔摇晃着走开,威斯特早已离去,瓦卢斯忙着应酬伊斯尔公爵和其他几位逗留的观众。他们都没注意他。他必须说出实情,他必须承认不能再跟她见面,他至少得对她做到这点。"呃……"

"没什么对我讲?"

"呃……"他快速扭身走开,双肩满载羞耻。

✡

对杰赛尔来说,在南门站岗的单调勤务到头来却像慈悲。他满心盼望能麻木地站在城门口,一边看阿金堡进进出出的人流,一边倾听卡斯帕中尉愚蠢的叨念。至少,去站岗前他这么认为。

卡斯帕和那些全副盔甲的值班卫兵聚在对开大门周围,门旁是两个巨大的白色城门楼,老桥横亘在护城河上。杰赛尔来到隧道尽头,发现人群中另有他人。一个满脸疲态的四眼小丑,杰赛尔模模糊糊记得此人。叫啥莫洛,宫务大臣的亲信,没道理在此现身。

"又见面了,路瑟中尉!"杰赛尔跳了起来。他之前没发现那个疯子苏法盘腿坐地,背靠城门楼的纯白墙壁。

"见鬼,他在这干什么?"杰赛尔怒喝。卡斯帕张嘴欲答,却被苏法抢先。

"没事,中尉,我在等主人。"

"主人?"他想不出这个白痴会侍奉怎样的大白痴。

"是的,他马上就到,"苏法皱眉瞅瞅日头。"说实话,他有点迟到。"

"是吗?"

"是的,"疯子又露出友善的笑容,"但他会来的,杰赛尔,你放心。"

直呼名字实在过分。他几乎不认识这疯子,而他了解的部分只能让他更厌恶。他正待恶狠狠地回敬,苏法却一个猛子跳起来,抓起墙边手杖,扫清身上灰尘。

"他们到了!"白痴向护城河对面看去,杰赛尔跟上他的目光。

一个庄严的老人大步过桥,光头高昂,一身仿佛来自于故事中,红银交杂的亮彩袍子在微风中飘飞。他身后跟着个病恹恹的少年,微微低头,似乎有些怕老人,手心朝上托着老人的"法杖"。两人身后是个裹毛皮大斗篷的大汉,比前两人高出半个多头。

"这是……"杰赛尔一时语塞。似乎在哪儿见过这老头,或许是议会里某位老领主?某个外国大使?这老头身上无疑有种尊贵气度。他们走来时,杰赛尔拼命回想,却想不出个所以然。

老人在城门楼前停下,用闪闪发光的绿眼睛傲慢地扫视杰赛尔、卡斯帕、莫洛一干人。"尤鲁。"他道。

苏法踏步上前,深鞠一躬。"巴亚兹师父。"他用至为尊敬的语调低声说。

原来如此。杰赛尔知道在哪儿见过这老头了——这老头跟国王大道上的巴亚兹雕像几无二致,最近杰赛尔无数次从那雕像下跑过。眼前的老头或许胖一点,但神态——严厉、睿智、掌控大局——分毫不差。杰赛尔不由得皱眉。长得像就可以随便称呼?他觉得这样做不对。他也不喜欢那个拿法杖的瘦小子,但他最不喜欢的是老头另一名同伴。

威斯特经常告诫杰赛尔,流浪到阿杜瓦的北方人——码头边蓬头垢面的蛮子、阴沟里的醉鬼——不能代表北方人的真实面貌。他们在遥远的北方自由自在地生活、战斗、争吵、欢宴,无拘无束。在杰赛尔的想象中,北方人是高大、凶猛又帅气的民族,带着一丝罗曼蒂克味道,强壮而不失优雅,野性而不落高贵,蛮横而不输头脑。他们的目光永远锁定在远方地平线上。

眼前此人与他的想象大相径庭。

杰赛尔这辈子没见过更野蛮的人,连恐刹芬利斯比之也可说是文明世界的产物。此人的脸像是天天挨鞭子抽过,布满纵横交错的伤疤。

他鼻子折了,鼻尖微偏向一侧,一只耳朵有个大缺口,一只眼睛似乎比另一只高一些,眼眶周围是半月形伤痕。总而言之,此人整张脸都被打破了,左右不均衡,像是个由于贪财而下场太多的斗技士。此人表情也是痴痴呆呆,呆望着城门楼,前额现出深深的皱纹,嘴巴张大合不拢。杰赛尔觉得此人的智力大概跟畜生差不多。

他披了件长长的毛皮斗篷,里面是螺旋纹装饰的皮革外衣,这种野蛮的炫耀让他看起来更野蛮。任谁都会注意到他腰间沉重的长剑。北方人目不转睛地盯着白墙看,手挠着脸上的胡茬下一道巨大的粉色伤疤,杰赛尔注意到那只手只有四根指头。关于此人的暴虐与野蛮,无须更多证据了。

原始人也能进阿金堡?王国不是正讨伐他们么?不可思议!但莫洛已走上前。"宫务大臣正等着您们,先生们,"他朝老人点头哈腰,忙不迭地说,"请您们随我——"

"等一等——"杰赛尔抓住下级秘书的胳膊肘,拖到一旁,"包括这家伙?"他冲披斗篷的原始人点点头,怀疑地问,"我们在打仗,你知道的!"

"我接到霍夫阁下的明确指示!"莫洛挣开胳膊,在眼镜后眨巴眼睛,"扣人也行,但你得亲自去跟宫务大臣解释!"

杰赛尔吞了口口水,他可不想惹多余的麻烦。他抬头瞥向老头,发现目光不能在对方身上停留太久。老头有种神秘气场,似乎他知道太多大家不知道的事,这着实令人不安。

"你们……必须……得把……武器……留下!"杰赛尔一词一顿地发号施令。

"乐意之至。"北方人从腰带上取下长剑,交给上尉。杰赛尔发现这把剑真沉,真是一件沉重、野蛮、直截了当的兵器。北方蛮子又交出一把长匕首,然后跪下从靴子里抽出第二把,从背后抽出第三把,从袖子里变出一把细刃,统统堆到杰赛尔伸出的手掌里。北方蛮子笑得很欢——真他妈丑,那些伤疤扭曲纠结,让他的脸更不均衡了。

"刀子永远不嫌多。"蛮子用刺耳的深沉嗓音说。没人发笑,蛮子也不在乎。

"可以走了吗?"老头问。

"立刻出发。"莫洛转身带路。

"我跟你们一起去。"杰赛尔把一大堆收缴的武器丢给卡斯帕。

"真不需要,上尉。"莫洛抱怨。

"我坚持要去。"等北方蛮子来到宫务大臣驾前,天知道他会做出多少伤天害理之事——虽然那些都是别人的问题,但上头也许会怪罪杰赛尔看管不严什么的,那就惨了。

卫兵们让出道,这支奇怪的队伍进了城门。莫洛当先带路,不断扭头奉承身着华袍的老头;苍白的小子在后头,然后是苏法;九根指头的北方人笨重地跟在后面。

杰赛尔殿后,拇指压在腰带上,离剑柄很近,随时可以行动,以防北方蛮子有何不轨行为。走了一小段,杰赛尔不得不承认,蛮子今天似乎不想杀人。蛮子看起来只是很好奇、很着迷,甚至有些自惭形秒。他走得很慢，四下张望周边建筑，边看边摇头，有时还挠挠脸，咕哝几句。他会朝路人微笑——结果总是吓坏对方——看来不是什么大威胁。杰赛尔有些宽心，直到走到元帅广场。

北方蛮子忽然站住，杰赛尔忙不迭地摸剑，却见那原始人目光锁定前方，目不转睛地盯着一个喷泉。蛮子缓缓前进，百般谨慎地伸出一根粗指头，戳戳闪烁的泉水。水流溅在他脸上，他猛地向后退，差点把杰赛尔撞翻。"泉水？"他低声惊呼，"怎么做到的？"

老天。这蛮子就像个小孩。一个六尺半身高、长着屠夫脸孔的小孩。"喷泉装了水管！"杰赛尔在铺路石上狠狠跺脚，"在……就在……地下！"

"水管。"原始人默默重复，依然着迷地瞪着泡沫翻飞的泉水。

其他人走远了，快到霍夫办公的大楼了。杰赛尔也从喷泉边抽身，希望白痴蛮子跟上。谢天谢地，他跟来了，却还在一边摇头，一边对自己念叨"水管"，一遍又一遍。

他们进入宫务大臣凉爽幽暗的候见厅，墙边长椅坐了不少人，有的看来等了很久。他们嫉妒地看着莫洛领这支奇怪的队伍直奔霍夫的办公室去。戴眼镜的秘书拉沉重的双开门，站在门旁，候着秃顶老头、拿法杖的小子、疯子苏法和九根指头的原始人一个接一个进去。

杰赛尔想跟进，却被莫洛拦住。"非常感谢您的帮助，上尉，"他浅浅一笑，"你可以回城门执勤了。"杰赛尔越过对方肩膀朝里看。只见长桌后落座的宫务大臣眉头深锁，坐在他身旁的苏尔特审问长面色阴沉、满是怀疑。莫拉维大法官也在，但他皱纹遍布的脸孔却眉开眼笑。三名核心阁员再次齐聚一堂。

莫洛在他面前摔上门。

下一步

Next

"我注意到您换了秘书。"格洛塔漫不经心地说。

审问长笑笑:"当然。上一个不合适,你知道,他口风不紧。"格洛塔正把玻璃杯往唇边送,忽在半空停住。"他出卖秘密给布商。"苏尔特悠然续道,似乎此事尽人皆知,"我留意此事有段时间了。你不用担心,不该知道的,他半点不知。"

这么说……你知道谁是叛徒,一直知道。格洛塔反思最近几周的事件,用全新的视角组合,以不同的方式拼凑,极力隐藏自己的惊讶。你把鲁斯的供状放到秘书能看见的地方,让布商公会得知名单所列。你猜到他们会作何反应,他们也果然在你手掌心起舞,最终当了自己的掘墓人。你一直知道谁泄密,却引导我去怀疑卡莱尼。整个计划一丝不苟按你的设计展开。审问长心照不宣地朝他一笑。我敢打赌,你知道我在想什么。我跟那瘪三秘书一样,是你棋盘上的一颗子。格洛塔忍住咯咯笑的冲动。幸运的是我是胜方的子,虽然完全被蒙在鼓里。

"他为区区一点小钱就背叛我们。"苏尔特续道,嘴唇厌恶地折起,"库尔特出得起十倍价,只需勒索。年轻一代真是欠缺野心,还总是过分拨高自己。"他用冷酷的蓝眼睛审视格洛塔。多少我也算是"年轻一代",好自卑哟。

"您的秘书得到教训了?"

审问长将酒杯轻轻放上木桌,几乎没发声:"噢,是的,他得到了严重的教训。真的,没必要再关注他。"确实必要再关注一具码头边的尸体……"必须承认,我非常惊讶你居然认定卡莱尼是内鬼。他是老一辈的成员,不良嗜好虽多,但背叛审问部?出卖秘密给布商?"苏尔特嗤之以鼻,"他决计做不出。你让个人好恶影响了判断。"

"他似乎是唯一的嫌犯。"格洛塔呢喃道,话一出口立刻后悔。愚蠢,愚蠢,愚蠢的错误。闭嘴才是正道。

"似乎,"审问长沉重地咂舌,表达否定,"不,不,不,审问官,'似乎'对我们来说不够。拜托,从今以后,要以事实为基础。但你无须太自责——此次事件,我允许你跟随本能行动,最终你的错误巩固了我们的地位。卡莱尼被清算了。"又一具浮尸……"我们正从安格兰调回高尔主审官,接管阿杜瓦的工作。"

高尔?调回?让那蠢货出任阿杜瓦主审官?格洛塔不由自主地噘起嘴。

"你两个似乎不太融洽,呃,格洛塔?"

"他顶多算个狱卒,对于调查一窍不通。他分不出无辜和有罪的区别,对真相不感兴趣,纯为快感而拷问。"

"噢,得了吧,格洛塔,难道你在犯人招供时没有快感吗?当他们招出名字时?当他们签署供状时?"

"我毫无快感。"任何事都不能让我产生真正的快感。

"但你办事得力。不管怎样,高尔已动身,不管你对他有何看法,他都会与我们共事。他是最称职、最可靠的审问官,全心全意为国王和王国服务。你知道,他曾是我的学生。"

"真的?"

"真的。他干过你的活……所以说,你大有前途!"审问长为自己的笑话咯咯发笑。格洛塔只淡淡一笑。"总体来看,事情进展很顺利,你的部分也完成得很好。祝贺你。"至少我还活着,这点值得祝贺。苏尔特举起玻璃杯,他们虚情假意地干了一杯,透过杯沿狐疑地打量彼此。

格洛塔清清喉咙:"库尔特会长不幸亡故前提到一些趣事。"

"讲。"

"布商有同谋,很可能涉案极深,据说是家银行。"

"哈,把商人翻过来,底下总压着银行。他们干了什么?"

"我认为放贷的对此事了如指掌。无论走私、欺瞒,乃至谋杀,他们通通有份。我相信全出于他们的怂恿,甚至是他们直接下令,以便收回款子。我能对此展开调查吗,阁下?"

"哪家银行?"

"凡特和伯克。"

审问长陷入沉思,一边用冷硬的蓝眼睛审视格洛塔。他是不是知道这家银行在搞鬼?他是不是有很多情报不打算跟我分享?库尔特临死前怎么说的?你想找真凶,格洛塔?抓叛徒?去审问部找——

"不,"苏尔特突然道,"这家银行交流广泛,关系网太复杂。现在我们没有库尔特,也就没证据。布商这档事算完结了,我有更紧要的任务交给你。"

格洛塔抬起眼。更紧要的任务?"我想先审问从公会大厅抓到的犯人,阁下,也许——"

"不,"审问长挥手阻止格洛塔说下去,"几个月都审不完。我让高尔负责。"他眉头一紧。"除非你拒绝?"

我犁地、播种、浇水,为的是让高尔收获?太公平了。他谦卑地低下头:"我当然没有意见,阁下。"

"很好。你应知道昨日来的不速之客。"

不速之客?过去一周格洛塔困扰于背部酸痛,除了昨天勉强下床去看过那白痴路瑟比剑,其他时间都把自己锁在小屋里,无力走动。"我没注意到。"他简单回答。

"是第一法师巴亚兹。"

听到这名字,格洛塔又淡淡一笑,审问长面无表情。"您显然在开玩笑。"

"我没有。"

"一个冒牌货,阁下?"

"还能是什么?但这家伙挺能装,他头脑清醒、有理性、聪明,骗术出神入化。"

"您跟他谈过?"

"谈过。我说了,他挺能装。他知道不少事,不少他本不该知道的事。我们不能轻易动他,不管他是谁,有人为他提供资金,有人向他灌输情报。"审问长眉头皱得更深,"他跟一个叛逃的北蛮子混在一起。"

格洛塔听了也皱眉:"北方人?这事似乎不是他们的风格,他们向来直接。"

"同意。"

"那他是皇帝的间谍?古尔库派的?"

"也许罢。不过坎忒人固然诡计多端,却会暗地策划,不会招摇过市。依我之见,此事的幕后主使恐怕就在左近。"

"您是指大贵族?内阁?布洛克?伊斯尔?亨根?"

"也许罢,"苏尔特沉吟,"也许。他们遭遇了打击。又或是我们的老朋友——大法官阁下干的好事。对于近来局势,他有点太心安理得,我敢说,他谋划着什么。"

贵族,大法官,北方人,古尔库——可能是任何一方,也可能不是

——但送来个冒牌货意欲何为?"我不明白,审问长阁下。若只是送来间谍,何必大动干戈? 肯定有更简单的法子混入阿金堡。"

"关键是,"苏尔特扮出格洛塔前所未见的苦脸,"内阁里一直有把空交椅。这本身是项毫无意义的传统,空洞的礼仪,为几百年前早已死去的人物留下。想不到竟有人要求坐上它。"

"他提出了要求?"

"他提出了要求! 他要求进入内阁!"审问长跳起来,绕桌子大步行走。"瞧瞧! 不可思议的骗局! 有人不知从哪挖出这么个冒牌货、骗子,妄图让他挤进政府决策圈! 这骗子带来一些古老文件,只能由我们去揭露! 真无耻,你能相信这种事吗?"

格洛塔不信。但此刻不必火上浇油。

"我要求给我调查的时间,"苏尔特续道,"但内阁没法无限期搁置此事。我们只有一两周时间来揭露这自封的'大法师'。此间,他和他的同伴将在锁链塔上一套华美套房里安家,还能不受干扰地游荡于阿金堡内,随意制造麻烦!"

那个地方……"锁链塔很高,摔下去——"

"不,还不行,我们最近的行为快触及很多人的底线了。至少在目前,必须谨慎。"

"审问会带来各种可能。加以逮捕,我很快就能找出他们的目——"

"我说了,谨慎! 我要你去抄这个'大法师'的老底,格洛塔,还要盯住他的同伴。查明他们是谁,从哪来,要干什么,最重要的是,揪出幕后黑手,并了解对方动机。我们必须抢在这个冒牌巴亚兹造成任何损害前把他揭露曝光。之后,你想怎么审就怎么审。"苏尔特转身走向窗口。

格洛塔笨拙又痛苦地从椅子上起来:"我从哪儿开始?"

"跟踪他们!"审问长不耐烦地说,"监视他们! 记录他们跟谁说话，干了什么。你是审问官，格洛塔！"他厉声叫道，没有回头，"审问官就是要问问题！"

总比死好

Better than Death

"我们在找一个女人，"军官怀疑地打量他们，"一个杀人不眨眼的逃亡奴隶，极度危险。"

"女人，军爷？"余威困惑地皱眉，"极度危险，军爷？"

"对，女人！"军官不耐烦地挥手。"很高，有疤，头发极短，全副武装，很可能背着张弓。"菲洛就站在他面前，很高，脸上带疤，头发极短，弓挎后背，低头盯着脚下沙地。"抓她的指令来自最高层！她是个窃贼和杀人犯！双手沾满鲜血！"

余威堆出谦卑的笑容，摊开双手："军爷，俺们没见过这等人。您看，俺和俺家小子都没武器。"菲洛不安地低头盯向腰带上寒光闪闪的曲刃剑，军官似乎根本看不到。他一边听余威信口胡诌，一边拍打苍蝇。"俺们甚至不懂弓箭这玩意儿咋使。俺们只晓得真神——以及英勇无畏的帝国将士——会保护俺。"

军官啐了一口："算你识相，老家伙。你来这儿干吗？"

"俺是作买卖的，要去达戈斯卡买香料，"余威殷勤地一鞠躬，"还望军爷开恩。"

"跟粉佬做生意?去他妈的联合王国!"军官又吐了口痰在沙地上。"话说回来,作买卖就顾不得廉耻。要挣他们的钱你得赶快,粉佬很快就要滚回海上!"他骄傲地挺挺胸膛。"皇帝陛下——奥斯曼-乌-多沙——就此发过誓!你怎么看,老家伙?"

"哦,那会是伟大的日子,光荣的日子,"余威又深鞠一躬,"愿真神保佑这一天快快到来,军爷!"

军官上下打量菲洛:"你儿子看来很强壮。他该参军。"他走近一步,抓住菲洛光溜溜的胳膊。"看这胳膊,多好啊,有人教会是个神射手。你怎么说,孩子?为真神的荣光和你的皇帝而战,才是男人的事业!总比为蝇头小利活着好!"菲洛手臂被他抓住的地方起了鸡皮疙瘩,她另一只手摸向匕首。

"唉,"余威赶紧接话,"俺家小子生来……脑筋不好,比较腼腆。"

"啊,真可惜,也许某天男人都得上战场。粉佬虽不开化,但挺能打。"军官转身,菲洛阴森森地盯着他。"好了,走吧!"他朝他们挥挥手。他手下的兵躲在路旁棕榈树荫下,兴趣索然地盯着他们经过。

菲洛一言不发,直到营地成为远处的轮廓,才向余威大喊:"达戈斯卡?"

"那只是起点,"余威盯着贫瘠的平原,"然后向北。"

"向北?"

"穿过环海去阿杜瓦。"

穿过环海?她站住了:"我他妈不去那儿!"

"干吗凡事都闹别扭,菲洛?难道你乐意待在古尔库?"

"全世界都知道,北方人全是疯子!粉佬的联合王国!都是些不敬真神的疯子!"

余威挑起一边眉毛:"菲洛,没想到你还敬神。"

"至少我知道那儿有一个!"她大喊着指指天上,"粉佬的脑壳跟我们不一样,他们不像人!与其跟他们打交道,我宁愿和古尔库人在一起!何况,我还有恩怨未了。"

"什么恩怨?刺杀奥斯曼?"

她皱皱眉:"说不定会。"

"哈!"余威回身继续前行。"他们在抓你,菲洛,你这不是自投罗网吗?没有我帮助,你走不出十跨。记得吗,那里有个笼子?宫殿前那个?他们等不及要把你扔进去。"菲洛咬咬牙。"奥斯曼是皇帝了。他们管他叫乌-多沙,说他是力量的化身,残酷的代表!是一百年来最伟大的君王!他们如此拥戴他。刺杀皇帝!"余威冷笑几声,"你真是异想天开,痴人说梦。"

菲洛盯着余威爬山。她并不想陷入幻想。余威可让那些兵把她看成任何人,但毕竟只是把戏。妈的,她不能去北方,为何要跟不敬神的粉佬打交道?

她赶上他时,余威仍在咯咯发笑。"刺杀皇帝呦。"他摇晃着脑袋,"他倒省事了,坐等你上钩。你欠我人情,忘了么?"

菲洛抓住他肌肉发达的胳膊:"你从没说过要穿越大海!"

"你也没问啊,马尔基尼,你应该庆幸自己没问!"他温柔地掰开她手指。"否则你已是横尸沙漠,而非活蹦乱跳地在我耳边喋喋不休——好好想想吧。"

她暂时闭上了嘴,安静地随他并肩行走,一筹莫展地盯着前方贫瘠的原野,凉鞋"嘎吱嘎吱"踩在碎石上。她斜眼瞅老头。无可否认,他用把戏救过她的命。

但去北方绝对不行,那是诅咒之地。

✡

驻地隐藏在岩洞中,但从峭壁高处,就着明媚的阳光,它在菲洛眼中无可遁形。高墙掩藏了一排排整齐的建筑,足有小城镇规模,旁边一座长码头延伸入水。码头旁靠着许多船。

许多大船。

木头高塔,浮动堡垒,菲洛见过的最大的船也不及这些船一半大,桅杆好似水光映衬下的黑暗森林。码头旁共停了十艘,还有两艘自海湾中缓缓破浪而来,巨大的船帆在风中翻卷,细小的人形在甲板和上方蛛网般的帆索上忙碌。

"我看到十二艘,"余威嘟囔,"你的视力更好些。"

菲洛越过水面,顺着曲折的海岸线望向远方——大约二十里远处有另一处驻地,另一座码头。"那边还有,"她说,"八艘,或九艘,比这里的还大。"

"比这里的还大?"

"大得多。"

"天啊!"余威自言自语,"古尔库人没建过这么大的船,连一半大的都没有,更别提这么多。全南方的木头也不够。肯定是从北方买的,多半来自斯提亚。"

菲洛对船啊,木头啊,还有北方啊什么的一概不关心。"那又怎样?"

"这等舰队,足令古尔库称雄海上。他们能从海上入侵达戈斯卡,甚至入侵西港。"

这些遥远的地名对菲洛来说毫无意义:"然后呢?"

"你什么都不懂,菲洛。我必须通知其他人。我们要加快行程,赶紧!"他一跃而起,急匆匆向大路赶。

菲洛抱怨了一声。她回望海湾里进进出出的木头大澡盆,站起来跟上余威。大船还是小船,都无所谓,古尔库人可以把世界上所有粉佬抓来做奴隶。

如果这意味着他们会放过真正的人。

✡

"别挡道!"一个骑兵在他们身后举起鞭子。

"万分抱歉,军爷!"余威声音颤抖,匍匐着退进路边草地,一边用力拽菲洛的胳膊肘。菲洛站在灌木丛中,看着面前蹒跚而过的队伍。瘦小的身形,松弛的皮肤,褴褛的衣衫,麻木的表情,手被紧紧绑住,眼睛空洞地盯着地面。男男女女,老老少少,甚至有小孩,总共一百人,或者更多。六名骑兵押运他们,马鞍既高,长鞭在手,这活儿实在轻松。

"奴隶。"菲洛舔舔干燥的嘴唇。

"卡迪尔人起义,"余威看着凄惨的队伍,皱皱眉,"不想再臣服于伟大的古尔库帝国,认为老皇帝的死是个机会。看来他们错了,新皇帝比老皇帝更难对付。呃,菲洛?叛乱失败后,你的皇帝朋友把他们统统贬为奴隶,以作惩戒。"

菲洛紧盯一个骨瘦嶙峋的女孩,她一瘸一拐地缓缓走着,赤脚踩在沙地上。她有十三岁?难说。她无精打采的脸上满是污泥,前额有道结痂的伤疤,手臂后还有若干道。鞭伤。菲洛看着艰难前行的女孩,咽了口口水。就在女孩前边,一个老人绊了一下,脸朝下摔倒,让整个队伍停了下来。

"快走!"一个兵大喊着催马过来。"爬起来!"老人在沙地上挣扎。"走啊!"一声脆响,鞭子在老人瘦弱的后背留下长长一道血痕。菲洛的脸抽搐了一下,她下意识地后退一步,觉得自己的背也灼烧般地疼。

那里爬满伤痕。

鞭子就像打在她背上。

鞭打过菲洛·马尔基尼的人没一个活着。没一个。她摘下肩上的弓。

"冷静,菲洛!"余威抓住她手臂,嘶声道,"你帮不了他们!"

女孩弯下腰,帮那个老奴隶站起来。皮鞭再次落下,雨点般打在两人身上。尖叫声属于女孩还是老人?

亦或是菲洛自己?

她甩开余威,抽出一支箭。"我要杀了这畜生!"她咆哮。士兵猛然回头,好奇地看着他们。余威按住她的手。

"然后呢?"他嘶叫,"你杀了他们六个,然后呢? 一百来号人,你让他们吃什么? 喝什么? 嗯? 藏到哪里? 其他人发现队伍失踪会怎么做? 发现卫兵死光了? 届时怎么办,杀手? 你能带这一百多个奴隶离开吗? 我可做不到!"

菲洛盯进余威的黑眼睛,咬紧牙关,鼻子呼哧呼哧喘气。她在考虑要不要动手先杀这老贼。

不。

妈的,他说的没错。她缓缓压下怒火,尽可能压低。她把箭插回去,继续观望奴隶队伍。老奴隶挣扎前行,小女孩紧随其后,如饥似渴的怒火啃食着她的内脏。

"你!"那个兵骑马跑到他们面前。

"看你惹的好事!"余威低骂一句,随后满脸堆笑地向士兵鞠躬。"抱歉,军爷,俺家小子……"

"闭嘴,老头儿!"士兵在马上居高临下看着菲洛。"嘿,小子,看上她啦?"

"啥?"她咬紧牙关,蹦出一个字。

"别装傻,"士兵揶揄地笑着,"你盯她老半天了。"他转向队伍。"让他们停下!"他大喊一声。队伍慢慢停下。

士兵弯下腰,一把夹住那骨瘦如柴的女孩,粗鲁地拽出队伍。

"是好货。"士兵把她拽到菲洛面前。"有点儿小,但发育完全。当然先要好好洗洗。稍稍有点瘸,不过能治,主要是我们赶得急。她牙口不错……张嘴,婊子!"女孩战战兢兢地张开干裂的双唇。"瞧,牙口不错。小子,怎么说? 十块金币! 捡个便宜呗!"

菲洛站在原地,盯着女孩的眼睛,那双死气沉沉的大眼睛。

"你看,"士兵向下探身,"她原本值二十块金币,这事没有一点风险! 等我们抵达沙弗法,就说她死在沙漠。没人深究,这是常事! 我赚十块,你省十块! 双赢!"

双赢。菲洛抬头盯着士兵。他摘下头盔,用手背抹前额。"冷静,菲洛。"余威小声警告。

"算了,八块!"士兵大喊,"她很会笑! 笑一个,婊子!"女孩的嘴角微微向上牵了一下。"喏,看见吧! 八块! 简直是打劫!"

菲洛双拳紧握,指甲扎入手掌。"冷静,菲洛。"余威的声音中是浓浓的警告。

"真神在上,碰上个贼小子! 七块! 最低价,七块,妈的!"士兵一脸挫败地挥舞头盔。"别操得太狠,五年后更值钱! 他妈的白赚!"

士兵的脸就在几尺外。她可以看清他额上每颗细小汗滴,颊上每根胡茬、每个痘疤、每道伤痕,乃至每个毛孔。她几乎可以感觉到他的呼吸。

快渴死的人会喝尿、喝盐水、喝油,不管多有害,身体对水的欲望战胜了一切。这种事在恶土很常见,而现在,菲洛充满了杀人欲望。她想空手撕裂他,扼住他喉咙,咬下他脸上的皮肉。这欲望太强烈,她抑制不住。

"冷静!"余威嘶喊。

"俺买不起她。"菲洛听见自己说。

"早说呗,小子,省得给我添麻烦!"士兵把头盔扣回头上。"不过,你小子眼光不错,是好货。"他一把抄起女孩,夹在腋下,拽回队伍。"到沙弗法值二十块金币!"他回头喊了一句。队伍再次前行。菲洛一直盯着女孩,直到队伍消失于山坡彼端。女孩蹒跚着、挣扎着,缓缓走向无法扭转的命运。

她觉得好冷。好冷,好空虚。她真希望自己杀了那个兵,不管付出什么代价。杀了他可以填补她心中空白,一时片刻也好。世事如此。"我曾走在那样的队伍里。"她缓缓说。

余威长叹一声:"我知道,菲洛,我知道。好在命中注定你获得了拯救,对此你该心存感激。"

"你该让我杀了他。"

"哼,"老人厌恶地哼了一声,"不得不说,你似乎恨不得杀光全世界。你脑子里除了杀还有什么,菲洛?"

"曾经有,"她喃喃道,"但被他们用鞭子清光了。他们挥舞长鞭,直到你一无所有。"

余威站在那儿,怜悯地看她。奇怪的是,这次她没生气。

"我深感遗憾,菲洛。为你,也为他们。"他摇摇头,走回路上。"但活着总比死好。"

她愣了一会儿,盯着远处队伍扬起的灰尘。

"都一样。"她轻声对自己说。

形影相吊
Sore Thumb

　　罗根倚着护墙，迎向晨光，俯瞰全城。
　　他曾在图书馆阳台上如此眺望，感觉过了好久。两边景致难分不同。在一侧，旭日越过参差不齐、地毯般的建筑群，灼灼闪耀，热气袭人，远处传来微弱的吵闹；另一侧是雾气弥漫、冰冷阴森的小巷，空空荡荡，一片死寂。他想起图书馆那个早晨，那个他自以为如获新生的早晨。现在的他跟那时的确不一样：他愚蠢、渺小、丑陋、伤痕累累，迷迷茫茫。
　　"罗根。"马拉克斯走上阳台，站在他身边，笑看朝阳和闪闪发光的海湾，湾内已被忙碌的船只占据。"很美吧？"
　　"你这么说，但我不确定。这么多人。"罗根打个冷战，"这样不对，我很害怕。"
　　"害怕？你？"
　　"我经常害怕。"来这以后，罗根基本没睡。这里永远不够黑、不够安静，永远那么热、那么逼仄、那么臭。再厉害的敌人，总可以去战斗、消灭,罗根也能理解对方为何而战;但你不可能跟这座没有个性、冷漠无情、喧闹不堪的城市斗,这座城市憎恨一切。"我不该来这,真想马上离开。"

"恐怕一时半会儿走不了。"

"我知道。"罗根深吸一口气,"所以我打算下去参观阿金堡,瞧瞧这里究竟如何。既来之则安之。与其担惊受怕,不如放手一搏,我爹常这么说。"

"好想法。我陪你去。"

"你不能去。"巴亚兹站在门口,怒视门徒,"就算是你这种脑子,最近几周进度也太丢人了。"他走进阳台,"我认为,在我们无所事事地等待陛下召见期间,你最好抓紧学习。下次有空可能要很久以后。"

马拉克斯匆忙进屋,没回看一眼。这些日子,他总成为导师发泄怒气的对象。到达阿金堡后,巴亚兹的幽默感便烟消云散了,而且毫无回来的迹象。罗根没法怪他,他们住在这,与其说是客人,不如说是囚犯。他对礼仪知之甚少,但也能看出周遭人不善的眼光和门外卫兵的含义。

"它扩张速度惊人。"巴亚兹粗声粗气地说,皱眉看向庞大的城市,"记得阿杜瓦最初不过是一堆窝棚,像大便上的苍蝇般围着锻造者大厦。那时没有阿金堡,也没有联合王国。我敢说,那时这里人绝不会如此骄傲,他们把锻造者当神一样崇拜。"

他使劲清嗓子,吐出一口浓痰。罗根看着痰越过护城河,消失在下面的白色建筑中。"去他妈的。"巴亚兹嘶叫。罗根觉得老巫师每次动怒,自己都惴惴不安。"我给了他们自由,他们就拿这报答我?让我承受那些办事员和昏头昏脑的老仆役的嘲笑?"罗根开始觉得下去承受人们的猜疑和疯狂行为算是种解脱了。他慢慢挪向门口,躲进屋。

不得不承认,作为囚犯,这间囚室还不错。圆形客厅像是给国王住的——至少他这么认为——里头有精雕细琢的沉重乌木椅,绘着森林和狩猎场景的厚重挂毯。贝斯奥德来这肯定宾至如归,但罗根自觉像个呆子,总得轻手轻脚,生怕打碎什么。厅中央桌上摆着高高一尊瓶,周身涂满亮丽花朵,罗根走下长梯前,疑惑地盯着它看了好一会儿。

"罗根!"巴亚兹出现在门口,皱眉嘱咐,"小心。对你而言,这地方怪,人更怪。"

✡

泛着白沫的泉水从雕成鱼嘴的窄管子中汩汩流出,落入宽阔的石头池塘。那个骄傲的年轻人管这叫"喷泉",还解释说原理是地下装了水管。罗根一想到地下河在脚底纵横交错,冲刷着城市地基,就觉得有些头晕目眩。

广场很大,乃是平石板砌的一大块平地,周围是峭壁般的白色建筑。峭壁都是空心,里面是梁柱和浮雕,高大的窗户闪闪发光,爬满了人。这里似乎有怪事发生。广场远端正用木梁搭起一座巨大的倾斜建筑,无数木匠围在那敲敲打打,挥舞锤子榔头,不时气冲冲地互吼几句。他们周围是堆积如山的木板圆木、成桶钉子和各式工具,够造十座大厅还有剩。他们从地面升起架子,犹如大船的桅杆直冲天际,高度可与后面的大房子媲美。

罗根双手叉腰站在原地,目瞪口呆地盯着那不知用途的木架子。他走向一个围皮围裙、用力锯木板的矮壮男人。"这个是什么?"

"呃?"对方看都没看他一眼。

"在建的这个,干吗用?"

锯子锯进木头,碎料掉到地上。木匠把锯好的木料放到旁边木板堆上,才转过来,狐疑地打量罗根,抹了把汗涔涔的额头。

"看台。"罗根茫然看着他。看台是什么?"剑斗大赛!"木匠冲他大喊。罗根缓缓退了几步。他完全听不懂，只好转身匆匆走开，离巨大的木架子和上面的人远远的。

他跌跌撞撞冲进一条大路，这路就像白色建筑间一条幽深峡谷。路旁摆着面面相对的雕像，它们比活人大得多，紧皱眉头，盯着来往行人的脑袋。最近的雕像有些奇妙的熟悉感。罗根过去细看，咧嘴笑了。第一法师似乎比当年胖了很多，或许是在图书馆吃得太好。罗根转向一个匆匆走过的戴黑帽的小个男人，对方腋下夹着本厚书。

"巴亚兹，"他指着雕像说，"是我朋友。"那人看看他，看看雕像，又看看他，然后匆忙离开。

路两边布满雕像。罗根猜测左边的应该都是联合王国的国王，有些握宝剑，有些托卷轴或船模。有个雕像脚下有条狗，另一个胳膊下夹着捆小麦，除此之外，它们无甚差异，都戴着高高的王冠，都有相似的严峻面孔。很难想象他们说过一句蠢话做过一件蠢事——甚至想象不出他们会吃喝拉撒。

身后响起急促的脚步，罗根转身，看见在城门口遇到的那个骄傲的年轻人沿路跑来，汗水浸透衬衫。罗根好奇他有什么急事，但天气这么热，疯子才会追去问他。不管怎么说，这里的谜团多着呢。

大路通往一片葱翠的广阔空间，好似有双巨手挖出野外风光，培植到林立的高大建筑间，但这又和罗根见过的乡村不同。修整过的青草短而平整，如同一条鲜活的绿毯。花都排成直线、圆圈和更奇妙的彩带。这里也有繁茂的灌木和大树，但都被牵拉、修剪和圈围成不自然的形状。这里还有水——石阶上流下的汩汩水流以及一个被无精打采的树环绕的平静池塘。

罗根在这片方形绿地中漫游，脚踩在小灰石铺就的路上。这里人不少，他们聚在一起晒太阳，或荡起轻舟，在池塘里无谓地一圈圈打转，又或闲散地倚在草地上，吃吃喝喝，吹牛打屁。有些人会指着罗根大喊大叫，交头接耳，或者直接躲开他。

他们看起来都挺奇怪,尤其是女人,皮肤幽灵般苍白,身子被繁复衣裙包裹,头发堆得老高,插满发簪木梳,还戴着怪异的大羽毛或没用的小帽子。她们就像罗根出门前见到的那个大花瓶——过于纤细精美,什么都做不了,还被太多装饰压得喘不过气。然而罗根很久没见过女人了,所以还是抱着侥幸心理冲她们兴高采烈地微笑。她们有的被吓坏了,有的还惊恐地喘气。罗根长叹一声。他的魅力真是半分不减。

罗根继续前行,停在另一个宽阔广场旁,旁观士兵操练。这些士兵并非乞丐,也不是娘娘腔的少年,他们看来很结实,身披重甲,肩扛长矛,胸甲和护胫打磨得镜子般光亮。他们装备相同,站在一起组成四个各约五十人的方阵,像路旁雕像般一动不动。

穿红夹克的矮个一声喊——罗根推测是他们的头儿——所有士兵转了方向,端平长枪,在广场上前进,沉重的靴子踩出统一节奏。同样的武器,同样的盔甲,同样的步伐。这实在壮观,闪闪发光的金属组成枪阵缓缓推进,枪尖闪烁,活像生了两百条腿的巨刺猬。毫无疑问,在平坦的大广场上,他们足以消灭正前方的假想敌,但若在碎石地上,在淅沥沥的雨水下,在纠结的树林中呢?罗根觉得很难说。由于全副武装,他们很快就会疲惫,而且方阵被打破后怎么办?只会并肩作战的人,散开后还能打吗?

他继续前行,经过宽阔的庭院和精巧的花园,汩汩的喷泉与骄傲的雕像,整洁的小路和宽阔的大道。他在窄梯上上上下下,穿过横跨溪流、道路乃至其他桥的桥。他碰见了很多卫兵,这些卫兵穿着形形色色的华丽制服,守卫着五花八门的大门、围墙和小门,他们看他的目光都充满怀疑。日当半空,罗根依然穿梭在白色建筑群中,累得腰酸腿麻,东西难辨,脖子也因总抬头观望而酸痛不已。

唯一不变的,是那凌驾一切、俯瞰一切的巨塔,让其他建筑都相形见绌。它永远都在,停留在眼角,笼罩了城中最宏伟的建筑。罗根不由自主地被一点点引向它，来到塔下阴影中的荒僻角落。

这里有所斑驳的大房子，旁边乱糟糟的草坪上摆了把老木椅。那房子爬满常春藤，尖尖的房顶中央下陷，许多瓦片不翼而飞。罗根一屁股坐下，大口喘气。高墙后的巨塔被蓝天勾勒出漆黑轮廓，没有任何植物攀附在那座干燥、荒芜、死寂的人造石山上，巨砖间甚至没有青苔点缀。巴亚兹称它为"锻造者大厦"，它和罗根见过的建筑都不一样。它没有房顶，光秃秃的墙上也没有门窗。它仿佛就是一丛雄伟而尖锐的石头。为何造出这么大的建筑？谁是锻造者？他只造过这个吗？这座巍峨的废塔？

"介意我坐下吗？"一个女人俯视着罗根——罗根觉得她比公园里那些奇怪的幽灵更像女人。她很漂亮，穿着白裙子，黑发散落在脸旁。

"介意？当然不。说来可笑，没人愿坐我旁边。"

她坐在椅子远端，胳膊拄膝上，手抵着下颚，索然无味地打量巨塔："大概是怕你吧。"

罗根看到一个男人挟着一捆文件匆匆走过，始终瞪大眼睛看他："恐怕是这样。"

"你看来有点危险。"

"你是说我很丑吧。"

"我想什么就说什么，我说你有点危险。"

"呃，外表会骗人。"

她挑起一条眉，仔细打量罗根："你是说你爱好和平喽。"

"哈……不全是。"两人四目相对，女人似乎不害怕，不轻蔑，甚至没有好奇。"你不怕我？"

"我来自安格兰，我了解你的族人。并且——"她向后一仰头，搭在长椅靠背上，"没人和我说话。烦透了。"

罗根盯着中指残根，尽力前后摆了几下："难怪。我是罗根。"

"有名字真好，我谁都不是。"

"人都有名字。"

"我没有。我谁都不是。我是透明人。"

罗根皱眉看向身边的她。她靠在椅背上倒向他，修长光洁的脖颈沐浴在阳光下，胸口轻轻起伏。"但我看得见你。"

她抬头看着罗根："你……是位绅士。"

罗根哂然一笑。他一生中有过无数称谓，但从没被称作绅士。年轻女士并无心情陪他笑。"老娘不属于这里。"她自言自语。

"我也一样。"

"我看出来了。但这里是我的家。"她从椅子上起来，"再见，罗根。"

"再见，透明人。"他目送她转身缓步离去，摇了摇头。巴亚兹说得没错。这地方怪，人更怪。

✡

罗根猛然惊醒，眨巴眼睛，疯狂扫视周围。黑，但并非全黑，这是座不夜城。他觉得自己听到了什么，但周围什么都没有。热，又热又逼仄又窒息，甚至能感到黏腻的气流涌进敞开的窗子。他呻吟一声，将湿毯子推到腰下，擦擦胸口的汗，又往身后墙上蹭了蹭手。烦人的光线四处跳动，但这不是他最困扰的。要说九指罗根有啥急事，那就是他想撒尿。

不幸的是，在这儿不能随便找把夜壶解决。这里有专用设施：小房间放块平木板，上面挖个洞。刚住进来，罗根曾顺着那个洞往里看，想弄清下面是什么——洞口下极深，味道极糟。马拉克斯向他解释了"便池"的原理，他觉得这真是毫无意义又野蛮粗俗的发明。坐在硬木头上，任秽气包裹你那话儿。这里的人管这叫"文明"——文明似乎就是做尽无用功，成天设想如何把简单变复杂。

他翻下床,弯腰朝门的方向胡乱摸索——光线对睡觉来说太亮,却没亮到能视物。"操他妈的文明。"他咒骂着拉开门闩,赤脚小心翼翼走进中央的圆形客厅。

客厅很凉,太凉了。摆脱潮湿闷热的卧房,冰凉的空气让他赤裸的肌肤很是舒畅。何不在这儿睡,非要进门后那个烤炉呢?他望向影影绰绰的墙,脸皱成一团,努力赶走朦胧睡意,寻找通往便池的门。按以往的运气,他有可能冲进巴亚兹的房间,在熟睡的第一法师身上来一泡。搞不好这能降降老巫师的火气。

他跨出一步,腿却撞上桌角,一阵"稀里哗啦"。他咒骂着去揉瘀青的小腿——突然想起那尊花瓶,赶紧飞出一脚,刚好勾住倒下的花瓶的边缘。眼睛渐渐适应昏暗光线,他隐约辨出花瓶上冰冷闪亮的花卉。他放回花瓶,突然冒出一个点子——上哪儿去找更好的夜壶?他鬼鬼祟祟地张望了一下,摆正花瓶……然后僵住了。

这儿有人。

一个高挑苗条的形影浮现在微光中,长发被敞开的窗户送进的轻风搅动。他在黑暗中轮廓分明,但罗根看不清他的脸。

"罗根……"是女人的声音,温柔低沉,却让罗根很不舒服。厅内变得极冷,冷若冰霜。罗根握紧花瓶。

"你是谁?"他嘶哑的质问在一片死寂中甚是突兀。做梦?他摇摇头,握紧花瓶。感觉很真实。太他妈真实了。

"罗根……"女人无声无息地靠近。窗外微光打在她侧脸上——苍白脸颊,深陷眼窝,隐隐可见的嘴角——随后,一切又陷入黑暗。她有种熟悉感……罗根慌忙后退时拼命回想,眼睛死盯住对方,让两人间始终隔着桌子。

"你干吗?"胸口升起一股冰寒,这完全不对。他知道自己应该大声呼救,找人帮忙,却又觉得必须先弄清来者是谁。必须弄清。越来越冷了,罗根甚至看到吐息在面前结雾。他妻子死了,这他当然知道,她早就死在远方,尸骨已寒,入土为安。他亲眼目睹化为灰烬的村庄,里面堆满尸体。他妻子死了……可……

"泰芙莉?"他轻声问。

"罗根……"她的声音!是她!他张大嘴,女人朝他伸手,穿过窗外洒进的光线。苍白的手,苍白的指头,苍白、纤长的指甲。冷,冷若寒冬。"罗根!"

"你死了!"他举起花瓶,准备砸她脑袋。手已伸出,正待松脱——屋内突然亮如白昼,膨胀、灼人、灿烂的光明,逼得人无法睁眼。模糊的房门家具通通清晰呈现,映出漆黑形体。罗根紧闭双目,双臂挡在眼前,靠在墙上大口喘气。他感到一阵山崩地裂的震动,犹如巨树倾倒的声响,还有焦木的臭味。最后他稍稍睁开一只眼,从指缝间朝外看。

整个房间天翻地覆。周围又暗下来,但比之前亮些。墙上窗户所在多了个参差不齐的大洞,光线正是从那透进来的。两把椅子凭空消失,另一把只剩三条腿,椅子边缘火光渐渐褪去,像在大火里烧了很久一样冒出青烟。几秒前还在身前的桌子没了一半,还滑到大厅另一头。部分天花板被掀了起来,地上洒满石块石膏以及断裂的梁木和粉碎的玻璃。奇怪的女人则不知所踪。

巴亚兹晃悠悠地在废墟中寻路,走到墙边透过那个洞向夜色中张望,睡衣拍打着他壮硕的小腿:"它跑了。"

"它?"罗根盯着仍在冒烟的洞口,"她知道我名字……"

巫师蹒跚着走向唯一一把完好的椅子,散了架般瘫坐在上面:"应该是个食尸徒,卡布尔派的。"

"食什么?"罗根茫然地问,"谁派的?"

巴亚兹擦擦脸上汗水:"你不会想知道。"

"的确。"罗根有同感。他揉揉下巴,盯着墙上露出的夜空,考虑是否该改变心意。太晚了。门口响起一阵疯狂的敲门声。

"来了,别急。"罗根笨拙地穿过废墟,拉开门闩。一名怒冲冲的卫兵挤进来,一手提灯,一手握剑。

"怎么这么吵!"灯光扫过屋内狼藉,扫过参差破碎的石膏、满地碎石和空旷的夜空。"我操。"他轻声惊呼。

"有位不速之客。"罗根压低声音。

"呃……我得去通知……"卫兵彻底凌乱了,"……通知别人。"他跌跌撞撞朝外退,在门口差点被掉在地上的木梁绊倒。随后罗根听到他奔下楼的声音。

"什么是食尸徒?"没人回答。巫师睡着了,双眼紧闭,眉头深锁,胸口缓缓起伏。罗根低头一看,惊讶地发现自己还死握着那尊精致漂亮的花瓶。他小心地清出一片空地,把花瓶立在废墟中间。

一扇门打开,罗根不由心头一颤,是马拉克斯,他瞪大眼看着这一片狼藉,僵硬的头发朝四面八方伸出。"怎么……"他艰难地走向破开的洞口,小心打量着夜空,"我操!"

"马拉克斯,什么是食尸徒?"

魁扭头看罗根,脸上写满恐惧。"禁止,"他轻声说,"食人肉……"

问
Questions

格洛塔以最快的速度把粥往嘴里送,想抢在反胃前吃个半饱。吞咽、咳嗽、颤抖,最后他推开碗,不愿再多看一眼。事实如此。"最好是要紧事,塞弗拉。"他咕哝道。

刑讯官用一只手拢回油腻的头发:"要不要紧取决于您。是关于咱们的法师朋友。"

"噢,第一法师和他英勇的同伴。怎么了?"

"昨晚他们的住处不安宁。他们说有人闯入,打了一架还是啥的,似乎造成了破坏。"

"有人闯入?打了一架?造成破坏?"格洛塔不悦地摇头,"似乎?似乎对我们来说不够,塞弗拉。"

"没错,但无可奈何,守卫啥细节都搞不清。说实话,他看起来像见了鬼。"塞弗拉往椅子里一沉,双肩耸到耳畔,"得有人去调查,最好您亲自去,以便靠近观察。或许,还可以提些问。"

"他们人呢?"

"您会喜欢的。他们住锁链塔。"

格洛塔紧锁眉头,将粥粒吸出牙龈空洞。是的,而我敢打赌,他们住顶楼。"还有别的情况吗?"

"北蛮子昨日出门闲逛,转了半个阿金堡。我们严密监视着他,"刑讯官抽抽鼻子,整整面具,"丑八怪一个。"

"噢,北蛮子。他犯下多少罪行?强暴、谋杀、纵火,无恶不作?"

"诚实地说,他挺安分,搞得一上午的监视沉闷无聊。他到处转悠,见到每样东西都发呆。不过,他倒是和一些人谈过。"

"有我们认识的人?"

"都是些无足轻重的人。一个搭建剑斗大赛看台的木匠、一个路过国王大道的办事员。他在大学旁和一个女孩说得最多。"

"女孩?"

塞弗拉眼露笑意,"对,是个漂亮妞。叫什么来着?"他打个响指,"我专门查过。她老哥是王军军官……威斯特,威斯特什么……"

"阿黛丽。"

"对了!您认识她?"

"嗯,"格洛塔舔舔牙龈空洞。她问候过我。"他们说什么了?"

刑讯官抬起眉毛:"多半是些废话。她是安格兰人,才来都城不久。你觉得他们有联系?需要抓她来审?我们很快就能找出答案。"

"不!"格洛塔叫道,"不,不行。她哥曾是我朋友。"

"曾是。"

"不准任何人动她,听清楚没,塞弗拉?"

刑讯官耸肩:"随您便,审问官,随您便。"

"我明确下令。"

他们沉默了一会儿。"布商翻不了盘了?"塞弗拉满怀希望地问。

"应该是吧。他们彻底报销了,只剩下扫尾工作。"

"我敢说,这活儿大有油水可捞。"

"我同意。"格洛塔酸溜溜地道,"但审问长阁下认为不值得把咱们的天分浪费在这种事上。"不如派去监视冒牌巫师。"至于码头边的小产业,你别轻易放掉。"

塞弗拉耸肩:"我猜不用多久,您又会需要私密地点。放心,只要价码合适,它随时为您开放。我遗憾的只是工作没办完就撒手。"

没错。格洛塔考虑了一会儿。危险,审问长阁下明确要我放手,继续深挖、违抗审问长很危险。但我嗅到了什么。先不管他,抛下线索不问并非我的作风。"还有一事。"

"何事?"

"此事务必小心。你知道银行吗?"

"大房子。利滚利。"

格洛塔淡淡一笑:"你还是个财务专家咧。我对一家银行感兴趣:凡特和伯克。"

"没听过,但可以打听。"

"小心,塞弗拉,明白吗?我的意思是,此事你知我知。"

"我是全天下最最小心的人,头儿,问谁都知道。真的,我的口头禅是——小心驶得万年船。"

"你最好如此,塞弗拉,最好如此。"不然我俩都得掉脑袋。

✡

格洛塔坐倒在地,屁股拼命往射击孔里挤,背靠在石上,伸开左腿——腿上火辣辣地痛。自然,每天每时每刻,痛苦都与他形影不离。只是爬上去更难受。

呼吸穿过"咔哒咔哒"咬紧的牙关,带出声声呻吟。每一小步都是艰巨的使命。犹记得当年参加剑斗大赛前,瓦卢斯元帅要他在这儿跑上跑下。我一次迈三步,毫不费力。看看现在的我,谁想得到呢?

颤抖的身躯汗珠密布,眼睛被泪水刺痛,鼻孔灼烧般淌下鼻涕。流失的都是水,我快渴死了。这有什么意义?这一切到底有何意义?若有人路过,看见我这样子会作何感想?可怕的审问部之鞭,屁股塞在射击孔里,痛得寸步难移?我能戴上严酷的假面,以冷漠的微笑回应吗?我能假装无动于衷吗?我能说自己经常来这儿、在台阶上休息吗?或者哭着尖叫着求助?

没人路过。他凑在射击孔里休息,头枕在冰冷的石上,颤抖的膝盖放于身前。锁链塔已爬了四分之三。沙德·唐·格洛塔,无敌的剑客,雄赳赳的骑兵军官,拥有过多少美好前程?当年我能一口气跑几小时,不知疲倦地永远跑下去。一滴汗珠滑下后背。为什么要干这个?他妈的什么人会干这个?我今天就辞职,回家陪老母亲。然后呢?然后呢?

✡

"审问官,很高兴您能来。"

高兴的是你,混蛋,我可不高兴。格洛塔靠在台阶顶的墙上,牙齿在空洞中用力磨。

"他们在里面,乱糟糟的⋯⋯"格洛塔手发抖,杖尖颤巍巍地点地,头晕目眩,抽搐的眼中卫兵一片模糊。"您还好吗?"卫兵笼罩过来,伸出一只手。

格洛塔抬头:"打开该死的门,白痴!"

对方赶紧跳开,并把门推开。格洛塔的每个部位都想立刻散架,摔个狗吃屎才好,他纯凭意志力才站直。他强迫自己把一条腿迈到另一条腿前面,强迫自己放松呼吸,强迫自己挺肩昂头。他骄傲地走过卫兵,全身每个部位都在尖声抗议。

看到门后光景,他差点失去镇静。

昨天这里还是阿金堡最漂亮的套房之一,为最尊贵的贵宾或外国要人准备。昨天。如今窗户所在的墙上现出一个不规则的大洞——经历过楼梯井的昏暗,灼目阳光一时难适——天花板部分垮塌,断裂的梁木和石膏碎片悬在空中,地上布满石块、玻璃碴、多彩的布料残片。古董家具四分五裂,边沿还有燃烧的焦痕,似乎过了火。在这片废墟中,仅有一把椅子、半张桌子和一只雕花瓶奇妙地逃得大难。

一个满脸病容的年轻人迷惑地站在昂贵的废料堆中。他抬头看见格洛塔在废墟中跋涉而来,紧张得直舔舌头,欲言又止。有比他更不专业的冒牌货吗?

"呃,早上好?"年轻人下意识地理理长袍——袍子很沉,绣满了神秘符号。他有多不自在啊?他能当巫师门徒,我就是古尔库皇帝。

"敝人格洛塔,来自国王陛下的审问部,被派来调查这桩……不幸事故。敝人以为前来迎候的会是位长者。"

"噢,是的,对不起,我是马拉克斯·魁。"年轻人结结巴巴地说,"我师父是伟大的巴亚兹,第一法师,精通高等技艺,拥有无比智——"跪下,给我跪下,给强大的古尔库皇帝跪下!

"马拉克斯……"格洛塔粗暴地打断对方,"……魁,来自旧帝国?"

"啊,是啊,"年轻人脸色微微放光,"您也知道我家——"

"不,我不清楚,"苍白的脸一塌,"你昨晚可在现场?"

"呃,是的,我在旁边房间睡。恐怕没看见事情经过……"格洛塔一眨不眨专注地盯着他,想把他看透。门徒咳嗽几声,低下头去,好似在思考该怎么打扫整理。这路货色能让审问长紧张?他太蹩脚了,脑门上贴着四个字:我是骗子。

"其他人看见了?"

"是的,呃,我想九指师傅他——"

"九指?"

"是,他是我们的北方同伴,"年轻人眼睛又一亮,"一位声名显赫的勇者,国王的斗士,可算作王子——"

"一个来自旧帝国,一个来自北方,好一对组合。"

"是啊,哈哈,我们真是,我想——"

"九指现在何处?"

"还在睡呢,呃,我可以叫醒他——"

"那么劳驾?"格洛塔在地上点点手杖。"塔太高啦,我还不想这么快下去。"

"是啊,呃,当然……不好意思。"年轻人快步走向某扇门,格洛塔转身装作研究墙上那个洞——实际上他的脸皱成一团,拼命咬唇才没像生病的孩子一样号哭。他抓住洞沿的碎石,尽全力捏紧。

待痉挛过去,他仔细分析洞口。锁链塔顶的墙仍有四尺厚,灰泥拌石,封以石砖。轰出这么大个洞,得要最强劲的投石机射出实心球,或一队身强力壮的工人没日没夜干上一周。无论巨型攻城机器还是工程队,都不可能逃过卫兵的眼睛。所以这究竟是怎么来的?格洛塔伸手抚摩边沿。小道消息说极南方产炸药。一点炸药有这效果?

门开了,格洛塔转身看见一个大个子矮身通过门廊,一边用大手缓慢地扣衬衫。那是种深思熟虑的缓慢。可以快,但不愿那么快。大个子头发乱成一团,石板般的脸伤痕累累,左手缺了中指。外号九指,真有想象力。

"在补觉?"

北方人点点头:"你的城市对我来说太热——晚上睡不着,白天打瞌睡。"

格洛塔腿脚抽痛,后背呻吟,颈项僵得像棵树,使尽浑身解数掩盖真实感受。他愿付出一切坐进那张完好的椅子里,尖叫个惊天动地。但我必须站直,才好揭穿这帮江湖骗子。"你能解释这里发生的事吗?"

九指耸肩:"我晚上要撒尿,发现屋内有人。"通用语似乎不错,虽然用词难称文雅。

"你看清来人了吗?"

"没有。我只看见是个女人。"他不自在地扭肩。

女人,真的? 太能编了。"可有其他有助于我们从一半人口中寻找罪犯的线索?"

"屋子冷,很冷。"

"冷?"当然,怎么不冷呢? 昨晚是今年最闷热的夜晚之一。

格洛塔长久地注视着罗根的眼睛,对方也与他对视。深陷、黑暗、冷酷的蓝眼睛。这双眼睛不傻。也许他外表跟人猿没两样,但思维缜密,先想后说,决不多嘴。他是个危险角色。

"你来此有何贵干,九指师傅?"

"我和巴亚兹一道,他的打算你可以直接问他。真的,我不清楚。"

"就是说他雇你喽?"

"不是。"

"你忠心耿耿地追随他?"

"也不算。"

"你是他的仆役?"

"不,更不对。"北方人缓缓抓挠满是胡茬的下巴。"我也有点搞不懂自己。"

你这个丑陋的大骗子。该怎样揭穿你? 格洛塔朝一片狼藉的房间挥舞手杖。"闯入者如何能造成这等破坏?"

"巴亚兹干的。"

"他干的? 怎么干?"

"他称之为'高等技艺'。"

"高等技艺?"

"魔能既生异界,辄狂悖祸乱,"门徒骄傲地背诵,仿佛说出了全世界最重要的真理,"下界之力可危也。故法师须以识调之,成高级技艺,一如匠人——"

"异界?"格洛塔不耐烦地打断小傻瓜的聒噪,"下界?指地狱吗?你会不会魔法,九指师傅?"

"我?"北方人轻笑,"我一点不会。"他想了一下,又后见之明般补充,"我只会跟鬼灵对话。"

"鬼灵,你是说?"行行好。"也许鬼灵能告诉我们闯入者的身份?"

"恐怕不能。"九指悲伤地摇头,看不出是没听懂讽刺还是故意装傻,"这里没有苏醒的鬼灵,他们都在沉眠。他们在这里沉眠了很长时间。"

"噢,那当然。"鬼灵宝宝该上床喽,我厌倦了这场游戏。"你从贝斯奥德那儿来?"

"可以这么说。"这回轮到格洛塔惊讶了。他以为对方会矢口否认,竭力掩饰,不可能直接承认。九指甚至连眼睛都没眨:"我曾是他的斗士。"

"斗士?"

"我十次代表他决斗。"

格洛塔思考该怎么问:"你都赢了?"

"我很幸运。"

"那么,你可清楚,贝斯奥德眼下入侵了联合王国?"

"我知道。"九指叹口气,"我早该宰了那杂种,只怪当时年轻又天真,现在恐怕没机会了。世事如此。你必须……什么来着?"

"现实一点。"魁接口。

格洛塔皱眉。片刻前,他还以为自己就要揭穿这场闹剧,如今却陷入更大的谜团中。他瞪着九指,但那张伤痕累累的脸上没有任何答案,只有更多问题。与鬼灵对话?贝斯奥德从前的斗士、如今的死敌?在乌七八黑的夜里遭到神秘女人袭击?甚至搞不清自己来此的目的?聪明的骗子说话真真假假,但这家伙撒谎太多,把我都搞懵了。

"噢,有客人!"一个魁伟的老头走出房间,他留着短短的灰胡须,正用布使劲擦光头。巴亚兹。老头不客气地坐进那张完好的椅子里，举手投足毫无历史伟人应具的优雅风范。"抱歉，我正享受洗浴的乐趣。这儿的洗浴设施委实不赖。自来阿金堡，我天天洗，一路灰尘着实讨厌，非得好好洗洗不可。"老头搓着头皮，嘴里嘀嘀有声。

格洛塔在脑海里比对眼前的老头和国王大道上的巴亚兹雕像。难说有何相似。前者只有后者一半气度，还比后者矮了若干倍。给我一小时，我能找到五个更相似的老头，见鬼，给把剃刀我能将苏尔特审问长打扮得更像。格洛塔看着对方闪亮的脑壳。他是不是每天早上专门剃过呢？

"你是？"自称巴亚兹的老头问。

"在下格洛塔审问官。"

"噢，国王陛下的审问官。我们真荣幸！"

"噢，不，荣幸的是我。您，可是传奇人物巴亚兹，第一法师呐！"

老头回瞪他，一双碧眼如欲喷火："过誉，老夫确是巴亚兹。"

"您的同伴，九指师傅，刚才向在下描述了昨日的事件。蛮惊险的。他声称一切都是……您所为。"

老头一喷鼻息："老夫对不速之客素无好感。"

"在下明白。"

"不好意思，糟蹋了这间套房，但经验证明，出手务必快准狠，不能瞻前顾后。"

"那当然。恕在下无知，巴亚兹大师，准确地说，您是如何……糟蹋这间套房的？"

老头笑了："你一定能理解，组织秘密不能随意公诸于众吧？你看，老夫有门徒了。"他朝拙劣的小骗子示意。

"我们刚见过。好吧，您能用大众能领会的概念简明扼要地开导在下吗？"

"你可称之为'魔法'。"

"魔法，在下懂了。"

"没错，魔法，法师组织就是施放魔法的组织。"

"嗯嗯嗯，您不会好心到当场为在下演示吧？"

"噢，那可不行！"自封的巫师大咧咧地笑道，"老夫不变戏法。"

老混蛋跟北方人一样深不可测。北方人几乎不主动开口，老混蛋说个不停又等于什么也没说。"必须承认，对闯入者如何闯入，在下全无头绪，"格洛塔环视房间，寻找可能的入口，"卫兵什么也没见，唯一的可能是爬窗。"

他小心翼翼地挪到洞口，朝外观察。这里曾有个小阳台，如今只剩几小截断裂石料。洞口附近的塔壁依然光滑陡峭，下方远处是闪烁河水："很难爬，尤其对穿裙子的女人，在下以为太夸张了，您觉得呢？这女人到底是何方神圣？"

老人嗤之以鼻："怎么，要老夫替你做功课吗？也许是从便池上来的。"他的猜测让北方人十分困扰。"你干嘛不抓住她审问呢？你们不这么干？"

漂亮，漂亮，漂亮的演技。无辜的抗议作为上乘调料，几乎让我信服。几乎，但想得逗。"问题在于，没有任何证据能证明神秘闯入者存在。我们没发现任何尸体，下面街道撒满了木头、家具碎片、墙壁石砖，等等，但毫无闯入者的迹象——无论此人是男是女。"

老人紧盯他，额上慢慢现出深深的皱纹："也许尸体烧没了，也许被扯成难以寻找的碎片，也许化为飞灰。魔法没法精密测算、没法准确预测，即便对于大师。意外随时可能发生，很容易发生，特别是老夫心情不佳的时候。"

"恐怕您必须承受坏心情。恕在下冒昧，你可能不是传说中的第一法师巴亚兹。"

"是吗？"老头的浓眉挤到一起。

"至少不能排除……"紧张气氛笼罩圆厅，"你冒充他的可能。"

"你说老夫是冒牌货？"自封的大法师吼道。苍白的年轻人赶紧低头，默默地朝墙倒退。格洛塔陡然自觉孤零零地站在废墟当中，四顾无援，不适感每一刻都在增长。他必须挺起胸膛。

"也许整个事件是你自导自演，方便展现'魔法威力'？"

"方便？"秃顶老头嘶声道，声音洪亮得不自然，"你说，方便？方便就是老夫可以晚上睡觉不受打扰，方便就是老夫可以坐回在内阁的旧交椅，方便就是老夫的言语即律法——跟从前一样——没人会多问该死的蠢问题！"

他和国王大道上的雕像的相似之处急剧增加。没错，同样威严紧皱的眉，同样轻蔑的冷笑，同样的怒火与威胁。老头的话沉沉地压在格洛塔身上，让他难以呼吸，让他想要跪拜，这些话将刻进他的头颅，扫清每一丝残存的怀疑。他瞥向墙上的大洞。炸药？投石机？工人？难道没有更简单的解释？世界似乎在旋转，跟几天前在审问长办公室一样，他开始用全新的视角组合，以不同的方式拼凑。如果最简单的答案正是事实？如果……

不！格洛塔把这样的答案排挤出去，抬头还以冷笑。一个经验丰富、花言巧语、特意剃光脑壳的演员。仅此而已。"您若名副其实，便不该害怕在下的问题，更不该害怕回答。"

老人笑出声来，诡异气氛终得缓解："无论如何，审问官，你的执着让人钦佩。你肯定会想尽办法证明自己的理论。祝你好运。正如你所说，老夫没什么好怕的，只求你再次打扰时，至少拿证据说话。"

格洛塔僵硬地鞠躬："在下尽力。"说完，他朝门走去。

"还有件事！"老人看着破洞叫道，"能不能换间房？风吹进来有些凉。"

"这个好说。"

"非常好。最好能少走些台阶，这该死的台阶近来跟老夫的膝盖过不去。"是吗？这点你我倒一致。

格洛塔最后打量了一下三名来客。秃顶老头毫不畏惧地与他对视；瘦长的年轻人抬头紧张地看了几眼，又慌慌张张移开视线；北方人还在皱眉研究厕所门。骗子，傻瓜，间谍。可要怎么揭穿他们？"日安，先生们。"他聚起所有尊严朝台阶蹒跚走去。

高贵
Nobility

杰赛尔刮掉下巴最后几茬胡子,在碗里清洗剃刀。他擦净刀合上后,小心地放到桌上,欣赏阳光在珍珠母把手上流转。

他把脸也擦净,然后——这是他一天的精华时刻——对镜自赏。这面上好的镜子刚从威斯尼亚进口,是父亲的礼物。明亮光滑的椭圆形玻璃镶嵌在雕饰华丽的黑檀木框中,这等家具才配得上这般俊美的人儿,那人儿正从镜子里回望他——说真的,俊美委实不足以形容这般容貌。

"你真是完美无瑕,对不?"杰赛尔微笑着自言自语,一边抚摩光滑的下巴。多美的下巴。人家常说这是他身上最美的部分——这当然不是指他其他部分就不好看——他向右偏偏头,又向左偏偏头,以便更好地欣赏自己完美的下巴。肉不多,皮不粗,很有型,却与女性线条不同,没那么软弱。毫无疑问,这是男人的下巴,末端那个极浅的沟,既显出力量与权威,又不失于敏感和思想。世上还有这样的下巴吗?也许某位国王或传说里的英雄与之逊色不远。总而言之,这是个高贵的下巴,没有哪个平民能拥有这样的下巴。

杰赛尔猜想,这样的下巴一定是从母亲那头遗传的,因为父亲下巴很软,兄弟们也一样。他简直为他们感到一丝遗憾,毕竟自己集所有的完美于一身。

"以及所有的才干。"他愉快地告诉自己。他勉强从镜子前抽身,走进起居室,取出衬衫扣好纽扣。今天他必须拿出最佳状态,这让他有点紧张。紧张感从胃里慢慢上涌,一路涌到喉头。

城门已开,观众应已鱼贯涌入阿金堡,在元帅广场的一排排大木椅上落座。场子里会有数千观众,有身份的会来,啥也不是的也会来。他们会聚在一起叫嚣、推挤、兴奋地等待——他。想到这,杰赛尔不由得咳嗽两声,定了定神。昨晚他后半夜都没睡。

他来到桌边,早餐盘放在桌上。他心不在焉地夹起一根香肠,就着末端咬下一口,食不知味地咀嚼。然后他抽抽鼻子,把剩下的香肠扔回去,认定今天早上没胃口。用布擦手时,他忽然发现门下地板上有张纸,弯腰捡起打开一看,纸上只有一排字,一排优雅而精准的字:

今晚,四角区哈罗德大王雕像下见。

——阿

"见鬼。"他难以置信地低声咒骂,把那排字看了一遍又一遍,最终才将纸折回去,紧张地四下巡视。他只认识一个"阿"。近几天,他成功地把她推到了意识边沿,将闲工夫都用于训练。这毫无疑问是她,一切又都回来了。

"见鬼!"他打开那张纸,又读了一遍。今晚见面?他感到一丝难以压抑的激动,又逐渐膨胀为真实的喜悦。他呆头呆脑地咧嘴笑了。黑暗中的幽会?他浑身发抖。但幽会可能曝光,若被她哥哥发现?他涌起不安,便用双手握住那张纸,几乎就要撕开。

他在最后一刻收起它,悄悄放进口袋。

✡

走下隧道时,杰赛尔几乎能听到群众的欢呼,奇特的回音似乎从石头内部传来。作为观众,他无疑在去年剑斗大赛上听过这些欢呼,但那时他绝不会浑身冒汗、肠胃打结。说到底,当观众和做主角是两个世界。

他慢下来,最后完全停步,闭眼靠墙。群众的欢呼从耳旁流过,他试图调整呼吸,镇定自己。

"别担心,我完全明白你的感受。"威斯特安慰地拍拍杰赛尔的肩膀,"第一次上场我差点扭头就跑,但等武器出鞘,这些就不算什么了。相信我。"

"是,"杰赛尔低声答应,"没错。"他不相信威斯特明白他真正的感受。威斯特确实参加过两届剑斗大赛,但杰赛尔完全有理由怀疑他会在比赛当晚与自己最好的朋友的妹妹幽会。若威斯特知道杰赛尔胸前口袋里那张纸,还会如此体贴吗?似乎不太可能。

"我们走吧,迟到就没资格了。"

"走。"杰赛尔做了最后一次深呼吸,睁开双眼,狠吐一口气,然后推离墙壁,快步走下隧道。他莫名地紧张——剑呢?他慌乱摸索,最终长呼出一口气。剑就在他手中。

大厅远端聚了不少人:训练师、助手、亲朋好友以及谄媚奉承之徒。参赛选手一目了然:十五个紧握武器的小伙子,满怀恐惧——并且这情绪还在互相传染——个个脸庞苍白紧张,额头汗津津,焦虑的眼神不敢与人对视。群众的喧哗是火上浇油:房间远端紧闭的双开大门外,喧哗声犹如汹涌澎湃的狂风恶浪,充满不祥意味。

只有一个人对周遭一切似乎满不在乎,那人靠在墙上,曲起一条腿踩墙，头向后仰，半闭的眼睛懒洋洋地顺着鼻子看向众人。参赛者个个精瘦轻巧、身材矫健；此人正相反，他粗壮沉重，头剃得只剩黑色发茬，脖子极粗，下巴极宽——这是平民的下巴，杰赛尔心想，却不失威势和力量。若非此人一只手随意握着两把剑，杰赛尔肯定将其当成仆役。

"葛斯特。"威斯特对杰赛尔耳语。

"哈。他是剑士还是工人啊？"

"罢了，但不要以貌取人。"群众的呼声逐渐消退，屋内只听见嗡嗡私语。威斯特抬抬眉毛。"国王要发言了。"他低声说。

"朋友们！同胞们！联合王国的公民们！"一个响亮的声音在呼唤，隔着沉重的大门也清晰可闻。

"是霍夫，"威斯特嗤之以鼻，"剑斗大赛也由他代表国王，他干吗不戴上王冠算了？"

"一月前的今日，"宫务大臣在远处大声发言，"本人和本人的内阁同僚讨论了一个严肃的话题……今年还举办剑斗大赛吗？"一阵狂乱的否定和嘘声。"这是个好问题！"霍夫大叫，"因为我们正处于战争状态！我们在北方进行着殊死搏斗！我们最珍贵的自由，我们带给世界最好的礼物，乃至我们的生命，都受到野蛮人的威胁！"

一名办事员在房间里把参赛者和他们的亲朋好友、助手等一干人分开。"祝你好运，"威斯特拍拍杰赛尔肩膀，"我在外面等你。"杰赛尔嘴唇干燥，只能点头。

"问出这个问题的都是勇士！"霍夫在门外高声宣讲，"都是有识之士！都是爱国者！都是本人意志坚定的内阁同僚！本人了解他们的顾虑，他们认为今年不宜举办大赛！"长长的停顿。"但本人坚持：决不妥协！"

他的话被狂热的喝彩淹没。"决不！决不！"群众狂呼乱叫，办事员把杰赛尔领到其他参赛者站成的队列中，两两一组，一共八组。宫务大臣继续发言时,他又摸索起武器——大概是今天第二十次了。

"决不妥协,本人坚持!能让那些野蛮人、那些在冰天雪地的北方生活的畜生,改变我们的生活方式吗?能让照亮世界的自由灯塔就此熄灭吗?决不,本人坚持!决不放弃我们无价的自由!朋友们,同胞们,联合王国的公民们,请相信……我们必将得胜!"

又一阵狂风暴雨的喝彩。杰赛尔咽了口口水,紧张得四下张望。布雷默·唐·葛斯特跟他一组,这大蠢货居然还有工夫眨眼微笑,一副天不怕地不怕的样子。"见鬼的白痴。"杰赛尔低声咒道,特意留心没动嘴唇。

"所以,朋友们,所以,"霍夫完成讲话,"面临严峻的考验时,不是最适合举办庆典吗?让我们讴歌技巧,讴歌力量,讴歌勇气,讴歌王国最英勇的子弟兵!同胞们,联合王国的公民们,本人宣布参赛者——入场!"

大门打开,欢呼声猛灌入厅,梁柱都在颤抖,什么也听不清。当先的两位剑士迈步出发,走过明亮的拱门,然后是下一组、再下一组。杰赛尔以为自己僵得不能移动分毫,活像吓呆的兔子,但轮到他时,他却雄赳赳地踏步跟上葛斯特,擦得锃亮的靴子踏在瓷砖地上,走进拱门。

元帅广场完全变样。广场四周搭起一排又一排看台,座椅向后延伸、延伸,向各个方向延伸,直到再也数不清。选手们在高耸的看台中间的峡谷里列队——木梁、木桩和树干撑起这片暗影森林——朝中央的宽敞赛场前进。在前方,似乎很远的地方,决斗圈设好了,那是如海一般的脸孔中一圈枯黄干燥的草。

杰赛尔逐渐看清前排人士个个有财有势,穿着最好的衣服,手搭凉棚遮挡耀眼阳光,比起关注参赛选手,他们似乎更热衷于展示时髦。往后看,坐在更高地方的人地位较低,服装也较为朴实。广大平民是五颜六色的色块,挤在这个令人头晕目眩的碗型场地边沿,但他们的兴奋劲儿隔着老远也体会得到:欢呼、叫嚣、踮着脚尖拼命挥手。

在他们头顶,在能俯瞰广场的高墙和屋顶上,在那些窗户和城垛中,同样塞满了观众,犹如突出人海汪洋的岛屿。

杰赛尔眨眼望着人潮,心知自己正合不拢嘴,却没法控制自己闭嘴。见鬼,他快吐了。早知道该吃点东西,但现在说什么都晚了。若是在这里,在半个世界面前吐出来会怎样?紧张的情绪将他占据。武器带了吗?武器在哪里?在手中,在手中。观众咆哮、叹息、号叫,无数声音组成迷之海洋。

选手们从决斗圈旁退开。并非所有人今天都得上场,大部分只是围观。有的选手径直走进前排落座,活像今天的观众还不够!——但杰赛尔得不到这份解脱。太过分了,他只能走向剑士作准备活动的围栏。

进去之后,他猛然瘫倒在威斯特身边的座位上,闭眼不住擦拭满头大汗。观众无休止地欢呼,这里的一切都太明亮、太喧哗、没法抵抗。瓦卢斯元帅就在一旁,俯过围栏凑在某人耳边大叫。杰赛尔望向场子正对面的王家包厢,隐约指望能分心。

"国王陛下似乎很满意今天的场面。"威斯特对杰赛尔耳语。

"嗯嗯。"事实上,国王显然已陷入沉睡,王冠歪斜到一定角度。杰赛尔懒洋洋地猜测它会不会掉下来。

兰迪萨王太子在那儿,跟往常一样穿得华贵非凡,他喜气洋洋地转来转去,好像大家都是来捧他场的。他弟弟雷诺特王子则是一副朴素、严肃的样子,皱眉观望人事不省的父亲。他们的母亲,也即联合王国的王后陛下,在他们身旁坐得笔直,高高扬起下巴,极力假装她高贵的夫君正光华万丈地君临现场,而其王冠绝对没有随时掉下来砸她膝盖的危险。在王后和霍夫阁下之间,杰赛尔捕捉到一个年轻女子,非常、非常漂亮,穿得甚至比兰迪萨更华贵——如果说那可能的话——脖子上一串沉重的钻石在阳光下熠熠生辉。

"那姑娘是谁?"杰赛尔问。

"哦,特维丝公主,"威斯特低语,"塔林之主、奥索大公爵的女儿。她的美貌名副其实,一点也没夸张。"

"我听说塔林人都不是好东西。"

"我也这么听说,可她是例外,你以为呢?"杰赛尔不太信服。她美是美,但眼里有种冰冷的骄傲。"我记得王后有意让兰迪萨太子娶她。"杰赛尔看见王太子倾身越过母亲,用无聊笑话奉承公主,说完后自己哈哈大笑,乐不可支地拍膝盖。公主报以冷冰冰的微笑,隔着场子都能瞧出其中的厌恶,只有兰迪萨自己浑然不觉。这时,杰赛尔的休息时间到头了,一个穿红外套的高个儿沉重地走到决斗圈中央。他是裁判。

"开始了。"威斯特低语。

裁判演戏般夸张地抬起一只手,伸出两根指头缓缓转动,等待喧哗慢慢消停。"今天,你们有幸目睹两场顶尖水平的比试!"他声若雷霆,抬起另一只手,伸出三根指头,等待欢呼不断拔高。"三战两胜制!"他平放两条胳膊,"四位最优秀的剑士!其中两位将会回家……两手空空。"裁判放下一条胳膊,伤感地摇头,观众也跟着叹息。"另外两位将进入下一轮!"观众高呼赞美。

"准备好了?"瓦卢斯元帅凑到杰赛尔肩膀边问。

见鬼的蠢问题。没准备好又能怎样?就此弃赛?取消比赛?对不起了大家,我没准备好?明年见?杰赛尔说出口的只是:"嗯,嗯。"

"时辰已至!"裁判一边高呼,一边在场子中央缓缓转身,"第一对上场!"

"你的夹克!"瓦卢斯斥道。

"呃。"杰赛尔摸索着纽扣,慌忙脱掉夹克,又机械地挽起衬衣袖子。他偷眼瞥去,发现对手也同样匆忙。那是个高瘦的青年,胳膊很长,无神的眼睛稍带阴霾。似乎不是个高手。杰赛尔注意到对方从助手手里接剑时手微微发抖。

"由赛普·唐·维森训练,来自斯塔兰的罗斯托的……"裁判停了片刻,追求戏剧效果,"……库特斯·唐·博亚!"一阵热烈的掌声,杰赛尔嗤之以鼻,白痴才为小丑鼓掌。

高瘦的青年从座位上起身,严肃地走向决斗圈,他的武器在阳光下闪烁。"博亚!"那高瘦小丑就位时,裁判再度大喊。威斯特从剑鞘中抽出杰赛尔的武器,金属声让杰赛尔再度想吐。

裁判又指向剑士围栏:"他的对手!王军军官,由瓦卢斯元帅阁下亲自训练!"周围响起喝彩,老元帅听了很受用。"让我们欢迎来自米德兰的路瑟家族、在阿金堡服役的……杰赛尔·唐·路瑟上尉!"海潮般的欢呼席卷比武场,比博亚得到的嘹亮得多,其中更夹杂着女人的尖叫。很多人喊出数字,无疑是在下注,杰赛尔迈步时,不由泛起又一阵恶心。

"好运。"威斯特剑柄朝前,递上武器。

"他无须好运!"瓦卢斯斥道,"这博亚显然是个废柴!看那姿势!压迫他,杰赛尔,压迫他!"

走到中央那圈干草地似乎花了很长时间,观众们呼声之高,却也压不住他胸膛的心跳。他汗津津的手把武器转来转去。"路瑟!"裁判看着杰赛尔靠近,露出宽阔的笑脸大喝。

无聊和无用的问题在脑子里盘旋。阿黛丽在场吗?她在看台,猜测他今晚会不会赴约吗?他会被杀吗?元帅广场中央这圈草哪儿弄的?他抬头瞥向博亚。对方也是同样的感受吗?观众静了下来,静得怕人,深邃的静默沉沉地压在杰赛尔肩头。他走到决斗圈内自己的位置。博亚耸耸肩,摇摇头,举械致敬,而杰赛尔想尿尿,从没这么想尿尿。尿裤子怎么办?布料上现出暗色大点,被称作尿裤子的剑士。若是真尿了,只怕一百年也洗不清。

"开始!"裁判高声喝令。

但什么也没开始。两位剑士只是站在原地,注视对方,武器在手。杰赛尔眉毛很痒,他很想挠,但怎么挠呢?对方舔舔嘴唇,向左谨慎地踏出一步。杰赛尔也跟着踏一步。两人诚惶诚恐地绕圈,靴子轻轻踩碎干草。他们缓缓地、缓缓地靠近。杰赛尔的世界缩小到长剑尖头之间。不到一跨,不满一尺,只剩六寸。杰赛尔只看见那两个闪耀的尖头。三寸。博亚虚弱地前刺,杰赛尔下意识地躲开。

他们的剑轻轻擦过,却似乎向全场发出了信号。呼喊顿时重新响起,排山倒海:

"杀了他,路瑟!"

"是的!"

"刺!刺!"

这些呼喊很快溶解为无意识的凶暴海洋,在决斗圈外肆意澎湃。

杰赛尔越是看清高瘦小丑的动作,就越是鼓起勇气,紧绷的神经慢慢舒缓。博亚笨拙地戳刺,杰赛尔简直无须移动就能格开,博亚没信心的下砍也被他毫不费力地挡住。随后博亚发起冲锋,但姿态冒失,失去了平衡。杰赛尔轻松绕开对手,用长剑钝头刺中其肋下。

一切得来全不费功夫。

"路瑟拿下第一战!"裁判宣布,看台应声涌起欢呼。杰赛尔对自己微笑,沐浴在观众的赞美中。瓦卢斯说得对,小丑是废柴。再胜一场,就能进入下一轮。

他归位,博亚也归位。博亚用一只手揉着肋骨,责难地看向杰赛尔。这可吓不住杰赛尔,你是要用眼神防守吗?

"开始!"

两人立刻接近,来往了两回合。

杰赛尔难以置信对手这么慢,好像剑有一吨重。博亚的长剑不断出击,试图远程压制杰赛尔——这小丑几乎没利用短剑,更别提双剑合璧了。更糟的是,他已喘起粗气,才打了不到两分钟啊,这乡巴佬到底受过正规训练没有?还是从街上随意找个仆人来充数?杰赛尔向旁跳开,在对手身边舞蹈。博亚试图跟上他的节奏,态度顽强,动作却太笨拙。比赛开始向闹剧的方向发展。没人会为闹剧喝彩,这呆头呆脑的傻瓜抹黑了杰赛尔的精彩表演。

"噢,加油啊!"他鼓励对手,看台上一阵笑声。博亚咬紧牙关,使出浑身解数,却远远不够。杰赛尔挡下他无用的攻击,继续在他身边舞蹈,于决斗圈内穿梭自如,而对手很快只能盲目跟随,始终差上三步。这小丑失去了准头、丢掉了速度、没有了思想。仅仅几分钟前,杰赛尔还惧怕这无能的小丑,现在他无聊了。

"着!"他一声暴喝,忽地转守为攻,一记凶猛的砍劈正好抓住失去平衡的对手。观众沸腾了,他们号叫着支持杰赛尔。杰赛尔连刺数剑,博亚绝望地格挡,始终没能恢复平衡。他摇摇晃晃地后退,直到再也撑不住,双臂乱舞,短剑脱手飞出,一屁股坐倒圈外。

观众哄堂大笑,杰赛尔也情不自禁地加入。可怜的小丑,模样实在有趣,活像只四脚朝天的乌龟。

"路瑟上尉获胜!"裁判大喊,"二比零!"博亚翻身起来时,观众发出阵阵嘘声。小丑看来快哭了。杰赛尔踏步上前,伸出手,却没法完全抹去脸上的笑意。手下败将激烈地回绝了帮助,他撑起自己,用半是憎恨半是受伤的眼神瞪着杰赛尔。

杰赛尔轻松地耸肩:"你这么烂不是我的错。"

✡

"再来一杯?"卡斯帕摇摇晃晃的手伸出酒瓶,醉眼惺忪。

"不,谢了。"杰赛尔在卡斯帕倒酒前把他轻轻推开。卡斯帕困惑了片刻,转向加兰霍。

"再来一杯?"

"再来,再来。"大个子将玻璃杯滑过粗糙桌面,似乎在强调"我没醉",实际上他早醉了。卡斯帕眯起眼,放低瓶子倒酒,好像杯口离得很远。杰赛尔瞅着瓶颈在空中颤动,"哒哒"点在杯沿,死活也倒不进。酒洒入桌,流到加兰霍腿上。

"你醉了!"大个子抱怨,晃悠悠地起来,用那双醉得发抖的大手抹了抹脸——同时打翻了椅子——周围几名客人厌恶地瞥向他们这桌。

"再来再奶。"卡斯帕咯咯笑。

威斯特从杯间略一抬头:"你俩都醉了。"

"不是咱俩的错儿,"加兰霍拼命够椅子,"是他的错!"他的指头点点戳戳杰赛尔。

"他赢了!"卡斯帕打个大嗝,"你赢了,不是吗,我们要为你庆祝!"

杰赛尔真希望没来庆祝。他开始觉得有些窘。

"我表妹阿瑞丝宅场——权看见了。她很敢动。"卡斯帕伸手环住杰赛尔的肩膀,"我觉得她蜜上你了……蜜上……蜜上了。"他潮湿的嘴唇凑到杰赛尔脸畔,试图把话说清。"她很油钱,很油钱。蜜上了。"

杰赛尔皱紧鼻子。他对卡斯帕那骨瘦如柴的无知表妹没有一丁点儿兴趣,不管她多有钱——而卡斯帕的口气实在太臭。"很好……她很可爱。"他脱出中尉怀抱,推搡动作算不上轻柔。

"那么,几时北伐呢?"布林特的提问声太吵,他似乎等不及了。"应该快了吧,下雪之前就能班师,呃,少校?"

"哈,"威斯特喷口鼻息,自个儿皱起眉,"按现在的整备速度,下雪之前能出发就不错了。"

布林特有点吃惊:"好吧,不管何时起程,我们都能好好教训那帮北蛮子。"

"教训背蛮子!"卡斯帕叫道。

"是啊。"加兰霍点头赞同。

威斯特似乎并不乐观:"我没那么肯定。你们看见贵族们送来的新兵了吗?很多人连走路都难,不消说打仗。真丢脸。"

加兰霍恼火地一挥手,打消掉所有疑惑:"我们要对付的是蛮子!

我们会打得他们屁股吃土,跟杰赛尔今天料理那白痴一样。呃,杰赛尔?下雪之前就能班师,大家都这么说!"

"你了解北方吗?"威斯特在桌上倾身,"你了解那里的森林、山脉、河流吗?那里没有多少开阔地用于打仗,没有几条道路可供行军。想教训谁,至少得先抓到他。下雪之前能班师?我猜是明年下雪的时候,如果回得来的话。"

布林特震惊得双目圆瞪:"不是吧!"

"不……不,算了。"威斯特叹息着摇头,"我确信一切都会没事,大家都能获得荣誉和晋升,下雪之前就能班师。只是我会给你们多带件外套,以防万一。"

这群伙伴陷入了难堪的沉默。威斯特就这样,老是不合时宜地严肃,他紧锁的眉头仿佛在说:"今晚我根本没兴致。"布林特和加兰霍闷闷不乐又迷惑不解。只有卡斯帕保持住好心情,懒洋洋靠在椅背,半闭眼睛,兀自喜滋滋地不在乎周围状况。

所谓的庆祝。

杰赛尔只觉疲惫、烦恼和担忧同时涌上心头。他担忧比赛,担忧战争……担忧阿黛丽。那封信还在口袋里。他瞟了威斯特一眼,赶紧移开目光。妈的,他有负罪感,以前从未有过的负罪感,而他不喜欢这样。不去见她,他会因为让她白白等待而负罪;见了她,又会因为打破对威斯特的承诺而负罪。这是两难,杰赛尔咬着拇指甲想。他们该死的一家到底是怎么回事?

"好了,"威斯特突然声明,"我得走了。明天要赶早。"

"嗯嗯。"布林特喃喃道。

"好的。"加兰霍答应。

威斯特望进杰赛尔的眼睛:"我有话跟你说。"他表情严肃、认真,甚至有几分恼怒。杰赛尔心往下沉。莫非威斯特知道那张纸?阿黛丽是不是告诉他了?少校转身走向僻静角落。杰赛尔环视周围,绝望地寻找脱身之术。

"杰赛尔!"威斯特唤道。

"来了,来了。"他极勉强地起身,跟上朋友,摆出自认为最无辜的笑容。也许是别的事呢。与阿黛丽无关。拜托,千万要是别的事。

"此事我不想让人知道……"威斯特谨慎地查看,确保没人听见。杰赛尔咽了口口水,他随时可能迎头挨一记老拳。第一下肯定躲不了。打人不打脸,他还没被人真正揍过脸。曾有个姑娘狠狠扇了他一耳光,但那毕竟跟拳头不一样。他听天由命地做好准备,咬紧牙关,微微发抖。"伯尔定下了日期。我们还有四周。"

杰赛尔茫然回瞪:"什么?"

"离出发还有四周。"

"出发?"

"去安格兰,杰赛尔!"

"噢,是的……去安格兰,当然!你说还有四周?"

"我认为此事你应该知情,因为你忙于比赛,没时间调整。你必须准备好。"

"是的,当然。"杰赛尔擦擦汗津津的额头。

"你还好吗?脸色不太对。"

"我好,很好,"他深吸一口气,"太刺激了,你知道,比剑和……所有的事。"

"别担心,你今天表现得很好,"威斯特拍拍他肩膀,"但今天只是个开始,想获得冠军,你必须再赢三轮,每轮对手会越来越强。千万不要松懈,杰赛尔——也不要喝得太醉。"他松手朝门走去,杰赛尔回到同伴们的桌旁时长舒了一口气。鼻子总算没断。

一旦确定威斯特不回来,布林特立马开口抱怨:"他到底哪根筋不对?"他皱紧眉竖起拇指朝门边指点,"我的意思是,好吧,我知道他是我们这伙人中的英雄,好吧,我的意思是……"

杰赛尔朝下看他："你到底什么意思？"

"好吧，说穿了！他、他太悲观！"酒精给了中尉勇气，他终于说出想法，"实际上……好吧，我的意思是……他发表的全是懦夫言论！"

"不，看看你，布林特。"杰赛尔厉声反驳，"他三次上战场，第一个冲进乌利齐城的缺口！他也许不是贵族，但他妈的确有胆色！他了解麾下官兵，了解伯尔元帅，了解安格兰！你了解什么，布林特？"杰赛尔嘟起嘴，"除了喝酒跟输钱？"

"男人了解这两样就够了嘛，"加兰霍紧张地笑笑，尽力缓和气氛，"上酒！"他不知朝谁吼道。

杰赛尔一屁股坐下。若说威斯特离开前已是兴味索然，现下可谓意兴阑珊。布林特生起闷气。加兰霍摇晃椅子。卡斯帕终于睡着了，瘫倒在浸满酒水的桌上，轻微而有节奏地打鼾。

杰赛尔干了杯中酒，环视身边这帮酒鬼。见鬼，真无聊。没错——他开始认识到了——酒鬼们的对话只有酒鬼们自己才觉得有意思。几杯黄汤下肚，足以让正派人变成无法忍受的白痴。他不禁担心自己有没有像卡斯帕、加兰霍甚或布林特那么烂醉失态过。

他审视这帮白痴，浅浅一笑。若他当上国王，为治这酗酒之罪，他要把他们统统抓来砍头，至少关上个一年半载。他站起身。

加兰霍抬头："你干吗？"

"我要睡一觉，"杰赛尔叫道，"明天得训练。"他真想直接冲出去。

"可你赢了！我们不该庆祝吗？"

"这只是第一轮，我还有三个对手，个个都比今天那小丑强。"杰赛尔从椅背上取下外套，披上肩。"睡便。"加兰霍大声喝着自己的酒。

卡斯帕把脑袋从桌面上抬了一会儿，酒液粘住一侧头发："泽么快就走？"

"嗯嗯。"杰赛尔边说边转身大步离开。

酒馆外的街道冷风吹拂，让他更清醒了。清醒得痛苦。他渴望有理解他的人，但这个钟点上哪儿去找这样的人？他只能想到一个地方。

他从口袋里取出那张纸，就着酒馆窗户的昏暗灯光又读了一遍。如果他全力奔跑，也许还能见到她。他缓步朝四角区走去。说说话而已，他需要跟人说说话……

不，他强迫自己站住。他真要假装只做她朋友？所谓男人女人间的友谊，就是其中一位追了另一位太长时间，却无疾而终。他对这种关系没兴趣。

那该如何是好？结婚？跟个毫无血统、一贫如洗的女孩结婚？决不可能！带阿黛丽回家该怎么说？这是我老婆，爸爸！老婆？她有哪些关系？杰赛尔想想就打颤。

他们能不能在结婚和做朋友之间找个中间点，让彼此皆大欢喜呢？他又开始缓步前进。不是朋友，也并非夫妻，在两者之间？他大步朝四角区前进。他们可以私下幽会、聊天、说笑或者找张床……

不。不。杰赛尔陡然停下，恼火地扇了自己一巴掌。即便她愿意，他也不能让这种事发生。威斯特是一方面，其他人发现会怎么想？自然，这损害不了他的名声，但她可就全毁了。全毁了。他浑身起了层鸡皮疙瘩。毫无疑问，他不能这么对她。她的确出身不好，但这是生来注定的，为这个就可以轻贱她？太自私了。他惊讶地发现自己以前居然没意识到这点。

结论出来了。实际上，同样的结论他今天已得出了十次：跟她见面没有好结果。很快，他就要出发打仗，结束这段荒诞的相思。回去睡吧，明天再训练一整天。练，拼命练，直到瓦卢斯元帅把她从他脑海里赶跑。他深吸一口气，摆正肩膀，转身朝阿金堡走。

✡

哈罗德大王的雕像隐现于黑暗中，立在几乎与杰赛尔等高的大理石底座上,对四角区旁这个僻静的小广场而言,它显得太大了。他一路躲在阴影里,避开行人,鬼鬼祟祟来到这地方。幸好附近没什么人。夜色已浓,阿黛丽多半早已放弃——如果她真的来过。

他蹑手蹑脚绕雕像走了一遭,窥探周围的憧憧阴影,活像个彻头彻尾的傻瓜。他不知路过这里多少次了,难道这里不是公共广场吗?他和任何人一样有权待在这里。可不知为何,他觉得自己更像是贼。

广场上空无一人。很好。对大家都好。没有得到,也就无所谓失去。就这样吧。可他为何如此失落?他抬头望向哈罗德的脸,望着雕刻家为真正的伟人塑造的容颜。他也有个强壮、俊美的下巴,这个哈罗德,几乎和杰赛尔一样。

"醒醒!"有人在他耳边说。杰赛尔发出女孩般的尖叫,往外一躲,抓住哈罗德王的巨腿才没摔倒。他身后有个戴兜帽的黑影。

黑影轻笑。"别尿裤子。"是阿黛丽。她推开兜帽,一扇窗透出的光斜射在她微笑的下半边脸,嘴唇一边高一边低。"只有我啦。"

"我没看见你。"他无意义地呢喃着,松开死握住巨石腿的手,竭力装得镇定。他觉得这是个糟糕的开始,这种斗篷蒙面的游戏他一窍不通,阿黛丽却似乎很自在,他不由得怀疑她以前玩过类似的把戏。

"最近,很难见到你啊。"她说。

"是啊,呃,"他低声道,心仍在怦怦直跳,"我最近很忙,剑斗大赛以及……"

"噢,了不起的剑斗大赛。今天我看你比剑来着。"

"你看了?"

"你很棒。"

"呃,谢谢你,我——"

"我哥说了什么,对吗?"

"啥?关于比剑?"

"不是,呆子,关于我。"

杰赛尔愣住了,他搜肠刮肚想方设法回答:"其实他是——"

"你怕他吗?"

"不!"一阵沉默,"好吧,我是有点怕。"

"但你还是来了,我想我应该感到荣幸。"她缓缓绕着他转,上下打量他,从脚到头,从头到脚。"不过,你花了太多时间。现在很晚了,我马上就得回家。"

她看他的眼神里有些东西,丝毫无助于平复他躁动的心。他必须明确声明不能再见她。这事不对。对他们俩都不好。他们之间不会有好结果……不会有好结果……

他的呼吸急促、兴奋、紧张,他的目光无法从她阴影下的脸庞移开片刻。就现在,他必须告诉她。他不是为这个才来的么?他张嘴欲言,但所有词汇似乎都飘向了远方,属于另一个时代和另一个人,不能理解,也无法表达。

"阿黛丽……"他说。

"嗯?"她走近他,头歪向一边。杰赛尔想退,但背抵住了雕像。她走得更近,双唇微启,盯住了他的唇。说来,这到底有什么错?

更近了。她朝他抬起脸,他闻到她的气息——脑海里充满她的香味,脸颊下是她的温暖。这到底有什么错?

她凉凉的指尖扫过他下巴的线条,埋进头发,将他的头推向她。她的唇亲到他的脸,既软且烫,然后是他的下巴,然后是他的双唇。她温柔地吮吸他的唇,把自己完全投向他,另一只手抱住他的背。她的舌头舔过他的口腔,他的牙齿,他的舌头,她喉咙里发出轻微的呻吟,也许那是他的呻吟——他真的分不清。他整个身体都在微微晃荡,忽冷忽热,两片唇代替了全部思考。就好像这是他的初吻。这到底有什么么错?她咬了他,有点痛,但没咬出血。

他睁开双眼,气喘吁吁、浑身发颤、腿脚酥麻。她抬头看他,黑暗中目光闪烁。她正小心翼翼地研究他。

"阿黛丽……"

"什么事?"

"下次见面是什么时候?"他口干舌燥,声音嘶哑。她浅笑着低头——好一抹残酷的笑,好似刚刚诈骗了他全副身家。但他不在乎。"什么时候?"

"噢,我会让你知道。"

他只想再吻她。见鬼的后果,去他妈的威斯特,统统滚一边去。他向她弯腰,闭上眼睛。

"不,不,不行,"她推开他的嘴,"你应该早点来。"她挣脱他的怀抱,转身就走,嘴角依然留着微笑。她走得很慢,他默默地、着迷地、一动不动地看着她,背依然靠在冰冷的石座上。他从未有过这样的感觉。从未有过。

她只回头看了他一眼,似乎是为确认他还在看她。她的眼神令他胸膛发紧,紧得生痛,然后她转过角落不见了。

他在原地多站了一会儿,眼睛睁得老大,扑哧扑哧喘气。冷风吹过广场,终于让他回到现实世界。比剑,战争,好友,诺言。这是一个吻,仅此而已。一个吻,就让他所有的决心像打碎的夜壶里的尿一样流失殆尽。他茫然四顾,突然感到无比的负罪感,迷惑而恐惧。他刚才做了什么?

"妈的。"他骂道。

造孽

Dark Work

燃烧会使万物散发出不同气味。一株潮湿鲜活的树与一株干枯僵死的树完全不同——猪肉和人肉烧起来倒差不多,但那是另一回事——狗子闻到的是烧房子。他熟悉这气味,非常熟悉,熟到近乎本能。房子通常不会自己着火,通常意味着残暴,意味着附近有蓄势待发的敌人。因此他肚皮贴地,小心于林间爬行,不时透过灌木向外张望。

他看清了。一股长长的黑烟自河畔袅袅升起。那是一栋小屋,烧得只剩矮石墙。屋旁应有个谷仓,却余下黑木头和灰烬。旁边还有两棵树和一小块耕地。在这么靠北的地区耕种,实在是自找苦吃。这里太冷,长不出什么——也就收获几种根茎作物,再养几头羊,运气好的话,或许能喂一两头猪。

狗子摇摇头。谁会烧这等穷人家?谁会来如此贫瘠的地方偷盗?可能只是喜欢放火。他向前挪了挪,朝山谷下左右巡视,想找出纵火者,但只见到几只散布在山谷里的消瘦绵羊。他又钻回草丛。

回营地途中,他的心一路下沉。和往常一样,争吵声渐渐升高、清晰。他犹豫片刻,想着要不要分道扬镳——他厌倦了没完没了地吵。但最终,他抛开这念头,一个好探子不能抛弃队友。

"闭上鸟嘴行不,黑旋风?"巴图鲁闷声闷气地说,"当初是你要去南方,我们向南走,你天天抱怨山路!现在出了山区,你又整日整夜说肚子饿!我听够了,你这条满腹牢骚的狗!"

黑旋风刺耳地咆哮:"那凭啥你吃的是我的两倍,凭你是头大肥猪吗?"

"你这小杂鱼!我捏死你像捏虫子一样简单!"

"好哇,死胖子,等你睡着我一定抹你脖子!到时我们就不愁吃了!最起码不用再听你操蛋的呼噜!你这头吵死人的猪,我算知道他们为啥叫你霹雳头了!"

"你俩都闭上臭嘴!"狗子听到三树的吼声,大得连死人都能吵醒。"我受够了!"

狗子看到他们了。五个人,巴图鲁和黑旋风剑拔弩张,三树抬手挡在两人中间,福利坐在一旁,神情落寞地看着他们,寡言则懒得搭理,低头检查自己的弓箭。

"嗨嗨!"狗子低吼一声,他们全都转头看过来。

"狗子回来了。"寡言头也不抬地说。这个人委实有些莫名其妙,常常整天一言不发,偶尔说一句,又是显而易见的事。

福利一如既往地热衷于插科打诨。没他的话,这帮人说不定早就自相残杀了。"发现什么了,狗子?"他问。

"还用问,森林里有五个操蛋的傻逼!"他边走边嘶声说,"一里地外就能听见他们叫骂!还都是些有外号的,你能信吗,都是传闻里的大人物!只会内讧!五个傻逼——"

三树抬手:"好啦,狗子,我们都懂。"他瞪着大巴和黑旋风,后两人也互瞪着,但没再多说。"你发现什么了?"

"附近在打仗,或有冲突。有座农庄被烧。"

"被烧,你说?"大巴问。

"是。"

三树皱眉:"带我们去瞧瞧。"

狗子之前藏身树丛往下看,并没看见这些。他不可能看见,因为烟雾太浓,离得又远。真相待靠近后才呈现,令他想吐。他们也都看到了。

"造孽,"福利看向头顶的树,"造孽啊。"

"是的。"狗子小声回应。他不知该怎么形容。一位老人的尸体挂在树枝上,赤裸的双脚几乎碰到地面,它不时摇晃几下,带得树枝吱嘎响。他可能试图反抗,所以有两支箭穿过身体。另一具尸体是个女人,年龄太小,不大可能是老人的妻子,或许是女儿吧。狗子猜测剩下两具都是女人的孩子。"怎会有人吊死孩子?"他喃喃道。

"我觉得某些黑心肠的人做得出。"大巴评论。

黑旋风吐口唾沫:"说我吗?"他咆哮着回敬,两人瞬间又剑拔弩张。"我是烧过农庄,烧过一两个村子,但都有原因。那是在打仗,况且我会放过孩子。"

"我听到的可不是这样。"大巴说。狗子闭上眼,叹口气。

"他奶奶的,你以为我在乎你听到的狗屁?"黑旋风嚷道,"那是别人造谣,你这坨化不开的大屎!"

"我很清楚你是哪路货色,鸟人!"

"够了!"三树望着树枝愁眉不展地吼道,"话都不会说吗?狗子讲的没错,现下我们出了山区,情况越来越复杂,不许再吵,听见没!闭嘴,冷静,像冬天一样冷。好歹都是有外号的。"

狗子点点头,很高兴终于能听到些像样的话。"附近打过仗,"他提出,"肯定的。"

"唔。"寡言应了一声，不晓得是同意还是不同意。

三树的目光仍锁定在摇晃的尸身上："没错，我们得上点心，上点心，不要再搞些有的没的。我们跟上这群人，看看他们为谁打仗，之前说什么都没用。"

"除了贝斯奥德还能有谁，"黑旋风说，"一看就知道。"

"先看再下结论。大巴和黑旋风，把尸体放下埋了，或许这能让你俩冷静冷静。"两人互瞪了一眼，三树并没在意。"狗子，你去嗅嗅干出这事儿的家伙。嗅出来，我们今晚就去拜访，来个以牙还牙。"

"好啊。"狗子兴致勃勃地着手寻找，"以牙还牙。"

✡

狗子想不通。如果这帮人在打仗，应该害怕被敌人偷袭，会掩盖行藏。但他们完全没这么做，他轻松就能跟踪，并算出共有五人。似乎他们大摇大摆离开烧毁的农庄后，沿山谷中的河流一路行入树林。踪迹过于明显，狗子不禁怀疑是陷阱，想引他自投罗网，把他吊死在树上。显然他多虑了，天黑前，他赶上了这帮人。

他最先闻到烤羊肉的味道，然后听到声音——交谈，吼叫，大笑，完全不控制音量，隔着"哗哗"河水也清晰可闻。他看见了他们。这帮人围着空地里的大火堆而坐，火堆上叉了只剥好皮的羊，无疑是从农庄抢的。狗子蹲在灌木丛中，如草木般沉稳自然。对方确有五人——或者说，四个成人和一个约十四岁的孩子。他们都坐在那里，没人站着守卫，没人负责警戒。狗子想不通。

"他们都坐在那里。"回去后，他轻声报告，"就坐着，没人守卫，什么都没有。"

"就坐着？"福利问。

"是啊，五个都是。坐在那有说有笑。我感觉不太好。"

"我也感觉不好。"三树说,"但农庄的模样让我感觉更不好。"

"战吧。"黑旋风吼道,"战吧,必须一战。"

这次巴图鲁和他意见一致:"战吧,头儿。教训教训他们。"

连福利都没反对,但三树还是花了点时间思考,并没着急行动。随后,他点点头:"那就战吧。"

✡

若黑旋风不愿现身,你在黑暗中是无法看见他的,当然也听不到他的声息。但狗子知道他正匍匐穿越树丛。长期并肩作战,会让你了解同伴,了解他的思考方式,并且你的思考方式也会逐渐和他同步。

因此,狗子清楚黑旋风的位置。

狗子另有目标。他辨出最右边一个人的黑色剪影,火光下十分清晰。狗子不想其他人,一心只放在目标上。选好目标,或是头儿为你指定了目标,你必须全力以赴,不达目的誓不罢休。瞻前顾后只会送命,这是罗根教他的,他始终谨记于心。世事如此。

狗子爬近了,更近了,火焰的温度扑面而来,他感到手中冰凉的武器。死者在上,他和往常一样想撒尿,但目标离他不到一跨。有个男孩面对着他——如果立刻放开羊肉抬头,就会看到接近的狗子,男孩却只顾着吃。

"啊!"有人惨叫。这说明黑旋风出手了,并轻松得手。狗子纵身一跃,刺中目标的脖颈。那人跳起来,抓住受伤的咽喉,蹒跚着前进一步便倒下了。另一名敌人刚放下啃到一半的羊腿,就被射穿了胸膛。是河边的寡言射的。那人惊得发呆,随后跪下,脸痛苦地皱成一团。

只剩两个。男孩愣愣地坐在那儿盯着狗子,半张的嘴还挂着一小块肉。另一人握着一把长匕首起身,急促地喘息。那匕首肯定是吃肉时就在用。

"放下武器!"三树高喊。狗子看见那尚有战斗力的敌人大步走来,火光勾勒出硕大圆盾的金属光泽。那人咬着嘴唇,眼神在朝他两边分头包抄的狗子和黑旋风身上来回游移。他又看到霹雳头从黑黝黝的树丛中现形,高大得简直不像人,肩上还扛着把寒光闪闪的巨剑。于是他决定不作无谓挣扎,将匕首扔到地上。

黑旋风一跃上前,擒住对方手腕,绑到身后,用力将他推跪在火堆旁。男孩被狗子如法炮制,他咬紧牙关,一言未发。从头到尾只是一瞬间的事,和三树的要求一样:安静、冷酷。狗子手上全是血,但这没法避免。收工了。寡言扛着弓,慢悠悠蹚过河,经过射死的敌人时,他踢了尸体一脚,对方毫无反应。

"死了。"寡言说。福利在远处瞥向两名俘虏,黑旋风凝视着自己绑的那位。

"我认识这鸟人。"他语气相当满意,"'烂泥潭'哥亚,对吧?不容易啊!我他妈半天才想起来。"

烂泥潭恶狠狠地盯着地。他看来很残忍,狗子想,可能农民就是他下令吊死的。"没错,我是烂泥潭,你们不用报名了!反正有人发现国王的征税官出事的话,你们就死定了!"

"他们叫我黑旋风。"

烂泥潭抬起头,惊讶得张大嘴巴。"哦,我操。"他低声说。

跪在烂泥潭旁的男孩睁大双眼张望。"黑旋风?你?你不可能是那个黑旋风吧……哦,我操。"

黑旋风缓缓点头,阴狠的笑容在脸上扩散,他渴望杀戮。"烂泥潭哥亚,你可有好多事得拎拎清啊。我一直想找你,现在终于找到了,"他拍拍烂泥潭的脸,"也抓住你了。真他奶奶的巧啊。"

尽管被捆着,烂泥潭还是尽力挪开脸:"我还以为你下地狱了,兔崽子!"

"我也这么以为,可惜只是去了群山以北。烂泥潭,在你为所作为付出代价以前,我要问你几句:你们效力的国王是谁？你们为谁征税？"

"去你妈的！"

三树从他看不见的方向给他脑袋一记老拳。待他转头去看,黑旋风从另一方向又是一拳。他脑袋就这样来回转了几圈,终于服软。

"你们和谁打？"三树问。

"我们根本没打！"烂泥潭从破碎的牙齿间唾了一口,"去死吧,兔崽子们！你们完全不清楚状况,对不？"狗子听了皱眉,他不喜欢这话。好像事情在他们走后有了变数,而他从没遇到好的变数。

"我问了问题,"三树说,"你那小脑袋瓜专心回答就行。谁还在打？谁还没向贝斯奥德屈膝？"

烂泥潭不顾一切地纵声大笑:"没人在打！都结束了！贝斯奥德成了国王,北方的国王！人人都要向他屈膝——"

"我们不会。"巴图鲁隆隆地说,他弯下腰,"老快艇怎样？"

"死了！"

"赛斯呢？叮当脖呢？"

"死了,全死了！你们这帮蠢货！现在只有南方有仗打！贝斯奥德已向联合王国宣战！哈哈！我们一定会大胜而归！"

狗子不知这些话能不能信。国王？北方没有国王,北方不需要国王,即便要选,他也绝不会选贝斯奥德。对联合王国宣战？太他妈蠢了,显然南方人比北方人多得多。

"既然这儿没打仗。"狗子问,"你们为何杀人？"

"操你妈呀！"

巴图鲁狠狠地给了他一巴掌,把他打倒在地。黑旋风踹了他一脚,又拉他起来。

"为什么杀？"巴图鲁问。

"收税！"烂泥潭大喊,血水从鼻孔涌出。

"收税?"狗子反问。这词太陌生,他想不通。

"他们不交!"

"交给谁呢?"黑旋风问。

"贝斯奥德,还能是谁?他征服了整个北方,粉碎了所有氏族,当然要收税!大家欠他!我们来收!"

"收税,呃?毫无疑问,是南方鬼子的操蛋习俗!若他们交不起——"狗子边问边泛起一阵恶心,"就吊死他们,是吗?"

"抗拒不交,就由我们处置!"

"由你们处置?"大巴攥住烂泥潭的脖子,巨大的手掌慢慢用力,扼得烂泥潭直翻白眼。"由你们处置?吊死他们是不是让你很开心啊!"

"行了,霹雳头,"黑旋风掰开大巴粗壮的指头,轻轻推开他,"行了,大个子,杀俘虏不合你身份。"他拍拍胸口,抽出斧头,"这种事该我做。"

烂泥潭总算缓过气。"霹雳头?"他咳嗽着依次打量他们,"你们都在,对吧!三树,寡言,最弱的福利!就你们不肯屈膝,呃?真他妈鬼迷心窍!九指呢?呃?"他语带嘲弄,"血九指呢?"

黑旋风转身,拇指摩挲战斧刃口:"入土了,你马上也跟他一样。我们听够了。"

"放开我,兔崽子!"烂泥潭挣着绳子大喊,"你和我半斤八两,黑旋风!你杀的人比瘟疫还多!放开我,给我把武器!来啊!你不敢跟我决斗吗,胆小鬼?不敢跟我公平决斗?"

"叫我胆小鬼?"黑旋风吼道,"你这个为收他奶奶的税连孩子都杀的孬种?你有过武器,但自己放弃了机会,你这种人不配有第二次机会。有何遗言,赶紧吧。"

"我操你祖宗!"烂泥潭尖叫,"操你们这帮——"

黑旋风一斧劈开他眉心,将脑壳分成两半。烂泥潭蹬了下腿。结束了,没人为那龟孙子流一滴泪——即便福利也不过在斧子劈下时瑟缩了一下。黑旋风俯身朝尸体吐唾沫,狗子不怪他。只剩男孩了,他眼睛瞪得又大又圆,盯着地上尸体,又抬头看他们。

"你们是那帮人,"他说,"九指的人。"

"是的,小子,"三树道,"我们是。"

"我听过好多故事,你们的故事。你们要怎么处置我?"

"呃,这是个问题,不是吗?"狗子自言自语。遗憾的是,他知道答案。

"我们不能带着他。"三树说,"我们不能有拖累,也冒不起险。"

"他还是个孩子,"福利说,"放他走吧。"这是个好主意,但大家都知道行不通。男孩看来满怀期待,直到大巴掐断他的念想。

"我们谁也不能信任,在这儿不能。他会告诉别人我们回来了,然后又会有人追杀我们。不行。况且,烧毁农庄他也有份。"

"我有得选吗?"男孩质问,"有得选吗?我想去南方!去打联合王国,给自己挣个外号,他们却把我送来这里,来收税。头儿下令就得执行,不是吗?"

"是啊。"三树说,"没人说你有得选。"

"我不想与他们为伍!我要他放过孩子!相信我!"

福利低头盯着靴子:"我们信。"

"但你们他妈的还是要杀我?"

狗子咬咬嘴唇:"我们不能带着你,也不能放了你。"

"我不想与他们为伍,"男孩垂下头。"这不公平。"

"是的,"三树说,"这不公平。但世事如此。"

黑旋风一斧劈在男孩后脑,让他面朝下栽倒。狗子缩了缩头,看向一旁。他知道黑旋风这么劈是不让大家看见男孩的脸。这或许是个好主意,他也希望这能让大家好受些,但对他来说,脸朝下朝上没区别。他跟在农庄时一样难受。

这不是他生命中最黑暗的一天,远远不是,但这的确是糟糕的一天。

狗子隐在谁也瞧不见的树丛深处，注视着他们沿道路开进。他留意保持下风向，说实话，他身上味道实在难闻。这是支奇怪的衰老队伍。一方面，他们看来都像战士，准备前往征兵场，然后奔赴战争；另一方面，他们又完全不对路，大部分人武器十分老旧，七拼八凑的盔甲苔迹斑斑、奇形怪状。他们的行军队伍松散混乱，多是些中老年人，要么头发灰白，要么谢顶光秃，根本没有什么战斗力，还有少数人太年轻，毛都没长齐，几乎还是孩子。

狗子觉得北方的一切都不对头。他琢磨着烂泥潭死前的话。向联合王国宣战。这些人是去打仗吗？如果是，说明贝斯奥德耗尽了北方的人力。

"怎样，狗子？"狗子回到营地，福利问，"啥情况？"

"有人，有武装，但没什么厉害角色。大概一百多，几乎都是老头小孩，向西南方行进。"狗子指向道路延伸的方向。

三树点点头："向安格兰，贝斯奥德确实打算进军，与联合王国开战。这肯定会血流成河，能扛矛的都被抓了壮丁。"如此说来，刚才的场景就不奇怪了。贝斯奥德行事一不做二不休，要么蓄势待发，要么倾尽全力，且毫不在意赔上谁的命。"都被抓了壮丁，"三树自言自语，"如果山卡现在翻越群山……"

狗子环顾四周，大家脏兮兮的脸上忧心忡忡，愁眉不展。他明白三树指的什么，他们都明白。如果山卡现在过来，北方将如无人之境，届时农庄的惨案还算是好下场了。

"我们得送个警告！"福利高声呼吁，"得警告他们！"

三树摇摇头："你听到烂泥潭怎么说的。快艇死了，叮当脖和赛斯也死了。他们死光了，入土了，而贝斯奥德成了国王，北方人之王。"黑旋风怒冲冲地吐了口唾沫。"不屑也好，愤怒也罢，但事实如此，我们能警告谁？"

"只有贝斯奥德。"狗子痛苦地呢喃出这句话。

"那我们就去警告他！"福利绝望地环顾众人,"他也许是个冷酷无情的杂种,但毕竟还是个人啊！总比扁头好,不是吗？我们总得警告谁！"

"哈！"黑旋风喝骂,"哈哈！你觉得他会听我们的,最弱的？你忘了他对我们说过什么？对我们和九指？永远别回来！你忘了他差一点点就要杀光我们？你忘了他多恨我们每个人？"

"他怕我们。"寡言道。

"又恨又怕。"三树低声说,"他意识到这个倒很明智。因为我们强大,我们有外号,我们是别人会追随的强者。"

大巴点点大脑袋:"是啊,卡莱恩不会欢迎我们,除非是把我们的头插在枪上。"

"可我不强大！"福利叫嚷,"我是最弱的,大家都知道！贝斯奥德没理由怕我,也没理由恨我。我去！"

狗子讶异地看着他,其他人也是如此。"你去？"黑旋风问。

"对,我去！我可能不是战士,但也绝非懦夫！我去警告贝斯奥德,他或许会听。"狗子站起来,盯着他。很长时间来,他们这伙人没人愿意主动作牺牲,他快忘记那是什么滋味了。

"他或许会听。"三树喃喃道。

"他或许会听。"大巴说,"然后他妈的会杀了你,最弱的！"

狗子直摇头:"这太冒险。"

"也许吧,但值了,对吗？"

他们面面相觑,惴惴不安。福利的勇气无疑让他们感动,但狗子觉得他太不现实。对方是贝斯奥德,因此只有一线希望,非常细微的希望。

可正如三树所说,他们指望不了别人。

空话和尘埃

Words and Dust

克尔塔绕着决斗圈鼓动观众,金色长发披散在肩,他一边朝观众挥手,一边对女孩抛飞吻,大家为这个精瘦青年而疯狂。他来自阿杜瓦,是王军军官,作为本地才俊,颇受大众青睐。

布雷默·唐·葛斯特靠在围栏上斜睨对手,几乎懒得睁眼。他的武器又旧又沉,似乎极不灵便——跟他本人一样。他是个粗脖壮汉,与其说像剑士,不如说像个摔跤选手。这场比赛没人看好他,至少大多数观众是这样。我不一样。

左近有个收注人吼出赔率,从喋喋不休的人群中收钱。几乎所有人都压克尔塔。格洛塔从长椅上倾身向前:"压葛斯特的赔率是多少?"

"压葛斯特?"收注人问,"一赔二。"

"我压二百马克。"

"不好意思,朋友,我输不起那么多。"

"那就一百马克,但你要多赔四分之一。"

收注人考虑了一下,眼望天空,在脑子里飞快地衡量得失:"行。"

裁判开始介绍选手,格洛塔坐回去。葛斯特卷起衬衫袖子,他前臂粗如树干,当他活动肥厚的手指时,胳膊上显出虬结肌肉。葛斯特向左伸伸粗脖子,又向右伸伸脖子,然后从助手手里接过武器,试刺了两下。几乎没有观众关注他,他们都忙着为先上场的克尔塔加油助威,但格洛塔看到了。他比看上去要快得多,那种速度,兵器在他手中并不沉。

"布雷默·唐·葛斯特!"裁判叫道,壮汉沉重地走到决斗圈中就位。献给他的喝彩稀稀拉拉,大众不待见笨公牛。

"开始!"

这场比试并不好看。葛斯特出手便用沉重的长剑挥出大弧线,像个砍柴冠军在劈木头,每挥一记还大声咆哮。场面十分古怪:一位选手是来比剑斗技,另一位则似来拼命的。嗨,你只需打中对方,不是非把人劈成两半不可。然而格洛塔观察后发现,那些刚猛劲道的挥击并非是粗野蛮干,它们时机把握得很好,也十分精准。克尔塔躲开第一记劈斩时哈哈大笑,躲开第三记仍然面露微笑,待到第五记笑容完全消失。似乎不会回来了。

这场比试并不好看。但葛斯特的力量无与伦比。克尔塔堪堪躲过又一记横扫。不管有没有开刃,这一剑足以让脑袋搬家。

大众青睐的青年竭力反扑,试图在对手攻击的间歇赢回主动,但葛斯特显然不打算给他机会。壮汉哼了几声,毫不费力地用短剑挡开对手,又大声咆哮着,长剑呼啸加紧攻击。两把长剑相撞,洪亮的声音令格洛塔一缩——克尔塔的手腕向旁折去,武器差点脱手。这青年被震得蹒跚后退,扭曲的脸孔写满了痛苦与震惊。

我算明白葛斯特的剑为何看上去那么旧了。克尔塔在决斗圈中躲闪,企图回避一边倒的屠杀,然而壮汉的动作快到难以招架。葛斯特已然看破对手的能耐,也能预判对手的行动,他以无情的斩杀紧逼对手，克尔塔无路可逃。

又两记重砍，绝望的军官被逼到决斗圈边缘。一记镰刀般的横斩卸下长剑，那剑插进草地，兀自乱颤不休。军官瞪大眼睛，错愕地站了片刻，空空如也的手还在发抖——接着葛斯特大吼着毫不留情地冲上来，壮硕的肩膀猛撞向对手毫无防备的肋下。

格洛塔忍不住笑了。我还没见过哪个剑士被撞上天呢。克尔塔翻了半个筋斗，像小女孩一样尖叫着，四肢狂挥乱打，摔个狗啃泥。他摔在决斗圈外的沙地上，足足被撞出三跨多远，躺在地上有气无力地呻吟。

观众们吓呆了，大概连后排都能听见格洛塔的咯咯笑声。克尔塔的训练师从围栏里冲出，轻轻翻过不省人事的弟子。青年软绵绵地蹬了下腿，呜咽着按紧腋下。葛斯特面无表情地看了一会儿，耸耸肩走回起始位置。

克尔塔的训练师转向裁判。"很抱歉，"他说，"我的学生无法继续参赛。"

这回格洛塔完全控制不住了，不得不用双手捂紧嘴，整个人乐得打颤。每一声笑都让他脖子抽痛，但他不在乎。似乎绝大多数观众并不觉得有趣，周围传来阵阵愤怒的低语。当克尔塔被训练师和助手抬走时，低语变成了嘘声，接着是怒骂的大合唱。

葛斯特用那双懒洋洋、半闭的眼睛扫了下看台，耸耸肩，缓步走回围栏。格洛塔蹒跚离开途中，还在咯咯笑。他的钱包鼓了许多，而且很久没找到这样的乐子了。

✡

大学位于阿金堡一个不起眼的角落，笼罩在锻造者大厦的阴影下，连这里的鸟也显得又老又疲惫。这是栋摇摇欲坠的大房子，外壁爬满半枯死的常春藤。它采用的是过时的古老设计,据说是城内最早的建筑之一。看上去的确如此。

房顶中央下陷,有些地方几近完全坍塌。那些精致的尖顶破碎龟裂,仿佛随时可能掉进下方杂草丛生的花园。墙上的漆很脏很旧,还整段整段往下掉,露出光秃秃的石头和一触即碎的灰泥。破损的阴沟把一面墙完全染成了褐色。科学研究无疑吸引过联合王国的有识之士,彼时大学是全城最雄伟的建筑之一,而现在……苏尔特还觉得审问部成了明日黄花咧。

破烂的大门旁有两尊雕像,两个老人,一个提灯,另一个指着书。大概是提倡智慧、进步或诸如此类的废话。指着书的老人上世纪就失去了鼻子,而提灯老人倾斜得有些夸张,那盏灯绝望地伸出,似乎要寻找支撑。

格洛塔握拳砸向古老的大门。大门吱嘎作响,剧烈摇晃,似乎随时都可能散架。格洛塔等了一会儿。

门闩突然"哗啦啦"抽出,有半边门扭开几寸——一张老态龙钟的脸钻进门缝,皱巴巴的手抓着一小截蜡烛,湿霾的老眼睛上下斜瞅审问官:"有何贵干?"

"我是格洛塔审问官。"

"哦,苏尔特审问长派来的?"

格洛塔皱起眉头,有点吃惊:"是的,审问长派来的。"他们不像看上去那么与世隔绝。他们似乎清楚我是谁。

屋里黑灯瞎火。门边本有两个巨大的枝状青铜蜡烛架,但一根蜡烛都没有,而且很久没打磨抛光了,在守门人的小蜡烛映照下一片晦暗。"这边请,先生。"老人呼哧呼哧地说,拖着脚朝前走,背几乎驼到与身体垂直。他在黑暗中穿行,格洛塔发现有点难跟上。

他们一道蹒跚走下阴影幢幢的回廊。回廊一侧装有古旧的窗户,细小的玻璃窗格脏得离谱,阳光灿烂的日子恐怕也透不进什么,现在这种阴郁的下午半点光线也没有。摇曳的烛光照亮了对面墙上灰扑扑的画,画中穿黑或灰的深色袍子、肤色苍白的老人们在蜡烛旁睁大眼睛,老朽的手握着长颈瓶、齿轮和圆规。

"我们去哪儿?"阴森森地走了好几分钟后,格洛塔问。

"校长在用餐。"守门人呼哧呼哧地回答,用极疲倦的眼神看了他一眼。

大学餐厅是个充满回音、洞穴般的房间,几根飘摇的蜡烛让它免于沦入彻底的黑暗。渺小的炉火在巨大的壁炉里燃烧,阴影于房椽间舞蹈。一张经年累月磨平的长桌横贯餐厅,两边摆满摇摇晃晃的椅子。这张桌至少能供八十人用餐,但现在只坐了五人,还都缩在桌子一头,围住壁炉。听到格洛塔手杖的回声,他们抬起头,停止用餐,满怀期望地打量来客。坐在正中的男子迅速起身走来,边走边用一只手拢住黑色长袍的边沿。

"客人来访。"守门人呼哧呼哧地通报,一边用手中蜡烛朝格洛塔的方向示意。

"噢,你一定是苏尔特审问长的使者!我是联合王国大学校长,西比尔!"校长急忙跟格洛塔握手。他的同僚纷纷起立,蹒跚走来,仿佛意识到了贵客的身份。

"我是格洛塔审问官。"格洛塔打量着这群热情的老人。必须承认,他们比想象中要合作得多,审问长的名字似乎是万能钥匙。

"格洛塔啊,格洛塔,"其中一位老人呢喃,"我似乎在哪儿见过一个什么格洛塔。"

"你总说在哪儿见过什么,但永远说不出在哪儿。"校长半心半意地笑着讽刺,"请让我来介绍。"

他绕着四位黑袍科学家,一个接一个地介绍。"这位是邵兹林,咱们的首席化学家。"邵兹林是个壮如公牛的老头,不修边幅,长袍前面全是污渍斑点,胡须中还缠了几块食物。"这位是邓卡,咱们的首席金属学家。"邓卡最年轻——比其他三人年轻,实际也是高龄——他傲慢地扭着嘴角。"这位是齐勒,咱们的首席机械学家。"格洛塔没见过头这么大脸却这么小的人,那双硕大的耳朵里还冒出灰毛来。"最后这位是坎德劳,咱们的首席自然学家。"这是个骨瘦如柴的老小子,脖子很长,弯弯的鹰钩鼻上架着眼镜。"欢迎您,审问官。"校长指指两名首席学者之间的空椅子。

"来杯葡萄酒?"齐勒恭敬地说,小嘴巴拘谨地笑着,话音未落已倾身去够玻璃瓶,朝高脚杯倒酒了。

"好的。"

"咱们适才在比较不同研究领域的优缺点。"坎德劳一边嘀咕,一边透过反光镜片扫视格洛塔。

"向来如此。"校长叹道。

"毋庸置疑,人体,乃是唯一值得研究的领域。"首席自然学家声明,"一位真正的科学家,必须先了解体内的奥秘,才能转向外在。审问官,先有躯体后有人类存在,如何治疗人体,如何做又会伤害到它,必须成为科学的第一要务。而关于人体,没人比我的知识更丰富。"

"人体!人体!"齐勒不满地噘嘴,拨了拨盘里的食物。"拜托,我们在用餐咧!"

"正是!对着审问官,省省你那些毛骨悚然的说教!"

"噢,还好。"格洛塔倾身向前,让首席金属学家好好瞧瞧他空空的嘴。"身为审问官,不能不掌握相关的解剖知识。"

一阵尴尬的沉默。邵兹林伸出肉盘给格洛塔,格洛塔看看盘里泛着油光的红色肉条,舔了舔牙龈空洞。"谢了。"

"这么说是来真的?"首席化学家越过肉盘,压低声音问,"我们会得到更多资金?跟布商公会那档事结了,对不?"

格洛塔皱紧眉头,所有人都盯着他,等待回答。有名老科学家的叉子甚至停在嘴边。好吧,他们要钱,可干吗问审问长要呢?化学家托不稳肉盘了。嗯……说点好听的就好。"钱当然有,这取决于——毫无疑问——你们的成果。"

桌边一阵窃窃私语。首席化学家颤巍巍地放下肉盘。"在酸液研发上,我最近取得了重大突破。"

"哈!"首席金属学家嗤之以鼻,"成果,审问官要成果!只要比例分毫不差,我新配的合金就比钢铁还硬!"

"永远都是合金!"齐勒叹息,小眼睛朝天花板翻白眼,"如此脑筋怎能领悟大机器的妙处?"

其他三名科学家对首席机械学家怒目而视,校长跳起来制止:"拜托,先生们!审问官对咱们小小的专业分歧没兴趣!人人都有机会展示自己的最新成果。不用攀比,对吧,审问官?"所有人都望向格洛塔,审问官缓缓环视这些满怀期待的老脸孔,什么也没说。

"我发明了一部机器——"

"我的酸液——"

"我的合金——"

"人体的奥秘——"

格洛塔打断他们:"实际上,在关于……也许可称为具有爆炸性的物质的领域,我近来产生了特殊兴趣——"

首席化学家一跃而起。"这是我的领域!"他大获全胜地朝同僚们叫嚷,"我有很多样品!很多样品!请随我来,审问官!"他把刀叉丢进餐盘,马不停蹄地朝门口走去。

✡

邵兹林的实验室和人们想象中的化学实验室完全一致,分毫不差。它很长,桶形天花板上密布圆形或长条状的黑渍。墙壁几乎被架子占满,架上是乱七八糟的盒子、罐子、瓶子,每个里面又有不同的粉末、液体和陌生的金属条。这些容器的摆放似乎毫无规律可循,大部分连标签都没有。杂乱无章似是这里最大的特征。

实验室中央那些椅子上甚至更乱,玻璃制品和古旧的黄铜制品堆积如山:试管、烧瓶、盘子、油灯——有盏灯肆无忌惮地烧着火。这堆东西随时可能"稀里哗啦"倒成一摊,而谁要是不幸地靠近,准会溅上致命的沸腾毒药。

首席化学家像耗子翻窝一样在这片垃圾中翻找。"不是这个,"他低声自语,一只手捻着肮脏的胡须,"爆破药在这哪儿……"

格洛塔踽踽在后,狐疑地环视周围的试管,皱紧鼻子。满屋子强酸味实在恶心。

"找到了!"化学家欢呼,挥舞着一只落满灰尘、装了半瓶黑色粉末的广口瓶。他在一条椅子上清了些空间,用肥厚的前臂将玻璃和金属器皿叮叮当当扫开。"你知道,这东西太稀有了,审问官,太稀有了!"他拔出瓶塞,往木椅上倒了一线黑粉。"极少有人能见证这东西生效!极少有人!而您将成为其中之一!"

格洛塔谨慎地退开一步,锁链塔上那个参差不齐的大洞他记忆犹新。"我们在这个距离上是安全的吧?"

"绝对安全,"邵兹林低声说,他小心地伸长握蜡烛的胳膊,去接触那条粉末细线的末端。"没有任何危——"

轰然巨响伴着白色火花,首席化学家赶紧向后跳,差点撞翻格洛塔。蜡烛也掉了。接着又一声爆炸,这次更响,火花更多,整个实验室都被难闻的烟雾笼罩。但这种粉末不过能发出明亮的光和剧烈响声,然后迅速衰减,别无其他。

邵兹林用袍子的长袖拍脸,整个实验室乌烟瘴气。"厉害吧,呃,审问官?"他问道,接着剧烈咳嗽。

不太厉害。格洛塔捡起脚边还在燃烧的蜡烛,穿过浓烟走向长椅,用手背挥开一堆烧出的灰烬,发现木头上仅有一道长长的黑色焦痕。说真的,令人印象深刻的却是味道,刺得格洛塔喉咙疼。"它是极佳的发烟材料。"格洛塔边咳边说。

"是的,"化学家咳得更凶,"臭气熏天。"

格洛塔瞅着长凳上的焦痕:"足够剂量的粉末,能否用于,譬如说,在墙上穿洞?"

"有可能……只要累积足够的剂量,谁说得准呢?据我所知,没人做过这种实验。"

"我是指一堵四尺厚的墙。"

化学家皱起眉头:"理论上应该可以,但需备下几桶爆破药!几桶!整个联合王国也没那么多,即便有,费用也是天文数字!请您理解,审问官,这东西的原料得从坎忒大陆的极南方进口,而即便在那里也很稀有。当然,我乐意探究这方面的可行性,只要给我足够的研发资金——"

"谢谢你的演示。"格洛塔立马转身,穿过渐稀的烟雾,朝门口蹒跚而去。

"我近来在酸液研究上取得了重大突破!"化学家哑着嗓子喊,"您应该看一看!"他深吸一口气,"请告诉审问长……重大突破啊!"说完他又陷入剧烈咳嗽,格洛塔把门紧紧带上。

真是浪费时间。巴亚兹不可能偷运几桶炸药进去——即便能带进去,那又该产生多大烟雾,臭味得弥漫多久?这真是浪费时间。

西比尔等在外面走廊:"您还需要我们作其他展示吗,审问官?"

格洛塔想了一下:"谁知道魔法?"

校长咬紧下巴:"您说笑了,或许——"

"不,我说的是魔法。"

西比尔双眼眯紧:"您必须了解,我们这里是科学机构,所谓的'魔法',极不适合在此……展开研究。"

格洛塔皱眉回望。我没叫你掏出魔杖咧,老傻瓜。"我是指从历史角度,"他不耐烦地回敬,"谈谈魔法师这类人。谈谈巴亚兹!"

"噢,从历史角度,明白了。"西比尔绷紧的脸稍稍放松了一点,"我们的图书馆中保存着大量古代典籍,许多书的成书时间可追溯到魔法不那么……稀奇的年代。"

"谁能帮我?"

校长扬扬眉毛:"恐怕首席历史学家是个,呃,老古董。"

"我是找他谈话,不是跟他比剑。"

"当然,审问官,请随我来。"

格洛塔的手放在一扇貌似极古老的门的把手上,那门镶有黑色铆钉,他正待去拉。

西比尔忽然抓住他胳膊。

"不行,"校长叫道,把格洛塔拖向旁边走廊,"图书馆在下面。"

✡

首席历史学家的确像是古代的活化石。他脸上半透明的皮肤皱纹遍布、松垮塌陷;他头发极少,仅有的一些白发却根根直竖;他眉毛只有常人的四分之一,但每根有常人的四倍长,所以看似稀疏,却如猫须般支棱八翘;他的嘴像个软绵绵的口袋,里头没有牙齿;他的手像是特大号的干瘪手套;只有他的眼睛显出一些活气,盯着走来的格洛塔和校长。

"客人,是吗?"老人沙哑地询问桌上一只黑色大乌鸦。

"这位是格洛塔审问官!"校长倾身凑到老人耳边,大声道。

"格洛塔?"

"审问长派来的!"

"是吗?"首席历史学家抬起那双古老的眼睛。

"他快聋了,"西比尔低声说,"但没人像他这么了解这些书。"校长顿了一顿，扫视着无穷无尽、消失在幽暗中的书架。"事实上，只有他了解。"

"谢了。"格洛塔道。校长点点头，走回楼梯。格洛塔朝老人走近一步，乌鸦从桌子上跳走，笨拙地起飞，在天花板间乱撞，掉下许多羽毛。格洛塔痛苦地避让。我要把这该死的鸟煮了。他狐疑地盯着它，它最终怪叫着停到一个书架上，一动不动地用小黄珠子般的眼睛打量他。

格洛塔拖来椅子坐下："我想了解巴亚兹。"

"巴亚兹，"老学者呢喃，"原是古语字母表的第一个字。"

"我不懂。"

"世上你不懂的多着呢，年轻人，"鸟儿发出一声刺耳的尖叫，在这片灰尘遍布的黑暗中听来尤其突兀，"多着呢。"

"那就让我受教吧。这个巴亚兹，我要了解他，他是第一法师。"

"巴亚兹，是伟大的尤文斯赐予他大弟子的名字。一个大弟子，一个名字，作为首徒，他用了字母表的第一个字，你明白么？"

"我正跟上您老的思路。也即是说他真的存在？"

苍老的历史学家皱紧眉头："这还用问？你小时候没老师教？"

"很不幸，我有。"

"他没有教授历史？"

"他努力过，但我的心思全放在比剑和姑娘上。"

"噢，那些事我早就失去兴趣了。"

"我也是。让我们说回巴亚兹。"

老人叹道："很久以前，早在联合王国出现以前，米德兰被分割为无数小王国，它们彼此混战不休，骤兴骤亡。其中一个小国的统治者叫哈罗德，他就是日后的哈罗德大王。我猜，你听过他吧？"

"当然。"

"巴亚兹来到哈罗德的王座厅，承诺只要哈罗德听他指示，就能君临全米德兰。年轻气盛的哈罗德不相信这位法师,直到巴亚兹用高等技艺震断了厅里的长桌。"

"呃,用魔法?"

"故事里是这么说的。哈罗德被打动了——"

"可以理解。"

"他接受法师辅佐——"

"何种辅佐?"

"定都于此——阿杜瓦——对某些邻居开战,向另一些邻居求和,以及何时如何去做。"老人瞪着格洛塔,"你搞明白讲故事的是谁?"

"你。"难得风光的啰唆鬼。

"巴亚兹实践了承诺,一段时间后,米德兰被统一起来,哈罗德成为首任至高王,联合王国就此诞生。"

"然后?"

"巴亚兹出任哈罗德的首辅。据说我国的法律规章、政府结构,全是他的发明,而且从古至今甚少变化。是他一手组建了内阁和议会,是他设立了审问部。哈罗德逝世后他离开了联合王国,但起誓有一天会回来。"

"我明白了。你觉得故事里有多少真实成分?"

"这很难说。他真的是法师?巫师?术士?"老人盯着摇曳的蜡烛,"在野蛮人眼中,这支蜡烛即可称魔法。魔法和把戏的分野十分微妙,呃?只有一点无可辩驳,巴亚兹在他的时代是个能人。"

废话连篇。"那以前呢?"

"什么以前?"

"联合王国建立以前,哈罗德出现以前。"

老人耸肩:"黑暗时代的文字记录极其稀少。经过尤文斯和他弟弟坎迪斯的战争,全世界陷入混乱——"

"等等,坎迪斯?锻造者?"

"是的。"

坎迪斯。塞弗拉那栋可爱宅子的地下室壁画上有他。尤文斯死后,他的十一个徒弟——十一个魔法师——出征为他复仇。我知道这故事。

"坎迪斯,"格洛塔呢喃,脑海里清晰地映出那个火海前的黑影。"锻造者真的存在?"

"很难说。依我看,他的形象介于历史与神话之间。或许故事里某些部分是真的,总得有人修建那座该死的巨塔,呃?"

"巨塔?"

"锻造者大厦!"老人朝房间周围比画,"据说连这里也是他建的。"

"什么,图书馆也是?"

老人笑了:"整个阿金堡都是,至少地基是。锻造者建造了这所大学,指派了首任校长和首席学者——我不晓得那些人是谁——协助他工作,钻研事物本质。是啊,说来我们都是锻造者的徒子徒孙,虽然我怀疑楼上诸公是否了解这点。他去了,研究工作却没停下,呃?"

"以某种方式吧。他去哪儿了?"

"哈,死了,被你的朋友巴亚兹杀了。"

格洛塔抬起一边眉毛:"真的?"

"故事里这么说。你没读过《锻造者的陨落》?"

"那本烂书?我以为全是编的。"

"那本书的确收集了许多哗众取宠的轶闻,但写作基础应是古代的记载。"

"记载?有那样的记载流传下来?"

老人眯起眼睛:"有一些。"

"有一些?在这里?"

"特别是其中一份文件。"

格洛塔也眯眼瞪向首席历史学家:"赶紧拿来给我看。"

✡

首席历史学家小心翼翼地展开古老的卷轴,在桌上展平,撒出许多碎屑。泛黄的卷轴极为脆弱,似乎经历了无穷岁月,上面密密麻麻写满字:奇异的文字,格洛塔完全看不懂。

"这是什么字?"

"古语。没几个现代人懂得。"老人指向第一行,"这里写的是:坎迪斯陨落记,三分之三。"

"三分之三?"

"我相信,是三张卷轴中第三张的意思。"

"其余两张呢?"

"失传了。"

"嘿,"格洛塔看着向无尽黑暗延伸的书架。能找出一张已是奇迹。"纸上写的什么?"

苍老的图书员盯着奇异的文字,仅凭一支蜡烛可怜兮兮的照明,他颤抖的食指在纸上游走,嘴唇无声地念道:"他们的怒火燎原。"

"什么?"

"一开始就这么写的:他们的怒火燎原。"老人缓缓读道,"魔法师们追击坎迪斯,让他落荒而逃。他们击垮他的要塞,摧毁他的建筑,杀戮他的仆人。锻造者在与哥哥尤文斯的战斗中受伤未愈,只能退避于大厦中。"老人又把卷轴展开一点,"整整十二日十二夜,魔法师们将怒火朝大门倾泻,却徒劳无功。最终巴亚兹找到进去的办法……"历史学家恼火地擦擦卷轴,湿气或是别的什么,模糊了下一段文字。"我认不出……似乎是关于锻造者的女儿?"

"你确定?"

"不确定!"老人吼道,"丢了整整一段!"

"别管了！看得清的下一段讲什么？"

"呃，我瞧瞧……巴亚兹跟他来到塔顶，并将他打落。"老人剧烈地清嗓子，"锻造者燃烧着坠落，砸碎了下面的桥。魔法师们在大厦中大肆搜索种子，却找不到。"

"种子？"格洛塔迷惑地问。

"上面是这样写的。"

"这堆话……究竟他妈什么意思？"

老人沉回椅子里，显然很享受少有的可以展现专业知识的时刻。"这份文件记载的事件代表着神话时代的终结和理性时代的开始，巴亚兹和魔法师们恢复了世间秩序。锻造者的形象近似于神，其中掺杂了多少无知与迷信，我不确定，但一定有些真实源头，总得有人修建那座该死的巨塔。"他呼哧呼哧地笑道。

格洛塔懒得指出，同样的笑话历史学家几分钟前才讲了一次。而且这一点也不好笑。不断重复，可谓是老年人的诅咒。"种子是怎么回事？"

"某种魔法？秘密？力量？我想是比喻。"

可惜比喻不能打动审问长，尤其是糟糕的比喻。"没别的了？"

"还有一点，我瞧瞧。"他看着卷轴末尾的字，"砸碎了下面的桥。魔法师们在大厦中大肆搜索种子……"

"是的，是的。"

"耐心点，审问官。"老人皱巴巴的手指在字母间移动，"他们封闭了锻造者大厦。他们埋葬了死者，包括坎迪斯及其女儿。没了。"历史学家凝视文件，手指悬在最后几个字母上。"巴亚兹拿走了钥匙。没了。"

格洛塔两边眉毛都抬了起来："什么？最后一段写的什么？"

"他们封闭了大门，他们埋葬了死者，巴亚兹拿走了钥匙。"

"钥匙？进入锻造者大厦的钥匙？"

首席历史学家重新瞅了瞅卷轴："上面是这么说的。"

可是没有钥匙，每个人都知道，那座塔被封闭了几世纪。毫无疑问，冒牌货拿不出钥匙。笑容在格洛塔脸上缓缓扩散。这条证据并不充分，极为牵强，那只要在正确的场合、用正确的方式提出，足够了。审问长会满意的。

"我要拿走这张纸。"格洛塔抓过卷轴，卷起来。

"什么？"首席历史学家惊恐万状，"不行！"他颤巍巍地从椅子上跳起来，这动作带来的痛苦似乎比格洛塔平日下床更甚。他的乌鸦也跟着行动，绕天花板疯狂拍翅，发出愤怒的嘎嘎叫声，格洛塔统统置之不理。"你不能拿走它！它是无价之宝！"老人上气不接下气地说，无望地抓向卷轴。

格洛塔故意伸出手："你来拿啊！来啊？我倒想瞧瞧！能想象吗？两个残废在书架间捉迷藏，为一张废纸抢个你死我活，头上还有只鸟儿拉屎？"他咯咯笑道，"似乎有些丢脸啊，呃？"

首席历史学家为徒劳无益的追逐累得气喘吁吁，终于又一屁股沉回椅子里。"没人关心历史了，"他喘着气说，"他们都不懂，没有历史就没有未来。"

好深刻哟。格洛塔把卷起的卷轴塞进外套，转身离开。

"我死之后，该谁来保管历史？"

"谁在乎这个，"格洛塔上阶梯时不屑地反问，"只要不是我。"

长脚兄弟的卓越天赋

The Remarkable Talents of Brother Longfoot

整整一周,罗根都被窗外的欢呼声吵醒。欢呼很早就响起,简直像身边在打仗,完全没法睡。其实初次听到,他真以为在打仗,但现下已清楚那不过是他们愚蠢的体育运动。关窗可隔绝部分噪声,但室内温度很快就无法忍受。要么半睡半醒,要么干脆别睡,他只能开着窗户。

罗根揉揉眼,咒骂着从床上起身。又一天开始了,白塔之城冗长闷热的又一天。在路上,在野外,他总能保持警醒,随时可以睁开眼;但这里不同,无聊和热气让他变得慵懒疲缓。他出了卧房,来到大厅,使劲伸个懒腰,用一只手揉揉下巴。

他愣住了。

有个陌生人。那人站在窗前,双手背在身后,沐浴阳光。他身材瘦小,短发紧贴坑洼的头皮,身上衣服饱经风霜、样式怪异,褪色布料如口袋般层层包裹。

罗根还未发话,对方已转身敏捷地走来。"你是?"那人问,笑眯眯的脸被晒成棕黑色,皱皱巴巴,像日久年深的皮靴,掩盖了年龄。他可能才二十五岁,也可能有五十岁。

"九指。"罗根小声说,同时谨慎地朝墙壁后退了一步。

"九指,啊哈。"小个子欺身上前,双手攥住罗根的手,攥得很紧。"与您相识,"他闭上眼,欠了欠身,"真是无上的殊荣与机缘!"

"你听说过我?"

"唉,没听过,但真神的造物总是值得致以最崇高的敬意。"他再次低头,"我是长脚兄弟,来自光辉的领航员组织。普天之下,未有几处我不曾拜访。"他指指脚上破旧的靴子,又展开双臂。"从索森德的群山到沙弥尔的沙漠,从旧帝国的平原到千岛群岛的银色水域,我四海为家!千真万确!"

他说一口地道的北方话,甚至可能比罗根都好。"你也去过北方?"

"年轻时短暂拜访过一次。那里气候有些艰苦。"

"你北方话说得很好。"

"我,长脚兄弟,几乎没有不精通的语言。我拥有众多卓越天赋,精通各门语言不过是其中之一。"他直起身,"真神是如此眷顾我。"他又加了一句。

罗根疑惑这是不是某种恶意的玩笑:"你来这儿干吗?"

"我是被指定的!"他黑眼睛一亮。

"指定?"

"正是!由第一法师巴亚兹!他指定我,我就来了!这是我的风格!为了我的卓越天赋,我的组织得到最慷慨的馈赠。但即便分文不取,我也会来。千真万确!分文不取!"

"真的?"

"千真万确!"小个子退开两步,飞速绕屋子转圈,不停搓手。"这项任务的挑战性大大满足了组织的虚荣,正如它大大满足了组织填不满的钱包!千真万确!于是在环世界众多领航员中,我被选中来执行这次任务！我，长脚兄弟！我，别无他人！处我之地位，如我之声名者，怎能拒绝这项挑战？"

他停在罗根面前，期待地看着罗根，似乎在等待回答。"呃——"

"怎能拒绝！"长脚边喊边绕屋子又走了一圈，"我怎能拒绝！如何拒绝？那不是我的风格！去世界边缘？将是怎样的故事！将带给世人多好的灵感！将——"

"世界边缘？"罗根疑惑地问。

"我就说嘛！"陌生人抓住罗根的胳膊，"这令我们如此兴奋！"

"这一定就是我们的领航员了。"巴亚兹从房内现身。

"正是在下，长脚兄弟，随时恭候差遣。而阁下您，容我妄断，一定是我那声名赫赫的雇主，第一法师巴亚兹。"

"是的。"

"与您相识，"长脚高声道，大步走到法师身前，握住法师的手，"真是无上殊荣！"

"彼此彼此。但愿你来此的旅行还算愉快。"

"旅行永远让我愉快！永远！而旅行间的等待让我不耐，是的！"巴亚兹皱眉瞅向罗根，后者只能耸肩。"我们何时启程，可否告知一二？我简直等不及了！"

"快了，应该快了，探险队还差最后一名成员。我们需要租一艘船。"

"当然！负责此事是我的荣耀！我该跟船长说去哪儿呢？"

"向西穿越环海，去斯塔萨，然后前往旧帝国的加基斯。"巴亚兹顿了顿，"你觉得是否可行？"

小个子笑着，鞠躬鞠得更低："可行倒可行，但少有船只会前往加基斯。旧帝国一天到晚打仗，附近水域十分危险，哎，可说海盗横行。恐怕很难找到乐意的船长。"

"这个有帮助。"巴亚兹将自己向来鼓鼓囊囊的钱包扔到桌上。

"确实有帮助。"

"一定要快船,出发后,我不想多耽误一天。"

"这个您放心,"领航员说着一把抄起沉重的钱包。"慢条斯理不是我的风格!绝不是!我将为您找到全阿杜瓦最快的船!是的!她将如真神的呼吸般迅捷!她将乘风破浪,如——"

"快就够了。"

小个子向前凑凑脑袋:"出发时间是?"

"一月之内。"巴亚兹看向罗根,"不如你和他同去?"

"啊?"

"是的!"领航员高喊,"我们同去!"他挽住罗根的手臂,不由分说地将他拽向大门。

"别花光了,长脚兄弟!"巴亚兹在后面喊。

领航员已踏入走廊:"我定不负所托,为您节省钱财!慧眼识珠,精打细算,巧舌如簧!不过是——"他笑容满面,"我卓越天赋中的三样罢了!

✡

"阿杜瓦是座不可思议的城市,真的,世上没几个地方能与之媲美。沙弗法规模更大,但灰扑扑的。西港和达戈斯卡各有特色。有人觉得山上的奥斯皮亚最美,但在我长脚兄弟心目中,荣耀属于伟大的塔林。你去过那儿吗,九指师傅?你可曾见过那些高贵的建筑?"

"呃……"罗根忙着跟上小个子的脚步,一边还要避让川流不息的人群。

长脚突然止步,罗根差点撞上他。领航员转身抬起双手,陶醉地描述:"大洋之上、落日之下的塔林!我见过无数恢弘美景,相信我,但我敢说,那才是世上最美的景观。阳光在纵横交错的运河上舞动,在大公爵城堡的圆顶上闪耀,还照亮了贸易王子们的豪华宫殿!闪耀的海洋于何处终止?闪耀的城市又自何处起始?啊!我的塔林啊!"他转身继续迈步,罗根赶紧跟上。

"当然,阿杜瓦是个好地方,并且每年都在扩张。与我上次来访相比,它变化很大。这里曾经只有贵族和平民。贵族拥有土地,因此拥有财富和权势。哈,多简单,是吧?"

"呃——"罗根只顾死盯着长脚的后背。

"然后有了贸易,城市随之兴旺发达。你瞧,商人、银行家,他们无孔不入,多如牛毛。现在平民也能发财致富,对吧?发了财就有权力。那他到底算平民还是贵族?还是别的什么?哈,突然间所有问题都变复杂了,对吧?"

"呃——"

"如此多的财富,如此多的金钱,贫困却有增无减,嗯?如此多的乞丐,如此多的穷人。有人坐拥金山,也有人奄奄一息,而他们生活在一起,这多不正常啊。但这里仍是个好地方,并且每年都在扩张。"

"这里太挤。"罗根被一个人撞到肩膀,不由嘟囔,"也太热。"

"哈!太挤?这能叫挤?你去看看沙弗法的大神庙晨祷的场景!或是拍卖新奴隶时皇帝宫殿前的大广场!太热?这能叫热?在古尔库遥远南疆的乌尔—沙发安,夏天的几个月奇热无比,可以在门前台阶上煎鸡蛋。真的!这边。"他穿过人流,走向一条狭窄小巷,"这边,快点!"

罗根抓住他胳膊。"走这边?"他瞥了一眼影影绰绰的小巷,"你确定?"

"你质疑我?"长脚的脸色突然变得十分吓人,"你怎能质疑我?在我众多卓越天赋中,领航是最出众的!正因我这出众的天赋,第一法师才向我们组织捐献那一大笔钱!你怎能……等等,"他举起一只手,重露微笑,用食指戳戳罗根胸口,"你不了解长脚兄弟。你还不了解。

我看出来了,你谨慎又小心,某种程度上这是好品质。我不指望你像我自己一样对我的天赋坚信不疑。不!那不公平。不公平可不是好品质。不!不公平不是我的风格。"

"我的意思是——"

"我会让你信服!"长脚大喊,"我当然能办到!你会相信我胜过相信你自己!是的!这是最近的小路!"他用快得不可思议的速度冲进昏暗的小巷,罗根尽管腿比他长得多,却要拼力才跟得上。

"啊,小路!"他们在漆黑昏暗的窄巷中穿梭,周围建筑越挤越近,领航员回头叫道,"小路,嗯?"巷子更窄、更黑、更脏了。小个子左拐右绕,没停下作片刻思考。"你闻到了吗?闻到了吗,九指师傅?这味道代表……"他边走边搓指尖,想找出合适的形容,"……神秘!冒险!"

罗根只觉这味道像屎。一个男人头埋在阴沟里,可能喝多了,或许是死了。其他人要么有气无力一瘸一拐地擦肩而过,要么聚在门口,杀气腾腾地握着瓶子。这儿也有女人。

"四马克我就能让你欲仙欲死,北方佬!"他们经过时,一个女人冲罗根喊,"欲仙欲死!终生难忘!好吧,三个就行!"

"妓女,"长脚低语着摇头,"还是便宜货色。你喜欢女人吗?"

"呃——"

"你应该去乌尔—纳布,我的朋友!去南海边的乌尔—纳布!去那儿买个床奴。正是如此!那些姑娘价值不菲,但受训多年!"

"在那儿可以买个姑娘?"罗根困惑地问。

"男孩也行,如果你好那口。"

"呃?"

"他们受训多年,真的,那儿有一整个产业。你想要技巧娴熟的?是吗?那些姑娘的技巧会让你难以置信!或者你可以去斯皮奈!那儿有些地方——啧啧!有些地方的女人很美,每个都很美。真的!跟公主一样!而且干净。"他瞥了眼路边蓬头垢面的女人,压低声音。

脏一点对罗根来说倒不成问题，所谓的技巧和美丽有些太麻烦。一位靠在门框、抬起一只手的女孩吸引了他的注意。女孩盯着他们，挂着漫不经心的笑容。罗根无法抑制地觉得，她很漂亮，至少比他漂亮，而他很久没碰过女人了。对这类事，你必须现实一点。

罗根停在路中间。"巴亚兹说要剩些钱？"他嘀咕。

"是啊。这种事他真是太计较了。"

"也就是说有余钱？"

长脚扬起一边眉毛："呃，可能，让我看看……"

他夸张地拽出钱包，打开来，伸进手，搅出一片清脆的哗啦声。

"这么张扬好吗？"罗根紧张地上下打量这条巷，许多脸转向他们这边。

"啥？"领航员一边翻钱包，一边问。他挑出几枚硬币，放在光亮下看了看，塞进罗根手掌。

"谨慎并非你的天赋，是吧？"几个形容猥琐的人沿小巷向他们缓缓围拢，两人在前，一人在后。

"不是！"长脚大笑，"当然不是！我直来直往，那才是我的风格！没错！我是个……呃。"他也注意到逼近的黑影。"啊！真不幸。哦，天哪。"

罗根看向女孩："能否让我们……"她劈面把门"嘭"一声关上。整条街的门都关上了。"见鬼，"罗根说，"你打架怎样？"

"真神赐予我众多天赋，"领航员嘀咕，"但战斗不在其中。"

前面的一个男人有对歪斜的丑眼睛。"钱包对你这小人儿来说太大了。"他边逼近边说。

"对你这小人儿来说也太沉了。"另一人接口。

"我们帮你分担如何？"斜眼男说。

两人手中都没武器，但根据手部动作，罗根知道他们带了。身后还有一人，罗根感觉到那人也在靠近。靠近。比前面两人更近。若能先料理身后的人，机会就会大一些。他不能冒险回头看，那会丧失先机。他只能期望最好的结果。一如既往。

罗根咬紧牙关，手肘后挥，狠击在身后那人的下巴上。那人已抽出匕首，但罗根的另一只手正好幸运地抓住他手腕。罗根用手肘再次撞击对方的嘴，在那人面朝下跌倒在街心肮脏的鹅卵石前，从其指间抢出匕首。他迅速转身，有些担心被刺中后背，但另两人速度不够快。他们刚抽出匕首，其中一人跨了半步，眼见罗根夺到匕首，摆好战姿，便停住了。

匕首算不上好武器，不过六寸长，布满铁锈，连护柄都没有，但比空手强。强得多。罗根在身前空挥匕首，让每个人都瞧清楚。这感觉不错，活下来的机会大增。

"好吧，"罗根说，"接下来谁上？"

那两人拉开距离，想包抄罗根。他们掂量着匕首，都不敢冲太前。

"我们能搞定他！"斜眼男小声说，他的同伴没把握。

"或者，你们可以拿走这些。"罗根张开紧握的拳头，现出刚刚长脚给他的硬币，"放我们离开，这些给你们。"他又挥了两下匕首，以壮声势，"我看你们值这几个钱——就这些，别多想，好吗？"

斜眼男朝地上吐了口痰。"我们能搞定他！"他嘶吼，"你先上！"

"你他妈先上！"另一人喊。

"带走这些钱，"罗根说，"谁都不用上。"

被罗根击倒的人呻吟着，在地上翻滚，似乎颇有警示作用。"好吧，他妈的北方杂种，好吧，就这些！"

罗根咧嘴而笑。他盘算把钱扔给斜眼男，趁其分心一刀刺去。这招他年轻时常用，但他犹豫了。何必呢？他一扬手，把硬币扔向身后街道，那些钱一路滚到墙边。他和两个强盗小心地兜圈，每一步都让他们更接近硬币，也让自己更接近安全。位置很快调换，罗根顺街道步步后退，匕首始终横在身前。等间隔了十跨远，那两人蹲下身，开始捡拾地上的硬币。

"我还活着。"罗根加快脚步,一边低声自语。

活着就是幸运。不论一个人多强大,如果自以为不会阴沟翻船,那就太傻了。刚才能迅速制服身后的人是幸运,另两人动作慢也是幸运。打起架来他一向幸运,所以他还活着,但不幸的是争斗与他如影随形。不管怎样,他觉得今天表现不错,至少没杀人。

有人拍了拍他的背,他立刻转身,匕首蓄势待发。

"是我!"长脚兄弟抓住他的双手。罗根差点把领航员忘了,领航员肯定一直待在他身后,完美地保持沉默。"干得好哇,九指师傅,干得好!真的!我发现你也颇具天赋!我很期待与你共赴旅程,真的!码头在这边!"说着,他大步向前走。

罗根瞟了身后两人最后一眼,他们仍蹲在地上捡硬币。他扔下匕首,快步追上长脚。"你们领航员从不战斗吗?"

"噢,不,我们中有些人会徒手格斗或各种武器,有的还挺厉害的。不过我不会,那不是我的风格。"

"从不?"

"从不。我另有所长。"

"你去了那么多地方,应该遭遇过不少危险。"

"是的,"长脚兴奋地说,"是的。所以躲藏才是我众多卓越天赋中最管用的。"

横行天下
Her Kind Fight Everything

　　夜。冷。咸涩的风袭向山顶。菲洛的衣服单薄破烂,她抱紧双臂,瑟缩肩膀,怨毒地盯着下方海面。远处的达戈斯卡犹如一丛林立的灯塔,挤挤挨挨地生在峭岩下,位于弯弯曲曲的大海湾和闪烁的汪洋之间。穿越黑暗天幕,她的眼睛辨出围墙和高塔模糊细小的轮廓,还有将城市与大陆连通的狭窄干燥的地峡。达戈斯卡差不多是一座岛,而在他们和城市之间全是火堆——道路两侧都有营帐,许许多多营帐。

　　"达戈斯卡。"菲洛身旁石头上的余威轻声说,"联合王国扎在古尔库帝国及其骄傲上的一根刺。"

　　"哈。"菲洛嘀咕一声,肩膀缩得更紧。

　　"它被严密监视着。这么多士兵,前所未有。想溜过去可不容易。"

　　"我们回去?"她期待地问。

　　老人没理她:"他们也在。不止一个。"

"食尸徒?"

"我必须靠近些,才能找到进去的路。在这儿等我。"他顿了顿,等待她回答,"你会等我吧?"

"好吧!"她嘶吼,"好吧,我等!"

余威滑下石头,沿斜坡下去,柔软的土地留下轻微的脚步声,墨汁般的黑暗中他的身影几不可见。等手镯的叮当声消逝于夜,菲洛将目光转离城市,深吸一口气,沿向南的斜坡返回古尔库。

菲洛很会逃跑,可以如风一样奔上数小时。她这辈子很多时间都在逃跑。到山脚后,她终于跑起来,在开阔地拔腿飞驰,呼吸急促猛烈。前方有水声,流水冲刷着河岸浅滩,又涌回缓缓流动的河中。她扑腾几步,冲入齐膝深的冷水中。

让老贼沿这个来找我吧,她心想。

没多久,她把武器捆成一团,高举过顶,靠一只胳膊凫水游向对岸。她坚强地游了过去,沿河岸继续前行,一边擦掉脸上滴落的水珠。

时间缓缓流逝,光明潜入天空。天要亮了。小河在身边哗哗响,凉鞋在短草茬上踩出节奏。她沿平原狂奔,抛下河流。黑暗变成蒙蒙灰白,一小丛矮树出现在前。

她跌跌撞撞地冲进去,伏在灌木中,上气不接下气。她在晨曦中瑟瑟发抖,心脏咚咚直跳。树丛外很安静。这不错。她把手伸进衣服,掏出一点面包和一条肉,它们被水浸透了,但还能吃。她笑了。连着几天,她都把余威给的食物偷偷省下一半。

"蠢老贼,"她狼吞虎咽,一边轻笑,"自以为能玩弄菲洛·马尔基尼,是吗?"

见鬼,她渴得厉害,不过现在无能为力,或许一会儿能找到水。她也很累,非常累,菲洛也会累。她应该在这儿休息一下,就一下,休息一下腿,然后,向……向……她烦恼地甩头,复仇的细节可以等一下再想,那是最甜美的。没错。

她在灌木丛中爬了几步,靠着一棵树坐下,双眼不由自主地缓缓阖上。就休息一下。等一下再复仇。

"蠢老贼。"她嘟囔着,脑袋歪向旁边。

"师兄!"

菲洛猛然惊醒,脑袋撞到树上。天光大亮。又一个艳阳天。她睡了多久?"师兄!"女人的声音从不远处传来,"你在哪儿?"

"这儿!"菲洛听了浑身一僵,绷紧每块肌肉。男声低沉有力,就在左近。她听到缓缓靠近的马蹄,有几匹马,且都相距不远。

"你在干吗,师兄?"

"她在附近!"男人又喊。菲洛嗓子发紧。"我能闻到她!"菲洛在树丛中摸索武器,把剑和匕首插进腰带,另一把匕首塞入磨破的袖管。"我能尝到她,师妹!她在附近!"

"在哪儿呢?"女人声音更近,"你觉得她能听到我们吗?"

"或许吧!"男人哈哈大笑,"你在哪儿,马尔基尼?"菲洛挎好箭袋,捡起弓,"我们等……"他边靠近边用歌唱般的声音说,正好停在树丛旁,"……你出来。马尔基尼,出来迎接……"

菲洛冲出灌木丛,在开阔地上没命狂奔。

"她在那儿!"身后的女人尖叫,"看啊!她跑了!"

"抓住她!"男人下令。

矮矮的草在菲洛面前绵延。她发腿奔跑,然后长啸一声,搭箭弯弓。四个骑兵追赶着她,古尔库人,阳光在他们高大的头盔和冷酷的矛尖上闪烁。后面远处另有两个骑手———一男一女。"站住!以皇帝的名义!"一个骑兵高喊。

"干你的皇帝!"她射穿了当头士兵的脖子。那个兵惊呼一声,向后翻下马鞍,长矛脱手。

"漂亮!"女人赞道。第二个兵当胸中箭。胸甲减缓了箭势,但仍足以致命。他惨叫连连,握着箭杆摔下马,长剑掉在草地上。

第三个兵甚至没法出声。追到离菲洛不满十跨时,一支箭直接从他口中穿过,穿透后脑,打掉了头盔。第四个兵冲到她身前。她扔开弓箭,就地打滚,躲开刺来的长矛,随后从皮带中抽出剑,向地上吐了口痰。

"抓活的!"女人驱马不紧不慢地跟在后头,"我们要活的!"

剩下那个兵控制住暴躁的坐骑,驱策它小心地逼近菲洛。他是个大块头,留着厚厚一圈黑胡子。"以真神的名义,束手就擒吧,女孩。"他宣称。

"操你妈的真神!"她朝外一晃,矮身不断左闪右避。长矛接连刺来,让她无法靠近,他的坐骑刨着蹄子,撒了菲洛一脸土。

"刺她!"身后的女人指示。

"对,刺她!"她师兄笑着附和,"但别太狠!我们要活的!"士兵大吼一声,催马向前。菲洛跳向旁边,躲开马蹄——但还是被长矛划破了胳膊——接着用尽全力出剑。

曲刃剑穿过板甲缝隙,将士兵的一条腿齐膝砍断,并在马身上开了道长口子。人马同声尖叫,齐齐跌倒。黑血汩汩涌出,漫成一摊。

"她赢了!"女人听来稍感失望。

"起来,伙计!"她师兄笑道,"起来对付她!你还有机会!"那个兵在地上挣扎,菲洛照脸一剑,干净利落地终止了惨叫。旁边,那第二个兵还在马鞍上,面容扭曲,苟延残喘,紧握住鲜血淋漓的箭杆。他的坐骑垂下头,啃起脚边干草。

"全灭了。"女人说。

"是啊。"她师兄长叹一声,"每件事都得亲自动手吗?"

菲洛把血淋淋的剑插回腰带,抬头瞥向那对男女。他们在不远处漫不经心地骑马徜徉,明亮的阳光轻抚过他们残酷而俊美的脸庞。他们的衣着堪比贵族,丝绸在风中飘荡,缀满各式珠宝,但都手无寸铁。

菲洛捡回弓箭。

"小心啊,师兄。"女人一边检查指甲一边说,"她很厉害。"

"像个恶魔!但不是我对手,师妹,别担心。"他从马鞍上一跃而下,"好啦,马尔基尼,我们……"

一支箭闷响着扎入他胸口,射了个对穿。

"……开始吧?"箭杆还在胸前颤动,后背的箭头闪闪发光,干干净净,毫无血迹。他走向菲洛,被菲洛的第二箭射穿了肩膀,他反而加速,踩着不可思议的大步跑起来。菲洛扔掉弓,摸向剑。太慢了。他力压千钧地一掌拍在她胸前,将她击倒。

"噢,干得好,师兄!"女人开心地拍手,"干得好!"

菲洛在地上滚了两圈,被尘土呛得不断咳嗽。她挣扎着爬起,双手握紧长剑,注意到男人一直盯着她。她划出一道致命的剑弧,却只深深劈进地面。对方不知何时已跳开去,斜刺里一脚踹在菲洛肚子上,将她整个人团身踢到半空。她毫无还手之力,肺里空气全挤了出去,手指痉挛,长剑脱手,双膝发软。

"现在……"什么东西打在她鼻子上,她腿一弯,后背狠狠着地。片刻后,她无力地跪起来,世界天旋地转,脸上全是血。她眨眨眼睛,晃晃脑袋,努力驱走眩晕。模糊的视野里,只见男人施施然走来,抽出插在胸口的箭扔开,没流一滴血,只洒出一点点灰尘。只有灰尘,在空中打旋儿。

他是个食尸徒。

菲洛挣扎起身,抽出腰带上的匕首,冲向对方。刺,躲开,又刺,躲开。她晕头转向,最终尖叫一声,门户大开地扑去。

他抓住她手腕,两人的脸相距不到一尺,只见他脸上肌肤完美无瑕,如黑璃般光滑。他看上去很年轻,几乎是个孩子,却有一双苍老的眼睛。他用凌厉的目光注视着她——带着好奇与困惑,像个刚发现一只有趣虫子的男孩。"她不服输啊,看到了吗,师妹?"

"她好强悍！先知肯定喜欢。"

男人嗅嗅菲洛，皱紧鼻子："呕，最好先洗洗。"

她用头撞去，男人被撞得后仰了一下，咯咯直笑。他用另一只手扣住菲洛的脖子，将她推到一臂远处。菲洛想抓他的脸，但他胳膊太长，够不到。他开始撬她手中的匕首，并始终如铁箍般扣紧她的脖子。她喘不上气，龇牙挣扎、摇晃、撕打。全白费。

"要活的，师兄！我们要抓活的！"

"活的，"男人嘟囔，"但没说不伤毫毛。"

女人嘻嘻轻笑。菲洛自觉双脚离地，在空中踢打。一根手指似乎被掰断了，匕首落在草地上。扣紧脖子的手更加用力，她用破碎的指甲扯它，没有用。明晃晃的世界渐渐坠入黑暗。

菲洛听到远处传来女人的笑声。一张脸自黑暗中浮现，一只手轻抚她的脸，曼妙温暖又轻柔。

"别动，孩子。"女人轻声说。她眼睛漆黑幽深，她灼热芳香的吐息喷在菲洛脸上。"你伤着了，必须休息一下。别动……睡吧。"菲洛的双腿和脑袋一样沉，她虚弱地踢了踢，那是最后的动作，接着她沉下去，心跳变得很慢很慢……

"睡吧。"菲洛的眼皮慢慢垂下，女人的漂亮面孔模糊起来。

"睡吧。"菲洛狠咬舌头，腥味顷刻溢满口中。

"睡吧。"菲洛一口血吐在女人脸上。

"啊！"女人厌恶地尖叫，赶忙擦拭眼睛上的血。"师兄，她蛮横无礼！"

"她的族人曾横行天下。"男人就在菲洛耳旁。

"听我说，臭婊子！"女人钢铁般的手指钳住菲洛下巴，左拉右扯，嘶吼道，"你必须跟我们回去！跟我们回去！哪怕试尽所有法子！懂吗？"

"她哪儿也不去。"某人低沉温和地说，菲洛觉得那声音十分熟悉。她眨眨眼,无力地甩甩头。女人转身,看向不远处的老人。余威。他脚步轻盈地穿过草地,手镯叮当作响。"还活着吗,菲洛?"

"啊!"她叫了一声。

女人冷笑着看向余威:"你谁啊,老不死的?"

余威叹口气:"我是老不死。"

"滚开,老狗!"男人叫嚷,"我们是先知的使者,卡布尔的使者!"

"她必须跟我们回去!"

余威神情悲伤:"没得商量?"

那对男女一起大笑。"白痴!"男人喊道,"当然没得商量!"他放开菲洛的胳膊,拖着她上前一步。

"真遗憾。"余威摇摇头,"我本想请你们代我向卡布尔致意。"

"要饭的也配跟先知对话?"

"恐怕让你失望了,我们彼此相熟甚久。"

"我会代你向主人致意,"女人嘲弄,"拿你的命!"菲洛转动手腕,匕首滑入掌心。

"噢,卡布尔会喜欢这消息,可惜他听不到。你们两个打破第二律法的孽畜,今日须为食用人肉的罪恶作个交代。"

"老傻瓜!"女人嗤之以鼻,"我们不遵什么律法!"

余威缓缓摇头:"一如之言适于所有人,无一例外。你们今日难逃劫数。"老人周围的空气突然发出微光,继而变得扭曲模糊。女人喉头咕噜一声,倒了下去——准确地说,是"撒下"。身体突然溶化,崩塌,黑丝绸裹着破碎的躯体翻飞。

"师妹!"男人放开菲洛,展开双臂扑向余威。但他只跨出一步,就突然发出凄厉的惨叫,双膝跪倒,抱紧脑袋。菲洛颤巍巍地起来,向前走了两步,用伤痕累累的手抓住他头发,一刀插进脖子。灰尘飞撒,像堵不住的喷泉。男人嘴旁火苗猛蹿,将双唇烤得焦黑,又舔向菲洛的手指。菲洛干脆骑到他身上,任他在地上抽搐,徒劳地喘息,接着用匕首将他开膛破肚，火焰汹涌而出，夹杂着无数灰尘。她用破匕首疯狂地刺，很久才停下。

一只手搭在她肩上："他死了，菲洛，他们都死了。"她知道这是真的。男人仰面躺倒，望着天空，鼻子和嘴烧得焦黑，胸前的伤口还在冒灰。

"我杀了他。"她挤出断断续续的沙哑声音。

"不，菲洛，我杀了他。作为食尸徒，他们还年轻，因此愚蠢又孱弱。不过你很幸运，他们只想带走你。"

"我很幸运。"她含混地重复，吐了口血痰在食尸徒的尸体上。接着她扔掉破匕首，手脚并用地爬到一旁。女人的尸体就在那儿——如果那还称得上尸体的话。那是一堆没有形状的碎肉。她在其中发现了长发、一只眼睛和两瓣红唇。

"你做了什么？"她张开染血的嘴巴嘶声问。

"我把女人的骨骼化成了水，又点燃了男人的内脏。一个用水，一个用火，对这种孽畜，做什么都不过分。"菲洛翻身躺在草地上，看着明亮的天空。她伸出一只手，在眼前晃晃，那根折断的手指随之前后摇摆。

余威的脸出现在上方，他盯着菲洛："痛吗？"

"不，"她轻声说，把手放回地上，"从来不会。"她朝余威眨眼，"为什么不会？"

老人皱眉："他们会一直追捕你，菲洛，你现在明白为何必须跟我走了吧？"

她缓缓点头，仿佛用尽全力。"我明白，"她轻声说，"明白……"她再次坠入黑暗。

她……不爱我

She Loves Me…Not

"啊!"费里奥的剑猛戳在肩头,痛得杰赛尔大叫。他瑟缩着、咒骂着、蹒跚后退。斯提亚人笑眯眯地看着他,挽了个浮夸的剑花。

"费里奥大师获胜!"裁判宣布,"二比二!"费里奥挂着恼人的微笑,大摇大摆地返回剑士围栏,周围响起零星掌声。"滑头无赖!"杰赛尔轻声咒道,也回去作准备。他应该预判到那一剑,毫无疑问,他今天有些分心。

"输了两场?"杰赛尔倒进椅子里大口喘气,瓦卢斯咆哮道:"两场?被这个一无是处的低能儿?他甚至不是联合王国公民!"

杰赛尔知道最好不要指出西港已并入联合王国好些年了。他懂瓦卢斯的意思,场上观众都懂——费里奥在他们眼中只是个老外。他从威斯特伸出的手中接过布巾擦汗,比赛打到第五场,费里奥却不露疲态。他在围栏里踮着脚尖蹦来蹦去热身,一边听训练师用吵嚷的斯提亚语聒噪。

"你能行!"威斯特递上水瓶,轻声说,"你能打败他,赢得决胜场。"

决胜场。过了这一轮,就会最终对上葛斯特,杰赛尔不太确定自己想对上那壮汉。

瓦卢斯却不容分说。"该死的给我打败他!"元帅嘶吼着,杰赛尔喝了口水,在嘴里漱。"给我打败他!"杰赛尔把半口水吐进桶,咽下剩下半口。给我打败他。说得轻巧,但这滑不溜秋的斯提亚杂种很难对付。

"你能行!"威斯特一边替杰赛尔按摩肩膀,一边重复,"你已经走了这么远!"

"宰了他!给我宰了他!"瓦卢斯元帅瞪向杰赛尔的眼睛,"你一无是处吗,路瑟上尉?你一无是处而我在你身上浪费了时间?呃?是时候证明给我看了!"

"先生们,请看!"裁判吆喝,"决胜场!"

杰赛尔狠狠呼出一口气,从威斯特手中抓过武器,站起来。他在不断膨胀的喧哗中听见了费里奥训练师的高声勉励。"宰了他!"瓦卢斯吼了最后一次,然后杰赛尔重新走向决斗圈。

决胜场。它能决定很多事,决定杰赛尔是否进入决赛,决定他出人头地亦或一无是处。可他真的累了,非常累。他拼尽全力顶着烈日斗了近半小时,这可不容易。他又开始冒汗,大颗大颗的汗珠从脸上渗出。

杰赛尔朝圈中起始位置走去,那是粉笔在干草上画出的。费里奥在等他,仍然挂着微笑,自信满满。小屁眼虫。若说葛斯特可以砸扁每个人,那他杰赛尔也一定能让他们统统吃土。他捏捏剑柄,专注于那一抹丑陋的微笑。他有些盼望握的不是钝剑,直到想起被刺中的可能是自己。

"开始!"

✡

杰赛尔理理牌,漫不经心地洗了又洗,几乎懒得去瞧牌上的符号,也懒得管牌友们有没偷看他的牌。

"我跟十个子儿,"卡斯帕边说边将一堆硬币滑过桌,那表情仿佛在说……去,管他,杰赛尔不在乎。大家等了好长时间。

"是你坐庄,杰赛尔。"加兰霍终于嘟哝提醒。

"是吗?噢,呃……"他扫视那些无意义的符号,心不在焉,"呃呃,噢……我弃牌。"他把牌扔上桌。他今天输了好多把,输得极惨,可谓一溃千里,难以计算。他的心思全在阿黛丽身上,思考怎么跟她上床而没有连带伤害——尤其是不被威斯特干掉。不幸的是,他到现在也没想出个法子。

卡斯帕把桌上的钱全部扫掉,为出乎意料的胜利而沾沾自喜:"今天那场比赛真精彩,杰赛尔。不过惊险归惊险,你挺过来了,呃?"

"哦。"杰赛尔从桌上拿起烟斗。

"指天发誓,我有那么一刻以为他占了上风,但突然间——"卡斯帕在布林特鼻孔下打个响指,"砰!你以迅雷不及掩耳之势将他打翻。观众爱死你了!指天发誓,我差点笑尿裤子!"

"你有几成把握搞定葛斯特?"加兰霍问。

"哦。"杰赛尔耸耸肩,点燃烟斗,往后一靠,望着灰色天空,缓缓吸烟。

"你似乎很有信心。"布林特道。

"哦。"

三名军官伙伴面面相觑,纳闷他为何不接腔。卡斯塔换个话题:"伙计们,瞧见特维丝公主了吗?"

布林特和加兰霍呼吸加速,不住叹气,他们三个随即丑态百出地献起媚来:"瞧见公主了吗?当然瞧见了!"

"她被称为'塔林的珍珠'!"

"一点不差!"

"我听说她跟兰迪萨王太子的事板上钉钉了。"

"鲜花插在……呃!"叽叽喳喳。叽叽喳喳。

杰赛尔靠在椅背上没动,只顾朝天上吐烟圈。就他遥遥所见,特维丝没那么大吸引力。无可否认,远观是很美,但感觉她的脸像玻璃:冰冷、坚硬、易碎。不像阿黛丽……

"无论如何,"加兰霍唾沫横飞地说,"我必须重申,卡斯帕,我的心依然属于你表妹阿瑞丝。与其娶个老外,我宁愿要咱联合王国的姑娘。"

"宁愿要她的钱,你的意思是。"杰赛尔呢喃道,依然后仰着头。

"不!"大个子反驳,"她是位完美的女士!甜美、端庄、有教养,噢!"杰赛尔笑了。若说特维丝是冷玻璃,阿瑞丝就是条死鱼——吻她等于吻块破布,想象一下吧,软塌塌没特色的布。她不会像阿黛丽那么亲吻。没人能……

"好吧,她们各有各的美,这是真的,"布林特神神秘秘地说,"想要高攀尽管做梦。我倒是……"他刻意前倾,转着脑袋朝左右傻笑,好似急欲分享什么秘密乐子。另两人见状立刻把椅子往前拖,只有杰赛尔没动。他对白痴想睡哪个妓女没兴趣。

"见过威斯特的妹妹吗?"布林特压低声音,杰赛尔却顿时绷紧每块肌肉。"她自然不能跟那二位比,但以平民妞的水准,着实漂亮,而且……我觉得她欲求不满。"布林特舔着嘴唇,戳戳加兰霍肋下,大个子像头一次听黄段子的学生一样羞涩地咧嘴笑了。"噢,没错,我看她也是欲求不满,"卡斯帕咯咯直乐。杰赛尔将烟斗放上桌,发觉拿烟斗的手微微发抖,另一只手则把扶手抓得指节发白。

"事实上,"布林特宣布,"若非我坚信少校会拿剑捅我,我已经亮剑捅他妹妹了,呃?"加兰霍忍俊不禁。当布林特一脸坏笑地转向他时,杰赛尔发觉自己的眼皮在抽搐。"怎样,杰赛尔,你怎么看?你不是也见过她吗?"

"我怎么看?"他看着三个嘻嘻哈哈的伙伴,他的声音似乎从很远很远传来,"我看你最好管住嘴,狗娘养的杂种。"

他站起身,牙齿咬得如此用力,似乎快蹦断了。三张笑脸眨了眨,笑容陡然消失。杰赛尔感到卡斯帕搭上他胳膊。"好啦,他不过是——"

杰赛尔挥开卡斯帕,抄起桌子掀个底朝天,一时间,硬币、纸牌、瓶子、玻璃杯漫天横飞,洒满草坪,他另一只手握着剑——谢天谢地,并未出鞘——他俯身逼近布林特,说话时喷了对方一脸吐沫。"你个龟孙瘪三听好!"他厉声咆哮,"再让我听到这种话,哪怕一句,你就不用担心威斯特了!"他用长剑铁柄猛戳布林特的胸。"我会像切你妈的鸡一样把你大卸八块!"

三个伙伴看着他,完全惊呆了,合不拢嘴,杰赛尔也难以相信自己能如此凶狠。

"可——"加兰霍道。

"啥?"杰赛尔尖叫,一把抓住大个子的夹克,几乎将他拽出座位,"你他妈说啥?"

"没什么,"大个子支支吾吾,举起双手,"没什么。"杰赛尔这才松手。怒火来得快去得也快,他有些想道歉,但当他看向面如土色的布林特,唯一想到的是"我觉得她欲求不满"。

"切!你!妈!的!鸡!"他高声咆哮,说完转身就走。快到拱门才想起没带外套,但他不想回去取。他直接走进黑暗的隧道,下了几步台阶便瘫倒在墙边,一边发抖一边沉浊地呼吸,好似跑了十里路。他算明白何谓"失控"了,没错,他从未情绪失控,刚才毫无疑问是本能反应。

"这他妈怎么了?"布林特惊魂未定的话语在隧道里回荡,刚好盖过杰赛尔的心跳。他必须屏住呼吸才能听清。

"我咋知道,"加兰霍似乎更吃惊,随后一阵刮擦碰撞,他们把桌子重新摆好。"没见他这么大火气。"

"我想他压力大,"卡斯帕不确定地说,"参加剑斗大赛,这些……"

布林特打断:"别给他找借口!"

"好吧,他们感情特别好,不是吗?他和威斯特?一起练剑啥的,换成你听见说他妹妹……哎,搞不懂!"

"还有一种解释。"杰赛尔竖起耳朵,只听布林特紧张兮兮地说:"他爱上她了!"三个伙伴哄堂大笑,仿佛这是天底下最幽默的事。堂堂杰赛尔·唐·路瑟上尉,居然爱上低贱的女孩。荒谬绝伦!搞笑之极!年度最佳冷笑话!

"噢,见鬼。"杰赛尔把头埋进手中。他完全没心情发笑。见鬼,她到底对他做了什么?怎么回事?她有什么魔力?她确实很漂亮,很聪明,很有趣,她什么都好,但这事仍旧无法解释。"我不能再见她,"他低声对自己说,"我不能!"他朝墙上猛击一拳。他的决心原本坚硬似铁,一如既往。

直到在门下发现第二张纸条。

他呻吟着,拍打脑门。他怎会这样?怎会……他简直没法形容……爱上她?

他突然有了答案。

因为,她不爱他。

那些嘴角一边高一边低的嘲弄浅笑,那些他自以为别有深意的斜视,那些过于直白无礼的奚落,还有那些偶尔的爆发。也许她只喜欢他的钱。她当然会欣赏他的地位。她毫无疑问还看上了他俊美的脸。但说到底,她鄙视他。

他从未这样想过。他向来觉得所有人就该喜欢他,因为自己是最完美的,值得大家崇拜。但阿黛丽并不喜欢他,他现在明白了,而这让他反思:除了钱,除了衣服,除了那个完美的下巴,他还有什么?

她完全有道理鄙视他,实际上,他受的惩罚还远远不够。"最奇特的是,"杰赛尔凄惨地瘫倒在隧道墙上,喃喃自语,"最奇特的是……"

他想改变她的看法。

种子
The Seed

"你好吗，沙德？"

格洛塔上校睁开眼。屋里好黑。见鬼，睡过头了！

"见鬼！"他叫道，推开毯子跳下床，"睡过头了！"他抓起制服裤子，套进腿，慌慌张张扣腰带。

"不用担心这个，沙德！"母亲的声音半是安慰半是不耐烦，"种子在哪里？"

格洛塔皱紧眉头，一边穿衬衫。"我没时间说这些有的没的，母亲！你怎么总以为自己知道什么对我最好？"他四处找佩剑，却不知放在哪里了。"我们在打仗！"

"我们确实在。"上校猛然抬头，惊讶地听见了苏尔特审问长的声音。"两场仗。一场用铁与火，另一场在下界——这场古老的战争已持续千年。"格洛塔眉头皱得更紧。他怎可能把那老混蛋当母亲？老混蛋到他卧室干什么？坐在他床头的椅子上，闲聊什么古老的战争？

"你他妈在我房间干什么？"格洛塔上校怒吼，"你把我的剑弄哪儿去了?"

"种子在哪里?"又变回女人的声音,但不是他母亲,是其他人,陌生人。他努力朝黑暗中窥探,想弄清坐在椅子上的究竟是谁。然而隔着幢幢阴影只见模糊轮廓。

"你是谁?"格洛塔严厉追问。

"我是谁? 或者我是什么?"椅子里的轮廓优雅流利地缓缓起身。"我曾是一个很有耐心的女人,但现在我不是了,我的耐心也早已被难以忍受的岁月消磨殆尽。"

"你想要什么?"格洛塔声音颤抖,他虚弱地后退。

那轮廓在动,走到从窗户透出的月光下。他看见那东西有女人的形体,苗条高雅,但面容被阴影笼罩。他跌跌撞撞地靠在墙上,不由得伸手挡在身前,满心恐慌。

"我要种子。"一只苍白的手,捉住他伸出的手。触感温柔,但很冷。冷,冷若石头。格洛塔颤抖着,喘息着,紧闭眼睛。"我需要它。你不会懂得我的需要。它在哪里?"冰冷的指头抓住他衣服,灵巧迅速,寻找、搜索、搜索他的口袋、他的衬衫,让他浑身起鸡皮疙瘩。冷,冷若玻璃。

"种子?"格洛塔尖声问,他吓得几乎动弹不得。

"你知道我说的是什么,瘸子。它在哪里?"

"锻造者坠落……"他低语。这些话自己冒了出来,他想不起从哪儿读到的。

"我知道。"

"……燃烧,燃烧……"

"我在场。"那张脸凑得很近,他感觉到对方的气息。冷,冷若冰霜。

"……砸碎了下面的桥……"

"我记得。"

"……他们大肆搜索种子……"

"是的……"那个声音在他耳边轻声催促,"它在哪里?"什么东西扫过他的脸、下巴、眼皮,又黏又软。是舌头。冷,冷若玄冰。他浑身格格打颤。

"我不知道!他们找不到它!"

"找不到?"手指紧箍住他喉咙,用力挤压,令他窒息。冷,冷若钢铁,也硬若钢铁。"你自以为懂得痛苦,瘸子?你什么都不懂!"玄冰般的吐息在他耳畔咆哮,冰冷的手指不断加力。"我会让你懂!让你懂!"

✡

格洛塔惨叫着胡乱扑打挣扎。他站直身,迷惑不解地站了一会儿,大腿终于开始抽搐,令他栽倒下去。黑暗的房间在周围旋转,他砸在床板上发出令人心悸的声音,胳膊被压在身下,额头猛撞上地板。

他抓着床脚把自己拽起来,靠住墙,几乎无法呼吸。他睁大眼睛望着床边的椅子,却没发现什么可怕事物。一束月光穿过窗户,照在凌乱的床单和抛光椅面上。空空如也。

格洛塔环视房间,逐渐适应了黑暗。他检查过每个阴暗角落。什么都没有。空空如也。一场梦。

狂乱的心跳逐渐平复,剧烈的喘息慢慢舒缓,痛苦随之而来。他的头撕裂般痛,脚撕裂般痛,手更是痛得没了知觉。他嘴里尝到血味,眼睛淌出刺激的泪水,肠胃打结,泫然欲呕。他抽噎着,尽全力向床跳了一步,随即瘫倒在月光照撒的床单上,浑身冷汗,没了力气。

急促的敲门声响起,"您还好吗,大人?"是巴纳姆。老仆人接着敲。没用,门锁着,总是锁着,而我一步也动不了。大概只能由弗罗斯特破门而入。然而门开了,老仆人手中油灯的红光突然照进,格洛塔不由得遮眼。

"您还好吗？"

"我摔下床了，"格洛塔虚弱地说，"胳膊……"

老仆人坐到床上，轻轻抬起格洛塔的手，挽起睡衣袖子。格洛塔瑟缩了一下，巴纳姆直咋舌，只见他前臂有块巨大的粉色瘀痕，已然开始红肿。

"我想没骨折，"仆人说，"为防万一，我还是叫医生。"

"去吧，去吧，"他用没受伤的手挥开巴纳姆，"去叫医生。"

弯腰驼背的老仆人急急忙忙出门，吱嘎吱嘎踩在狭窄走廊上，又步下窄梯。格洛塔听见前门砰然关上，然后一片死寂。

从首席历史学家那儿抢来的卷轴好端端地放在柜子上，等待呈给苏尔特审问长。锻造者燃烧着坠落，砸碎了下面的桥。奇了，现实怎和梦境交织得如此紧密？一定是听那该死的北方人说到神秘闯入者。一个女人。还有寒冷。我不知怎的把它们组合了起来。

格洛塔轻揉胳膊，指尖按摩着酸楚的肌肉。没什么。一场梦而已。但有些事不对劲。他望向门后，发现钥匙还插在锁里，于灯下闪着橙色的光。门没锁，但我一定锁过。一定锁过。我总是会锁门。格洛塔又望向空空如也的椅子。那个白痴门徒说啥来着？魔能既生异界。下界之力。地狱。

不知为何，经历过这场噩梦，他觉得这些话没那么难以置信了。他又是孤身一人，恐惧又回来了。他用那只好手去抓椅子，颤抖着、哆嗦着，似乎过了一世纪，指尖才碰到木头。凉，但不冷。不冷。这里没人在。他缓缓抽回手，抱住另一只抽痛的胳膊。没人在。空的。

不过是场梦。

✡

"妈的，你怎么搞的？"

格洛塔酸溜溜地舔舔牙龈空洞："我摔下床了。"他下意识地隔着衣服抓挠手腕。半分钟前那里还痛得昏天黑地,如今眼前景象却让他不得不把痛苦暂时置之度外。我完全可能更惨。惨得多。"够恶心的,呃?"

"说得太他妈对了,"塞弗拉没被遮住的半张脸露出最厌恶的表情,"我刚来时几乎吐了,我!"

格洛塔皱眉向下打量这个屠宰场,一手握树干支撑身子,另一只手用手杖尖挑开一些蕨类植物,以便看得真切。"真的是个人?"

"不晓得是男是女,但肯定是人类。这儿是脚。"

"噢,看见了。怎么发现的?"

"他发现的。"塞弗拉朝一个园丁点点头。那园丁坐在地上,苍白的面孔惊魂未定,身旁草地有一摊干掉的呕吐物。"藏在树林里,灌木丛下,看来不管是谁杀的,似乎想要掩盖。没死多久,还很新鲜。"确实如此——几乎没发臭,也只有少数几只苍蝇飞来。依照尸体的新鲜程度,恐怕案发就在昨晚。"若非接到吩咐要修剪树——挡光什么的——或许很多天都不会被发现。您见过这场面吗?"

格洛塔耸耸肩："在安格兰,你来之前,我见过一次。当时有犯人逃跑,跑出几里地却冻死了。一只熊享用了尸体,那场面壮观极了,虽然跟这比起来还是小巫见大巫。"

"我看昨晚不可能有人冻死。热得像地狱。"

"嗯嗯,"格洛塔答应。地狱是热的?我一直想象那里很冷。冷若冰霜。"不管怎么说,阿金堡没有熊。我们有办法鉴定这……"他朝四分五裂的尸体挥挥手杖,"……人吗?"

"没有。"

"没人下落不明?没人失踪?"

"我没听说。"

"所以我们完全不清楚受害者身份?他妈的都在干吗?监视冒牌

魔法师吗？"

"没错，他们的新住所就在那头。"塞弗拉戴手套的手指向二十跨外的建筑，"案发时，我在监视他们。"

格洛塔挑起一边眉毛："我明白了，你怀疑两者有联系，对吗？"刑讯官耸耸肩。"深夜出没的神秘闯入者，门口发生的血腥谋杀……我们的贵宾正像大便吸引苍蝇一样招揽麻烦。"

"哈，"塞弗拉用戴手套的手赶开一只苍蝇，"我也调查过您吩咐的另一桩事。您的银行家，凡特和伯克。"

格洛塔抬起眼睛："真的？有何成果？"

"不太多。这是家老字号，历史悠久，广受尊敬，在商人间信誉极佳。他们不仅在米德兰全境设有分号，还将触角扩展到安格兰、斯塔兰、西港、达戈斯卡，乃至联合王国境外。无论从哪个角度看，这家银行均可谓有权有势，似乎各阶层都有人欠他们钱。不过奇怪的是，没人见过凡特，也没人见过伯克。谁知道银行怎么运作的，呃？他们喜欢秘密。您要我继续深挖吗？"

这可能很危险，非常危险，挖得太深就是给自己掘墓。"不了，暂时罢手。但我要你对此保持警惕。"

"我是全天下最最警惕的人，头儿。说来您觉得谁会赢得剑斗大赛？"

格洛塔瞥了刑讯官一眼："看看眼前的东西，谁有心情想那破事儿？"

刑讯官耸肩："想想也不会改变什么，对吧？"格洛塔回望被肢解的尸体。我想也是。"说说，您觉得是路瑟还是葛斯特？"

"葛斯特。"但愿他把小混蛋劈成两半。

"是吗？风评说他是头笨公牛，主要靠运气。"

"哈，我觉得他是个天才。"格洛塔说，"要不了几年大家都会像他那样比剑——如果能把那称为比剑的话——你可记下我这句话。"

"那就是葛斯特了,呃?或许我该把赌注调整调整。"

"你应该调整,不过先把这堆东西收好,抬到大学去。让弗罗斯特帮忙,他的忍耐力比你好。"

"抬到大学?"

"总不能扔在这里,等哪位小姐太太看到还不给吓死。"塞弗拉听了咯咯笑,"而且我可能知道谁有助于解开这桩小小的谜团。"

✡

"你的标本非常有趣,审问官。"首席自然学家暂停工作,看向格洛塔,一只眼睛被闪烁的镜片放得老大。"非常有趣,"他一边念叨,一边用器具检查尸体:抬起来、戳一戳、扭一扭,观察油光闪闪的血肉的变化。

格洛塔环视实验室,厌恶地撅起嘴。五花八门的罐子占据了四面墙中的两面,里头漂着各种腌制的肉,其中一些格洛塔认出是人体器官,另一些完全看不懂。这间屋连他也觉得毛骨悚然。坎德劳打哪儿弄来这些东西?把客人肢解后放进不同罐子存着?如此说来,我倒是个好标本。

"非常有趣,"首席自然学家解下眼镜带,把眼镜推上脑门,揉着压出的粉红眼圈。"能给我讲讲相关情况吗?"

格洛塔皱起眉:"我来这是要你给我讲讲相关情况。"

"那当然,那当然,"坎德劳抿紧嘴唇,"好吧,呃,关于我们这位不幸朋友的性别,呃……"他声音小下去。

"怎么?"

"嘿嘿,那个,呃,便于分辨的器官已经……"他比比桌上那团被摇曳的油灯勉强照亮的肉,"……不见了。"

"你研究半天就发现了这?"

"好吧,还有些别的:一般而言,男人的中指比小指长,女人则不一定,可咱们的对象,这个嘛,剩下的手指不足以下判断。所以,对此人性别,在缺手指的情况下,我们陷入了僵局!"他为自己的拙劣笑话咯咯发笑,格洛塔无动于衷。

"年轻人还是老年人?"

"好吧,呃,恐怕此事同样难辨。这个,呃,"自然学家用钳子敲敲肉块,"牙齿状况很好,嘿,留下来的皮肤似乎也不太老,可是,呃,这真是,嘿嘿——"

"够了,你究竟能告诉我多少确切情况?"

"呃,这个嘛……我没什么确信的,"老人抱歉地笑道,"但关于死因,我倒有些有趣的发现!"

"真的?"

"噢,是的,过来看!"噢,算了吧。格洛塔谨慎地蹒跚走过长椅,低头看向首席自然学家指的地方。

"您看见了吗?伤口。"学者戳戳一片软骨。

"不,我不明白。"格洛塔说。无非是个丑陋的大伤口。

老人睁大眼睛,凑到他耳旁。"是人类。"他说。

"我们知道他是人类!这是他的脚!"

"不!不!那牙印,我的意思是……那是人类的牙印。"

格洛塔不由得皱紧眉:"人类的……牙印?"

"完全正确!"坎德劳欣喜的笑容与周遭环境格格不入。尤其跟这诡异的发现。"此人是被别人活活咬死的,而且,这个嘛,很有可能,"他胜利般朝桌上的血肉挥手,"考虑到尸体的残缺情况……此人被当成了食物!"

格洛塔瞪了老人半响。咬死?食物?为何每个问题都能引出十个新问题?"你要我向审问长报告这个?"

首席自然学家不安地笑笑:"这个,嘿嘿,这个是我研究得出的事实……"

"一个身份不明,不知是男是女,也不知年龄长幼的家伙,在公园被同样来历不明的人袭击,咬死在离王宫不到二百跨的地方,而且……还给吃掉了?"

"呃……"坎德劳忽然担忧地瞥向门口。格洛塔转头去看,也跟着皱眉。有人悄无声息地来了,是个女人,抱着胳膊站在油灯照明边沿的阴影中。这女人很高,有一头根根竖立的红色短发,戴黑面具的脸上眯起眼瞧着格洛塔和老学者。她是个刑讯官,我却不认识。可女刑讯官非常少,实际上……

"下午好,下午好哇!"有个男人疾步走过大门。他枯瘦、秃顶,一身黑色长外套,脸上皮笑肉不笑。随之而来的是一股极不舒服的熟悉感。该死,是高尔。我们的新任阿杜瓦主审官在这当口来了,真是好消息。"格洛塔审问官,"对方噘起嘴,"再见到您真是让我倍感荣幸!"

"彼此彼此,高尔主审官。"你这大蠢货。

得意扬扬的主审官身后紧跟了两道身影,让昏暗的小实验室顿时显得拥挤。其一是黑肤的健壮坎忒人,一边耳朵穿了个巨大的金耳环;另一个是面如石板的北蛮子,弯腰低头才能过大门。两人都戴面具,从头到脚穿着刑讯官的黑衣。

"这位是维塔瑞刑讯官,"高尔咯咯笑着,指指红发女。红发女正一个个检查那些瓶瓶罐罐,敲敲玻璃,看里面的器官有何反应。"这位是哈利姆刑讯官,"南方人侧身前行,忙碌地扫视周围。"以及贝雷刑讯官。"庞大的北方佬几乎触及天花板,他向下瞪着格洛塔。"你信吗?在他家乡,人们管他叫'裂石'。但我觉得那外号在这里不太合适,对吗,格洛塔?裂石刑讯官,你能想象吗?"他自个儿摇头,轻笑出声。

这是审问部还是马戏团?你们要表演搭人梯还是跳火圈呢?

"令人大开眼界的精妙人选。"格洛塔说。

"噢,是的,"高尔还在笑,"我上哪儿都带着他们,呃,朋友们?"

徘徊在瓶罐间的女人耸耸肩,黑肤刑讯官点点头,高大的北蛮子纹丝不动。

"上哪儿都带着他们!"高尔志得意满地笑道,好似刚得到全场人士的恭维,"我还有更多朋友!哈哈,我们真是太久没见面了!"他擦掉眼角一滴欢喜的泪水,走向实验室中央的桌子。这里的每件事物都让他兴致勃勃,即便桌上那团东西也不例外。"这是什么?没看错的话,是尸体!"高尔尖锐地向上一瞧,眼神闪烁。"一具尸体?都城里有命案发生?作为阿杜瓦主审官,我相信这是我的职责?"

格洛塔鞠躬:"通常来说是的。我没意识到您已抵达阿杜瓦,高尔主审官。并且,考虑到本案不同寻常的案情——

"不同寻常?我没法发现任何不同寻常之处。"格洛塔愣住了。这个傻笑的蠢货卖的是什么药?

"您亲眼所见,此人遭遇了……耸人听闻的暴行。"

高尔夸张地一耸肩:"狗啃的。"

"狗啃的?"格洛塔难以置信,"您觉得,是哪家宠物发狂,还是野狗翻过了城墙?"

主审官只是笑笑:"你怎么想都可以,审问官,随你。"

"恐怕此事与狗无关,"自觉遭到冒犯的首席自然学家抢着解释,"在下适才正向格洛塔审问官说明……这些伤痕,还有这里的皮肤,您看见了吗?这毫无疑问是人类的牙印……"

女刑讯官离开瓶瓶罐罐,朝坎德劳步步逼近,她倾身向前,直到面具离老人鼻尖不过几寸之遥。学者的声音越来越小。"是狗。"她低声说,然后又冲他大叫。

首席自然学家吓得向后跳开:"这个,我也可能出错……这是自然……"他撞上那个北方怪物的胸膛——北蛮子以惊人的速度上前堵住他。坎德劳缓缓转身,惊恐万状的眼睛睁得老大。

"是狗。"巨人重复。

"是狗,是狗,是狗。"南方人带着浓烈的口音低声说。

"当然是狗,"坎德劳尖叫,"当然是狗,我太傻了!"

"是狗!"高尔兴奋地高喊,举起双手欢呼,"谜团解开了!"格洛塔意外地发现,三个刑讯官中有两个礼貌地祝贺,但女人保持沉默。我从未想过会怀念卡莱尼主审官,而现在简直想死他了。高尔缓缓转身,巡视全场。"上任第一天,我很好地熟悉了工作!这个可以埋了,"他朝尸体作个手势,以宽阔的笑容回应曲意奉承的首席自然学家,"最好立刻埋,呃?"他看向北方人,"正如你们说的,入土为安!"

庞大的刑讯官面无表情。坎忒人站在原地,把耳环转来转去。女人观察着桌上的尸体,透过面具嗅来嗅去。首席自然学家满头大汗地退到瓶瓶罐罐间。

没戏了,我得追寻别的线索。"好吧,"格洛塔僵硬地朝门口蹒跚而去,"谜团解开了,您不需要我了。"

高尔主审官转头看他,所有的幽默感忽然烟消云散。"是的!"他嘶叫道,气鼓鼓的小眼睛似要爆出,"我们……不需要……你!"

永远别跟法师打赌

Never Bet Against a Magus

罗根在长椅上缩成一团,炙热的太阳烤得他大汗淋漓,滑稽的衣服无助于止汗——说实话无助于任何事。外衣不是为坐下设计的,而只要稍微一动,硬邦邦的皮革刺得他下身痛。

"什么鬼东西。"他抱怨着,第二十次拽了拽衣服。穿法师袍的魁看来也不怎么舒服,衣服上闪闪发光的金银符号让他的脸更显苍白病弱,更突出了他鼓胀抽搐的双眼,他一早上都没怎么说话。他们三人中,似乎只有巴亚兹怡然自得,在汹涌人潮中得意扬扬,阳光在晒成棕色的光头上闪耀。

他们就像放在喧闹群众中一只烂透的大水果,受欢迎程度与之相仿。这些长椅是让观众并肩坐而设计的,但在他们周围却出现了一个小小的空间,没人靠近。

噪声比炎热和拥挤更让人难以忍受,四面八方盘绕着嗡嗡声。罗根尽全力控制自己,才没用双手堵死耳朵,钻到长椅下。巴亚兹俯到他耳边。"你们的决斗不是这样吗?"他的嘴离罗根耳朵不到六寸,但几乎只能喊。

"哈。"即便是罗根对战三树鲁德,即便贝斯奥德的一大半士兵围成超大的半圆,又吼又叫,用武器敲打盾牌围观,即便头顶上乌发斯的城墙站满了人,观众也不及现在一半多,更不及现在一半吵。他杀死没心肺沙玛,像宰狗一样宰掉对方时,围观者不到三十人。回想往事,罗根身子发抖,不由得耸起肩膀。那些疯狂的、不知疲倦的劈砍,舔舐十指的鲜血,狗子惊恐的目光,还有贝斯奥德哈哈大笑的祝贺。他还能尝到血味,不禁颤抖着用力擦嘴。

从前的决斗观众虽少,赌注却高昂得多。斗士的生命是其一,此外还有土地村庄的归属和整个氏族的未来。他和巴图鲁的决斗观战者不满一百,但那血腥的半小时或许是整个北方历史的转折点。倘若他输了,倘若霹雳头杀了他,一切会不会截然不同?倘若黑旋风、寡言哈丁,甚或其他人让他入了土,贝斯奥德还能顶上金帽子、自立为王吗?联合王国还会跟北方人打仗吗?这些想法让他头痛欲裂,并且愈演愈烈。

"你没事吧?"巴亚兹问。

"嗯。"罗根低声说,但仍旧在热气中颤抖。这些人来看什么?不过是找乐子。没人觉得罗根那些决斗有什么乐子,贝斯奥德可能除外。只有贝斯奥德除外。"这跟我的决斗不一样。"他喃喃自语。

"什么?"巴亚兹问。

"没什么。"

"唔。"老人扫了人群一眼,捋捋灰色短须,"你觉得谁会赢?"

罗根根本不关心,但只要能摆脱回忆,做什么都可以。于是他瞥向围栏内蓄势待发的两名选手。他们离他不远,在城门口遇到的英俊骄傲的年轻人正是其中之一,另一人看来身强力壮,脖子极粗,神情颇为无聊。

他耸耸肩:"我说不准。"

"什么,你说不准?血九指说不准?赢过十场决斗的斗士说不准?北方最让人恐惧的人说不准?呃?要知道一对一单挑本质上都一样!"

罗根瑟缩了一下,舔舔嘴唇。血九指似乎很遥远,却没到他希望的那么远。他嘴里仍弥漫着金属味、腥咸味和血味。点到为止和将人劈开,本质上不一样。他再次打量两名选手。骄傲的年轻人卷起袖管,弯腰触碰脚趾,又左右旋身,鼓足劲抡了抡胳膊,一位身穿一尘不染的红色制服的老兵在旁边看他。另一位身材高挑、面带忧虑的战士将长短两把细剑递给年轻人,年轻人以惊人的速度在身前挥舞了几下,寒光闪闪。

他的对手只站在那里,倚住木围栏,不紧不慢地摇晃粗脖子,懒洋洋地打量周围。

"谁跟谁啊?"罗根问。

"大门那头的自大蠢驴是路瑟,快睡着的是葛斯特。"

谁是大众宠儿一目了然。路瑟名字的呼声盖过了喧哗嘈杂,他细剑的每个动作都引来掌声与欢呼。他是如此迅捷、灵巧、机敏,然而大块头懒散的姿势暗藏杀机,某种黑暗的东西在他半睁半闭的眼睛里闪烁。罗根宁愿跟路瑟打,尽管对方速度奇快。"我选葛斯特。"

"葛斯特,你确定?"巴亚兹眼睛一亮,"来点彩头如何?"

罗根听到魁倒吸一口气。"永远别跟法师打赌。"门徒小声提醒。

跟谁打赌有区别吗?"可是见鬼,我没什么能赌的。"

巴亚兹耸耸肩:"好吧,就以荣誉打赌?"

"随你。"罗根没什么荣誉,更不在意输掉多少荣誉。

✡

"布雷默·唐·葛斯特!"嘘声和倒彩声压住了零零落落的掌声。笨公牛步履沉重地走向起始位置,半睁的眼睛盯向地面,粗壮的手提着两把粗壮的剑。在短发和衬衫衣领间,本该是脖子的地方,只有一团肥肉。

"丑八怪,"杰赛尔看着对手上场,低声骂道,"见鬼的白痴丑八怪。"但这咒骂连他自己也觉无力。他已看过对方三场比赛,三场完胜,有个对手甚至躺了一周还没能下床。针对葛斯特大开大合的进攻方式,杰赛尔进行了几天特训:瓦卢斯和威斯特用大扫把杆打他,他则不断左躲右闪——结果被击中不下一次,瘀伤仍在隐隐作痛。

"葛斯特?"裁判哀怨地喊,尽力给选手拉点关注,但无济于事。嘘声越来越大,当葛斯特就位时,甚至有人高声嘲讽。

"你这头笨牛!"

"滚回农场拉犁去吧!"

"禽兽布雷默!"等等等等,层出不穷。

观众一圈圈、一圈圈延伸,直到化为无垠的黑暗。全世界所有人都在,全世界都到场围观。阿杜瓦所有的平民坐在远处角落,绅士、匠人和商人挤在中间长椅,而阿金堡所有的贵族男女,无论是无名小卒的五儿子还是内阁或议会的巨头都来到前排。王室包厢也挤满了人:王后、两个王子、霍夫阁下、特维丝公主,甚至国王也难得清醒一回,鼓起双眼惊讶地打量周围,这算是莫大荣誉了。杰赛尔的父兄、朋友与同僚军官,所有的亲友都在。他希望阿黛丽……正看着他……

总之,所有人都来捧他场了。

"杰赛尔·唐·路瑟!"裁判大叫,顷刻间,毫无规律的嗡嗡声爆发为潮水般的喝彩和雷霆似的欢呼。尖叫和呼喊包裹了赛场,让杰赛尔的脑袋阵阵抽痛。

"上啊,路瑟!"

"路瑟!"

"宰了那杂种!"等等等等,不胜其烦。

"该你了,杰赛尔。"瓦卢斯元帅在他耳边低语,同时拍了拍他后背,把他朝决斗圈轻轻推去,"好运!"

杰赛尔木然迈步,欢呼声还在捶打耳朵,似要把他脑袋劈开。数月的训练在眼前闪现:跑步、游泳、负重、拳击、平衡木以及无休止的招式练习。惩罚、学习、汗水和伤痛。他辛勤耕耘,才最终站到决赛场上。七战四胜,胜者为王。

他站到葛斯特对面自己的位置上,盯着对方半睁的眼睛。对方瞪回来,那双眼睛平静而冷酷,似乎当他不存在,直接越过了他。这目光刺痛了他,他不禁昂起完美的下巴,将纷乱思绪抛诸脑后。他不会,也不能,让这白痴胜过他。他要让人们看到他的热血、技巧和勇气。他是杰赛尔·唐·路瑟,天生的赢家。这是真理,他对此深信不疑。

"开始!"

对手的第一剑就让他踉跄后退,击碎了他的自信与平衡,还差点击碎他的手腕。他当然仔细推敲过葛斯特的剑术——如果可以称为剑术的话——他知道对方会大开大合地挥剑,但这雷霆一击仍旧无可防备。见他蹒跚后退,场上观众同时倒抽一口气。他所有的精心策划,瓦卢斯所有的谆谆嘱咐,全都消失了。他又惊又痛,胳膊因那一击抖个不休,耳边回荡着那一击的声响。他合不拢嘴,两股战战。

这实在算不上好开头,但第二剑来势更猛,仿如夹着迅雷迎面劈下。杰赛尔跳向一旁,堪堪躲开,试图拉开距离,争取时间。他需要时间来寻找策略,找到能抵挡无情的钢铁洪流的办法。但葛斯特不给他时间,伴着一声沙哑的狂啸,长剑划出第三道横扫千军的弧线。

杰赛尔尽力躲闪,躲不掉就硬扛,连绵不断的折磨让他的手腕酸痛。他原本寄望于对手会很快疲累,按常理,用如此沉重的兵器进行狂暴攻击撑不了多久。猛攻很快会耗尽元气,大块头会变得迟缓、萎靡,届时其招式自然失去威力。然后杰赛尔可以转守为攻,趁势追击,赢得比赛。观众的欢呼将让阿金堡沸腾,以弱胜强的故事将成为永恒的传奇。

但葛斯特没露出半分疲态,他是个不知疲倦的机器。他们打了好几分钟,葛斯特半睁的眼睛仍旧懒洋洋的——实际上,杰赛尔仅有几次在剑锋上看到对方的眼睛,其中没有一丝感情。巨大的长剑凶残地舞动,递出一波又一波毫无间断的重砍,短剑则伺机待发,化解掉杰赛尔偶尔的反攻,从未露出一寸破绽。开场至今,葛斯特的力量未曾衰减,长啸声也没降低半个音阶。观众没了欢呼的对象,开始愤怒地交头接耳。杰赛尔觉得双腿逐渐迟缓,汗水浸满额头,武器在手中打滑。

从一里外他就能看清对手的每个招式,却无能为力,只好一路后退,直至退到决斗圈边缘。他不断格挡、闪避,十指没了知觉。突然间,就在他抬起酸痛的手,举械与对手硬拼时,一只疲劳的脚打滑,令他尖叫着滚出场,体侧着地。短剑飞出抽搐的手指,脸撞在地上,狠灌进一口沙。他摔得又疼又羞,但疲惫和倦怠感让他忘记了沮丧。能暂时终止折磨,他感觉到解脱,尽管只有短短片刻。

"葛斯特拿下第一战!"裁判喊道。微弱的掌声响起,随即被嘲讽的咒骂淹没。大块头似不在意,他低头缓步走回位置,准备打下一场。

杰赛尔手脚并用缓缓起身,趁机屈伸酸痛的双手,拖延一点时间。他需要时间来调整呼吸,思考对策。葛斯特安静地站在那儿等他,魁梧身躯一动不动。杰赛尔扫掉衬衫上的沙子,思维千头万绪。怎么对付他?怎么办?他谨慎地走回位置,举械致敬。

"开始!"

这回葛斯特来势更猛,像镰刀割麦般左劈右砍,赶得杰赛尔四处乱窜。有一击堪堪擦过左脸,剑风凌厉,随后一击差半寸命中右脸,接着葛斯特照杰赛尔的脑袋一记横斩,但也露出了破绽。杰赛尔矮身一闪,对手的武器贴头皮划过,他趁机趋身上前,葛斯特沉重长剑的又一击几乎打中裁判的脸,同时也使其右边门户大开。

电光火石间,杰赛尔长剑刺出,确信终能突破防御,终能刺中那大白痴。但葛斯特的短剑蓦地收回,用蛮力将将接下这一击,两剑剑柄剧烈刮擦。占到上风的杰赛尔立刻转为短剑出击,葛斯特却不知如何及时抽回长剑,刚好在胸前接住。

这一瞬,四把武器凝固不动。剑柄交错摩擦,两张脸几乎贴到一起。杰赛尔像斗犬般龇牙咆哮,仿如戴了张狰狞的面具。笨重的葛斯特却似乎毫不费力,像在撒尿——带着那种不得不做、心不甘情不愿、巴不得早早完事的神情。

这一瞬,四把武器凝固不动。杰赛尔用尽每分力气,全身经过严格训练的肌肉通通暴起——双腿支撑地面,下腹支撑胳膊,胳膊支撑双手,双手则拼死攥紧武器。每块肌肉、每条肌腱、每根筋络都在用力。他知道自己位置占优,大块头平衡已破,只消逼退一步……一寸……

这一瞬,四把武器凝固不动。葛斯特突然肩膀下沉,大喝一声,像小孩扔掉玩腻的玩具一样将杰赛尔轰飞出去。

他向后飞出,眼睛大张,嘴巴大张,双脚使劲扒地,为扎稳下盘耗尽余力。葛斯特却又一声大喝,沉重的长剑破风而来。这次他没空间也没时间躲闪,只是本能地举起左手,但对方厚重的钝剑把他的短剑当稻草般击飞,然后击在他肋骨上,将他体内空气全挤了出去。杰赛尔痛苦的哀号在沉寂的比武场内盘旋不散,接着他双腿一软,四肢瘫倒在草地上,活像个被劈成两半的风箱。

这回连敷衍的掌声都没了。群众咆哮着表达憎恨,冲掉头就走的葛斯特发出一浪高过一浪的嘘声和咒骂。

"操你妈,葛斯特,狗杂种!"

"站起来,路瑟!站起来,干死他!"

"畜生滚回家!"

"该死的蛮子!"

等杰赛尔从草地上起来,满场叫骂变成了半心半意的助威。左边身子好痛,若他还能吸气,肯定会继续哀号。尽管他辛苦训练,尽管他付出了所有努力,但也完全不是葛斯特的对手,现在他深刻认识到了。意识到明年要将一切重来,他就想吐。他挣扎着回到围栏,尽力装出英勇的样子,但进去后还是忍不住瘫在椅子上,扔下伤痕累累的武器,大口大口喘气。

威斯特弯腰掀起杰赛尔的衬衫,查看伤势。杰赛尔颤巍巍地低头一看,害怕看到个血洞。还好,那一击只在肋下留了道骇人的红印子,但瘀斑已经出现。

"伤筋动骨没?"瓦卢斯元帅在威斯特身后窥视。

少校用手指探了探,杰赛尔努力忍住泪水。"好像没有。该死的!"威斯特厌恶地甩下毛巾,"你管这叫优雅竞技?规则不管武器超重吗?"

瓦卢斯苦着脸摇头:"规则只要求武器一般长,但对重量没规定。要我说,怎会有人使用太沉的武器?"

"现在有了,不是吗!"威斯特没好气地说,"你确定比赛结束前杰赛尔不会被那混蛋砍掉脑袋?"

瓦卢斯没理他。"听着,"老元帅弯下腰,几乎贴上杰赛尔的脸,"决赛是七战四胜!看谁能拿下四局!你还有时间!"

有时间做什么?有时间被钝剑劈成两半?"他太强了!"杰赛尔喘着气说。

"太强?对你来说没有谁太强!"可惜这话连瓦卢斯自己都不信,"还有时间!你能打败他!"老元帅拉拉胡子,"你能打败他!"

但他没告诉杰赛尔怎么打。

✡

格洛塔害怕自己会笑噎死。看到杰赛尔·唐·路瑟被砍得魂飞魄散,他试图想些别的转移注意力,却做不到。年轻人勉强挡住一记侧击,身子一缩——自肋骨挨了那一下,他左侧防守始终不太好,格洛塔几乎能感到他的痛苦。噢,以及我自己的痛苦,我自己的,偶尔换换口味多幸福啊。葛斯特凶猛的攻击将众望所归的冠军赶得落荒而逃,观众们闷闷不乐,格洛塔只觉爆笑声随时可能冲破紧咬的牙关。

路瑟的动作迅捷敏锐,应对攻击时可谓走位风骚。他是位优秀战士,放在正常年份无疑足以赢得剑斗大赛。他有双快手,也有双快脚,只是脑子不够快,太容易被看穿。

葛斯特是完全的异类,似乎只懂砍、砍、砍,不动脑子。但格洛塔不这么看。他自成一派。现在的流行剑式还是戳刺,跟我年轻时一样,但明年剑斗大赛估计就全是挥重武器劈砍的了。格洛塔漫不经心地估算最佳状态的自己能否战胜葛斯特。无论如何,那将是一场史诗般的对决——而非强弱悬殊的无聊比赛。

葛斯特轻而易举地挡住两记无力的戳刺,随后路瑟接了一记屠夫般的劈砍,差点被刚猛的力道震得双脚离地。观众们嘶声怒吼,格洛塔又笑得抽搐。路瑟再度被逼到决斗圈边沿,绝对躲不过下一击,不得不跳向沙地。

"三比零!"裁判喊。

路瑟懊恼得拿剑砍地,溅起一股沙,郁闷的脸像煞白的纸。此情此景,令格洛塔乐不可支。哎哟,亲爱的路瑟上尉,很快四比零了。完败的决赛,天大的笑话,或许能好好羞辱你这自以为是的小混蛋。有的人生来该倒霉,比如看看我,嗯?

"开始!"

第四场的进程和第三场完全一样。路瑟被打得晕头转向,格洛塔知道他束手无策了。他疼痛的左臂动作迟缓,脚步十分凝滞,又一记重击打在长剑上,迫使他朝场边踉跄后退。他失去了平衡,只顾喘气,现在葛斯特只需稍稍加紧攻势。凭我的感觉,此人绝不会轻饶手下败将。格洛塔握紧手杖,站了起来。傻瓜都能看出一切结束了,他可不想散场时被垂头丧气的失望人群包围。

葛斯特沉重的长剑破空而来。这是最后一击,毋庸置疑。路瑟只能迎击,然后被震出圈外。或者被劈开呆脑壳。但愿如此。格洛塔笑着转身欲走。

但在眼角余光中,格洛塔发现这一剑劈空了。葛斯特的长剑砸在草地上,惊得他直眨眼,随后被路瑟的左手剑刺中大腿,闷哼一声——这是他一整天表现出的最强烈的感情。

"路瑟拿下第一战!"裁判愣了愣神,用无法掩饰的震惊声调宣布。

"不可能。"格洛塔喃喃自语,此时周围观众全体起立,掌声如潮。不可能。他年轻时参加过数百场比剑,看过的更是不计其数,但他从没见过这种情况,这超过了人类的极限。他深知路瑟是名优秀剑客,但不可能有这么好。他盯着两名选手第二次返回围栏休息,然后归位,一直眉头紧锁。

"开始!"

路瑟像是变了个人。他狂风骤雨般攻向葛斯特,每一剑都势若雷霆,全不给对方机会。现在换成大块头被逼向边界了,他左支右绌,手忙脚乱地撤退。他和之前的路瑟一样被赶得满场乱蹿,而判若两人的路瑟取代了他的地位。

比赛终于进入高潮,群众声嘶力竭地欢呼雀跃,然而格洛塔感觉不到喜悦。不对劲。不对劲。他扫过周遭脸孔,没发现任何可疑人士。大家只看到想看的东西:路瑟将丑八怪打得毫无还手之力。格洛塔扫过一排排长椅,却不知要寻找什么。

巴亚兹,那个巴亚兹。他座位靠前,倾身专注地盯着两名选手,他的"门徒"和满脸伤疤的北方人坐在旁边。没人注意他们,大家都盯着前方的决斗,但格洛塔看到了。他揉揉眼睛,再次看向他们。不对劲。

✡

"要说第一法师有啥本事，那就是作弊。"罗根吼道。

巴亚兹擦去额上汗珠，嘴角微带笑意："谁说不是呢？"

路瑟又有危险。非常危险。每次格挡重剑横扫，他的剑都退得更多，他的手都更加无力，他的每次闪躲都让他更接近圆圈边沿。

最后，当结局似已注定，罗根用眼角余光瞄到巴亚兹肩上空气突然发出微光——和那日路上森林着火前一模一样，他也同样感到了肚内奇异的翻腾。

路瑟突然容光焕发，用短剑剑柄接下迎头的致命一击。一秒前这一接毫无疑问会把他武器震飞，现在他竟硬生生挡下，长啸一声，震退了对手的武器，震得对手失去平衡。随后他向前一跃，全力猛攻。

"若在北方的决斗里抓到作弊，"罗根摇头大喊，"你他妈肯定被开膛破肚。"

"我真走运。"巴亚兹从牙缝中挤出这几个字，目光片刻未离场上选手，"我们不在北方。"汗珠又爬满光头，大颗大颗地顺双颊流下，他紧握的双拳因用力而微微颤抖。

路瑟继续猛攻，剑影纷飞，眼花缭乱。葛斯特咆哮着拼命格挡，但路瑟太快、太强了，他无情地驱赶葛斯特，就像一条疯狗在驱赶一只母牛。

"作弊不得好死！"看到路瑟的剑在葛斯特脸上留下一道鲜亮血迹，罗根不禁吼道。几滴鲜血洒进罗根左边的人群中，让他们狂呼乱叫。这一刻，这一瞬，让他想起自己的决斗。裁判高喊三比三的声音几乎听不见。葛斯特微微皱眉，用一只手摸脸。

在喧嚣之上，罗根听到魁轻声细语："永远别跟法师打赌……"

✡

杰赛尔知道自己优秀,但没想到如此优秀。灵如猫,轻似虫,壮如熊。肋骨和手腕没有痛,疲惫和疑虑也都一扫空。他无所畏惧,无法阻挡,无与伦比。雷鸣般的掌声推涌他,每个词都清晰可闻,每张脸都真真切切。他心中涌动的不是血,而是干柴烈火,他的肺犹如疾走流云。

休息时他根本不想坐下,一个劲想返回决斗圈。椅子是对他的侮辱,瓦卢斯和威斯特讲的全是废话。他们都不重要,都渺如尘埃,他们只配惊喜交加地赞美他,只配如此。

因为他是有史以来最伟大的剑士。

瘸子格洛塔绝对想不到自己的话如此中肯:的确,杰赛尔只需稍加努力,就无所不能。他舞蹈般归位,忍不住笑出声。人们的欢呼让他肆无忌惮地迎面冲葛斯特大笑。一切如此完美。那双眼睛依然眼睑低垂,在杰赛尔留下的红色伤口上懒洋洋地盯着他,但里面多了些东西——震惊、警惕和尊敬。它们只配如此。

因为杰赛尔无以复加,无可匹敌,无法阻挡,无……

"开始!"

……能为力。身侧的疼痛突然袭来,让他倒抽冷气。他突然又害怕、又疲惫、又虚弱。葛斯特咆哮着,凶狠的劈砍接踵而至,雨点般落在杰赛尔的武器上,让杰赛尔像个受惊的兔子上蹿下跳。高妙的剑技、骇俗的预判和过人的反射神经全都荡然无存,而葛斯特的屠杀比之前更狠。长剑被打脱出抖如筛糠的手指,直接撞在围栏上,他升起一股撕心裂肺的绝望。人群叹息着,一切都结束……

……不,没有结束。这一剑就要砍在他身上。最后一剑。但这一剑好像在漂。好慢,好慢,好像在蜂蜜中一般。杰赛尔笑了,用短剑挡下实在轻而易举。力量又充盈全身。他跳起来,空手推开葛斯特,用短剑荡开长剑，接着又抵住短剑，他靠一把剑连续抵挡两把剑！场内陷入一片窒息的安宁，只听"噼里啪啦"的武器碰撞。杰赛尔的短剑左劈右砍，连削带打，密不透风，快得肉眼无法看清，快得他没时间思考，似乎是短剑在操纵他攻击。

一声清脆的剑吟响彻赛场，葛斯特伤痕累累的长剑被击飞了，未等落地，短剑也被挑飞出去。时间仿佛静止。手无寸铁的大块头正好站在边线上，抬头看向杰赛尔。满场观众鸦雀无声。

杰赛尔缓缓举剑，似乎此刻它重若千钧。他用短剑轻轻抵住葛斯特肋下。

"哈。"大块头轻声说，终于睁大双眼。

掌声如火山爆发，声浪越来越高，越来越猛，一波波将杰赛尔淹没。一切都结束了，杰赛尔感到难以言喻的空虚。他摇摇晃晃闭上眼睛，跪在地上，无力的手指松开剑柄。他虚脱了，好似刚才短短时间内用尽了一周的力气。他连跪着都觉费力，不确定自己能撑多久，可一旦倒下，又不知还能不能站起来。

他被一双强有力的手架了起来，举到空中，人群爆发出更热烈的欢呼。他睁开眼睛——他在不停旋转，一片片模糊不清的色彩从眼前掠过，他脑袋里充满各种声音。他被人扛在肩上。光头。是葛斯特。大个子举起他，就像父亲举起孩子，向观众展示，然后抬起头，朝杰赛尔露出丑陋而灿烂的笑容。杰赛尔不由自主地还以微笑。总而言之，一切都那么奇怪。

"路瑟获胜！"裁判无意义地高喊，没几个人听得见，"路瑟获胜！"

混乱的欢呼渐渐统一成有节奏的赞美："路瑟！路瑟！路瑟！"全场为之摇晃。杰赛尔被人们的赞美弄得晕乎乎，像喝醉了。他为胜利而陶醉，为自己而陶醉。

欢呼声渐渐淡去后，葛斯特将杰赛尔放回决斗圈。"你击败了我，"他开心地笑着说，声音很奇怪，高亢轻柔几乎像个女人，"堂堂正正击败了我,我很高兴能第一个祝贺你。"他点点大脑袋,又笑了,毫不在意地揉揉眼睛下方杰赛尔留下的伤口,"你应得的!"他伸出手。

"谢谢你。"杰赛尔挤出一丝笑,以最草率的态度握了握大爪子,立马转身走回围栏。这他妈的当然是他应得的,丑八怪沾光也沾够了。

"英勇的一战!我的孩子!英勇的一战!"杰赛尔瘫进椅子,瓦卢斯元帅唾沫横飞地拍他肩膀,"我就知道你能行!"

威斯特笑容满面地递来毛巾:"这一战会被谈论许多年。"

道贺者们涌来,隔着围栏恭维。一圈圈笑容可掬的脸笼罩了他,其中他父亲带着难以掩饰的自豪。"我知道你能行,杰赛尔!我从没怀疑!一分钟都没有!全家以你为荣!"但与此同时,杰赛尔注意到大哥似乎不太高兴,即便在庆祝胜利的场合,他还是挂着一贯刻板嫉妒的神情。刻板嫉妒的混蛋,就不能为弟弟高兴一次,哪怕一天都行啊?

"能让我也向冠军献上祝贺吗?"肩膀后头有人说。是城门口遇见的老白痴,那个苏法称作师父的人,取名巴亚兹。那人的秃头汗珠密布,脸色十分苍白,眼窝深陷,好像刚跟葛斯特比试七轮的是他一样。"精彩的比赛,年轻的朋友,就像一场……魔法表演。"

"谢谢。"杰赛尔嘟囔。他还是不清楚这老头是谁,想干嘛,总之不值得信任。"抱歉,我必须——"

"没关系,我们有时间谈。"异想天开的语气像替杰赛尔安排好了似的。老头说完转身消失在人群中,杰赛尔的父亲面如土色地盯着老人的背影,活像见了鬼。

"你认识他,老爸?"

"杰赛尔!"瓦卢斯兴奋地抓住他胳膊,"快来!国王要亲自祝贺你!"他拉杰赛尔离开家人,走向决斗圈。杰赛尔穿过见证他胜利的干草地,看台上又响起零落的欢呼。元帅阁下慈爱地搂住杰赛尔的肩膀,朝人群微笑,当那些掌声是给他的。看来每个人都想沾光,好在杰赛尔踏上通往王家包厢的阶梯时,终于摆脱了老兵。

国王的小儿子雷诺特王子坐在第一排,穿着简朴低调,简直不像王族。"干得漂亮!"他用盖过人群的声音大喊,似乎真心为杰赛尔高兴,"干得漂亮!"

"完美啊!"兰迪萨王太子比他弟弟华贵得多,阳光照在他白夹克的黄金纽扣上。"偶像!天才!帅呆了!你是我的英雄!"杰赛尔咧嘴一笑,谦逊地鞠躬,王太子殿下在他背上狠拍一掌,让他不禁缩了缩肩膀。"我就知道你能行!你永远是我的英雄!"

塔林的奥索大公爵唯一的女儿特维丝公主看着他,挂着难以察觉的轻蔑微笑。公主用两根指头漫不经心地拍手,发出微不可闻的应景掌声。她下巴昂得极高,似乎被她注视是他配不上更无法欣赏的至高荣誉。

杰赛尔终于来到高椅上的联合王国至高王、古斯拉夫五世面前。国王陛下头歪向一边,被闪耀的王冠压得抬不起来。他苍白抽搐的手指放在猩红丝披风上,好像鼻涕虫。他闭着眼,胸膛微微起伏,松弛的嘴唇不时溅起几丝吐沫,流过下巴,和肥脖子上的汗水一起把高领弄得湿乎乎的。

这就是杰赛尔荣耀的顶点。

"陛下。"霍夫阁下轻声提醒。安格兰、斯塔兰和米德兰之王,西港与达戈斯卡的保护者无动于衷。王后在一旁尽全力坐得笔直,化着浓妆的脸上露出一丝敷衍僵硬的微笑。

杰赛尔不知该看哪儿,沾满灰尘的靴子也不知该往哪儿放。宫务大臣大咳了几声,国王脸上一侧的肥肉动了两下,但还是没醒。霍夫抖擞了一下,眼看周围没人离他太近,便用手指戳向至高王的肋骨。

国王猛然抬头,撑开眼睑,双下巴颤抖着,布满血丝、顶着厚厚眼袋的眼睛狂乱地盯向杰赛尔。

"陛下,这位是杰……"

"雷诺特!"国王喊道,"吾儿!"

杰赛尔紧张地吞了口口水,竭力维持僵硬的笑容。老白痴错把他当成小儿子了,更糟的是,王子本人就在不到四步开外。王后僵硬的笑脸稍稍抽搐。特维丝公主完美无瑕的双唇嘲弄地上挑。宫务大臣尴尬地咳了一声:"呃,不,陛下,这位是……"

晚了。国王毫无预兆地起身,热情拥抱杰赛尔,沉重的王冠滑向一边,珠光宝气的冠尖差点戳穿杰赛尔的眼睛。霍夫阁下无声地张大了嘴,两位王子目瞪口呆,杰赛尔只能无能为力地干笑。

"吾儿!"国王激动地哭诉,"雷诺特,我真高兴你回来!我死后,兰迪萨需要你帮助。他太弱了,而王冠如此沉重!你一直更适合戴它!如此沉重!"他趴在杰赛尔肩头哭泣。

这是场噩梦。兰迪萨和真正的雷诺特面面相觑,又面色不善地盯向父亲。特维丝嗤之以鼻,毫不掩饰对未来公公的轻蔑。事情越来越糟,糟糕透顶。他妈的这种事怎么处理?可有什么特殊礼节?杰赛尔生硬地拍拍国王肥胖的背。还能怎样?众目睽睽之下把老白痴推回去坐下?他倒真想这么做。

好在观众以为国王的拥抱是对他剑术的认可,因此爆发出潮水般的欢呼。王家包厢外没人听见国王说了什么。他们完全误解了这一切的含义。

毫无疑问,这是杰赛尔生命中最尴尬的时刻。

理想的观众
The Ideal Audience

格洛塔赶到时,苏尔特审问长站在大窗户旁,一如既往穿着那身洁白无瑕的大衣,姿态高挑优雅,朝外看向锻造者大厦下方大学的尖顶。愉悦的清风拂过圆形办公室,搅动了老人蓬松的白发,还让大桌子上堆放的许多文件沙沙作响。

他转头看向走近的格洛塔。"审问官。"他简短招呼,伸出戴白手套的手,手上代表官阶的大戒指反射出窗户射进的日光,犹如一团紫色火焰。

"卑职全心全意遵从您,审问长阁下。"格洛塔捉住审问长的手,苦着脸弯下腰亲吻戒指,手杖因用力支撑而不住颤抖。妈的,老混蛋是不是每次都故意把手放低一点,好看我出丑?

苏尔特优雅地坐进高背椅,手肘靠在桌上,十指在面前交叉。格洛塔只能站着等待,腿脚一如既往因审问部的台阶而抽痛不已,他满头大汗,等待审问长阁下示意坐下。

"请坐,"审问长低声吩咐,然后等格洛塔蹒跚着绕圆桌坐进一把小一号的椅子,"告诉我,你的调查有何成果?"

"我发现了一些情况。某夜我们客人的房间出了乱子,他们声称——"

"他们吹牛都不打腹稿!魔法!"苏尔特嗤之以鼻,"你发现墙上破洞的真正原因了吗?"

也许正是魔法?"恐怕没有,审问长阁下。"

"真不幸,揭穿这戏法对我们大有帮助。不过呢,"苏尔特仿佛早有预料般地叹着气,"事情总是很难一帆风顺。你有没有和那些人……谈过?"

"谈过。巴亚兹——姑且这样称呼——很狡猾,他巧妙地回避,把问题原封不动推回来,我从他那里得不到任何答案。不过他的北方朋友有点意思。"

苏尔特平整的额头折起一条皱纹:"你怀疑他和蛮子贝斯奥德有联系?"

"有可能。"

"有可能?"审问长不满地问,好似这是冒犯,"还有什么?"

"他们欢乐的团队有了新成员。"

"我知道,领航员。"

你还需要我干什么?"是的,审问长阁下,一位领航员。"

"祝他们好运。那帮爱财如命的江湖骗子根本是累赘,成天叽叽咕咕什么真神,贪婪而不开化。"

"您完全正确。领航员是累赘,审问长阁下,但我仍有兴趣知道他们雇一个是何打算。"

"是何打算?"

格洛塔顿了一下:"我不清楚。"

"哈,"苏尔特又喷口鼻息,"你清楚什么?"

"夜闯事件后,我们的朋友搬进了公园附近的套房。几天前的夜里,离他们新住处不满二十跨的地方发生了一起最毛骨悚然的谋杀。"

"高尔主审官提过此事。他说我不必为此操心,此事也与我们的客人无关。我交给他处理。"他皱眉看向格洛塔,"我的决定错了吗?"

噢,天哪,连审问长也给摆平了。"您完全没错,审问长阁下。"格洛塔谦卑地深深低头,"只要主审官满意,我没意见。"

"嗯,所以你的成果简而言之——什么也没查出来。"

不。"我查到这个。"格洛塔从外套口袋掏出古老卷轴,递给审问长。

苏尔特略带好奇地接过,在桌上展开,看着那些无意义的符号:"这是什么?"

哈,你并非无所不知。"我想可称为一份历史文献,记载了巴亚兹打败锻造者的经过。"

"一份历史文献。"苏尔特满腹思虑地敲打桌面,"它对我们有什么用?"你的意思是,它对你有什么用?

"根据这份文件,是我们的朋友巴亚兹封闭了锻造者大厦。"格洛塔冲窗外笼罩的巨大阴影点头,"封闭……并拿走了钥匙。"

"钥匙?那座巨塔一直封闭着。一直如此。据我所知连钥匙孔都没有。"

"我也正想到这点,审问长阁下。"

"嗯嗯,"苏尔特缓缓露出笑容,"关键是讲故事的方式,呃? 我敢说,我们的朋友巴亚兹很会讲故事,他用我们的故事来糊弄我们,我们何不来个以其人之道还治其人之身? 够讽刺的。"他又拿起卷轴,"这份文献可信吗?"

"有关系吗?"

"当然没有。"苏尔特优雅地起身,缓步踱到窗前,边走边在手中拍打卷轴。他站在那凝望了一会儿,回头时,一副志得意满的神情。

"我忽然想到,明日将举行晚宴,为我们的新科比剑冠军——路瑟上尉——庆祝。"作弊的小蛆虫。"届时头面人物将统统到场,包括王后、两个王子、大部分阁员及许多贵族。"别忘了国王啊,或者说国王沦落到连出席晚宴都不堪提及了。"对我们这场小小的揭秘,他们是理想的观众,你以为呢?"

格洛塔谨慎地低头:"当然,审问长阁下,理想的观众。"如果我们成功的话,否则也可能成为最丢脸的表演。

苏尔特看到了胜利的曙光:"一场完美的宴会,准备时间刚够。派个信使去找我们的朋友第一法师,诚挚邀请他和他的同伴参加明日晚宴。我相信你也能出席吧?"

我?格洛塔又鞠个躬:"我简直等不及了,审问长阁下。"

"很好,带上你的刑讯官。等我们的朋友意识到中了圈套,有可能狗急跳墙,天知道那蛮子会做出何等事?"审问长戴手套的手略一挥,表示解散。我爬了许多台阶,就为这个?

格洛塔走到门口,苏尔特还在顺着鼻子打量卷轴。"理想的观众。"他喃喃低语,随后大门关闭。

✡

在北方,氏族长每晚都和亲锐们一起在大厅用餐。女人用木碗端上大块肉,男人用匕首戳起肉,再用匕首切成小块送进嘴,骨头软骨一律扔草席上喂狗。厅里长桌——如果有的话——不过是直接削砍树木制成的粗糙木板,上面满是污渍、凿痕和匕首挖出的坑洼。亲锐们坐长椅,或许还有一两把椅子专为有外号的准备。大厅很黑,尤其在深冬,弥漫着火坑和查加烟斗散出的烟。大家通常会唱歌,会善意地辱骂彼此,有时也会气急败坏地互相威胁,而且肯定会喝许多酒。唯一的规矩是必须等头儿先开动。

罗根不清楚这里的规矩,但显然要复杂得多。

客人们坐在三张呈马蹄形摆放的长桌边，共约六十人。每人都有椅子坐，而黑木桌面打磨得光滑无比，就着墙上和桌上几百支蜡烛，罗根足以从桌面看到自己脸庞的轮廓。每人分到三把钝匕首，还有一大堆罗根晓不得用途的餐具，包括一只闪闪发亮的金属平底大圆盘。

没有叫嚣，也没有歌声，只有交头接耳的低沉嗡嗡声，好似蜜蜂。人们互相俯身凑近耳边说话，就像在交换秘密。

服装最是古怪。老人穿厚厚的黑袍、红袍或金袍——即便天气这么热——边沿镶有华丽毛皮；年轻人穿猩红、亮绿或浅蓝色紧身夹克，装饰着金丝银线扎的彩带或绳结；女人挂满金子珠宝串成的闪闪发光的锁链或指环，奇怪的裙服色泽鲜艳，却宽松得吓人，有的部位在风中飘荡，有的部位绷得极紧，还有的部位全然裸露，让人没法不分心。

连站在长桌后伺候的仆人也穿得像领主，他们悄无声息地倾身为客人的高脚杯倒上一层甜酒。罗根已喝了好多杯，自觉明亮的房间笼罩在悦目光华中。

问题在于没有食物。他从罐子里掏出一件事物，应该说是很长一截绿色植物，末端生了朵黄色的花。他轻咬茎秆底部。没味道，水汪汪的，但有嚼头。于是他又咬下一大口，津津有味地咀嚼起来。

"我觉得它不能吃。"罗根旋身，讶异于在这儿听到北方话，更讶异于有人跟他说话。他发现邻座是个高瘦男子，生了张线条分明的尖脸，正倾身朝他窘迫地笑着。罗根模模糊糊记得这张脸，好像在赛场上——对了，此人替城门口见面的年轻人拿过武器。

"噢。"嚼了满满一口植物的罗根嗫嚅道，这东西越嚼越难吃，"对不起，"他不得不强咽下去，"我不太懂这些东西。"

"说实话，我也不太懂。味道如何？"

"像屎。"罗根用手指摆弄着咬掉一半的花。瓷砖地一尘不染，随意乱扔似乎不对，况且这里没狗——即便有狗，他也怀疑它们吃不吃人吐出来的东西。似乎连这里的狗都比他"文明"。最后他把花扔进金属盘,在胸前擦擦手指,希望没人看见。

"我叫威斯特,"邻座说着伸出手,"来自安格兰。"

罗根与他握手:"我是九指,来自北方腹地的群山。"

"九指?"罗根摇摇断指残桩,对方点头。"噢,明白了。"他笑道,似乎想起什么趣事,"我在安格兰听过一首歌,说的是一个九根指头的男人。叫啥来着?血九指!对了!"罗根僵住了,"北方人的歌,你知道,非常暴力。歌中血九指砍下的人头车载斗量,他还焚毁了无数城镇,痛饮鲜血混合的啤酒。那不是你,对吧?"

对方是开玩笑,罗根紧张地笑笑:"不,不,从没听说他。"

幸运的是,威斯特并未纠缠:"你看起来像个老兵。"

"我的确参加过一些战斗。"这无法否认。

"你了解所谓北方之王吗?那个贝斯奥德?"

罗根朝周围瞥瞥:"我了解他。"

"你跟他打过?"

罗跟脸色发苦,难吃的植物味道在嘴里徘徊不去,他抓起高脚杯一饮而尽。"比那更糟,"他放下酒杯,缓缓地说,"我为他而战。"

他的话让对方好奇心更盛:"这么说,你了解他的战术和他的手下,了解他的战争方式?"罗根点点头,"跟我讲讲行吗?"

"他极度狡猾也极为冷酷,心中没有一丝羁绊或怜悯。别弄错,我恨他,但自'无帽人'斯凯林以来,还没有这么会打仗的人。他生来便有让人服从、畏惧,至少是乖乖从命的气质。他经常让手下急行军,以抢先赶到战场,占据有利地形,他们也乐于从命,因为他总能带来胜利。根据情况,他可以谨慎小心,也能做到勇猛无畏,并且绝不粗心大意。他乐于施展战争中每种伎俩——从设陷埋伏,到佯攻欺骗,再到突然袭击。去他最不可能出现的地方捕捉他,在他显得最弱时做最充足的准备,在他准备逃跑时打起十万分精神,才能与他对阵。绝大多数北方人怕他——不怕他的都是傻瓜。"

罗根捡起盘子里的植物,一缕缕撕开。"他的军队集合了北方诸氏族长,其中很多人本身就是优秀的领袖。他手下的兵大多是征来的农民,每人只装备一支矛或一张弓,组成小团队快速行动。过去,农兵训练极差,只从农庄征用短暂时间,然而北方打了太久的仗,很多人因此成了坚强的战士,并且冷酷无情。"

他在盘子里排列植物碎片,把碎片当士兵,盘子作山丘。"氏族长拥有自己的亲锐,相当于是他的家族武士,个个装备精良,操练过斧、剑和矛,并且纪律严明,其中一些人甚至有马。贝斯奥德会让他们待在敌人看不见的地方,伺机突袭或发起追击。"他撕下黄色花瓣,当作隐藏在侧翼的骑兵,"最后是那些头人,那些有外号的,他们的外号都是在战争中搏命换来。他们会在战场上率领由亲锐编成的精锐军团,或作为探子和掠袭者,出没在敌人不及防备的后方。"

他意识到盘子被碎片搞成了一团糟,只得匆匆扫上桌。"这就是北方人作战的标准方式,但贝斯奥德总在尝试新点子。他喜欢读书,喜欢研究其他人的思路,经常谈论从南方商人那购买弩箭、重甲和强壮战马,建立一支全世界为之颤抖的大军。"

罗根忽然意识到自己独白太久,多年来,他没有一次说过这一半多的话,好在威斯特听得全神贯注。"听起来你很有想法。"

"好吧,是你刚好问到我比较专业的话题。"

"对一个即将与贝斯奥德作战的人,你有何建议?"

罗根皱紧眉头:"小心,看好后背。"

✡

杰赛尔不高兴。一开始——毫无疑问——这是桩天大的好事,是他梦寐以求的荣耀:联合王国的头头脑脑齐聚一堂,为他庆祝。毋庸置疑,这是他身为剑斗大赛冠军平步青云的起点。那些等待着每位冠军的好事,不,等待着他的好事将接踵而至,好似熟透的水果落到膝盖上。首先是晋升和荣誉,或许今晚他们就会让他当少校,指挥整整一个营开赴安格兰……

奇怪的是,绝大多数来宾似乎只在乎自己。他们窃窃私语,讨论政府运作、商贸盈亏,以及土地、头衔和权力的变换。他的表现、他无与伦比的技巧几乎无人赞赏——当然,更没有即时晋升。他只能坐着微笑,时而接受身着华服的陌生人不温不火的祝贺,那些人甚至没怎么正眼瞧他。换成蜡像坐着大概也没差,不得不承认,赛场上群众的欢呼更让他心满意足。至少那些欢呼发自肺腑。

好歹这是他第一次进宫,作为阿金堡的城中之城,王宫极少允许外人进入,而现在他坐在国王餐厅首席。不过杰赛尔心知肚明,国王陛下基本在床上用餐,多半还要人用勺子喂,甚少用到这个厅。

餐厅远端墙边有个舞台。杰赛尔听说,"孩子王"奥斯图每次用餐都要看小丑表演;"疯王"莫里奇则在用餐时观赏处决人犯;克什米国王每天早饭都要人扮成仇敌的模样,在舞台上辱骂他,以保证仇恨日久弥新。然而舞台如今拉起了幕布,尽管希望渺茫,杰赛尔也只能去别处找乐子。

瓦卢斯元帅在耳旁喋喋不休,至少元帅对比剑感兴趣——不幸的是,除了比剑老元帅没了话题。"我从没见过这等表现,全城都在谈论这场独一无二的比赛!我发誓,你比过去的沙德·唐·格洛塔更强,而我以为他那样的剑士一辈子才能遇到一回!我做梦也不敢想象你如此出色,杰赛尔,完全无法想象!"

"嗯嗯。"杰赛尔说。

兰迪萨太子和他的未婚妻——塔林的特维丝——坐在首席昏昏欲睡的国王身旁,看上去是郎才女貌的一对。然而他俩虽然一个劲地自说自话,却决非年轻恋人的理想状态。他俩不时爆发毫不掩饰、恶声恶气的争吵,附近的人只能尽力假装没听清每个字眼。

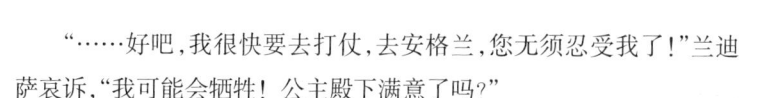

"……好吧,我很快要去打仗,去安格兰,您无须忍受我了!"兰迪萨哀诉,"我可能会牺牲!公主殿下满意了吗?"

"别把死不死的算我头上。"特维丝的斯提亚口音似能喷出毒液,"不过如果你真有个三长两短,我只好独自承受悲伤啰……"

不远处有人以拳擂桌,打断了杰赛尔的思绪。"吊死几个平民!该死的农民居然在斯塔兰起义!好吃懒做的狗!"

"都是因为收税,"邻座抱怨,"战争税惹的祸。你听过那个天杀的叛匪头子'革匠'吗?不知打哪儿冒出来的死农民,居然公开宣讲革命!据说国王的征税官在基伦城外不到一里的地方遭暴民攻击。国王的征税官!暴民攻击!基伦城外不到一里——"

"自作孽不可活!"杰赛尔看不见说话人的脸,但从袍子袖口的金线刺绣认出是莫拉维大法官,"把人当狗,狗也会咬人,道理至为明显。身为总督和贵族,难道没义务尊重和保护平民,而非欺压和侮辱他们?"

"我们没说欺压,莫拉维大法官,更没提侮辱,我们只要他们对地主尽义务,地主生来就是上等……"

这期间,瓦卢斯元帅片刻不曾消停:"太了不起了,呃?我是指你搞定他的方式,一把剑对两把剑?"老兵在空中比画,"全城都在谈论!你注定要成为伟人,我的孩子,记下我的话,你注定要成为伟人!我用全副身家打赌,有一天你能坐上我的内阁交椅!"

杰赛尔实在受不了了。他忍受了老元帅几个月,天真地以为只消赢得比赛,就不用再理会对方——看来这件事,跟其他所有事一样,让他失望了。杰赛尔只奇怪以前怎么没看穿元帅阁下是个如此无聊的老蠢货,直到现在才无可争议地发觉真相。

更让他沮丧的是,来宾并非都是心仪人选。他可以原谅审问部的苏尔特审问长,毕竟对方是内阁阁员,权势滔天,但他无法理解对方为何带来混蛋格洛塔。瘸子比往常更病态,抽搐的眼睛深陷在黑眼圈里,还时而莫名其妙地用严酷的怀疑目光盯着他,活像他是个待审的囚犯。真他妈无礼,这好歹是他的庆功宴啊。

尤其倒胃口的是餐厅彼端那个自称巴亚兹的秃顶老头。杰赛尔至今想不通此人在决赛后的奇怪祝贺——以及父亲的奇怪反应。当然,老头把九根指头的丑怪蛮子也带来了。

威斯特少校不幸地被安排跟原始人邻座,但少校努力适应,两人激烈交谈着,北方佬突然哈哈大笑,拿大拳头捶打,震得一桌玻璃杯都在晃。他们至少有乐子,杰赛尔酸溜溜地想,突然很期待跟他们坐在一起。

不,他可是志存高远,一心要当大人物的。他想穿上毛皮镶边的袍服,戴上代表官阶的沉重金链,他要让人们在他面前鞠躬、献媚和奉承。很久以前,他就定下了这个远大理想,不该就此放弃。只没想到,坐在首席是如此空虚、难受和无聊,他多想、多想和阿黛丽在一起——虽然昨晚他们刚约会过——她绝不会无聊……

"……听说,蛮子大军已逼近奥斯腾霍姆!"杰赛尔左边有人叫嚷,"米德总督大人整军待发,誓把敌人赶出安格兰!"

"哈,米德?那个脑满肠肥的老笨蛋连把热派赶出盘子都办不到!"

"不管怎么说,对付北方猪猡够了吧?联合王国的汉子一个顶他们十个……"

特维丝公主尖锐的嗓门突然盖过了所有喧哗,杰赛尔确信餐厅门口都听得清。"……没错,我父亲命我嫁谁我就得嫁谁,但我没必要喜欢他!"公主殿下表情如此歹毒,杰赛尔不禁惊讶她没拿起叉子戳王太子的脸。他欣慰地发现自己不是唯一一个被女人烦恼的男人。

"……噢,是啊,无与伦比!城里每个人都在谈论!"瓦卢斯依旧滔滔不绝。

杰赛尔在椅子里蠕动,该死的宴会还有多久结束?他透不过气,便又再次扫视厅内众人,陡然发觉格洛塔那张丑死人的脸仍旧用严酷的怀疑目光盯着他。这是他的庆功宴,可他仍旧没法与格洛塔长久对视。该死,瘸子为何死活跟他过不去?

✡

作弊的小混蛋,他一定作了弊,我就是知道。格洛塔缓缓扫视,捕捉到巴亚兹。老骗子一副怡然自得的神情。他也参与了作弊。他们一起作弊,通过某种方式。

"大人们,女士们!"宫务大臣起立发言,私语声渐渐平息,"谨代表国王陛下,欢迎各位出席这场朴素的宴会。"国王微微动了动,茫然地看着霍夫,眨眨眼,又闭上眼,"本次宴会,毫无疑问,是为祝贺杰赛尔·唐·路瑟上尉,上尉先生刚把自己写进了最光荣的名册:他赢得了夏季剑斗大赛冠军!"几只玻璃杯举起,有些人发出半心半意的赞美。

"在座诸公颇有几位赢得过同样的光荣:瓦卢斯元帅阁下,瓦狄斯传令骑士长,威斯特少校——少校新近被提拔入伯尔元帅的参谋团——连在下自己也曾忝得殊荣。"他微笑着看向自己鼓起的大肚皮,"当然,在下比剑的日子早已过去。"厅内一片礼貌的笑声。他完全忽略了我。并非所有冠军都值得羡慕,呢?

"剑斗大赛冠军,"宫务大臣续道,"都是国家栋梁。在下殷切希望——我们都殷切希望——年轻的朋友,路瑟上尉,能够步步高升。"我希望作弊的小混蛋在安格兰被折磨至死。格洛塔只能跟其他人一起举杯祝贺傲慢的蠢驴,路瑟显然很享受每一刻。

遥想当年,我赢得剑斗大赛后,也曾坐在同一把椅子里,被人赞美、羡慕,拍打后背。年年岁岁花相似,岁岁年年人不同,我当年的笑容有没有更收敛? 不,没有,我唯一值得骄傲的,是凭实力赢得了一切。

宫务大臣说了一大堆冠冕堂皇的话,直到喝干高脚杯。他把杯子放上桌,舔舔嘴唇:"现在,食物上桌之前,在下的同僚苏尔特审问长有幸为大家准备一份小小的惊喜,希望大家喜欢。"说完宫务大臣阁下沉重地坐回椅子,伸出杯子要酒。

格洛塔扫视苏尔特。审问长的惊喜?有人要倒大霉了。

遮住舞台的沉重红幕布徐徐拉开。台上躺着一个老人,白袍沾满红色颜料,他身后的大帆布画了满天繁星下的森林。格洛塔不安地想起塞弗拉盘下来的码头房子地下室里的环形壁画。

第二个老人此时入场。他高高瘦瘦,体态优雅而有棱角,剃了光头,留着短短的白须,格洛塔立刻认出他来。拉斯维·勒特卡,都城最有名的演员之一。他注意到血淋淋的尸体,夸张地惊叹。

"噢噢噢噢噢噢哦!"他哭号着,双臂展到演员特有的幅度,以强调震惊与绝望。他嘹亮的哭声震动了房梁。勒特卡自信吸引了达官贵人们注意后,舞动双手,拔高声调,挂着多姿多彩的表情唱道:

这里,终于来到终点,我的主人尤文斯躺在这里,
他死于坎迪斯的背叛,
带走了所有的和平希望。
就像一个时代的太阳,
徐徐落下。

老演员向后甩头,眼中有晶莹泪光。想哭就哭,这本事了不起。一颗大泪珠沿脸颊缓缓滚落,观众似乎着了魔。老人再次转向尸体。

这里,兄弟相残,所有的时代,
不曾见如此邪恶。
我以为群星都会熄灭。

大地何不龟裂,
喷出愤怒的火?

演员跪下,敲打衰老的胸膛。

噢,残酷的命运,我宁愿怀着欣喜去追随我的主人,
但是不行!
伟人已逝,我们活下来的同伴,
必须在这个黯淡的世界,战胜痛苦,
继续进发。

勒特卡缓缓抬头看向众人,缓缓起身,脸上表情由无边的绝望演变成最深刻的决心。

锻造者的大厦紧锁着,
那是岩石和钢铁锻造的金城池汤。
但我会等到钢铁生锈,
用赤裸的双手挖出粉碎的石岩,
我终将复仇!

演员猛然脱掉袍子,双眼似欲喷火,他退场时赢得了大家由衷的喝彩。这是熟悉剧目的浓缩版,大家早就滚瓜烂熟。不过鲜少演得这么好。格洛塔发现自己也在不由自主地鼓掌。演得好,演员的高贵、激情跟气场,都比假巴亚兹逼真多了。他靠回椅背,在桌下舒展左腿,准备看好戏上演。

✡

  罗根大惑不解。他猜这是巴亚兹提过的"看戏",但他的通用语不足以听懂细节。

  一群人叹息着、挥手上台,他们穿着明亮的衣服,吟唱般说话,其中两个他觉得是想扮黑人,莫名地把白脸涂成黑脸。另一幕里,演巴亚兹的人凑在门边跟一个女人说悄悄话,似乎是乞求对方放他进去,可那扇"门"不过是舞台中央一片彩绘木头,而那女人是个穿裙子的男孩。罗根觉得,若台上的巴亚兹绕过那片木头,直接跟她——或者说他——对话,这场戏会更逼真。

  罗根只确定一件事,那就是真正的巴亚兹很不满。戏一幕幕演下去,巴亚兹的火气逐渐上升。当那个坏人,那个戴一只手套和一个眼罩的高大男子,把穿裙子的男孩推过木矮墙时,巴亚兹咬得牙咯咯响。显然,那男孩——或者说女孩——是要从很高的地方掉下去,虽然罗根只听他落在舞台后轻轻一声响。

  "他们哪儿来的胆子?"巴亚兹压低声音咆哮。如果可能,罗根会直接冲出这间屋,现在他只能把椅子尽量往威斯特的方向挪,以远离法师的怒火。

  台上的巴亚兹和戴手套眼罩的坏人战斗——所谓战斗只是绕圈说话——最后那个坏人也跟男孩一样摔下舞台,台上的巴亚兹在他坠落前从他身上抢得一把硕大的金钥匙。

  "添油加醋。"真正的巴亚兹低语,而他的替身举起钥匙,又唱起来。"戏"终于结束,罗根只在老演员深深鞠躬前,听清了最后两句:

故事到此完结,感谢大家欣赏,
希望我们拙劣的演技没有冒犯贵客。

"去你妈的，我这把老骨头早被你冒犯了。"巴亚兹嘶声道，一边摆出宽阔笑容，热烈鼓掌。

✡

格洛塔看着勒特卡鞠了最后几躬，然后幕布落下，那把金灿灿的钥匙一直握在演员手中。待掌声平息，苏尔特审问长起立致意。

"很荣幸大家欣赏我们不成敬意的小节目。事实上，我们今天并非单为路瑟上尉庆祝，晚宴还有第二位贵宾，即刚才那场表演的主人公——第一法师巴亚兹本人！"苏尔特微笑着，朝对面的老骗子伸出双手。每个人都转头看去，厅内一阵窸窣。

巴亚兹微笑以对。"大家晚上好。"他打招呼。几个贵人笑了，以为这是刚才那场表演的延续。但苏尔特没笑，众人也迅速严肃起来，厅内陷入尴尬的沉默。也许是致命的沉默。

"第一法师阁下数周前来到阿金堡，还带来……几位同伴。"苏尔特顺着鼻子看向伤疤累累的北方人，又看回自封的法师。"巴亚兹，"他在嘴里漱着这名字，吸引听众注意，"古语字母表的第一个字，尤文斯的首徒。你是字母表的第一个字，是不是，巴亚兹大师？"

"怎么，审问长阁下，"老头依旧傻笑着，"要调查老夫吗？"厉害。事到如今，生死关头，仍旧面不改色。

苏尔特不为所动。"在下的职责就是全面调查可能威胁国王陛下或联合王国的家伙。"他生硬地声明。

"您真是鞠躬尽瘁。您的调查毫无疑问已证明老夫依旧是内阁成员——虽然我的交椅空置了许久——我想，'巴亚兹阁下'才是恰当称呼。"

苏尔特的冷笑未减半分："敢问您上次造访是何时，巴亚兹阁下？身为开国元勋，理应更关心我们才是。在下冒昧请教，联合王国诞生后的几世纪里,哈罗德大王逝世之后,你为何不曾回来拜访?"问得好。我没想到这招。

"噢,我当然回来过。在疯王莫里奇统治时期,以及之后的内战中,我是年轻人阿诺特的导师。待莫里奇遇害,阿诺特登上王位,我做了他的宫务大臣,自称巴拉维尔德。克什米国王统治时期我又回来了,他叫我左勒,我担任的是您的职务,审问长阁下。"

格洛塔忍不住想大声呵斥老头,周围听众也纷纷表示不满。毫无廉耻。巴拉维尔德和左勒是联合王国的两大名臣,他怎敢如此狂妄?……他回想审问长办公室里的左勒画像,以及国王大道上的巴拉维尔德雕像。秃顶,严厉,都有胡子……停,我在想什么?威斯特少校也很瘦,这能让他成为传奇巫师么?老骗子多半是选了两个最相近的秃头人物来行骗。

苏尔特没有直接反驳:"巴亚兹,回答在下这个问题:众所周知,很久很久以前,当你第一次来到哈罗德的大厅时,他质疑了你。为证明法力,你将长桌一分为二。今天晚宴上也有不少怀疑论者,你愿做同样的演示吗?"

苏尔特的腔调越冰冷,老骗子似乎越不在乎,他懒洋洋地挥手:"魔法不是戏法,审问长阁下,也非舞台表演,魔法伴着风险与代价。况且,您不觉得毁了路瑟上尉的庆功宴很无礼吗?更别提这件上好的老家具。老夫和当今世道上某些人不同,老夫非常尊重过去的遗产。"

眼看两个老头子唇枪舌战,有的客人不确定地笑着,也许还怀疑这是场精心策划的表演。更有见识的人皱紧眉头,努力想弄清事态进展,以及谁占到上风。格洛塔发现莫拉维大法官一副幸灾乐祸的神情。就像知道什么我们不知道的事。格洛塔在椅子里不安地扭动,凝神盯着秃头演员。进展不顺。他何时才会冒汗呢?何时?

✡

一碗热气腾腾的汤放到罗根面前，这毫无疑问可以吃，但他已胃口全无。罗根没进过宫，但论及威胁与交锋，没人比他更敏感。两个老人你来我往交换微笑，声音却越来越冷酷，整个餐厅似乎从四面八方压迫而来。现在每个人都忧心忡忡——无论威斯特、靠巴亚兹作弊才赢得耍剑游戏的骄傲年轻人、还是那个问题多多的执着瘸子……

罗根只觉后颈汗毛竖立。最近的门外有两个黑衣人，戴着黑面具。他望向其他出口，发现每个出口外都有。至少有两个。他不觉得这些人是来收盘子的。

他们要抓他。抓他和巴亚兹，他感觉得到。干脏活的才会戴面具。见鬼，他连一半的人数都应付不了，好在他就着盘子将一把小刀悄悄滑进胳膊下。若他们扑上来，他一定会反抗，决不会束手就擒。

巴亚兹的声音渗进了怒意："老夫提供了所有证据，审问长阁下！"

"证据，"被称作苏尔特的高个冷笑，"你不过说了些空话，拿出几张落满灰尘的纸！随便哪个鼻涕虫办事员都能操办，所谓传奇不该只有这点能耐吧！有人会说，不会魔法的魔法师跟马路边的衰老头有何区别！我们正处于战争状态，容不得丝毫粗心大意！你提及左勒审问长，先贤对真相的渴求有案可查。你，请原谅，也应当理解在下这个后辈的同样渴求。"他倾身向前，两个拳头牢牢扎在身前桌面，"向我们演示魔法，巴亚兹，或拿出钥匙！"

罗根吞了口唾沫。事态发展越来越不妙，而他完全不理解游戏规则。他稀里糊涂地押注在巴亚兹身上，此刻也只能坚持，毕竟倒戈已晚了。

"你无话可说了？"苏尔特追问。他缓缓坐回椅子，又笑了。他的目光转向门口，罗根感到那些戴面具的身影开始移动，随时可能上前抓捕。"无话可说了？变不出戏法了？"

"我有一样东西,"巴亚兹探进领口,握住某样事物,拉出来——一条长长的细项链。有个戴黑面具的急促地上前一步,以为那是武器,而罗根握紧了小刀。项链末端摇晃着一段黑色金属。

"真正的钥匙,"巴亚兹把那段金属放到烛光下,它几乎毫无反光,"比您戏中玩具平凡得多,但它才是真家伙。老夫向您保证,坎迪斯从不用金子锻造,他不喜欢漂亮东西,他很直接。"

审问长噘起嘴:"你以为几句忽悠我们就信?"

"当然不。您的职责是怀疑一切,老夫认为您相当尽职。今日天色已晚,老夫得等明日早上才能用它打开锻造者大厦。"有勺子掉在瓷砖地上,叮当作响,"自然,您会找人见证,以防老夫使诈。不如……"巴亚兹冰冷的碧眼扫视桌旁,"就挑格洛塔审问官和……我们的新科冠军路瑟上尉,如何?"

瘸子听到被点名,皱起眉头,路瑟则茫然不知所措。审问长坐在那儿,一脸嘲笑变为面无表情。他从巴亚兹的笑容看向那段轻轻摇晃的黑色金属,又看回来,然后目光转向一个门口,极轻微地摇摇头。黑衣人全部退回阴影中。罗根放松咬紧的牙齿,把小刀悄悄放回桌。

巴亚兹露齿而笑:"哎呀,苏尔特师傅,您真是个难伺候的主。"

"我想,'审问长阁下'才是恰当称呼。"审问长喝道。

"是啊,是啊。依老夫愚见,今日若不毁件家具,您是不会放过老夫的。可老夫实不愿洒了在座诸公的汤,只好……"随着一声脆响,审问长的椅子四分五裂。审问长忙不迭地出手,却只抓到一点桌布,"稀里哗啦"地在木片堆里摔个四脚朝天。审问长的呻吟惊动了国王,满座宾客眨着眼睛,喘不过气。

巴亚兹悠然自得。"好汤。"他响亮地吸吮汤勺。

锻造者大厦

The House of the Maker

这日天气极糟,阴森巍巍的锻造者大厦是乱云下的高大黑影。冷风抽打着阿金堡诸多建筑和广场,掀起格洛塔的黑大衣。他蹒跚着跟在路瑟上尉和自封的法师身后,满脸伤疤的北方人走在他身边。他知道他们被监视着,一直被监视着。窗户背后、门道里头、房顶上,到处都有刑讯官,他能感觉到他们的目光。

格洛塔半是希望、半是期待巴亚兹们会在夜里悄然开溜,但他们没走。秃顶老头自信满满,好像不过是去打开水果地窖,而这让格洛塔不安。闹剧何时结束?等他高举双手,承认耍了大家?等走到大学?等过桥?等我们站在锻造者大厦门前,却发现钥匙配不上?他脑海深处却有个声音在说:如果一切没有结束?如果大门开了?如果他真的是那个人?

经空旷的庭院走向大学时,巴亚兹跟路瑟一路闲谈。每句都很自然,就像祖父在和最喜欢的孙子聊天。每句都是废话。"……当然,都城比我上次造访时大多了。那片拥挤嘈杂、被你们称作'三农区'的街区，我记得确实只有三家农庄！千真万确！而且远在城墙之外！"

"呃……"路瑟说。

"至于香料公会新的公会大厅，我从未见过如此铺张……"

格洛塔一边蹒跚跟上，一边飞速思考，试图从无穷废话中整理出有用信息，用全新思路规划这团混沌。问题接踵而至：为何要我来见证？为何不是审问长阁下？是否意味着这个巴亚兹认为我比较好愚弄？带上路瑟又是为何？仅仅因为他赢得了剑斗大赛？他究竟怎么赢的？路瑟也参加了骗局吗？可若说路瑟是阴谋的一分子，他却没露出半点破绽，格洛塔觉得他从头到脚、自始至终不过是个愚蠢的自恋狂。

还有一个谜。格洛塔斜睨高大的北方人，那张伤疤累累的脸上看不出任何可怕意图——说实话，看不出任何心机。他太傻还是太聪明？该忽略还是该怕他？他到底是主是仆？没有答案。至少现在没有。

"唉，这地方只是过去的影子。"在大学门口，巴亚兹抬起一边眉毛，看着门前肮脏倾斜的雕像评价。他急促地轻敲风化的木门，门链"稀里哗啦"响，出乎格洛塔意料，门立刻开了。

"据说您要来，"老朽的守门人嘶哑地说，大家一个接一个从他身边走进昏暗学府，"我来为您带路——"老人费力地关上吱嘎作响的大门。

"不必，"巴亚兹回头喊了一声，迈开大步走下落满灰尘的回廊，"我认得路！"格洛塔蹒跚跟进，里头空气虽冷，但由于催步快行，他仍浑身大汗，腿脚灼烧般痛，没法仔细思考秃顶混蛋为何对这里一切了若指掌。的确了若指掌。老头走下回廊的样子像曾天天在这生活，他目睹现状后舔舔嘴唇，喋喋不休。

"……没见过这么多灰，呃，路瑟上尉？看来自我离开，这该死的地方就没打扫！无法想象这里还能搞研究！无法想象……"几世纪来去世并被遗忘的列位学者在帆布画上阴郁地盯着他们，好似痛恨打扰。

✡

大学里回廊一条接一条，真是个古老、衰败、被遗忘的地方，除了脏兮兮的旧画和发霉的旧书啥也没有——而书是杰赛尔最不感兴趣的。

他这辈子一共读过数本比剑和赛马的书，两本著名的军事战记，还有一次他在父亲书房取下一本极厚的联合王国史，但看了三四页就无聊了。

巴亚兹不依不饶："我们在这儿跟锻造者的仆人们打，我记得很清楚。他们向坎迪斯哭诉求救，但坎迪斯不肯下来帮忙。那一天，这些厅堂鲜血流淌，惨叫萦绕，浓烟翻卷。"

杰赛尔不晓得老傻瓜为何单单跟他讲这些冗长的故事，更不晓得如何回复："听起来……很残暴。"

巴亚兹点头："是的，我并不以此为荣，但好人有时必须以暴制暴。"

"呃。"北方人突然开口，杰赛尔没想到他也在听。

"而且，那是个迥异的时代，暴力主宰的时代，只有旧帝国脱离了原始社会。不管你信不信，米德兰——联合王国的中心——那时是片不毛之地，是无数野蛮部落混战的猪圈。他们中最幸运者被锻造者提拔当仆人，其余则始终是脸上涂得花里胡哨的蛮子，没有书写，没有科学，几乎不能与野兽区分。"

杰赛尔偷偷瞥向九指，有个大怪物在身边，倒不难想象古代蛮子，可要说他美丽的故乡居然曾是片不毛之地，而他本人是原始人的后代，未免太荒唐。秃顶老头要么是个花言巧语的骗子，要么是疯了，真不晓得上头为何如此看重他。

但上头怎么指示，杰赛尔就得怎么做。

✡

罗根随其他人走进衰败的庭院，院子三面是破旧的大学建筑，另一面是阿金堡纯白高墙的内壁，每面都被老苔藓、厚厚的常春藤和干枯的荆棘覆满。荒草间有个人坐在摇椅上，看着他们走近。

"据说您要来，"他说着费力地起身，"该死的膝盖，我真是老了。"他年过中年，长相平凡，磨破的衬衫前襟有些污渍。

巴亚兹皱眉看他："你是看守总管？"

"我是。"

"你的连队呢？"

"我老婆在做早饭，不算她的话，好吧，我就是整个连队。是鸡蛋耶。"他开心地说，拍拍肚皮。

"什么？"

"今天的早饭。我喜欢鸡蛋。"

"你真幸福，"巴亚兹呢喃道，显得有些烦乱，"克什米国王统治时期，王军选出五十位最英勇的战士来看守大厦，那是至高无上的荣誉。"

"早过时了。"唯一的看守扯扯脏衬衫，"我年轻时还有九个人，现在要么转行，要么死了，又没补充过人手。等我也走了，不知还有谁，根本没人申请嘛。"

"你真是难能可贵。"巴亚兹清清喉咙，"噢，看守总管！我，巴亚兹，第一法师，请求您允许我登上阶梯到第五道门，经由第五道门到桥边，过桥到锻造者大厦。"

看守总管斜瞅他："你确定？"

巴亚兹越来越不耐烦:"当然确定,怎么?"

"我还记得上一个尝试的人,那时我还年轻。那人很高大,一副深谋远虑的样子。他带来十个强壮工人,凿子、锤子、铁锹啥的样样齐全。他告诉我们他会打开大厦,发掘里面的宝藏,结果不到五分钟就退回来了,一句话没说,像是见了鬼。"

"发生了什么?"路瑟低声问。

"不晓得,总之没宝藏,这我可以作证。"

"少胡说八道。"巴亚兹道,"我们走。"

"想去就去呗。"看守总管勾腰驼背沿荒草蔓生的庭院前进。他们一行登上阶梯,阶梯中部磨得很旧,又经由阿金堡高墙里的隧道,来到黑暗中的窄门前。

门闩打开时,罗根感到一阵奇特的担忧。他耸耸肩,试图摆脱这种感觉,看守总管朝他咧嘴笑:"你感觉到了,呃?"

"感觉到什么?"

"锻造者的气息,"他轻轻推门,双开门一下子打开,光线泻入黑暗中,"锻造者的气息。"

✡

格洛塔蹒跚过桥,牙齿紧咬在牙龈空洞里,痛苦地觉察到脚下一片虚空。这是一座狭窄纤细的拱桥,从阿金堡高墙之巅直通锻造者大厦的门扉。在城里湖的彼岸抬头仰望,他时常为之惊叹,讶异于此桥能挺过无穷岁月,震撼于此桥的美丽、壮观和非凡。现在一点也不美了。桥宽尚不及躺下的成年男子,没法安心行走,而下方极远处是荡漾湖水。桥没护墙,连个木扶手都没有。今天风好大啊。

路瑟和九指似乎也战战兢兢。他们还能自由无痛苦地使唤两条腿呢。只有巴亚兹无忧无虑,依旧大步前行,仿佛踩在康庄大道。

自然，他们始终笼罩在锻造者大厦的阴影下，越向前，阴影就越浓，因为塔上最低的矮墙也比阿金堡的城墙高出许多。它就像一座寸草不生的陡峭黑山，自湖中升起，遮天蔽日。它是另一个时代的产物，按完全不同于现代的比例锻造。

格洛塔回头瞥向身后的门。城垛间是否有人闪过？监视的刑讯官？他们会见证老头荒谬的开门举动，并等着逮捕他。可直到他们冲上来，我只能听凭摆布。这样的认知让他不太舒服。

格洛塔需要安全感。他越向桥那头蹒跚，心头就越被恐惧占满。这不单是因为高度，因为奇怪的伙伴，因为笼罩在面前的巨塔，这是一种无理性的原始恐惧，存在于吓哭小孩的噩梦中，并随着每一步挪动而膨胀。他看见那扇门了，那是组成巨塔的光滑岩石上一块方形黑色金属，金属中央有一圈字母——不知为何，格洛塔看见就想吐，他只能拖着身体前进。不，是两圈字母，一圈大字外还有一圈小字，蜘蛛般的书写完全看不懂。他的肚腹如在燃烧。不，外面还有字母，一圈又一圈，肉眼难辨，它们在他被泪水刺痛的双眼中盘旋游动。格洛塔再也走不动了，他只能站在原地，拄着手杖，用尽每一寸肌肉的能量来抵挡跪下、转身、手脚并用爬开的冲动。

九指多少前进了一点，但鼻孔喘得像风箱，挂着最恐怖最厌恶的神态。路瑟的状况糟糕得多：牙齿颤抖，面色好像中了风，缓缓地单膝跪下，近乎窒息。格洛塔勉强越过他。

巴亚兹似乎不受影响。他直接走到门前，手指划过大字母。"十一重结界，每重有十一道关卡。"手指划过小字母，"十一的十一次方。"手指继续划过字母之外的线条。莫非那些线条也是细小字母？"有多少种可能？哈哈，真是最有效的防护措施。"

路瑟趴在桥边大吐特吐只稍微降低了这场面的史诗感。"那些字什么意思？"格洛塔嘶哑地问，强咽下喉头涌上的胆汁。

老头朝他咧嘴而笑："你没感觉到吗，审问官？它们说掉头。它们说……此处……不得……通过。但那些话对我们没用。"他伸进领口,取出那段金属。跟大门一样的黑色金属。

"我们不该来,"身后的九指咆哮,"这地方死了。我们快走吧。"但巴亚兹不在乎。

"魔法正从这个世界流失,"格洛塔听见他喃喃自语,"尤文斯的伟业皆被荒废。"他在手中掂量钥匙,缓缓举起,"只有锻造者的成就永垂不朽。时间不能打败它们……即便是永恒。"门上甚至根本没个洞,但钥匙就那样缓缓插进去。缓缓、缓缓地插进那些圆圈正中。格洛塔屏住呼吸。

咔。

什么也没发生。门没开。就这样吧,游戏结束了。他感到强烈的欣慰,转头回望阿金堡,举起一只手向城头的刑讯官们示意。我不用再走了,不用再前进一步。巨塔深处传来一声回响。

咔。

格洛塔发觉自己的脸随之抽搐。是幻觉吗?他满心盼望。

咔。

又一声。不是幻觉。现在,就在他难以置信的视线中,门上圆圈开始转动。格洛塔头晕目眩地后退一步。

咔、咔。

一切迹象表明这是一整块金属,没有裂缝、没有凹槽、没有机关,但那些圆圈确实在转,每一圈转速都不同。

咔、咔、咔……

它们越转越快,越转越快,看得格洛塔眼花缭乱。最里头的圆圈——字母最大那圈——还看得清,但最外面、也是最细那圈,快到他完全跟不上……

咔、咔、咔、咔……

随着巨轮转动,符号不断变化组合,门上接连出现各种图案:线条、方块、三角、更复杂的几何形,在他眼前骤显骤变……

咔。

所有圆圈戛然而止,组成一个崭新图形。巴亚兹伸手拔下钥匙,只听门轻"咝"了一声,几不可闻,好似远方露水滴落。然后门上现出巨大裂缝,朝两侧缓缓伸展,平滑地收进旁边,中间通道不断拓宽。

咔。

门完全收了进去,现出一个方形廊道。锻造者大厦的门开了。

"这——"巴亚兹轻声说,"才叫手艺。"

门内没有腥风,没有腐臭,没有岁月的痕迹,只有凉爽、干燥的空气。但感觉上像是打开了棺材。

一片死寂,唯有风呼呼地吹在黑石头上、格洛塔干哑喉咙的喘息和下方远处微弱的水声。神秘的恐怖业已消失,他看着敞开的廊道,只觉忧心忡忡。也不比在审问长办公室外等待差嘛。巴亚兹转身微笑。

"我封闭这里很久了,期间无人进入,你们三位理应感到荣幸。"格洛塔一点也不荣幸,他只觉恶心,"里面危机四伏,别碰任何东西,跟紧我,决不要自行其是,因为里面没有相同的路。"

"没有相同的路?"格洛塔问,"怎么可能?"

老头耸肩:"我只是门房,"他边说边将项链和钥匙塞回衬衫,"并非建筑师。"他走入阴影。

✡

杰赛尔不舒服,不舒服极了。这不单是因为门上邪恶的文字,更由于突如其来的惊吓与反胃,好像拿起杯子,却发现喝的不是水——比方说,是尿——这种丑陋的惊吓会久久不散,留下难以磨灭的印象。此刻,那些他以为的蠢话和故事,忽地统统转为现实。世界不一样了，成了个诡异不安的地方，他希望一切恢复原样。

他不明白自己为何要来。他对历史几乎一无所知，坎迪斯、尤文斯，乃至巴亚兹，都不过是发霉的书里发霉的名字，小时候他都没兴趣听。霉运，单纯的霉运。他刚赢得比剑冠军，所以被选中陪客人前往一座古怪的旧塔。仅此而已，一座古怪的旧塔。

"欢迎，"巴亚兹宣布，"进入锻造者大厦。"

杰赛尔勉强抬起头，立刻张大了嘴。"大厦"完全不足以形容其内部昏暗的广大空间，这里可轻松装下整个圆桌厅，不，把那栋建筑全塞进来还有余。大厦的粗石墙未经涂抹，砌得杂乱无章，看似并未完工，却无远弗届地向上攀升、攀升。有东西悬在上方中央很高的地方，是一个令人目不暇接的庞大物体。

杰赛尔必须打破常规，才能接受那物体的尺度。实际上，它是一堆在微光中闪烁、层层叠叠的巨大金属环，大环中间和旁边有小环。这些环为数好几百，表面全是印记：也许是文字，或是无意义的涂鸦。物体正中有个大黑球。

巴亚兹踏进巨大的圆形房间，足音回荡，地板布满复杂线条，线条是黑石中镶嵌的明亮金属。杰赛尔蹑手蹑脚跟在后面，在如此广阔的室内空间移动，有些怕人，也有些眩晕。

"这是米德兰。"巴亚兹说。

"什么？"

老头朝下一指，那些弯弯曲曲的金属线条忽然有了意义：海岸、山脉、河流、陆地和海洋。杰赛尔自上百张地图中看过的米德兰，此时呈现在脚下。

"整个环世界都在这里。"巴亚兹伸手示意无限延伸的地板，"那边是安格兰，还有安格兰以外的北方。那边是古尔库。那边是斯塔兰和旧帝国。那边是斯提亚诸城邦，城邦国以外有苏极克和遥远的索森德。据坎迪斯观测，已知世界是一个圆环，而这里——他居住的大厦

——是圆环中心,环沿划过沙布拉延岛,该岛位于极西方,在旧帝国之外。"

"世界边缘。"北方人像懂了什么似的缓缓点头,呢喃道。

"又一个自大狂,"格洛塔嗤之以鼻,"又把自己的家想成一切的中心。"

"哈,"巴亚兹环视空旷的房间,"锻造者确实自大,他们兄弟都一个德行。"

杰赛尔呆头呆脑地向上看。这房间的高度甚至超过了宽度,天花板——若存在的话——在阴影中看不见。离地约二十跨高度,粗石墙中有一圈铁栏杆,再上面还有一圈,另一圈,另一圈,最终消失于微光中,而那个奇怪物体悬浮在这些铁栏杆之上。

他吓了一大跳:那物体在动!在动!动得很慢、很稳、很静,但那些环确实在移动、翻转、重叠,完全无法想象以什么为动力。想来是插进门的钥匙启动了它们……不然这么多年它们一直在动?

杰赛尔天旋地转。这套装置似乎越转越快,越转越猛,连那些铁栏杆也跟着转起来,还朝着不同方向。垂直向上看对他的方向感造成了毁灭性打击,他只好将酸痛的眼睛锁定地板,看着脚下的米德兰地图,大口喘气。不,这样更糟!整个地板都在动!整个房间在他周围移动!厅内十几个出口看来完全一致,他分不清从哪儿进门的了,这让他感到异常恐慌。

在整个飞速流转的画面里,只有头上物体正中央的黑球保持静止,他绝望地用泪水刺痛的眼睛盯紧那个球,竭力稳定呼吸。

恶心感消退,庞大的大厅几乎又静止了,只有那些环仍在几不可见地移动。一寸一寸地动。他吞下一口胆汁,垂下肩膀,盯着地板跟上其他人。

"你走错路了!"巴亚兹突然咆哮,吼声在浓烈的静默中炸响,短暂地撕开了静默,随即又被静默反弹回来,在洞穴般的房间里回荡了一千遍。

"你走错路了！"

"你走错路了！"

杰赛尔吓得朝后跳开。他前方的门廊和门廊后的昏暗大厅，看起来和其他人前往的一模一样，但其他人都在他右手边，不知为何他中途走错了方向。

"我说过，跟紧我！"老头嘶吼。

"你走错路了！"

"你走错路了！"

"对不起，"杰赛尔结结巴巴地道歉，他的声音在这广阔空间里听来十分卑微，"我以为……这些门看来都一样！"

巴亚兹安慰般按住他肩膀，稳稳地带他走上正道："我不想吓你，我的朋友，但若如此年轻有为的青年遭遇不测，就太可惜了。"杰赛尔吞口口水，望向阴暗的门道，不禁猜测那后面有什么等着他。他想到很多不舒服的可能性。

他转头时，回音仍在耳边低语："……你走错路了，你走错路了，你走错路了……"

✡

罗根痛恨这里。这里冰冷的石头死了，这里沉默的空气死了，连他们走动时的沉闷足音也没带来丝毫生机。这里气温不冷也不热，但他仍旧汗流浃背，颈毛也因没来由的恐惧而根根竖立。他几步一激灵，深感正遭到监视，但身后没有别人，只有小孩路瑟和瘸子格洛塔，而他们跟他一样大惑不解又满脸忧惧。

"我们在这些大厅追赶他，"巴亚兹轻声说，"我们同门十一个师兄妹——除开卡布尔——这也是法师组织最后一次联手。扎卡鲁斯和康妮尔就在这儿与锻造者对决,虽然双双落败,但幸运地保住了性命。安西米和布罗克托斯则没么好运,他们死在坎迪斯手下。两个好朋友、好师弟,都是我的损失。"

他们来到一个被苍白光幕照亮的狭窄阳台。平滑石板路朝一头延伸,另一头则陷入黑暗。眼前仿佛是漆黑深坑,看不到对面,看不到底,也看不到头。空间虽辽阔,却无半点回音,空气也似乎不再流动,觉不出一丝微风。

这里陈腐密闭,犹如墓穴。

"下面该有水吧,"格洛塔越过栏杆皱眉喃喃道,"该有些东西,对吧?"他又朝上看,"天花板在哪儿?"

"这地方真臭。"路瑟抽噎着,用一只手捏紧鼻子。

罗根难得一回同意路瑟的看法。这里的气味他再熟悉不过,他的嘴憎恨地噘起来:"像狗日的扁头。"

"噢,是的,"巴亚兹说,"山卡也出于锻造者的手笔。"

"他的手笔?"

"没错。他用黏土、金属和废弃的肉体制造出它们。"

罗根瞪着法师:"他制造出它们?"

"作为战争工具,用来攻打我们,攻打魔法师,攻打他哥哥尤文斯。他在这里培育出第一代山卡,释放出去成长、繁殖和破坏,这些是山卡唯一的生存目的。坎迪斯死后,我们花了很多年来猎杀山卡,但没能杀绝,只把它们赶进了世界的黑暗角落。它们在那些地方成长繁殖,现在要再次回到世间繁殖和破坏,那是它们不灭的渴望。"罗根听得目瞪口呆。

"山卡。"路瑟轻笑着摇头。

扁头绝非笑谈。罗根忽然转身,挡住狭窄楼台,在微光中笼罩在路瑟面前:"你觉得好笑吗?"

"这个,我的意思是,每个人都知道它们并不存在。"

"我亲手跟他们打，"罗根咆哮，"一辈子跟他们打。他们杀了我老婆、杀光了我的孩子和朋友们，北方都快被狗日的扁头淹没了！"他倾身向前，"所以，别告诉我它们不存在。"

路瑟脸色煞白，他望向格洛塔求助，然而审问官瘫靠在墙上，揉着大腿，细嘴唇抿成一条线，凹脸上汗珠密布，根本没工夫搭理他。"我他妈根本不关心它们存不存在！"他叫道。

"世上的扁头满坑满谷，"罗根嘶声说，脸逼到路瑟脸旁，"说不定哪天你也会撞上一大群。"说完他转身追赶巴亚兹，后者已消失在楼台尽头的门道中——此刻他最不愿的就是跟丢法师。

✡

又一个庞大无比的大厅，两边是沉默森林般的梁柱，其间阴影无数。上方远处条条光线射下来，在石地板上镂出奇怪纹路。光与暗的形影，白和黑的线条，几乎像文字。有什么信息？给我的信息？格洛塔浑身颤抖。多看片刻，也许能理解……

路瑟蹒跚走过，身影撒在地板上，割裂了那些线条，奇怪的感怀也随之消失。格洛塔摇晃自己。我在这个被诅咒的地方失却了理性。我必须清空思维，关注实体。格洛塔，关注实体。

"光线从哪儿来？"他提问。

巴亚兹挥挥手："上头。"

"上头有窗？"

"也许。"

格洛塔的手杖点在光线中，又点在黑暗中，随后是拖地的左脚。"这只是个门厅？这到底有何意义？"

"谁能弄清锻造者的想法？"巴亚兹大咧咧地说，"谁能解读他的伟大设计？"他似乎以拐弯抹角为荣。

格洛塔觉得这地方是一场难以置信的超级浪费:"这里有多少居民?"

"很久很久以前,在那些快乐的岁月,这里住了好几百人。三教九流都有,都是来为坎迪斯服务,帮他工作的。但锻造者生性多疑,不仅用尽一切方法保守秘密,还把追随者们一个接一个驱逐出去,去阿金堡、去大学。到最后,这里只剩下三人。坎迪斯自己,他助手贾米斯,"巴亚兹顿了一会儿,"还有他女儿托萝美。"

"锻造者的女儿?"

"怎么?"老头叫道。

"没事,没事。"他的面具剥落了,虽然只是惊鸿一瞥。他对这地方了若指掌本身就是咄咄怪事。"你在这里住了多久?"

巴亚兹眉头皱得更紧:"有句话叫'问多必失'。"

格洛塔目送老头走远。苏尔特错了,审问长阁下并非无所不能。他低估了这个巴亚兹,并为此付出代价。这个讨人厌的秃顶老混蛋究竟是谁,竟能当众羞辱联合王国最有权势的人?站在这里,在这个神秘大厦深处,答案似乎不言自明:

因为他是第一法师。

✡

"是这。"

"啥?"罗根问。走廊两面延伸,微微拐弯,末端消失在黑暗中,墙壁是完好无损的巨石。

巴亚兹没回答。他轻抚石头,似在探寻。"是了,是这,"巴亚兹从衬衫里抽出钥匙,"你们准备好。"

"准备什么?"

魔法师将钥匙插进一个看不见的孔,组成墙壁的一块巨石突然蹿上天花板,发出惊天动地的撞击声。罗根一阵眩晕,拼命摇头,路瑟弯下腰,紧捂住耳朵。整个走廊都在撞击中颤抖嗡鸣,久久持续。

"等着,"巴亚兹吩咐,罗根在余震中只勉强听清他的话,"别碰任何东西,原地别动。"说完法师走进开口,把钥匙留在墙上。

罗根的目光追随法师,只见狭窄通道透出一丝光线,里面发出类似溪流的簌簌声,令他充满好奇。他瞥向另外两人,或许巴亚兹只吩咐他们别动?于是罗根闪入开口。

他来到一个明亮的圆形房间,光线从高高的房顶射进来,强得灼眼,经历这么久的昏暗,他一时没法适应。干净的白石墙呈完美圆形,到处都有水流下石墙,流向中央的圆池塘。空气很凉很潮。一座窄桥从进口伸出,阶梯向上,末端为池塘中央升起的一根巨大白色梁柱。巴亚兹就站在柱子上,察看什么。

罗根屏住呼吸,悄悄来到魔法师身后。只见柱子中央立着一块白石,上方的水滴在石头光滑坚硬的中央位置,永远滴在同一地方,嗒,嗒,嗒。隔着薄薄水雾,可见石头上有两样东西。其一是方形金属黑匣子,也许足以放进一颗人头。另一样东西更古怪。

它或许是一把武器,有点像斧头。它的长柄由无数细小金属管组成,金属管互相扭曲交缠,浑似老葡萄藤。柄一端有个握把,另一端是一片平整金属,金属上穿了无数小孔,最末尾伸出一条又长又细的弯钩。光线在这把黑色器具凝结的诸多水珠上舞蹈、变化,奇妙、美丽而蛊惑人心。握把上刻有一个字母,黑色金属上的银字,和罗根剑上一模一样。坎迪斯的印记,这东西出于锻造者的手笔。

"这是什么?"他边问边伸手。

"别碰它!"巴亚兹尖叫着拍开罗根的手,"我不是让你等着吗?"

罗根不确定地退了一步。他从未见过魔法师如此担忧,但他的目光却离不开石头上的奇异器具:"它是武器吗?"

巴亚兹缓缓长出一口气:"它是最可怕的武器,我的朋友,无论钢铁、石头还是魔法都不能阻止它。我警告你,甚至不要靠近它。它太危险,因而被坎迪斯命名为'分割者',他用它杀了他哥哥——即我师父——尤文斯。他曾告诉我,这把武器两面开刃,一面在现世,一面在异界。"

"这他妈什么意思?"罗根低语,他连一面可用于切割的刀刃都没发现。

巴亚兹耸肩:"知道的话我就是锻造者了,而不是穷酸的第一法师。"他举起黑匣子,身子缩了缩,似乎匣子太沉,"搭把手好吗?"

罗根伸手接过,不由得倒抽一口气。这玩意儿像块纯铁。"好重。"他咕哝。

"为保牢靠,坎迪斯用上一切伟大手艺来锻造它。这并非为保护里面的东西不被世人窃取,"他倾身靠近,轻轻地说,"而是为保护世界不被里面的东西打扰。"

罗根皱紧眉头:"里面有什么?"

"什么也没有,"巴亚兹轻声说,"——目前。"

✡

杰赛尔在想他在世上最恨的三个人是谁。布林特?不过是个夸夸其谈的白痴。葛斯特?丑八怪用尽十八般武艺也没法与他匹敌。瓦卢斯?自高自大的老蠢驴罢了。

不,现在身边的三个人才该列首位:装神弄鬼、废话连篇的傲慢老傻瓜;愁眉苦脸、累累伤疤的阴郁蛮子;还有生活不能自理、却自以为无所不能、专耍小聪明的瘸子。三个大混蛋,加上这个恐怖地方的停滞空气和永恒昏暗,让杰赛尔想再吐一轮。他觉得,只有孤身一人比现在的情形更恶劣,看着周围阴影,想想就可怕。

好在转过拐角,他振作起来。一块方形天光出现在头顶,他匆匆赶去，大步越过拄手杖蹒跚的格洛塔，满心期盼重见天日。

踏进露天，杰赛尔欣喜若狂地闭上双眼。冷风抽打着脸，他吸了满满一肺空气。解脱感难以形容，好像被困于黑暗中好几星期，又像是箍紧咽喉的手指终于抽离。他走过光秃秃的平石板铺成的辽阔空间，九指和巴亚兹并肩站在前面的齐腰矮墙旁，而在他们前方……

阿金堡在下头。白墙、灰顶、闪光的窗户和绿色的花园拼成一幅杂色织锦。他们根本没登上锻造者大厦顶端，仅在大门上头、最低的一个屋顶上，但业已高得恐怖。从这里，杰赛尔认出摇摇欲坠的大学、圆桌厅的闪亮圆顶、审问部的低矮楼群，还有元帅广场——仿如建筑物间一只木碗，他甚至看到了木碗中央的小小黄点，那是决斗圈。城堡的白墙和闪烁的护城河之外，城市是肮脏灰天下的大片灰色，一路延伸到海边。

杰赛尔惊喜交加，纵声长笑。锁链塔跟这儿比，简直像把梯子。他高踞于世界之上，脚下一切仿佛静止，仿佛被封存在时间长河。他正如君王一般，数百年来，没人见识这等风光。他是巨人，他是伟人，他命中注定要君临居住在脚下渺小房屋里的蝼蚁小人。他转向格洛塔，瘸子却无笑容，只惨然瞪着脚下的玩具城市，左眼担忧地抽搐。

"你恐高？"杰赛尔笑问。

格洛塔将惨白的脸转向他："没台阶。我们登这么高，却没踏上一步台阶。"杰赛尔的笑容消失了。"没台阶，你明白吗？这怎么可能？怎么可能？告诉我！"

想到来路，杰赛尔吞着口水。瘸子说得对。没台阶，没坡道，既没向上也没向下，却不知为何来到这个远远高过阿金堡最高的塔的地方。他又想吐了。脚下风景现在变得如此昏乱、恶心和可憎。他脚步不稳地退离矮墙。

他只想回家。

✡

"我独自一人在黑暗中追逐他,追到这里跟他当面对峙。他是坎迪斯,伟大的锻造者,我们在这里交手,用烈火、钢铁和肉体。我们在这里交手,他在我眼前将托萝美扔下屋顶,我眼睁睁目睹事情发生,却无法阻止。你能想象吗?在全世界所有生灵中,她最不该遭遇这等厄运,她拥有最纯真的灵魂。"罗根眉头深锁,不知该说什么。

"我们在这里交手,"巴亚兹低语,肥拳头在光秃的矮墙上捏得煞白。"我用烈火、钢铁和肉体撕裂了他,他也撕裂了我。最后我把他打落,他浑身燃烧着,砸碎了下面的桥。一如的最后一个儿子就这样逝世,他们四人因自相残杀而陨落,多么可惜。"

巴亚兹转头看向罗根:"不过,都是陈年往事了,呃,我的朋友?"他鼓鼓脸,耸耸肩,"我们离开这地方吧,感觉就像坟墓。它的确是个坟墓。让我们再次封闭它,留下所有回忆。毕竟,过去已经过去。"

"哈,"罗根道,"可我爸常说'种瓜得瓜、种豆得豆'。"

"确实如此,"巴亚兹缓缓伸手,抚摸罗根手中冰冷的黑匣子,"确实如此,你父亲很有智慧。"

✡

格洛塔的腿在燃烧,扭曲的脊梁恍如一条从屁股烧到脑壳的火焰,嘴干得像锯末,汗津津的脸不住抽搐,鼻孔嚯嚯有声。但他在黑暗中坚持朝大门前进,一心远离那奇怪的黑球和所有的奇怪设计。回到光明之中。

走到门口,眼见前方的窄桥窄门,他握手杖的手禁不住发抖。他不断眨眼、揉眼以止住泪水,迫不及待地呼吸自由的空气,感受轻风拂脸。谁想到呼吸也能如此珍贵?跟没有台阶一样美好。活着出来真是奇迹。

路瑟已过了一半的桥,仿佛身后有个魔鬼穷追不舍。九指离得不远,一边喘粗气一边用北方话念叨——格洛塔觉得那多半是"我还活着"。北方人的大手攥紧那个方形金属匣,从胳膊暴突的肌腱判断,那玩意儿重若铁砧。这趟旅程决非仅为证明自己能开门。他们带走的匣子是什么?为何如此沉重?他朝黑暗中回望,浑身颤抖。他甚至不确定自己是否想知道真相。

巴亚兹最后一个踏出廊道,回到露天,一如既往地自命不凡。"那么,审问官,"他轻快地说,"锻造者大厦之行如何?"

一场扭曲、怪诞、恐怖的噩梦,我宁愿回皇帝的监狱待几个时辰。"很好的晨间锻炼。"他回应。

"我很高兴能让你获得消遣。"巴亚兹轻笑,从衬衫里取出那段黑色金属,"说实话,你还以为我是骗子?这趟旅行是否终结了你所有怀疑?"

格洛塔皱眉看着钥匙,皱眉看着老头,又皱眉看着锻造者大厦中压倒一切的黑暗。我的怀疑每分每秒都在增长,谈何终结?它们只不过换了个角度。"说实话?我不知能信什么。"

"很好,破除无知是启蒙的开始。不过这些话我只对你说,对于审问长我另有说法。"格洛塔只觉眼睑抽搐。"最好先走一步,呃,审问官?当我关门时?"

下方远处的冷水不再具有威慑力。就算栽下去,好歹也死在光明中。格洛塔过桥时只回望了一眼——听到锻造者大厦的门轻轻合上,门上圆圈全部归位后。一切恢复如初。他转过刺痛的背,舔着牙龈空洞,抵抗住一波波袭来的熟悉的恶心感,挣扎着诅咒着继续前进。

路瑟拼命捶打桥尽头老旧的门。"放我们出去!"格洛塔跛行跟上时,他的喊声几乎成了哭腔,满满的都是恐慌。"放我们出去!"门终于摇摇晃晃打开,吃惊的看守总管露出头来。真可惜,我敢肯定路瑟上尉就要哭了。骄傲的剑斗大赛冠军,联合王国最英勇的战士,男人中的男人,跪在地上泣不成声。能这样走这趟也值了。路瑟忙不迭闪进门,九指阴沉跟进,怀抱着那个匣子。格洛塔蹒跚过门时,看守总管斜瞅他:"这么快就回来?"

老傻瓜。"'这么快',你他妈什么意思?"

"我鸡蛋才吃一半,不到半小时吧。"

格洛塔忍不住笑出声:"大半天了!"他看向院子,忽然皱起眉——地上影子几乎没变。还是清晨,如何可能?

"锻造者曾对我说,时间只是我们头脑里的观念。"听到声音,格洛塔不禁一缩。巴亚兹来到他身后,用一根粗手指敲敲秃头,"相信我,事情可能更糟。如果你出来发现比进去的时间早,那才要担心。"他笑着,眼睛在透过大门的光明中闪烁。装傻?还是把我当傻瓜?无论哪种,游戏早已失去乐趣。

"谜语打够没?"格洛塔冷笑,"何不坦白你进去的真实目的?"

第一法师——如果他真是——笑得更灿烂。"我欣赏你,审问官,真心欣赏你。在这个该死的国度,你或许是唯一一个诚实人。我们应该找时间谈谈,就我和你。谈谈我想要什么,以及你想要什么。"笑容消失了。"但不是今天。"

说完他穿过门,把格洛塔留在阴影中。

不再做狗
Nobody's Dog

"为何总是我?"威斯特看着通向南门的桥,咬紧牙关自言自语。码头上的繁文缛节超出他想象,远远超出,但这些天哪件事不是这样?有时他觉得自己是整个联合王国唯一一个认真备战的人,一手操办所有事,连要多少马掌钉都得负责。伯尔元帅的日常会见时间已过,回头他还会被分配到各种各样难以完成的事。简直没完没了。雪上加霜的是,在阿金堡大门前还要被无聊琐事耽搁。

"妈的,为何撞上麻烦的总是我?"头又开始痛,熟悉的抽痛从眼睛后面蔓延开。头痛每天发作得越来越早,结束得越来越晚。

由于前几日高温,守卫们被允许在站岗时不必全副武装,威斯特觉得至少面前的两个守卫后悔没穿全身甲。其中一个瘫在大门旁,双手埋于腿间,大声呜咽,指挥他的中士伏在他身上,暗红鲜血顺着鼻子滴落桥石。另两名士兵离得稍远,端平长矛,指着一个骨瘦如柴的黑肤年轻人。旁边还有一个南方人,灰色长发的老人。老人靠住栏杆,万般无奈地看着眼前状况。

年轻人快速地回头瞥了一眼,威斯特不禁一愣,是个女人——剪短的黑发像一丛油腻的针从她头皮伸出,一条袖管开裂到肩,露出修长有力的棕色胳膊,胳膊末尾的拳头紧握一把曲刃匕首。匕首寒光闪闪,光可鉴人,锋利无比,也是她身上唯一干净的东西。一道细长的灰色伤疤爬过她的黑眉毛和愤怒的双唇,贯穿右脸,但真正让威斯特心惊的是她的眼睛:微微倾斜,收缩的黄色瞳仁里散发出最深刻的敌意和怀疑。在古尔库打仗时,他见过形形色色的坎忒人,却从没见过这样的眼睛。深邃,璀璨,金子般的黄,就像……

尿。他一靠近,就嗅到味道。尿、尘土,还有陈腐酸臭的汗。这是他在战争期间熟悉的味道,很久没洗澡的人就会这样。威斯特强迫自己不皱鼻子、不用嘴呼吸,也按捺住不靠近那把寒光闪闪的武器的天生警觉。想平息危机,必须表现得无所畏惧,不论心里有多害怕。按他的经验,摆出掌控全局的样子,就成功了一半。

"到底怎么回事?"他冲血流满面的中士叫喊。他无须假装生气,这件事把他耽搁得越久,他的怒火就越旺。

"两个臭烘烘的乞丐想进阿金堡,长官!我当然要赶他们走,可他们有信!"

"信?"

怪老头拍拍威斯特肩膀,递上一张折起的纸,边角稍有磨损。威斯特读过信,眉头越皱越深。"这是霍夫阁下亲笔签署的通行证。放行。"

"但他们不能带武器进去,长官!我是阻止他们带武器!"中士一手举起一把奇怪的黑木弓,另一只手举着一把古尔库样式的曲剑,"费了好大力气才让她卸除,但我搜她身时……那古尔库婊子……"女人嘶叫一声,快步上前,中士和两名守卫赶紧站成个紧凑队型。

"冷静,菲洛,"老头用坎忒语叹道,"看在老天分上,冷静。"女人朝桥石吐了口唾沫,吼出几句威斯特听不懂的脏话,示威般晃晃手里的匕首,似乎表明自己随时可能动手。

"为何总是我?"威斯特压低声音自语。很显然,麻烦不解决他哪儿也去不了,好像他操心的事不够多!他深吸一口气,尽力设身处地地为恶臭的女人着想——身为外国人,被说奇怪语言穿奇怪衣服的本地人包围,这些人挥舞长矛,想要搜她。说不定她在想威斯特的味道有多可怕呢。她肯定惊惧不定,不是有意吓唬人。她外表固然危险,却不必大动干戈。

老人似乎更讲道理,于是威斯特先转向他。"你二位打古尔库来?"他用磕磕绊绊的坎兹语说。

老人疲惫的双眼看向威斯特:"不,我们来自古尔库以南。"

"卡迪尔? 土耳西?"

"你了解南方?"

"略有所知。我在南方打过仗。"

老人朝女人偏头,女人用那双倾斜的黄眼睛怀疑地打量他们。"她来自摩扎。"

"没听说过。"

"你怎么会听说呢?"老人耸耸瘦肩膀,"那是个靠海的小国,远在沙弗法以东,重山阻隔。若干年前古尔库征服了那里,当地人要么背井离乡,要么成了奴隶。显然,从那时起她情绪就很糟。"女人怒视他们,用另一只眼睛盯住守卫。

"你呢?"

"噢,我来自更远的南方,远在坎兹大陆之外,沙漠之外,甚至在环世界之外。我的出生地不在你们的地图上。朋友,我叫余威。"他伸出一只黝黑的长手。

"柯利姆·威斯特。"两人握手时,女人在一旁警惕地观望。

"他叫威斯特,菲洛! 他和古尔库打过仗! 这你总信得过吧?"余威不抱希望地敦促,女人依旧紧张地耸起双肩,匕首没有松动分毫。

有个倒霉的士兵正好踏前一步,用长矛虚晃了几下,女人顿时嘶声咆哮,乱七八糟的诅咒伴着口水一起喷来。

"够了!"威斯特听见自己对守卫吼道,"他妈的收起该死的矛!"守卫们震惊地眨眼,他努力让声音恢复常态,"这不是全面入侵,对吧?收起武器!"

矛尖不情愿地指向别处。威斯特昂首走向女人,目光镇定,积聚起所有威严。不能露怯,他告诉自己,心里却在打鼓。他摊出手掌,几乎触到她。

"匕首。"威斯特用糟糕的坎兹语严厉地说,"请把匕首给我。我们不会伤害你,我保证。"

女人用那双倾斜的黄眼睛盯着他,又看看握长矛的守卫,最后停在他身上。她犹豫了很久。威斯特站在原地,口干舌燥,头还在抽痛,越来越痛。烈日让身着制服的他汗流浃背,他还要尽力忽略女人身上的味道。时间一点一滴地过去。

"真神的牙齿啊,菲洛!"老人突然怒道,"我老了!可怜可怜我吧!我没几年好活了!拜托你让我在有生之年进去吧!"

"嘶嘶嘶嘶嘶——"她咧开双唇,怒吼着。这一刻仿佛被拖长了、令人眩晕,但她终于将刀柄放到威斯特掌中。他如释重负松了口气,直到刚才,他都觉得女人要捅他一刀。

"谢谢。"他的声音比心情冷静得多。他将匕首递给中士。"武器收藏好,护送客人进阿金堡,如果他们——尤其是她——受到任何伤害,我唯你是问,懂吗?"他瞪了队长几眼,赶在新的麻烦爆发前钻进城门踏入隧道,抛下老人和恶臭的女人。他的头从没这么痛过,而且他妈的今天大大地迟到了。

"为何总是我?"他自言自语。

✡

"恐怕兵工厂今天打烊了。"瓦利米少校冷笑,顺着鼻子打量威斯特,活像看待乞求施舍的乞丐。"我们的配额已提前完成,这周都不会开工。若你能准时赶到……"威斯特头痛欲裂。他放缓呼吸,让声音趋于平稳。发火解决不了问题。从来不行。

"我明白,少校。"威斯特耐心地说,"然而战争迫在眉睫,征发的新兵却严重缺乏装备,因此伯尔元帅阁下要求所有锻炉加班加点,保证供给。"

此话半真半假,自加入元帅参谋团,威斯特已学会和任何人都不能实话实说,否则只会坏事。只有连哄带骗、连蒙带吓、真真假假、虚虚实实,针对不同人采取不同策略。

不幸的是,他没能抓住国王陛下的兵工厂总管瓦利米少校的七寸。他们齐平的军衔让事情更难办,他既不能盛气凌人,又无法卑躬屈膝。

在社会地位上,他俩无论如何算不上平起平坐。瓦利米出身世家,家族实力雄厚,完全有资本颐指气使,连杰赛尔·唐·路瑟比之也算得上谦虚的楷模。况且这货毫无实战经验,就更想发挥蠢驴本色,以找回心理平衡。对他来说,不论威斯特的指示是否来自伯尔元帅阁下,都与臭猪倌的话没区别。

每次来兵工厂都这样。"本月配额完成了,'威斯特少校'。"念威斯特的名字时,瓦利米故意带上嘲讽的重音,"所以锻炉关闭。就这样。"

"你要我这样答复元帅阁下?"

"新兵的装备应由贵族领主提供,"对方生硬地复述,"'我'不能为'他们'的失职承担责任。这压根儿不关我们的事,'威斯特少校',请把'这话'转告元帅阁下。"

又是这样,循环往复:从伯尔的办公室出来,去各部门,找连长、营长、团长们,去阿金堡和阿杜瓦城里的各类商铺,去兵工厂、兵营、马厩、码头——大军几天后就要在码头登船出发——然后又去别的部门,长途跋涉后两手空空地回去。他每晚像石头一样倒上床,过不几小时又得再来一遍。

作为营长,他只需关注如何打败敌人;而作为参谋,却必须用文件和自己人斗。他不再像个士兵,更像是秘书,像个试图推巨石上山的人。累死累活,不问前路,却无法停止,否则石头会滚下来砸到自己。而那些面临同样危险的混账们却懒洋洋地躺在旁边山坡上说:"哦,石头不关我事。"

他现在理解当初在古尔库打仗为何会缺衣少食,要车没车要马没马,再简单的东西急需时也统统欠奉。

如果这场战争因他的疏忽发生同样的事,威斯特会自责一辈子,想到要那些没武器的新兵上战场,他就受不了。于是他再次强迫自己冷静,头更痛了,嗓子也激动得破了音:"若我军在安格兰陷入长期战,还要供应一大批衣不蔽体、手无寸铁的农民,那时该怎么办,瓦利米少校?这关谁的事?哦,我敢说,当然不关你的事!你肯定还在这儿,守着冷冰冰的锻炉!"

威斯特立刻意识到自己越界了,对方勃然大怒:"你怎敢如此胡说,先生!你质疑我的荣誉?我家九代都是王军军官!"

威斯特揉揉眼,不知该哭还是该笑。"请相信,我毫不怀疑你的勇气,完全没这个意思。"他尽力设身处地为瓦利米着想,也许自己并没真正体会对方承受的压力,也许对方更想上战场,而非管理铁砧,也许……没用,对方就是坨威斯特痛恨的屎,"这无关你的荣誉,少校,也无关你的家族。我们讨论的是战争整备工作!"

瓦利米的双眼如死人般冰冷:"你以为在和谁说话,肮脏的平民?你不过仗伯尔撑腰,他也不过是地方省份来的呆子,走了狗屎运才鸡犬升天!"威斯特目瞪口呆。他自然想过别人会在背后议论,但当面听到却是另一码事。"等伯尔呜呼哀哉,你会怎样呢?嗯?不能狐假虎威了你会怎样?你没有血统,没有家族!"瓦利米嘴角挂着冷冷的嘲讽,"还有那样一个妹妹,我可听说——"

威斯特大踏步上前。"什么?"他吼道,"你听说什么?"他的表情一定很狰狞——瓦利米顿时脸色煞白。

"我……我……"

"你以为我需要伯尔批准才能动拳头,没种的蠕虫?"没等自己意识到,他继续上前紧逼,瓦利米跟跟跄跄退向墙根,侧身抬起一只手,以为威斯特随时会揍他。事实上,威斯特用尽全力才按捺住抓住这小畜生,将其脑袋晃下来的冲动。他头痛得要命,嗡嗡作响,里面的压力似乎要把眼球挤爆。他用鼻子缓缓深呼吸,拳头捏得生痛,直到怒火渐渐平息,不至于突然失去自控力。现在他只听见心脏在胸腔里跳动。

"关于我妹妹,你有什么想说的,"他低声说,"现在就说。说。"他左手缓缓落在剑柄上,"说完我们去城外作个了断。"

瓦利米少校继续后退。"我什么也没听说,"他小声道,"什么也没听说。"

"什么也没听说。"威斯特盯着对方苍白的脸看了好一会儿,然后才走开,"现在,你是否方便为我重开锻炉呢?好多工作等着我们。"

瓦利米眨眨眼:"当然,我立马重开。"

威斯特转身离开,心知瓦利米正用无比怨毒的目光盯着自己后背,心知自己把本已糟糕的处境弄得更糟了,又多出一个贵族敌人。但真正让他烦躁的是对方没说错。没有伯尔,他早完蛋了。除了妹妹,他没有家人。真他妈该死,头疼死了。"为何总是我?"他冲自己吼,"为何?"

✡

今天还有很多事，一整天都做不完，但威斯特实在无心工作。他头痛欲裂，几乎目不视物。他想在黑暗中躺会儿，用湿毛巾捂脸，哪怕一小时，哪怕一分钟。于是他在口袋里摸钥匙，另一只手按住疼痛的眼睛，咬紧牙关。这时，他听到门另一边有轻微的玻璃碰撞声。阿黛丽。

"不。"他对自己嘶叫。不要这时候！见鬼！为何给她钥匙？他轻声咒骂，抬手想敲门。敲自己的门。手还没碰到门上，一种不祥的预感涌上心头：阿黛丽和路瑟赤身裸体、大汗淋漓地纠缠在他的地毯上。妈的，他飞快地转钥匙，猛地推开门。

她独自一人站在窗边，他欣慰地发现她穿着衣服，却又恼火地看见她刚从玻璃瓶中倒了满满一杯酒。她抬起一边眉毛打量贸然闯入的他。

"哦，是你啊。"

"见鬼，还能是谁？"威斯特没好气地说，"这是我的房间，不是吗？"

"某人今天上午心情不大好啊。"一些葡萄酒漫过玻璃杯沿，洒到桌上，她用手擦净，舔舔指头，又抬起酒杯灌了一大口。她总在气他。

威斯特表情痛苦，随手甩上门："有必要喝这么多吗？"

"我懂，年轻女士该找些更体面的消遣。"她说话照例漫不经心，但威斯特尽管头痛得要死，还是能听出异样。她一直瞥向书桌，最后起身走去。威斯特抢先一步扑到桌前，抓起上头那张纸，上面写了一行字。

"这什么？"

"没什么！还给我！"

他伸手阻挡她，一边读了出来：

明晚老地方。

——阿

威斯特气得浑身发抖:"没什么? 没什么?"他拿着信在妹妹鼻尖下晃来晃去。阿黛丽背过身,脑袋一歪,像在躲苍蝇。她一言不发,只是大口喝酒,还发出很大的声音。威斯特咬牙切齿。

"是路瑟,对吧?"

"我没说是他。"

"不用你说。"那张纸被他捏成了小球,直捏得指节泛白。他半转向门口,全身每块肌肉都绷得紧紧的,不住颤抖。他恨不得冲出去,掐死那小畜生,只是心底有个声音在提醒他要三思。

杰赛尔那忘恩负义的混蛋居然说话不算数,不,比不算数更糟。这也没多出乎意料——他就是个贱人,用纸袋子来装酒毫无疑问就会漏! 但那封信不是杰赛尔写的,掐他脖子有什么用? 世上有的是比杰赛尔更混账的年轻贵族。

"你打算如何收场,阿黛丽?"

她坐在椅子上,目光越过杯缘,冷峻地盯着威斯特:"收什么场,哥哥?"

"你知道我说的什么!"

"我们不是家人吗? 干吗不有话直说? 你要说就说,何必遮遮掩掩! 你以为我要去哪儿?"

"既然你问了,我说你这是要毁了自己!"他用尽最大努力才压低声音,"跟路瑟这厮的事过头了。写信? 写信? 我警告过他,看来他根本当耳边风! 你到底怎么想的? 怎么想的? 该结束了,赶在闲话满天飞之前!"他觉得胸膛一阵气短,被迫作深呼吸,嘴巴却不听使唤,"见鬼,他们已经在嚼舌根了! 打住吧! 听到没有?"

"我听到了,"她仍旧漫不经心,"但谁在乎他们呢?"

"我在乎！"他几乎在喊，"你知道我付出了多少努力？你以为我那么迟钝？别忘记自己的身份，阿黛丽！"阿黛丽黑了脸，但威斯特没停下，"这好像不是第一次了！要我提醒你吗，你在男人方面的运气实在不算好！"

"确实，我至少跟家里的男性合不来！"她坐得笔直，绷紧的脸气得煞白，"可你怎么知道我的运气？我们这十年就没怎么说过话！"

"我们现在就说！"威斯特大喊着扔出捏碎的纸团，"你有没有想过这会带来什么后果？你能从他那里得到什么？你有没想过？你觉得他的家族会接受一个有不光彩历史的新娘吗，啊？最好的结果，是和你老死不相往来，最坏则是要当场拆散你们！"他伸出一根颤抖的手指指向门口，"你难道没看出来，他是个傲慢自大的蠢驴！他们统统都是！要没有家里给的钱，没有那些位高权重的朋友，他根本活不下去！他屁都不懂！你们在一起怎么可能幸福？"他的头要炸了，却不能停下，"而更大的可能是，你得不到他，到时候怎么办？你们迟早要结束的，你想过吗？你之前又不是没遇到这种事！你是个聪明人！你怎能让自己变成笑柄！"他差点被怒火呛住，"你怎能让别人来嘲笑我们！"

阿黛丽吐出一口气。"现在我明白了！"她近乎尖叫，"若非有人对你指指点点，你他妈才不在乎——"

"你这愚蠢的婊子！"酒瓶飞过房间，砸在阿黛丽脑袋旁的墙上，碎成玻璃碴，酒水沿墙汩汩流下，但他的怒火没有丝毫减退，"你怎么油盐不进？"

他大步冲过房间。阿黛丽惊讶地看着他，片刻之后，清脆的声音响起——她刚起身，他的拳头就打在她脸上。阿黛丽并没被打出去多远，威斯特在她摔倒前抓住她，把她拉起来，按在墙上。

"你会毁了我们！"她的头狠狠撞着石灰墙——一下，两下，三下。一只手箍住了她脖子。

他龇着牙,使尽全力将阿黛丽压在墙上,手指收紧,她喉咙间挤出一丝呻吟。

"你这自私鬼……废物……婊子!"

她的脸被乱发遮住,只露出一线皮肤、一个嘴角和一只黑色的眼睛。

那只眼睛回瞪着他。麻木,无畏,空洞,平板,像尸体一样毫无感情。

手指收紧。喘息。收紧。

收紧……

威斯特猛地一震,恢复了理智。他迅速松开手指,抽回手。他的妹妹仍旧直挺挺靠墙站着,他听见她急促的吸气。还是他自己在吸气?他头痛欲裂。那只眼睛依旧瞪着他。

一切都是幻觉。绝对是。现在他该醒了,噩梦即将结束。一个梦。这时,阿黛丽把头发撩到后面。

她的面孔犹如白蜡,衬得鼻孔里流出的血几乎是黑色。她脖子上的粉红印子分外鲜明。粉红的指印。他的手指。不是梦。

威斯特胃里一阵翻腾。他张开嘴,却发不出声音。他看着阿黛丽唇上的鲜血,觉得快要吐了。"阿黛丽……"他刚说出几个字,就差点吐出来。他尝到嘴里的胆汁,但尽量把话说完。"对不起……真对不起……你还好吧?"

"这不算最糟的经历。"她缓缓起身,用指尖摸摸嘴唇。她唇上全是血。

"阿黛丽……"他伸出一只手,又立刻收了回来,生怕自己不受控制做出什么,"对不起……"

"他总说对不起,你不记得了吗?事后他总会抱着我们哭。总说对不起,但永远有下一次。你忘了吗?"

威斯特哑口无言,然后干呕。如果阿黛丽号啕大哭,挥拳打他,一切都会好受些。可事情发展成这样。他试着不去回想,但无法遗忘。

"没有,"他轻声说,"我都记得。"

"你以为你走后他就停了?他变本加厉。我只能把自己藏起来。我总是梦想你会回来,回来救我,但你每次回家都待不了多久。我们之间变了,你什么都不会做。"

"阿黛丽……我不知道——"

"你知道,你只是在逃避。什么都不做容易多了。假装一切正常。我懂,而且你知道吗,我没有怪你。知道你能逃开这一切,多少让我感到安慰。他死的那天,是我一生最快乐的日子。"

"他是我们的父亲——"

"噢,是啊,我时运不济,遇人不淑,尤其在男人方面的运气不算好。墓穴前,我像个尽职尽责的女儿那样哭泣,我不停地哭啊哭,哭得其他吊唁者担心我疯掉。我醒着躺在床上,直到其他人都睡着才爬出房间,回到墓穴前。我向下看了一会儿……在上面撒了泡尿!我拉起裙子,蹲在上面,朝他撒了泡尿!那时我就在想——我绝不再做任何人的狗了!"

她用手背抹掉鼻子下的血:"你真该看看你写信要我来的时候,我多开心!那封信我读了一遍又一遍,那些可怜的小梦想终于又被点燃。或者说,是希望,嗯?真他妈是个天大的笑话!去和哥哥一起生活,他是我的保护神,他会照顾我,帮助我,我终于能过得像个人了!结果我发现你跟我记忆中完全两样。整个都变了。先是不理我,然后教训我,现在又打我,最后说对不起。真是有其父必有其子!"

他呻吟着。她的话像针一样刺进他的身体,直入头颅。但这都是他应得的。她说得没错。他辜负了她,很久以前就辜负了。在他一心练剑,在他拼命拍那些鄙视他的人的马屁的时候,她正在受苦。或许那时只需一点点努力,但他没有勇气面对。和她在一起的每分每秒他都觉得内疚,这内疚化为肚内下沉的石头,令他无法承受。

她离开墙边。"我该走了,去给杰赛尔个答复。他或许是都城里最肤浅的傻瓜,但我觉得他永远不会伸手掐我脖子,你说呢?"她推开威斯特,走向门口。

"阿黛丽!"他抓住阿黛丽的胳膊,"求求你……阿黛丽……对不起……"

她卷起舌头,揉成一团,吐出几点混着血丝的唾沫,轻轻洒落在威斯特的制服上。"这是为你的对不起,混蛋。"

房门在他面前被狠狠甩上。

人人为己
Each Man Worships Himself

菲洛眯眼和大个粉佬对视,对方也瞪回来。他们就这样对视了很久——即便算不上一直瞪着,也相去不远。对视。粉佬个个又软又丑又白,但这家伙更特别。

这家伙奇丑无比。

她知道自己伤痕累累,日晒风吹让皮肤糙得像皮革,常年在荒野中躲藏更是雪上加霜;但那家伙白白的脸看起来像一面用烂的盾牌——满是砍痕、擦痕、刺痕还有凹坑。这样一张脸上还长着眼睛简直就是奇迹,但事实如此,它们还跟她对视。

菲洛认定他是个危险人物。

他不仅个儿大,而且强壮。非常强壮。体重可能是她的一倍,粗壮的脖子肌肉虬结。她感到他体内散发的力量,也不怀疑他能单手举起她,但她并不担心——他得先抓住她。高大强壮会让人变慢。

慢下来就危险不了。

她也不担心那些伤疤。那只能说明他经历过很多战斗,并不意味着他赢了。真正让她担心的是他的坐姿——一动不动,但并未放松,而是保持警惕,蓄势待发;还有他眼睛转动的方式——狡猾且谨慎地从她身上转到其他地方,再回到她身上。那双黑眼睛若有所思地注视着她、掂量着她。他手背的血管很粗,但手指修长灵活,指甲内沾了一线泥沙。他缺了一根手指,留下一截白色断桩。这些都让菲洛不舒服,都透出危险的味道。

她可不想赤手空拳和这种家伙打。

她把匕首交给桥上那个粉佬了。她当时几乎就要刺过去,但最后还是改了主意。他眼里的某些东西让她想起了脑袋被古尔库人挂上长矛前的阿尔夫——悲伤镇静,似乎能理解她。最终,她违心地交出兵器,让人带她来这里。

愚蠢!

她后悔死了,但必要情况下,她用什么都能打。大部分人意识不到武器随处可见。有可以投掷的东西,有可以将敌人掷在上面的东西,还有可以砸坏了使唤或直接拿来当棍子的东西。撕下的布料可以勒死人,泥土可以迷住眼睛。即便什么都没有,她还可以用牙咬开喉咙。于是她卷起双唇,向对方展示自己的牙齿,但他似乎毫不在意。他就坐在那儿,盯着她。安静、平和、丑陋、危险。

"该死的粉佬。"她自言自语地嘶声道。

相比之下,那瘦子几乎毫无危险。他留着女人一样的长发,看起来病恹恹的,笨手笨脚,神经兮兮,不断舔着嘴唇。他时而偷瞟菲洛一眼,等菲洛狠狠瞪向他又马上转开视线,吞口口水,喉结上下蠕动。这担惊受怕的家伙应该不是威胁,但菲洛在与大个儿对视的同时还是用眼角余光注意着他,不敢完全放松警惕。

生活教会她要以防万一。

还有那老头。她对粉佬是一个都不信任,但最不信任的是那秃顶老头。那老头的鼻子和双眼围绕着深深的、冷酷的皱纹。他的颧骨轮廓分明,他有一双粗壮的手,手背生着白毛。如果要杀这三人,菲洛一定先杀他,尽管大个子外表最危险。那老头有奴隶主的眼睛,他将她上上下下审视了个遍。那是冷酷地估量价值的眼神。

混蛋。

余威称那人为巴亚兹,两人似乎很熟。"那么,师弟,"秃顶粉佬用坎忒语说——师弟?无论如何,两人显然没有血缘关系,"伟大的古尔库帝国近况如何?"

余威叹口气:"奥斯曼夺取皇位才一年,但已粉碎了所有叛乱,整个宫廷都对他俯首帖耳。这位年轻皇帝变得比他父亲更可怕,他的士兵骄傲地称他为'奥斯曼-乌-多沙'。现在他几乎统治着所有坎忒人,南海沿岸都唯他马首是瞻。"

"除了达戈斯卡。"

"是的,但他正盯着那里,他的军队在半岛上集结,他在达戈斯卡城内的间谍空前活跃。北方战事一触即发,要不了多久,奥斯曼就会觉得夺取城市的时机业已成熟。我觉得一旦开战,那座城市撑不了多久。"

"你确定?制海权可是在联合王国手里。"

余威皱皱眉:"我们看到了船,师兄,很多大船。古尔库人秘密建造出一支舰队,强大的舰队。建造工作一定多年前就开始了,上次战争时应该就在进行。恐怕联合王国的制海权维持不了几天。"

"舰队?我本来还希望多几年时间准备呢。"秃顶粉佬听起来很沮丧,"看来我的计划更紧迫了。"

菲洛听得很无聊。她是说干就干的人,总是一马当先,讨厌原地踏步——在一个地方待得太久会被古尔库人抓到。她也不喜欢被一堆奇怪的粉佬像怪物似的打量来打量去。两个老头说得没完没了,她愁眉不展、咬牙切齿地在屋里乱逛,甩甩胳膊,踢踢磨损的地板,掀起墙上的布,瞄瞄里面是啥,又用手指滑过家具边缘。

她舔舔嘴唇。

让每个人都很紧张。

她从坐在椅子上的大个丑粉佬身边走过，摆动的手几乎碰到他坑洼的皮肤。这是为了让他知道她根本不怕他，无论是他的体型、伤疤，还是别的什么。然后她又大摇大摆地走向留着长发、紧张兮兮的瘦子粉佬。看到她靠近，对方吞了吞口水。

"嘶嘶嘶嘶——"菲洛示威道。对方嘀咕了句什么，闪到一旁，把窗口让给菲洛。菲洛背对屋子向窗外看去。

就是要让这帮粉佬看到，她根本不怕他们。

窗外是花园。树、植物，修剪整齐的草皮。苍白肥胖的男男女女成群结队地在精心修剪的草地上晒太阳浪费时间，用食物淹没汗津津的脸，灌下一杯杯酒水。她怒视着他们。肥胖、丑陋、懒惰的粉佬，不知道真神的存在，只晓得吃喝玩乐。

"花园。"她哂笑道。

奥斯曼的宫殿里也有花园，她常常透过自己狭窄的窗子瞥见——那是她牢房的窗子。那早在他成为奥斯曼-乌-多沙之前，那时的他不过是老皇帝的小儿子，她也不过是他众多奴隶中的一个。他囚犯中的一个。菲洛探出身子，往窗外吐了口痰。

她恨花园。

她恨所有的城市。城市意味着奴役、恐惧和堕落。城市就是监狱，越早离开她就越开心——至少是不那么不开心。她从窗边转回身，不禁皱起眉头：满屋子的人都盯着她。

叫巴亚兹的家伙首先开口："师弟，大发现啊。她真是鹤立鸡群，呢？你确定她是我要找的人？"

余威盯着她看了一会儿："非常确定。"

"我就站在这儿呢。"她怒气冲冲，但秃顶粉佬好像当她不存在。

"她有痛觉吗？"

"只有一点点。来时她跟食尸徒交过手。"

"真的?"巴亚兹自顾自地轻笑几声,"她伤得重吗?"

"很重,但两天后就能走路,一周后痊愈,连条疤都没留下。这非同寻常。"

"我们都见过太多非同寻常的事了。我们必须确定。"秃子的手伸进口袋。菲洛狐疑地看他掏出拳头,放在桌上。他拿开手,只见那里躺了两颗光滑的石头。

秃子探了探身:"告诉我,菲洛,哪颗石头是蓝色的?"

菲洛狠瞪了他一眼,然后低头看石头。两颗石头毫无区别,而两个老头以前所未有的热忱关注着她。她磨了磨牙。

"那个。"她指指左手那颗。

巴亚兹笑了:"不出所料。"菲洛耸耸肩。真幸运,她心想,蒙对了。然后,她注意到大个粉佬的表情——他皱眉看着两块石头,似乎无法理解。

"它们都是红的。"巴亚兹说,"你是色盲,对吧,菲洛?"

秃顶粉佬耍她?她不清楚他怎么知道她是色盲,但她很清楚自己不喜欢这样。没人能耍弄菲洛·马尔基尼。她纵声长笑,一连串粗鲁、放肆、难听的笑声回荡在屋内。

紧接着她跳过桌子。

震惊的表情刚在老粉佬脸上浮现,他就结结实实挨了一拳。老头叫了一声,椅子向后翻倒,整个人摔了个四仰八叉。菲洛爬过桌子要抓他,但余威扯住她的腿,把她拽回去。她伸出的双手没能抓到秃顶混蛋的脖子,只是扒在桌子边缘,把它给掀翻了,两颗石头掉在地上滑出很远。

她蹬开余威,走向挣扎起身的老粉佬。余威一边大喊"冷静!"一边又抓住她的胳膊——结果他脸上挨了菲洛一胳膊肘,他拉着她一起跌到墙上。这回又是菲洛先站起来,打算再次冲向秃顶混蛋。

但大个子起身走上前,眼睛死瞪着她。菲洛朝他笑笑,身侧双拳紧握,这下有机会见识见识这人到底多危险了。

对方又上前一步。

巴亚兹伸手拦下。他另一只手捂着鼻子,试图止住不断涌出的鲜血。他笑出了声。

"很好!"他咳嗽着说,"很凶猛,动作真他妈快。毫无疑问,你就是我们要找的人!我希望你能接受我的道歉,菲洛。"

"什么?"

"为我的失礼。"他抹掉上唇的血,"这是我自找的,但此事容不得半点马虎。我很抱歉,你能原谅我吗?"他似乎不大一样了,尽管他还是他,但看起来更加友好、体贴、诚实,而且满怀歉意。可惜光凭这想让菲洛信任他还不够。远远不够。

"我们走着瞧。"她恨恨地说。

"好的,好的。那么现在,你们能否让我和余威讨论些⋯⋯事情。单独讨论。"

"出去等吧,菲洛,"余威说,"都是自己人。"他妈的这些当然不是自己人,但她还是任凭余威把自己和另外两个粉佬领出了门,"别动手杀人就好。"

这间新屋子和之前那间大同小异。粉佬们模样丑怪,但一定都很富有。这里有带纹理的黑石头砌成的硕大壁炉,靠垫和窗户边的软布上都用细密的针脚绣出花鸟,墙上挂着一幅画,画上的男人戴着王冠,面容严厉,皱眉俯视菲洛。她也皱眉看回去。多么奢华。

菲洛痛恨奢华,比恨花园更甚。

奢华意味着囚禁,跟铁笼子栏杆一样,柔软的家私则比武器更危险。她只要冰冷的清水和坚硬的地面。柔软的东西会让人变得软弱,而她一点都不想变得软弱。

屋里原有一人,那人背着手不停绕圈,好像一刻也站不住似的。

那人不是完全的粉佬,皮革般的肤色介于菲洛和两个粉佬之间,但他像祭司一样剃了光头,因此菲洛不喜欢他。

她最恨祭司。

眼见一脸恨意的菲洛,他却眼睛一亮,跑了过来。他是个奇怪的小个子,身高不及菲洛的嘴,穿着饱经风霜的旧衣服。"我是长脚兄弟,"他手舞足蹈地说,"来自光辉的领航员组织!"

"你真幸运。"菲洛不再搭理他,竖起耳朵细听门后两个老头说话,但长脚没有就此打住。

"确实幸运!确实,确实,确确实实!我一定得到了真神眷顾!我敢说,有史以来,没有一个人像我——长脚兄弟——这样,与领航员的高尚职业达到如此完美的契合!从极北白雪皑皑的群山,到终南艳阳炙烤的沙漠,我四海为家,确实如此!"

他带着病态的自恋冲菲洛微笑,菲洛又一次忽略了他。那一高一瘦两个粉佬在房间远端交谈,说的是菲洛不懂的语言,听起来像猪叫唤。或许在说她吧,但她不在乎。随后这两人穿过另一扇门,现在屋里只剩她和那个喋喋不休的祭司了。

"放眼环世界,我,长脚兄弟,没几个国家没去过。可是呢,我搞不清你的来历。"他眼巴巴地等着,菲洛一言不发,"你是想让我猜吗?好吧,猜谜游戏。让我想想……你眼睛的形状很像远方的苏极克人,那里黑色的山脉直接从闪耀的大海里升起,确实如此,而你的皮肤——"

"操,闭嘴。"

对方陡然停住话头,干咳两声离开了,留下菲洛独自倾听门后的说话声。她暗暗发笑;门板虽厚,声音虽轻,但两个老头想不到她的耳朵有多灵敏。他们依然在用坎忒语交谈。那个白痴领航员终于安静了,她能听清余威说的每个字。

"……卡布尔打破了第二律法,你就得打破第一律法?我不认同,巴亚兹!尤文斯绝不会容忍这种事!"菲洛皱眉。余威的声音带着奇怪的情绪。恐惧。第二律法。菲洛记得他对食尸徒提过。禁止食人肉。

她听到秃顶粉佬的回答:"第一律法是个悖论。魔法统统来自异界,我们的也不例外。要想改变就得触碰下界,创造需要借助异界的力量,并为之付出代价。"

"但这次的代价或许太高了!种子是被诅咒的、是邪恶的,它只能带来混乱!你别忘了,一如的儿子们有多么智慧和强大,却为这个种子闹得惨淡收场,个个因此丧命,殊途同归!你比尤文斯更智慧吗,巴亚兹?你比坎迪斯更狡猾吗?更强大吗?"

"我都比不上,师弟。但请告诉我……卡布尔造出了多少食尸徒?"

长久的沉默。"说不准。"

"多少?"

又一阵沉默。"或许两百,或许更多。祭司们倾巢出动,在南方到处搜刮,寻找任何有潜质的人。他创造食尸徒的速度越来越快,但他们大都很年轻、很孱弱。"

"两百以上,还在不断增长。他们大都很孱弱,但还是有些能与你我匹敌,我指的是卡布尔在旧时代培养的徒弟——那个外号'东风'的女人,还有那对该死的双胞胎。"

"那对该死的婊子!"余威呻吟道。

"更别提马穆,是他的谎言造成了今日之局。"

"巴亚兹,你很清楚,今天的麻烦早在他出生前就种下了根。不过马穆去过恶土,我能感觉到他,他已变得异常强大。"

"你看,我是对的。他们不断增长,我们却在原地踏步。"

"那个魁,似乎是个可造之材?"

"我们至少需要一百个魁,外加二十年训练时间,或许才能与对方对决。不行,师弟,不行,我们必须以毒攻毒。"

"即便这毒会反噬,把世界烧成灰?让我去萨坎特吧,卡布尔或许会恢复理智——"

一阵大笑。"理智?他奴役了半个世界!你何时才会清醒,余威?直到他奴役整个世界吗?我不能把你也搭进去,师弟!"

"你忘了,巴亚兹,有比卡布尔更可怕的存在。可怕得多的存在。"他的声音突然低如耳语,菲洛只能勉强听到,"秘密倾吐者总是在倾听……"

"够了,余威!想都别想!"菲洛皱起了眉。这是啥鬼话?秘密倾吐者?什么秘密?

"记住尤文斯给你的教诲,巴亚兹:戒骄戒躁。我知道你施展过高等技艺,我能看到你身上的影子。"

"去你的影子!我是迫不得已!记住尤文斯给你的教诲,余威:该出手时就出手。时不我待,我必须出手。我是大弟子,我来做决定。"

"而我,难道不是一直在追随你吗?一直,哪怕违背自己的良心?"

"难道我带你走错过吗?"

"这还要拭目以待。你是大师兄,巴亚兹,但你不是尤文斯。我可以质疑你,扎卡鲁斯也可以——他肯定比我更不喜欢这主意,甚至说得上厌恶。"

"我是迫不得已!"

"但跟以前一样,付出代价的依旧是其他人。那个北方人,九指,他能跟鬼灵对话?"

"对。"菲洛皱眉。鬼灵?那个九根手指的粉佬看起来甚至不能跟正常人对话。

"等你找到种子,"门后又传来余威的声音,"你要菲洛来拿它?"

"她有血脉,总得有人来拿吧。"

"当心,巴亚兹,当心,要知道我对你知根知底。你必须向我保证,得遂所愿之后,也要护她周全。"

"我会保护她,比对亲生孩子还用心。"

"比你对锻造者的孩子还用心,我就知足了。"

长久的沉默。菲洛揉搓着下巴,思索听到的话。尤文斯、坎迪斯、扎卡鲁斯——这些怪名字毫无意义。还有,什么样的种子会将世界烧成灰?她唯一确定的是,她一点都不想卷入其中。她要回南方,用她能理解的武器去和古尔库人斗。

门突然打开,两个老头走了出来。他俩的外貌真可谓天差地别:一个是黑皮肤,个子高挑,身材瘦削,留着长发;另一个肤色苍白,体态沉重,头顶光秃。菲洛狐疑地打量着他们。白老头率先开口:

"菲洛,我向你提议——"

"我不会跟你走,该死的粉佬。"

秃子脸上浮起一丝怒容,但一闪而过。"为什么?你还想干什么呢?"

菲洛不假思索地答道:"复仇。"这是她的使命。

"啊,我明白了。你恨古尔库人?"

"对。"

"你要他们为对你的所作所为付出代价?"

"对。"

"为夺走你的家庭、你的人民和你的国家付出代价?"

"对。"

"以及把你变成奴隶。"他轻声说。菲洛瞪着他,不明白他为何如此了解她,也思忖着要不要再给他一拳,"他们洗劫了你,菲洛,他们洗劫了你,偷走了你的生活。我要是你……我要是经历过你的遭遇……哪怕整个南方血流成河也无法让我满意。我会杀死每一个古尔库士兵。我要看到所有的古尔库城市付之一炬。我要目睹他们的皇帝被装进笼子,挂在他自己的宫殿前慢慢腐烂!"

"没错!"她嘶叫道,脸上露出凶残的笑容。他说出了她的梦想。

余威从没说过这些——或许这老秃子没那么糟。"你说得没错！所以我必须回南方！"

"不，菲洛，"秃顶粉佬咧嘴笑道，"你根本没意识到我给了你什么样的机会。皇帝并非坎忒人真正的统治者，他外表强大，其实不过是个傀儡，幕后操纵他的人名叫卡布尔。"

"先知。"

巴亚兹点点头："如果你被砍伤，你是恨伤你的刀呢，还是恨挥刀的人？皇帝，古尔库帝国，都不过是卡布尔的工具。菲洛，流水的皇帝，铁打的先知。他在皇帝们背后私语、建议、命令。他才是你的仇人。"

"卡布尔……没错。"食尸徒们也说过这个名字。卡布尔。先知。众人皆知，皇帝和总督们的宫殿里到处都是祭司。他们像虫子一样成群结队，在城市、村庄和军队里，四处散布谎言。私语、建议、命令。余威不高兴地皱起眉，但菲洛知道老粉佬说得没错。"没错，我都看到了！"

"帮我，就是帮你自己复仇，菲洛。真正的复仇不是杀一个或十个兵，而是杀他几千、几万个！或许连皇帝本人都能杀，谁知道呢？"他耸耸肩，转身欲走，"当然，我不强迫你。你可以回恶土——躲躲藏藏，东奔西跑，像老鼠一样在沙漠里苟延残喘。如果你觉得这样足够了，如果你要的复仇只有这些，那就去吧。别忘了，食尸徒正在抓你，卡布尔的孩子们想抓你。没有我们，他们迟早会得手。何去何从你自己挑。"

菲洛皱起眉。这些年，她在荒野中东奔西跑，浴血拼杀，却几乎一事无成。这根本算不上真正的复仇。而且若非碰到余威，她已不在人世了。埋骨黄沙，葬身食尸徒之腹，抑或挂在皇帝宫殿前的笼子里。

慢慢腐烂。

她没法说不，但她不想就这样答应下来。这老头知道用什么来诱惑她，而她讨厌被别人控制。

"我会考虑考虑。"她说。

秃顶粉佬脸上再次闪过一丝怒火,但很快又掩饰掉了:"那就考虑考虑吧,但别想太久。皇帝的军队正在集结,时不我待。"他带其他人离开屋子,留下余威和她单独在一起。

"我不喜欢这些粉佬。"她的声音大得让走廊里的老头能听到,然后她放低声音,"我们必须跟他们走吗?"

"是你必须跟他们走。我得回南方。"

"什么?"

"必须有人监视着古尔库人。"

"不要!"

余威笑起来:"你两次想杀我,还有一次想逃跑,现在我终于要滚蛋了,你又要我留下?真搞不懂你,菲洛。"

菲洛皱起眉:"秃子说要帮我复仇。他是骗我吗?"

"不是。"

"那我必须跟他走。"

"我知道。这也是我带你来这儿的原因。"

她不知该说些什么,只能低头盯着地板。余威突然上前,吓了她一跳。她抬手想格挡攻击,但余威伸出双臂,紧紧抱住了她。奇怪的感觉。与其他人如此亲近,暖洋洋的。然后余威退开去,只留下一只手搭在她肩上。"愿真神与你同在,菲洛·马尔基尼。"

"哈,可他们不崇拜真神。"

"他们崇拜的可多了。"

"多?"

"你没注意到吗?在这个人人为己的地方,每个人都崇拜着自己。"她点点头,看来的确如此,"要当心,菲洛,要听巴亚兹的话。他是我师门的大弟子,鲜有人的智慧能与他相匹。"

"我不信任他。"

余威俯身靠近:"我不是要你信任他。"他笑笑,转过身。菲洛看他慢慢走向房门,接着踏入回廊,他的光脚踩在地砖上,臂上的镯子轻声作响。

他把她一人丢给这片奢华、这些花园和这帮粉佬。

老友记
Old Friends

门被敲得砰砰响,格洛塔抬起头,左眼剧烈抽搐。谁他妈会在这时候敲门?弗罗斯特?塞弗拉?其他人?也许是高尔主审官,带着畸形马戏团前来拜访?也许审问长终于厌倦了他的玩具瘸子?毕竟晚宴完全偏离了轨道,而宽容决非审问长阁下的品质。码头边多一具浮尸……

门又在响。沉着、有力地敲门,仿佛在说:在我破门而入之前乖乖开门。"来了!"他叫道,从桌旁抬起站不稳的腿,声音有些嘶哑,"我来了!"他抓住手杖,跛到前门,深吸一口气才摸索着抽出门闩。

不是弗罗斯特,不是塞弗拉,不是高尔,更不是主审官手下那些畸形刑讯官。来客完全出乎意料。格洛塔抬起一边眉毛,靠在门框上:"威斯特少校,真想不到。"

老友重逢,往往像时光倒流,仿佛一切都没变。友谊依旧,情意长存,多年分隔只在弹指一挥间。往往如此,但不是你我。"格洛塔审问官,"威斯特低声说——犹豫、尴尬、窘迫,"很抱歉这么晚打扰你。"

"不用客气。"格洛塔冰冷但彬彬有礼地回答。

少校听了几乎抽搐了一下:"我能进去吗?"

"当然。"格洛塔在对方身后关上前门,蹒跚着随威斯特来到餐厅。少校犹犹豫豫地挤进一把椅子,格洛塔坐了另一把。他们面对面坐了一会儿,谁也没说话。见鬼,他到底想要什么,我还有什么能给的?炉火和唯一一根摇曳的蜡烛映照出老友的脸,格洛塔细细打量,这才发现威斯特变了。老了。额上头发稀疏,耳边有了灰发,脸庞苍白消瘦、还有些下陷。他看起来很消沉、很担忧,似乎到了崩溃的边沿。威斯特环视可怜兮兮的房子、可怜兮兮的炉火、可怜兮兮的家具,最后才谨慎地抬头望向格洛塔,随即又低头看地板。他十分紧张,惴惴不安。他似乎快吐了,见到我的人莫不如此。

对方说不出话,打破沉默的任务只能由格洛塔承担:"哎,多少年了,呃?不算城里那晚偶遇,那几乎算不上见面,对吧?"

那次不愉快的碰面像不经意间放的屁一样悬在两人之间,过了好一阵才消散。威斯特清清喉咙:"九年。"

"九年。回想当初,我们这对老搭档站在山脊上,看着下方的河、河上那座桥和桥对岸的古尔库大军。似乎是上辈子的事,对吗?九年。我还记得你恳求我别下去,但我置之不理。好个大傻瓜,呃?自以为是全军唯一的希望,自以为无所不能。"

"你拯救了大家,拯救了全军。"

"是吗?深感荣幸。我敢说我那日若死在桥上,我的雕像会在联合王国到处生根发芽。遗憾的是,我没死,这对每个人都是件憾事。"

威斯特抽搐了一下,在椅子里挪了挪,似乎更不安了。"事后,我找过你……"他含糊地说。

你找过我?太他娘的高尚了,这才算好朋友嘛。我的腿被切成碎片,活生生教敌人拖走,而这仅是噩梦的开始。"你不是来谈论旧时光的吧,威斯特。"

"不……不是,我为我妹妹而来。"

格洛塔愣住了,完全没料到对方的回答:"阿黛丽?"

"阿黛丽,是的。我很快就要出征安格兰,所以……所以我希望,也许你能帮我看着点她。在我离开期间。"威斯特的双眼紧张地眨个不停。"你对女人很有一套……沙德。"听他直呼名字,格洛塔的脸也抽搐了一下。现在没人会这样叫他。除了母亲。"你总是知道怎样哄女人开心。还记得那三胞胎姐妹吗?叫啥来着?你让她们任从你手上吃东西。"威斯特笑了,格洛塔却笑不出。

他当然记得,但回忆早已不带颜色、声音和情绪。那是另一个人的回忆。死人的回忆。我诞生于古尔库皇帝的监狱,之后的回忆才属于我。被拷问后像尸体一样躺在黑暗中的床铺上,等待永远不会来的朋友。他瞪着威斯特,心知目光冷冰得可怕。你以为摆出一副坦诚模样,谈谈旧时光就能让我原谅一切?好比走丢的狗,终于回到主人身边?不,你这猪猡,威斯特,你浑身散发着背信弃义的臭气——至少这段回忆属于我。

格洛塔缓缓靠回椅背。"沙德·唐·格洛塔,"他低声念叨,好像在回忆犯人的名字,"他去哪儿了,呃,威斯特?你知道,就是你朋友,那个华丽、英俊、骄傲、无畏的青年冠军?那个对女人有魔力的男子?那个被所有人尊敬爱戴,冉冉上升的明星?他下落何方?"

威斯特迷惑地回望他,不知所措,也不知如何回应。

格洛塔猛地倾身向前,双手摊开压在桌上,卷起双唇露出满嘴豁口。"他死了!他死在桥上!留下什么?留下一个背负他名字的丑陋瘸子!一个连路都走不稳、鬼鬼祟祟的影子!一个残破的幽灵,一个不知廉耻、苟延残喘的废物!这个天杀的惹人厌的孽障没有朋友,也不需要朋友!去找别人,威斯特!去找瓦卢斯,去找路瑟,去找你那些混球袍泽!这里没有朋友!"格洛塔激动得嘴唇乱抖,随即呕吐起来。他不知哪样更让人生厌——威斯特,还是他自己。

少校眨眨眼睛,下巴无声蠕动。他脚步不稳地起身。"对不起。"他回头道歉。

"告诉我!"格洛塔追到门前,"其他人,他们看到有利可图才巴结我,希望我发达后能分一杯羹,我对此一直心知肚明。我那样子回来,他们无疑会弃我而去。可你,威斯特,我一直把你当好朋友,当你是个好人。我一直觉得至少你——只有你——会来看我。"他耸耸肩。"似乎是我错了。"格洛塔转身,皱眉看向炉火,等待关门声。

"她没告诉你?"

格洛塔回头看他:"她?"

"你母亲。"

他哼了一声:"我母亲?她能告诉我什么?"

"我来看过你,来过两次。我一得知你回来,就立刻赶去看你。但你母亲在你家门口把我赶走了,她说你病得太重,没法会客,而且你不想再跟军方人士有任何瓜葛,尤其不想跟我再有瓜葛。两三个月后,我不死心,又回来看你,我觉得至少欠你这个。这回是仆人赶我走的。再后来我听说你加入审问部,去了安格兰,于是我把你从脑海中勾销……直到那晚……在城里碰面……"威斯特说不下去了。

格洛塔过了好一阵才理解对方的话,张大的嘴合不拢来。真相原来如此简单,没有任何心计,没有冷血背叛。他几乎要为自己荒谬的想象哈哈大笑。我母亲在家门口赶走了他,我居然没怀疑过没有任何人来看望我的说辞。她一直痛恨威斯特,认为威斯特是下等人,不配作她宝贝儿子的朋友。她一定把发生的事全怪罪于威斯特。我早该想到,却只是沉溺于痛苦和悔恨中,愤世嫉俗,自怨自艾。他吞了吞口水:"你来过?"

威斯特耸肩:"虽然没什么用。"

好吧。我还能怎样,只有尽力补救。"我,呃……我很抱歉,如果可以的话,请忘掉我刚才的话。拜托。请坐下。刚才你提到你妹妹。"

"是的。是的。我妹妹。"威斯特跌跌撞撞回去落座,一路盯着地板,担忧和负罪的神情又回到他脸上。"我很快要去安格兰,不知何时能回来……或者说如果我能回来……她在城里无亲无故,这个……我记得你来我家时,你们见过面。"

"当然。事实上,我们最近也见过。"

"是吗?"

"没错。在场还有我们共同的朋友,路瑟上尉。"

威斯特的脸色更苍白了。他有事瞒着我。然而格洛塔不想这么快就把探究的触角伸进刚刚恢复的脆弱友谊里。他静静等待,威斯特过了一阵才开口。

"她……过得很苦。我本该多做点什么。我可以多做点什么。"他凄凉地看着桌子,脸孔丑陋地痉挛。这个我再熟悉不过,这是我最擅长的本事之一:自我厌恶。"但我把心思放在其他地方,竭力忽视她的需求,假装一切正常。她受苦全因为我。"他咳嗽几声,又笨拙地吞咽了几口,嘴唇发抖,最后双手遮脸。"都是我的错……若她有个三长两短……"他的肩膀无声抖动,格洛塔不禁扬起双眉。他自是看够了别人在他面前哭泣。但一般而言,至少是亮器具之后。

"好啦,柯利姆,这不像你,"他缓缓伸手过桌面,到中间停了一下,最后尴尬地拍拍啜泣的朋友的肩膀,"你是有过错,但谁没有过错呢?过去已经过去,说什么也无法改变,只能立足于未来补救,呃?"说话的是我吗?格洛塔审问官,雪中送炭安慰朋友?然而威斯特听了似乎安心不少。他抬起头,擦擦鼻涕,湿润的眼睛满怀希望地看着格洛塔。

"你说得没错,你说得没错,自然,我必须做出补救,必须补救!你会帮我吗,沙德?在我离开时,你能帮我照顾她吗?"

"我会尽我所能,柯利姆,包在我身上。我曾自豪地称你为朋友……希望现在还能这么说。"奇特的是,格洛塔觉得自己眼中也有了一滴泪水。我?能说出这话?格洛塔审问官,有能信任的朋友?格洛塔审问官,成了无助少女的保护者?他想哈哈大笑,然而事实摆在眼前:他以为自己不再需要朋友,但能重新拥有朋友却是一桩幸事。

"霍莉特。"格洛塔说。

"什么?"

"那三胞胎,叫霍莉特。"他自顾笑了,回忆似乎鲜活起来,"她们的软肋是击剑。她们太喜欢击剑了,觉得剑手的汗水最有男人味。"

"我想我就是那时决定练剑的。"威斯特笑道,接着又皱起脸尽力回忆,"咱们的军需官叫啥来着?他跟那仨里最年轻的妞有一腿,结果嫉妒你嫉妒得几欲发狂。那家伙叫啥来着?胖胖的。"

军需官的名字格洛塔不用刻意回忆。"鲁斯。萨勒姆·鲁斯。"

"鲁斯,就是他!我快把他给忘了。鲁斯!那家伙讲故事总是眉飞色舞,好棒啊。我们经常坐在一起通宵达旦听他吹牛,笑得满地打滚!他后来怎样?"

格洛塔顿了一会儿。"我想他退役后……做起了买卖。"他否定地挥挥手,"听说去了北方。"

入土为安

Back to the Mud

卡莱恩完全变样了,狗子印象最深的还是它熊熊燃烧时的样子。那样的记忆总会伴你左右。房顶坍塌、窗户碎裂,一群群战士由于伤痛和胜利喝到烂醉如泥,然后继续喝——边喝边烧杀抢掠,干出无数暴虐行径。女人的哭号、男人的尖叫、烟雾与恐惧混合在一起。总之,那是一场不折不扣的大洗劫,而他和罗根干得不亦乐乎。

贝斯奥德扑灭大火后,把这里变成了根据地,搬进来开始建设。他踢走罗根、狗子一干人时,还刚刚动工,之后肯定是天天苦干。到如今,这座城已有被洗劫前两倍大,不仅覆盖了整座山丘,还一直蔓延到山坡下的河畔。它比乌发斯城还大,比狗子见过的所有城市都大。从他站的山谷这一侧的树丛望去,看不到人,实际上城里的人肯定很多。城门口延伸出三条新路,此外还有两座崭新的桥。新建筑比比皆是,而且都比原来大。大多了。大部分是用石头建的,搭着板岩屋顶,有些窗子上还装了玻璃。

"他们倒没闲着。"三树说。

"新城墙。"寡言说。

"好长啊。"狗子喃喃道。确实如此,城市围着整整一圈高大城墙,城墙上塔楼完备、应有尽有,下面还挖出很深的护城壕。山顶曾经伫立着斯凯林之厅,现在立着一栋更高大的建筑。非常高大。狗子实在想不通他们从哪里搬来这些石头的。"这是我见过的最他妈大的城墙了。"他说。

三树摇摇头:"我不喜欢这个。如果福利被抓,我们可救不出他。"

"如果福利被抓,我们五个就麻烦大了,头儿,他们会来抓我们。福利对他们没威胁,但我们有,怎样救出他是我们最不需要担心的事。依我看,他会一如既往迷迷糊糊蒙混过关,他多半会是我们当中最长命的。"

"希望别出什么意外。"三树低声说,"我们可算是命悬一线了。"

他们从灌木丛中爬回去,回到营地。黑旋风似乎很火大,巴图鲁情绪也不好,正用针缝补外套上的破洞,他粗大的手指笨拙地握住那根细小的金属,脸皱成一团。福利坐在他身边,透过树叶看天。

"感觉咋样,福利?"狗子问。

"不咋样,但唯有恐惧方能勇敢。"

狗子咧嘴一笑:"我是这么听说的。看来我们都算是英雄喽,呃?"

"必须的。"他也咧嘴而笑。

三树还是不放心。"你确定要这么做,福利?你确定要进去?你可能进去就出不来了,口才再好都没用。"

"我确定。也许我会吓得尿裤子,但我必须去,总比干坐在这里好啊。总得有人警告他们山卡的事,你知道的,头儿,除了我还有谁能去?"

老汉自顾点头,像日出一样缓慢。一如既往,他总是先想后说:"是啊。好吧,告诉他们我就在这儿等,旧桥旁边。告诉他们,我只有一个人,以防贝斯奥德非难你,懂吗?"

"知道。只有你一个,三树。我们两人翻过群山,回到这里。"

大伙儿聚成一圈,福利依次向他们微笑。"好了,弟兄们,道个别,呃?"

"闭嘴,最弱的。"黑旋风怒冲冲地说,"贝斯奥德不敢把你怎样。你会回来的。"

"以防万一。道个别总没错。"狗子笨拙地点点头。大家还是那些个伤疤累累的脏脸,只是表情比以前更严酷了。他们没人希望让自家弟兄涉险,但福利说得没错,总得有人去,而他也的确是最合适的。狗子发现,有时弱小是比强大更称手的盾牌。贝斯奥德是个烂人,但也是个聪明人。山卡要来了,必须有人警告他。他甚至可能为此感激他们。

他们一起走到树丛边缘,看着路。路蜿蜒过旧桥,折入山谷之中,沿路可以抵达卡莱恩的大门,走进贝斯奥德的要塞。

福利深吸一口气,狗子拍拍他的肩膀。"好运,福利,祝你好运。"

"你也是。"他捏了一会儿狗子放在他肩上的手。"伙计们都好运,呃?"然后他转过身,高昂着头走向那座桥。

"好运,福利!"黑旋风大喊,吓了众人一跳。

最弱的福利站在桥上转身看了看,咧嘴笑笑,然后继续前进。

三树深吸一口气。"操家伙。"他说,"以防贝斯奥德不讲道理。等待信号行动,明白吗?"

✡

狗子似乎等待了漫长的时间,趴在树丛中一声不吭、一动不动,看着下面新修的城墙。他把弓放在身边,一边观察,一边思考福利的遭遇。时间紧张而又缓慢地流逝。终于,有人出来了。几名骑手从最近的大门奔出,策马自一座新修的桥过河,后面跟着一辆马车。狗子不知他们为什么要带着马车，但感觉不太对劲——不见福利的踪影，说不出是好是坏。

骑手们飞快地冲上山谷，沿陡峭的山路直奔树丛、小溪和旧桥而来，直奔狗子而来。他听到马蹄踢踏泥土的声音。他们近了，狗子数得清人数，也看得清人——装备着长矛、盾牌和上好的盔甲，包括头盔跟锁甲，一共十人骑马，另外两人坐在车夫旁，手拿架在木块上的奇怪小弓。狗子不知他们来干嘛，也不想知道。他只想给他们来个出其不意。

他匍匐爬过灌木丛，蹚过小溪，快速来到树丛边，将旧桥尽收眼底。三树、巴图鲁和黑旋风都站在旧桥旁，狗子冲他们挥挥手。他看不到寡言，寡言肯定躲在远处的林子里。他做出手势，通知骑手们的到来，捏起拳头表示有十个人，摊平手放在胸口表示有盔甲。

黑旋风握住长剑和战斧，矮身安静地躲进旧桥旁一堆高耸的碎石头间。巴图鲁滑进水里——幸好溪水还未及膝——庞大的身躯贴紧远端桥拱，硕大的剑举在水面之上。这令狗子有点紧张，因为从他的位置能清楚地看到大巴的一举一动。当然，如果那些骑手沿路一路向前，是看不到的，他们只会看到三树一个人。狗子希望他们不要太小心，一旦他们仔细检查，就他妈糟了。

狗子看着三树把盾牌绑在胳膊上，抽出长剑，抻了抻脖子，然后就那么站在原地，像一尊凝固的大雕像般等待着，阻住了旧桥，仿佛全世界只剩他一人。

马蹄声越来越响，马车轮子的"咔哒"声也穿过树丛传到狗子耳中。他抽出几支箭，插在方便够到的地方。他尽力吞口水，以掩藏恐惧。手指一直在抖，但没关系，关键时刻它们还是靠得住的。

"等待信号，"他轻声对自己说，"等待信号。"

他把一支箭搭在弓上，半拉开弓弦，瞄准旧桥。死者在上，真他妈想撒尿。

山脊上露出第一支矛尖,接着其他长矛陆陆续续露了出来,然后是晃动的头盔、胸前的锁甲、马脸——骑手们直冲旧桥而来。一匹毛发蓬乱的高头大马拉着车隆隆地跟在后面,车上坐着车夫和那两名拿着滑稽小弓的乘客。

当先的骑手看见桥上的三树,便一马当先地冲来。眼见其他骑手陆续急切地跟进,狗子稍稍松了口气。福利肯定说了该说的话——这帮人以为只会见到一个人。狗子看到大巴从长满青苔的桥拱下朝上瞥,马蹄正从上方踏过。死者在上,他的手还在抖。他真怕自己一箭射空坏了大事。

马车停在对岸,车上的两个人站起来,用滑稽小弓指向三树。狗子瞄准其中一个,拉满弦。现在大部分骑手上了桥,马匹挤在一起打旋,很不满意如此局促的空间。当先的骑手停在三树面前,用长矛指着三树,但老汉寸步不让。三树就是这样。他只是皱着眉,不给那些骑手包围他的空间,把他们堵在桥上。

"好哇,好哇。"领头的开口,"三树鲁德。我们以为你早死翘翘了,老头。"他记得这声音。这人很早就是贝斯奥德的亲锐,人称"坏种"。

"大概我还有一两仗要打。"三树依旧寸步不让。

坏种看了他一眼,又瞥瞥树丛。他完全意识到自己的不利处境,但毫不在意。"其他人呢?操蛋的黑旋风呢,呃?"

三树耸耸肩:"只有我。"

"全入土了,呃?"坏种戴着头盔,狗子只看出他咧嘴笑了笑,"真他娘的可惜,我还想亲手宰掉那头臭猪咧。"

狗子不禁一缩,觉得黑旋风就要从那堆碎石里跳将出来。但那里没有动静。至少现在没有。黑旋风难得一次地等待着信号。

"贝斯奥德何在?"三树问。

"国王哪有工夫管你这号人!况且,他去安格兰踢联合王国的屁股喽。现在是卡尔达王子当家。"

三树嗤之以鼻。"王子？我记得他连奶都吃不好。"

"今非昔比啦，老头，世道变了。"

死者在上，狗子真希望赶紧完事，干他娘的。他快憋不住尿了。"等待信号。"他告诉自己，努力控制颤抖的双手。

"到处都是扁头。"三树说，"多半夏天就会南下，甚至更快。必须采取措施。"

"好哇，你为啥不跟我们走，呢？你可以亲自去警告卡尔达。我们带了辆车来，可怜你一把年纪，走不得路。"几名骑手大笑，三树依旧不为所动。

"福利呢？"他吼道，"最弱的福利呢？"

骑手们窃笑。"哦，他离得不远，"坏种说，"真的不远。你为啥不爬上马车，让我们带你赶紧去见他呢？我们可以坐下来，心平气和地谈谈扁头。"

狗子觉得不妙。非常不妙。他有种很糟的预感。"少来这套，"三树说，"见到福利之前我哪儿都不去。"

坏种皱眉："你没资格跟我们讨价还价。你以前是个大人物，现在算个屁，就是这样。妈的，照我说的放下武器、爬上这辆该死的车，否则我不客气了。"

坏种趋马上前，三树寸步不让。"福利呢？"三树吼道，"给我句实话，否则把你开膛破肚！"

坏种回头冲同伴们咧嘴笑笑，他们也都咧嘴笑起来。"好吧，老头，既然你非要知道。卡尔达的意思是再等等，但我等不及看你的表情了。最弱的就在马车里，至少大部分在。"他微笑着从马鞍上扔下个东西。是个帆布口袋，狗子猜到里面是什么了。袋子落在三树脚边，里面的东西滚了出来，只消看一眼老汉的表情，狗子就知自己猜对了。

福利的头。

事已至此，还等个狗屁信号。狗子的第一箭射穿了马车上右侧那

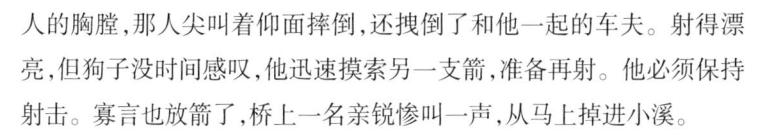

人的胸膛，那人尖叫着仰面摔倒，还拽倒了和他一起的车夫。射得漂亮，但狗子没时间感叹，他迅速摸索另一支箭，准备再射。他必须保持射击。寡言也放箭了，桥上一名亲锐惨叫一声，从马上掉进小溪。

三树矮身蹲在盾牌后面，抵挡坏种的长矛，且战且退。坏种已离开旧桥，踏上狗子他们这边的路了。

后面一个骑手急于下桥，挤到了坏种身旁，正好经过那堆石头。

"狗娘养的！"黑旋风从石堆中一跃而起，直扑那骑手。他们撞在一起，肢体和武器纠缠，但狗子还是能看清黑旋风在上面。他的战斧几下翻飞，对方又少了个人。

狗子哇哇大叫，第二箭偏得离谱，但插进了一匹马的屁股，效果倒出奇的好。那匹马人立而起，不断尥蹶子，周围的马也跟着闹腾，马上的骑手们咒骂着、被带得撞来撞去，长矛横七竖八，桥上乱作一团。

末尾的骑手突然被砍成两半，鲜血横飞。霹雳头已经上岸，绕到他们后面，没有盔甲能抵挡他的雷霆一击。巨人咆哮着，再次举起大得吓人的血淋淋的兵器。排在倒数第二位的骑手及时举盾，但根本没用。这一剑削去一大块盾牌，劈开脑袋，将骑手砍翻下马。力道之狠，连马都倒下了。

另有一人拨转马头，试图从边上用长矛攻击巴图鲁，但还没刺出就痛得闷哼一声，弓起了背。狗子看到他背上的羽毛。寡言干的。那人栽倒下马，脚还挂在马镫里，被拖着走。他呻吟着想脱身，但他的坐骑和其他马一样躁动不安，带着他挤来挤去，东摇西晃，让他的脑袋不停撞向桥的护墙。他只能把长矛扔进小溪，刚要起来又被马一蹄子踹在肩膀上。这下他倒是抽出了脚，却滚进一团混乱的马蹄中。狗子不再注意他了。

另一名射手还在马车上，此时回过神来，用那张滑稽的小弓瞄准了还蹲在盾牌后面的三树。狗子向他射出一箭，但动作匆忙，射的时候又在大喊，结果这一箭射中了刚爬起来的车夫的肩膀，令其重新倒回马车里。

奇怪的弓弦声响起，盾牌后的三树一颤。狗子担心了片刻，然后看到那支箭穿透了厚重的木板，刚好在三树面前停住，嵌在盾牌中，尾羽在外颤动，箭尖在里面。歹毒的小弓箭，狗子心想。

他听到大巴咆哮，又一名骑手掉进小溪，另有一人背上中了寡言的箭，也一头栽倒。黑旋风转身，从下面用长剑砍断了坏种的坐骑的后腿，那马跌倒在地，把坏种掀了下来。剩下的两名骑手被困在桥上，黑旋风和三树守住一边，巴图鲁守另一边，而桥上挤满了没骑手的吓坏了的马，他们连转身都困难，只能听凭躲在林子里的寡言摆布。寡言没心情啰嗦，几箭解决了他们。

拿小弓的想突围。他扔下木头做的奇怪武器，跳下马车。狗子暗暗叫好，小心地瞄准。这次他一箭命中，那人没跑出几步肩头就中了箭，还挣扎着向前爬，但爬几步就爬不动了。车夫又露脸了，捂着肩上的箭杆不断呻吟。狗子甚少杀死无法还手的人，但今天是例外。

他一箭射透了车夫的嘴。

狗子看到一名骑手大腿上中了支寡言的箭，正一瘸一拐地逃跑，于是想用最后一支箭结果他。但三树先一步冲去，用长剑刺穿了那人的后背。还有个人挣扎着想起来，狗子又瞄准，没等放箭，那人已被黑旋风砍了头，到处是血。马儿们还在号叫、踢打，在旧桥光滑的桥石上窜来窜去。

狗子看见坏种了，那是唯一还活着的敌人。坏种跌下马时摔掉了头盔，现在正手脚并用地在小溪里挣扎，被沉重的盔甲拖慢了速度。为逃跑，他丢弃了盾牌和长矛，却没想到正冲狗子而来。

"抓活的！"三树大喊。大巴奔下岸，但只能在马车搅起的淤泥中缓缓推进。"抓活的！"黑旋风也追在后面，咒骂着溅起一大片水花。坏种就在眼前，狗子听见他在水中挣扎时发出惊恐的喘息声。

"啊！"狗子射中了他链甲衫下的大腿，他惨叫一声，向溪岸栽去，鲜血混入泥水。他努力把自己拖上泥泞的溪岸。

"就是这样,狗子,"三树大喊,"抓活的!"

狗子钻出树丛,跑向岸边,冲进水里。他抽出匕首。大巴和黑旋风正在赶来,但还有一小段距离。坏种在泥巴里翻了个身,腿上的箭伤让他脸皱成一团。他举起双手。"好吧,好吧,我投——"

"你投什么?"狗子俯视着他问。

"呃——"他再次开口,表情十分震惊,还伸手摸脖子。鲜血从他指间涌出,流到湿漉漉的锁甲上。

黑旋风蹚水冲到旁边,低头一看。"完了。"他说。

"你干吗呢?"三树急匆匆赶来叫道。

"呃?"狗子问,然后低头看了看匕首,上面全是血。"噢。"他这才意识到自己割了坏种的喉咙。

"我们能问他问题!"三树说,"还能让他回去给卡尔达带个信,告诉他是谁做了这些,为什么做了这些!"

"醒醒吧,头儿,"巴图鲁已经开始擦拭长剑,"他妈的没人在乎老规矩了。况且他们很快就会追上来,何必废话。"

黑旋风拍拍狗子的肩膀:"干得好,这兔崽子的头就算带信了。"狗子不太确定想不想要黑旋风的赞许,但说什么也晚了。黑旋风砍了两下才砍掉坏种的头,然后拽着头发四处乱甩,像抓着一袋芜菁一样漫不经心。他顺手从小溪里抄起一根长矛,找了个喜欢的地方。

"世道变了。"三树一边从岸边大步向旧桥走去,一边嘟囔。寡言在桥上搜刮尸体。

狗子跟在后面,看着黑旋风把坏种的头插在矛上,将长矛一端插进地里。做完这些,黑旋风退开两步,手搁屁股上,欣赏自己的杰作。他把长矛向右拨了拨,又向左拨了拨,直到立得笔直。他冲狗子咧嘴而笑。

"完美。"他说。

"现在咋办,头儿?"大巴问,"现在干啥?"

三树弯腰在溪水里洗净沾满血的双手。

"现在干啥?"黑旋风追问。

老汉缓缓起身,用外套擦干手,仔细思考下一步行动。"去南方。路上把福利埋了。我们骑上这些马,反正他们会骑马冲南方来追我们。大巴,去卸下拉车的马,只有它能载你。"

"去南方?"霹雳头疑惑地问,"去南方哪儿?"

"安格兰。"

"安格兰?"狗子问,他觉得大家都很迷惑,"为什么?他们不是要攻打那儿吗?"

"正因他们要攻打那儿,我们才去。"

黑旋风皱眉:"我们?我们干吗跟联合王国干仗?"

"才不,白痴。"三树说,"我想和他们联手。"

"联手?"巴图鲁噘起嘴,"和那帮该死的娘娘腔?这不是我们的仗,头儿。"

"从现在起,只要是跟贝斯奥德打仗,都是我的仗。我要看到他的末日。"三树一旦下定主意,狗子就没见他变过。从来没有。"谁跟我走?"三树问。

当然,他们全都跟他走。

✡

下雨了。淫雨霏霏,全世界都湿腻腻的。他们说小雨像少女的吻,但狗子已经记不起少女长什么样了。不过,这雨倒是下得恰逢其时。黑旋风挖好坑,吸了口气,把铁锹插在墓穴旁的土里。

这里离道路相当远。非常远。他们不希望有人找来,挖出福利。他们围成一圈——只剩五人了——低头看着墓穴。他们很久没有下葬谁了。罗根确实不久前落在山卡手里,但他们没找着尸体。这支队伍少了一人,但在狗子看来,他们失去了很多。

三树皱眉思考了一会儿,想着该说什么。还好三树是头儿,无论如何总得说点什么,狗子觉得自己肯定说不出。过了一分钟,三树开始说话,慢得就像渐渐西沉的落日。

"这里埋葬了一位弱者。实际上,是最弱的。这是他的外号,听起来是不是很滑稽?叫一个人最弱的,因为他是他的氏族里最弱的战士,选他出来是为了向九指投降。他确实是个孱弱的战士,但要我说,他有颗强大的心。"

"对。"寡言说。

"强大的心。"巴图鲁说。

"最强大的。"狗子含糊地说。实际上,他喉咙有点哽住了。

三树兀自点点头。"像他这样赴死是要有骨气的。像他这样毫不抱怨、自觉自愿地牺牲,不是为自己,而是为陌生人。"三树咬紧牙关,停了一会儿,盯着地面。他们都是如此。"我要说的就这些。入土为安,福利。我们少了个弟兄,大地多了份滋养。"

黑旋风跪下,手放在刚挖出的泥土上。"入土为安。"他说。有一阵狗子以为有泪水掉在他鼻子上,但那不过是雨水。黑旋风就是黑旋风。他站起来,低头走开,其他人一个接一个地跟在他后面,走向马匹。

"再见,福利。"狗子说,"你不用再恐惧了。"

现在他是这伙人中最弱的了。

悲剧
Misery

杰赛尔皱紧眉头。阿黛丽迟到了,她从不迟到,无论在什么地方约会,她总比他先到。他一点也不喜欢等她。他总在等她的信,那已经够糟了,而跟个白痴似的站在这里,让他觉得自己越来越像个奴隶。

他皱眉看向阴霾的天空,空中有零星雨点落下,正好映衬他的心绪。雨滴轻轻刺痛脸颊,在灰色湖面印出一个个小圆圈,在绿树和灰房子上划出淡淡的涓流。锻造者大厦此刻云山雾罩,他极不愉快地皱眉盯着它的黑暗轮廓。

他不知该怎样面对大厦里发生的事。从头到尾像一场疯狂的噩梦,他也打算像忘掉噩梦一样忘掉它,假装一切从未发生。他本来可能成功的,只怪那该死的东西一直矗立在视线边缘。无论何时出门,它都在提醒他世上充满未解之谜,而这些谜团随时可能打碎他的世界。

"见鬼去。"他咕哝道,"那个疯子,巴亚兹,也见鬼去。"

他再度皱眉看向湿漉漉的草坪。雨水赶跑了游人,公园迎来久违的空旷。两个一脸悲伤的男人无精打采地坐在长椅上,诉说着彼此的哀愁,路上还有些匆匆来往的行人。某人裹着长斗篷,直冲他而来。

杰赛尔眉梢的皱纹顿时纾解。是她,他知道是她。她拉起兜帽,严严实实地遮住脸。今天是挺冷,但这样的装扮似乎也太夸张了,她可不是为一点雨就退缩的女子。无论如何,他很高兴见到她,简直高兴得发狂。他笑容满面地冲上去,当他俩之间只剩两三步距离时,她拉下兜帽。

杰赛尔吓呆了。她眼睛周围有块巨大的紫色瘀青,还有她的嘴!他愣在原地,愚蠢地希望受伤的是自己,那会痛得好一些。他意识到自己一手掩嘴,双眼鼓起,好比无知少女发现浴盆里有只蜘蛛,但他控制不了。

阿黛丽怒视他:"怎么?没见过吗?"

"呃,见过,可……你还好吗?"

"我当然好。"她绕开他,继续沿路前进,逼得他疾步追赶,"没事儿,就是摔着了。我是个大笨蛋,一直都是,向来如此。"他觉得她语带苦涩。

"我能做点什么吗?"

"你能做点什么吗?亲一亲伤就好了?"若是四下无人,他倒不介意一试,但她紧皱的眉头让他打消了轻薄念头。真奇怪,脸上丑陋的伤本该让他恶心,结果正相反,他无法抑制地想拥她入怀,摸她的头发,对她呢喃安慰的话。真是个废物。他要敢试她准给他一巴掌,或许那才是他应得的。她无需他抚慰,再说,他也不能碰她,因为周围有人。他妈的活见鬼,到处都有人,永远不知谁会看在眼里。想到这儿他就紧张。

"阿黛丽……咱们是不是太冒险了?我的意思是,若你哥哥——"

她嗤之以鼻:"忘了他。他做不了什么。我警告他少管我的事。"杰赛尔情不自禁地笑了,他猜想那定是一番有趣的对话。"此外,我听说你们下次涨潮就要出征安格兰,不说个再见就走可不太地道,你说对吧?"

"我不会这样!"他又吓住了,单听她把再见说出口他就心里难受,"我的意思是,好吧,我宁可错过船班也不会做出这种事。"

"哈。"

他俩默默无言地绕湖走了一段,两人都盯着路面。这不是他在心里操演过无数遍的苦中带甜的道别。他们穿过垂柳树丛,柳树枝条轻轻划过水面,好歹这是个相对隐秘的地点,能避开窥探的眼睛,杰赛尔觉得很可能找不到更合适的地方了。于是他斜瞥了她一眼,深吸一口气。

"阿黛丽,呃,我不知这次出征为时多久。我的意思是,我觉得可能要几个月……"他咬着上唇,话刚出口就偏离了轨道。这段说辞他至少对镜练过二十遍,直到确定表情正确无误:严肃、自信、稍带亲昵。结果到头来,他像个傻瓜般语无伦次。"我希望,我的意思是,也许,我希望你会等我?"

"我敢说我还会在这里,反正也无处可去。不用管我,你在安格兰有的是事情要操心——战争、荣誉、光耀门楣诸如此类。你很快就会忘了我。"

"不!"他大叫一声,抓住她的胳膊,"不,我不会的!"他很快抽回手,担心被人看见。至少现在她肯看着他了,也许眼中有点惊讶,惊讶于他强烈的否定——但她决不及他本人一半惊讶。

杰赛尔眨眨眼,向下看着她。她当然是个漂亮妞儿,但晒得太黑,又聪明过头了。她的裙服上没有珠宝,脸庞还有一团丑陋的大瘀青。在军官圈子里,她根本是个不值一哂的对象,为何他觉得她是世上最美的女人?为何在他眼中特维丝公主成了条不洗澡的狗?机智的回答统统弃他而去,他直直望进她的眼睛,下意识如放连珠炮般辩解。也许这就是诚实的滋味吧。

"你瞧，阿黛丽，我知道你觉得我是个蠢驴，而且，我敢说我确实是，但我不想一直这样下去。我不明白你为何对我感兴趣，这些事我真的不懂，可是，好吧……我一直想着你。我几乎没法去想其他任何事。"他又深吸一口气。"我想……"他紧张地扫视周围，再次确定没人，"我想我爱上你了！"

她忍俊不禁。"你真是个蠢驴。"她回答。绝望。崩溃。连失望都感觉不到。脸皱成一团，脑袋耷拉下去，眼睛盯着地面，眼中盈满泪水。真正的泪水。凄凉。"但我会等你。"喜悦。喜悦充满胸腔，令他爆发出一声少女的啜泣。他完全失控了。她占有了他的喜怒哀愁。悲剧与幸福之间，不过是她一句话。她又咯咯笑了：" 瞧你，傻蛋一个。"

接着她伸手摸了他的脸，用拇指擦去一滴流下的泪水。"我会等你。"她微笑着重复。是那种嘴角一边高一边低的笑。

人群褪色了，公园、都城、全世界都褪色了。杰赛尔向下看着阿黛丽，看了多久他不清楚，他只想把她每个细节都印在脑海。不知何故，他有种感觉，记忆里她的笑容会让他撑过许多考验。

✡

港口极度拥挤——应该说素来拥挤的港口如今挤上加挤。各个码头人山人海，空气在喧嚣中沸腾，一眼望不到头的士兵和补给沿湿滑的跳板上船。板条箱和桶子上了船，成百上千的马要死要活地踢打着、眼睛暴突、嘴吐白沫，终于也犟不过上了船。人群咕哝抱怨，拉着潮湿绳索，拖着潮湿梁木，在细雨中互相咒骂叫嚷，在潮湿甲板上滑倒，奔来忙去，真是一场可歌可泣的混乱。

到处都有人在拥抱接吻、挥手作别。妻子跟丈夫道别，母亲跟孩子道别，儿子跟父亲道别，且个个淋成了落汤鸡。有人摆出勇敢神态，有人却号啕大哭，还有人漠不关心，只为见证这场疯狂的话剧。

杰赛尔也不关心,他靠在那艘将载他去安格兰的船饱经风霜的栏杆上,陷入了深邃的忧郁。他抽着鼻子,任湿头发贴紧头皮。阿黛丽不在,又无处不在。她的声音压过喧嚣,一遍一遍地呼唤他的名字。她出现在他的眼角余光中,盯着他看,让他喘不过气。他每每回以微笑,半抬起手正欲作别,却发现那根本不是她。那是别的黑发女人,正笑着跟别的士兵说话。他只得耷拉下头,每次失望都更刺痛了他。

他发现自己犯下了一个天大的错误。怎能鬼迷心窍要她等他?等他做啥?毫无疑问,他不可能娶她。绝不可能。但光想想她看向别的男子他就犯恶心。他真是条不折不扣的可怜虫。

是爱情。他不想承认,却不得不承认。他向来以为所谓爱情是天底下最大的笑话。这个词愚不可及,只配拿给蹩脚诗人弹唱或成为无病呻吟的傻女人的谈资。它是童话故事,不属于真实世界——主宰真实男女关系的是"操"和"钱"。然而他却落到这步田地,夹在恐惧与负罪之间,被欲望跟困惑包围,满心失落和痛苦。爱情,就是诅咒。

"我真希望能看见阿黛丽。"卡斯帕满怀希望地低声说。

杰赛尔转身瞪着他:"什么?你说什么?"

"她挺好看,"中尉举起双手,"仅此而已。"自那场不欢而散的牌局以来,身边的人都对他多了点心眼,仿佛以为他是座随时可能爆发的火山。

杰赛尔回头继续闷闷不乐地观望人群。船下似乎起了骚动,有个骑手奋力挤过混乱现场,用马刺拼命催促口吐白沫的坐骑,不断高叫:"让开!"即便在雨中,骑手头盔上的翅膀依然闪闪发亮。是个传令骑士。

"有人要倒霉了。"卡斯帕喃喃道。

杰赛尔点点头:"似乎是我们这条船的。"传令骑士直冲这条船而来,蛮不讲理地挤开一大帮茫然不知所措的愤怒的士兵和工人。接着他一下子跳下马,坚定地踏上这条船的跳板,他神情严肃,布满水珠的明亮盔甲叮当作响。

"路瑟上尉在吗?"他大声问。

"在,"杰赛尔答道,"我帮你找上校。"

"不必,我是来找你的。"

"你是?"

"莫拉维大法官要你立刻觐见。你最好用我的坐骑。"

杰赛尔皱紧眉头。他不喜欢这消息。一个传令骑士十万火急来找他,这毫无道理,多半是锻造者大厦的事。可他不想再跟那事有任何瓜葛。他想翻过那一页,把那房子,连同巴亚兹、北方蛮子和讨厌的瘸子一起统统忘掉。

"大法官在等你,上尉。"

"好的,马上。"他别无选择。

✡

"噢,路瑟上尉!跟你重逢真是莫大荣幸!"在大法官办公室外撞上疯子苏法,杰赛尔吃惊不小。对方这回至少外表不像个疯子,说不定是这世界疯了。"莫大荣幸!"苏法唾沫横飞。

"彼此彼此。"杰赛尔木然回应。

"实在是巧得不能再巧,我俩正要各奔东西咧!主人交代下满满一箩筐任务,"他长叹一声,"没有片刻消停,呃?"

"是、是的。"

"无论如何,跟你重逢真是莫大荣幸,还有你在剑斗大赛上的精彩逆转!你知道,我看完了全场,真是难得一见啊。"他露出宽阔的笑容,不同颜色的眼珠在闪烁。"回想当初,你几乎就要放弃。哈!可你坚持了下来,正如我规劝的那样!是的,你坚持下来,收获了成果!世界边缘。"他轻叹道,似乎说大声些会带来灾祸,"世界边缘。你能想象吗?

我羡慕你,羡慕死你了!"

杰赛尔眨眨眼:"什么?"

"什么!哈!他说'什么'!你充满冒险精神,先生!冒险精神!"苏法大步离开潮湿的元帅广场,一路自顾笑着。杰赛尔目瞪口呆,乃至于忘了在对方走出听力范围之后骂一句该死的白痴。

莫拉维手下一个办事员领他走过充满回音的空旷走廊,来到一扇双开巨门前。办事员停步敲门,听到有人高声回应才拉着把手,推开一边门,恭恭敬敬迎候杰赛尔入内。

"您快进去。"两人僵立了片刻,办事员轻声催促。

"是、是的,当然。"

门内是个静得出奇的洞穴般的房间,大而方正,却没几件家具——唯有的几件不成比例,似是为比杰赛尔体型大得多的对象准备的。总而言之,这地方让他感觉是来受审的。

莫拉维大法官坐在被打磨得光可鉴人的大桌子后,和蔼地微笑着看向杰赛尔,神态中甚至带着一丝同情。瓦卢斯元帅坐在法官左边,面露愧疚般盯着自己在桌面上的模糊倒影,杰赛尔对此颇觉不快,待看到桌后的第三人,更是雪上加霜:那是一脸洋洋自得笑容的巴亚兹。门在身后关闭,他感到一股突来的紧张,上门闩的声音几乎像沉重的牢狱铁门关闭。

巴亚兹从椅子里起来,绕过大桌子。"路瑟上尉,我很高兴你能及时赶到。"老头双手用力握住杰赛尔湿漉漉的右手,领他上前。"感谢你。十分感谢。"

"呃,不客气。"好像他有得选似的。

"好了,你可能还摸不着头脑。请容我解释。"他退后一步,站在桌前,像慈祥的叔叔握着侄儿的手谆谆教诲一样,"我和几位勇敢的伙伴——你知道,他们都是万里挑一的高手能人——将要进行一场伟大的旅行!一段壮丽的航海!一次精彩的冒险!我毫不怀疑,等我们得胜归来,这次的冒险故事将长久流传下去,流芳百世。"巴亚兹抬起两边白眉时额头现出深深的皱纹。"怎么样?你怎么想?"

"呃……"杰赛尔不知所措地瞥向莫拉维和瓦卢斯,他们都没给出半点提示,"能让我直言吗?"

"当然了,杰赛尔——我叫你杰赛尔,行吗?"

"行,呃,好的,没问题,我想说的是,呃,关键在于……我不知道这跟我有什么关系?"

巴亚兹微笑:"我们还缺个人。"

沉重的长长沉默。杰赛尔的头皮上渗出一滴冷汗,流下头发,淌过鼻子,滴在脚底瓷砖上。恐惧缓缓占据了全身,从肚腹一直蔓延到指尖。"缺我?"他嘶声问。

"这将是一场危险而漫长的旅行,其间考验重重。你我一行会遇到敌人,超乎你想象的敌人。能与一位盖世无双的剑客同行——那就是你——我们不是放心多了吗?你可是剑斗大赛的新科冠军!"

杰赛尔吞了口口水:"我感谢您的邀请,真的非常感谢,但恐怕我不能接受。我是王军军官,您想必能理解。"他朝门口犹豫地退了一步。"我得去北方。我的船很快要启程——"

"只怕她已经启程了,上尉。"莫拉维温暖的话音让杰赛尔五雷轰顶,"你无须考虑北方,安格兰与你无关了。"

"可是,阁下,我的连队——"

"会委任给其他军官,"大法官微笑,微笑中既有理解和同情,也暗示事情无可挽回,"我理解你的感受,真的,但凡事有轻重缓急,此事关乎联合王国国运。"

"关乎国运。"瓦卢斯半心半意地咕哝。杰赛尔眨巴眼睛盯着三个老头,感到自己落入了陷阱。这就是他赢下剑斗大赛的奖励?跟老疯子和野蛮人去进行一场天知道目的地何在的白痴航海?他真希望自己从没动过练剑的念头!真希望这辈子没见过一把剑!但光想有什么用？没有回头路可走。

"我的职责是报效国——"杰赛尔呢喃。

巴亚兹哈哈大笑："你不会报国无门的，我的孩子，何苦为凄冷北方的尸堆多添一具尸体呢？我们明日出发。"

"明日？可我的东西——"

"不必担心，上尉，"老头离开桌子，热情地拍了拍他的肩，"一切都安排好了。开船以前你的箱子被送了下来，你还有一晚上时间收拾，但我们得轻装简行。自然，你要带上武器，还有适合旅行的耐用衣服，以及一双上好的靴子，呃？恐怕你得把制服全留下，在我们去的地方，它可能引来不必要的关注。"

"是的，当然，"杰赛尔可怜兮兮地说，"我能问问……目的地吗？"

"去世界边缘，我的孩子，世界边缘！"巴亚兹的眼睛闪闪发光，"当然还要回来……希望如此。"

血九指
The Bloody-Nine

要说九指罗根有啥感觉,那就是他非常开心。终于要离开了。除了几句关于旧帝国和世界边缘的含糊话,他对他们上哪儿去毫不知情,也不关心。对他来说,哪儿都比待在这该死的地方强,并且越早离开越好。

队伍最后一位成员——路瑟,大门口遇到的骄傲年轻人,在比剑游戏里靠巴亚兹作弊赢得了冠军——似乎不能分享他的这种心态。年轻人说话几乎从未超过两个字,只板着苍白的脸,盯向窗外,站得笔直,好像有根矛插在屁股下一样。

罗根慢慢靠近年轻人。要和某人同行,甚至一起战斗的话,最好先说说话,乃至开开玩笑,以达成某种谅解,然后才谈得上信任,而信任是维系团队的纽带,到了野外,这能决定生死。建立信任需要时间和努力,罗根认为越早努力越好,而他今天比较有心情。他和路瑟并排而立,看向外面的公园,试图找些共同话题来开启这段不大可能的友谊。

"你的家很漂亮。"这不是真心话,但他实在想不出别的什么话了。

路瑟转身,傲慢地上下打量他:"你又知道什么?"

"我想人的看法都是差不多的。"

"哈。"年轻人冷笑,"我想这就是你我的不同之处。"他又转回窗外。

罗根深吸一口气。看来信任还需培养。他不再理会路瑟,转而去找魁。门徒似乎也好不了多少,瘫在椅子里,皱着眉,两眼茫然。

罗根坐到他旁边:"你不期待回家吗?"

"家。"门徒无精打采地嘟囔。

"是啊,旧帝国……什么的。"

"你根本不知道那儿是什么样。"

"你可以给我讲。"罗根道。他以为会听到祥和的村庄、城镇、河流,等等。

"血腥,那里非常血腥,而且无法无天,人命贱如尘土。"

血腥无序。这些唤起了他不安的熟悉感。"帝国不该有个皇帝之类的吗?"

"那里有很多皇帝,整天打来打去,时常结盟,但不到一周、一天,甚至一小时就有人从背后捅刀子。一个皇帝倒下,另一个皇帝立马取而代之,然后是下一个、再一个,伴着老百姓流离失所、背井离乡,以及烧杀抢掠。城市都在萎缩,过去的辉煌建筑成为废墟,庄稼无人收割,人们忍饥挨饿。杀戮与背叛,几百年来循环往复。积怨太深,盘根错节,没人说得清到底是谁恨谁,为什么恨谁,憎恨不再需要理由。"

罗根作最后一次努力:"你又不知道现在的情况。说不定变好了。"

"凭什么?"门徒咕哝,"凭什么?"

罗根绞尽脑汁想答案,一扇门突然被推开。巴亚兹皱眉环视屋内:"马尔基尼呢?"

魁吞了口口水:"她走了。"

"我知道她走了！难道我没吩咐你留住她吗？"

"你没说怎么留。"门徒嘟囔。

他的导师没理他。"这死女人是怎么回事？我们中午必须出发！才认识三天,我已经快被她惹毛了！"他咬着牙,深吸一口气,"罗根,你能找到她吧？找到她,带回来。"

"她要是不想回来呢？"

"我不管,总之找到她,带回来！哪怕你把她一路绑架回来我也不在乎！"

说得容易,但罗根想都不敢想。不过,如果一定要搞定这事才能起程,那最好尽快搞定。他叹口气,从椅子上起身,走向房门。

✡

罗根躲在墙壁的阴影中观察。

"见鬼。"他小声骂了一句。岔子总在这时候发生,在他们将要离开时。二十跨外,菲洛站直了身,黝黑的面庞挂着比平常更恼怒的神情。三个戴面具的黑衣人朝她围拢,腿下和背后的棍子若隐若现。罗根很清楚他们想干吗。他听到其中一人在面具后低声说话,大意是悄悄地干。他皱起眉。悄悄地干可不是菲洛的作风。

他思索自己是不是该偷偷溜走,通知其他人。他觉得自己对这女人的感情实在没到要为她拼个头破血流的地步。但如果撒手不管,三对一,等他叫人回来帮忙估计她早被揍得七荤八素、不知拖到哪儿去了。那样的话,恐怕他也永远无法离开这座该死的城市。

他开始估算距离,考虑接近的最佳方式,衡量机会。但他太久没做这些事了,脑袋转得很慢,正当他踌躇不定时,菲洛突然放声高喊着跳向一人,撞了对方一个四脚朝天。那人被她在脸上狠揍了几拳,然后她就被另外两人抓住拉开了。

"见鬼。"罗根嘶声咒骂。三个人扭作一团,在道路上缠斗,不时撞在墙上,引发闷哼和诅咒。他们厮打的手脚难分难解。走为上显然没可能了,罗根磨磨牙,冲了过去。

另两人努力制服菲洛时,倒在地上的人摸索着起来,甩甩被打晕的头,高举棍子,弯腰打算照菲洛的头一记猛击。罗根大吼一声。戴面具的脸转了过来,惊讶地看着他。

"啥——"罗根的肩膀撞在他肋骨上,把他撞飞出去,再次四脚朝天摔倒在地。罗根眼角余光瞥到有棍子打来,但仓促间没使上力。他用胳膊夹住棍子,两拳砸在持棍人的面具上,打得满手是血。那人踉跄后退,双臂下垂,势欲跌倒。罗根两手抓住他的黑衣,把他拎起来,头下脚上地扔向墙壁。

那人哼了一声,瘫倒在地。罗根旋即转身,紧握双拳,却发现最后一人已趴在地上,菲洛用膝盖抵住他的背,抓着头发不断把头撞向路面。女人嘴里一直吼着听不懂的脏话。

"你他妈做了啥?"罗根抓着胳膊肘将她拉开。

她挣开罗根的手,站起来喘粗气,双手在身侧紧握成拳,鼻子不断滴血。"没啥!"她吼道。

罗根谨慎地退开一步:"没啥?那这是怎么回事?"

她一字一顿地吐出带着难听口音的字句:"我、不、知、道。"她用一只手擦了擦血淋淋的嘴,突然定住了。罗根回头一瞥。又有三个面具人,正沿狭窄小路跑向他们。

"见鬼。"

"跑啊,粉佬!"菲洛转身就跑,罗根紧随其后。还能怎样?他只能跑,心惊胆战、上气不接下气地逃跑,随时等着背上吃一记。他拼命喘气,而响亮的脚步声一路回荡在耳边。

高大的白色建筑从两侧掠过,窗子、大门、雕像、花园……还有人,人们被狂奔的两人撞开，或者赶紧靠墙，冲他们大喊大叫。罗根不知跑到了哪儿，也不知在往哪儿跑。有人推门而出，正好在他前方，手捧一大摞文件。他们轰然撞在一起，跌进排水沟里滚了好几圈，文件漫天飞舞。

罗根想起身，但双腿犹如火烧。他看不见了！一张纸糊在脸上，他把纸扯开，感到有人钳住他腋下，扯他起来。"起来，粉佬！接着跑！"是菲洛。她甚至没怎么喘，而罗根光是费力跟上她就已经觉得肺要炸了。她只是稳步奔跑，低头健步如飞。

菲洛冲过前面一道拱门，罗根勉强跟进，拐弯时靴子都在打滑。他们来到一片阴暗的辽阔空间，像是高耸的方形木房梁组成的奇怪森林。这他妈哪儿啊？前方有光，是开阔地。他冲了出去，被光刺得直眨眼。菲洛就在前面，她缓缓转身，喘着气。他们站在一圈草地中央，很小的一圈草地。

他知道他们在哪儿了。他曾坐在人群中，观看这里的比剑游戏。空旷的长椅向四面八方延伸，拿锯子和锤子的工匠穿梭其间，把靠后的椅子拆成木板，下面的龙骨高高矗立，好像巨人的肋骨。罗根把手放在晃悠悠的膝盖上，弯腰喘息，朝地上吐白沫。

"现在……怎么办？"

"那边。"罗根努力直起身，摇摇晃晃地跟上，她却退了回来。"不行！"

罗根也看到了，又是戴面具的黑色人影。带头的是个高个女人，顶一头蓬乱红发。她踮着脚，安静地走向圈子，同时在身后挥手，指挥另两人向两边散开，好将罗根包围。罗根边思考对策，边在四周寻找武器，但什么都没有，只有空空如也的长椅和周围高大的白墙。菲洛退向他，离他不到十跨远，她那边还有两名面具人，手中也都握着棍子，正沿围墙散开。五个，一共五个。

"见鬼。"罗根说。

✡

"他们人呢?还不回来?"巴亚兹一边踱步,一边吼叫。杰赛尔没见过这老头生气,这让他莫名地紧张。每当他靠近,杰赛尔就想往后退。"我要去洗澡,妈的,下次洗可能要等几个月。几个月!"巴亚兹大步离开屋子,猛地甩上浴室门,屋里只剩杰赛尔和门徒了。

他们年龄上应该很相近,但杰赛尔觉得再无其他共同点了。他含着不加掩饰的轻蔑盯着对方,不过是个病恹恹、贼兮兮、手无缚鸡之力的书呆子,一个人在那儿郁郁寡欢、闷闷不乐。可怜虫一个,还很粗鲁。非常粗鲁。杰赛尔暗暗生气。傲慢的小崽子,以为自己是谁?凭什么生闷气?根本就没尝过美好人生被偷走的滋味嘛!

当然了,还好不是跟其他几个人待在一起。白痴北蛮子可能会一直笨嘴拙舌地闲扯,古尔库女巫会一直用邪恶的黄眼睛死盯着他。想想就毛骨悚然。巴亚兹居然说他们是万里挑一的高手能人。若非沮丧得要流泪,他真想哈哈大笑。

杰赛尔坐进柔软的高背椅里,却觉不出丝毫舒适。朋友们在去安格兰的路上,他开始想念他们了。威斯特、卡斯帕、加兰霍,甚至包括狗杂种布林特。他们踏上了光荣之路,等待他们的是无尽的荣誉,而等他从老疯子领他去的无名深坑里爬出——如果他爬得出——仗早打完了。天知道下场仗何时开打,几时才能建功立业?

他多希望自己正去和北方人战斗。他多希望自己正和阿黛丽在一起。他上次开心好像是一百年前的事了。他的生活糟透了。糟透了。他无精打采地瘫在椅子里,想着事情还会不会更糟。

✡

"噢!"罗根大叫一声,一根棍子砸在他胳膊上,另一根砸在肩膀,还有一根砸在身侧。他退了几步,半跪在地,尽力推开对手。他听见菲洛在身后某处尖叫,不知是因为愤怒还是疼痛,眼前的攻击就够他忙活了。

什么东西打中了脑袋,令他倒向一旁的座席。他脸朝下摔倒,前排长椅砸中胸口,挤出了肺里的空气。鲜血顺着头皮淌到手上,流进嘴里。他鼻子挨下这一击,眼睛酸酸的,指关节破了皮,鲜血淋漓,衣服更是残破不堪。他躺了一会儿,收束全身力气。长椅后的地上放着一条长长的厚木板。他抓住木板一端,发现木板有些松。他将木板拽向自己。手里有家伙的感觉真好,沉甸甸的。

他猛吸一口气,更加使劲,并微微试了试手脚有无问题。都没断——可能鼻子断了,反正远非第一次了。后方传来脚步声。缓慢的脚步声,毫不着急。

他起身的动作很慢,故意显得很迷糊。然后,他突然大叫着转身,高举木板拍去。随着一声巨响,木板砸在一个面具人的肩上,断成两截,其中一半飞出草坪,摔到远处。面具人发出一声含糊不清的哀号,倒在地上,双眼紧闭,一手捂脖子,另一只手徒劳地晃荡着,木棍从指尖松脱。罗根举起剩下那截木板,照对方的脸狠插下去,把面具人的脑袋插进了草地里。面具几乎碎裂,鲜血汩汩而出。

他眼前大亮,似乎脑袋炸开了。罗根晃了几步,颓然跪地。有人打在他脑后,打得相当重。他摇晃了一会儿,努力支撑才没趴在地上。模糊的视野清晰起来:红发女就在他面前,高举棍子。

罗根猛地起身撞向那女人,抓住她胳膊,半扭半靠着她。他耳朵嗡嗡作响,全世界疯狂地旋转。他们跌跌撞撞,在圆形草地中间来回,像两个醉汉争夺酒瓶一样拉扯着棍子。他感到她用另一只手狠揍他身侧,拳头正中肋骨。

"啊——"他咆哮一声,但脑袋更清醒了。她只有他一半体重。于是他将她握棍子的手扭到身后。她又揍了他一拳,这次打在脸侧,令罗根眼冒金星,但他马上抓住她另一只手腕,也扭到身后。然后他拉着她向后弯下身,一直弯到他膝盖下方。

女人挣扎踢打着,眼睛愤怒地眯成一线,但罗根制住了她。他从纠结的肢体中抽出右手,高举握拳,砸进她的肚子。她低低地呜咽了一声,瞪大眼睛瘫软下去。罗根把她甩开,她爬了一两步,摘下面具,朝草地吐了起来。

罗根也站立不稳,甩了甩头,吐出嘴里的血和土。除开呕吐连连的女人,圈子周围还有四个倒下的黑色身影。菲洛不断踢着一个,那人嘴里不时发出轻声呻吟。菲洛被血染红的脸上挂着微笑。

"我还活着。"罗根自言自语,"我还……"拱门外来了更多黑衣人。他一转身,差点摔倒。更多的人。另一边又出现了四个。他们被包围了。

"跑啊,粉佬!"菲洛冲过他,跳上第一排长椅,然后是第二排,第三排。她迈着大步在长椅间穿梭。疯了。她要踩着椅子去哪儿?红发女吐完了,爬向掉在地上的棍子。其他人也很快围拢,现在人数比之前更悬殊。菲洛已跑了四分之一,且无丝毫放慢迹象,她从一排长椅跳向另一排长椅,踩得木板咯咯作响。

"见鬼。"罗根跟上她。迈过十几排长椅后,腿又开始疼了。他放弃了跳跃,改成相对轻松的攀爬。翻过椅背时,他看到面具人们在后面穷追不舍、指指点点、互相高喊,在座位间四散开来。

他慢了下来,每条长椅都像座小山。最近的面具人离他只剩几排了。他艰难地向上爬,越爬越高,血淋淋的手抓住木头,血淋淋的膝盖划过木头,呼吸声在脑袋里回响,皮肤被汗水和恐惧扎得生痛。前方突然空空如也——他赶紧刹住,喘息着挥舞双臂,几乎要从这令人目眩的高处掉下去。

他接近看台后建筑群高高的屋顶了,后排座椅大部分已被拆掉,只剩下支撑架——一根根矗立的木桩,以狭窄的横梁相连,中间是大片大片的虚空。他看菲洛从一根木桩跳向另一根木桩,又奔过一条摇摇晃晃的木板,毫不在意令人头晕目眩的高度,跳上了远端的平屋顶。好长一段路啊。

"见鬼。"罗根摇摇晃晃地踏上最近的横梁,伸开双臂保持平衡,慢得像个老头。他的心怦怦直跳,犹如铁匠的锤子砸在铁砧上,激烈的攀爬让他的双膝酸软无力,不断抽搐。他努力忽略身后追赶和叫喊的声音,专心盯着凹凸不平的横梁表面,但他没法不去看横梁下的蛛网,以及下方遥不可及的地面上似乎极小的地砖。实在是太高了。

他颤巍巍地踏上一段还算完整的走道,哗啦作响地跑向另一端。他费力地抱住头顶一根横梁,用腿夹紧,一边挪屁股一边低声自言自语:"我还活着。"一遍又一遍。最近的面具人已踏上那条走道,朝他跑来。

横梁末尾正好是一根直立的木桩顶端,只容得一两只脚,四周空无一物,整整两跨外是另一根让人眼晕的柱子,然后是通向平屋顶的木板。菲洛在屋顶的护墙后瞪着他。

"跳啊!"她喊道,"跳啊,你这死粉佬!"

他跳了。风将他包围,左脚落在木桩上,但没有停下。右脚踩在了木板上,脚踝扭到,膝盖打弯,眩晕的世界发生了倾斜。左脚支撑不住了,一半在木头上,一半在悬空。木板吱嘎作响。他再度腾空而起,四肢不断扑腾着,时间如此漫长。

"噢!"护墙撞到胸口。他双臂抓向护墙,感觉喘不上气了。然后他开始向下滑,一点点地滑向深渊。开始还能看到屋顶,然后看到自己的双手,最后在他面前的只有石头。"救命。"他低声说,但没人会救他。

他知道这里很高，很高很高。而且这次不会跌入水中，只有坚硬、平坦、致命的石头。他听到木板的哗啦声，面具人也奔过了他身后的木板。他还听到有人喊叫，但那都无关紧要。他又向下滑了一点，双手扒着破碎的石灰。"救命。"他低声呻吟，但没人会救他。这里只有面具人和菲洛，他们都不会救人。

他听到一声闷响，然后是绝望的尖叫。菲洛踹了木板一脚，面具人掉下去了。尖叫声似乎持续了很久很久，然后远处传来面具人摔得粉身碎骨的回音。罗根知道自己的下场也差不多。你必须现实一点，这次不可能被冲上河岸。手指一点点滑脱，石灰不断崩裂。战斗、狂奔、攀爬，这些抽干了他的力气，现在什么都不剩了。他开始想象掉下去时该怎样叫喊。"救命！"他大喊。

有力的手指握住了他的手腕。脏兮兮的黑手指。他听到咆哮，感觉手臂被人用力拉扯。他呻吟起来。护墙边缘又回到视线中，他看到菲洛了，她牙关紧咬，因用力而觑着的眼睛几乎快要闭上。她脖子上青筋暴突，黑脸上的伤疤格外明显。罗根用另一只手抓住护墙，把胸口送进去，然后努力把膝盖也拽上来。

菲洛继续用力，直到他翻过护墙，仰面躺下，盯着白色天空，喘得像条搁浅的鱼。"我还活着。"过了一阵，他难以置信地小声说。在他看来，菲洛踩他的手，让他掉下去都不奇怪。

菲洛的脸出现在上方，黄眼睛俯视着他，龇牙咧嘴地冲他咆哮：
"你这蠢货！你这死沉死沉的白痴粉佬！"

她摇头转身，开始攀爬另一面墙，很快爬到下面低矮倾斜的屋顶上。看她的动作，罗根不禁一缩。她不累吗？他双臂擦痕累累，淤青肿胀，腿也酸痛，鼻子流血，可谓浑身是伤。他翻身向下看，只见一个面具人在长椅边缘盯着他，离他大概二十跨。更多人在下面徘徊，寻找上来的路。再往下的黄色草圈里，顶着红发的瘦小黑色身影正四处指点，然后指指他，发号施令。

他们迟早会找到法子上来。菲洛站在屋脊上，明亮的天空衬出她衣衫褴褛的黑色剪影。"你愿意的话就待在那儿吧。"她吼道，然后转身不见了。罗根呻吟着起身，呻吟着走向墙壁，叹了口气开始寻找落脚点。

✡

"大伙儿都哪去了？"长脚兄弟问，"我慷慨的雇主呢？九指师傅呢？迷人的马尔基尼女士呢？"

杰赛尔四处看了看。病恹恹的门徒沉浸在思绪中，没有回答的意思。"我不知道另外两个哪儿去了，但巴亚兹在洗澡。"

"我发誓，没见过他这么爱洗澡的人。希望其他人不要离开太久。你懂的，万事俱备，只欠东风！船备好了，货也装好了，磨磨蹭蹭不是我的风格，绝对不是！我们得趁热打铁，以免赶不上潮水——"小个子停住了，突然很关心地看着杰赛尔。"你似乎不太开心啊，年轻的朋友。应该说，你似乎很不安。我，长脚兄弟，能否提供帮助？"

杰赛尔有点想倾诉烦恼，但最后赌气地说："不，不用了。"

"我打赌，和女人有关，对不对？"杰赛尔狠瞪了对方一眼，思忖他怎么猜到的，"是你老婆？"

"才不是！我还没结婚呢！根本不是这么回事。是因为，呃，嗯——"他笨嘴拙舌地想说清，最后放弃了，"反正不是这么回事。"

"啊。"领航员了然地一笑，"啊，一段禁忌之恋，地下恋情，对吧？"杰赛尔生气地发现自己竟脸红了。"我猜对了，看到没！没什么比禁果更甜美了，呃，年轻的朋友？呃？呃？"他挤挤眉毛，杰赛尔快被他烦死了。

"我想知道那两个究竟被什么耽搁了。"其实杰赛尔半点不关心，只想转移话题。

"马尔基尼和九指？哈。"长脚大笑着靠向杰赛尔,"或许他们相爱了呢,呃,地下恋情,跟你似的？或许他们溜到哪儿去做那些该做的事情了!"他用胳膊肘戳戳杰赛尔肋下,"你能想象吗,那俩？肯定闹得惊天动地吧？哈哈!"

杰赛尔做个鬼脸。丑八怪北蛮子是个野兽,至于那恶女人,从他寥寥几瞥判断,完全可能更糟。他能到他们能做的只有打架。真是肮脏,光想想就玷污了他。

✡

屋顶似乎无穷无尽。翻上一个,爬下一个,沿屋脊一脚深一脚浅地前进,小心翼翼地走过壁架,跨过破碎的墙。罗根不时抬头看看,潮湿瓦片、坑洼瓷砖和古旧铅瓦一路延伸到遥远的阿金堡城墙,甚至延伸到城市以外,让他头昏眼花。这本该是平和美丽的景色,却多出一个坚定地飞速奔跑、不断咒骂他又拉他跟上的菲洛。她让他没时间欣赏景色、没时间思考眩目的高度以及那些在下面追踪他们的黑衣人。

她一条袖管在先前的扭打中扯破了,现在碍事地拍打着手腕。她咆哮一声,从肩部把它整个扯下。罗根想起巴亚兹费了多大劲才让她换掉原先那件臭烘烘的衣服,不禁暗自发笑。现在的她比原先更脏,衬衫教汗水浸透、溅满血迹,还沾着屋顶上的厚厚尘土。她扭头发现罗根在看她。"跑啊,粉佬!"她嘶叫道。

"你看不到颜色,对吗？"菲洛没理他,继续向上爬,绕过一根冒烟的烟囱,匍匐着蹭过肮脏石板,滑向两个屋檐间狭窄的平台。罗根跟跟跄跄跟在后。"完全看不到颜色。"

"那又如何？"她回头嚷道。

"那你为啥叫我粉佬？"

她朝四周看看:"你是粉佬吗？"

罗根看看自己的前臂。除了斑驳的瘀伤、红色的划痕、蓝色的血管，剩下确实是粉色的。他皱皱眉。

"不就得了。"她在屋顶上奔跑，跑到边缘向下看去。罗根跟上她，小心地从边缘探出身。下面小巷零星走着几个人。太高了，也没有能下去的路。他们必须原路返回，菲洛已经跑向他身后。

紧接着劲风扫过罗根的脸。菲洛踩着屋檐边缘，向前一跃，罗根惊讶得张大嘴巴，眼看她弓着背、挥舞四肢飞在空中，最后落在长满青苔的灰色铅瓦平屋顶上。她着地滚了两下，然后站起来。

罗根舔舔嘴唇，指指自己胸口。菲洛点点头。平屋顶比这里低大概十尺、距离大概有二十尺，实在是段很长的距离。他慢慢退开，以便来个长助跑。他深吸几口气，闭眼站了会儿。

某种意义上说，如果他掉下去，也算是完美的结局。没有歌谣，没有传说，只有路上一团血肉模糊。他开始助跑，双脚重重地踩在石头上。风在嘴里呼啸，撕扯着破衣服。平屋顶迎面飞来，他"嘭"一声落在上头，像菲洛那样打了个滚，站到她身边。他还活着。

"哈哈！"他喊道，"如何？"

一阵碎裂声，随后又一声，然后罗根脚下的房顶裂开了。坠落中他绝望地抓住了菲洛，结果她也无助地跟着滑下去。他在空中经历了恶心的一瞬，恐惧不已，哭号不已，抓挠着虚空，最后背朝下摔在地上。

罗根被灰尘呛得直咳嗽，他摇着头，以缓解疼痛。他掉进了一间屋里，习惯了明亮的天光，这里简直漆黑一片。阳光从破洞中照进来，灰尘在光束中翻飞。他觉得身下很柔软。是张床。床快塌了，歪歪扭扭，铺盖上全是碎石灰。腿上有东西横着。是菲洛。他发出一阵干笑。他终于和女人上了床，可惜的是，这跟他想象中完全不一样。

"蠢货！死粉佬！"菲洛吼着推开他，冲向房门，灰扑扑的后背甩下细碎的木屑和石灰。她用力一拽门把手，"锁了！真他妈——"罗根一肩膀撞去，撞开了屋门铰链，人倒在门后走廊里。

菲洛跳过他。"起来,粉佬,起来!"四分五裂的门板掉下一截长短正合适的木条,末端还有几根钉子。罗根捡起来握住,才费力地迈开腿,跌跌撞撞在走廊里开跑。他跑到一个分叉路口,两边都是阴森森的走廊,只有墙上的小窗透出一点刺眼的亮光。

不知菲洛走的哪边。他向右边跑去,登上一段台阶。

一个人影走下阴暗的走廊,小心翼翼地接近他。那人影纤细颀长,踮着脚平稳地靠近,活像隐藏在暗处的黑蜘蛛。一束光照亮了人影鲜红的头发。

"又是你。"罗根说着掂了掂手里木条。

"没错,是我。"黑暗中一声叮当,接着是金属闪光。他指尖的木条断开了,越过女人的肩膀,落在她身后的走廊。他又赤手空拳了,不过女人没给他时间多想,她把匕首一样的东西掷向他。他堪堪躲过,那东西从他耳边呼啸而过。女人马上又甩另一只手,什么东西正好从眼底划过他的脸颊。他一个趔趄靠在墙上,想搞清到底发生了什么。

原来她掷出的是某种金属十字镖,三面利刃,一面是把手,把手的小环穿着一条链子,链子一头隐在她袖管中。

飞镖再度射出,将将扫过罗根躲开的脸,在墙上擦出一连串火花,然后平稳地滑回她手里。她松开手,用链子轻轻摇它,让它撞击地板,它晃动着,舞蹈着,跟女人一起逼近罗根。女人一抖手,飞镖重新射出,罗根拼命躲闪,却还是被它扫过胸口,几滴鲜血洒在墙上。

罗根向她扑去,但展开的双臂什么都没碰到。只听一声脆响,他一只脚离了地,脚踝剧痛。那女人在避开他攻击的同时用链子缠住了他的脚。他趴倒在地,刚想起身,又被链子绕住脖子,只来得及在它收紧前把一只手伸进去。女人站在他上方,用膝盖顶住他后背,罗根听见她用力收紧铁链时的喘息声从面具后传出。铁链越来越紧,嵌进了他的手掌。

罗根呻吟着,双膝用力,勉力撑起双脚。女人还在他背上,整个人压在他身上,用尽全力拽铁链。罗根空闲的手向后挥打,但够不到,没法把她甩开——她就像紧缠在他身上的藤蔓。他快喘不上气了。他向前踉跄几步,然后向后一倒。

"呃!"女人在他耳旁低声惊呼,他整个人把她撞向地面。铁链松动了,罗根扯开它,钻了出来,终于脱身。他翻身用左手卡住女人的脖子,用力地掐。女人用膝盖顶,用拳头打,但罗根压住了她,她的攻击虚弱无力。两人身体交缠,气喘吁吁,野兽般嘶叫着,脸几乎贴在一起。几滴血从罗根脸上的伤口滴在女人的面具上。女人抬手摸到罗根的脸,将他的头向后推,手指戳进了他的鼻子。

"啊!"罗根大叫。疼痛犹如利剑扎入脑海。他放开女人,摇摇晃晃地起来,一手捂脸。女人也咳嗽着爬起来,照罗根肋下就是一脚,踢得他弯下腰去。但铁链还在他手里,他用尽力气一拉,女人的手臂一下被拽了过去,整个人也尖叫着冲向他。罗根的膝盖撞进她身侧,痛得她当即昏迷。罗根抓住她衬衫背后,把她半拎起来,扔下台阶。

她重重地滚下台阶,弹了几下,直滑到接近底部才停止。罗根有点想追上去结果她,但没时间了。她来的方向出现了更多黑衣人。于是他转身蹦跳着逃向另一条路,嘴里诅咒着受伤的脚踝。

声音在不知通往何方的走廊中回荡,将他包围。脚步声、撞击声和喊叫声从远处传来,他盯着四周的黑暗,浑身是汗,以手扶墙,一瘸一拐地奔跑。跑到拐角,他探身去看前面有没有人,结果被一个冰凉的东西架在脖子上。一把匕首。

"你还活着?"他耳边响起低语,"你轻易死不了是吗,粉佬?"是菲洛。他轻轻推开她的手。

"哪儿来的匕首?"他也想有一把。

"他的。"墙角有一大摊暗红血泊,血泊中有个缩成一团的人影,"这边。"

菲洛猫下腰,在黑暗中前行。罗根依旧能听到声音,从下方,从两侧，从四面八方传来。他们摸下一段台阶，来到另一条镶嵌着乌木的昏暗走廊。菲洛始终贴着阴影，动作很快，罗根尽全力一瘸一拐地跟上，拼命克制才没为受伤的腿惨叫出声。

"那儿！他们在那儿！"后面的昏暗走廊中显出几道人影。罗根拔腿要跑，但菲洛伸手拦住他。前面涌出更多黑影。他左手边有一扇虚掩的大门。

"进去！"罗根推门进去，菲洛急忙跟上。门旁立着一件庞大的家具，类似橱柜，上方分成一层层架子，里面装满盘子。罗根抓住这东西的一边，把它拖到门前，几个盘子掉下来，在地上摔碎了。他用背抵住这东西，至少能撑一会儿。

这间屋很大，穹顶高耸，一侧镶嵌木板的墙基本被两扇巨窗占据，对面是一座硕大的石壁炉，窗子和壁炉间立着一张长桌，长桌两旁各有十把椅子，桌上摆着餐具和烛台。这是一间宽敞的餐厅，只有一个进口——也只有一个出口。

门后传来模糊的叫喊，大橱柜不断撞击着他的背。又一只盘子掉下来，在他肩膀上弹开，砸在石地上，碎片四溅。

"你的好主意！"菲洛吼道。罗根用力靠住摇摇欲坠的橱柜，双脚难以支撑。菲洛冲向最近的窗子，摸索着将窗子分成无数小格的金属窗格，想用指甲撬开。那里出不去。

罗根发现了什么。壁炉上挂着一把装饰用的老旧巨剑。一把武器。他最后推了橱柜一下，冲向巨剑，双手握住长柄，将它抽出托架。巨剑钝得像犁头，沉重的剑刃上锈迹斑斑，但还算结实。它大概不能将人劈开，却足以把人打倒。他一转身，正看到橱柜倒下，上面的瓷器稀里哗啦全砸在地上。

黑影涌进屋子，统统戴着面具。当先的一个握着把吓人的斧子，紧跟的一个握着短刃剑，再后面一人是黑皮肤，耳朵穿着金耳环，两手分别握着弯曲的长匕首。

这些武器可不是为了制服人——除非砍头也算。他们不想抓活口了,所以用上了杀人武器。这样更好,罗根告诉自己。要说九指罗根有啥本事,那就是杀人。他看着那些戴黑面具的翻过橱柜,小心翼翼地围拢,然后瞥了菲洛一眼,后者正握着匕首,龇出牙齿,黄眼睛里凶光毕露。他紧握偷来的巨剑——沉重野蛮的武器,正适合杀人。

随后罗根用最大音量吼着,跳向最近的面具人,长剑劈向脑袋。面具人慌忙躲闪,肩膀仍被长剑尖端砍到,将他头晕目眩地掀翻。另一个面具人跳上前来补位,挥斧就砍,逼得罗根向后一晃,全身重量都压在受伤的脚踝上。

他手中巨剑上下翻飞,但对方人数太多。有一人笨拙地爬上桌子,隔开了他和菲洛。他后背挨了一下,不由得前踏了一步,他转身挥出巨剑,砍在柔软的东西上。有人厉声尖叫,但拿斧子的又冲向他。整个世界搅成一团——面具、钢铁、撞击、武器刮擦、尖叫、咒骂、哭喊,还有粗声喘息。

罗根继续挥舞巨剑,但他实在太累、太酸痛、太多伤口了。沉重的巨剑越来越重。面具人闪过他的攻击,锈迹斑斑的巨剑砍在墙上,砍下一大块镶嵌木板,插入了木板后的石灰墙,差点从他双手中震飞。

"噢——"敌人的膝盖顶进了他肚子,他喘息着呻吟。又有东西击中他的腿,他差点摔倒。身后有人在喊,但似乎很遥远。他胸口疼,嘴巴酸,身上有血。全是血。他快喘不上气了。面具人上前一步,又一步,面带微笑,享受着胜利。罗根朝壁炉歪歪扭扭地退去,一只脚打滑,单膝跪倒。

一切都结束了。

他一点力气都没了,再举不动那把老态龙钟的巨剑。一点力气都没了。屋子变得模糊不清。

一切都结束了。只剩下被遗忘的……

一阵冰寒自罗根肚内蔓延开来,他很久没有这种感觉了。"不。"他轻声说,"我不属于你。"

但太晚了。太晚了……

✡

……他浑身浴血,好得很,他喜欢血。但他跪着,这不对,血九指不对任何人下跪。他将手指插进壁炉石块间的缝隙,宛如老树树根般撑起自己。腿很痛,令他不禁微笑。痛,才有怒。有人在他眼前晃来晃去。面具人。敌人。

尸体。

"很痛吧,北方人!"最近一具尸体的眼睛在面具下闪烁,寒光映照的斧头凌空挥舞,"还不就范?"

"痛?"血九指仰天长笑,"我他妈让你见识痛!"他向前一滚,钻到斧子下方,如鱼得水,手中巨剑低低地划出一道巨大圆弧。剑砍折了一边膝盖,让它折向错误的方向,又干净利落地穿过另一条腿。面具人发出一声含糊的哀号,上半身在空中扭动,藕断丝连的双腿无力地拍打着。

血九指感到有东西陷进后背。这不是痛,是信号,用一种只有他能懂的语言,告诉他下一具尸体的位置。巨剑随他旋身,划出一道杀气腾腾、妙不可言的弧线,咬进对方的肚子,将之一劈两半,抛进空中。那人撞在壁炉旁的墙上,随一大堆石膏屑撒落。

一把匕首旋转着呼啸而至,伴着闷响深深地扎进血九指的肩膀。耳朵上穿金耳环的黑家伙扔的。黑家伙微笑着站在桌子对面,很满意这一击。这具尸体,大错特错。另一把匕首呼啸而至,钉在墙上。血九指跃过长桌,巨剑破空。

黑家伙躲开第一记重剑,也躲开了第二剑。速度颇快,人也机敏,但还不够。第三剑咬进体侧。没什么力道,不过随手一砍,砸断肋骨而已,疼得黑家伙跪在地上尖叫。第四剑好多了,正好刺穿嘴巴,分开脑袋,在墙上溅出一个铁与血的完美圆圈。血九指拔出肩头匕首,扔到地上。鲜血自伤口喷出,浸透了衬衫,形成一大片温暖可爱的红色血渍。

他倒了下去,感觉身体在漂,犹如树叶飘离树干,在地上翻飞。有个家伙刚好冲来,手中短刃剑劈过他刚才站的地方,但还没来得及转向,血九指已趋上前,左手握住了这具尸体的双拳。这家伙用力挣脱,但毫无作用,血九指的手指像大山的根基一样有力,像潮水一般无情。"你这路货色也配来对付我?"他将这家伙摔到墙上,用力挤压双手,直至对方的短剑指向自己的胸膛。"真他妈是个侮辱!"他咆哮着,将短剑扎进敌人的身体。

尸体的哀号从面具下传出,血九指哈哈大笑,继续扭动短剑。罗根或许会怜悯他,但罗根不在这里,而血九指跟寒冬一样冷酷。甚至更冷酷。他把短剑戳入,面带微笑地砍来砍去。哀号声连绵不断,终至停止。松手之后,尸体倒在冰冷的石地上,鲜血让他的手指变得滑腻,他把血蹭到衣服、胳膊和脸上——他喜欢血。

壁炉旁那家伙软绵绵地仰着头,双眼如潮湿的石头,盯着天花板。入土了。血九指一剑劈开他的脸,以宣告事实。握斧的家伙正爬向大门,还未断开的双腿蹭着身后的石头,他一边爬一边气喘吁吁地呜咽。

"吵死了。"沉重的剑刃插进那家伙的后脑,鲜血遍地喷洒。

"来吧。"他低声说,转身寻找下一具尸体,只觉房间在旋转。"来吧!"他狂笑着咆哮,墙壁和尸体也随他一同大笑。"你们一起上来吧!"

他看到一个黑皮肤的女人,脸上有道流血的伤口,手握匕首。她看起来与众不同,但这无关紧要。他微笑着,双手举起巨剑缓缓逼近。她盯着他一路退让,始终和他隔着桌子,黄眼睛像狼一样凶狠。似乎有一丝微弱的声音提醒他,她和他是一伙的。真可惜。

"北方人,呃?"一个巨大的阴影出现在门口。

"是。你是?"

"裂石。"

他块头大,非常大,而且够强壮、够凶狠,这从他一脚踹开橱柜、踩着碎盘子走来的姿势就能看出。但这对血九指毫无意义——他就是为了粉碎他们而存在。霹雳头巴图鲁比他还高大,三树鲁德比他更强壮,而黑旋风比他凶狠两倍。他们无一例外都被血九指粉碎了,血九指粉碎了很多很多家伙。越高大、越强壮、越凶残,越有滋味。

"裂石?"血九指大笑,"他奶奶的,下一具尸体,仅此而已!"他举起沾满鲜血的左手,伸开三根手指,透过原本该是中指所在的那道裂缝露出狰狞的笑容。"他们叫我血九指。"

"呸!"裂石扯下面具扔在地上,"骗子!北方丢指头的人多了去了。不是每个都是九指!"

"当然不。只有我。"

那张大脸愤怒地扭曲:"你这该死的骗子!借人名号恐吓裂石者?看我不揍你个南北不分,人渣!我要让你流干血才入土!你这该死的、满嘴谎话的胆小鬼!"

"让我入土?"血九指笑得震耳欲聋,"只有我让人入土,白痴!"

两人不再多言。裂石冲上来,一手挥斧,一手挥钉头锤,两把武器都又大又沉,却被他舞得虎虎生风。钉头锤先到,在巨窗上砸出一个大洞,然后斧子劈下,劈开了木桌,木板到处乱飞,烛台四下散落。血九指扭身闪避,蓄势待发,等待时机。

接着血九指滚上桌子,钉头锤擦肩而过,锤在一块巨大的平地砖上,将它拦腰砸烂,碎屑四溅。裂石咆哮着,继续挥舞武器,一把椅子成了两半,一块石头摔出壁炉,墙上留下一道硕大的裂缝——这下斧子嵌在了木头里,而这一顿,血九指便迅速出剑,将斧柄砍碎,裂石手中只剩一节破把手。裂石随手扔掉,举起钉头锤,展开更猛烈的攻势。

钉头锤迎面扑来,血九指的剑刚好抵住锤头下方,从对方手里把它扯出,它飞旋着掉进角落。但裂石张开两只大手,不顾一切地扑来。太近了,巨剑施展不开。两条巨胳膊紧紧勒住了血九指,这具尸体也微笑起来。"抓住你了!"他大喊,用力拥抱血九指。

可悲的错误。倒不如拥抱烈火。

裂!

血九指的前额撞碎了这家伙的嘴。他感到裂石的拥抱松动了一些,便耸动双肩,争取空间,一点点、一点点地挣脱束缚。他尽力把头后仰,像公羊般蓄积力气。第二下把裂石扁平的鼻子撞开了。这家伙哼了一声,手臂又松动了一些。第三下撞碎了颧骨,双臂完全松开了。第四下撞碎了硕大的下颚。现在变成血九指拥抱这家伙,狂笑着用前额继续撞击那张破碎的脸,就像啄木鸟:啄、啄、啄、啄。五、六、七、八,粉碎的节奏很过瘾。九。他终于松开裂石。尸体朝旁一歪,瘫倒在地,烂泥般的脸上鲜血汩汩而出。

"怎样?"血九指笑着擦掉眼里的血,又踢了几脚毫无生气的尸体。屋子在旋转、翻腾,笑声,笑声。"怎么……操……"他晃了晃,眨眨眼,昏昏欲睡,只觉营火忽明忽暗。"不……还没……"他双膝跪地。还没完。还有尸体要宰,总有尸体要宰。

"还没完。"他吼道,但时间到了……

✡

……罗根尖叫着,倒在地上。痛。腿、肩、头,哪里都痛。他不停地哭号,直到被血呛住,然后连喘带咳地在地上翻滚抓摸。世界一片模糊,咳出的鲜血顺嘴角流下,血多得让他又哭出来。

一只手钳住他的嘴。"别他妈哭了,粉佬!停下,听到没有?"他耳边响起一个低沉、紧张的声音。陌生、凶狠的声音。"别哭了,不然我就把你扔下,懂吗?给你一次机会!"手拿开了,空气陡然涌进他咬紧的牙齿,他发出一声尖细的呻吟,但不是很大声。

一只手握住他手腕,架起他的胳膊,肩膀展开时他疼得直抽气。他似乎被人在硬东西上拖。折磨。"起来,王八蛋,我搬不动你!起来,赶紧起来!给你一次机会,懂吗?"

他缓缓起身,双腿使劲,喉头急促的呼吸像拉风箱一样,但他毕竟做到了。左脚,右脚。放松。他双膝纠结,疼痛顿时刺透双腿。他大叫一声,身子一歪,趴倒在地。躺着不动最好。他闭上双眼。

有人狠抽了他一耳光,然后又一耳光。他呻吟着。什么东西滑到他腋下,扶他起来。

"起来,粉佬!起来,不然我就把你扔下。给你一次机会,懂吗?"

吸气,呼气。左脚,右脚。

✡

长脚焦躁不安,先是用手指不停敲打椅子扶手,然后又倚在上面,一边摇头,一边喋喋不休地抱怨赶不上潮水。杰赛尔倒蛮平静,全副心思都放在盼望两个蛮子淹死在护城河里,好让整场冒险化作乌有上。届时他会有大把时间前往安格兰。或许一切还能挽回……

身后的门开了,美梦粉碎了,悲剧再次发生。但他转身时,沮丧却为惊惧取代。

两个衣衫褴褛的人站在门口,浑身是血,脏兮兮的——准确地说,更像两个从地狱大门走出的魔鬼。古尔库女人骂骂咧咧地蹭进屋子,九指一条胳膊搭在她肩上,另一条胳膊无力地晃着,鲜血从他指间滴下,他耷拉的脑袋抬不起来。

他们一起摇晃着走了一两步,然后北方人软绵绵的脚勾住了椅子腿,两人一起扑倒。女人咒骂着,挣脱北方人无力的胳膊,把他推开后自己站了起来。九指呻吟着慢慢翻过身，肩上露出一条很深的伤口，鲜血渗进地毯，把那儿染红。这场景好像肉铺，杰赛尔看得目不转睛，又是恐惧又是着迷，只顾吞口水。

"天啊！"

"他们跟来了。"

"什么？"

"谁来了？"

一个女人谨慎地绕过门框。红发，黑衣，戴着面具，是个刑讯官。杰赛尔麻木的脑袋想着，但他不明白她为什么鼻青脸肿，走路也一瘸一拐。另一人跟在他身后，是个男人，手握一把重剑。

"跟我们走。"女人说。

"来抓我啊！"马尔基尼啐道。杰赛尔惊讶地发现她不知从哪儿抽出了一把血迹斑斑的匕首。她应该被缴械了的啊！这里不许带武器！

他愚蠢地意识到自己佩了剑。他当然佩了剑。他慌张地摸索剑柄，抽出长剑，有点想用剑身拍打那个古尔库魔鬼的后脑，省得她再伤害谁。审问部想抓她就抓好了，最好把其他人一并抓走。不幸的是，刑讯官似乎误会了。

"放下武器。"红发女嘶声道，眯眼怒视着他。

"不！"杰赛尔说。他觉得被冒犯了，这女人居然先入为主地认定他跟这帮坏蛋是一伙。

"呃……"魁说。

"啊——"九指呻吟着，抓起染血的地毯，拽向自己，拉得桌子倾倒在地。

第三名刑讯官也进了门，站到红发女身边，戴手套的手握着一柄沉重的钉头锤。钉头锤令人不安，杰赛尔不禁想象被发怒的刑讯官用这个锤中脑袋是什么样。他不确定地抚摸着长剑剑柄，心里直打鼓，只盼有谁赶紧交代他接下来怎么做。

"跟我们走。"女人又说了一遍,她的两个同伴缓缓进屋。

"噢,天啊。"长脚嘟囔一声,躲到了桌子后面。

浴室门猛撞在墙上。巴亚兹站在门口,全身赤裸,滴着肥皂水。他缓缓扫视屋内,先看到握匕首的菲洛,皱了皱眉,然后看向躲在桌子后面的长脚、长剑出鞘的杰赛尔、张口结舌的魁和倒在血泊中的九指,最后停在握着武器的三个面具黑衣人身上。

不祥的沉默。

"他妈的怎么回事?"他咆哮道,大步走到屋子中央,肥皂水从胡子流到他厚厚的白色胸毛上,滑下乱晃的卵蛋,滴落在地。这太滑稽了,赤身裸体的老头面对三个武装到牙齿的刑讯官。这太滑稽了,但没人笑得出来。老头身上有种奇特的恐怖气息,即便没穿衣服,浑身肥皂水。刑讯官们向后退去,因为迷惑,也因为恐惧。

"跟我们走。"女人重复道,但语带犹疑。她的一个同伴谨慎地逼近巴亚兹。

杰赛尔胃里涌起一股奇怪的感觉。拉扯,吸吮,抽空,恶心,他好像又回到了锻造者大厦阴影下的桥上,而且比那时更难受。巫师的脸色变得十分吓人。"我的耐心是有限的。"

最近的刑讯官炸开了,像从高空坠落的瓶子。没有巨响,只是轻柔的一声。片刻前他还好端端举剑走向老人,片刻后他已化作万千碎片。某个难以分辨的器官黏在杰赛尔脑袋边的石膏墙上,重剑"哗啦"一声掉地。

"你说什么?"第一法师怒吼。

杰赛尔两股战战,嘴巴大张,晕眩欲呕,身体里像被扎了个洞。鲜血溅在脸上,他不敢去擦。他难以置信地盯着赤裸的老人。一个和善的老傻瓜瞬间变成了杀人不眨眼的天生杀人狂。

红发女愣了一会儿,全身溅满血水和残渣,双眼瞪得像圆盘,然后她缓缓地向门口后退。另一个人跟着她匆匆退开,差点被九指的脚绊倒。屋内众人呆若木鸡。杰赛尔听见外面走廊响起一串急促的脚步声,两名刑讯官肯定仓皇逃命了。他真想跟上。事实上,他们都该逃命,逃出这场噩梦。

"马上出发!"巴亚兹厉声喝令,同时好像忍痛般一缩身,"我穿上裤子就走。长脚,过来帮他!"他回头喊道。领航员头一次一言未发,眨眨眼,从桌子底下钻出来,弯腰自昏迷不醒的北方人破烂的衬衫上扯下一条布当绷带。然后长脚皱眉停下了,似乎不知从何开始。

杰赛尔吞了口口水。他还握着长剑,但已没力气收回鞘。那个倒霉刑讯官的碎片撒得满屋都是,黏在墙上、天花板上和人们身上。杰赛尔没见过死人,别提这么可怕而不自然的死法。他觉得自己应该感到恐惧,事实上却有一种强烈的解脱。现在看来,他之前的担心全都不值一提。

因为,他至少还活着。

手头的工具

The Tools we Have

格洛塔站在狭窄门道里,倚着手杖等待。门内声调逐渐升高:
"我说了,不见客!"

他暗自叹息。除了站在这折磨瘸腿,他有很多事可做,但承诺必须履行。这是间牢房,由毫无特色的门道连接的牢房,整栋房子在周围数百间类似房子的簇拥下毫不起眼。街区是新建的,采用了新式设计:砖木结构,三层楼房,几百栋凑一起。这对于拥有三两仆人的一家来说挺好,适合中产阶级——苏尔特称之为暴发户、不知好歹的平民。这里住的都是银行家、商人、艺术家、店主和办事员之流。甚至有那么一两栋属于得道升天的农民。

比如这栋。

门内的叫嚷停止了。格洛塔听到动静,玻璃碰撞声,然后门开了条缝,一个女仆伸出头来。是个丑女,生了双水汪汪的大眼睛,看起来害怕又不安。算了,我不是见惯了吗?被押进审问部的哪个不是害怕又不安。

"她现在可以见您了。"女孩含糊地说。格洛塔点头,越过她进房。

他模糊记得,某年夏天,他曾在安格兰的威斯特家中做客一两周,那或许是十多年前的事,但感觉过了一百年;他记得在威斯特家庭院里和威斯特比剑时,每天都有个黑发女孩认认真真地观看;他还记得不久前在公园里遇见一位年轻女人,她向他问好,但那时他浑身不舒服,站都站不直,而记忆中她的面孔早已一片模糊。格洛塔不知这次会见到怎样的她,但肯定没想到会发现如此严重的瘀青,一时间他吃惊不小。虽然他隐藏得很好。

瘀青就在她左眼下,黑、紫、棕、黄混合,下眼睑肿得老高。她嘴角也有伤,破嘴唇结了痂。关于瘀青,少有人比格洛塔了解更多。她的伤决非意外,她被人当面揍过,揍她的人下了重手。他看着这丑陋的瘀青,联想老朋友柯利姆·威斯特在他的餐厅哭着求助,将两者联系起来……

有趣。

她坐在那里,高昂下巴,把瘀青最重的一边对准他,似乎发出了无言的挑战。她跟她哥不同,完全不同,她决不会在餐厅里哭泣,无论那是谁的餐厅。

"我能为您做什么,审问官?"她冷冰冰地问。他发现"审问官"三字她说得稍有含糊。她喝了酒……但隐藏得很好,尚未失去理智。格洛塔抿紧嘴。不知为何,他感到必须加倍小心。

"我不是为公务而来。你哥哥提出要我——"

她粗鲁地打断他:"他?真的?你是来确保老娘不跟坏人上床的,对吗?"格洛塔愣了一会儿,待充分理解这番话的含义,不由轻笑出声。噢,爽快!我想我喜欢上她了!"笑什么?"她质问。

"对不起。"格洛塔用一根指头擦了擦湿润的眼睛,"我在皇帝的监狱蹲了两年。我敢说,若一开始就知道要住那一半长的时间,我会更努力地自杀。黑暗中的七百天啊,我想,那也是活人离地狱最近的地方了。好了,我的论点是——想冲我来,光凭脏话远远不够。"

格洛塔朝她露出最恶心、最疯狂的无牙笑容。没几个人能在这样的丑陋笑容下坚持,但她毫不动摇——事实上,她很快回以微笑。嘴唇一边高一边低的露齿笑容,让他感到奇特的魅力。或许她也是个惊喜。

"我就直说,你老哥要我在他离开期间照顾你。首先,我不会管你跟谁上床,虽然我的一般性结论是,年轻女士床上得越多,名誉就堕落得越快,而对于年轻男士,结论刚好相反。这很不公平,但生活本就不公平,这样的不公不值一提。"

"哈,这倒没错。"

"很好,"格洛塔总结,"我们开始互相理解了。我发现你伤着了脸。"

她耸肩:"摔着了。我是个大笨蛋。"

"我明白你的感受。我比你更笨,不仅摔掉了一半牙齿,还废了条腿。看看我,瘸子一个,这说明若是没人提点,不经意间一点笨拙也能造成严重后果。所以了,我们这帮笨蛋就该互相提醒,你觉得呢?"

她若有所思地看着他,摸了摸脸颊的伤。"是的,"她最后说,"我想是的。"

✡

高尔手下的维塔瑞刑讯官瘫倒在审问长办公室大黑门外的椅子上,面对着格洛塔。她似乎瘫软如泥,没有一丝力气,活像盖在椅子上的一块湿布,顾长的四肢耷拉着,头靠在椅背上。她的眼睛慵懒地抽搐,不时抬起沉重的眼皮看看周围,又傲慢无礼地盯住格洛塔。但她从未转头——甚至没移动过一块肌肉,似乎动一动就会痛得难以忍受。

也许正是如此。

显然,她刚经历一场拳拳到肉的恶斗,黑衣领上的脖子布满斑驳瘀伤,黑面具周围还有更多伤痕,前额有道长长的伤口。她垂下的手有一只紧裹绷带,另一只手的指节全是结痂的血。她被狠揍了一通,对头是个身经百战的强手。

小铃铛忽然响起。"格洛塔审问官,"秘书一边招呼,一边匆忙离开桌子去开门,"审问长阁下接见您。"

格洛塔叹口气,哼了一声,沉沉地拄起手杖。"祝你好运。"他跛行经过时女人说。

"什么?"

她极轻微地朝审问长办公室点头:"他今天准会大发雷霆。"

门一开,苏尔特的声音立即传进候见厅,由模糊低语转为声嘶力竭的喝骂。秘书从门口跳开,仿佛被扇了一巴掌。

"二十个刑讯官,"审问长的尖叫从门后传出,"二十个!我们应该审问那婊子,而不是统计伤亡!多少刑讯官?"

"二十个,审问——"

"二十个!天杀的!"格洛塔深吸一口气,缓缓走进门。"死了几个?"审问长怒冲冲地在属于他的巨大圆形办公室的瓷砖地上踱步,边走边挥舞长胳膊。他仍穿着一尘不染的白衣。但乱了一根头发,或许两三根。他应是动了真怒。"几个?"

"七个。"高尔主审官缩在椅子里喃喃作答。

"三分之一!三分之一!伤了几个?"

"八个。"

"非死即伤!对上几个?"

"总共加起来有六——"

"是吗?"审问长一拳砸在桌上,倾身逼近畏缩的主审官。"我听说只有两个,两个!"他尖叫着,又开始绕桌子转圈,"还是两个蛮子!只有两个！白蛮子和黑蛮子，黑蛮子还是个妞！妞！"他愤怒地一脚踢向高尔身边的椅子，椅子闷声闷气地晃了晃。"更见鬼的是，居然在光天化日之下让无数人看见了！我有没有嘱咐你悄悄地干？悄悄这个词在你的词典里就是这样吗，高尔？"

"可是审问长，当时情况不容——"

"不容？"苏尔特的尖叫又高了八度，"不容？你怎敢对我说不容，高尔？我要你悄悄地干，你来了场闹翻半个阿金堡的屠杀，还他妈失败了！你让我的脸往哪儿搁？更见鬼的是，你还让我显得虚弱！我在内阁里的敌人会立即利用这场闹剧来对付我。莫拉维早就在制造麻烦，老饶舌鬼，成天呼呼什么自由、解禁！见鬼的律师！他们气焰嚣张，我们却无法阻止！现在你给我来这出，高尔！我很克制，我很理解，我很愿意看到好的一面，但猪就是猪，不管撒几泡尿照出来还是猪！你对你造成的损失到底有没有一点概念？你有没有想过你让我们白忙活了几个月？"

"可是，审问长，他们不是刚离开——"

"他们会回来，白痴！他们制造这么多麻烦不是为了撒手离开，呆子！他们人走了，蠢货，也带走了所有线索！他们是谁，他们想干吗，他们的幕后主使！刚离开！离开？见鬼去，高尔！"

"我失策了，阁下。"

"你不只失策！"

"我向您道歉。"

"你很幸运，没被放在火炉上道歉！"苏尔特厌恶地冷笑，"给我滚出去！"

高尔畏畏缩缩地逃离前，不忘朝格洛塔投来最恶毒的目光。再见，高尔主审官，再见。审问长的怒火没有比你更适合的目标。眼见对方失势，格洛塔没能忍住极轻微的微笑。

"你觉得有趣？"苏尔特伸出戴白手套的手，冷若冰霜地说。紫钻在他手指上闪烁。

格洛塔弯腰亲吻:"当然不,阁下。"

"很好,我明确告诉你,你也好不到哪去!钥匙?"他嘲弄地说,"故事?卷轴?我发了什么疯才会听你怂恿?"

"我明白,审问长,我道歉。"格洛塔谦卑地坐进高尔刚刚离开的椅子里。

"你道歉,道歉?个个都来道歉!顶屁用!我宁可不听道歉,要实实在在的结果!想一想,我对你期望有多高!不过话说回来,我们也只能利用好手头的工具。"

什么意思?格洛塔不动声色。

"我们有麻烦,南方有大麻烦。"

"南方,审问长?"

"达戈斯卡的形势急剧恶化,半岛上的古尔库军越来越多,现在对守军的优势已达到十比一,而我们的机动部队全调去了北方。阿杜瓦城内还有三团王军,但眼下半个米德兰的农民都在骚动,这些兵一个都不能调。达瓦斯主审官每周会跟我写信报告,他替我严密监视着达戈斯卡,你明白?他怀疑有人密谋将城市拱手送给古尔库人。他的信三周前停了,而昨天我得知达瓦斯失踪了。失踪!一个审问部的主审官!竟然失踪!我失去了耳目,格洛塔,我在关键时刻一抹黑!我需要派个能信任的人去那里,你明白?"

格洛塔的心一颤:"我?"

"噢,你变机灵了,"苏尔特冷笑,"你被任命为新任达戈斯卡主审官。"

"我?"

"祝贺你,不过对不起,庆祝晚宴得等时局安定!你,格洛塔,你!"审问长倾身靠近,"你去达戈斯卡掘壕固守,找出达瓦斯的下落,清理我们的后花园。你要挖出所有叛徒,一个不留,斩草除根,统统干掉!

我只要结果,哪怕你为此烧烤总督大人!"

格洛塔吞了口口水:"烧烤总督大人?"

"你是堵回音壁吗?"苏尔特叫道,身子倾得更低。"给我挖出烂根,砍掉!掀起!烧光!除净叛徒,不管是谁!如若必要,你亲自接管城防。你当过兵!"他伸出手,从桌上滑过一张卷轴。"这是国王的委任状,由全体十二位阁员签署。全体。我费尽心血才搞到它,它授予你在达戈斯卡便宜行事的全权。"

格洛塔低头盯着这张卷轴。不过是黑字写在一张淡黄的纸上,底下有个巨大的红蜡印。我们全体签名人,授予国王陛下最忠实的仆人,沙德·唐·格洛塔主审官,以必要的所有权限和权力……几段整洁字迹下是两排签名,有的涂画潦草,有的华丽花哨。霍夫、苏尔特、莫拉维、瓦卢斯、哈莱克、伯尔、托齐霍姆。所有人。全体阁员。格洛塔用两根颤抖的指头捏着这张纸,觉得有点眩晕,似乎它重若千钧。

"别忘乎所以!你仍需小心谨慎。我们承担不起再次蒙羞的代价,又必须不惜一切代价阻止古尔库人,直到安格兰的事情了结。不惜一切代价,你明白?"

我明白。你派我去一个被重重围困、内部又全是叛徒的城市,而我的前任刚刚神秘失踪。这与其说是提拔,不如说是跳火坑。但我们必须利用手头的工具。"我明白,审问长阁下。"

"很好。定时报告,我希望你用信件把我淹没。"

"这个自然。"

"你手头有两个刑讯官,对吗?"

"是的,阁下,弗罗斯特和塞弗拉。两人都非常——"

"根本不够!到南方你不能信任任何人,即便是那边的审问部。"苏尔特考虑了一下,"尤其是审问部。我为你挑了六七名好手,包括维塔瑞刑讯官。"

让那女人来监视我?"可是,审问长阁——"

"别跟我'可是',格洛塔!"苏尔特嘶叫,"别'可是'我,尤其是今天!我们能让你更瘸!更瘸,你明白?"

格洛塔低头:"我道歉。"

"你在打小算盘,对吗?别以为我不知道。你不要高尔的人插手?很好,她在给他干之前是给我干的。她是个斯提亚人,来自斯皮奈城邦。斯皮奈人跟雪一样冷,而我向你保证,她又是其中最冷血的。所以你不必担心。至少不必担心高尔。"哟,只需担心您,我好安心哟。

"我很荣幸有她协助。"我他妈见鬼的得处处防着她。

"你他妈见鬼的怎么荣幸都可以,但不准让我失望!再搞砸,一张纸可就救不了你了。船等在码头,去吧,立刻出发。"

"是,阁下。"

苏尔特转身大步走到床边。格洛塔默默地起身,默默地把椅子送回桌下,默默地穿过房间。他默默地开门时,发现审问长站得笔直,背着双手,没有回头。直到门"咔嚓"一声关上,格洛塔才意识到自己屏住了呼吸。

"结果如何?"

格洛塔猛然扭头,脖子"喀拉"一声,痛得厉害。

真他妈操蛋,我怎么总记不住别这样扭脖子。维塔瑞刑讯官仍瘫在椅子上,用疲惫的眼神向上打量他,似乎在他进去期间一动未动。能合作吗?他在口腔里蠕动舌头,舔过空空的牙龈,仔细思考。难说。"有趣,"他最后道,"我被派往达戈斯卡。"

"我知道。"这女人的确有口音,他现在听出来了。轻微的自由城邦口音。

"我想你得陪我去。"

"我想我非这样不可。"但她没动。

"我们很着急。"

"我知道,"她伸出手,"能拉我起来吗?"

格洛塔抬起两边眉毛。世上除了我还会有人提这种要求?他有些想说不,到头来还是伸出手,哪怕只为体验一下。她指头拢住他的手,开始向上拉。她眯起眼,他听到她缓缓离开椅子时的喘息。很痛,让她这样拽他的胳膊、拽他的背,很痛。但她更痛。他很确定在她在面具后痛得咬紧了牙。她依次小心翼翼地挪动四肢,似乎在担心哪儿会痛得难以忍受。格洛塔不由笑了。这是我每天的晨间仪式。看到其他人履行一遍,真是大快人心。

她终于站了起来,绷带包扎的手按住肋骨。"你能走吗?"格洛塔问。

"走慢点。"

"怎么搞的?狗咬的?"

她忍俊不禁:"不,大个北方人把我打得屁滚尿流。"

格洛塔哼了一声。好吧,至少这会儿不用兜圈子。"我们出发吧?"

她低头看着他的手杖:"你那玩意儿似乎没多的,是吗?"

"恐怕没有。我只有一根,而且没它寸步难行。"

"我明白你的感受。"

明白才怪。格洛塔转身跛行离开审问长办公室。明白才怪。他听到女人蹒跚跟上。让人追赶我的滋味实在太美了。他加快脚步,不管痛不痛。反正她更痛。

回南方,他舔舔牙龈空洞,南方可没留下多少美好回忆。又去打古尔库人,上次已然毁掉我一生。去一个谁也不能信任——尤其是派我来的人——的城市抓叛徒。顶着酷热与沙尘累死累活,执行一项无人感谢、且几乎肯定会失败的使命。而失败,多半意味着送命。

他自觉脸颊抽搐,眼皮跳动。命丧古尔库人之手?命丧叛徒之手?命丧审问长阁下或他的探子之手?甚或像前任一样悄悄消失?谁有这么多死法可选呢?他嘴角翘起。我简直等不及了。

但那个终极问题一直徘徊在脑海,反反复复,没有答案:
为什么要干这个?
为什么?